浙江文献集成

主　编　刘正伟　薛玉琴

本卷主编　顾云卿　陈　颖

夏丏尊全集

第十卷　翻译（本生经）

　　　　书信　年谱简编

浙江大学出版社

ZHEJIANG UNIVERSITY PRESS

夏丏尊画像（刘继汉作）

民国初年与李叔同在杭州祭孔仪式上合影

在甬江北宁绍轮码头与弘一法师合影（左三为夏丏尊）（1929）

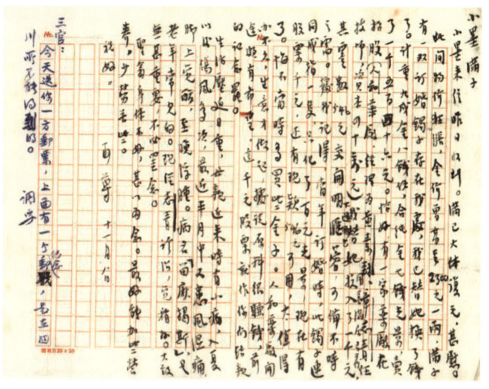

致叶至善、夏满子信手迹（1941）

如幻前尘似水年佳期见月
世回圆悲欢磨得人偕老福
寿敢求天子全故物都随烽
火盍家山時入梦理妍此酿延
忽乱离苦珠重親明此酿延

作羊毛婚和诗手迹（1943）

净瑠瑠与西方极乐同为世尊赞欤
勤导往生之佛土药师此经难早傳斯
有不可思议之威力此经难早傳斯
土自来弘闻者鲜未若西方弥陀之
周编弘一大师於药师法門勤事赞之
扬所编佛学藏刊列此经写於阿弥陀
经之次晚年曾屡为人书写斯其一
也师於今年九月示寂泉州温上明

旧闻耗震悼時值國難道途多艱唯
勤导往生披覽以寄戀友人
各出所藏道墨披覽以寄戀友人
傳君耕莘見此寫本歎为希有願捨
资流通为毋造福余以勝缘躬与其
事乃为题记以志随喜
壬午冬至日 夏丏尊敬书

为弘一法师书《药师本愿功德经》跋手迹
（1942）

蔚文道下

別來想安善。世界般事已為詢諸
陸經理。壞玉並無此例。小病最日今
日始能作復。熱勞久待矣。弘一大師
紀念集已作排校事。工料昂貴。
需費約數百元。盈盼有人喜捨
助緣。气為轉告諸先生及明遠
同人。專布。即頌

籌祺

夏丏尊
九月十二日

龍兒

抵甬時尊一信早收到，寓中安，母親
靈俱感膺日重，未嘗已於百元。美事
地如勾日昨有倪橋州先生來告，渠在甬
有住宅一所（地址和棧街大字）回避扎居留，曾
人看管宅中尚有書藉及停具。近擬擾
報道謂甬有錢安居思念悵惘。倪君本思遷曹而
進以造成街暑式孫。倪用此尾且疑時前
甬。聞此情息甚為狼狽。用本擬直接致書向
先生以忍疏通。免手徵中止，甬地暑向是否直屬，
當勾諮公譜。如有所為。曉復祝如
或先與江輔卿君商之。聽復祝如

六月廿七日

弘一大師紀念會敬啓
順頌文候

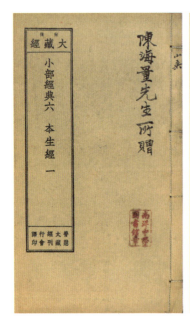

致郑蔚文信手迹（1943）　　致夏龙文信手迹（1943）

译作《本生经》由普慧大藏经刊行会出版（1946）

本卷说明

　　本卷收录夏丏尊翻译日本所传《南传大藏经》中的《佛本生经》,内收佛经故事546则,1946年普慧大藏经刊行会初版。另收录1930年至1946年夏丏尊致亲友同事的书信50余通,以收信人姓氏笔画及时间顺序编排。另附录夏丏尊年谱简编。

总　目

本生经

凡　例

　　一、本经据日本大藏出版株式会社发行之日译南传大藏经本重译，日译所用之原本为浮斯培奥尔氏（V. Fausböll）之校订本，原本中之偈语注释，则省略未译云。

　　一、文中加〔　〕之语句，为日译者所插入，以助理解者，汉译时间亦仍之，但因行文之便，不强为一一保存。

　　一、文中附于右肩之数字，为日译本所加注释之番号，注文则附于每段落之末。日译本由多人执笔，其注释间有重出或观点不同者，汉译时不无删略之处。

　　一、文中附于右肩之＊符，为汉译者加注之符号，其注列于章末，标明汉译者注，以与原注释相区别。

　　一、日译本于人名地名，颇能尽力采取斯土旧译经典所用之名辞，今一一沿用。其无旧译可据之原名，除用日译者所加之意译外，直用音译。

　　一、日译本长行用语体译，偈语则用新诗歌体译，今于长行沿用语体之外，偈语亦以长短不等之句译之，不拘守诗歌句式，以便理解。

　　　　　　　　　　　　中华民国三十三年九月汉译者夏丏尊谨识

目　录

因缘总序

归命彼世尊、应供、正等觉者。

一 序 偈

一　救护世间的大仙，曾百亿次转生，
　　为世间作无限饶益。

二　礼拜大仙的尊足，向法合掌作礼，
　　并敬礼一切可敬的僧。

三　如是礼敬三宝，
　　藉此功德的威光，免除一切障碍。

四　光明的大仙，曾将多生经历，
　　从无戏论本生因缘起，一一自叙。

五　这以救世为念的教主导师，
　　于永劫间成就了如是无量的菩提资粮。

六　法藏集成者把这结集起来，
　　名曰本生因缘。

七　大寺的长老利见，愿佛种永住，
　　乞我演作释义❶来阐明。

八　那不与众杂处、寂静有上智的弟子觉友，

---

❶　此释义为佛音(Buddhaghosa)所作，于西纪四一二年至四三四年间在锡兰阿耨罗陀菩罗大寺精舍著述者。

　　　　也向我作此劝请。

九　　那通晓方便、有清净智的化地部❶比丘觉天，
　　　　也这样请求我。

一〇　大士行迹之威光不可思议，
　　　　这本生因缘的释义，

一一　我将随顺了大寺住者❷的意旨来说，
　　　　善良人士请谛听。

---

❶　化地部（Mahiṁsāsaka［弥沙塞］），为小乘二十部之一派，由上座部分出者。

❷　大寺住者（Mahāvihāravāsin），为锡兰三分派之一。

二　远因缘

三种因缘

在此释义中将本生因缘分为三种，一曰远因缘，二曰不远因缘，三曰近因缘。从大士伏在燃灯佛足下发"将来必当成佛"的誓愿起，至现一切度身转生兜率天的事迹，为"远因缘"。从兜率天身死起，至在菩提道场得一切智的事迹，为"不远因缘"。"近因缘"则是佛在各处所说的事迹。听者须把这三种分别明了。故于说本生因缘之前，先说这三种因缘的段落，以下就说远因缘。

善慧婆罗门

相传，去今四阿僧祇十万劫以前有一都城，名曰不死。一个婆罗门名曰善慧，住在那里。他父母都是好出身，家系清净，七代以来，相承不杂，在族姓上无可指摘。容貌生得美丽俊伟绝伦。他不做别的，只一心学习婆罗门的学艺。

他在还未长大时就丧了父母。替他家理财的管事拿出用铁制成的簿据来，把那满藏着金、银、摩尼、真珠等珍物的宝库打开，对他说道："哥儿，这是你母亲的，这是你父亲的，这是你祖父的，你曾祖的。"这样把七代以来的财物报告以后，说"仍由我保管着吧"。聪明的善慧想："我父亲、祖父，他们积了这么多的财产，并没有一文带到那个世界去。但我非造出能把这些带走的种子不可。"于是陈明国王，叫人敲着大鼓巡行城内，向大众广行布施，自己就出家修苦行去了。这故事详记在《佛种姓经》❶中,但全是偈语,不容易懂。所以这里改用谈话,随处把偈语插入了来叙述。

不死城

去今四阿僧祇十万劫以前,有一个都城名曰不死。城中充满着十种声音。《佛种姓经》中这样说。

一二　四阿僧祇百千劫以前,有一个美而快乐的都城名曰不死,
　　　食物饮料俱丰富,城中充满十种声❷。

一三　象声、马声、鼓、螺与车声,
　　　"吃啊喝啊"的待客宴飨声。

一四　城中凡百都完备,一切业务所集中,七种之宝无不齐,各种人才皆荟萃。
　　　善业之人皆来住,繁荣得如天堂一般。

一五　其中有一个名曰善慧的婆罗门,
　　　蓄积着数亿的宝,有许多的财与谷。

一六　他是一个学生,
　　　熟谙神咒,精通三吠陀,于相术、史传等也擅长。

善慧的冥想

一日,贤者善慧在宫殿的楼台上趺跏独坐了自己忖道:"贤者啊,在来世受生是苦痛的。转一次生要毁坏一次躯体,也同〔是苦痛的〕。我此身是生、老、病、死之质,要以此劣质去求不生不死、不老不病、无苦无乐、清凉不灭的大涅槃。凡是脱离生死、归趋涅槃者,想必都走这一道路的。"经中这样说。

一七　我独坐了如是思惟,

---

❶　《佛种姓经》(Buddhavaṃsa),为经藏五部中小部经典之一,经中叙述过去二十八佛之事迹。

❷　所谓"十种声"者,于十三偈所举六种声以外,尚有小鼓、笛、铙钹、铜锣四种声。

再转生是苦痛，此身毁坏亦然。

一八 我将以此有生、老与病的劣质，

去求不老、不死的平稳安乐。

一九 我将舍弃这充满着各种尸体的腐烂之身，

成为无求无欲者而逝。

二○ 这道路是有的、应有的、非有不可的。

为了想脱离生存，我将努力去到达此道。

有与非有生死与涅槃

他更这样想："世间有与苦痛相反的安乐。同样，既有有［生存］，也必有与此相反的非有［非生存］。有热就有全无热态的寒，同样，既有贪欲，那全无贪欲的涅槃，也非有不可。有与邪贱之道相反的善良无过之道。同样，既有邪的生，那舍弃一切之生的涅槃，也非有不可。"经中这样说。

二一 恰如有苦必有乐的样子，

有有，亦应有非有可期。

二二 恰如有热必有寒的样子，

有三火❶，亦应有涅槃可期。

二三 恰如有邪恶亦有善良的样子，

在生时，亦应有不生可期。

过在人不求道

他又想："譬如有人埋居在粪堆之中，望见远处有一大池，五色莲华覆盖其上。这时那人当然会想：'向那条道儿走，才能到达那里呢。'急急去寻求可通那池的道儿。如果他不去寻求，这不是池之过。同样，虽有

---

❶ 三火，喻贪、嗔、痴三毒之烦恼。

洗净烦恼之垢的不灭的大涅槃池,而不自去找寻,这不是不灭的大涅槃池之过。又譬如有人被盗贼四面包围,虽有逃遁之路,而不逃遁,这不是路之过。同样,人被烦恼四面包围,虽有到达涅槃的安全之道,而不自去找寻,这不是道之过,是那人自己之过。又譬如人为病所困,虽有能治病的医师而不去寻求,请其疗治,这不是医师之过。同样,人为烦恼之病所困,虽有深知除烦恼之道的教师,而不去寻求,这是其人自己之过,不是灭除烦恼的教师之过。"经中这样说。

二四　譬如陷在粪里的人见到湛然的池,
　　　　若不自迈往,不是池之过。

二五　明明有不灭之池可以洗净烦恼之垢,
　　　　若不自迈往,过不在不灭之池。

二六　譬如人被敌围困,尚有一条出路,
　　　　若不自去投奔,不是路之过。

二七　明明有安全之路可以解脱烦恼,
　　　　若不自去投奔,过不在安全之路。

二八　譬如人患病,有医师可为疗治,
　　　　若不自去求治,不是医师之过。

二九　明明有导师可以救治烦恼之病,
　　　　若不自去寻访,过不在导师。

舍弃腐烂之身

他又想:"譬如喜清洁的人,若见自己头上惹着腐臭的死东西,必要去掉了心才爽快,我也该弃此腐烂之身成为无欲者而入涅槃之城。譬如男或女入厕排泄便溲,厌恶秽浊,急忙走开,毫无系恋,不想把排泄物装入袋中或用衣襟承兜了带回自己那里去。我也该弃此腐烂之身,成为无欲者而入不灭的涅槃之城。譬如船夫舍弃破漏的船,无所顾惜,我也该毫不可惜地弃去此九孔有漏之身,入涅槃之城。又譬如有人携带种种珍宝,与众贼同行,为想保全珍宝,自然要离弃众贼,另觅安全之道。此易毁之身，犹如劫掠珍宝之贼。我若对他起爱著心，我的尊贵的道的法宝就会失去。故我该弃却这贼一般的肉身，而入涅槃之城。"经中这样说。

三〇　譬如行人在头上发现了腐臭的尸肉，

　　　必要弃掉了，才安乐自由地前进。

三一　我也将这宛如满惹腐尸的腐烂之身舍弃，

　　　成为无求无欲之身而逝。

三二　譬如男或女入厕排泄了便溲，

　　　就无所系恋地走开。

三三　我也将舍弃这充满腐尸的肉身而逝，

　　　像便溲者离开厕所一般。

三四　譬如船主弃却破漏的船，

　　　毫不顾惜地走开。

三五　我也将舍弃这九孔漏水的肉身，

　　　像船主弃却破漏之船一般。

三六　譬如有人携带珍宝与贼同行，

　　　恐失却珍宝舍贼他去。

三七　我这肉身宛如大贼，

　　　为恐失却幸福，将舍之而逝。

善慧出家修行

如是，善慧用了种种譬喻，联想出离之意义，像上面所说过的样子，把家里的无量数的财宝向乞丐、旅人以及其他的人们喜舍，大行布施，弃却了物质与烦恼之欲，离开那不死城了。他独自在雪山地方的有法山附近设一道院，葺木叶以为小舍，复辟成经行处。此经行处无五种不便❶，

---

❶　所谓"五种不便"者，一、地面硬而不平，二、场中有树木，三、矮树丛生，四、太狭，五、太广。

具八种便利❶,可以寂心。为欲获得神通力之故,在道院中脱却了有九不便❷的俗服,改著那具十二种德❸的树皮之衣,出家而为道士。既出家后,复把有八种不便❹的木叶之小舍弃却,改在具有十种便利❺的树林下居住,辟除五谷,只吃拾来的果实。有时坐,有时立,有时经行,精进努力,在七日之中,就得八定与五力,他所希望的神通力,果然得到了。经中这样说。

三八　我这样想了,把数亿之财施给贫者与富者,

　　　独自入雪山去。

三九　离雪山不远,有山名曰有法,

　　　我在那里设立道院,造成小舍。

四〇　我辟成经行处,无五种不便,具八种便利。

　　　就在那里获得了神通之力。

四一　在那里,我脱却了那有九种不便的俗服,

　　　改著具十二种便利的树皮之衣。

四二　把有八种不便的木叶小舍弃了,

---

❶　所谓"八种便利"者,一、无财与谷物可取,二、适于行无过的托钵,三、可以安然餐食托钵所得之食物,四、不扰人民,五、无求于人之欲,六、不患盗贼,七、不与王或大臣亲近,八、四方无障碍。此八者亦称沙门之乐。

❷　所谓"九种不便"者,一、高价,二、由他人制成,三、易污,须洗染,四、破旧后须缀补,五、不易再得,六、不适于苦行出家者,七、外敌者亦可著用,有被攫夺之忧,八、服之则为身之装饰,九、旅行时起携带行李之欲念。

❸　所谓"十二种便利"者,一、廉价而且适当,二、可自己手制,三、不易受污,污亦易洗,四、破旧以后不须缀补,五、再得再造皆易,六、适于苦行出家者,七、外敌得之亦无用,八、服之亦不成为身之装饰,九、服之轻而不重,十、不致引起对衣服受用品之欲念,十一、制作时无过,十二、失之也不可惜。

❹　木叶小舍,并非定是粗劣之小屋,乃行者住处之通称。所谓"八种不便"者,一、须费力集取材料建造,二、草与木叶、泥土等堕下时,须重行加置,常有修缮之劳,三、仅适于老人坐卧,不时须起行者居之,则心不能住于一境,四、防护寒暑,反使身体虚弱,五、有屋者易招在内作恶之疑谤,六、可以引起占有之执著心,七、有屋就有第二人,八、屋中有蚤虱、守宫、蚊虻等类,居住其中,即有无数同居者。

❺　所谓"十种便利"者,一、不须费劳力,到处即是,二、无扫拂之劳,便利可居,三、无起而他往之必要,四、洞敞无蔽,耻于为恶,五、无内外之隔,六、不起执著,七、对屋内生活无爱著心,八、不与他人同处,无排阻他人之事,九、居之快适,十、树下随处可得坐卧之处,对坐卧处无爱惜心。

住到有那十种便利的树林之下。

四三　辟除耕种所得的谷类，
　　　摘拾林间现成的果子。

四四　我在那里坐立经行，精进努力，
　　　未到七日就获得了神通之力。

燃灯佛出世

在行者善慧获得了神通力，享着禅定之乐而度日的当儿，燃灯佛出世了。当这位佛入胎、出生以及得菩提、转法轮的时候，大千世界原曾各起震动，发过吼声，现过三十二种的前兆。行者善慧因为在禅定中，却未曾听到那声音，也未曾见到那前兆。经中这样说。

四五　当我达到完成之境，于法获得自在时，
　　　燃灯佛出世了。

四六　佛虽曾入胎、出生、开觉、说法，
　　　我因专心于禅定，未曾见到这四种相。

燃灯佛到喜乐城

这时，十力者燃灯由四十万名的漏尽比丘随伴着次第游行，到了喜乐城，住在善现大精舍。喜乐城中的住民得到"沙门的长者燃灯得最上开悟，为转法轮故，次第游行。今已到喜乐城，住在善现大精舍"的消息，就大家手执香华，携提了熟酥、生酥与药品、衣服之类，到佛的地方来，向佛礼拜，供上香华后，退下坐在一旁。大家听过了佛的说法，请佛于明日去受供养，然后起身回去。

城民迎佛

次日，他们作大施食之准备，把全城装饰起来。修理十力者所经过

的道路,有被水隔断的地方,则用土填满,将地面弄得平平坦坦,铺上一层银色的沙,又把炒熟的谷物与鲜花抛在路上。沿路到处挂起种种颜色的旗帜,排列芭蕉树与满装着水的瓶。

善慧空中见闻

这时,善慧行者正从道院飞升到空中,在那些城民的顶上经过。见大众如此高兴,惊讶起来,便向他们问道:"你们把路装饰起来,为了谁?"经中这样说。

四七　边鄙的城市接待如来,
　　　　以欢喜心清除着道路。

四八　我此时正从道院出来,
　　　　拂着树皮的衣在空中飞行。

四九　见大众欢喜若狂,
　　　　便下来向他们询问。

五十　"许多人狂喜兴奋,
　　　　清除道路,是为了谁。"

人们回答他说:"善慧尊者,你不知道吗?燃灯十力者成正等觉,转无上法轮,游行四方,到我们喜乐城来了,现在就住在善现大精舍中。我们为了接待这位世尊,所以修理着佛世尊所经过的道路。"善慧行者想:"在世得闻佛名,已是很难,要亲见到佛,不消说更难了。我也应加入他们之中修理佛所经过的道路。"于是就向大众恳请道:"划一段地方给我,我也来与你们一同修理道路吧。"大众赞成他的话,说:"知道了。"他们早就知道善慧行者是有神通力的,便把那有水隔断的一段划了给他,说:"请你担任这段的修理。"

善慧伏身土上

善慧对佛起欢喜心,自己想道:"我原能以神通力修好此道路,但如此修理,犹觉不足。今日我应以肉身来服役。"于是就去搬了土来投入缺处。他尚未把道路修好,十力者燃灯率领了四十万个有大威力、具六神通、得漏尽智的人到来了。天人们捧着天界的花环与香,奏着天乐,人们捧着人界的花环与香,随之而行。十力者以无限的佛力,跨行新修的道路,那样子好像狮子在雄黄山顶跳跃。善慧行者张开眼来,见十力者具三十二种大人之相,以八十种随相而为庄严。佛体放六金色浓光,长达一寻,或形如花冠,或成对发射,好像电光以种种形态,在摩尼色之天空中出现。他目睹着这无上的妙相,想道:"我今日应对佛作身命的喜舍。佛啊,请勿走泥上,与四十万诸阿罗汉在我的背上踏着走,把我的身体当作一座摩尼珠的板桥。这在我将是永远的利益与安乐吧。"于是他就解散了头发,把羚羊之皮、树皮之衣、连同解散的头发铺在漆黑的泥上,伏着身子,好像一座摩尼珠的板桥。经中这样说。

五一 他们回答我说:"无比伦的胜者、导师、燃灯佛出世了,
    我们在为这位佛清除道路。"

五二 我听到"佛"字立刻起欢喜心,
    唱着"佛佛",表示满腔的喜悦。

五三 我立在那里高兴地这样想:
    "应下种子在这里,不应让这机会错过。"

五四 "你们如果为佛清除道路,也请分一段给我。
    我也要加入来清除。"

五五 于是他们划出一段道路来给我,
    我一心地念着佛,把道路清除。

五六 我还未清除完毕,大牟尼、胜者燃灯佛迈着步来了,
    四十万的具六神通、得漏尽智离垢者随伴着。

五七 大家在鼓乐声中,迎接礼拜,
    人天出声欢呼。

五八 天人见到人间,人间见到天人,
    一同合掌跟随在如来之后。

五九 天人用天界的乐器,人间用人界的,

一同在如来之后演奏着走。

六〇 空中的天人们把天华散下，
曼陀罗❶、莲、跛里耶多罗迦❷，

六一 地上的人们把华投上，
瞻蔔❸、赛剌剌❹、尼波❺、那伽❻、奔那伽❼、开多迦❽。

六二 于是我解散了头发，
把树皮之衣与兽皮铺在泥上，俯身而卧。

六三 "请佛与诸弟子不踏泥土，从我身上踏过，
这是我的利益。"

善慧的誓愿

他俯伏在泥土上，重新把眼张开，拜观燃灯十力者的尊严佛相，想道："如果我希望的话，我可以烧尽一切烦恼，作为僧团的后进者而入喜乐城去吧。但我何必故作伪相，烧尽了自己的烦恼而入涅槃呢？像燃灯佛的样子，成了无上正等觉者，以法为舟，把大众从轮回之海度脱，然后入大涅槃吧。这才于我相应。"他这样想了，就定下了结合八法❾来成佛的决心，卧在那里。经中这样说。

六四 我卧在地上作是意念，
"我现在如果希望，可以把烦恼烧尽。

六五 但我何必作此伪相，
我将达一切智，在人天世界成佛。

---

❶ 曼陀罗（mandārava），圆花，适意花，珊瑚树花。
❷ 跛里耶多罗迦（pāricchattaka），亦作波利质多罗、昼度、天游，忉利天中第一树。
❸ 瞻蔔（campaka）亦作瞻波、占婆。金色花、黄花，白黄色有香气之花。
❹ 赛剌剌（salala），香花之一种。
❺ 尼波（nipa），阿输迦花之一种。
❻ 那伽（nāga），龙之意。
❼ 奔那伽（punnāga），龙树花。
❽ 开多迦（kotaka），香花之一种。
❾ 八法，见第六九偈。

六六　我有了力量,独自得度,有甚么用,
　　　要达一切智去度人天世界。

六七　我将成为有此大力量者,
　　　达一切智,去度许许多多的人。

六八　断轮回之流,灭绝三有,
　　　乘正法之船,度尽人天世界。"

但希望成佛,要具有种种条件:

六九　要为人,为男子,有因缘,见佛,出家,具德,还要奉事与愿心,
　　　他定下了结合八法去成佛的决心。

燃灯佛豫言

燃灯世尊来到善慧行者的头旁就止了步,像把雕有摩尼珠的狮栏开放似地,张开了具五色净光的眼睛,看着卧在泥土上善慧行者,想道:"这行者决心成佛,卧在这里,但他的心愿能成就不能呢?"向未来方面观察,知道"这行者经四阿僧祇十万劫以后,将成名曰瞿昙的佛的",于是就立着对群众作这样的豫言。"你们不见一个作极度的苦行的行者在泥土上卧着吗?"群众道:"世尊,的确见到。"佛道:"他决心成佛,这样卧着。他的心愿必将成就。从今四阿僧祇十万劫后,将成为佛,名曰瞿昙。迦毗罗卫是他的都城,母曰摩耶妃,父曰净饭王。弟子以长老舍利弗为最上首,目犍连次之,阿难陀为他的侍者。女弟子以长老尼谶摩为最上首,长老尼莲华色次之。智慧成熟以后,出家行大精进,在榕树之下受了乳糜供养,至尼连禅河畔去啜食,登菩提道场,就于阿说他树下,成无上正觉。"经中这样说。

七○　知世间、应供者燃灯,
　　　立在我的头边如是说,

七一　"看这大苦行的结发行者啊,
　　　他将在无量劫后出世成佛。

七二　这位如来从欢乐的迦毗罗卫遁出,

　　　　　去修难能的精进努力之行。

七三　如来坐于羊牧树下，

　　　　接受了乳糜的供养，走到尼连禅河畔。

七四　胜者在河畔把乳糜啜食了，

　　　　经过平坦大路，到了菩提树下。

七五　最上者向菩提道场右绕作礼，

　　　　就在阿说他树下成了正觉。

七六　这位佛名曰瞿昙，

　　　　生他的母曰摩耶，父曰净饭，

七七　那无漏离贪、寂心得定的目犍连与舍利弗，

　　　　是他的上首弟子，

七八　阿难陀为侍者、随侍胜者，

　　　　谶摩与莲华色为上首女弟子，

七九　皆是无漏离贪、寂心得定者。

　　　　这位世尊的菩提树曰阿说他。"

人天欢喜

　　善慧行者想："佛说我的愿望会成就哩。"满腔欢喜。大众听了燃灯十力者的话，说"佛说善慧行者是佛的种子，是佛的幼芽"，也都快乐。他们又这样想："譬如人渡河时，如不能就在对过的渡头上岸，则当在下游次一渡头上岸。我们之中，不及因燃灯十力者之教入向果的，将来会在你成佛的时候，当面入向果吧。"当下就立起了如此的志愿。燃灯佛称赞着菩萨，捧了八束花，作右绕之礼而去了，四十万的漏尽者也把香与花环向菩萨奉献，右绕而去。人间、天人也各献了供物，向菩萨作礼而去。

你必成佛

　　菩萨于大众去后，立起身来，说"把波罗蜜来检点吧"，就在花堆上趺

跏而坐。这时,一万大世界❶的天人们都集了拢来,发出欢呼之声道:"尊者善慧行者啊,从前每逢诸菩萨说着'把波罗蜜来检点吧'作跌跏坐的时候,必有许多前兆。今天这些前兆一一都现出了,你必成佛。我们知道,一个人如果有这样的前兆,他必成佛的。请你坚定自己的精进心而努力啊。"他们复以种种言语称赞菩萨。经中这样说。

八〇　人天听了这无上大仙的话,
　　　欢喜地说:"他是佛的种子与幼芽。"

八一　十千世界的人天,
　　　欢呼拍手,合掌作礼,含笑相语,

八二　"如果我们未能于斯世了解今佛的教,
　　　来世当与此行者相值。

八三　恰如渡河者不在对过的渡头上岸,
　　　会在下一段的渡头登陆。

八四　我们在今世若虚过了这尊胜者,
　　　来世尚有这位行者可遇到。"

八五　知世间、应供者燃灯,
　　　称赞了我的行动,跨举起右足去了,

八六　在场的佛弟子都对我作右绕之礼,
　　　人、龙、乾闼婆亦向我礼拜而去。

八七　导者与弟子众去远不见了,
　　　我就从地起来,

八八　我以乐为乐,以悦为悦,
　　　满腔欢喜,跌跏而坐。

八九　我坐了作是思惟,
　　　"我专修禅定,已达上智的彼岸,

九〇　在一千世界中,任何仙士都不及我,
　　　神通绝伦,我曾得到此乐。"

---

❶　大世界为 Cakkavāla[铁围山]之译语,原语指围绕四大洲及其周围之大海而连峙的山脉,然亦指被此山脉所围之世界,故译作"大世界"。

九一　我跌跏而坐时,十千世界之住者发出大声,
　　　说"你必成佛。

九二　从前诸菩萨跌跏庄坐时,必有种种前兆,
　　　这些前兆今日都应现了。

九三　寒会消,暑会退,
　　　这些今日应现了,你必成佛。

九四　十千世界会肃静无哗,
　　　这些今日应现了,你必成佛。

九五　大风会不吹,大雨会不下,
　　　这些今日应现了,你必成佛。

九六　水陆的花都会顿时开放,
　　　这些今日应现了,你必成佛。

九七　蔓草树木都会顿时结果,
　　　这些今日应现了,你必成佛。

九八　空中地上之宝,会顿时放光,
　　　这些今日应现了,你必成佛。

九九　人间天界的乐器,会顿时发声,
　　　这些今日应现了,你必成佛。

一〇〇　各种颜色的花会顿时从空中散下,
　　　　这些今日应现了,你必成佛。

一〇一　大海会高涨,十千世界会震动,
　　　　这些今日应现了,你必成佛。

一〇二　地狱中诸火会顿时消歇,
　　　　这些今日应现了,你必成佛。

一〇三　太阳会无翳障,星光会一齐显露,
　　　　这些今日应现了,你必成佛。

一〇四　不消下雨,地上会突然涌出水来,
　　　　今日地上涌出水来了,你必成佛。

一〇五　星群星斗会在其座发彩,

今日氐星与月相合了，你必成佛。

一○六　一切栖在穴中的东西，会随意出来，
　　　　今日他们都从栖处出来了，你必成佛。

一○七　一切有生的东西会毫无不平，顿觉满足，
　　　　今日他们都满足了，你必成佛。

一○八　疾病会全愈，嫌恶之念会消灭，
　　　　这些今日应现了，你必成佛。

一○九　那时贪、嗔、痴会消灭，
　　　　今日这些都消灭了，你必成佛。

一一○　那时会无有恐怖，今日果然无有，
　　　　我们由这前兆，知道你必成佛。

一一一　那时灰尘会不上扬，今日果见是事，
　　　　由这前兆，知道你必成佛。

一一二　天香会吹来，一切可厌的气味齐消失，
　　　　今日这天香吹来了，你必成佛。

一一三　除了无色界天，一切天人会出现，
　　　　今日他们一齐出现了，你必成佛。

一一四　下至地狱，一切的众生会顿时出现，
　　　　今日他们一齐出现了，你必成佛。

一一五　墙壁门户与石块，在那时会不成障碍，
　　　　今日这些都如空了，你必成佛。

一一六　死与生在那刹那间会都不起来，
　　　　今日复见是事了，你必成佛。

一一七　请坚持精进，勿中止，勿退转，
　　　　我们知道你必成佛。"

佛语无虚妄

菩萨因了燃灯十力者与十千世界的天人的话，越得到助力，这样想

道:"佛语无虚妄,不会有错过。譬如投在空中的土块必定落下来,有生的必定有死,夜尽了太阳必定升起,狮子从栖处出来必定作狮子吼,怀妊的女人必定产儿,这都是决定的,不能摇动。佛语也如此,决无虚伪。我必成佛吧。"经中这样说。

一一八　　我听了佛与十千世界天人的话,
　　　　　　满腔欢喜,作是思惟。

一一九　　"佛不作不了义语,胜者之言无虚妄,
　　　　　　佛无有不诚,我必成佛。

一二〇　　譬如投土空中必落地上,
　　　　　　佛的尊言亦如此确实不变。

一二一　　譬如一切有生者必有死,
　　　　　　佛的尊言亦如此确实不变。

一二二　　譬如夜尽必继以日,
　　　　　　佛的尊言亦如此确实不变。

一二三　　譬如狮子从栖处出来必作狮子吼,
　　　　　　佛的尊言亦如此确实不变。

一二四　　譬如胎中的婴儿必出生,
　　　　　　佛的尊言亦如此确实不变。"

布施波罗蜜

"我必成佛吧。"菩萨如是断定以后,就把成佛之基础来找寻。"成佛的基础之法何在? 在上方吗? 下方吗? 四方吗? 抑是四方之隅吗?"他找遍了全法界,找出了从前诸菩萨第一步所修行的布施波罗蜜。自己教诫道:"贤者善慧啊,你从今要完成这第一的布施波罗蜜,如果能像倒置水瓶不留滴水的样子,把财产、名誉、妻子、肢体毫无吝惜地尽施与求乞者,你会坐在菩提树下成佛吧。"他决心坚持这第一的布施波罗蜜。经中这样说。

一二五　　于是我到处找寻成佛的基础之法,

　　从上方、下方乃至十方。

一二六　我在这时找得了第一的布施波罗蜜，
　　　　这是古来诸大仙曾所经由的大道。

一二七　"你若欲得菩提，
　　　　先坚持这第一波罗蜜，把布施行完成啊。

一二八　譬如满贮着水的瓶倾倒了，
　　　　水即泻尽，不留涓滴。

一二九　遇有求乞者，你应不问贵的、贱的或中间的，
　　　　尽施所有，像倾瓶泻水啊。"

护戒波罗蜜

　　既而他觉得"成佛的基础之法不应只是这个"，于是更去找寻，找得了第二的护戒波罗蜜。自己想道："贤者善慧啊，你从今要完成护戒波罗蜜。如果能像犛牛爱护尾巴、不顾生命的样子，郑重守护戒行，不惜身命，你会成佛吧。"他决心坚持这第二的护戒波罗蜜。经中这样说。

一三〇　成佛的基础之法，不应只是这个，
　　　　若别成就菩提之法，我应找寻。

一三一　我在这时找得了第二的护戒波罗蜜，
　　　　这是古来诸大仙所曾行的。

一三二　"你若欲得菩提，
　　　　要坚持这第二波罗蜜，在戒上成满啊。

一三三　譬如犛牛在尾巴将遭损害时，
　　　　宁牺牲生命不使尾巴受损害。

一三四　要在四阶级中把戒成满，
　　　　护戒如犛牛之护尾巴啊。"

出离波罗蜜

　　既而他觉得"成佛的基础之法不应只是这些"，于是更去找寻，找得

了第三的出离波罗蜜。自己想道："贤者善慧啊，你从今要完成出离波罗蜜。譬如久处牢狱者对牢狱无爱著心，厌憎其处，不想留在那里，你应把一切生、有，认作牢狱，厌憎生、有，但求出离。这样，你会成佛吧。"于是决心坚持第三的出离波罗蜜。经中这样说。

一三五　成佛的基础之法，不应只是这些，
　　　　若别有成就菩提之法，我应找寻。

一三六　我在这时找得了第三的出离波罗蜜，
　　　　这是古来诸大仙所曾行的。

一三七　"你若欲得菩提，
　　　　要坚持这第三波罗蜜在出离上成满啊。

一三八　譬如久在牢狱受苦者，
　　　　对牢狱不起爱著，但求脱出。

一三九　你应把一切生、有，视同牢狱，
　　　　为脱出生、有故，趣向出离啊。"

智慧波罗蜜

既而他又觉得"成佛的基础之法不应只是这些"，于是更去找寻，找得了第四的智慧波罗蜜。自己想道："贤者善慧啊，你从今要完成智慧波罗蜜。不论贱的、贵的或是中等的人都不应鄙视，要接近一切贤人去问询啊。譬如比丘托钵巡行，对卑微的或其他各种各样的人家概不鄙视，次第行乞，但求获取自己的资粮。你如果能这样地去接近一切贤人，询问他们，你会成佛吧。"于是决心坚持第四的智慧波罗蜜。经中这样说。

一四〇　成佛的基础之法，不应只是这些，
　　　　若别有成就菩提之法，我应找寻。

一四一　我在这时，找得了第四的智慧波罗蜜，
　　　　这是古来诸大仙所曾行的。

一四二　"你若欲得菩提，
　　　　要坚持这第四波罗蜜，在智慧上成满啊。

一四三　乞食的比丘,不管门第的卑微、高贵或寻常,
　　　　按户不漏,行乞以获取资粮。

一四四　你若能如是遍询智者,成满智慧波罗蜜,
　　　　就会达到上菩提吧。"

精进波罗蜜

既而他又觉得"成佛的基础之法不应只是这些",于是更去找寻,找得了第五的精进波罗蜜。自己想道:"贤者善慧啊,你从今要完成精进波罗蜜。譬如百兽之王的狮子,在一切动作❶上都非常精进,你在生存上一切动作如果都能高强地精进,就会成佛吧。"于是决心坚持第五的精进波罗蜜。经中这样说。

一四五　成佛的基础之法,不应只是这些,
　　　　若别有成就菩提之法,我应找寻。

一四六　我在这时找得了第五的精进波罗蜜,
　　　　这是古来诸大仙所曾行的。

一四七　"你若欲得菩提,
　　　　要坚持这第五波罗蜜,在精进上达到成满。

一四八　百兽之王的狮子或坐或立或经行,
　　　　都非常精进,昂奋其心。

一四九　你在生存中能如是坚持精进,成满精进波罗蜜,
　　　　就会成佛吧。"

堪忍波罗蜜

既而他又觉得"成佛的基础之法不应只是这些",于是更去找寻,找得了第六的堪忍波罗蜜。自己想道:"贤者善慧啊,你从今要完成堪忍波

---

❶　动作(iryāpatha)通常译作"四威仪",即行、住、坐、卧四者。

罗蜜。不论他人称誉你或鄙薄你,要一概容忍。我们把东西向大地投
掷,不论清净的或不净的,大地一律忍受,不分恩怨。你若能把他人对你
的毁誉如此容忍,就会成佛吧。"于是决心坚持第六的堪忍波罗蜜。经中
这样说。

一五〇　成佛的基础之法,不应只是这些,
　　　　若别有成就菩提之法,我应找寻。

一五一　我在这时找得了第六的堪忍波罗蜜,
　　　　这是古来诸大仙所曾行的。

一五二　"你今若能坚持这第六波罗蜜,心不舍离,
　　　　就会达到上菩提。

一五三　大地不论投下的东西净与不净,
　　　　一律容受,不生嗔喜。

一五四　你若能对一切毁誉如此容忍,把堪忍波罗蜜成满,
　　　　就会达到上菩提吧。"

真实波罗蜜

　　既而他又觉得"成佛的基础之法不应只是这些",于是更去找寻,找
得了第七的真实波罗蜜。自己想道:"贤者善慧啊,你从今要完成真实波
罗蜜。任凭天雷将落到头上来,不要因了财宝或其他利欲的缘故,明知
故犯地说谎语啊。那向晓的明星,终年四季老是循着自己的道路运行,
决不改走他途。你如果能如是坚守真实,不说谎语,就会成佛吧。"于是
决心坚持第七的真实波罗蜜。经中这样说。

一五五　成佛之法,不应只是这些,
　　　　若别有成就菩提之法,我应找寻。

一五六　我在这时找得了第七的真实波罗蜜,
　　　　这是古来诸大仙所曾行的。

一五七　"你从今要坚持这第七的波罗蜜,
　　　　你若守此弗失,能得菩提。

一五八　那人天界明亮无比的晓星，
　　　　无论在何时季，从不越出自己的轨道。

一五九　你若能如是坚守真实，把真实波罗蜜成满，
　　　　就会达到上菩提吧。"

决定波罗蜜

既而他又觉得"成佛的基础之法不应只是这些"，于是更去找寻，找得了第八的决定波罗蜜。自己想道："贤者善慧啊，你从今要完成决定波罗蜜。既经决定以后，不可摇动。譬如山岳，不论风从任何方向吹袭，兀立原处，毫不摇震。你若能守持自己所决定之处而不改动，就会成佛吧。"经中这样说。

一六〇　成佛之法，不应只是这些，
　　　　若别有成就菩提之法，我应找寻。

一六一　我在这时找得了第八的决定波罗蜜，
　　　　这是古来诸大仙所曾行的。

一六二　"你从今要坚持这第八波罗蜜，
　　　　你若于决定不起摇动，能得菩提。

一六三　山岳兀立不移，
　　　　不受狂风的震撼。

一六四　你若于所决定如是不动，成满决定波罗蜜，
　　　　就会达到上菩提。"

慈波罗蜜

既而他又觉得"成佛的基础之法不应只是这些"，于是更去找寻，找得了第九的慈波罗蜜。自己想道："贤者善慧啊，你今后要完成慈波罗蜜。凡于己有利益者与无利益者都应以同样的心去对付。譬如那水，对于善人与恶人同样予以清凉之感。你对于一切有生之物能如是以慈爱

之情平等相待,就会成佛吧。"于是决心坚持第九的慈波罗蜜。经中这样说。

一六五　　成佛之法,不应只是这些,
　　　　　若别有成就菩提之法,我应找寻。

一六六　　我在这时找得了第九的慈波罗蜜,
　　　　　这是古来诸大仙所曾行的。

一六七　　"你若欲得菩提,
　　　　　应坚持这第九波罗蜜,慈爱无比。

一六八　　水不论人之善恶,
　　　　　平等地给予清凉,为除尘垢。

一六九　　你若能对有利与不利者,具慈爱平等心,成满慈波罗蜜,
　　　　　就会达到上菩提。"

舍波罗蜜

既而他又觉得"成佛的基础之法不应只是这些",于是更去找寻,找得了第十的舍波罗蜜。自己想道:"贤者善慧啊,你今后要完成舍波罗蜜。对乐与苦都平等。大地对投掷下来的东西,不论清净的或是不净的,一律平等。你若对乐与苦也平等如是,就会成佛吧。"于是决心坚持第十的舍波罗蜜。经中这样说。

一七〇　　成佛之法,不应只是这些,
　　　　　若别有成就菩提之法,我应找寻。

一七一　　我在这时找得了第十的舍波罗蜜,
　　　　　这是古来诸大仙所曾行的。

一七二　　"你从今要坚持这第十波罗蜜,
　　　　　你若把这持至坚固无比,能得菩提。

一七三　　大地不论落下的东西净与不净,
　　　　　不起爱憎,平等相对。

一七四　　你若对于乐苦也常能如是平静,把舍波罗蜜成满,

就会达到上菩提。"

三种波罗蜜

于是他想,"在这世界之中,菩萨所能实行、成就菩提而成佛的基础之法,就只是这些,十波罗蜜以外再没有别的了。又,这十波罗蜜上不在空,下不在地,也不在东西南北各方,只存在自己的心内。"他既认定十波罗蜜在心内,又再三审察,反覆把这来思考。从尾到头,从头到尾,无所不通。从两端到中间,从中间到两端,也无所不通。舍肢体是波罗蜜,舍自然物是近小波罗蜜,舍生命是最上义波罗蜜。他试想,十个波罗蜜,十个近小波罗蜜,十个最上义波罗蜜,各各相对,流出油来,混在一起。又试想,以大须弥山为搅棒,把大世界内的大海来搅旋。他这样地想着十波罗蜜时,因了法的威力,这四那由他❶二十万由旬❷的厚土大地,好像被象踏着的芦束,又好像榨蔗机的样子,发出大音震动起来了。好像陶车或榨油机的碾轮般旋动起来了。经中这样说。

一七五　"成就菩提之法,斯世只是这些,别无更胜的了。
　　　　把这些来坚持吧。"
一七六　把这些法的性质、精髓与形相合并参究时,
　　　　清净的十千世界因了法的威力震动了。
一七七　大地像榨蔗机似地震且叫了,
　　　　像榨油的碾轮似地旋动了。

大地震动

大地一震动,喜乐城的住民都立不住了,像大飓风中的树木似地一一昏倒。瓶等陶制器物也翻磕得粉碎了。群众慌张起来,跑到燃灯佛世尊的地方,说道:"世尊,是龙起来了呢,还是鬼怪、夜叉或天人起来了呢?

---

❶　那由他(nahuta)是一千万的四乘幂,一下加零二十八个。
❷　由旬(yojana)约九哩。

我们不知道,大家惶恐着。这对于世界是祸是福,请详细告诉我们。"燃灯佛听了他们的话,说道:"你们不必恐怖,别耽心。你们不会因此遭到可怕的事。原来这是因为今天我豫言了'善慧贤者于未来世将成名曰瞿昙的佛'的缘故。他现在正想念着波罗蜜。当他想念时,因了法的威力,十千世界就都震吼了。"经中这样说。

一七八　随侍佛的群众都震惊不知所措,
　　　　当场倒卧在地上了。

一七九　陶工所制的数百数千的瓶,
　　　　互相磕碰,碎成粉末了。

一八〇　群众战战兢兢地集在一起,
　　　　齐到燃灯佛的地方去请问。

一八一　"这个世界怎么了,是福抑是祸。
　　　　大家都因此烦恼,请具眼者救援。"

一八二　这时❶,大牟尼燃灯佛告示他们,
　　　　"安心吧,不要因大地震动而起恐怖。

一八三　我今天豫言'当于未来世成佛'的那青年,
　　　　思惟着古来诸胜者所践行之法。

一八四　他把成佛的基础之法,一一思惟,
　　　　因之这大地、十千人天世界都震动起来了。"

群众欢喜

　　群众听了如来的话大为欢喜,大家携了花环、香、涂香出喜乐城到菩萨那里去,把花环等捧献,礼拜毕,作右绕之礼而归。菩萨正思惟着十种的波罗蜜,坚固地发了精进之誓,从座立起身来。经中这样说。

一八五　听了佛的话群众方才心安,
　　　　大家再到我这里来礼拜。

---

❶　原典 sada(常)别本作 tada(这时),今依别本。

一八六　我坚决了守持佛德的心愿，
　　　　这时就从座起身，礼拜燃灯佛。

天人赞祝

菩萨从座起身以后，一万世界全部的天人，齐集到来，捧献天界的花环与香，作种种的祝赞道："尊上的善慧行者啊，你今天在燃灯十力者的足下发过大愿了，愿你成就此愿，毫无障碍。愿你没有恐怖，不受惊骇。愿你毫无病患。愿你完成波罗蜜，速证正等菩提。那会开花结实的树木，时期一到，就开花结实，愿你亦得如此，不失时机，速证最上菩提。"他们祝赞毕，才各自回到天界去。菩萨既大受诸天人的称赞，便决心坚持精进："我实行十种波罗蜜，在四阿僧祇十万劫之后成佛吧。"于是飞升空中到雪山地方去。经中这样说。

一八七　天人与人们各取了天界或人界的花，
　　　　于我从座起身时把花投撒。

一八八　他们都确知我的幸运，而作是言，
　　　　"你的愿大，愿你能圆满成就。

一八九　愿你有祸皆消除，有病得痊愈。
　　　　不遭障碍，速证最上菩提。

一九○　时期一到，树木就开花，
　　　　大雄者啊，愿你从佛智开出花来亦如是。

一九一　一切正觉者都曾实行十种波罗蜜，
　　　　大雄者啊，愿你实行十种波罗蜜亦如是。

一九二　一切正觉者都曾在菩提场上开悟，
　　　　大雄者啊，愿你于胜者之菩提开悟亦如是。

一九三　一切正觉者曾转法轮，
　　　　大雄者啊，愿你能转法轮亦如是。

一九四　二五之夜，月轮满放清辉，
　　　　愿你的心圆满无缺，遍照十千世界亦如是。

一九五　　日轮从罗睺❶之口脱出,以热照耀,
　　　　　愿你以尊严使世人解脱亦如是。

一九六　　一切河水齐入大海,
　　　　　愿人天两界归趋于你亦如是。"

一九七　　他们如是称赞我,
　　　　　于是我就坚持实行十种的法,入森林中去。

以后的燃灯佛

喜乐城的住民回去以后,就向佛及比丘僧众行大施食。佛为他们说法,给许多人授三归戒毕,就出喜乐城而去。在生存中顺次作种种佛事,然后入无余涅槃。其情形详见于佛种姓经中。那经中这样说。

一九八　　这时他们供养世间的导者与比丘众,
　　　　　归依于燃灯佛。

一九九　　如来教某等人住于三归依,
　　　　　某等人住于五戒或十戒。

二〇〇　　对某等人授以沙门道的四种最上果,
　　　　　对某等人则授以无比妙法的四种的解说❷。

二〇一　　对某等人使有八种的胜禅定❸,
　　　　　对某等人则使得三明❹与六神通❺。

二〇二　　大牟尼如是次第教导群众,
　　　　　世间导者之教,因牟尼而遂详宣。

二〇三　　丰颊广肩的燃灯佛,

---

❶　罗睺(Rāhu)为阿修罗王之一,昔人信日蚀月蚀乃因日月被此阿罗王吞噬之故。

❷　解说(patasambhida)普通称四无碍辩。即 attha 义(意味)、dhamma 法(道理,条件)、nirutti 语(语法)与 patibhāna 智(才智)四者。在增一译中,作法、义、词、乐说四者。

❸　等至(samāpatti)为一种禅观。有四色界(四禅)与四无色界之八种。即所谓八定。

❹　三明(vizzā)谓宿住智证明(知过去之智)、死生智证明(知有情死生之智)、漏尽智证明(尽烦恼之智)。

❺　六神通(abhiññā)谓天眼通、天耳通、他心通、宿命通、神足通、漏尽通。

曾度许许多多的人使脱出苦界。

二〇四　大牟尼见到有可悟的，就去悟他，
　　　　十万由旬，刹那可到。

二〇五　于第一说教，佛使十亿人悟。
　　　　于第二说教，所依者使一兆人悟。

二〇六　于第三说教，佛在天宫中说法，
　　　　悟者有九千亿人。

二〇七　燃灯佛有三度集会，
　　　　于第一集会，曾有亿万有情来集。

二〇八　其次，胜者在那罗陀峰安居时，
　　　　有十万漏尽离垢者来集。

二〇九　大雄者住在善现山时，
　　　　有九千亿人随侍牟尼。

二一〇　我那时是个激切苦行的结发行者，
　　　　往来空中，深达五种的神通。

二一一　悟法者二十万人，
　　　　略悟一二者其数无量。

二一二　当时燃灯祥者的说教，清静微妙，有不思议之力，
　　　　其详明足使众生了悟。

二一三　四十万具六神通有大威神力者，
　　　　常随侍世间解者燃灯佛。

二一四　那舍弃人界而未得志的有学之徒，
　　　　这时犹未免于非难。

二一五　灿烂如花的佛语，
　　　　因此等无烦恼、无垢秽的阿罗汉，光耀于人天界。

二一六　燃灯佛师的国都日有喜乐，
　　　　父王曰善慧❶，母亦曰善慧。

---

❶　善慧为燃灯佛之父。

二一七　善吉祥与帝沙,是燃灯佛师弟子中的长者,
　　　　其侍者曰善来。

二一八　喜悦与善喜悦,是女弟子中的长者,
　　　　此世尊的菩提树曰毕波罗。

二一九　大牟尼燃灯身长八十肘,
　　　　美如灯台,又如绚烂著花的沙罗树王。

二二〇　此大仙寿量百千岁,
　　　　一生济度众生。

二二一　阐明正法,济度多人,光明犹如火聚,
　　　　然后与弟子众同入涅槃。

二二二　他的通力、名誉与足下轮宝悉归于无,
　　　　诸行不空吗?

二二三　燃灯佛之后,有佛出世曰憍陈如,
　　　　光明名誉无量,难测不可及。

憍陈如佛

　　燃灯世尊之后,经过一阿僧祇劫,有佛出世名曰憍陈如。这位佛亦有三度的弟子集会,第一集会有一兆人,第二集会有百亿人,第三集会有九亿人。那时菩萨为转轮王❶,名曰甚胜者,对佛与一兆的比丘作大施食。佛豫言菩萨"在未来世当成佛",为他说法。他听了佛的说法,就把国事委托了大臣们而出家。学习三藏,获得八定与五神通,修禅不懈,转生于梵天界。

　　憍陈如佛的国都曰有喜乐,父曰善吉悦,是刹帝利族人,母曰善生

---

　　❶　转轮王(Cakkavatti),是"转车轮者"之意,谓其能发布命令普遍施行如转车轮,故名。依一般所信,谓王以其所有之轮宝(武器)投出,就其转旋回还之范围而统治之,故称转轮王或转轮圣王。其中有统治四洲即全世界者,支配一洲与一洲之一部分者三种。转轮王乃"正直平等治国"、"使此世转胜、无刑罚、无兵戈、以法导民"的王者,为理想政治的施行者。常与佛并称,就世间说则云转轮圣王,就出世间说则云佛。

妃,贤与善贤二人是他的上首弟子,阿瓮楼陀是侍者,帝沙与优婆帝沙是女弟子中的上首,沙罗迦利耶尼是他的菩提树。佛身长八十八肘,寿量十万岁。

吉祥佛

这位佛之后,经过一阿僧祇劫,在一劫中,有四位佛出世,名曰吉祥、善意、离曰与所照佛。在吉祥世尊时,曾行三度的弟子集会,第一集会有一兆比丘来集,第二集会有百亿,第三集会有九亿。佛有异母弟名曰庆喜王子,为要与九亿群众共听说法,也到佛的地方来。佛为他次第说法,他与大众皆得四种解说与阿罗汉果。佛洞见这些良家子弟前世的行迹,知道他们有根机可以得那由通力而现的衣钵。便伸出右手说道"善来,比丘们。"一瞬间,许多人身上就都带上了通力所现的衣钵,威仪具足,俨如六十岁的长者,向佛礼拜,追随佛后。这是这位佛的第三度集会。其他诸佛的身光,不过四方八十肘,这位佛不然,他的身光充满一万世界。树木、大地、山海与炊釜之类都像包上了黄金之叶的样子。佛的寿命九万岁,在这期间,日月显不出自己的光来,夜与昼全然无别。人畜日间在佛光中来往行动,宛如在太阳光中一般。世间的人但因傍晚花开与天明鸟啼以分昼夜。那么"其他诸佛无此威神力吗?"不然。其他诸佛如果希望,也可以使光明充满一万世界或一万世界以上。其他诸佛各以愿力,身光一寻。吉祥佛亦因了夙昔的愿力,身光常满一万世界。

吉祥佛的大施

这位佛昔时作菩萨行,有一世,受着近于一切度之生,与其妻子居于类似梵迦山的山间。这时有一夜叉,名曰刚牙,闻大士有志布施,就现形为婆罗门,来到大士的地方说道:"请把你的两个小孩给我。"大士说"把孩子们给婆罗门吧",就欢喜地把两个小孩给他。立时大地震动,直达海边。菩萨立在经行处路口察看,夜叉当场把两个小孩一口气吞食了。夜叉的口一开,就有血潮迸出,像火焰一般。菩萨见了这情形也丝毫未起不快之念,反全身感到大大的喜悦,觉得"真是行了好布施了"。他立下了一个愿:"愿我因此功德,在未来世放光明也如是。"这位佛因这夙愿,成佛后就从身体发出光明,照得如是广远。

烧身供养

这位佛还有一件往事。相传,佛在为菩萨时,见到某佛的塔,说道:"我应为此佛舍弃生命。"于是取火炬包扎全身,用价值十万以宝玉作把手的金钵,盛了熟酥,加入千根灯芯,点著了火,顶在头上,全身燃着,在塔的周围右绕一夜,直至太阳升起,毫不觉热,宛如身登莲华之上。这因为法是护佑护法者的缘故。经中这样说。

　二二四　*真的,法护佑奉法者,所奉之法给予安乐,*

　　　　*奉法者不堕恶趣,这是所奉之法的功效。*❶

因了斯行的功力,这位世尊的身光遂充满于一万世界。

善喜婆罗门

那时,我们的菩萨为婆罗门,名曰善喜。有一次,想供养佛,到佛的地方,听毕那甘美如蜜的说法,请求说道:"世尊啊,明日请来受我们的供养。"佛问:"婆罗门啊,你豫备招请几个比丘呢?"善喜道:"尊师啊,随从你的比丘有几多?"这时这位佛才行过第一度的集会,便答道:"一兆人。"善喜道:"尊师啊,请诸位大家到我家来受供养。"佛应允了。婆罗门回家去豫备次日的招待,中途想道:"对这许多比丘施给粥饭与衣服之类倒不难,可是坐处怎么办呢?"他这样思忖时,那在八万四千由旬高处的天王,忽然觉得他那赤黄色如毛毡的石座带有温味了。帝释天道:"谁呀?想来把我从这座摇下的。"他用天眼遍看,见到大士,想道:"原来善喜婆罗

---

❶　偈见法句经释义第一卷、第四卷。

门为了招待佛与比丘众,正思忖着座席的事。我也应该到那里去分担这善业。"便现身为木工,手拿斧斤,来到大士的面前说道:"有谁肯出工钱雇我吗?"大士见了,问道:"你是做甚么的?"木工道:"我甚么都会,不论房屋、假舍❶,凡是人所能造的我都会造。"大士道:"那么,我这里有工作。"木工道:"主人,那是甚么工作?"大士道:"明日我要招待一兆个比丘众,容得下这许多人坐的假舍,你能造吗?"木工道:"如果主人肯给工钱,我就造吧。"大士道:"那当然给你。"木工道:"好,就造吧。"这位现身为木工的帝释天去看基地,见十二三由旬大的地面,平坦得可以修遍处定❷。他作念道:"要在这上面用七宝建起假舍来。"立时假舍就冲破了地面涌出来了。金的柱上架着银的斗,银的柱上架着金的斗,摩尼的柱上架着珊瑚大斗,珊瑚的柱上架着摩尼大斗,七宝的柱上各架着七宝的大斗。他又作念道:"每间假舍之间要挂铃的网。"那网立刻就挂好了。铃网受微风吹动,好似五种乐器齐奏,那声音的微妙,宛如许多天人们在吟诵。他又作念道:"里面要挂香的绳束与花环的绳束。"那绳束就立刻挂好了。又作念道:"要把一兆比丘所需要的坐席与椅凳从地上涌出。"这些立刻涌出了。又作念道:"每一室隅角要放好一个水瓶。"水瓶立刻现出了。

他完成这许多工程以后,走到婆罗门那里说道:"主人,请来看你的假舍,然后给我工钱。"大士过去看那假舍时,全身就充满五种喜悦。对着假舍想道:"这假舍非人所造,大概是帝释天的世界因了我的志与德,感到温昧,帝释天王给造成的。有了这样的假舍,不该只施供一日,我就施供七日吧。"却说,仅只外物之施,无论隆重到怎样,不能使菩萨满足,须切了有饰物的头、挖了炯炯有光的眼睛或剖了心来作施舍时,才会因了施与感到欢喜。如尸毗本生因缘〔第四九九〕中所说,我们的菩萨每日

---

❶　假舍(mandapa)是举行祭典与供养时所建的临时坛场,有柱与柱顶的装饰,而无屋顶。

❷　遍处定(kasina)是观法之一种,又称十遍处定或十一切处,是一即一切的观法。观的对象有地、水、火、风、青、黄、赤、白、空、识十种。行此观时,须择板石与土地平坦之所,名曰"遍处定道场"(kasinamandala)。

在城的中央与四门,施舍五阿末那❶的迦渥波奈❷货币,仍不自以为满足,后来帝释天现身为婆罗门向他索取两眼,他挖出给与以后,这才生出欢喜的心情来。菩萨的心毫不向外,于施舍如是不知餍足。故这位大士觉得"非施供一兆比丘众至七日不可",就在此假舍中设座招待七日,施供乳糜。仅只用人侍候,是不够的,天人也加入半数来服务。十二三由旬大的场所,容不下这许多比丘,诸比丘众各以自己的威神力得到坐席。到了最末的一日,把比丘众的钵一一洗涤,各为盛入醍醐味、熟酥、蜜糖与其他的东西以为药料,此外复加施三衣。比丘众之中,最年青的比丘所受的法衣,也值十万两。佛为说随喜之辞,查察"此人何以作如是大施",知道他"将于未来二阿僧祇十万劫之后成佛,名曰瞿昙"。于是就呼唤大士到面前去,给他作豫言道:"你经过这许多年当成佛,名曰瞿昙。"大士听了这豫言,想道:"佛说我当成佛。家族生活于我毫无必要,我就出家吧。"于是唾弃了一身的荣华,随佛出家。出家以后,修习佛教,获得了神通与禅定,命终转生在梵天世界中。

吉祥世尊的国都名曰上胜,父曰上胜王,是刹帝利族人,母曰上胜妃。善天与法军二人是他的上首弟子,侍者曰所护,悉婆利与无忧二人是他女弟子之上首。菩提树曰那伽。佛身长八十八肘。在世九万年,入涅槃后十千大世界顿时黑暗,各大世界的人都悲哀痛哭。

二二五　　乔陈如佛之后,有导者名曰吉祥,
　　　　　　拂去世间的黑暗,揭起法的炬火。

善意佛

佛让一万世界黑暗而入涅槃之后,有佛出世,名曰善意。这位佛也有三度的弟子集会,第一集会有一兆比丘,第二集会于黄金山,有九十兆,第三集会是八十兆。这时大士为龙王,名曰无比,有着大神通与大威力。他闻知"有佛出世",带领了亲族大众从龙界出来,以天上的音乐,供

---

❶　阿末那是衡量名,等于十陀那。

❷　迦渥波奈是金银货币名,梵语曰"迦尔沙波那"。

养这位率领着一兆比丘的世尊,每一比丘施法衣一件,受三归戒。这位佛也给他豫言,说:"你当于未来世成佛。"

这位佛的国都名曰安稳,父曰善施王,母曰有瑞者妃。归依与修身是他的上首弟子,侍者曰上升,输那与优婆输那是女上首弟子。那伽是菩提树。佛身长九十肘,寿量一千岁。

二二六　吉祥佛之后,有导师名曰善意,

　　　　于一切法无等伦,是一切有情之首。

离曰佛

这以后有佛出世,名曰离曰。这位佛也有三度的弟子集会,第一集会人数不详,第二集会是一兆人,第三集会也是一兆人。这时菩萨为婆罗门,名曰越天,听佛说法,受三归戒,合掌到顶,对这位佛的能祛弃烦恼,发声赞叹,以中衣献奉。这位佛也给他豫说"你当成佛"。

这位佛的国都曰有善谷,父曰广大王,母曰广大妃。婆楼那与梵天是他的上首弟子,侍者曰出生,贤与善贤是女上首弟子,那伽是菩提树。佛身长八十肘,寿量六万岁。

二二七　善意佛之后,有导师名曰离曰。

　　　　是无譬无等无比的最上胜者。

所照佛

这以后有佛出世,名曰所照。这位佛也有三度的弟子集会,第一集会有十亿比丘,第二度是九亿,第三度是八亿。这时菩萨为婆罗门,名曰未降,听佛说法,受三归戒,对佛与比丘而作大施。这位佛也给他豫言,说"你当成佛"。

这位佛的国都曰善法,父曰善法王,母曰善法妃。无等与善眼是他的上首弟子,侍者曰非卑,诺酤罗与善生是女上首弟子,那伽是菩提树。佛身长五十八肘,寿量九万岁。

二二八　　离日佛之后,有导师名曰所照。

得定而心寂,无人能比伦。

高见佛

这以后经过一阿僧祇劫,一劫中有三位佛出世,名曰高见、莲华、那罗陀。高见佛有三度的弟子集会,第一集会比丘来集的八十万,第二度是七十万,第三度是六十万。这时菩萨为夜叉军的首领,有大神通与大威力,是数兆夜叉之长。他闻知"有佛出世",来对佛与比丘众行大施。佛也给他豫言,说"你当于未来世成佛"。

高见佛的国都曰有月,父曰有称王,母曰持称妃。人主与非卑是他的上首弟子,侍者曰婆楼那,孙陀利与善意是女上首弟子,阿薯那是菩提树。佛身长五十八肘,寿量十万岁。

二二九　　所照佛之后的正觉者两足尊是高见,

名誉无限,威光难更胜。

莲华佛

这以后,有佛出世,名曰莲华。这位佛也有三度的弟子集会,第一集会有一兆比丘来集,第二集会是三十万,第三集会不在村落中是在森林中举行的,大森林中集合着比丘众二十万人。如来在森林时,菩萨生为狮子,见佛入灭尽定❶,发信心而拜,右绕作礼,满怀欢喜愉悦发狮子吼三次。七日之间,以得见佛故,自喜不止,连食物也不去寻求,牺牲了自己的生命去奉侍佛。佛于七日终了出灭定时,见到狮子,想道:"他对于比丘众也会发生信心一同礼拜吧。"就念"比丘众,来"。比丘众立即到来了。狮子对比丘众果也发了信心。佛知道他的心,给他豫言,说"你于未来世当成佛"。

---

❶　灭尽定(nirodhasamāpatti)又称灭受想定(saūnāvedayilanirodha)。入此定者一切精神活动呈停止状态,所与死人异者唯有寿与暖二者而已。圣者能入此定至七日间。

　　莲华世尊的国都曰詹卜迦,父曰莲华王,母曰无等。沙罗与优婆沙罗是他的上首弟子,侍者曰婆楼那,罗摩与优婆罗摩是女上首弟子,输那是菩提树。佛身长五十八肘,寿量十万岁。

　　二三〇　高见佛之次的正觉者两足尊名曰莲华,
　　　　　　　无可比类,无有等伦者。

那罗陀佛

　　这以后有佛出世,名曰那罗陀。这位佛也有三度的弟子集会,第一集会有一兆比丘来集,第二集会是九千亿,第三集会是八千亿。这时菩萨出家入仙人道,于五神通与八定,深得自在,对佛与比丘众作大施,以赤旃檀献奉。这位佛也给他豫言,说"你于未来世当成佛"。

　　这位世尊的国都曰有谷,父曰善慧,是刹帝利族,母曰非卑妃。贤沙罗与胜友是他的上首弟子,侍者曰婆悉陀,上胜与巴古尼是女上首弟子,摩诃沙那是他的菩提树。佛身长八十八肘,寿量九万岁。

　　二三一　莲华以后的正觉者两足尊名曰那罗陀。
　　　　　　　无可比类,无有等伦者。

莲华上佛

　　那罗陀之后,距今十万劫前,一劫中只出了一位佛,名曰莲华上。这位佛有三度的弟子集会,第一集会有一兆比丘来集,第二度在毗婆山上集会,比丘来集者九千亿,第三集会有比丘八千亿。这时菩萨生于摩诃罗多国,名曰结发,对佛与比丘众作法衣之施。这位佛也给他豫言,说"你于未来世当成佛"。在莲华上世尊的时代,没有外道,人间与天人所归依的就是佛。

　　这位佛的国都曰有鹅,父曰庆喜,是刹帝利族人,母曰善生。执天与善生是他的上首弟子,善意是侍者,无量与无等是女上首弟子,沙罗是他的菩提树。佛身长八十八肘,他的身光达四十二由旬,寿量十万岁。

二三二 那罗陀以后的正觉者两足尊是名曰莲华上的胜者。

不动不乱如大海。

善慧佛

这以后经过三万劫,一劫中出了两位佛,名曰善慧与善生。善慧佛有三度的弟子集会,第一集会于善现城,有十亿漏尽者来集,第二集会有九亿人,第三集会有八亿人。这时菩萨为一青年,名曰上胜,把所蓄藏的八亿财宝舍弃了,向佛与比丘众作大施,闻佛说法,归依三宝,出家得度。这位佛也给他豫言,说"你于未来世当成佛"。

善慧世尊的国都曰善现,父曰善施王,母曰善施妃。归依与一切欲二人是上首弟子,侍者曰海,罗摩与须罗摩二人是女上首弟子,摩诃尼婆是他的菩提树。佛身长八十八肘,寿量九万岁。

二三三 莲华上佛之后有导师名曰善慧。

威光大无比,是一切世间的最上者牟尼。

善生佛

这以后,有佛出世,名曰善生。这位佛在世时,也有三度的弟子集会,第一集会有六万比丘,第二集会有五万,第三集会有四万。这时,菩萨为转轮王,闻知"有佛出世",便到佛的地方来听说法,以七种的宝与四大洲的主权施给佛与大众,随佛出家。国中人民,以佛到来其国为荣,乘机各服园丁之劳,对佛与比丘众,常作大施。这位佛也曾给他豫言。

这位世尊的国都曰善吉祥,父曰上行王,母曰发光。善现与天是他的上首弟子,侍者曰那罗陀,龙与那迦沙摩勒是女上首弟子,大竹是他的菩提树。据说,这树筒孔细小而干身粗大,上方出叶,全体好像束着的孔雀尾羽,会发光的。这位世尊身长五十肘,寿量九万岁。

二三四 那同一精好劫中,有导师名曰善生。

颊如狮子,肩如牛王,难测无比伦。

喜见佛

在这位之后，距今一千八百劫以前，一劫中有三位佛出世，名曰喜见、义见与法见。喜见佛也有三度的弟子集会，第一集会有一兆比丘来集，第二集会有九亿，第三集会有八亿。这时，菩萨为一青年，名曰迦叶。他通晓三吠陀，听佛说法，舍弃了一兆的财宝，建造伽蓝，受三归、五戒。佛给他豫言，说"经过一千八百劫，你当成佛"。

这位世尊的国都曰非卑，父曰善与王，母曰月。所护与一切见是他的上首弟子，所照是侍者，善生与法与是女上首弟子，毕扬格是他的菩提树。佛身长八十肘，寿量九万岁。

二三五　善生佛之后，一个有大名誉的自存者、世界导者，

　　　　就是那难及无比的喜见。

义见佛

这以后，有佛出世，名曰义见。这位佛也有三度的弟子集会，第一集会有九百八十万比丘来集，第二集会有八百八十万，第三集会也有此数。这时菩萨是一个苦行者，名曰善界，有大威力。曾从天界取了用曼陀罗华制造的大伞来献给佛。这位佛也给他豫言。

这位世尊的国都曰所照，父曰海王，母曰善现。息与安息是他的上首弟子，无畏是他的侍者，法与善法二人是女上首弟子，契阎婆是他的菩提树。佛身长八十肘，身光常充满四方一由旬，他的寿量一万岁。

二三六　在同一精好劫中，有名曰义见的人中牛王，

　　　　拂去大黑暗，达最上菩提。

法见佛

这以后，有佛出世，名曰法见。这位佛也有三度的弟子集会，第一集

会有十亿比丘来集,第二集会有七亿,第三集会有八亿。这时,菩萨为帝释天王,以天上的香华与音乐来供养佛。这位佛也给他预言。

这位世尊的国都曰归依,父曰归依王,母曰善庆。莲华与触天是他的上首弟子,善眼是他的侍者,安稳与一切名是女上首弟子,赤色的克罗浮伽[一名频毗迦罗树]是他的菩提树。佛身长八十肘,寿量一万岁。

二三七　在同一精好劫中,有名曰法见的大名誉者。

拂去了黑暗,在人天世界放光。

义成就佛

这以后,距今九十四劫之前,一劫中只有一佛出世,名曰义成就。这位佛也有三度的弟子集会,第一集会有一兆比丘来集,第二集会有九亿,第三集会有八亿。这时,菩萨为行者,名曰吉祥。有大威光,具神通力,以大阎浮果供献如来。佛吃了这果实,给他豫言,说“你经过九十四劫当成佛”。

这位佛的国都曰毗婆罗,父曰胜军王,母曰善触。水与善友是他的上首弟子,离曰是侍者,悉婆利与善乐是女上首弟子,迦尼割罗是他的菩提树。佛身长六十肘,他的寿量一万岁。

二三八　法见佛之后,有导师曰义成就。

破一切黑暗,宛如日升空。

帝沙佛

这以后,距今九十二劫之前,一劫中有二佛出世,名曰帝沙与弗沙。帝沙世尊也有三度的弟子集会,第一集会有十亿比丘来集,第二集会有九亿,第三集会有八亿。这时佛为一刹帝利族人,名曰善生。有大财产与大名誉,出家入仙人道,具大威力。闻知“有佛出世”,取天界的曼陀罗华、莲华、婆利阇多迦华来献给被四种佛弟子围绕的佛,又在空中张起花的天盖。这位佛也给他豫言,说“你在去今九十二劫之后当成佛”。

这位世尊的国都曰安稳,父曰结民,是刹帝利族人,母曰莲华。梵天与上升是他的上首弟子,上生是他的侍者,触与善与是女上首弟子,阿沙那是他的菩提树。佛身长六十肘,他的寿量一万岁。

二三九　义成就以后,有导师曰帝沙。

　　　　无等无对无界限,无量名称世第一。

弗沙佛

这以后,有佛出世,名曰弗沙。这位佛也有三度的弟子集会,第一集会有六百万比丘来集,第二集会有五百万,第三集会有三百二十万。这时菩萨为国王,名曰已胜者。他舍弃大国,随佛出家,学习三藏,为大众说法,又完全行持戒波罗蜜。这位佛也同样地给他预言。

这位佛的国都曰迦尸,父曰胜军,母曰有瑞者。善所护与法军是他的上首弟子,沙毗耶是他的侍者,动与近动是女上首弟子,阿末罗是他的菩提树。佛身长五十八肘,他的寿量九万岁。

二四〇　在同一精好劫中,有一个无上的佛,

　　　　那就是无比无等的世界第一导者弗沙。

毗婆尸佛

这以后,距今九十一劫之前,有世尊出世,名曰毗婆尸。这位佛也有三度的弟子集会,第一集会有六百八十万比丘来集,第二集会有十万,第三集会有八万。这时,菩萨为龙王,名曰无比,有大神通力与大威神力,以嵌七宝之黄金椅子献奉世尊。这位佛也给他豫言,说"从今经过九十一劫,你当成佛"。

这位佛的国都曰有亲,父曰有亲王,母曰有亲妃。破片与帝沙二人是他的上首弟子,无忧是他的侍者,月与月友是女上首弟子,波吒梨是他的菩提树。佛身长八十肘,身光常满七由旬,他的寿量八万岁。

二四一　弗沙之后,有正觉者两足尊出世,
　　　　那是名曰毗婆尸的具眼者。

尸弃佛

这以后,距今三十一劫之前,有二佛出世,名曰尸弃与毗沙浮。尸弃佛有三度的弟子集会,第一集会有十万比丘来集,第二集会有八万,第三集会有七万。这时菩萨为国王,名曰伏敌,对佛与比丘众作大施,一一加施法衣,复以七宝严饰之宝象献奉佛,其所施与比丘众之用具,高与象身相等。这位佛也给他预言,说"从今经过三十一劫,你当成佛"。

这位佛的国都曰有日,父曰阿洛那,是刹帝利族人,母曰有光。胜者与出生二人是他的上首弟子,作安稳是他的侍者,摩弃罗与莲华是女上首弟子,白莲是他的菩提树。佛身长三十七肘,身光满三由旬,他的寿量三万七千岁。

二四二　毗婆尸之后,有正觉者两足尊曰尸弃,
　　　　无可比类、无有等伦者。

毗沙浮佛

这以后,有佛出世,名曰毗沙浮。这位佛也有三度的弟子集会,第一集会有八百万比丘来集,第二集会有七百万,第三集会有六百万。这时,菩萨为国王,名曰善现,对佛与比丘众作大施,一一加施法衣,随佛出家,行德具足,念佛宝而得甚大的喜悦。这位佛也给他豫言,说"从今经过三十一劫,你当成佛"。

这位佛的国都曰无譬,父曰善悦,母曰有称。输那与上胜是他的上首弟子,近寂是他的侍者,调伏与共鬘是女上首弟子,沙罗是他的菩提树。佛身长六十肘,他的寿量六万岁。

二四三　在同一精好劫中,有胜者出世曰毗沙浮,
　　　　无可比类、无有等伦者。

拘留孙佛

这以后，即在此劫中有四位佛出世，就是拘留孙佛、拘那含牟尼佛、迦叶佛与我世尊。拘留孙佛只有一度的弟子集会，来集的比丘有四万人。这时菩萨为国王，名曰安稳，对佛与比丘众作大施，一一加施衣钵，复献涂眼药与其他药品，闻佛说法，随佛出家。这位佛也曾给他豫言。

拘留孙佛的国都曰安稳，父曰火旋，是婆罗门，母曰毗沙佉，是婆罗门女。甚远与共活是他的上首弟子，觉生是他的侍者，黑与詹葡迦是女上首弟子，摩阿悉利沙是他的菩提树。佛身长四十肘，寿量四万岁。

二四四　　毗沙浮之后，有正觉者两足尊，

　　　　　　名曰拘留孙，难测无比类。

拘那含牟尼佛

这以后，有佛出世，名曰拘那含牟尼。这位佛也只有一度的弟子集会，来集的比丘三万人。这时菩萨为国王，名曰山。他率领了大臣们来听佛说法，招待佛与比丘众而作大施，献奉织好的上布、支那布、绢布、毛布、杜克罗布、金布，随佛出家。这位佛也曾给他豫言。

这位世尊的国都曰有彩，父曰祭施，是婆罗门，母曰上胜，是婆罗门女。渐多与上胜是他的上首弟子，吉祥生是他的侍者，海与上胜是女上首弟子，优昙钵罗是他的菩提树。佛身长二十肘，寿量三万岁。

二四五　　拘留孙后的正觉者两足尊曰拘那含牟尼，

　　　　　　是胜者、世界之长者、人中之牛王。

迦叶佛

这以后，有佛出世，名曰迦叶。这位佛也只有一度的弟子集会，来集的比丘三万人。这时菩萨为一青年，名曰光护，通达三吠陀的奥义，深为地上天界所知,是陶器师名曰作瓶者之友。他与这位友人同到佛的地方去听法话,随佛出家,精进努力,学习三藏,实行大小义务,替佛的教增加光辉。这位佛也曾给他豫言。

这位世尊诞生的国都曰波罗奈,父曰梵施,是婆罗门,母曰陀那波蒂,是婆罗门女。帝沙与婆罗堕阇是他的上首弟子,一切友是他的侍者,阿瓮罗与优楼频罗是女上首弟子,榕是他的菩提树。佛身长二十肘,寿量二万岁。

二四六　拘那含牟尼之后,有正觉者两足尊,

那胜者名曰迦叶,是法王,发扬大光辉。

一切佛

在那燃灯佛出世的一劫中,曾还有别的三位佛出世。可是菩萨未曾从这三位佛受到豫言,所以这里不提。释义书上为要列举那一劫以后的一切佛名,像下面样地写在那里。

二四七　作欲、作慧、作依、

正觉者燃灯、两足尊侨陈如、

二四八　吉祥、善意、离日、圣者所照、

高见、莲华、那罗陀、莲华上、

二四九　善慧、善生、大名誉者喜见、

义见、法见、世指导者义成就、

二五〇　帝沙、弗沙、正觉者毗婆尸、尸弃、毗沙浮、

拘留孙、拘那含与导师迦叶。

二五一　此诸正觉者离欲得定,以无限光明出现,

拂去大黑暗,光耀如火聚,终与弟子们共入涅槃。

菩提资粮的成满

这时,我们的菩萨,从在燃灯佛以下二十四佛处立誓以来,已过了四

阿僧祇十万劫。燃灯佛以下二十四佛都给菩萨豫言,说迦叶佛之后,成佛者就只是这位等正觉者。"要为人,为男子,有因缘,见佛,出家,具德,还要奉事与愿心。"❶他曾结合八种之法伏在燃灯佛的足下发如是愿。"于是我到处找寻成佛的基础之法",努力找寻,"我在这时找得了第一的施波罗蜜"❷,于是从施波罗蜜为始,顺次找得了成佛的要件,把这些要件完全成满,转生为一切度身。在这转生期间,曾对诸菩萨如是发愿之德加以赞美。

二五二　成就菩提者,
　　　　虽轮回在一亿劫的长途,必完具如是肢体。

二五三　不堕无间狱、世界中间狱与大渴、饥渴、黑绳等狱,
　　　　不为微小的昆虫,不生恶趣,

二五四　生在人界中,还要不生而为盲人,
　　　　听觉无缺,不成聋哑者。

二五五　成就菩提者,必须生而为男,
　　　　不为女人与两性者、根不具者。

二五六　不犯五无间业❸,行处清净,不怀邪见,
　　　　因为他是深解业作之理的。

二五七　即使居于天界,不生在无想天,
　　　　也无生于净心天的因缘。

二五八　善人倾心出离,于生不起执著,
　　　　行一切波罗蜜,饶益世间。

布施波罗蜜的成满

为了完成布施波罗蜜,他曾生为阿克帝婆罗门、桑伽婆罗门、陀难阇王,摩诃须陀沙那王、摩诃瞿文陀王、尼弥大王、月王子、毗舍赫长者、尸

---

❶　参照前六九偈。

❷　参照前一二六偈。

❸　五无间业,是杀父、杀母、害阿罗汉、破和合僧、出佛身血,即五逆罪。

毗王,直至一切度身,完全修行布施波罗蜜之生,多至无数。实则如兔本
生因缘[第三一六]所说。

二五九　见有乞食者走近身来,就把身舍给他,

能施世无匹,这是我的布施波罗蜜。

他如是舍给自己的身命时,布施波罗蜜成就为最上波罗蜜了。

护戒波罗蜜的成满

同样,他生为尸罗浮龙王、詹比耶龙王、菩利达多龙王、车怛多龙王,
乃至生为伽耶提沙王的儿子阿利那须多王子,完全修行护戒波罗蜜之
生,多至无数。实则如桑迦波罗龙王本生因缘[第五二四]所说。

二六〇　任凭用叉刺,用刀割,

我对巴伽普多不怒,这是我的护戒波罗蜜。

他如是舍弃自己的身命时,护戒波罗蜜成就为最上波罗蜜了。

出离波罗蜜的成满

同样,他生为沙摩那舍王子、哈帝婆罗王子、阿姚伽罗贤者,舍弃广
大的国土而完全修行出离波罗蜜的生,多至无数。实则如小须多沙摩王
本生因缘[第五二五]所说。

二六一　我唾弃掌握中的大权位,

弃了更不执著,这是我的出离波罗蜜。

他如是无欲无执,舍弃王位而出家时,出离波罗蜜成就为最上波罗
蜜了。

智慧波罗蜜的成满

同样,他生为毗都罗贤者、摩诃哥芬陀贤者、克陀罗贤者、阿罗迦贤者、
菩提普行沙门、大药贤者,完全修行智慧波罗蜜之生,多至无数。实则如果

子袋本生因缘[第四〇二]中,他生为舍那迦贤者,发见果子袋中有蛇。

二六二　我以智慧探索,把婆罗门从苦患救出,

　　　　智慧世无匹,这是我的智慧波罗蜜。

他如是从果子袋中发见蛇时,智慧波罗蜜成就为最上波罗蜜了。

精进波罗蜜的成满

同样,他完全修行精进等波罗蜜,其生亦多至无数。实则如摩诃迦那迦本生因缘[第五三九]所说。

二六三　在水之中央虽不见边岸与人影,

　　　　我心不变动,这是我的精进波罗蜜。

他如是渡大海时,精进波罗蜜成就为最上波罗蜜了。

堪忍波罗蜜的成满

如堪忍宗本生因缘[第三一三]所说。

二六四　迦尸王用利斧把我斩切到人事不知,

　　　　我也不怒,这是我的堪忍波罗蜜。

他如是在不省人事的状态中能忍受剧烈苦痛时,堪忍波罗蜜成就为最上波罗蜜了。

真实波罗蜜的成满

如大须陀须摩本生因缘[第五三七]所说。

二六五　我守持真实语,

　　　　舍弃自己的身命,

　　　　去救一百个刹帝利族人,

　　　　这是最上的真实波罗蜜。

他如是舍弃身命守持真实时,真实波罗蜜成就为最上波罗蜜了。

决定波罗蜜的成满

　　如哑躄本生因缘[第五三八]所说。

　　二六六　　我不厌憎父母,也不厌憎荣誉,

　　　　　　　　我爱一切智,故从事修行。

　　他如是舍弃身命从事修行时,决定波罗蜜成就为最上波罗蜜了。

慈波罗蜜的成满

　　如一王本生因缘[第三〇三]所说。

　　二六七　　谁都不来胁迫我,我也不怕谁,

　　　　　　　　我因慈爱之力而坚固,在森林中自乐。

　　他如是不顾自己的身命而垂慈时,慈波罗蜜成就为最上波罗蜜了。

舍波罗蜜的成满

　　如畏怖本生因缘[第九四]所说。

　　二六八　　我在墓地枕髑髅而眠,

　　　　　　　　村童集来,给我以种种待遇。

　　村童有的唾他,有的赠他花环或香料,他在如是苦痛与快乐交至之中不失平等心时,舍波罗蜜成就为最上波罗蜜了。

　　这里只是简单的记述,详情应看所行藏经。他如是完成了波罗蜜,入一切度之生。

　　二六九　　大地无心意,不知苦与乐,

　　　　　　　　因我布施之力,也震动七次。

　　他行了能使大地震动的大功德,在寿命尽时转生于兜率天。

　　以上所说,是大士在燃灯佛足下发愿起至生登兜率天的经历,就是所谓远因缘。

三　不远因缘

三种豫告

菩萨住到兜率天都，就有佛出现的豫告。豫告共有三种，一是改劫的豫告，一是佛出现的豫告，一是转轮王出现的豫告。那名曰世界群众属于欲界的天人们，身缠赤衣，作异样装束，散了发，哭丧着脸，拭着眼泪，在人间世界徘徊了这样说道："诸位，从今再过十万年，新劫开始了。那时这个世界要消灭，大海要干枯，大地要随须弥山王烧至没有，直到大梵天为止要没有世界了。诸位呀，请发慈心，请发悲心、喜心与舍心，请对父母尽孝，在家尊敬长者啊。"这是改劫的豫告。

守护世界的天人们以为"从今再过一千年，当有一切智的佛出世"。于是到处徘徊大声叫喊道："诸位，从今再过一千年，佛就要出世了。"这是佛出现的豫告。

天人们以为"从今再经过一百年，当有转轮王出世"。于是到处徘徊，大声叫喊道："诸位，从今再过一百年，转轮王要出世了。"这是转轮王出现的豫告。

诸天劝请

在这三大豫告中，一万大世界的天人们听到佛出现的豫告，都集在一处，知道"某人将成佛"，便到他那里去劝请他成佛。这劝请也要有了前兆才行的。天人们与一一世界的四大王天、帝释天、善时分天、兜率天、他化自在天与大梵天齐集在一个世界之中，同到了兜率天菩萨的地方，劝请道："菩萨啊，你完成十波罗蜜。不是想得帝释天或魔王、梵天、转轮王的光荣。你是为了要救度全世界的人们，所以求一切智的。现在正是你求菩提的时机了，正是求菩提的时机了。"

五种观察

菩萨暂不允诺天人们的劝请，先就时机、国土、地方、家系、生母与寿命的长短作五种的大观察。第一是时机的观察。"是好时机呢，还是非好时机呢?"出现在世人的寿命长至十万岁以上时，非好时机。因为这时生物不知生、老、死，佛的说法，也就失却了三特相的庄严。即使对他们说无常、苦、无我，他们会诧怪起来，以为"这究竟是甚么一会事"，勉强听了，不以为可信，因之便无理解，既无理解，就不能收化导的功效，所以非好时机。反之，人的寿命短过百岁时，也非好时机。因为这时的生物充满着烦恼，烦恼太多者，虽受教亦不能遵从，像在水上打印一样，立即消失。所以也非好时机。好的时机在人寿百岁以上、千岁以下的时候。那时人寿正是百岁，菩萨认为是适于出现的时机。

次之，就洲观察。把四洲与其属岛并合了观察起来，知道"诸佛不出于别的三洲，只生于阎浮提洲"。又观察地方。"这阎浮提是个大洲，广一万由旬。诸佛是生在其中何处的呢?"结果观察到了中部地方。所谓中部地方者："东方是一个名曰迦旦遮罗的村，过去有大沙罗树，再过去是边鄙地方，向内则是中部地方。东南方有一条名曰沙罗罗浮帝的河，再过去是边鄙地方，向内则是中部地方。南方有一个名曰白木调的村，再过去是边鄙地方，向内则是中部地方。西方有一个名曰杜那的婆罗门村落，再过去是边鄙地方，向内则是中部地方。北方有一座名曰乌悉罗陀遮的山，再过去是边鄙地方，向内则是中部地方。"这就是律藏❶中所说的中部地方，长三百由旬，阔二百五十由旬，周围九百由旬。其中有佛、辟支佛、上首弟子、大弟子、转轮王，有伟力的刹帝利人、婆罗门与富裕的居士出生。结果他这样决定："这里有一个名曰迦毗罗卫的城，我要生在此处。"

---

❶ 大品五之一、三之一二。

次之，又观察家系。"诸佛不生于毗舍或首陀之家，只生在世人所崇敬的刹帝利、婆罗门二族中。现今刹帝利族正受世人崇敬，我就生在这族之中吧。以净饭王为我之父吧。"

最后，又观察生母。"佛的母亲须没有爱欲的，不嗜酒的，曾于十万劫间修波罗蜜的，生后受过五戒，不曾破失的。那位大摩耶妃正是一位这样的女人，她将是我的生母吧。但寿命怎样呢？"他观察的结果，知道是十个月零七日。

降生的宣言

菩萨作过五种大观察之后，才快悦地去接待天人们，允诺着说道："诸天人啊，我成佛的时机已到了。就请回去吧。"他送出了他们，便随兜率天的天人们进兜率天的难陀园去。凡是天上的世界，都有难陀园。到了那里，天人们请菩萨"在此处死去，再转生于善处"。请他把前世所行善业的效果想起，这样地过着日子。菩萨就在天人们这样侍奉中在那里死去，投胎于大摩耶妃的腹内。其经过情形如下。

托胎的奇瑞

相传，这时迦毗罗卫城刚在举行阿沙陀［秋祭］祭典，全城群众都在狂热的情绪中。大摩耶妃自十五夜以前的七日以来，戒止饮酒，豫备了花环、香料来享受佳节的快乐。到了第七日，很早就起身，以香水澡浴，舍金四十万两作大布施，华饰盛装，吃精美食品，守八斋戒，走到庄严华丽的寝殿，就在寝床卧着的时候做起梦来。梦境是这样的。四大天王连卧榻将妃扛抬到雪山地方，那里有一块广六十由旬的平原，名曰悦意石，其中有七由旬的大沙罗树。四大天王把妃安置在树下，自己退立一旁。这时天王们的妃子也来了，她们把大摩耶妃扛到阿耨达池，劝请澡浴，除去人间的垢秽，替她著上天人的衣服，以天花饰身。那里附近有一座白银山，山中有黄金宫殿，就在那里向东替她铺好了天人的卧榻，教她卧在榻上。这时菩萨化身为白色美丽的象,在相离不远的黄金山上走着,既而下来上白银山去。从北方上山,以银色的鼻子执持白莲华,高吼一声,进入黄金殿以后,在母妃卧榻的周围右绕三遍,就从母妃的右胁钻进,住在胎内了。其时正是阿沙陀祭的最后一日。妃次日醒来,就把梦中的情形告诉国王。王召了六十四位有名的婆罗门来,在日来新用绿叶炒谷等物装饰着的祭场上,排列高贵的坐具请他们就坐,将醍醐、蜜、糖调成的羹汤盛入金银钵中赐给他们,此外还加赐了许多东西,如新衣与赭色的牛等类。王于他们各得所欲以后,把妃所做的梦说给他们听,问他们"吉凶怎样"。婆罗门们道:"大王,不必忧虑,这是王妃怀妊了。而且所怀的是男胎,不是女胎。大王将有王子了。这位王子将来如果住在家里过家庭生活,当为转轮王。如果出家去过出家人生活,当为替世界拂除障盖的佛吧。"却说,菩萨入母胎时,一瞬间一万世界都起震动,现出三十二种的祥兆。一万大世界充满了无限的光明,为这光荣所动,盲者恢复了视力,聋者闻到声音,哑者开口互相言谈,伛偻者把身子伸直,跛者开步能走,被幽系者从枷、锁之类的刑具解放,地狱中的火都熄灭,饿鬼界不觉饥渴,畜类没有恐怖,生类毫无病苦,出言和爱,马与象在和风中嘶吼,所有乐器各自鸣奏,在人手上与身上的饰物一一发出声音,四方天空一碧无翳,柔和清凉的风吹来使生类感到快适,甘雨不时下降,地中有水喷出,鸟停在空中不飞,江水不流,大海水转咸为甘,一切必要的地方,表面都用五色莲华覆盖,水陆的花全开放,树干上有干的莲华,枝上有枝的莲华,蔓上有蔓的莲华,陆地上有莲华穿土涌出,七朵一层,层层升上,空中有莲华下垂,四方有莲华吹来如雨,天乐在空中齐鸣,一万世界宛如一个花环在旋转,如一个用花环结成的束子,又如一个用花环严饰的宝座,麈拂摇振,花香扑鼻,全体好似合成了一个大花环,真是美到极处。

菩萨之母

菩萨入母胎之后,有四个天子执剑守护,使菩萨母子不受灾祸。菩萨之母对男性不生欲念,名誉荣华达到极点。内心安乐,身不疲乏。菩萨在胎内,如摩尼珠受黄色绢丝覆罩。原来菩萨所住之母胎,与神祠的内殿一样,不许别人借住的。所以菩萨之母于菩萨诞生后第七日就死去,转生于兜率天了。别的妇人生产或不满十个月,或过十个月,生产时或坐或卧。菩萨之母不然,她于胎内保护菩萨整十个月,立着生产。凡是菩萨之母都如此。大摩耶妃像用器盛油似地,怀蓄着菩萨,至满十个月时,就想归宁母家,对净饭大王说道:"大王,我想回到故乡天臂城去。"王答应道:"好。"就命把从迦毗罗卫到天臂城之间的道路修平,沿途用芭蕉、水瓶与其他的东西装饰起来,请妃乘入黄金舆驾,由大臣们扛抬了,护卫森严地送她回去。

降诞

在这两城之间,有一个沙罗树园,两城的人们都称之为蓝毗尼园。这时沙罗树正满树开花,花间枝间,有五色的蜜蜂与种种的禽鸟飞翔着,发出美妙的声音。整个蓝毗尼园好像心萝园[帝释天的游苑],又好像有大威力的王者所特辟的酒宴场。妃见了那光景,就想往沙罗树林中去游玩。大臣们把妃扛到了林中,妃走到沙罗树王之下,想去攀触树枝,忽然有一枝像芦苇突然遇到热气的样子,垂下到妃的手边来。妃伸手去攀时,觉到要生产了。于是用幕把妃围蔽起来,从者们大家退开。妃就手攀树枝立着生产。这时,有四个具清净心的大梵天,手执金网,把菩萨兜接在金网中,立在母妃之前,告诉说道:"王妃,恭喜,你生了有伟大力量的儿子了。"别的生类出母胎时,总沾惹着可厌的不净物的。菩萨不然,他诞生时张着两手与两足,好像说法者从法座下来,又好像人从楼梯走下。留在母胎里的时候,毫不受不净物的沾污,清净洁白,像一粒用迦尸绢绸包裹的摩尼宝珠,带了光辉出母胎来。这时,空中有水两股,突然流下,供养菩萨母子,使菩萨与母体加增气力。于是,四大天王以缘起吉祥、柔软舒适的羚羊皮衣,从梵天张执之金网中接过菩萨,人间再以杜克罗布的被褥从那些天人手里去接。菩萨从人间的手中下来,立在地上,向东方一望,见数千的大世界犹如庭园,天与人都在捧了香华之类供养,说"大士啊,这里没有可与你相等的,何况比你更胜的呢?"再转看四方四隅,以及上下,观遍十方,不见有与自己相等的,菩萨知道"这是好方向",就迈起大步,向前走,走到七步光景,许多天人都跟随着来了,大梵天掌着白伞,善时天振着犛尾的拂子,其他诸天人手中也各拿着可以作为王者之标记的东西。菩萨走到第七步,就停住了足,用庄严的声音作着狮子吼说:"我是世界中的最胜者。"

三生发语

菩萨于初出母胎时发语者有三生。就是生为大药时,生为一切度时与此生。当生为大药时,菩萨才出母胎,即有帝释天王来以旃檀树心纳入菩萨手中而去,菩萨生下来时手执旃檀树心。其母问道:"你拿来的是甚么?"菩萨答道:"是药。"因为他是拿了药来的,就命名曰药王子。后来把药盛入瓮中,能愈目盲、耳聋与一切疾病,于是大家都说"此药伟大,此药伟大",所以他得了大药的名字。其次,当生为一切度时,菩萨一出母胎就伸出右手向母问道:"母亲啊,我们家里有着甚么,拿来布施吧。"母道:"你生在财宝之家了。"说着,将儿子的手放在自己的掌上,教他去抱持千金的财囊。再次,就是这次生下来时的狮子吼。如是,菩萨曾有三生于初出母胎时就发语的。

七者同时出现

菩萨出生时,也如入胎时一样,有三十二种的前兆。当我们的菩萨在蓝毗尼园诞生时,罗睺罗的母妃、阐那大臣、迦留陀夷大臣、乾陟马王、大菩提树与四个藏宝的瓶也同时出现于世了。据说,那四个瓶之中,一个大一伽吠多❶,一个大半由旬,一个大三伽吠多,一个大一由旬。这七者是同时出现的。迦毗罗卫与天臂两城的人们,伴送菩萨回到迦毗罗卫城去。

---

❶ 一伽吠多,等于四分之一由旬。

黑执天行者

当日，三十三天的天人们皆大欢喜，振衣相戏，说"净饭大王的王子在迦毗罗卫城诞生了。这位王子将坐在菩提树下成佛吧"。这时，有一行者名曰黑执天〔阿私陀仙〕，已得八定，向在净饭大王的宫中出入。他昼食既毕，上三十三天去坐了休息，见天人们那种的样子，问道："你们为何这般高兴？请把理由告诉我。"天人们道："朋友，净饭王有王子诞生了。这王子当坐在菩提道场成佛，来转法轮吧。我们就可瞻仰那无边的威力，听受法门了，所以如此高兴。"行者听了他们的话，就急急地从天界下来，到王宫里，在特设的座上坐下，向王道："大王，听说你有了王子了，我想看看他。"王使人把盛装的王子领来，正想叫王子对行者礼拜时，王子的足反加到行者的发髻上去了。原来菩萨在此生中别无应礼拜的人，如果有人不知道，把菩萨的头抑到任何人的足下去，那人的头就会碎成七块。行者觉得"我不应毁灭自己"，就从座下来向菩萨合掌，王见到这不思议的情形，当场也情不自禁地向自己的王子礼拜了。行者能知过去四十劫、未来四十劫共八十劫间的事，见菩萨相好完全具足，就推究"能成佛呢？不能成佛呢？"推究的结果，是"必当成佛"，于是觉得"这位是不思议者"，发出微笑来。既而又推究"我能否见他成佛？"知道"不能，我将于中途死亡，转生在无色界中，任凭有百佛千佛也无法来替我开悟的"。他想到"我不能见这位不思议者成佛，真是莫大的损失"，不禁哭泣了。在座的人们怪异了问道："我们的尊者方才曾在微笑的，忽而又哭起来了。尊师啊，莫非我们这位王子将有甚么障碍吗？"行者道："这位王子毫无障碍，必当成佛。"人们道："那么你为何哭呢？"行者道："我不能见他成佛，自觉损失很大，所以哭的。"

那罗迦少年出家

行者又推究"在亲属之中，可有谁能见王子成佛的"，推究的结果，知道他的外甥那罗迦得见佛,便到他妹子家里,问"你儿子那罗迦在那里?"
妹子道:"哥哥,在家里。"行者道:"唤他来。"那罗迦既到,行者就对他道:
"少年啊,净饭大王生了一个王子。这位王子是佛的种子,再过三十五年
当成佛。你是能够见到他的,今日就出家吧。"这位少年,家有八亿七千
万的财宝,知道"舅父劝他出家,决非不利",就叫人从储藏处取出黄色的
衣服与土制的钵来,剃去须发,缠上黄衣,说"我是为了世间最第一者而
出家的",对菩萨所在之方向合掌,五体投地而作礼拜,就把钵装入袋中,
负在肩上,入雪山修沙门道去了。他后来于如来成最上觉时,来到佛处,
听佛说那罗迦道〔那罗迦经〕,再入雪山得阿罗汉果,履行尊胜之道,七个
月后即在黄金山附近之处,立着而入无余涅槃了。

占观相好

到了第五日,王替菩萨洗头,举行命名式。以四种香料涂饰王宫,又
遍撒炒熟的谷物与种种颜色的花。招请精通三吠陀的婆罗门一百零八
人,列坐在宫中,飨以纯粹的乳糜与其他美食,虔诚地请他们观占王子的
相好,问"将来怎样"。

二七〇　　罗摩、陀遮、罗迦那、曼帝、憍陈如、婆伽、须耶摩与须陀多,
　　　　　这八位精通〔吠陀的〕六分❶的婆罗门,当场宣唱咒文。

佛或转轮王

菩萨初入胎时,这八个婆罗门也曾占过梦兆。这次占观相好。八人
之中,有七个都伸出两个手指来作两种豫言,说"有这种相好的人,在家
当为转轮王,出家当成佛"。又把转轮王的光荣详说一番。唯有一个最
年青的名曰憍陈如,见菩萨具有种种相好,只伸出一个手指来,作片面的

---

❶　六分(chalangavā),是 cha＋anga＋vant 所成之语,意思是"有六种支分者"。这六种支分,
有一二译者解作六种感官,译为"制六感"。但实则此"六支"似应作吠陀的六分解释,即仪轨(kap-
pa)、文法(vyakarana)、语源(nirutli)、音韵(sikkha)、诗法(chanda)、天文(jotisattha)六者。

豫言道："这人决不会留在家庭之中的,将来一定是一位破除烦恼盖障的佛。"原来这青年过去曾在佛所立有誓愿,此生已是最后的一生,所以智慧远胜其他七人,能以一个手指单独决定,作如是的豫言,说"具这样相好的人不会留在家庭里,他必当成佛"。

五群比丘

这几个婆罗门回到家里以后,各各召唤自己的儿子们,对他们说道:"孩子们啊,我已年老,能否亲见净饭王子成一切智,不得而知。将来王子成一切智了,你们要出家去归依他的教啊。"后来其中七人,随业各受其应得之生去了,只有憍陈如青年尚壮健。大士为求菩提而出家,到了优楼频罗的地方,觉得"这地方很好,适于良家子有精勤之志者居住用功",便定居下来。憍陈如闻知"大人出家了",就去告知那些婆罗门的儿子们道:"听说悉达太子出家了,他必成佛。如果你们的父亲还活着的话,现在必定要舍弃家庭而出家吧。你们有志,可就出家,我也要随他出家了。"可是他们并非个个都是同志,有三人未曾出家,其他四人奉憍陈如婆罗门为首而出家。这五人后来共为五群的长老。

王子出家的前兆

这时,王问臣下道:"我这王子见了甚么要出家呢?"臣下道:"有四种前兆。"王问道:"那是甚么?"臣下道:"是老人、病人、死人、出家人。"王道:"从今以后,不准这四种人在王子面前出现。我的王子不须成佛,他该执行奄有一万二千属岛的四大洲政权,为周围三十六由旬的群众所围绕,阔步世间。"于是在东西南北各方,每一伽哎多派一个人看守严防,不使那四种人接近王子。就在那一日,同族八万户齐集到举行庆祝的场所来,每户各献上一个小孩,说"不论这位王子将来成佛或是为王,我们各献出一个小孩。如果成佛,那么有刹帝利族的沙门到处随侍。如果为王,那么可由刹帝利族的侍从者护卫而行"。王又选容貌端美毫无缺点的妇人侍伴菩萨。菩萨有许多人侍奉，生长于无上荣华之中。

下种式

有一日，王举行下种式。这日，全城装饰得像天宫一样地美观，王以下的人们都换了新衣，以香料与花环饰身，齐集于宫殿内。在王要去工作的地方安排着一千把的锄头，其中有一百零八把，除王所用的一把外，用银装饰。连牛与牛绳上也都有银子的饰品。王所用的那一把，则用赤金装饰，牛角上牛绳上也都装得有金。王在大群臣民的随从中，带了王子出发，在下种场边有一株阎浮树，王在树下替王子铺好了卧榻，上罩镂金的天幕，周围用帷帐遮蔽，谆嘱侍从者好好看守，然后率了大臣们行举锄下种的仪式去。到了场上，王手执金锄，大臣们手执银锄，农民们手执其他的锄，一同在各处回环捣掘，王由这边巡视到那边，复由那边巡视到这边，自己觉得很是荣耀。

树影的奇瑞

守护在菩萨身畔的妇女们，为了"想去看看国王的雄姿"，都从帷帐中出来。菩萨见周围无人，就急忙坐起身来，盘起两腿，调整呼吸，入第一禅定了。妇人们徘徊于有种种食物的地方，回来稍迟。这时别的树影都摇动，唯有菩萨头上的那株树影静止不动，在地上画成圆形。妇人们想到"王子独自在那里呢"，急忙回来，走进帷帐看时，见菩萨正在卧榻上盘了腿坐着，就奇异起来，连同树影的情形去向王报告道："大王，王子打着坐呢。还有一件事可奇，别的树影都摇动，那株阎浮树的影子却圆圆地安定着的。"王急忙过来，果见情形奇异，就向王子礼拜道："王子啊，这是我第二次对你的礼拜了。"

三时殿

此后菩萨次第成长，已到了十六岁。王为菩萨依照寒暑，建造三时的宫殿，一所是九层楼，一所是七层楼，一所是五层楼。派四万个舞妓侍候菩萨。菩萨身边满是盛装的舞妓，宛如一个被许多天女围绕的天王，耳听不杂男音的歌乐，依气候随意更换宫殿，荣华过日。罗睺罗的母亲是他第一个妃子。

竞技

却说，王子如是享受荣华，有一日，在同族集会中有人讲起这样的话："悉达游乐度日，甚么技艺也不学。万一遇到战争，如何是好呢？"王于是叫了菩萨来，对他说道："王子啊，你同族中有人说：'悉达甚么技艺都不学，只是游乐度日。'我觉得你也应该打个主意才是。"王子道："王啊，我不必学习技艺，我有技艺可给大家看，请派人到各处击鼓告知，说'从今日算起第七日，悉达要献技，请同族的人都来看'。"王依言照办。届时，菩萨集合了能发矢如电与百步穿杨的弓术之士，在大众观览之中，演出其他弓术之士所不能及的十二种技艺给大家看。详情见沙罗槃伽仙因缘［第五二二］中。自此以后，同族就不怀疑了。

四门出游

有一日，菩萨想往游苑去，叫御者来，命"豫备车子"。御者答应说"是"，于是在高贵的车上加以种种装饰，驾上四匹白莲色的辛杜出产的国王御马，请菩萨登车。菩萨坐在这安如宫殿的车中向游苑进行。天人说："悉达太子证上正觉的时机已快到了，给他看前兆吧。"把一个天子幻化为一个老人，齿落发白，皮肤起皱，驼背持杖，颤动着行走。这老人只有菩萨与御者看到。菩萨向御者道："朋友，这是甚么一种人？他的毛发与别的人不同呢。"菩萨与御者的问答，详见《大本经》中。菩萨听到了御者的回答，觉得"老衰随生而来，那么生就是灾祸"。心中感动，就回车返宫殿来了。王问御者道："王子为甚么回来得这么早？"御者道："大王，因为看见了一个年老的人，所以就回来了。王子看见了年老的人，也许会出家呢。"王道:"你们为甚么不遵守我的命令?叫舞妓们当心,王子如果肯享荣华,就不会起出家之心吧。"又增派人员,四方每半由旬有一人看守。

此后,有一日,菩萨照前次的样子,到游苑去,见到天人所幻化的一个病人,与御者作同样的问答,心中感动,就回宫殿来。王询问经过,下命令如前,又增派人员,四方每三伽哛多有一人看守。

此后,又有一日,菩萨照前次的样子,到游苑去,见到天人所幻化的一个死人,与御者作同样的问答,心中感动,就回宫殿来。王询问经过,下命令如前,又增派人员,四方每一由旬有一人看守。

此后,又有一日,菩萨照前次的样子,到游苑去,见到天人所幻化的一个沙门,服装著得很端整。就问御者道:"朋友,这是甚么人?"那时,佛尚未出世,御者不知道出家者与出家的功德。可是天人的威力使御者回答说:"王子,这是出家人。"接着又说明出家的功德。菩萨对出家人心动,这日才到了游苑。据长部经典的背诵者传述,这四种前兆都是在一日之间发现的。

最后的装饰

王子游玩苑中一日,在国王御用的莲池中澡浴,到日落时分,为要装饰身体,坐在磐石座上。跟随王子的侍役们,在王子的身边围绕立着,有的捧着种种颜色的衣服,有的拿着种种的饰物或是花环、涂香之类的东西。这时帝释天坐在座上,忽然感到温味了,他查究原因,说"有谁想把我从座上摇下来",查究的结果,知道菩萨正在装饰。于是把毗首羯磨唤来道:"朋友毗首羯磨啊,悉达太子今日夜半时分要大出家了,现在正在作王子的最后一次的装饰,你可到游苑中去,用天人的装饰替他打扮起来。"毗首羯磨答应说"是",就以天人的威力,顷刻间到了游苑,现身为王子的理发匠,从理发匠的手里取过布来,向菩萨的头上卷。菩萨用手去一接触,就知道"这不是人,是天子"。布在头上卷一转,要一千块,头在布中看去好像宝玉。第二次卷时又要一千块,卷了十次,共要布一万块。

切勿以为一个小小的头上布要得如此之多。其中最大的布只可抵得一朵沙摩华，其余的只如一朵鸠恩婆罗华。菩萨的头好似一朵花须满张的鸠伊耶迦华。

菩萨又以一切饰物严饰身体。音乐师各自献出自己的技俩，婆罗门们用"胜利""庆喜"等的言语来致敬。诗人、乐师与案陀罗人❶用种种的贺辞、赞辞来贺赞。菩萨就在许多人颂扬声中上了装饰华美无比的马车。

罗睺罗诞生

这时，净饭王听得"罗睺罗的母亲分娩了"，想"把这好消息告诉我的王子"，特派使者去报告。菩萨听了，说"罗睺罗〔障碍、系缚之意〕来了"。使者回去，王问"我的王子怎么说"，使者据实报告。王道："那么，将来我这孙子就命名为罗睺罗王子吧。"菩萨乘了华美的马车，荣耀无比，在万民敬慕之中回入王城。

大出家

这时，有一刹帝利族的少女，名曰枳萨愭昙弥，正在高楼的露台上，见菩萨在路上通过，瞻望尊姿，中心欢喜，就唱出喜悦的偈语来。

二七一　真幸福啊，他的母亲，他的父亲，

有这样丈夫的妇人真幸福啊。

菩萨听了想道："这女子说这样的话，人们对于一个人抱这样见解时，那人的父母与妻的心是会安的。但一旦消灭了甚么，心会安吗？"这时菩萨的心已离脱了烦恼，就这样想道："贪欲的火消灭时，心即得安。嗔恚与愚痴之火消灭时，心即得安。我慢、邪见等一切烦恼苦痛消灭时，心即得安。这女子给了我一个好教训。我正想求觅涅槃而游行，今日就

---

❶　案陀罗人谓乐师。

要舍去家庭生活,出家去求涅槃了,把这赠给这女子,作为我对于教师的谢礼吧。"就从头上取下价值十万两的珠饰,赠与枳萨侨昙弥。枳萨侨昙弥得了,以为"悉达太子恋慕我,所以赠我饰物",心中喜悦。

歌舞妓的丑态

菩萨在无比的尊严与华美之中,回到宫殿,在寝殿里卧下。即有许多天女般的美女,盛装华饰,手执种种乐器,围绕着菩萨歌舞起来,以期博得菩萨欢悦。这时菩萨的心已脱离烦恼,对歌舞等丝毫不感到兴趣,不一会就睡去了。那些女人们以为"我们是为他而歌舞的,他既睡去,我们何必徒劳呢",就纷纷丢去手中的乐器,各自卧下了。只有芳香的油灯寂寞地在寝殿内燃着。过了一会,菩萨醒了,就榻上盘足而坐,观看那些女人们的睡相。但见乐器乱丢在各处,女人之中,有的口流唾液沾污到肢体,有的啮着牙齿,有的发出鼾,有的说着呓语,有的大张着口,有的把衣服袒着,一一现出可怕的丑态。菩萨见了女人们的丑态,舍离诸欲之念,越深切了。他觉得这间华美如天宫的寝殿,宛如纵横狼藉摊着死尸的墓地,三界❶真同火宅一样。于是唱出"真是祸患啊,真惨啊"的感动的偈语,一心趋向于出家。

出城

菩萨决意"于今日出家",从卧榻起身走到门口,问"谁在这里"。车匿正枕阶卧着,答道:"王子,是车匿。"菩萨道:"我今日要出家去了,给我备马。"车匿答应说"是",携了马具到厩场去。见犍陟马王立在须摩那树下,旁边燃着芳香的油灯。他以为"今日非用此马不可",就把犍陟来豫备。犍陟身受马具,觉得"今日马具上得特别坚牢,与平日赴游苑去的时候有异,大概我们的王子今日要出家了吧"。心中喜悦,高声嘶叫起来。

---

❶　三界,为欲界、色界、无色界,即全宇宙之意。

那叫声也许会震动到全城的,可是天人们把声音遮断了,所以任何人也没听到。却说,菩萨打发了车匿以后,想"一看婴孩",就起身走到罗睺罗之母所住的屋子去,把室门开了,见空中燃着芳香的油灯,罗睺罗的母亲,卧在满撒须摩那、摩利迦等花的榻上,手按了婴孩的头熟睡着。菩萨在门阶停止脚步,立着观看,心中忖道:"如果我拨开了妃子的手去抱小孩,妃子会醒吧,这对于我的出家有障碍。待我成了佛,回来再见吧。"于是就从宫殿出来。据本生因缘的释义书所述,"这时罗睺罗王子诞生已七日"。但别的释义书上,却并没有这话,所以不好如此解释。菩萨下了宫殿来到马旁,嘱咐说道:"犍陟啊,请你与我作一夜的伴侣。这样,我可因了你的帮助成佛,度人天世界的一切吧。"说着便骑上马背去。犍陟从头到尾长十八肘,高与长相称,力大善驰,全身纯白,宛如洗净的贝蛤或砗磲,这马的叫声与蹄声,都可震动全城,所以天人们用了威力,使它不叫,于每次马蹄落地时衬以手掌,以防有人听见声音。菩萨坐在马的中央,叫车匿手捉马尾,于夜半时分到了都城大门。原来,王要使菩萨"不易随时出城",把城门做得很牢固,只开一扇,也要费千人的气力。菩萨有大力量,用象来计算,可以抵得百亿只象,用人来计算,可以抵得千亿个人。这时菩萨想:"如果城门不开,叫车匿捉住马尾,我坐在马背上,用两腿紧夹了犍陟,跳过十八肘高的城墙去吧。"车匿想:"如果城门不开,我把王子负在肩上,右手抱住犍陟的腹,夹在腋下,跳过城墙去吧。"犍陟也想:"如果城门不开,我就这样地,把王子载在背上,车匿带在尾上,跳过城墙去吧。"如果城门老是不开的话,上面的三种方法必有一种要实行的。可是有住在城门旁的天人,把城门开放了。这时,有一魔王,想"使菩萨回转",在空中说道:"你不应出去。再过七日,你将有轮宝显现了,你会成有一万二千属岛的四大洲之王,请回来呀。"菩萨问:"你是谁?"魔王道:"我是婆沙婆蒂天。"菩萨道:"我也知道有轮宝将显现。但我不要王位,我要成佛,使一万世界都震动。"魔王道:"那么,你如果起贪欲之念,嗔恚之念,或是危害之念,我就要来捉你啊。"于是魔王就如影子一般跟住菩萨,找寻菩萨的过失。菩萨把即可得到的转轮王位,唾弃不顾,在大光荣之中离去都城。其时正是阿沙陀月的满月之夜,月亮处于天称宫中,不禁想回头去对故都作最后之一望。菩萨才起此念,大地忽然裂开,旋转如陶埏之车,似乎在说"大士啊,请勿回头看。"菩萨回头去望故都,指所立处为将来犍陟回归造纪念塔庙之所,又以自己进行之方向指示犍陟,在无比的光荣与尊严之中,离去其地前进。

天人奉送

相传,这时天人们在菩萨前后左右各揭起六万火炬。有些天人们在大世界的边缘,揭起无量数的火炬。有些天人们与龙、金翅鸟等,捧了天界的花环、末香、薰香随行,波里质多罗❶华从空降下,宛如浓云密雨,满望都是,没有空隙。同时,天上发出歌声,有六十种乐器与六百八十万的乐器四方齐鸣,那情形宛如海上雷震,在由乾陀❷顶听到大海的怒吼。

阿奴摩河

如是,菩萨在尊严华美之中进行,一夜间通过三个王国,到了相距三十由旬的阿奴摩[尊胜,非卑]河畔。不要以为"马走得不快",这马于夜间出发,至早食时,能把一个大世界的边缘绕行一周。此次因天人、龙、金翅鸟等从空中遍撒花环,积在地上有好几尺高,马要从花堆中拔腿而行,且花环结得很精致,互相连络,马要把它踏裂了才能前进,所以走得不快,只走了三十由旬。菩萨立在河畔,问车匿道:"这河叫甚么名字?"车匿道:"王子,这叫阿奴摩河。"菩萨道:"我的出家也尊胜,非卑[阿奴摩]吧。"说着鼓踵叫马前行,马就一跳,跳过广八优沙婆❸的河面,在彼岸立定。

---

❶ 波里质多罗,是忉利天上之花。

❷ 由乾陀,是须弥七金山之一。

❸ 优沙婆是百四十肘,一肘等于一尺八寸,一优沙婆等于二百五十二尺。

落饰

于是菩萨从马上下来,立在银光一片的沙岸上,叫车匿到面前吩咐道:"朋友车匿啊,你可拿了我的璎珞陪犍陟回去,我就此出家了。"车匿道:"王子,我也出家去。"菩萨道:"你不能出家,回去吧。"菩萨如是劝导了三次,等到把璎珞与犍陟交付以后,又想到"我这头发与沙门不相应",但没有断发的东西,因想"用刀切吧",就右手执刀,左手捏住头巾与发髻,一起切掉。发长约二指,右旋了附着头上。在菩萨的一生中发总是这么长短,须也与发相称。当时所切去的只是发髻,后发与须未剃。菩萨把头巾与发髻一齐投向空中,说道:"如果我当成佛,就留在空中,否则落到地上来。"果然,这发髻与摩尼宝珠的头巾停住在一由旬的上空。帝释天王以天眼看到,用长一由旬的金匮,装盛起来,安置于三十三天上的髻宝珠塔庙中。

二七二　第一人者割下薰有好香的头巾,投上空中,

　　　　有千眼的帝释天俯视见到,用金匮来收藏。

陶师的友情

既而,菩萨又想:"这迦尸国产的衣服,与我为沙门的也不相应。"这时,有大梵天名曰作瓶,是菩萨在迦叶佛时的旧友。他用历劫不磨的友情想道:"我的旧友今日出家到了这里了。我替他送沙门的用具去吧。"

二七三　三衣、一钵、剃刀、针、带与漉水布,

　　　　这八者是专心观行的比丘所受用的。

犍陟悲死

于是就以这八种沙门用具来献赠。菩萨把阿罗汉的标记加在身上,缠起最上的僧衣后,就打发车匿回转,吩咐道:"车匿啊,代我向父王传

言,愿他平安。"车匿于是向菩萨礼拜,作右绕之礼而去。犍陟立着听菩萨与车匿谈话,知道"不能再见王子了",一路回去,行至后来,已看不见菩萨的影子,悲伤不堪,就心胸裂开而死,死后转生于三十三天,为名曰犍陟的天人。车匿与王子离别,本已悲伤,因犍陟之死,更加难堪,抱着两层的悲哀,啜泣进城。

入王舍城

　　菩萨出家了。当地有一奄波树林,名曰阿奴夷。菩萨在林中过了七日,然后于一日中步行三十由旬,入王舍城。入城以后,次第行乞。城中人们见了菩萨的样子,大起混乱,好像狂象或阿修罗王入城来了。官吏们跑到国王面前去报告道:"有如此这般的一个人在城中行乞。是人呢,天人呢,龙呢,金翅鸟呢,还是别的甚么呢?我们不知道。"王走上宫中高台去观看,觉得菩萨的形相希有,就吩咐官吏们道:"你们快去调查。如果是怪物,到城外就会消失不见。如果是龙,会潜入大地中去。如果是人,那么会吃所得到的食物。"菩萨拿着所乞得的种种混在一起的食物,知道"这已够维持身命",便从进来的城门回出城外,在般荼婆山后,向东坐下进食。菩萨的脏腑受不下这食物,几要从口呕吐出来,这样的食物,菩萨在一生之中连眼睛也没见到过的。菩萨对了这可憎的食物自己警诫道:"悉达啊,你出生在容易得食之家,有三年陈的芳香的米与适口的佳肴可吃。见到了一个著衲衣的人,自念'我也可作此装束行乞而食吧,但不知我有这个时机否',这才出家的。现在你的情形怎样?"菩萨如此自诫以后,从容进食。那些官吏们窥探了菩萨的举动,回去向王报告。王听了急忙出城来看,见菩萨威仪尊胜,大为敬服,说愿把王位让给菩萨。菩萨道:"大王,我于物质之欲,烦恼之欲,无所希求。我是为求最上菩提而出家的。"王虽再三请求,终未得到允诺。于是对菩萨说道:"你必当成佛。将来成佛时,请先降临到我的国度里来。"这里所说的只是概略,欲知详情,当看那"依照具眼者出家的事迹来演成故事"的出家经与释义书。

两仙人

菩萨得王许可,次第游行。在游行中,遇到名曰阿罗逻·迦兰与优陀罗·罗摩子的两仙人,修得了禅定。既而知道"这不是菩提之道",不再用力去修,立志努力作大精进,以自己的努力与精进普示人天世界。行到优楼频罗地方,觉得"这土地适于居住",就以此为安住之处,作大精进。

五比丘

那以憍陈如为长的五出家者,亦在大小村邑与王城次第行乞,到此与菩萨相会。嗣后六年之间,他们在菩萨作大精进期中,刻刻"就成佛吧、就成佛吧"地期待菩萨成佛。为菩萨做仆役,担任扫除与其他大小事务。

苦行

菩萨为了要作极端的苦行,一日间只吃一粒胡麻或一粒米,有时竟完全断食。天人们想把滋养料从菩萨的毛孔注入,也被拒绝。结果,菩萨非常瘦削,本来金色的身体变为黑色,三十二种的大人相好,也都失去了。有一次,因作无息禅观,为大苦痛所恼,竟至失了知觉,在经行处入口的地方跌倒。于是,天人之中,有的说"沙门瞿昙死了",有的说"这是阿罗汉的修习",那些说"死了"的天人们,赶到净饭王那里去报告,说"你的王子死了"。王问道:"我的王子成了佛死的呢,还是未曾成佛?"天人道:"未曾成佛,倒在大精进的场地上。"王反对道:"我不信这话。我的王子决不会未得菩提就死的。"王为甚么不信这报道呢?因为曾见到菩萨令阿私陀仙人礼拜与阎浮树下的奇瑞了。后来,菩萨知觉恢复,就从地上起来。那些天人们又来向王报告,说"大王,你的王子平安"。王道:

"我原知道我的王子不会死的。"

放弃苦行

六年的苦行,功效等于在空中打结。菩萨知道"这苦行非菩提之道",就重向大小村邑乞食摄取滋养。于是三十二种的大人相好,重又显出,身体复转为金色了。这时那五群比丘们以为:"修了六年的苦行,还未得一切智,再要向村邑求取滋养,这样的人,怎么能有成就?他已贪舒服,把精勤放弃了。对他去抱特别的期待,等于想把露水积聚起来,用以盥沐。我们对他还有甚么事啊?"他们就舍弃菩萨,各携衣钵,走到相距十八由旬的仙人堕处去了。

乳糜供养

却说,优楼频罗有一村落曰将军村。村中长者家有一个妙龄的女儿名曰善生。她曾对一株大榕树发过誓愿,说"如果我得嫁给同族的良家,第一胎就生男孩,那么每年当献上价值十万两的供物"。她的期望果然达到了。在菩萨苦行满六年时,她预备于毗舍佉月的望日,献奉供品。豫先把牝牛一千头放于杖蜜林中,以其所出的乳喂五百头牝牛,更以五百头牝牛的乳喂二百五十头牝牛,如是次第减半,直至以十六头牝牛的乳喂八头牝牛,所得之乳,浓甘而富于滋养,叫做转乳。到了毗舍佉月的望日,她豫备清晨就去上供,黎明就起身来,叫人去挤八头牝牛的乳。说也奇怪,小牛不走近母牛的乳房旁来,把新的盛器摆到乳房下面时,乳汁自会流到里面去。善生见了大为惊异,于是亲自动手,把乳盛入新的锅子中,发火去煮。乳在煮时发出许多小泡,一一右旋,涓滴也不溢出,灶上也毫不起烟。这时,有四个护世天子来在灶上守护,大梵天撑着大伞,帝释天用火炬来燃烧。天人们各以威力,如蜂采蜜般地把二万岛屿所围绕的四大洲中人间与天人所要的滋养料采来投入锅中。这种滋养料天人们在平日是一口一口地投入的,唯遇有佛成正觉与入涅槃时才全部投入。

善生在顷刻之间,见到这种种不可思议之事,遂告诉那名字叫满的使女道:"满啊,我们的神今日很欢喜哩,我从来没有见过这样奇异的事,你快跑到神的地方去看看。"使女答应说"是",就依了善生的吩咐,跑到树下来。菩萨于前一夜做了五个大梦,决心"要在今日成佛",天明即把周身一切都打点好,清晨来到树下,坐待托钵的时候到来。菩萨坐在树下,身光遍照全树。那使女跑来,见菩萨坐在树下,目注视着东方,身上发出光明,照得全树都作金色。想道:"今日我们的神,从树上下降,坐在这里,预备亲手来接受供物哩。"于是狂喜着跑回家去,报告善生。善生听了大喜,说"今日你做了我的长女吧",就把所有的少女适用的饰物赠给她。却说,一切菩萨在成佛之日,应有价值十万两的金钵。善生忽然动念"把乳粥用金钵来盛吧",就叫人将价值十万两的金钵拿出来去盛锅里的乳粥。正去盛时,锅中乳粥像水中莲瓣似地泛起,如数流入钵里,恰好满满的一钵。善生再另取一个金钵覆在上面,用布包好,然后以所有的衣饰打扮身体,把钵顶在头上,乘大威神力,走到榕树之下,见了菩萨大为喜悦。她把菩萨认作树神,俯身前进,从头顶取下钵来,开了上盖,连同金瓶中所盛的用花薰过的香水,献奉在菩萨面前。那作瓶大梵天所献的土钵,一向是不离菩萨之侧的,这时忽然不见了。菩萨因为找不着土钵,就伸出右手来接水。善生连同金钵盛的乳粥一齐放到菩萨掌上时,菩萨乃向善生观看。善生礼拜着说:"请接受了我所供献的东西,随意往那里去。"又说:"我的心愿成就了,望你成就心愿也如此。"她立起身来就走,把价值十万两的金钵,视同朽叶,不再回顾。

水浴

于是菩萨从坐处起来,向树右绕,携钵到了尼连禅河的岸边。那里有一个浴场,名曰善住,从来数十万菩萨于成上菩提之日都曾在此入浴的。菩萨把钵放在河岸,入水行浴,浴后复把数十万诸佛的衣服,即阿罗汉的标章著好,向东坐下,将浓厚甘甜的乳粥搓成四十九个圆子,如单核的熟多罗果那么大,即时吃完。这是成佛的人在菩提道场七七日间的粮食,在这七七日间,乳粥以外别无食物,不洗面,也不大便小便,唯在定乐与向果之乐中度日。

逆流的奇迹

菩萨吃完乳粥,把金钵投入水中,说道:"如果今日可以成佛,那么这钵要逆水而流,停在中途,否则顺水流下去吧。"钵横截着水面先流到河的中央,快马似的从中央逆流而上,到了相距八十肘的地方,从一个湾角沉下,沉到迦罗[时]龙王的宫殿中,与过去三位佛所用的三钵,丁东相触,然后安置在著末的地方。迦罗龙王听到那声音,就用数百句的偈来赞叹,说"昨日有一位佛出世,今日又有一位佛出世"。龙王将身充满一由旬三伽吠多的空间,从地面上升,其时间今日与昨日都一样。菩萨在满开着花的沙罗树林中过了一日,至日暮花从树上坠落时,就踏上天人们所严饰的宽八优沙婆的大路,狮子似的迈步向菩提树而去。这时,龙、夜叉、金翅鸟等各捧芳香的天华,天乐齐鸣起来,整个一万世界满是香,满是花环,满是喝彩声。

四方观察

这时,有一个刈草者名曰吉祥,携草从对方来,见了菩萨的状貌,知是希有,就献草八束。菩萨受了草,上登菩提道场,在场之南首向北而立。一瞬间,南方的大世界往下沉落,几乎要碰到下无间地狱,北方的大世界则几乎要上升到上有顶天去。菩萨觉得"这似乎非成就上菩提之处",于是右绕转到西首,向东而立。一瞬间,西方的大世界往下沉落,几乎要碰到下无间地狱,东方的大世界则几乎要上升到上有顶天去。这样,每立到一处,大地就立时向一方倾转,宛如立在装轴的大车轮的边缘上。菩萨觉得"这也似乎非成就上菩提之处",于是右绕转到北首,向南而立。一瞬间,北方的大世界往下沉落,几乎要碰到下无间地狱,南方的大世界则几乎要上升到上有顶天去。菩萨觉得"这也似乎非成就上菩提之处"，于是右绕转到东首，向西而立。东方是一切诸佛结跏趺坐之处，不会震动。菩萨知道"这里是一切诸佛所喜，不起震动，才是适于打破烦恼的牢笼之处"，取过那吉祥所献的草来，执住草的上端一振，立时就铺成了宽十四肘的座。这座非常坚固，任何巧妙的画工或陶师所不能描摹的。

菩萨的决心

菩萨在菩提树干前向东坐下，于就座时，作金刚般的决心道："即使我的皮肤筋骨都干枯，全身的血肉都销尽，如果我不成正觉，决不解开这跏趺坐？"于是就跏趺坐定，任凭有千百雷霆一时在头上落下，也不为所动。

恶魔袭来

这时，魔罗天子道："悉达太子想遁出我的管辖，但我能让他遁出吗？"于是就告知魔军，率领了魔军，轰着魔音而来。魔军队伍在魔王前方长达十二由旬，左方右方各达十二由旬，后方直排到大世界尽头。那呐喊声上达九由旬的高空，在一千由旬之间，可使大地震裂。魔罗天子骑在高百十由旬的名叫山带的象上，生有一千只手，执持各种武器。其他魔王眷属也一一各执武器，无一相同。一大群形貌怪异的东西，其势汹汹，向菩萨冲来。

这时，一万大世界的天人们，对菩萨宣唱赞歌，帝释天王口吹那名叫胜上的贝螺。这贝螺长百二十肘，一度鼓气吹响，声音经四个月后才息。摩诃迦罗龙王又作一百句偈语以为赞词，大梵天则撑了白伞立着，魔军渐渐逼近菩提道场，对了菩萨，一个都不能立定，当场纷纷逃去。天人们也都立不住了，迦罗龙王潜入地底，到曼乔利迦龙王的广五百由旬的宫殿中，去双手掩面而卧，帝释天背了胜上的贝螺，立到大世界的边缘上去，大梵天把白伞丢在大世界边界上，自回梵天世界。

　　菩萨独自坐着。魔王对自己的眷属道:"大家听啊,像净饭王子悉达这样的人,是独一无二的。我们不能从前面去攻他,从后方去,或者可以吧。"菩萨回顾前方与左右二方,见天人已都逃避,是空空地,及见魔军复从背后涌来,想道:"这么大批的东西正在向我一个人化了气力拼命哩。我在这里没有父母兄弟,也没有一个亲族。但这十波罗蜜是我长期间育养成长的,犹如侍者。所以我应以十波罗蜜作为盾与刀,去打破他们的势焰。"于是坐着把十波罗蜜来忆念。

九种风暴

　　魔罗天子作起旋风来,想"以此赶退悉达"。一瞬间,大风从东方与他方吹来,那风势原足使半由旬至二三由旬的大山破坏,使林中的乔木灌木连根拔起,使四方大小村邑化为微尘。可是因了菩萨功德的威力,其势大大减弱,在吹到菩萨身边来的时候,竟连法衣的边缘也飘不动。

　　于是魔王想"用水来淹死他",作起大雨来。立时运用威力,使空中涌现百层千层的雨云,大雨下降,那雨势足使大地破坏,发生洪水,把森林淹没。可是在菩萨的法衣上,却连露水般的湿气也没有。

　　于是魔王又作出岩石的雨。大山发出火焰,熔岩从空中纷纷飞落如雨,可是飞到菩萨的身边,都变成了天华的球。

　　于是魔王又作出刀枪的雨。一时有无数单锋或双锋的刀枪之类,发出火焰在空中乱飞。可是飞到菩萨的身边,都变成了天上的花。

　　于是魔王又作出热炭的雨,一时有无数甄叔迦[肉色花]色的热炭从空中飞来。可是落在菩萨的足下,都变成了天上的花。

　　于是魔王又作出热灰的雨。一时有无数火红的热灰从空中飞来。可是落在菩萨的足下,都变成了栴檀的粉末。

　　于是魔王又作出沙的雨。一时有无数的微细沙粒,扬着烟焰从空中飞来。可是落到菩萨的足下,都变成了天上的花。

　　于是魔王又作出泥土的雨。一时有无数泥土扬着烟焰从空中飞来。可是落到菩萨的足下,都变成了天上的涂香。

最后,魔王就作出大黑暗,想"以此吓退悉达"。可是那具有四种作用的大黑暗,达到菩萨身边,也完全消失,像被太阳光征服一样。

魔王用了风、雨、石、刀枪、热炭、热灰、沙、泥土、黑暗的九种风暴,仍不能赶退菩萨,于是命令其眷属道:"你们茫然立着做甚么。快去捕捉那家伙,把他杀却,消灭了他。"自己骑了象携了轮盘冲到菩萨面前来,说道:"悉达啊,从这座中立起来,这座不是你的,是我的。"菩萨回答道:"魔王啊,你不曾修过十波罗蜜,未曾行过十种的最上波罗蜜,十种的近小波罗蜜,五种的大施,与种种的利益行、利世行、菩提行。这跌跏之座不是你的,是我的。"魔王怒不可遏,把手上携着的轮盘向菩萨掷来。轮盘就变成了一个天华的华盖,顶在忆念着十波罗蜜的菩萨的头上。那轮盘附有利刃,在平日,魔王发怒了投掷时,一支厚厚的石柱,也会像竹笋一般,被击得粉碎。现在向菩萨投掷,竟变成了一个头上华盖了。魔王的眷属于是运了一座大的石山投来,说"要你立刻从座上逃开。"这座石山在忆念着十波罗蜜的菩萨之前,也变成了一个花球落在地上。天人们立在大世界的边缘探头张望,心想:"悉达太子美好无比的躯体不受损伤吗?他现在平安吗?"

菩萨道:"诸菩萨在完成波罗蜜得上菩提之日,就有这个座,所以这个座是我的。"又向立在面前的魔王问道:"魔王啊,有谁可以作证,说你曾作过布施?"魔王指着魔军答道:"你看,有许多证人在这里。"这时魔王的眷属纷纷叫喊"我做证人""我做证人",那喊声几乎可使地面震裂。于是魔王反问菩萨道:"悉达啊,说你作过布施的证人是谁?"菩萨道:"给你做证人的都具心识,但我这里没有具心识的证人。姑且不说他生,在我生为一切度的一生中,曾行过七百次的大施,这可叫无心识的大地来作证人。"说着,从法衣中伸出右手来指向地面道:"我在一切度的一生中,曾行过七百次大施,你能作证人吗?"大地发出大声道:"我可作你的证人。"这时地上有百千种大声同时起来,像要压倒魔军。

魔军退散

菩萨自语道:"悉达啊,你曾作过大施,作过最上之施。"把生为一切度时的所施回忆起来。这时,那魔王所骑的高百五十由旬的山带象忽然屈膝,魔王的眷属都弃了头上的饰物与身上的衣服,纷纷向四方逃散了。

天人等见魔军逃去,说"魔王败遁,悉达太子胜利了。快献胜利的供品吧"。龙去招龙,金翅鸟去招金翅鸟,天人去招天人,梵天去招梵天,各执了香华,齐集到菩提道场菩萨座旁来,以偈赞扬。

二七四 "这是祥瑞者佛的胜利,害恶者魔王的败北。"
斯时龙群到菩提道场来欢呼大仙的胜利。

二七五 "这是祥瑞者佛的胜利,害恶者魔王的败北。"
斯时金翅鸟群到菩提道场来欢呼大仙的胜利。

二七六 "这是祥瑞者佛的胜利,害恶者魔王的败北。"
斯时天人群到菩提道场来欢呼大仙的胜利。

二七七 "这是祥瑞者佛的胜利,害恶者魔王的败北。"
斯时梵天群到菩提道场来欢呼大仙的胜利。

大悟

菩萨于日未西沉时败退了魔军,端坐树下,对垂及法衣的菩提树的新芽与珊瑚色的叶片表恭敬之意,即于初夜获宿住智,中夜得天眼,后夜观缘起。复把那缘起的十二句法式,依其上下顺逆的次序,加以思察。立时一万大世界起十二遍震动,直达到海。菩萨于日出时获一切智,一万世发出念声,顿现无比庄严。东大世界边缘所竖的幡幢,其光达到西大世界的边缘。西大世界的边缘所竖的幡幢,其光达到东大世界的边缘。南北二方亦复如此。大地上的幡幢其光上达梵天,梵天中的幡幢其光下达地面。一万大世界的花都开放,所有会结实的树都悬挂果实。茎上开茎的莲华,枝上开枝的莲华,蔓上开蔓的莲华,空中开垂下的莲华,地上也有棒的莲华穿破石面涌出,七朵为一丛。整个一万大世界宛如一个回旋腾空的花球,又如一张铺得非常平直的花毯。大世界内部有八千由旬的中间地狱,从来是用了七个太阳的光也照不亮的,可是这次也现光明了。深八万四千由旬的大海,水味发甜了。河水停止不流了。生而目盲者能见，耳聋者能闻，跛者能举步，囚犯的械锁也立时破除了。

菩萨在如是祥瑞与庄严之中获一切智，唱出一切诸佛所恒唱的感动的偈语来。

二七八　　寻求造屋匠而不得，

　　　　　多生在轮回界转展受苦之生死。❶

二七九　　屋匠啊，你今被找到了，

　　　　　无须再造屋子。

　　　　　你的椽材梁栋已破毁，

　　　　　能灭的心已把诸爱灭尽了。❷

以上为菩萨从兜率天下降至菩提道场获一切智的行迹，叫做不远因缘。

四　近因缘

近因缘是佛在各处所遭遇的情形，如说"世尊在舍卫城祇园""在给孤独园""在毗舍离大林重阁讲堂"之类。这些情形，最初如下所述。

初七日

佛唱着感动的偈，坐在座上，心想："我为获得这座，曾在四阿僧祇十万劫间转展于轮回界。在此期间中，为了获得这座，曾把戴有饰物的头割给他人，把涂过黑药的眼睛，与心头的肉挖给他人，把像伽利王子❸的儿子，像健诃渠那王女❷的女儿，像摩蒂妃❸的妻，当作奴仆赠给他人。这座是我的胜利之座、优越之座。我曾在这座上把思惟熟达，所以我不想从这座起来。"佛安住于数兆种的禅定，继续在座上凝坐了七日。经上

---

❶　《法句经》第一五三偈，《长老偈》第一八三偈。

❷　《法句经》第一五四偈，《长老偈》第一八四偈。

❸❷❸　伽利王子，健诃渠那王女，摩蒂妃，见本生因缘五四七。

有"尔时世尊,享解脱乐,七日之间,安坐于座"的话。

第二七日

于是,有些天人们忧虑起来,以为"悉达太子今日仍身不离座,好像在作甚么事哩"。佛知天人们抱这忧虑,就飞升空中,显出两种神通来给他们看,使他们的忧虑消失。那神通与在菩提道场所现、亲族集会上所现、对波吒的儿子们所现、健达婆树下所现者无异。佛既以神通制止了天人们的忧虑,于是从座上起来,偏东向北而立,指座说道:"我是在这座上获一切智的。"四阿僧祇十万劫间修行波罗蜜,这座就是享果之地。佛凝视这座,目不转瞬,这样过了七日。后来就称那地方为不瞬塔。

第三七日

于是天人在佛座至佛所立处之间,造成经行处,佛在这东西向的宝经行处经行,又过了七日。后来就称那地方为宝经行处塔。

第四七日

到了第四七日,天人在菩提树的西北方筑起宝舍。佛在其中结跏趺坐,把导入涅槃的根本法阿毗昙藏详加考察,过了七日。据那些通达阿毗昙的人们说:"宝舍是用宝建造的舍宇,又有一说,佛会通七种论的地方叫宝舍。"这两种说明都适合,可以并取。后来就称那地方为宝舍塔。

第五七日

如是,佛在菩提树附近过了四七日,到了第五七日,就从菩提树下行到羊牧榕树之处,在那里坐了享着解脱之乐,把法思索。

魔王恐惧

这时，魔罗天子恐惧说道："从他出城以来，我就跟在后面找寻他的过失，可是竟一种罪恶都找不出。他已超出我的管辖了。"他坐在大路上想出十六种原因，一一在地上作记，划成十六个记号。"我不像他，未曾修行布施波罗蜜，所以我不及他。"说着就划一个记号。"我不像他，未曾修行持戒波罗蜜、出离波罗蜜、智慧波罗蜜、精进波罗蜜、堪忍波罗蜜、真实波罗蜜、决定波罗蜜、慈波罗蜜、舍波罗蜜，所以我不及他。"说着就再划九个记号，共计十个。"我不像他，未曾修行十波罗蜜，因之没有得到特别智慧，对过去、未来诸世的人心，不能洞晓，所以我不及他。"说着又划第十一个记号。"我不像他，未曾修行十波罗蜜，因之没有得到他心通智、大慈定智、双神通智、无碍智、一切智，所以我不及他。"说着又连续划到第十六个记号。他依了这许多原因，坐在大路上划出十六个印记。

魔女诱惑

魔王有三个女儿，一个名曰爱，一个名曰憎，一个名曰染。这时她们正找寻父亲："父亲不在这里，在何处呢？"到处找寻，见父亲悄然坐在大路上划记号。急忙跑过去问道："父亲为何这般烦闷？"父亲道："孩子们啊，那大沙门遁出我的管辖了。我为了要找寻他的过失，跟在他后面这么久，终于一点过失都找不到，所以在这里烦闷。"女儿们道："那不必烦闷，我们把他诱惑到这里来吧。"父亲道："孩子们啊，这人安住在坚固不动的信念中，谁也诱惑他不来。"女儿们道："父亲，我们是女人呀。现在就去，用爱欲的绳索把他绑到这里来吧。请勿耽忧。"于是她们就走到世尊那里去，说道："沙门啊，到身边来服侍你。"世尊好像没有听见，也不张开眼来看她们，独自坐着享受解脱寂灭之乐。魔王的女儿们自相商量道："男子的心各各不同，有的喜欢幼女，有的喜欢妙龄的少女，有的喜欢中年女人，有的喜欢老年女人，我们应该用种种的手段来诱惑他。"于是就依照年龄各化出一百个女人,或为幼女,或为未经产者,或为一度经产者,或为二度经产者,或为中年女人,或为老年女人,分作六批,走近世尊说道:"沙门啊,到身边来服侍你。"佛仍不睬她们,因为心已解脱一切,蕴聚灭尽了。据有些学者说:"在魔女化作老年女人走近佛时,佛曾对她们作咒道:'如此这般,这些人的齿牙快些脱落,头发快些白啊。'"这是错的,佛决不会作这样的咒语。佛是这样说的:"走开啊,你们何故徒费心力。这种行径,只配去对付那些未离贪欲的人,如来已没有贪欲,没有嗔恚,没有愚痴了。"佛唱出《法句经佛陀品》中的二偈,宣示自己烦恼已断,为魔女说法。

> 二八〇　胜利者无可再胜,
> 　　　　世间谁也不能进入他的胜处。
> 　　　　如是行处无限、无迹可寻的佛,
> 　　　　还有何法可引诱他呢?❶
> 二八一　在任何方面,
> 　　　　都找不出网、欲与爱,
> 　　　　如是行处无限、无迹可寻的佛,
> 　　　　还有何法可引诱他呢?❷

　　魔女们听了佛的说法,大家说:"父亲的话不错,善逝是世间的阿罗汉,不能用贪欲去引诱的。"就回到父亲那里去了。

第六七日

　　佛在那里过了七日,于是到文邻陀去。在那里又过了七日。适值大雨,文邻陀龙王恐佛受寒,以身缠佛七周。佛被龙缠绕,毫无所苦,仍享着解脱之乐,如住在香室[佛房]中一样。如是又过了七日。

---

❶ 《法句经》一七九偈。
❷ 《法句经》一八〇偈。

第七七日

以后，佛又到王处树下，享着解脱之乐，安坐七日。到这时已七七日了，佛在此七七日间，不洗面，不进食，也不大小便，只在禅定之乐、道之乐、向果之乐中过日。到了最末的第四十九日那日，佛坐在那里，忽然动念："想洗面了。"帝释天王取阿伽陀·诃梨勒［药果］来献，佛服了就通便。帝释天又献那伽蔓树之齿杨枝与洗面用水，佛口嚼齿杨枝，以阿耨达池之水洗面毕，仍去坐在王处树下。

二商人供养

这时，有兄弟二商人，名曰帝梨富沙与跋梨迦，率领车辆五百从优迦罗地方向中部进发。有些天人们，从前与他们为亲族，中途拦住车辆，劝他们供献食物于佛。于是他们把麨与蜜丸拿到佛的地方来，说道："世尊，请垂慈悲，接受我们的供品。"佛在受乳粥之日，已没有钵了。这时想道："如来不应以手接受食物，怎么好呢？"四大天王知道佛的意向，于是各以青色宝玉所制之钵从四方送来。佛都不受。既而又送来了四个菜豆色的石钵，佛以平等之爱，对四天子，就把四个钵都受下，叠在一处，命令说道："合为一个钵。"果然四个钵合而为一，不大不小，四个边口，仍历历存在。佛以这贵重的钵接取食物，吃毕道谢。此兄弟二商人与其余的人们，就归依佛与法，成了宣唱二归依的信士。二商人向佛请求："尊师，可有甚么东西给我们捧持的？"佛于是以右手去摸自己的头顶，取了些头发给他们作纪念。商人回去，就造塔庙来收藏这头发。

梵天劝请

这以后，佛又到羊牧榕树之下，安坐了把所证得甚深微妙之法来思惟。照诸佛的惯例，这时应该为他人说法，说"我所证得之法如此这般"

的,可是佛却尚没有这个心情。于是主管娑婆世界的大梵天忧虑起来,以为"不得了,这世界要灭亡了,这世界要灭亡了"。就邀约了一万大世界的帝释、善侍、善知足、善化作、他化自在与大梵天同到佛的地方来劝请道:"尊师世尊,请说法。尊师世尊,请说法。"

初转法轮

佛应允了。自想:"最初对谁说法呢?"觉得"阿罗逻·迦兰是聪明人,他会一听就了解此法吧"。及一观察,知道他已于七日前死去了。于是又想到优陀罗·罗摩子,观察起来,知道也在前日晚上死去了。于是又想到五群比丘:"那五个比丘,曾给过我帮助,他们现今在何处呢?"观察的结果,知道"居于波罗奈的鹿苑",就决定"到那里去转轮"。尚要在菩提道场四周托钵数日,豫备"于阿沙陀月的月圆那一日到波罗去"。十四日天明,佛携带衣钵作十八由旬的旅行,中途遇见名曰优波迦的活命派的苦行者,告以自己已经成佛,就于当日傍晚到了仙人堕处。那五群的长老们,见如来由远而近,互相约束道:"法友们啊,沙门瞿昙来了,他因为生活过得舒适,身体肥壮,诸根丰润,全身作黄金色哩。我们无须向他礼拜。他是王家之子,不消说,给他一个座位的价值是有的,所以替他设一个座位就够了。"佛有智慧,能知人天两界一切有情的心念,当推究"他们正作何念"时,知道他们心念如此,便暂放下了通彻一切人天界的普遍的慈念,对他们起特别的慈心。他们为佛的慈心所感,及佛走近他们时,他们不敢坚守自己先时的约言,不禁出迎作礼,以寻常迎宾之礼仪去接待佛。但因未曾知道佛已成正觉,谈话时直呼"瞿昙",或称"朋友"。佛警告他们道:"比丘们啊,对如来谈话,不该直呼名字或称作'朋友'。比丘们啊,我是如来等正觉者哩。"佛既告诉他们自己是佛,于是就在所设的庄严的佛座上坐下。于后阿沙陀星相合时,佛在一亿八千万大梵天围绕之中,召唤五群长老们,对他们说《转法轮经》。五群中的阿若憍陈如长老闻此说法,获得智慧,及佛说毕此经,即与一亿八千万大梵天共入预流果。

《无我相经》

佛安居在那里。次日，五长老中有四人出外托钵，唯婆沙波长老在精舍，佛为说法。婆沙波长老即于午前入预流果。第三日为跋提耶长老说法，第四日为摩诃那摩长老说法，第五日为阿说示长老说法，皆使入预流果。到分月❶五日，集五比丘于一处，为他们说《无我相经》❷。佛说毕此经，五长老皆入阿罗汉果。

耶舍归佛

这时，有一良家之子名曰耶舍。佛察知他有归佛的根性，当他在中夜萌厌世之意，弃家出行时，就把他叫住道："来啊，耶舍。"即于当夜使他入预流果，次日入阿罗汉果。他尚有朋友五十四人，佛也用"善来，比丘"的出家法，使他们出家，入阿罗汉果。如是，世间已有六十一个阿罗汉，佛于雨季安居后自恣时对他们道："比丘们，到四方游行去吧。"把六十个比丘派遣到各方，自己赴优楼频罗林去。

贤群青年归佛

佛在中途，于绵树林间指导贤群青年三十人，三十人中最下者入预流果，最上者入不还果。也用"善来，比丘"的出家法，使他们出家，派遣到各方，自己向优楼频罗林进发。

---

❶ 将旧历一月分为两分，自朔至望为白分，自望至晦为黑分。分月五日，可解作初五或二十日。但上文有"后阿沙陀星相合"一语，则此所谓"分月五日"当为二十日。

❷ 此经名原典作 Ananta－，恐是 Anatta－之误。盖锡兰文字写本上 nt 与 tt 容易写错，所以有此错误。

迦叶归佛

佛在优楼频罗林示现三千五百种神通,把那门下有徒众千人名曰优楼频罗迦叶的兄弟三结发道士引入佛法。用"善来,比丘"的出家法,使他们出家,留居于象头山。复以"燃烧方便的说法"使入阿罗汉果。

频婆沙罗王归佛

于是,佛想"履行与频婆沙罗王的前约",就率领一千个阿罗汉赴王舍城,在附近的杖林苑憩下。王得林苑园丁报告,闻佛来到,于是率领婆罗门与居士十二万人到佛的地方来,在那状如宝轮放金色毫光的佛足上稽首礼拜毕,即与随从者退坐一旁。这时,那些婆罗门与居士们都怀疑,以为"这大沙门从优楼频罗迦叶学修梵行呢,还是优楼频罗迦叶从这大沙门学修梵行呢?"佛察知他们的意念,就以偈问长老。

二八二　优楼频罗住者,你是苦行士、教诲者,

何所见而弃火神。

迦叶啊,我要问你,

你为何废弃火的祭祀。

长老懂得佛心,也唱偈作答。

二八三　说要以色、声、味诸欲与妇女作供养,

我了悟这有垢秽,所以远离供养与祭祀了。

迦叶唱毕此偈,为要使大众知道自己是佛的弟子,就把头伏在佛的足指甲上,说"尊师,世尊是我的师,我是世尊的弟子"。于是跃上空中,一多罗树高,二多罗树高,三多罗树高,乃至七多罗树高,如是在空中升降七次,然后礼拜如来,退坐一旁。大众见此神通,心想:"佛真有大威神力,阿罗汉真有这样有力的见识。"都说:"优楼频罗迦叶也破了邪见之网,被如来教化了。"对佛之德大加称赞。佛道:"我教化优楼频罗迦叶,不但今生,他从前早受过我的教化。"为要使大众明了这话,就说大那罗

陀迦叶梵天本生因缘［第五四四］，又说四种的真理。于是摩揭陀王［频婆沙罗］与十一万人都入预流果，其余一万人则声明为信士。王坐在佛那里，发起五种誓愿，归依于佛，请佛于明日往受供养，然后从座起来，作右绕之礼而去。

王舍城民拜佛

次日，王舍城人民一亿八千万人，为要拜见如来，清晨都从王舍城涌到了杖林苑。三伽吠多的路程，似乎已缩得极近，杖林苑中到处都是人，像在行祭赛会。大众瞻仰着庄严无上的佛的相好，不知厌倦。这就是所谓"称赞地"，到了此地，对如来的具有无上相好与随相好的色身，非赞誉不可的。大众如是礼拜瞻仰十力者的无上庄严之姿，把林苑与道路挤得人山人海，连一个比丘可走的通路也没有了。

帝释天开道

这时，有人这样想："周围如此拥挤，佛将无法去赴王的招待了。佛如果想断食，当然就可做到。但究竟不好。"于是帝释天觉得自己的座上带着温味了，观察的结果，知道了这理由，就现身为一青年，赞叹佛、法、僧三宝，降到佛的面前，以天人的威力辟出空处来。

二八四　自调伏者能调伏他人，

金色的世尊率旧日结发行者千人入城来了。

二八五　自解脱者能解脱他人，

金色的世尊率旧日结发行者千人入城来了。

二八六　自度脱者能度脱他人，

金色的世尊率旧日结发行者千人入城来了。

二八七　具足十住、十力、解十法、有十法的世尊，

由一千个比丘随从着入城来了。

青年唱着偈为佛前导，大众见他形貌庄严，心想："这青年生得很美。

我们从前未曾见到过。"大家互相谈说道："这青年何处来的？是谁家的儿子？"青年听了又唱偈语：

> 二八八　　雄士、善调伏一切无比的佛、阿罗汉、世之善逝者，
> 　　　　　　我是他的侍役。

佛通过帝释天所开的道路，率领一千个比丘入王舍城去。

奉献竹林园

王对佛与比丘作大施毕，向佛请求道："尊师，我今不能离三宝而存活，将随时参诣世尊。杖林苑距离太远，这里有一个林苑，名曰竹林园，不远不近，往来便利，适合世尊居住。世尊，请把这个园接受吧。"接着从金瓶中取薰过花香的摩尼珠色的水来澡十力者之手，将竹林园喜舍给佛。佛接受此布施时，大地因佛教在世间生根，发生震动。在阎浮提中，除了这竹林园以外，别无于受施时使大地震动的住处。在铜掌镍[锡兰]则除了那大精舍以外，别无于受施时使大地震动的住处。佛接受了竹林园，向王陈述谢辞，就从座中起身，率比丘众入竹林园去。

舍利弗、目犍连归佛

这时，有两个普行沙门名曰舍利弗与目犍连，住在王舍城附近，修不灭的涅槃。舍利弗见阿说示长老来托钵，起信仰心，随之而行，闻"诸法从因生"云云的偈，入预流果。即以此偈转告朋友目犍连，目犍连也入预流果了。于是两人即去访问他们的老师删阇耶，陈述一切，率领了自己的弟子们归依于佛而出家。两人之中，目犍连经过七日达阿罗汉果，舍利弗长老则经过半月达阿罗汉果，佛把这两人作为上首弟子。在舍利弗长老未成阿罗汉之前，曾行过弟子众的集会。

净饭大王悬念

如来居住在竹林园，净饭大王闻知"王子修了六年的苦行，成就最上

菩提,今在王舍城附近的竹林园转妙法轮"。于是唤一个大臣来,命令说道:"你带了这一千人到王舍城去,替我告诉王子,说'你父亲净饭大王要与你相见',就陪他同来。"大臣稽首答应说"是",即率领千人,疾行六十由旬,到精舍时,十力者正在四种弟子围绕之中坐着说法。他想:"姑且把王的使命暂时搁下吧。"就坐在听众之后听佛说法。即于听时与随来的千人同得阿罗汉果,求佛许其出家。佛伸出手来,说"善来,比丘"。一转瞬间,他们身上即带上了神通所现的衣钵,个个如一百岁的长老了。凡是得阿罗汉果的,对世事不起执著,所以他老是把王的使命保留下来,不对佛传言。王大惊怪:"为甚么去的人不见回来? 连消息都没有呢?"于是再派一个大臣,说"你替我去走一趟"。那大臣去是去的,可是也与前次派去的人一样,与随从者一千人同得了阿罗汉果,没有把话传达到。王再派大臣带了一千人同去,如是派遣到九次,每次派去的人都于自己的事情完毕后,默然留在那里,杳无消息。

迦留陀夷出家

　　王派了这许多人去,没有一个给他回音的。想道:"这些人连给我一个回音的情谊都没有。有谁能听我吩咐呢?"就宫庭中左右回顾,结果著眼到迦留陀夷❶身上。他平日为王服种种的事务,对王忠实,很受王的信任,而且与王子同日诞生,是幼时玩弄泥土的小伴侣。王把他唤来,对他说道:"迦留陀夷啊,我想会见王子,已派过了九千个人去,没一个人回来给消息的。人的寿命长短,不能预知,我想于此生中会见王子呢。你能使我与他相会吗?"迦留陀夷道:"大王,如果允许我出家,那么就可以。"王道:"出家不出家,随你自己的心意,但愿我能与王子相会就是。"迦留陀夷道:"大王,知道了。"于是带了王的书信到王舍城去。到后,见佛正在说法,就在听众之后恭听,与随从者同得阿罗汉果,也依"善来,比丘"的出家法,随佛出了家。

---

　　❶　迦留陀夷(Kaludāyi),本名优陀夷(Udāyi),因容貌黑色,故名迦留陀夷(黑优陀夷),参照下节。

优陀夷劝请

却说，佛成佛后，最初的安居在仙人堕处度过，安居终了，行过自恣，赴优楼频罗，在那里居住三月，教化结发行者兄弟三人，于弗沙月望日率领比丘千人赴王舍城，在那里居住二月。佛自从出波罗奈以来，到这时已五个月，寒季已过。优陀夷长老来此方七八日。他于巴迦那月❶的望日想道："寒季过去，现在正是春季。田禾刈后，随处都有可通行之道路，地面盖上绿草，森林著花，行路便利，十力者去对亲族表示好意，现在正是时候了。"就到世尊那里用偈劝请。

　　二八九　　那枯落的树已转成红色，火焰般发着光，
　　　　　　　大雄世尊啊，现在正是分授法味的时候了。❷
　　二九〇　　不热不寒，便于托钵，地上一片绿色，
　　　　　　　大牟尼啊，现在正是好时候了。

他以此等六十偈劝请十力者往赴生地，对此行加以称赞。

佛赴迦毗罗卫城

于是，佛道："你为甚么如此称赞，要我出行？"优陀夷长老道："尊师，父王净饭大王说要与你相会，请对亲族人们表示好意。"佛道："好，优陀夷啊，我给亲族以好意吧。可通知比丘众，叫他们作旅行的准备。"长老道："尊师，知道了。"即去告诉大家知道。佛率领盎伽·摩揭陀产的良家子弟一万人，迦毗罗卫产者一万人，共二万比丘，从王舍城出发，日行一由旬，说"从王舍城到迦毗罗卫，距离六十由旬，预备两个月走到吧"。从容地前进。

---

❶　这里所谓寒季，是把一年分为热、雨、寒三季的说法。巴迦那月是春之开始。
❷　长老偈第五二七。

净饭大王的供养

这时,长老优陀夷想:"把世尊已经出发的消息告诉王吧。"就从空中飞到了王的宫殿里。王见长老,大喜,设起华贵的座位来接待他,又把自己吃的种种美味的食物纳入长老的钵中,作为布施。长老立起身来想走。王道:"请坐。"长老道:"大王,让我到佛那边去。"王道:"那么,佛在何处呢?"长老道:"佛率领了二万比丘众启程,来与你相会了。"王心中欢喜道:"请你吃了这个。再把食物从这里带给王子,直到王子到达这里为止。"长老答应了。王供养了长老,复以末香薰钵。盛储最上的美食,交给长老道:"替我献给如来。"长老于大众环视之间,把钵掷向上空,自己也飞升上去,把食物送到佛的手中,佛就接受下来吃了。如是,长老日日运送食物,佛在路上专吃王所献的食物。长老每日至宫中就食,食后报告佛的行程,说"今日离此只有若干路了,今日又走近了若干路了"。又随时把佛的德性描摹了告诉大家,使王族的人们于未曾见佛之前,即起信仰之心。所以佛说:"比丘们啊,在我弟子诸比丘中,养成在家人的信者的,第一个要推迦留陀夷。"把他列在第一位。

释族迎佛

佛到达了。释族的人们想"拜谒亲族中的长者",集在一处,协议接待世尊的处所。大家以为"尼拘律园安适可住",就在园中准备好了一切,手捧香华排队出迎。第一排是盛装的幼童幼女,次之是王家的子女,再次之是释族人们。各献香华,导引世尊至尼拘律园。佛于二万漏尽比丘众围绕之中,在特设的华美之座上就座。

释族见奇瑞

释族的人们本有高慢不逊之性质,他们以为"悉达太子比我们年少,是我们的弟辈、子侄辈或孙辈"，于是向年少的王子们道："你们上前去拜，我们坐在你们的后面吧。"佛见他们坐下，就察知他们的心意，想道："我的亲族不拟拜我，好，我叫他们来拜吧。"立时就入神足定，出定以后，飞升空中，使足上泥土纷纷落至他们的头顶，显出二神通来，同那在健达婆树下所显者一样。王见此奇瑞，就拜下去道："世尊啊，当你降诞之初，我想领你去礼拜阿私陀仙人，到他身旁时，你的足反放到那婆罗门的头顶去，我见了就拜你的足，这是我第一次拜你。后来在举行播种式那日，你卧在阎浮树荫下的卧榻上。你在榻上打坐时，树影静止不动。我见了就拜你的足，这是我第二次拜你。今日我见了这未曾有的奇瑞，又来拜你的足，这是我第三次拜你了。"王这样向佛礼拜，全体释族的人们也不禁都拜下去，没有一个能坐定不拜的。于是世尊从空中下来，坐在座上受亲族的礼拜。

一切度本生因缘

世尊就座后，亲族集合愈众，盛况达于极点，都把心念倾注于一处，坐在那里。这时，天空大云四起，降下莲雨来。铜色的雨点落地有声，凡是想受雨者，身上个个淋到，凡是不想受雨者，雨点就不落在他的身上。大众见此光景，都觉得不可思议，互相谈说道："真是不可思议，真是希有。"佛道："我为亲族的人降莲雨，不自今日始，以前早有过这样的事。"佛欲明宣此意，为他们说一切度本生因缘〔第五四七〕。大众闻佛说法毕，从座起身，向佛礼拜而去。可是自王与大臣以至其他的人们，在临去时，都没有对佛说"请到我家去受供养"的话。

在迦毗罗卫行乞

次日，佛率领了二万比丘众在迦毗罗卫托钵，可是谁也不出来招待，也没有人来把钵接过去。佛立在城门的阶石上想："从前诸佛怎样在自己的生地行乞？不依顺序，只拣豪富之家的呢，还是挨户次第行乞的?"结果察知诸佛行乞无有不依次第的,于是想道:"我也非依此传统守此习惯不可,将来我的弟子也会依我的规矩,去奉行托钵的义务吧。"就从最边端的一家起,挨户次第行乞。城中居民互相喧传,说"那尊贵的悉达太子在街上托钵哩"。都奔到二楼三楼或更上层的楼阁,开窗观看,罗睺罗之母妃想:"这尊贵的王子,往时曾以国王的威望,乘了金舆巡行都城之中。据说现在剃去须发,身披黄衣,手执土钵,在街上步行乞食呢。不知那形状怎样?"也开了窗去看,但见佛以种种的离欲之相与辉耀的身光,照彻大路,周围放出光明一寻,有八十种随相好,三十二种大人相好,气象庄严。于是用偈赞叹。

　　二九一　发深碧而柔蜷,额平广而晶莹,鼻柔和而高低适度,
　　　　　　是善播光明的人中狮子。

　　她既以如是"人中狮子"的偈八个,来赞叹佛,又去向王报告,说"你的王子在步行托钵乞食呢"。

净饭大王获二果

　　王因而心动,急忙整理衣服,出去立在世尊面前拦阻道:"尊师,你为何不顾及我们的面子? 为何要步行乞食? 莫非以为这许多比丘众的食物无人供给吗?"佛道:"大王啊,这是我们的作法。"王道:"尊师,我们的系统不是摩诃桑摩多刹帝利族的系统吗? 这系统的人,没有一个步行乞食过的。"佛道:"大王啊,这是所谓王统,是你的系统。我们别有系统,燃灯佛、憍陈如佛乃至迦叶佛,这叫做佛统。这几位佛与其他数千诸佛,都行乞,都以行乞维持自己的生命。"于是立在街头唱出偈语来:

　　二九二　起来,勿放逸,要修善行之法啊。
　　　　　　随法而行者能安眠,不论在今世或在来世。❶
　　佛唱毕此偈,王就入预流果。
　　二九三　要修善行之法,勿作恶行啊。

---

❶ 《法句经》第一六八偈。

　　　　　随法而行者能安眠，不论在今世或在来世。❶

　　佛续唱此偈，王听了入一来果。后来，王听了护法王子本生因缘［第三五八、四四七］，入不还果，临终之时，卧在白伞下荣耀的卧榻上得阿罗汉果。如是，王是不必住在森林间去作精勤行的。

罗睺罗母拜佛

　　却说王入预流果后，就接取了世尊的钵，把世尊与比丘众招请到大宫殿中，以上品的软硬食物供养。食毕，后宫妇女都出来拜佛，唯罗睺罗母妃不来。侍女们劝请道："去拜那崇高的王子吧。"罗睺罗母妃道："如果我的德行好，王子自会到我这里来的，待他来时拜他吧。"终于不曾出去。佛将钵交王拿着，与两个上首弟子，一同到罗睺罗母妃的寝宫去，预先吩咐道："即妃来虔诚礼拜，也不要在旁说甚么话。"到寝宫后，就在所设的座上坐下。妃急忙出来，捉住佛的足，把头伏在足指甲上，虔诚礼拜。于是，王历叙妃爱慕世尊的情形，称赞她的德行道："尊师，妃闻知你穿黄色之衣了，自己也作黄衣之人。闻知你每日一食了，自己也为一食者。闻知你弃舍高大的床榻了，自己也结布条作卧榻。闻知你不用花环与香之类了，自己也一切不用。我的亲族中人写信给她说'愿供养你'，她却一概不与他们会晤。世尊，妃有这样的德行哩。"佛道："大王啊，现今妃知识已十分发达，又有你的保护，妃能守身无失，并不足奇。她在昔时知识尚未十分发达，又无人保护，来往于山麓中，也早就能保守自身的了。"于是为说月紧那罗本生因缘［第四八五］，离座而去。

难陀出家

　　次日，是难陀王子即位、结婚与进新宫殿之日，一日之间，举行三种典礼。佛想使王子出家，就到他那里去，将钵交与他，说咒离座。王子的

——————————————

　　❶ 《法句经》第一六九偈。

妃名曰国美，见王子随佛去了，一心希望"但愿王子就回来"，拉长了脖子等着。可是王子不敢向世尊说"请接过钵去"的话，一径跟随着佛向精舍走。他本来并无出家之意，世尊却使他出家了。如是，佛于到迦毗罗卫后第三日，就使难陀出家。

罗睺罗出家

到了第七日，罗睺罗之母把罗睺罗王子盛装了同到世尊的地方来。对罗睺罗道："王子啊，你看，那里有一个黄金色的沙门，形状像梵天，周围有二万个沙门围绕着。那就是你的父亲哩。他本有许多宝物，出家以后，就毫不顾到了。你可到他面前去，说'父亲，我是王子罗睺罗，一旦行过灌顶式，我就是转轮王了。宝是必要的，请以宝给我。我是父亲财产的继承人啊'。向他去请求王家的财产。"王子走到世尊身旁，感得了对于父亲的爱情，很是喜悦道："沙门啊，我因了你的福荫，觉得很快乐。"说了种种自己所应说的话，立在前面。世尊食毕，说过谢辞，就离座自去。王子跟在世尊之后，说"沙门啊，给我以王家的财宝呀。沙门啊，给我以王家的财宝呀"。世尊不使王子回转，连那些护卫王子的从者，也跟着世尊行去，回转不成。王子一路随世尊到了园中，世尊想道："这孩子想得父亲的财宝，但那是不脱轮回、招引苦患的东西。我把在菩提道场所得的七种之宝，传授给这孩子吧。把他作为我出世间的财产的继承者吧。"于是就唤舍利弗来，对他说道："舍利弗啊，请你把这罗睺罗王子出家。"王子出家后，净饭大王苦恼更深，终于忍不住了，向佛说道："尊师啊，未得父母的允许，请勿令其子出家。"请佛认可此事。佛即予以认可。

净饭大王获不还果

次日，佛在王宫中进朝餐，王退坐在一旁向佛道："尊师，当你在苦行时，有一天人到我这里来，说'你的王子死去了'。我不信他的话，说'我的王子在未得菩提以前断不会死的'，把他拒绝了。"佛道："从前，有人拿了我的骨头给你看,说'你的儿子死去了',你也不曾相信。何况今生呢?"为欲阐明这话,就为王说大护法本生因缘[第四四七],说毕,王即入不还果。佛既使父王成就三果,就率领比丘众仍还王舍城,入寒林居住。

给孤独长者

这时,有一居士,名曰给孤独,以五百辆车满载财货,到王舍城来,居于某长者的家里。闻知有佛出世,于一日清晨,从天人们威力所开启的门进来,到了佛所在的地方,闻佛说法,入预流果。

建立祇园精舍

次日,对佛与比丘众举行大施,复请佛允许赴舍卫城受供。于沿途每四十五由旬施财一万两,每一由旬建一精舍,把整个祇园地基,遍铺了金,费一亿八千万两购买下来,动工建筑。中央是十力者的香室[佛房],周围是八十个大长老们的各别住所,屋有一重壁的,有二重壁的,有壁上绘白鸟或鹞的,有长形的房室,有不加屋顶的舍宇,此外复有坐卧处、莲池、经行处、夜间住室、日间住室等等。他费了一亿八千万两的资财,建好这所境地优美、适于居住的精舍,派遣使者请十力者前往。佛听了使者的传言,就率领比丘众从王舍城出发到了舍卫城。

佛入祇园精舍

给孤独长者预先作精舍落成典礼的准备,于佛进住之日,使自己的儿子盛装起来,带了五百个少年一同出城去迎候。佛到后,长者的儿子与随从的人们各执鲜艳夺目的五色幡幢,排成一队,立在最前,其次是名曰大善贤、小善贤的长者的两个女儿,与五百少女,手中各执水瓶,排成一队。再其次是长者之妻,全身盛装,与五百妇人,手中各执满盛食物的钵,排成一队。最后是长者自己,与身著新衣的五百长者排成一队,立在佛的面前。世尊由这等善男导引，在比丘众围绕之中，以无限的威力，无比的祥福入祇园精舍去，身光所照，林园全部宛如染上了黄金之色。于是长者问佛道："尊师，这精舍如何处置呢？"佛道："居士，请把这精舍施给现在与未来的比丘众吧。"长者道："是，尊师。"即取金瓶以水去澡佛的手，说道："我把这精舍献奉给佛与现在未来的四方比丘众。"佛接受精舍，向长者说了谢辞，又以偈称赞布施精舍的功德。

　　二九四　　可以避寒暑、避猛兽与蛇蚖，
　　　　　　　又可以避冷雨与热风。

　　二九五　　把精舍施给僧伽，使便于禅定，获得保护与安宁，
　　　　　　　功德最第一，诸佛曾如是说。

　　二九六　　所以知道自己利益的贤者，
　　　　　　　应建安适的精舍，使多闻者居住其中。

　　二九七　　以信心把饮食、衣服、坐具，
　　　　　　　施献与彼等直心者。

　　二九八　　彼等为是人说除一切苦之法，
　　　　　　　是人了解正法，就得无漏而入涅槃。

精舍落成庆典

　　给孤独长者于次日举行精舍落成典礼。信女毗舍佉的楼阁落成庆祝，以四个月完毕。给孤独长者的精舍落成庆祝，延续至九个月之久。他为行这庆典，费了一亿八千万两，总计精舍所费的资财是五亿四千万两。

过去的大精舍

　　在这以前，毗婆尸佛时，有长者名曰菩那婆须弥多，曾铺了金瓦购买土地，建立广一由旬的僧伽蓝。尸弃佛时，有一长者名曰悉利婆多，曾铺了金板购买土地，建立广三伽哎多的僧伽蓝。毗沙浮佛时，有长者名曰

吉祥,曾以金象的足铺起来购买土地,建立广半由旬的僧伽蓝。拘留孙佛时,有长者名阿丘多,曾铺了金瓦购买土地,建立广一伽吠多的僧伽蓝。拘那含牟尼佛时,有长者名曰优伽,以金龟铺地购买土地,建立广半伽吠多的僧伽蓝。迦叶佛时,有长者名曰善吉祥,铺了金瓦购买土地,建立广十六迦利沙的僧伽蓝。我们的世尊时,给孤独长者以一千万迦波婆那铺地,购买土地,建立广十八迦利沙的僧伽蓝。这些场所都是一切诸佛所重视的。

以上是佛在大菩提道场成就一切智后至入大涅槃的行迹,这叫做近因缘。一切本生因缘,将准此叙述。

第一编

第一章　无戏论品

一　无戏论本生因缘　[菩萨＝队商主]

序　分

　　此关于无戏论❶之法话,是佛在舍卫城附近祇园大精舍时,就长者的朋友五百个异教徒说的。有一日,给孤独须达长者率领五百个异教徒的朋友,叫他们拿了许多华鬘、薰香、涂香与油、蜂蜜、糖蜜等到祇园精舍来参诣。向佛礼拜毕,供奉华鬘等物,又以医药与衣服施舍比丘教团,避去六种不当的坐法,端正在一方著座。那五百个异教徒亦向佛作礼,佛容颜吉祥,状如满月,相好❷具足,后光寻许,围绕梵身,毫光两两成对四射。彼等瞻仰着佛容,依给孤独长者而坐。这时佛以梵音作善巧方便如甘露之法话,其音如在雄黄山原野作吼之狮子,如雨季发雷之云,如银河

---

❶　无戏论系 apannaka 之译语。所谓戏论即戏谈,佛是不准许戏谈的严正之道,故名无戏论。佛教以外,皆世俗的思辨论者,是有戏论道。

❷　所谓佛之相好,即指三十二相八十随形好。

之倾泻,如宝珠之入串,八音具足,悦耳怡心。他们听了佛的法话,心中清净,就从座立起来礼拜十力,把归依异教的心翻过来而归依佛。嗣后他们常跟给孤独长者携了香华等来参诣精舍,倾听法话,供献施物,守护戒行,奉行布萨[说戒会]。佛由舍卫城到王舍城去了。佛去以后,那些异教徒们又把归依心一翻而归依异教,回复了原来的状态。七八个月以后,佛再回祇园精舍来。给孤独长者复率领他们来参佛,供献薰香等物,礼拜毕,坐在一旁。长者向佛申说,他们在佛游行中已丧失所获得之归依心,又归依异教,回到了原来的状态了。于是,佛就因了无量亿劫来习用之辩才与巧妙的威神之力,像开启外薰天香、中藏众香的宝函似地,把莲华之口开了,发出甘露般的声音问道:"据说,你们优婆塞们已破了三宝的归依,归依别的异教了,真的吗?"他们不能隐瞒,回答道:"世尊,真的。"佛道:"优婆塞啊,下自阿鼻[无间]地狱,上至有顶天,横至无量世界,当没有戒德具足如佛的,比佛更胜的自更没有了。"又从经典引了"汝等比丘,一切生类自无足乃至二足四足,于中以如来为第一"。"于此世,于彼世,一切财宝以有信心者为最胜"等文句,申示三宝之德道:"三宝具备如此最胜功德。归依三宝之优婆塞、优婆夷,不落地狱,已堕恶趣的也能脱离恶趣上生天界,获大成功。所以你们破了如此的三宝归依,而归依别的异教,是错误的。"为了解脱,为了最高理想而归依三宝者,不堕恶趣。这可引用经文来说明。

　　归依佛者不落地狱,
　　将舍人身而成天人之姿。
　　归依法者不落地狱,
　　将舍人身而成天人之姿。
　　归依僧者不落地狱,
　　将舍人身而成天人之姿。
　　被惊怖所袭者,
　　常归依于种种的东西,
　　或山或林或苑围之神树,
　　但此非安稳的归依,最上的归依。

由此归依不能脱一切苦。

归依佛、法与僧者，

能由正慧而见四圣谛。

那是苦、苦因、苦灭、导入苦灭的八圣道分。

此是安稳的归依，最上的归依，

由此归依能脱一切苦。❶

佛复对他们道："优婆塞啊，因了忆念佛、忆念法、忆念僧的行法，能达预流道、预流果、一来道、一来果、不还道、不还果、阿罗汉道、阿罗汉果。"佛说了如是的法，又道"所以你们不应破此归依"，因了忆念佛等的行法可达预流等的道果。关于此，佛在经典中曾这样明示着："比丘们，修习一法，增进一法，能入于厌离、离贪、灭绝、寂静、神通、正觉与涅槃。一法为何，即忆念佛是。"

佛这样用了种种方便训诫优婆塞，又道："优婆塞们，以非归依为归依者，怀颠倒的思辨执。此等人在前生，曾在非人［鬼］所管领之可怕的难处为夜叉所食，陷于灭亡。但无戏论而有决意，心不颠倒者，即在此种难处，仍得繁荣。"佛说了这话，就沉默了。这时给孤独居士从座起身，向佛礼拜赞叹，合掌至顶道："世尊，优婆塞们破毁无上尊胜之归依，而为疑念所困，我们已明白了。至于前生的事，思辨执者在非人管领之难处灭亡，而无戏论者仍得繁荣，这只有世尊明白，我们是不明白的。世尊啊，请拨云现月似地为我等明说这因缘。"佛道："居士啊，我于无量劫来成就十波罗蜜，为欲伏断世间疑惑，获一切智。当详说此事，你须一语不漏地谛听，像把狮子膏灌入黄金管中去的样子。"佛先这样促起了长者的注意，然后拨云现月似的说明前生隐秘的因缘。

主 分

从前，迦尸国波罗奈城梵与王治国时，菩萨降生在一个队商主的家

---

❶ 见《法句经》一八八偈至一九二偈。

里,已成长为一青年,统率着五百辆车子,经营商业,或由东到西,或由西到东,遍历各地。同时,波罗奈城中另有一个队商主的儿子,生性愚钝,并无临机应变之才。有一次,菩萨从波罗奈买了许多高贵的商品,满装在五百辆车中,准备出发了。那愚钝的小队商主也同样地装好了五百车的货物准备出发。这时菩萨想:"如果我与那愚人同行,路上将有千辆车子,道路要担当不住,行人用的燃料与饮料,牛吃的草,也都难得了。让他先走,或是我先走吧。"于是招了那人来,对他说明理由,问他道:"我们两人不能同行,你先去呢,还是后去?"他想:"先去于自己有利,可以走未破坏的道路,牛可以吃到未经别的牲口碰过的草,人也可以得到未经人碰过的挤汁的叶子,水也可以清新些,并且到后商品还可任意定价出卖。"就道:"朋友,我先去吧。"菩萨则恰与他相反,以为后去有利。这样想:"先行者会把路上的凹凸弄平,我就可走现成的道路。先去的牛吃的是老草,我的牛就可以吃新抽的嫩草。叶子经过一次采摘,新出来的挤汁,味将更美。他们因要饮水会掘泉,我们可就在掘好的洼孔取水。商品的价目非常难定,我去可就以他们定好的货价销售。"菩萨觉得后去有这许多利益,就道:"那么,朋友,你先去吧。"他道:"好,就是这样。"这位愚钝的小队商主驾起车子出发,不久,就走尽了人烟之处,踏入难处的境界。所谓难处,有盗贼难处、猛兽难处、无水难处、非人难处、饥馑难处五种。盗贼出没之地曰盗贼难处。有狮子等凶兽的地方曰猛兽难处。无水可饮与沐浴之区曰无水难处。非人[鬼]所居住的地方曰非人难处。无主要食粮可取的地方曰饥馑难处。那里的难处,在五种之中属于无水与非人的二种。小队商主曾用无可再大了的瓮子满装了水,载在车上,向广大六十由旬的难处进发。进入到难处中心地带的时候,住在那里的夜叉想道:"谎他们把带着的水弃了,让他们衰弱下去,然后吃尽他们吧。"就以魔力,化出一辆舒适的乘车,由壮健的白牛曳引。十多个鬼卒,手执弓盾等武器,围绕其旁。夜叉头上满是青的莲华白的睡莲,把头发衣服弄得透湿,坐在车中俨然像个君主。车子轮上飞溅着泥浆,从反对方向驶来,那在前后随着的从者们,头发衣服也都透湿,头上戴着青莲华白睡莲的华鬘,手里捧着赤莲华白莲华的花束,口里嚼着莲茎或藕,拖泥带水地走近这边。小队商主等为了想避黄尘，在逆风的时候，总是坐在车中由从者围绕着行在前面，在顺风时则行在后面。那时正是逆风，小队商主行在一队之前。夜叉见他过来了，就把自己的车子让在一旁，对他打招呼道："你们到那儿去。"小队商主也把自己的车子让开留出空路给他们，回答道："朋友，我们是从波罗奈来的。你们头上戴的是青莲华或是白睡莲，手上捧的是赤莲华或是白莲华，口里嚼着莲茎或是藕，满身泥浆淋漓地。莫非前面下着雨，有各色莲华盛开着的池荡吗？"夜叉听了，说道："朋友，你说甚么话？喏，你看，那儿不是望得见一抹绿林吗？从那儿起，全森林一片都是水，那地方常常下雨，凡是低凹窟洞都有积水，到处有开莲华的池哩。"夜叉说着驶车前进，又问道："率领了这些车辆向那儿去？"小队商主答道："到某国去。"夜叉又问道："这些车中装的是些甚么东西？"小队商主答道："是这个那个。"夜叉又问道："最后一车似乎很笨重，那里面又是甚么？"小队商主道："那是水。"夜叉道："你们从那里装了水来，再好没有。但到了这儿已不要了。从这儿过去，有的是水，乐得把瓮子打碎放去了水，走起来轻松些。"接着又说道："咿呀，你们请吧，我们也耽搁了不少时候了。"夜叉向前行进，就在望不见的地方进入自己的夜叉城去了。

　　那愚钝的小队商主果然相信了夜叉的话，打破瓮子，把水放得干干净净，开车前进。不料前面全然没有水，大家因为得不到饮料，疲惫不堪。一程一程地向前挨，到了太阳西沉的时候，把车辆解下来排成圆围，把牛吊在轮上。牛没有水饮，人没有粥吃。大家疲乏已极，纵横在地上卧下。到了夜半，夜叉从夜叉城出来，连人带牛一齐弄死吃光，只把骨头留下而去。一群的从者因了小主人的愚钝，就这样地丧亡了。骨头零乱地散在四处，五百辆车子满载了货物停在那里。

　　菩萨于那愚钝的小队商主走后一个半月光景，率领了五百辆车子离城出发，及到了难处的关口，他把水装满瓮中，凡是可以储水的东西里，都汲水装入。当张幕宿夜的时候，击鼓召集人众，对他们说："不经我许可，一滴水都不准消费。难处有一种毒树，不论遇到甚么叶、花或果实，凡是你们平日不曾吃过的，要向我问过才准吃。"这样谆谆告诫以后，方率领五百辆车子进入难处。到了难处的中心地带,那夜叉就用了老手段出现到菩萨的面前来。菩萨见这情形便悟到了,心中想:"此地是没有水的,是所谓无水难处。这东西眼睛发红,一股凶相,全见不到影儿。那先走的愚钝的小队商主一定已弃掉带着的水,连同一群从者在疲惫中被他吃去了吧。他大概还不知道我是一个聪明而机警的人哩。"于是向他说道:"你们走开,我们是商人。在没有遇到水以前,不想把水弃掉。要发见了水以后,才放出了水轻松地走。"夜叉向前行进,就在望不见的地方进入自己的夜叉城去了。夜叉去后,从者都对菩萨说道:"尊者啊,据他们说:'那儿望得见一抹绿林,再进去些的地方常常下雨。'他们头上戴青莲华或是白睡莲的华鬘,手捧赤莲华或是白莲华的花束,口里嚼着莲茎或是藕,衣服头发都是透湿的。我们就把水放去,使车子轻松走得快些吧。"菩萨听见他们这样说,即命停车,把全体人员召集拢来,问道:"这难处有池水与莲池,你们谁曾听到过这话?"从者道:"尊者,一晌不曾听到过这话。此地是无水难处。"菩萨道:"方才有人说,那儿有一抹绿林,再进去些地方常常下雨。我问你们,雨风可以吹多远?"从者道:"尊者,一由旬光景。"菩萨道:"你们有谁在身上触到雨风了吗?"从者道:"没有触到。"菩萨道:"云可伸长到多远?"从者道:"尊者,一由旬光景。"菩萨道:"你们有谁见到云了吗?"从者道:"不曾见。"菩萨道:"电光可及到多远?"从者道:"四五由旬。"菩萨道:"你们有谁见到电光了吗?"从者道:"尊者,不曾见。"菩萨道:"雷声可及到多远?"从者道:"尊者,一由旬光景。"菩萨道:"你们有谁听到雷声了吗?"从者道:"不,未曾听到。"于是菩萨道:"他们不是人,是夜叉。大概他们想来骗我们,叫我们弃掉了水,弄得疲惫不堪,来吃我们的。那先走的愚钝的小队商主缺少机智,一定受了骗,把水弃掉,在疲惫中被他们吃去了吧。五百车货物一定还在那里。我们今天就可看到吧。赶快前进,一滴水都不要弃掉。"叫从者们向前进发。进去进去,果然看到有五百辆满满的货车散乱地停在那里,人骨牛骨狼藉在地。菩萨命把车解下列成圆形的圈子,搭好宿夜的帐幕,叫人与牛吃了晚餐，把牛睡在人的中央。自己则率领队长执了刀，在夜之三时❶中当警备之任，直到天明。次晨，整理一切，喂饱了牛，剔去破车，选取坚牢的车子，舍去廉价的货物，把高贵的装进车里带去。到达目的地之后，以二倍三倍的价值卖完货物，就率领全队人员回到本城来了。

结　分

已成正觉之佛，说毕这因缘，又道："居士啊，有思辨执者在前生也这般地陷于灭亡。坚持无戏论者却从非人的手中脱出，安全到达目的地，仍回到乡里来。"为要把这两件事情联结起来，作为关于无戏论的法话，复唱出下面的偈语。

有人说无戏论处，

思辨者则说其他，

了悟的智者，

应取无戏论。

佛复对那些优婆塞说道："授予六欲天三善成就法，授与梵天界成就法，终乃授予阿罗汉道的是无戏论道。使之转生四恶趣与五贱族的是有戏论道。"这样说了无戏论的法话，又以十六行相说明四谛。佛说毕四谛，五百优婆塞都证得阿罗汉果。

佛既作此法话，述此二故事，又取了联络，把本生的今昔联结起来道："那时愚钝的小队商主就是提婆达多。其从者是提婆达多的从者。聪明的小队商主的从者是佛的从者。那聪明的小队商主则就是我。"

---

❶　指初夜、中夜与后夜。

二 沙道本生因缘 ［菩萨＝队商主］

序 分

此本生因缘，是佛在舍卫城时，就一丧失奋发之心的比丘说的。某时，如来在舍卫城。有一居住舍卫城的良家之子，往祇园精舍，在佛处倾听法话，发生信仰，感诸欲之可厌，就出了家。他为受具足戒费时五载，暗记二种本典要目，学习观行，在佛处选取了与自己相应的业处［观法］，入森林中作雨季修行凡三阅月，但毫无微光或征候显现出来。他想："佛尝说有四种人物。我是其中最低级的一种吧。我究能在此生做些甚么呢？佛的觉悟之道与果，都是不可得的。不如弃了森林生活，到佛前去，瞻仰秀丽第一的佛身，倾听甘露似的法话，以度光阴吧。"于是再回到祇园精舍来。有些知友们这样问他："朋友，你从佛处选取了业处，决心去实行沙门之法了的，现在却回来与众人杂处为乐，难道你在出家的修行上已成就了最高的工夫，可不再受生了吗？"他答道："我因得不到觉悟之道与果，觉得自己真是无能之人，所以中止了精进努力而回来了。"那些知友道："朋友啊，你以坚固的精进之心，遵从佛之教示出了家。今竟舍弃精进，实无理由。喂，陪你见佛去吧。"于是陪他到佛那里来。佛见了他，说道："比丘们啊，你们把这个不愿来的比丘带了来，究是为何？"比丘道："世尊啊，这位比丘因信奉解脱之教，出家修行沙门，而今却舍了精进之心而回来了。"于是佛问他道："比丘啊，听说你舍了精进之心，真的吗？"比丘道："世尊，真的。"佛道："比丘啊，你既信奉此教出了家，为何不叫人晓得你是寡欲者、知足者、遁世者、努力精进者，却叫人知道你是舍弃精进之心的比丘呢？你在前生是个努力精进的人。靠了你一个人的努力，当五百辆车子在沙漠的难处赶路时，人与牛都获得饮料而安全，为何现在舍弃了精进之心呢？"于是那比丘就大大地把意向坚定了。比丘众听了这话，恳求道："世尊啊，这位比丘舍弃精进之心的事，我们现在已明白了。但前生因他一人之努力，使牛与人在沙漠的难处获得饮料而安全，乃是隐事，只有像世尊这样的一切知者才明白。请为我等一说这个因缘。"佛道："比丘们啊，那么好好地听着。"佛先这样促起了比丘众的注意，然后对他们讲述前生隐秘的因缘。

主　分

从前，当梵与王住在迦尸国波罗奈城治国时，菩萨生在队商主的家里，成长后率领五百辆车子经营商业，来往各地。有一日，他跑进了直径六十由旬的沙漠难处。这难处的沙，细得手中留不住，日出后就发烫，灼热如火聚，足不能下。因此凡欲入此难处者，只好用车运输薪、水、油、五谷等物，在夜半赶路，天亮以后将车停住，排成圆形，头上张起天幕，吃了饭坐在凉荫下，度过一日。日没时进晚餐，等到大地冷却后，驾车再行。前进时必带向导。向导观察星象，以安渡队商，犹如航海一般。那时，这队商主也以如此方法，向这难处前进。当到达六十由旬尚少一由旬的地方时，心想："再过一宵就可出沙漠难处了。"吃了晚饭，尽弃薪、水诸物，系车于牛而进。向导者在前车中铺了床，把天上的星观察一会，喊了一句"喂，前进啊"，就躺下了。他因好久未曾睡觉，疲累不堪，一躺下就入睡乡。谁知牛已转了方向，循着所从来的路而行。牛终夜不停地前进。破晓时向导者一觉醒来，仰视着星宿，说道："把车子转向啊。"当掉转了车头排好行列时，太阳已出来了。众人怪道："这里不就是昨日我们张营幕的地方吗？薪尽水绝，我们将坐以待毙了。"就将车子解开排成圆形，头上张起天幕，各自卧在车下叹息。菩萨想道："我若不勇猛精进，全体人员都会死在这里吧。"于是乘着朝凉，四处徘徊，发现了一个吉祥草丛，心想，"这草是受地下水的恩惠而生长的吧"，就命人用锹去掘。当掘至六十肘之处时，锄为地下的岩石所阻，掘的人都吃了一惊而中止了。菩萨又想，"这岩石下当有水"，遂下去立于岩石上，屈着身耸耳而听，果然听到那下面有流水声。他出来向侍童说道："你若中止努力，我们都将死亡。别停止努力,给我下穴去,用这铁槌予那岩石以一击啊。"其余的人都停止了工作站着,只有那侍童愿意听从他的吩咐,不废努力,下去对那岩石猛击一槌。顿时岩石裂成两段堕下,水流遭到阻遏,就变作了棕榈干般粗的水柱,涌上地面来。众人大喜,饮水洗澡,又劈断了多余的车轴与辄,焚火煮粥而食,复喂了牛,日没后在水穴旁边立了标识,向目的地进发。在那里他们卖了货物,获得了二倍四倍之利还乡。他们在乡里终了天年,依各人的业报往生。菩萨也施行布施等善业,依其业报离此世而去。

结　分

已成正觉之等正觉者[佛]作此法话后,唱出了下面的偈语。

有人不倦不挠掘沙道,

以是发见多量水。

牟尼[佛]精进亦如是,

不倦不挠得寂定。

佛作此法话后,说明四谛。说毕四谛,那个舍弃努力的比丘证得最上阿罗汉果。

佛述此二事毕,取了联络,把本生的今昔联结起来道:"那时不废努力,击断岩石,给水与众人的侍童,就是这舍弃努力的比丘,其余众人即今佛之从者,队商主则就是我。"

三　贪欲商人本生因缘　[菩萨＝商人]

序　分

此本生因缘,是佛在舍卫城时,就一个舍弃努力的比丘说的。与前回的故事同样，佛向那个由比丘众陪伴而来的比丘说道："比丘啊，你信奉那予人以道果的教而出家，今竟舍弃努力，你将如塞利婆商人丧失价值十万的金茶碗一样，永抱悔恨吧。"比丘众求佛说明缘故，佛就说出前生隐秘的因缘来。

主　分

从前，在距今五劫以前，菩萨在塞利婆地方，是一个名曰塞利怀的行贩商人。他与另一贪欲的行贩商人也名塞利怀的，一同渡过推勒婆诃河，走入益陀菩罗市，划分了市街，沿着划归自己的街道叫卖商品。另一塞利怀也认定了划归自己的市街。

市中有一绅商之家，已零落不堪。儿子、兄弟财产也都没有了，只有一个孙女与祖母还活在世间。二人都被佣于人以为生。这分人家有一只从前大绅商所使用的金茶碗，被弃置于杂物之间，满积尘埃，从未动用。二人竟不知那茶碗是金的。有一日，适值那个贪欲的商人沿街唤着"卖宝石"［饰物］，到这人家的门口来了。孙女见了商人，向祖母说道："祖母，请买一个璎珞［饰物］给我。"祖母道："我们贫穷人家，用甚么去买呢？"孙女道："我们有一只茶碗，并不用的，就用这个来换吧。"于是祖母唤商人入内，叫他坐下，把那茶碗给他看道："请你随便换点东西给这位姑娘吧。"商人手中拿着茶碗，心想："这是金茶碗吧。"转来倒去地看个不休，并用针在碗底刻划，知道确是黄金制成，欲"一点东西都不给而取得这茶碗"，说道："这是不值钱的，半磨沙迦❶也不值。"说罢，就弃碗于地，起身而去。依照约定，甲既跑入而又出去了的街，乙就可以进来做生意的，菩萨走入那街道，叫着"卖宝石［饰物］"，来到这家门口。那孙女又对她祖母说同样的话。祖母道："方才来的商人掷茶碗于地而去，这回用甚么来买呢？"孙女道："那人言语乱暴，这一位，样子倒斯文，口气也温和，大概会受吧。"祖母道："那么你去唤他进来。"于是孙女去唤他了。当那

---

❶　一磨沙迦值八十贝齿。

商人入内坐下时，两人就拿那茶碗给他看。他知道那是黄金制成的，便道："喂，这茶碗值十万金。我手头没有价值与这茶碗相等的货物。"祖母道："先生，方才的商人说这样的东西连半磨沙迦也不值，投掷于地而去。现在你说是金的，真难为你，我们将这给你，请随便送一点东西给我们，就拿了去吧。"于是菩萨将那时身边所有的金子五百迦利沙波拿❶与价值五百金的物品统统给了她们，只要求说："请把秤、袋还我，再找给八迦利沙波拿。"接受而去。他急忙地跑到河岸，以八迦利沙波拿给与船夫，乘在船里。后来那个贪婪的商人也再到那人家来，说道："请把那茶碗拿给我，我给你们一点东西吧。"她们责备他道："我们价值十万金的金茶碗，你竟说连半磨沙迦也不值，但有一个正直的商人，似乎是你的主人吧，却给了我们一千金，把茶碗受去了。"贪婪的商人听了此言，心想："那么我失掉了那价值十万金的金茶碗了吗？这真是我极大的损失哩。"于是沈于忧闷之中，精神恍惚，至不能引起记忆。他把自己手中的金钱与商品撒散于门口，上衣与内衣统统脱去，以秤杆代替了棍棒执在手里，追逐着菩萨赶到河岸，见菩萨已乘船而行，乃大声叫唤道："喂，船主，把船驶回啊。"可是菩萨阻止船夫说："不可驶回去。"那个贪欲的商人见菩萨愈行愈远，他的悲愤之情亦愈炽烈。胸部发烧，口中迸出血来，心脏像旱天的池泥般裂开，抱怨着菩萨而暴卒了。这就是提婆达多对于菩萨的最初遗恨。菩萨作着布施等善行，依其业报，离此尘世而去。

结　分

　　已成正觉的等正觉者，作此法话后，唱出下面的偈语。
　　若在现世，
　　违反正法之指导，
　　你将永受苦恼，
　　与那塞利婆商人一样。

———————————————

❶　一迦利沙波拿值千百贝齿。

　　佛这样地以阿罗汉位为目标，将那故事说至顶点，然后阐释四谛。说毕四谛，那个舍弃努力的比丘就证得了最上的阿罗汉果。

　　佛述此二事毕，又取了联络，把本生的今昔联结起来道："那时愚昧的商人是提婆达多，聪明的商人则就是我。"

四　周罗财官本生因缘　[菩萨＝财官]

序　分

　　此本生因缘，是佛在王舍城附近耆婆庵罗林时，就大德周罗槃特[小路]说的。这里非说一说周罗槃特诞生的故事不可。

　　王舍城某豪商，有女与家仆发生了私情。那女子怕人知其隐私，说道："我们不能住在这里了。倘使我的父母晓得了这事，怕会将我千刀万剐呢。到他国去安身吧。"于是二人就卷了财物逃出家门，奔走各地，打算"住到无人知晓的地方去"。当他们在某处同居时，她怀了孕行将临产，与丈夫商量道："我就要临产了，远离了熟人、亲戚，在此地做产，在我们两人都是苦事，不如回家去吧。"但丈夫只是说着"今天去吧，明天去吧"，把日子虚度过去。于是她想："这笨家伙因为自己做了可忧的坏事，所以连去都不敢去了。在世界上，父母是无上的恩惠者。不管他去与不去，我还是去吧。"她把家具整顿一过，复将回娘家去的事告诉了邻人，便出发了。她丈夫回到家中，不见了她，询问邻人，知已归宁，乃急急在后追赶。在途中被他追着了。她就在那里产下孩子。夫问："怎么？"妻道："生了一个男孩。"夫问："那么将怎样呢？"妻道："我因要做产，所以想回母家去，不料在途中就产下来了。现在即使到那里去，也已无意义。喂，回转去吧。"于是二人同意转身回去。那孩子是在路上生的，所以命名曰槃特[道路]。未几，她又怀孕了。情形与前面所述者一样，也在归宁的途中产生下来。两个孩子都是路上生的，第一个名曰摩诃槃特[大路]，后来生的一个名曰周罗槃特。他们带着二个男孩子回自己住家去了。

他们住在那里,槃特童子听到别的孩子们谈及舅父、外祖父、外祖母时,便问自己的母亲道:"妈,别的孩子谈到舅父、外祖父、外祖母,我们怎么没有亲戚呢?"母亲道:"这里虽没有我们的亲戚,王舍城中却有着豪富的外祖父,在那里我们亲戚很多呢。"孩子道:"妈为甚么不到那里去呢?"她将自己不能去的理由告诉了儿子,对儿子不知讲了几多遍以后,她向丈夫说道:"这两个孩子使我非常苦恼。父母见了我们,也绝不会吃掉我们的。喂,快带孩子到外祖父家里去吧。"夫道:"没脸孔去见他们,你一个人带他们去吧。"妻道:"不论怎样,只要给孩子们看到外祖父的家就好了。"二人带着孩子,终于到了王舍城,在城门口找到寓所住下,叫人告诉自己的父母,说带了两个孩子来归宁了。父母听了这话,说道:"凡流转轮回之身皆有孩子。但他们是我们的大罪人,所以不能住在我们看得见的地方。不如叫他们拿些财产,同赴安乐之地去居住。把两个孩子留在这里。"长者的女儿领受了父母所赠与的财产,把孩子交给使者领去。

两个孩子在外祖父家成长。周罗槃特还年幼。摩诃槃特跟外祖父同去听十力[佛]说法,常在佛前恭聆法话,引起出家之念。他告诉外祖父道:"假如外祖父等允许的话,我愿意出家。"外祖父道:"这是甚么话,你若出家,这在我们是较全世界人士出家还可感谢。如能出家,就出家吧。"就伴他去见佛。佛问:"长者,你如何得这孩子?"长者道:"世尊,这孩子是我的外孙。他说要在世尊旁边出家。"佛即命一托钵僧道:"给这孩子出家。"长老向他说示皮五业处❶,并举行了出家仪式。他忆持了许多佛语,于成年后受具足戒,受具足戒后专心修行,遂达阿罗汉果。他享受着禅定之乐、道果之乐度日,这样想道:"此种悦乐可给与周罗槃特吧。"于是来到长者外祖父的地方,说道:"长者啊,如果你允许的话,我想叫周罗槃特出家。"长者道:"可以。"他乃叫周罗槃特出家,并受十戒。沙弥周罗槃特虽出了家,却甚愚钝,经过四个月之久,还不能背诵下面这一首偈。

---

❶ 观身体为不净之不净观。

看啊,佛遍照一切,

如芬芳的红莲,

在清晨开放,

又如中天辉耀的日轮。

原来,他在古时迦叶佛降世的时候曾出家,性甚聪慧,见一愚钝的比丘暗记教语,加以嘲弄。那比丘以受彼嘲弄为耻,遂不暗记、复诵教语了。以此业障,他虽出了家仍极愚钝,所暗记的文句,也往往记得上文,而忘了下文。他以暗记此偈自励,也已经过四个月之久了。那时,摩诃槃特告诉他说:"槃特,你连信奉此教的资格都没有。你不是过了四月之久竟不能忆持一偈吗?像你这样的人,怎么能达到出家人所应该修行的最上果位呢?还是出寺去的好。"于是就用强力把他赶走了。周罗槃特却心慕佛教,不愿为在家人。时摩诃槃特为管斋者。儿科医生耆婆携了许多香华,来到自己的庵罗果园,供养于佛,倾听说法,然后从座上起来礼拜了十力,走近摩诃槃特去,问道:"尊者啊,佛左右有多少比丘呢?"摩诃槃特道:"五百人。"耆婆道:"尊者,明日请陪同佛与五百比丘到舍下受斋。"摩诃槃特道:"优婆塞啊,有个叫做周罗槃特的笨家伙,是不悟正法者。除他以外,其余的人全体应招。"周罗槃特听到长老这样说,想道:"阿哥替这许多比丘们接受了招请,而独独除外了我。他对我一定已无兄弟之情了吧。既然这样,他的教示于我也已毫无意义了。还是去做个在家人,积些布施等善行过日吧。"到了次晨,他就说"还俗吧",起身而去。天明后,佛观察世间,见到这桩事件,就赶在周罗槃特之先,在他必须经过的城门旁游步着。周罗槃特从屋中出来,见了佛就趋前礼拜。佛对他问道:"周罗槃特啊,你此刻到那里去呢?"周罗槃特道:"世尊,哥哥用强力将我驱逐了。故而在此徘徊。"佛道:"周罗槃特啊,你是从我出家的。既被兄所逐,为何不到我的地方来呢? 喂,还俗去怎么办。还是在我这里好。"于是佛就带了周罗槃特回去,叫他坐在香室前面,给他一块神通力所现的纯净的布片,吩咐说道:"周罗槃特啊,你可老守在这里,面向着东方,口念'尘垢除去,尘垢除去',用手抚摸这块布片。"约定的时刻已到,佛被比丘众围着到耆婆的家里去,在所设的座上坐下。周罗槃特

坐在那里,一面仰视着日轮,一面念着"尘垢除去,尘垢除去",抚摸那布
片。那布片在抚摸中被弄脏了。他想到这布片本极洁净,因己之故失掉
了原来的自性,如此肮脏。诸行真是无常。便起了尽灭观,增长了观察
智。佛知周罗槃特的心已进至观察智,说道:"周罗槃特啊,切莫以为惟
有这布片为尘垢所污。心中亦有欲之尘垢等,须得拭去。"接着就大放光
明,使之觉得恰如坐在面前似的,且唱出下面的偈语来。

贪欲为不净[染污],尘垢不得称不净,
不净为贪欲之异名。
彼比丘众舍此不净,
住于脱离不净之教。

嗔恚为不净,尘垢不得称不净,
不净为嗔恚之异名。
彼比丘众舍此不净,
住于脱离不净之教。

愚痴为不净,尘垢不得称不净,
不净为愚痴之异名。
彼比丘众舍此不净,
住于脱离不净之教。

此偈终时,周罗槃特得四无碍辩与阿罗汉果,就依四无碍辩而通达
三藏了。原来,他在前生为国王时,因右绕城廓,额上流出汗来。用洁净
的布片拭额,布片受污。他于此时,得无常想,以为"以此肉身故,这样洁
净的布片也失了自性而遭污了。诸行真是无常"。由此因缘,这"尘垢除
去"遂成为缘了。

儿科医师耆婆对十力作过水的供养。那时佛道:"耆婆啊,精舍中不
是还有一个比丘留在那里吗?"说着用手将钵覆住。摩诃槃特道:"世尊
啊,寺中不是一个比丘也没有了吗?"佛道:"耆婆啊,尚有一人在着。"耆
婆道:"那么叫人去到精舍调查一下,且看究竟还有比丘在那里没有吧。"

说着就差人去了。这时周罗槃特心想："哥哥说精舍中已没有一个比丘了，我且叫他看看精舍中尚有比丘们吧。"于是他使整个庵罗林满住着比丘，有从事于衣服之事的比丘，亦有从事于染色之事的比丘，更有以诵经为事的比丘，这样地化出了一千个神态各不相同的比丘。那使者见精舍中有许多比丘在着，便回去报告主人耆婆道："主人，庵罗林中满是比丘呢。"这边，高僧［周罗槃特］自己唱出偈语。

　　槃特将己身化成千种形象，

　　在快适的庵罗林中，坐待时刻到来。

　　这时佛对那使者道："你到精舍去，说'佛唤周罗槃特去'。"他遵命前去通报，一千比丘都说道："我是周罗槃特，我是周罗槃特。"使者回来报道："世尊啊，他们都叫周罗槃特。"佛道："那么，你再去一次，把第一个叫'我是周罗槃特'的手抓住。这样一来，后叫的会消失吧。"他去到那里依吩咐而行，一千个比丘忽然消失了。高僧［周罗槃特］遂与来迎接的使者同行。佛于食后对耆婆道："耆婆啊，请你将周罗槃特的钵接受了去，他会对你表示欢喜之意吧。"耆婆遵命做了。高僧如年轻的狮子般怒吼起来，朗诵三藏，声震天地，以表欢喜之意。佛从座起身，被比丘众围绕着回到精舍，指示比丘众应为之事，复离座立于香室前，对比丘教团与以善逝［佛］的教诫，讲说业处之修行以激励比丘教团，然后步入妙香扑鼻的香室去，侧下右胁卧于狮子之床。到了薄暮，比丘众从各处聚集到法堂上，成行列坐着，谈起佛之威德来。"法友啊，摩诃槃特不明白周罗槃特的性格，说是'经四个月之久犹不能记诵一偈，他真是笨家伙'，强把他驱逐了，但等正觉者因为是无上法王，在一顿饭工夫，就圆满地授以四无碍辩与阿罗汉位，使他藉无碍辩精通了三藏。诸佛的力量不是广大无边吗？"佛知法堂上在开始作此谈话，心想："现在正是自己应出去的时候了。"遂由床而起，内着浓褐色的夹衣，系了电光似的带子，披上褐色的羊毛布似的善逝的大衣，从妙香芬芳的香室中出来。步履堂堂，犹如狮象，显出无限的佛德。到了讲堂，升至精美庄严的佛座，放出六色光明。那光明宛如可以通澈海底，与由乾陀山顶所现的旭日一般，在讲座中央坐下。佛到以后，比丘教团就停止了谈话沉默下来了。佛含着柔和的慈爱瞧着比丘众想道:"这集会确乎极好。无一人动手,无一人动足,无一人咳嗽,亦无一人打嚏。大家都对佛的庄严起了尊敬之念,畏服佛的光明,纵使我一生不开口而坐着,也不会有人先开口谈话的吧。开始说话的机会,我当然知道。让我先来开口吧。"接着就以甘露似的梵音向比丘众问道:"比丘们啊,你们刚才有甚么谈话而会集于此。你们中途停止的是甚么话呢?"比丘众答道:"世尊啊,我们坐在这里没有谈卑俗的话,只在赞叹着世尊的威德,说'法友啊,摩诃槃特不明白周罗槃特的性格,说经过了四个月之久犹不能记诵一偈,他真是笨家伙,强把他驱逐出精舍了。但等正觉者因为是无上法王,在一顿饭工夫圆满地授他以四无碍辩与阿罗汉位。使他藉无碍辩精通了三藏,诸佛的力不是广大无边吗?'此外不说别的。"佛听了比丘众这话,说道:"比丘们啊,周罗槃特现在固然因我而在教法中获得大法,在前生他也曾因我获得了大财产哩。"比丘众求佛解说这话的意义。佛乃为之说明前生的隐秘因缘。

主　分

　　从前,当梵与王住在迦尸国波罗奈京城治国时,菩萨生于财务官之家。及长做了财务官,人名之为小财官。他为人聪明伶俐,能解一切豫兆。有一日,他随王行走,途中看见一只死鼠,当即配合了星宿想道:"倘有聪明的男子把这鼠取去,可以娶妻立业呢。"那时有一个穷困的男子,听了这位财务官的话,忖道:"那人想不会毫无所知而说这样的话的吧。"于是将鼠取去,至一酒店给与了猫,获得一厘。以那一厘买了糖蜜,又在水瓶中装入了水,一齐拿着。他见到从森林来的华鬘匠们,就与以糖蜜少许,又给以一杓水。他们给了他一握花。他以花的代价,次日又买了糖蜜,并携水瓶到花园去。那日,华鬘匠们给了他一半摘剩的草花走了。他依此方法,不久就得到了八迦利沙波拿。又,某一风雨之日,宫内游园地中,有许多枯萎了的树干、枝叶等被风吹落。园丁不晓得要怎样扫除才好。他走到那里,告诉园丁道:"如将这些枯树与枝叶给我,我可代你完全搬去。"于是园丁答应道:"请拿去吧。"这穷困男子名曰周罗怀西格,信奉小财官之说,也可说是他的弟子。他来到孩子们嬉戏的地方,将糖蜜给与他们,叫他们搬运枯树与枝叶,一忽儿就在游园地入口堆积如山了。时王室的陶器师正为烧制王室陶器而搜求柴薪,及至游园地入口见了这许多枯树与枝叶,便向他买去。那日周罗怀西格卖薪所得,除十六迦利沙波拿外,尚有一只水瓮与五件陶器。当他得到二十四迦利沙波拿时,说"有一好计划",在离城门不远处摆了一只水瓮,以饮料水供给五百个刈草人。他们说:"朋友啊,你是我们的大恩人,让我们替你做点甚么事吧。"他说:"待我有事时再请你们帮忙吧。"后来在各处奔走间,跟陆上商人与水上商人发生了亲密的感情。陆上商人告诉他说:"明日将有一个马贩带五百匹马到本村来。"他听了这话,就对刈草人道:"今日请你们每人给我一束草,并且在我没有将草卖去以前,你们也不要将各自的草出卖。"他们答应说"好",拿了五百束草堆在他的家里。马贩因全村中得不到马吃的草,乃向他以千金收买。数日后,水上商人告诉他说:"有大船抵港了。"他打定主意,化八迦利沙波拿雇了一辆有附属品的出租车子,威风堂堂地乘至船埠,将戒指给与船员们,作为订定购货的信约。叫人在近处张起天幕,自己坐在幕中,吩咐从者道:"商人从外边来时,须经过三个门卫来报告。"这时,有一百商人听到船已抵埠的消息,就从波罗奈来购办货物。人们说道:"你们是办不到货的。因为某处的大商人已订了收买的约束了。"他们听了此话,就到那商人的地方来。商人的从者们,照着刚才所关照的,通过三个门卫,前来通报那批商人已到。那一百个商人各出一千金,请那商人一同下船去,又每人拿出一千金叫他放弃所有权,转让货物。周罗怀西格得到二十万金返波罗奈,说"要表示谢意",携了十万金亲自到小财务官的地方来。小财务官向他问道:"你干了甚么得到这许多财产?"他道:"我依你所说的方法,于四个月间得到的。"就从死鼠起将一切经过讲了一遍。周罗大财官听了他的话,觉得"这样的人才,不可为他人所有",遂以年已及笄的女儿嫁给他,使他作一家之主。那财官死后,他就了市财务官之职。菩萨亦依其业报离开此尘世而去。

　　已成正觉的等正觉者作此法话后,又唱出下面的偈语来。

具眼的贤者，

能以些微的金钱获巨资。

恰如吹星星的火，

成为大火聚。

结　分

佛说："比丘们啊，周罗槃特现在因我而获得诸法中的大法，但在前生也获得了财产中的大财产。"

佛作此法话，述此二故事，又取了联络，将本生的今昔联结起来道："那时的周罗怀西格就是周罗槃特，小财务官则就是我。"

五　稻秆本生因缘　［菩萨＝评价官］

序　分

此本生因缘，是佛在祇园精舍时，就愚钝的优陀夷大德说的。当时末罗族出身的沓婆尊者，是教团的管斋者。他于每日清晨指挥以筹掉换饭食。优陀夷大德有时得到好的饭，有时则得到不好的饭。在取得不好的饭那一日，他在筹室中吵起来道："难道只有沓婆懂得分筹，我们便不懂得分筹吗？"一日，当他照例在筹室中骚扰时，众人道："那么，今日请你分筹吧。"说了就将筹笼交给他。从此以后，就由他分筹给教团了。但当分筹之时，饭的精粗与给某长老以精饭、给某长老以粗饭等事，都是不晓得的。又定席次时，这是某长老之席，那是某长老之席，也不能识别。因此当比丘众就座时，在地上或墙上刻了记号，标明此处有某席，此处有某种饭食。可是次日在筹室中，有比丘人数少的地方，也有比丘人数多的地方。因而在人数少的地方将记号刻在下方，人数多的地方将记号刻在上方。而他是不晓得席次的，故只看着记号分筹。这时，比丘众对他说道："优陀夷啊，虽然记号或在下方，或在上方，你也得为某长老备精饭，为某长老备粗饭的。"但他却反驳道："那么何用作着这种记号呢？我怎能相信你们的话，我只相信记号。"年轻的比丘与沙弥们道："优陀夷啊，自你分筹以后，比丘们的所得减少了。由你分筹是不适当的。请你出去吧。"于是就将他逐出筹室。那时，筹室非常混乱喧扰，佛听到了就问阿难尊者道："阿难啊，筹室非常嚣扰，甚么事呀？"阿难即将事由向如来禀告。佛道："阿难啊，优陀夷因自己愚钝以致减少他人的所得，并不自今日始。前生也作过这样的事。"阿难求佛明示这话的来由，佛乃为他说明前生隐秘的因缘。

主　分

从前，迦尸国波罗奈城，有一国王名曰梵与。那时菩萨为王的评价官。他的职务，是规定象、马与宝玉、黄金等物品的价格，评价后将与物品相当的代价付给所有者。这位国王是贪婪的。因他天性贪婪，故这样忖道："那评价官如此估价，恐怕不久会将我的财产荡尽吧。非另找评价官不可。"王开了窗子，眺望庭园，见一愚鲁的田夫经过，心想："他能担任我的评价官职务吧。"就叫住了他问道："你能担任我的评价官职务吗？"那愚夫答道："大王，我能担任的。"因此王为保护自己的财产起见，命那愚夫就了评价官之职。嗣后那愚夫当对象、马等东西估价时，不顾真价，随意估定。在他任职期间，一切市价皆从他口中说出。有一马贩从北方带领五百匹马来，王吩咐那愚夫估计马价，他对那五百匹马只定了一根稻秆的价值，说："请付马贩一根稻秆。"便将马牵入马厩去了。马贩来到老评价官［菩萨］那里，告以此事，问道："怎么好呢？"老评价官道："你赠些贿赂给那人，这样问他好了：'你估定我们的马值一根稻秆，但我想知道一根稻秆的价值。你能在国王面前说明一根稻秆值多少吗？'如果他说'可以'，那么你就跟他到王面前去，我也到那里去吧。"马贩点头称"是"，向评价官行贿后，即以这话相告。那人收了贿赂，说道："我可以估出一根稻秆的价值。"马贩道:"那么进王宫去吧。"便与评价官到王那儿去了。菩萨与其他许多大臣也去了。马贩向王行了敬礼,说道:"大王,我已知道五百匹马的价值与一根稻秆的价值相当。但一根稻秆价值多少呢,乞垂询评价官。"王因不知其中底细,问道:"评价官,五百匹马值多少钱?"评价官答道:"值一根稻秆。"王又问道:"五百匹马之价值等于一根稻秆,那么一根稻秆值多少呢?"那愚笨的评价官答道:"一根稻秆的价值,与波罗奈城及其四郊相当。"他先迎合国王的意思,说所有〔五百匹〕的马的价值与一根稻秆相等,及至收受了马贩的贿赂以后,又说一根稻秆的价值与波罗奈城及其四郊相当。波罗奈全城面积十二由旬,四郊广三百由旬。但那愚人把这样广大的波罗奈城与四郊估计为一根稻秆。诸大臣听了他的话,都拍手笑起来,嘲笑他道:"以前我们觉得土地或领土是不能评价的。而你却说这样广大的波罗奈连国王在内,只值一根稻秆。评价官确乎颖悟过人。评价官一向在何处度着岁月的。跟我们大王倒相应哩。"这时王羞惭无地,遂将这愚夫驱逐,仍令菩萨任评价官之职。后来菩萨依其业报,离开了这个尘世而去。

结　分

佛作此法话,述此二故事,又取了联络,把本生的今昔联结起来道:"那时愚钝的田夫评价官是愚钝的优陀夷,贤明的评价官则就是我。"

六　天法本生因缘　[菩萨＝王子]

序　分

此本生因缘,是佛在祇园精舍时,就一个拥有许多财产的比丘说的。舍卫城有某资产家,因妻死而出家,他叫人建造了自用的方丈、厨房与库房，在库房里堆满了酥、油、米等物，然后出家。出家以后，仍叫自己的家仆来，随着自己的意思，烹调食物而食。用具也极丰富，身上穿着朝晚不同的衣服，住在精舍附近。一日，他在方丈中晒满了衣服与毯子，有许多比丘从乡间来，于遍历比丘的宿舍之后，到那方丈来，见了衣服等物，便问道："这是谁的东西？"他说："这是我的东西。"比丘众问道："这是上衣，这也是上衣，这是内衣，这也是内衣。并且还有毯子，这些都是你的吗？"他回答道："是，都是我的。"比丘众道："佛只许有三衣，你归依了如此注重寡欲的佛教，却拥有这许多器物。喂，带你到十力的面前去吧。"说着拉了他到佛的地方来。佛见了问道："比丘们啊，为甚么把这可厌的比丘带到这里来呢？"比丘众答道："世尊啊，这比丘储着许多财物与用具。"于是佛向那比丘问道："喂，比丘啊，听说你有着许多财物，真的吗？"他回答道："世尊，真的。"于是佛又道："如何置许多财物呢？我不是一向称赞寡欲知足与离群精进等行为吗？"他听了佛的话动怒了，说道："那么，我这样行走吧。"就将上衣脱去，只穿一件单衣站在大众之间。那时佛庇护着他，说道："比丘啊，你在前生曾求惭愧之心，连为水中的罗刹［鬼神］时也求惭愧之心而过了十二年。为何现在因信奉此尊贵之教出了家，居然会在四众之前脱去了上衣，舍弃了惭愧心而站着呢。"他听了佛的话，就起惭愧之心，即穿好上衣，向佛礼拜，然后坐在一旁。比丘众求佛解释原由，佛乃为之说明前生的隐秘因缘。

主　分

从前，迦尸国波罗奈城有一国王，名曰梵与。时菩萨投胎于皇后的身中。命名那一天，起名为化地王子。当王子能行走时，王又生了一子，起名为月王子。当这第二个王子会行走时，菩萨的母亲死了，王乃另立皇后。她受王宠爱，因爱的结果，产下一子，起起名为日王子。王对这王子非常满意，说道："后啊，为了这孩子，我当给你赠品。"皇后道："且等将来要时再请赏赐吧。"当那王子成长时，她向国王要求道："这孩子生时，大王曾要给我赠品。现在请将王位授与这孩子。"王拒绝道："我那两个王子,行走时火聚似地放出光来。我不能将王位让与你所生之子。"但皇后尽是恳求不休。王想:"她对那两个孩子或许会下毒手呢。"于是叫两个王子到面前来,对他们说道:"你们听我说。日王子生时,我曾说要与以赠品,现在他母亲要求王位。我不愿把王位授与他。女人的心肠是恶毒的,或许她会对你们怀恶心也未可知。你们还是跑到森林去。等我死后,就在王家管领的城中,执行政权吧。"他哭着吻了两个孩子的头,送他们出去。二子拜别父王,走出宫殿。时日王子正在庭中游戏,见了他们即了悟其故,说道:"我也与两位哥哥同去吧。"于是三人一同出去了。三人向喜马拉雅山进发。菩萨[长兄]来到路旁,坐在树下,对日王子道:"日啊,你可到那湖中去洗个澡,用莲叶汲些水来。"这湖是毗沙门天让与某水鬼管领的。毗沙门天曾吩咐那水鬼道:"除知天法者❶外,不论何人,若有下湖者,尽可吃他,不下湖者不准吃。"此后那水鬼常向下湖来者询问天法,不知者就捉来吞食。却说日王子走到那湖,就毫无顾虑地下去了。那水鬼将王子一把抓住,问道:"你知道天法吗?"王子答道:"天法即是日月。"水鬼道:"你不知天法。"就将王子拉到水中,叫他在自己的居处站着。菩萨见日王子迟迟未归,差月王子前去。水鬼又将他捉住了问道:"你知道天法吗?"他回答道:"知道。天法即是四方。"水鬼道:"你不知天法。"又将他抓住,叫他站在那个地方。菩萨见月王子也迟迟未归,心想:"一定有甚么魔障了。"乃亲自到那里去,看到二人下去的足迹,就知道"这湖必是鬼怪管领的地方",遂佩剑执弓立着。水中的鬼怪见菩萨走下水边来,便扮作樵夫模样,向菩萨说道:"好汉啊,你路上辛苦了。怎么不走下湖中去沐浴、饮水、食水莲之茎,以莲华饰身,舒服舒服呢。"菩萨一见知是夜叉,就对他说道:"你捉了我的弟弟吧。"他道:"不错,是我。"菩萨道:"甚么缘故?"水鬼道:"有人入这湖来我就捉。"菩萨道:"为何捉一切的人呢?"水鬼道:"除知道天法者外,其余一概要捉。"菩萨道:"你要知道天法吗?"水鬼道:"是的。"菩萨道:"那么让我为你说天法吧。"水鬼道:"请说,我拜听吧。"菩萨道:"我会说天法,可惜手足不洁。"于是

---

❶ 富有惭愧心与道义之人。

水鬼请菩萨洗了澡，进了食，饮了水，身上饰了华，涂了香，复在布置雅洁的讲堂中央替他摆了座席。菩萨就座，叫水鬼跪在足下，说道："那么，你倾耳恭听我说天法。"便唱出下面的偈语。

> 具足惭愧心，
>
> 专念于清白之法，
>
> 寂定处世间，
>
> 如是善士曰天法。

水鬼听了这法话，就起清净欢喜之心，向菩萨说道："贤者啊，我因你之大力，起了清净欢喜之心了。把两个弟弟中的一个交还给你吧。带那一个回去呢。"菩萨道："请带幼弟来。"水鬼道："贤者啊，你虽知道天法，却并不实行。"菩萨道："为甚么？"水鬼道："你舍掉大的，挑选幼的，你不敬老吗？"菩萨道："水鬼啊，我知道天法，而且实行着天法。我之所以跑进这森林中来，也是为了他的缘故。他的母亲为他向我们的父亲要求王位，我们父亲不肯给，为了庇护我们，叫我们住到森林中来。那王子不欲回去，也跟着我们来了。假使说，'他在森林中被鬼怪吃掉了'，试问谁能相信呢？因此我为恐受责难，要把他叫回去的。"水鬼道："有理有理。贤者啊，你知道天法，而且是个实行者。"于是水鬼发生了信仰心，对菩萨致赞叹之辞，把两个弟弟一同带来交还给他。菩萨对水鬼道："朋友，你因从前做了恶业，所以生而为食人血肉的鬼怪。现在若再行恶事，这恶业将使你不能脱出地狱等境界吧。从今以后，你须弃恶行善。"菩萨说了这话，就把鬼怪驯伏了。菩萨这样地降伏了鬼怪以后，受着他的护卫住在那里。一日，菩萨观察星象，知父王已死，乃带着鬼怪回波罗奈，即了王位。封月王子为副王，日王子为大将军。又替鬼怪在景色佳丽之地造了住宅，赐以最上等的华鬘，最上等的花与最上等的食物。菩萨据正义而行政治，后来依其业报，离开了这个尘世。

结　分

佛作此法话后，说明四谛。说毕四谛，那比丘证得预流果。

等正觉者［佛］述此二故事，又取了联络，把本生的今昔联结起来道："那时水鬼是那多财的比丘，日王子是阿难，月王子是舍利弗，而长兄化地王子则就是我。"

七　采薪女本生因缘　［菩萨＝采薪女之子］

序　分

此本生因缘，是佛在祇园精舍时，就刹帝利族之女婆沙婆说的。详情见第十二编跋陀娑罗树神本生因缘［第四六五］中。她是释迦族摩诃那摩之女，为婢女奈迦蒙陀所生，后为拘萨罗国王的妃子。她产了一子。后来王得悉她为婢女所生，就不认她为王妃。其子韦特达婆原立为太子了的，以是亦遭废斥，母子被幽禁在室内。佛晓得了这事，于清晨由五百比丘围绕着进宫去，在所设的座席上坐下，问道："大王啊，刹帝利女婆沙婆在何处？"王以原由告知。佛道："大王啊，刹帝利女婆沙婆是谁的女儿呢？"王道："世尊，是摩诃那摩之女。"佛道："她当时以何资格来的呢？"王道："是来给我做妻的。"佛道："大王啊，她是国王之女，为王而来，从王产下王子。那王子为甚么不能做父所领有的王国的主权者呢？在前生，王偶然与一个采薪的女子发生关系，生了一子，王曾将王位传给他哩。"王求佛解释原由，佛乃为之说明前生的隐秘因缘。

主　分

从前，梵与王在波罗奈城，卤簿堂堂地到游园去寻求花果物，徘徊林中，见一个妇人唱着歌在采薪，起了爱慕之心，遂与同宿。在那一刹那，菩萨投胎于她身中。她立刻觉得肚子像塞满了金刚石似地重了起来，知道已经怀孕，便对王道："大王，我已有孕了。"王将一个戒指给她，说道：

"倘若是女儿，你给我把这卖掉，以所得之钱来养她。倘若是男孩呢，你拿了戒指带他同来就是。"王说了这话就走了。她怀胎期满，产下菩萨，菩萨会跑会跳了，在场上与群儿嬉戏，听见有人说"无父之子打我的"话，来问母亲道："妈，我的父亲是谁呢？"母亲道："孩子，你是波罗奈国王的儿子啊。"菩萨道："妈，有甚么证据呢？"母亲道："孩子，国王在分别时，曾给我这只戒指，说'倘若是女儿，你可将戒指卖掉，以所得之金养育她。倘若是男孩呢，你拿了戒指带他同来就是了'。"菩萨道："妈，那么为甚么不带我到父亲那儿去呢？"她明白了孩子的愿望，就带了孩子来到王的门前，通了名。及闻王召唤，乃进宫向王作礼，禀告道："大王，这是你的儿子。"王心里虽然明白，但在大庭广众之前觉得不好意思，所以否认说："这不是我的儿子。"妇人道："这是大王的信物，想还记得吧。"王道："这不是我的东西。"妇人道；"大王，现在除了这个凭信，别无他人可以为我作证的了。倘这孩子是大王生的，给我在空中站立。要是不然，给我堕地而死。"说着就抓了菩萨的两脚，向空中掷去。菩萨在空中结跏趺坐，以甘露似的声音为父王说法，唱出下面的偈语来。

　　大王啊，我是你的儿子，

　　人主啊，你应养育我。

　　王对他人尚养育，

　　何况亲生的儿子。

　　王闻菩萨坐在空中说如此的法，便伸出手去说："喂，你下来，我养你吧。"时另有一千只手伸了出去，但菩萨并不向别人的手降下，却降下在王的手中而坐在他的膝上。王给菩萨以副王之位，并封其母为王妃。菩萨于父王死后承继王位，名曰运薪王，秉公施行政治，依其业报，离开这世而去。

结　分

　　佛既向拘萨罗国王作此法话，述此二故事，又取了联络，把本生的今昔联结起来道："那时为母的是摩耶夫人，为父的是净饭大王，运薪王则就是我。"

八　首领王本生因缘　[菩萨＝师傅]

序　分

此本生因缘,是佛在祇园精舍时,就一"不急"与舍弃努力的比丘说的。关于这本生因缘的现在与过去之事,当在第十一编防护童子本生因缘[第四六二]中说明。故事与那里所说的一样,惟偈语不同。

主　分

首领王子遵守着菩萨的教戒,虽为一百兄弟中之最年幼者,却由兄弟们围绕着,顶罩白伞,坐在宝座上。他见自己荣耀已达绝顶,认为自己之所以能极尽人间之荣誉,乃受师傅之赐,感激之余,不觉唱出下面的优陀那❶来。

纵使不急,
所望之果亦可成熟。
我的梵行已成熟,
首领啊,这是你应知道的。

他即王位后过了七八天,兄弟们都回到自己那里去了。首领王以正义执行政治,依其业报,离开了这个世界。菩萨亦修行福德,依业报离此世而去。

结　分

佛作此法话后,说明四谛。说毕四谛,那懈怠的比丘证得阿罗汉果。

---

❶　感激而歌唱的偈。

佛说述此二故事,藉此把本生的今昔联结了起来。

九　摩迦王本生因缘　[菩萨＝国王]

序　分

　　此本生因缘,是佛在祇园精舍时,就大出家❶之事说的。佛出家的事已在因缘总序中讲过。一时,比丘众坐着谈话,对十力的出家加以赞叹。佛来到法堂,在座上坐下,问比丘众道:"比丘们,刚才会集于此,谈论何事?"比丘众道:"世尊啊,不是甚么别的话。我们坐在一堂赞叹世尊出家之事。"佛道:"比丘们啊,如来并非现在才出家,前生已出过家的。"比丘众求佛说明所以,佛乃为之说明前生的隐秘因缘。

主　分

　　从前,韦提诃国弥缔罗城有一国王,名曰摩迦,是个信心弥笃的正法守护者[法王]。每八万四千年,他或为王子而嬉戏,或为副王而执政,或为大王而掌政权,各各过了久长的岁月。有一日,他对理发匠说道:"喂,理发匠,要是在我头上发见了白发,你便告诉我。"过了许久的日月以后,一日,理发师在王那安缮那[青黑]色的头发中发见了一根白发,就告诉王道:"大王,有一根白发了。"王道:"那么,你把那白发拔下来放在我手上。"于是理发匠用金钳子将发拔下,放在王的手上。那时,王尚有八万四千年的寿命。虽然如此,见了白发,王却感到仿佛阎王已来到自己旁边,自己的身体已进了火光熊熊的草龛了。终日悲叹着,心中想道:"摩迦啊,在生白发以前竟不能断绝烦恼吗?"如是,每想着白发的出现,心里就灼热起来,至于身上出汗,觉得衣服压迫着身体,不得不脱了。"今日

---

　　❶　以大决心出家之意。

正是我出家之时了。"王这样一想,就将有十万金收获的村落赏赐了理发匠,然后唤自己的长子来,告诉他说:"喂,你看,我头上已有白发,已是老人。人世诸欲已都享过,现在想求天欲了。这是我出家的好机会。你践此王位吧。我要出家,住到摩迦庵婆罗果园,修习沙门之法去了。"王既下了出家的决心,众大臣齐来参谒,问道:"大王,为甚么要出家呢?"王手执白发,向大臣们唱出下面的偈语来。

> 我头上生了白发,
> 夺寿命之天使[死的使者]
> 业已来到身边,
> 现在是我应该出家之时了。

王这样说了,即日抛弃王位,出家去作仙人。住在摩迦庵婆罗果园,修四梵住,守不退禅定,计八万四千年之久,死后生于梵天界。由彼处灭逝后,在弥缔罗城为尼弥王,纠集自己离散之一族,在庵婆罗园出家,修习梵行,复在梵天界出生。

结　分

佛道:"比丘们啊,如来并非在这世才大出家,前生也有过此事。"佛作此法话后,复说四谛。有因此得预流果的,得一来果的,也有得不还果的。佛讲述了这两个故事,又取了联络,把本生的今昔联结起来道:"那时的理发匠是阿难,王子是罗睺罗,而摩迦王则就是我。"

一〇　乐住本生因缘　[菩萨＝道士]

序　分

此本生因缘,是佛在阿瓮比耶城附近阿瓮比耶庵婆罗果园时,就安乐度日的跋提长老说的。乐住的跋提长老是从刹帝利族出家的六人团中之一人。如果加上优波离，则为第七个出家的人。其中跋提、金毗罗、婆咎与优波离成了阿罗汉果，阿难陀得了预流果，阿鲁楼陀修得天眼，提婆达多修得禅定。关于六个刹帝利族与阿鲁比耶城之事，当在恒陀赫罗司祭官本生因缘[第五四二]中叙述。

当长老跋提为国王时，虽则睡在巍峨的楼阁的大床上，有许多禁卫军如司守护的天神似地守护着，却仍心怀恐惧，而今成了阿罗汉果，纵在森林等处随意遨游，也无所恐怖了。他一想到此，便发出感叹之声来："真是何等安稳，何等安稳啊。"比丘众认为"长老跋提明言了圣果[阿罗汉果]"，便将此事禀告于佛。佛道："比丘们啊，跋提并不是现在才成安住之身，前生也已住于安稳了的。"比丘众求佛说其所以，佛乃为之说明前生的隐秘因缘。

主　分

从前，当梵与王住在波罗奈城治国时，菩萨生而为北方大富豪的婆罗门，觉得在家是身的祸患，出家是身的利益，便抛弃了一切欲望，入雪山为仙术修行者，成就了八成就法❶。从者甚众，有道士五百人。雨季他从雪山出来，由一群道士围绕着游行城邑聚落，抵达波罗奈城，受国王之供养，居于王的游园地。在那里过了雨季的四个月以后，向王辞行。王对他请求道："尊者年龄已高，何必回雪山去呢？叫弟子们回雪山去，尊者就请住在这里吧。"菩萨乃将四百九十九个道士，托付一位最年长的弟子道："你与他们回到雪山去住，我就留在这里吧。"他送走了他们，自己仍在这里住下。那个最年长的弟子，曾为国王，舍弃了广大的领土而出家，已修毕迦师那❷，悟得八成就法。他与别的道士一同在雪山住着，一日，他想去探望师父，因告诉其余的道士道："请你们安心住在这里。我去向师父致敬，就回来的。"就去参见师父，问候毕，然后铺了毛毡坐在

---

❶　由第一禅至非想非非想处。

❷　汉译佛经中译作"一切"或"遍"，指青、黄、赤、白、地、水、火、风、空、识之十遍处或十一切处。

师父旁边。那时,国王说"要去拜访道士",到游园地来,作了礼,在一旁就座。那弟子道士见了王并不起立,依然坐着,发出叹息之声说道:"真是何等安稳,何等安稳啊。"王想:"这道士见了我并不起立。"心中不快,乃向菩萨道:"尊者啊,那道士已吃饱了饭了吧。看他发出感激之声,安乐地坐着呢。"菩萨道:"大王啊,那道士本来与大王一样,也是个国王呢。他出家后享着身躯之乐,与禅定之乐,觉得'从前在家时,赖国王之威光,为许多手执武器者所护卫,可并不能得到如是安乐',故而发出感叹声来了。"菩萨因欲为王说法,乃唱出下面的偈语来。

不受他人护卫,

自己亦不护卫他人。

王啊,他安乐而眠,

因为对诸欲无所希求。

王听了这法话,很是满意,行了敬礼,便回宫去。那弟子也向师致了敬礼,到雪山去了。菩萨在这里住着,修行禅定不懈,死后往生于梵天界。

结　分

大师既作此法话,述此二故事,又取了联络,把本生的今昔联结起来道:"那时的弟子是跋提长老,道士的师父则就是我。"

第二章 戒行品

一一 瑞相鹿本生因缘 ［菩萨＝鹿］

序 分

此本生因缘,是佛在王舍城附近的竹林精舍时,就提婆达多说的。提婆的事,在刚陀罗本生因缘［五四二］中,说到他想谋害佛的目的,又在小鹅本生因缘［五三三］中,说到放走象护富者❶,在第十六编海商本生因缘［四六六］中,说到陷落大地。

某时,提婆向佛提出五事［五邪］要求,被佛拒绝,他便分裂教团,率五百比丘众住在迦耶斯舍。其时,那些比丘众的智慧已达圆熟之境。佛知道此事,对两位大弟子说道:"舍利弗啊,你的弟子五百比丘众,赞同提婆的邪见,跟他一同走了。现在他们的智慧已经圆熟,你们可带大批比丘到他们那里去讲说正法,使他们正悟道果,带他们回来。"舍利弗与目犍连便去讲述法话,令悟道果。第二日黎明,带了比丘众回到竹林精舍来。长老舍利弗到后,向佛行礼毕,立在佛前,比丘众向佛赞叹长老道:"世尊,我们最年长的法兄法将舍利弗由五百比丘围绕了到来,威光赫

---

❶ 提婆欲谋害佛而放之狞恶的象那罗基利之名。

赫,提婆便被他的追从者遗弃了。"佛道:"比丘们啊,舍利弗由眷属围绕了回来,威光赫赫,并非始于今日。即在前生,也曾如此辉耀。提婆被其集团所弃,也非始于今日。即在前生,也曾这样被弃。"比丘众请佛解释原由,佛便说出前生的隐秘因缘。

主　分

从前,摩揭陀王在摩揭陀国王舍城治理国家。那时,菩萨生自鹿胎,长成后,率领一千只鹿住在森林中。他有二子,一名瑞相,一名黑暗。当他自己入了老境时,吩咐二子道:"我已入了老境,你们来带领这个鹿群吧。"便各分给他们五百只鹿。嗣后就由他们带领鹿群。在摩揭陀地方,每年一入收获期,田中谷物繁盛,鹿便有危险。人们为了想杀除糟蹋五谷的野兽,在各处挖掘陷阱,或钉立尖桩,或叠起石头,或装备别的种种捕捉器,许多的鹿因此受害。菩萨知道收获期到了,便叫了两个儿子来吩咐道:"儿啊,在这谷物成熟期,有许多鹿会受害。我们老的可以出去游行,找一个地方去度日,你们两个带领自己的鹿群到森林中的山麓上去,待谷物收割后再回来吧。"他们说:"是。"听了父亲的话,带领部下走了。他们到山麓去有必经之路,那条路上的人们,是知道"何时是鹿上山的时候,何时是下山的时候"的,他们往往埋伏在各处隐蔽的地方,射杀许多的鹿。

名叫黑暗的鹿,生性愚笨,不知道"何时可走,何时不可走"。他带领鹿群,无朝无晚,不管黎明黄昏,走过村口,人们照例在各处埋伏着,杀了许多鹿。如此黑暗因愚笨之故,致许多鹿死掉了,只与少数的鹿同入森林。

名叫瑞相的鹿,聪明伶俐,有临机应变之才。他知道"这时候可走,这时候不可走",走时不经村口,不在白昼走,也不在傍晚走,只带领鹿群在半夜里潜行。因此未曾丧失一只鹿,全数到了森林中。在那里住了四个月,待谷物收割后,仍从山上下来。黑暗迟迟才下来,他与去时一般,连剩余的几只鹿也丧失了,只独自回来。瑞相没有失去一只鹿,由五百只鹿围绕着回到父母的地方。菩萨见两个孩子回来了，便与鹿群讲话，唱出这样的偈语。

> 有德有慈爱者，
>
> 得有繁荣。
>
> 请看由眷属围绕着归来的瑞相，
>
> 请看被眷属所弃的黑暗。

菩萨如是使孩子欢乐幸福，保全寿命，后来依其业报而离去此世。

结　分

佛又道："比丘们啊，舍利弗为眷属所围绕而度光辉之生活，并非始于今日，即在前生亦然。提婆达多被众遗弃，也并非始于今日，即在前生，亦曾如此。"佛既作此法话，述此二故事，复取了联络，把本生的今昔联结起来道："那时的黑暗是提婆达多，他的侍众，是今日提婆达多的侍众。瑞相是舍利弗，那时的侍众，是今日佛的侍众。其母是罗睺罗之母，其父则就是我。"

一二　榕树鹿本生因缘　[菩萨＝鹿]

序　分

此本生因缘，是佛在祇园精舍时，就鸠摩罗迦叶之母说的。那位母亲是王舍城大富豪的女儿，积聚善行，离弃俗事，已达最后之生❶。在她心中，如琉璃灯一般，燃烧着成圣之力的火焰。自从她知道自己以来，就

------

❶　死后不再投生。

不爱居家而思出家,曾对父母说道:"父亲母亲,我在家心中不乐,想入救世的佛教而出家去。请许我出家吧。"父母道:"你说甚么话。家中有偌大财产,你又是我们的独生女,不能任你出家。"不许女儿出家。她再三恳求。但在父母膝下,总不能出家,便想"还是出嫁之后,请求丈夫许可,再出家吧。"长成后嫁到他家,成一贤妻,积聚德行,行施善业,居住在夫家。因与夫同居,便怀了孕,但她不知道已怀孕了。那时,城中举行祭典。人民共祝佳节,把全城装饰得如天都一般。但她在这样热闹的大节日,也不在身上涂香、装饰,仍穿着常服行走。丈夫对她说道:"全城正闹着佳节,你为何毫不打扮。"她道:"这身体充满三十二种污秽❶,打扮又有何用?这身体不是天人的化身,不是梵天的化身,也不是黄金所造,不是摩尼珠所造,不是青旃檀所造,也不是以白莲华、赤莲华、青莲华为胎而生,也不是充满着不死药的。受生于污秽之中,由父母生产,乃是无常而不免毁灭、崩溃、分裂、离散的东西。他增加坟墓,被缚于烦恼,是忧苦的因缘,悲哀的本营,万病的住所,业力的容器。内部的脓常漏出于外部,是虫类的住宅。走近死人之冢而终于死亡。这是显现在一切世人眼前的事实。

> 骨与筋交结,外涂皮与肉。
> 有皮包此身,真相不显露。
> 肚腹之内部,肝脏与膀胱,
> 心脏与肺脏,肾脏与脾脏,
> 涕唾与胆汁,充之以膏液。
> 不净成九流,日夕流不息。
> 眼中有眼屎,耳中有耳垢,
> 鼻中流鼻涕,口中则吐涎,
> 胆汁与痰液,身泌汗与垢。
> 尚有头腔内,充之以脑浆。
> 以此为清净,非愚即不智。

---

❶　见下列之偈。

身为无限灾,犹如彼毒树,

万病所住居,真为众苦蔽。

致我死命物,如由外界来,

手执一木棒,可防鸦与犬。

恶臭不净身,如彼腐烂粪。

智者贱此身,愚人乃喜之。

夫啊,我要打扮这个身体做甚么呢? 打扮这个身体,岂非等于去涂饰一只满盛粪秽的器皿吗?”长者的儿子听了此言,问道:“你既然知道这个身体如此污秽,为甚么不去出家呢?”她回答道:“我如果可以出家,今日就立刻去出家。”丈夫道:“好吧,我许你出家。”便作了甚大的布施与大供养,派了许多从者,送她到比丘尼所住的地方去,在提婆达多所属的比丘尼处给她出家了。她既得出家,成就了宿愿,甚为喜悦。那时,她腹内的胎儿已经成长,身体呈显异状,比丘尼众见她手足背部肥胖,肚子大起来了,便问她道:“你好像孕妇,这是甚么缘故呢?”她回答道:“我不知道这是甚么原因。我是牢守戒行的。”比丘尼众带她到提婆跟前去,问提婆道:“圣者啊,这位良家妇女,好容易得了丈夫的许可,出家来了,现在她的怀胎现象渐渐显著起来了。我们不知道这身孕是在家时得的,还是出家后得的。这事如何办呢?”提婆本没有佛陀的资格,并无忍辱、慈悲之德,所以这样想道:“提婆处的比丘尼怀了身孕,提婆不加追究,人家一定会对我们发生责难。将她驱逐出去吧。”也不细细调查,就像投掷石块一般把她弃去,说道:“好,将她逐出。”她听了他的话,立起来,行了礼,回到住处去,对比丘尼众道:“诸位,提婆师并非佛徒。而且我不是归依他而出家,是归依世上第一人等正觉者而出家的。勿使我的一番辛苦,归之水泡。请带我到祇园精舍佛的地方去吧。”比丘尼众带她从王舍城走过四十五由旬路程,方才到祇园精舍,向佛禀告上述的情形。佛想道:“即使是在家时怀孕的,但外道们也许会藉口,说沙门瞿昙带走了提婆所屏弃的人吧,这事应该到国王与侍臣跟前去判定。”次日,佛招请拘萨罗国的波斯匿王、大给孤独长者、小给孤独长者、毗舍佉大信女与其他长者们,在傍晚四众合集时,吩咐优波离大德道:“你去在四众面前,把这位青年比丘尼的事情弄明白。"大德道："是。"走到四众之间，坐在自己的座位上，从国王面前呼唤毗舍佉信女，叫她担任此事道："毗舍佉啊，先要探明这青年女子是何月何日出家的，然后再判明她的怀孕是在出家前还是出家后。"信女应允道："是。"便在四周张上帷幕，在幕中先检查了这青年比丘尼的手、足、脐腹，与月日比较起来，判明是在俗时所怀的孕。便走到优波离大德跟前，报告一切。大德便在四众面前，证明这比丘尼是清净的。她成了洁白之身，向佛与比丘教团行了敬礼，就与比丘尼众回到所住之处去了。她怀胎足月，便产了一个儿子，正如在上莲华佛足下所求祷的。一日，国王走过比丘尼住处的附近，听见婴儿的啼声，问臣下，诸臣知道这事的因缘，禀告道："大王，一个青年比丘尼养了孩子。这就是那孩子的啼声。"国王道："比丘尼育儿很是不便，我来派人养育吧。"便将这孩子交给一个女亲戚，以王子的资格加以养育。在命名日，给他取名曰迦叶。因他是以王子的资格养育的，所以大家都叫他鸠摩罗［王子］迦叶。七岁时在佛处出家，到成年后受具足戒，过了几年，便成了布教家中的善于辞令的人。佛说："我的弟子中，第一个善辞令者，是王子迦叶。"将他列在第一位。他后来听了《蚁冢经》❶而达阿罗汉位，其母比丘尼也作观法的修行而得最上的果报。王子迦叶大德对佛陀之教，如中天满月一般地明白。

一日下午，如来托钵回来，教诲比丘众后，进了香房。比丘众受了教诲，各在自己的日室或夜室中，过了白昼，傍晚时集合法堂，坐着赞叹佛的威德道："法友啊，提婆达多因没有佛陀的资格，又不具忍辱、慈悲等诸德，想将王子迦叶大德与其母长老尼陷于毁灭，可是等正觉者却因具足法王的资格，与忍辱、慈悲，使二人生信仰心。"这时佛显示着佛陀的威德，进入法堂，就坐于所设的座上，问道："比丘们啊，你们会集此处，谈说何事。"比丘众道："世尊，我们在赞叹佛之威德。"就把所说的话告诉了佛。佛道："比丘们啊，我使他们二人信仰与安住，并非始于今日。即在前生，也曾如此。"比丘众请佛解释这话的意义。佛便说明前生的隐秘因缘。

---

❶　中部经典第二十三经。

主 分

从前,梵与王在波罗奈治国时,菩萨投生于鹿的胎内。出母胎后,身体金黄,眼如宝玉,角作银白色,口红如赤毡,尾如犛牛之尾,躯干高大如小马。他与其眷属五百匹鹿同住在森林中,号称尼俱卢陀鹿王。在他们附近,又住着一个有五百眷属的鹿王,名曰枝鹿,身体也是金黄色的。

那时,波罗奈王好打猎,没有兽肉不能进餐。叫人民停止职业,召集一切商人、农夫,每日出去打鹿。人们想:"国王为了鹿,竟叫我们停止职业。我们不如在御苑中撒满鹿的食物,备好饮料,把许多鹿赶入御苑中,将大门闭住,全部送给国王。"他们大家便在御苑中种了鹿常食的草,备了水,在大门口设了警卫,然后率领手执棍棒等武器的市民,到森林中去寻鹿,说是"要捕其中的鹿",把一由旬左右的场地包围起来,包围圈渐渐缩小,终于以尼俱卢陀鹿与枝鹿住处为中心而逼近了。人们见了鹿群,便用棍棒等狂打树木、灌木等以及地面,把鹿群从密林住处赶出去。敲击着剑、枪、弓等武器,发着呐喊,将鹿群赶入御苑,闭住大门,然后到王的地方去禀告道:"大王,每日去狩猎,有害于我们的职业。我们已从森林里将鹿赶来,关满在御苑里。以后便请随意去吃吧。"说毕辞去。王听了他们的话,到御苑里去,观览鹿群,见了两只金黄色的鹿,便保证他们生命的安全。从此以后,有时王亲自去射死一鹿带回,有时由厨人去射死一鹿带回。群鹿每见弓矢,恐怖奔逃,有几只被连带射中,疲乏倒地自死。群鹿将此事告知菩萨,菩萨叫枝鹿来对他说道:"朋友啊,鹿逐渐丧失了,反正总是要死的,以后叫他们不必用箭来射。我们派定顺序,上断头台去,一日是我的眷属,一日是你的眷属,依次轮值,轮到顺序的鹿,就自动将头放到断头台上去。如此,不会有许多鹿受伤了。"枝鹿赞成道:"你的意见很对。"其后轮到顺序的鹿就去把项颈搁在断头台上。厨人走来,便将躺在那里的鹿带走。

一日,枝鹿眷属中一只怀孕的鹿挨到了顺序,她到枝鹿的地方去诉说道:"主啊,我怀有身孕,等我产了儿子,母子一同轮值吧,请把我的顺序跳越吧。"枝鹿说:"你的顺序不能转给他人。你当明白,这是你自己的果报。还是去吧。"她得不到首领的同情,便到菩萨的地方去告诉。菩萨听了这话,说道:"好吧。我来给你跳越顺序吧。"便自己走去,将头搁在断头台上躺下。厨人见了,说"保证了安全的鹿王,为甚么躺到断头台上来了",急忙到王的地方去报告。王立刻乘上车子,带领许多侍从,到菩萨处来看,说道:"鹿王啊,我已经给你生命安全的保证,你为何躺在这里?"鹿王道:"大王,有一怀孕的雌鹿来说:'将我的顺序转给别只鹿。'我不能使某鹿应受的死亡之苦,移在他鹿的身上,所以将自己的生命舍给她,代她受死,躺在这里。请不要疑有他意,大王。"王道:"金黄色的鹿王啊,我在人间还不曾见有这样忍辱、慈悲、哀愍之德的人。因你的缘故,我的心清净了。起来,我保证你与她的安全。"鹿王道:"我们两个的安全得保证了,其他的鹿怎样呢,大王?"王道:"其他的鹿,也保证他们的安全。"鹿王道:"大王,如此,住在御苑中的鹿,安全已得保证了,但其他的鹿怎样呢?"王道:"对他们也保证安全吧。"鹿王道:"现在,鹿是安全了,但其他的四足类怎样呢?"王道:"他们的安全也保证吧。"鹿王道:"大王啊,四足类已得了安全,两足类[鸟]怎样呢?"王道:"对他们也保证安全吧。"鹿王道:"大王啊,鸟类已得了安全,水栖的鱼类怎样呢?"王道:"对他们也保证安全吧。"大萨埵既如是对王恳请了一切生类的安全,从座上起来,使王保持五戒,又以佛陀的威光为王说正法道:"大王啊,行正道吧。在父母、子女、婆罗门、居士、商人、农夫之间行正道吧,如能平等行正道,命终之后,得生快乐的天人世界的。"在御苑中续住数日,教诫国王,然后带领鹿群进森林中去。

那雌鹿后来产了一个莲华之蕾般的儿子。小鹿有时到枝鹿附近地方去游戏,母鹿便教训道:"儿啊,以后不许到他那里去。只许到尼俱卢陀鹿的地方去啊。"接着便唱出了下面的偈语。

但去依随尼俱卢陀,
莫去接近枝鹿。
与其在枝鹿处生,
不如在尼俱卢陀处死。

后来，那些受了安全保证的鹿群，即使吃了人们的谷物，人们以为"这些鹿是保证了安全的"，也不去打他们，赶他们。人们聚集宫廷，向王禀告此事，王道："我因信心之故，施恩于尼俱卢陀鹿，即使放弃我的领土，也决不毁损这个誓约。去吧，不准在我的领土内伤害鹿命。"尼俱卢陀鹿听到此事，召集群鹿制止道："从此以后，不准吃外边的谷类。"又这样告诉人们道："从此以后，农夫不必造篱垣保护谷物。只要绕田结上叶子作目标好了。"从此各处田上便有结叶子作目标的风气，而且从此凡有叶子作目标的地方，鹿就不会进去。这是他们从菩萨所得的教训。菩萨如是教训了群鹿，后来与得全定命的许多鹿，一同依其业报而去此世。国王也遵守菩萨的教训，积聚善行，依业报而去此世。

结　分

佛道："比丘们啊，我之救长老尼与王子迦叶，并非始于今日，即在前生亦然。"作此法话后，再说四谛之法，就此二事，取得联络，把本生的今昔联结起来道："那时的枝鹿是提婆达多，其眷属是提婆达多的眷属，那雌鹿是长老尼，那小鹿是王子迦叶，王是阿难陀，尼俱卢陀鹿则就是我。"

一三　结节本生因缘　[菩萨＝树神]

序　分

此本生因缘，是佛在祇园精舍时，就旧妻的诱惑而说的。这事情将在第八编根本生因缘[第四二三]中详细叙述。佛对那比丘道："比丘啊，你在前生，也因这妇人之故丧失生命，被在火中炮烙。"比丘请佛说明此事。佛便说明了前生的隐秘因缘。[以下不再用"比丘众请求"与"前生的隐秘因缘"等字样，略作"讲过去的事"。但请求、月亮由云丛而出的譬喻、与前生隐秘的因缘等语意,仍如以前一般,是含有的。]

主　分

　　从前,摩揭陀王在摩揭陀国的王舍城治世时,在摩揭陀国人民的收获期中,鹿为避免大的灾难,照例都迁入森林的山麓去。于是有一只原住在森林中的山鹿,与一只向住在村落附近的青年雌鹿相爱了。当那鹿群从山麓回到村落附近去的时候,那只雄山鹿因为舍不得那雌鹿,也跟着一同下了山麓。那时,雌鹿对他说:"你原是一只愚钝的山鹿,村落附近是危险可怕的地方,你别跟我一同去吧。"但雄山鹿因爱欲之心,不肯回头,竟一同走了。摩揭陀的人民知道"现在正是鹿群下山的时候",都站在沿路的隐蔽地方。在那两只鹿走来的路上,也有一个猎人躲在隐蔽的场所。雌鹿嗅着人气,知道"这地方有一个猎人",便叫那愚钝的山鹿先行,自己跟在后面。猎人突然一箭射死了山鹿。雌鹿知道他已被射中,拔起脚来像疾风一般逃走了。猎人从小舍中出来,走到鹿前,烧起了火,在炎炎的火焰中炙烤了美味的肉,吃掉了,喝了水,将留下的血水淋漓的肉,挂在木棒上,带回家博小孩们的欢喜去了。那时候,菩萨生为那森林的神,见了这段因缘,说道:"这愚蠢的鹿,他的死不是为母,不是为父,全为了爱欲的缘故,人虽由爱欲而得善趣,终于在恶趣中受断手等痛苦❶或五种缚❷等种种苦恼。令他人受死的痛苦,这在此世应受人责难。那些妇人横行发施命令,以妇人为首长的国家,也应受责难,受妇人之支配者,也应受责难。"以一首偈语指示了三种责难。林中诸神便大声叫道:"对啊。"菩萨就在香华供养中用甘露一般的声音,响彻全林,唱偈说法。

　　持尖矢致人深伤者,
　　要有祸。
　　受妇人指挥之国家,

---

❶　断手、断足、断首、去势等之痛苦。
❷　五缚,谓胸、两手、两足之缚。

要有祸。

在妇人统制之下者，

是耻辱。

菩萨曾如是以一首偈语，说明三种应受责难的事，显示着佛陀的威德，响彻全林而说法。

结　分

佛作此法话后，说明四谛。说毕四谛，那悔恨的比丘达预流果。佛述此二故事毕，取得联络，把本生的今昔联结起来［以后略去"述此二故事毕"一句，仅称"把本生的今昔联结起来"，但语虽简略，其义仍存。］道："那时的山鹿，是悔恨的比丘，雌鹿是他的妻，指示爱欲为灾祸而说法的天神，则就是我。"

一四　风鹿*本生因缘　［菩萨＝王］

序　分

此本生因缘，是佛在祇园精舍时，就小给孤独帝须大德而说的。佛在王舍城附近竹林精舍时，一日，有一大福长者之子名曰帝须童子，来竹林听佛说法，志愿出家，父母不允许他的请求，遭到拒绝，他悲痛不堪，断食七日，遂如那位赖吒婆罗大德一般，得了父母的应允，在佛处出家了。

佛给他出家，在竹林住了半月之后，自到祇园精舍去了。在此期间，那童子修十三头陀行，入舍卫城则挨次沿门乞食度日，大家称他为小给

---

　　* （汉译者注）本章十四风鹿本生因缘，原译本所附原名为 vātamigajālaka 而文中见有羚羊，不见有风鹿语。次章二一有羚羊本生因缘，其原名为 kuruṅgamigajātaka，似风鹿别为一兽名。题目与内容未符合。姑仍之，待考。

孤独大德,在佛教界赫赫有名,如天空明月一般。那时,王舍城举行星宿祭典,大德的父母,将他在家时的装饰品收在一只银匣中,抱在胸前,且说且哭道:"每年星宿祭,我们的儿子,用这些装饰品打扮身体,在祭会里玩得很快乐,沙门瞿昙把这独生子带到舍卫城去了。现在不知他起卧在甚么地方呢?"有一娼妇,走到那良家来,看见长者的妻正在哭泣,问道:"你何故哭泣啊?"她便将原因告诉她。娼妇问道:"你家哥儿,生平最爱何物?"答道:"是如此这般的东西。"她便提议道:"如果你将你府上的一切主权交给我,我便将你们哥儿带回来。"长者之妻答应了这个条件,交给她很多的用费与从人,鼓励她道:"去吧,赖你的力,将我的儿子带回来吧。"她乘轿子到舍卫域去,在大德托钵的路边寄寓下来,不使大德看见从长者家中带来的人,仅带自己的从人,见大德进来托钵,先给了他粥与汤汁,用味觉欲束缚他,然后请他进屋上坐,供给食物,知道他已受自己的指挥,便假作害病,睡在内室。大德一到托钵的时候,一路行来,走到这家门口,佣人接了大德的钵,请他在屋内坐。大德坐下,问道:"优婆夷在何处?"佣人说:"她病了。她说很想一会尊师。"大德已受味觉欲的束缚,破了自己应守的戒行,走进她的卧室。她便讲明自己来此原因,遂诱惑大德,用味觉欲束缚他,使他放弃了出家,顺从她的意思,坐在轿中,带着许多从人,回到王舍城去了。这件事传扬开去。比丘众集合在法堂上谈论道:"听说小给孤独帝须大德,被一个娼妇用味觉欲束缚住,带回家去了。"佛走到法堂,就坐在严饰的座位上,问道:"比丘们啊,你们集合此处,正谈何事?"他们将此事禀告了,佛道:"比丘们啊,那比丘受味觉欲束缚,堕入她的奸计,并非始于今日。在前生也曾堕入她的奸计。"便讲过去的事。

主　分

从前,在波罗奈城,梵与王的园丁,有一个名叫删阇耶的。那时,有一只羚羊到御苑来,见了删阇耶逃走了。删阇耶并不吓逐,让他逃去。那羚羊常常到御苑中行走。园丁每日取园内的种种花果等献纳王上。

一日,王问园丁道:"园丁啊,近来苑中见到甚么新鲜的事吗?"园丁禀道:
"大王,没有见到别的。有一只羚羊常来苑中行走,只见到这个。"王问
道:"你能捉住他吗?"答道:"请赐我一点蜂蜜,我可以把他一直带到宫中
来。"王将蜂蜜给他。园丁带了到御苑中去,在羚羊行走地方的草上将蜂
蜜涂上,自己躲藏起来。羚羊走来,吃了涂蜜的草,因了味觉欲的束缚,
便不到别的地方去,专到这御苑中来。园丁知道羚羊已经被涂蜜的草所
迷,不久便现出自己的身子。最初几日,那羚羊见了他便逃,后来因常常
看见,便亲昵起来,不多几时,居然会在园丁的手上吃草了。园丁知道他
已习熟,便用席子将往宫殿的路围起来,铺上一些枯枝,肩挂一个装蜂蜜
的瓢箪,腰上系了草束,一路撒着涂蜜的草,将羚羊一步步诱到宫殿中。
羚羊走进宫中,人们便将宫门闭住。羚羊见了这许多人,浑身发抖,恐怖
畏死,在宫殿中乱跳乱窜。王从楼阁下来,见羚羊发抖,便道:"羚羊这东
西,本是见了人众,七日不到其地,受过吓逐,一生永不再来的。这样住
在林薮中的羚羊,现在却被味觉欲束缚,终于走到这样的地方来。世上
真没有比味觉欲更可怕的了。"以下面的偈语,结束了这段法话。

　　世间没有比味觉更可畏的东西,

　　无论在家中或在友人处。

　　删阇耶利用味觉,

　　捕获了栖息林丛的羚羊。

结　分

　　佛道:"比丘们啊,那娼妇以味觉欲束缚他,使顺从其意,并非始于今
日,即在前生亦是如此。"作了此法话,复取得联络,把本生的今昔联结起
来道:"当时的删阇耶是那娼妇,羚羊是小给孤独比丘,波罗奈城的王,则
就是我。"

一五 迦罗提耶鹿本生因缘 ［菩萨＝鹿］

序 分

此本生因缘,是佛在祇园精舍时,就一个恶语悭贪的比丘说的。那比丘恶语悭贪,不受人的训诫。于是佛向他问道:"比丘啊,听说你恶语悭贪,不受人的训诫,这是事实吗?"他答道:"世尊,这是事实。"佛说:"你在前生恶语悭贪,不受智者的训诫,落在阱网中而死。"便讲过去的事。

主 分

从前,梵与王在波罗奈都治理国家的时候,菩萨生而为鹿,由鹿群围绕着住在森林中。那时,他的妹妹将自己的儿子给他看:"兄啊,这是你的甥儿。请你教他学习鹿的幻术吧。"菩萨应允了,对甥儿说道:"在某时某刻来学习吧。"甥儿不照吩咐的时间来。有一次,那小鹿一连七日不来,旷废了七次的训诫,不学习鹿的幻术,却在别处游荡,终于落入阱网。他母亲到哥哥的地方来,问道:"兄啊,你的甥儿,为何没有学习鹿的幻术呢?"菩萨告诉她道:"不要提起这个度不得的家伙。那孩子不能学习鹿的幻术。"现在他快要被杀,再教也来不及,便唱了下面的偈语。

迦罗提耶啊,

彼具有八蹄而头角曲折之鹿,

荒废机会至七次之多,

如此之徒,不堪教诲。

那时,猎人将落在阱网中的那恶口悭贪的鹿杀死,取肉而去了。

结 分

佛又说："比丘啊，你的恶口悭贪，并非始于今日。即在前生，亦是如此。"作了这法话，取得联络，把本生的今昔联结起来道："当时的甥鹿，是恶口悭贪的比丘，妹鹿是莲华色，施教诫的鹿则就是我。"

一六　三卧鹿本生因缘 ［菩萨＝鹿］

序 分

此本生因缘，是佛在侨赏弥国的跋陀利园时，就爱好戒学的罗睺罗大德说的。有一次，佛驻留在阿罗毗国附近阿伽罗伐塔庙，有许多优婆夷与比丘尼，集合在精舍来听说法。白昼都在一处听法，但随时间的经过，优婆夷与比丘尼渐渐走完了，只剩了比丘与优婆塞。夜间再听说法，听完以后，长老比丘等各归自己的宿处，年少的则与优婆塞一同宿在库中。大家睡静之后，有呼呼打鼾的，有咬牙齿的。有些人则睡了一会就起来。他们把这情形告诉世尊，佛道："比丘如与未受具戒者同宿，犯波逸提罪。"制定了这学处［戒］，便到侨赏弥国去了。

于是比丘众对罗睺罗尊者道："法友罗睺罗啊，佛已制定了学处。你得找自己的宿处。"以前，比丘众因对佛的敬意，与因那尊者［佛子罗睺罗］爱好戒学，每逢他到自己宿处来时，非常优待，给他铺好小床，还给他衣服做枕头，但那日因为恐怕违犯学处，连宿处也不给他了。

贤者罗睺罗不到"父亲"十力的地方去，也不到"师父"法将舍利弗的地方去，也不到"阿阇梨"大目犍连的地方去，也不到"叔父"阿难大德的地方去，走到十力常用的触房［厕所］，宛如升登梵天宫一般，爬了进去，就在那里打宿了。诸佛常用的触房，照例是门户密闭，地面平坦，涂着香料,悬绕着香与华鬘结出的绳,通夜点着灯火的。贤者罗睺罗并不是因为此屋有如此庄严,宿在那里,乃是为了比丘众叫他自己找宿处,他尊重他们的教诫,用爱好戒学的心去宿的。因此,比丘众每见那尊者远远走来,便试他的心,故意将扫帚畚箕等投在外面,等他走过那儿时,便问:"法友啊,这是谁投在这里的?"那时有人说:"罗睺罗刚才走过这里。"那尊者从不说:"尊师啊,我不知道这件事。"总是收拾起来,道歉说:"师啊,请你恕罪。"然后走去。他是如此爱好戒学,他之在此处定宿,完全出于这爱好戒学的心。

有一次,天未明,佛立在触房门口咳嗽一声,那尊者也咳嗽一声。佛问是谁,他道:"我是罗睺罗。"便出来行礼。佛问道:"罗睺罗啊,你为何睡在此处?"他禀告道:"因为没有宿处。世尊,比丘众以前对我很亲切,现在因怕犯罪,连宿处也不肯给了。我想,此处不会与别人发生冲突,所以宿在此处。"那时候,佛为正法担忧起来,心想:"比丘众对罗睺罗尚且如此冷遇,别的善男子出家时将受如何待遇呢。"便于次日早晨召集比丘众,向法将舍利弗问道:"舍利弗,你可知道罗睺罗的宿处,现在在甚么地方吗?"舍利弗道:"世尊啊,我不知道。"佛道:"舍利弗,罗睺罗现在住在触房里。舍利弗,你们对罗睺罗尚如此冷遇,则叫别的善男子出家时,将如何待遇他呢。这样下去,凡入此佛法而出家的人,将无栖住之处了吧。从今以后,未受具戒者,也可以叫他在自己身边住一二日,到第三日找到别的宿处,再叫他住到外边去啊。"便订了这随制,制定了学处。那时集合在法堂上的比丘众,说到罗睺罗的德行道:"看吧,诸师啊。罗睺罗真是一位爱好戒学的人。人家叫他'你去找自己的宿处去啊',他却不说'我是十力的儿子。关于房子你们有甚么话分,你们自己出去好了',不斥责一个比丘,却自己去宿在触房里。"大家这样的谈论着。

这时,佛走进法堂,在庄严的座上就座,问道:"比丘们啊,你们集合此处,正谈何事?"比丘众答道:"世尊啊,我们正在谈罗睺罗的爱好戒学,并没有谈别的。"佛道:"比丘们啊,罗睺罗的爱好戒学,并非始于今日,他前生生在畜生胎内时,也曾如此。"接着便讲过去的事。

主　分

从前,摩揭陀国王在王舍城治国时,菩萨自鹿胎出生,由鹿群围绕着住在森林中。一时,他的妹妹带了自己的儿子来,说道:"兄啊,请将鹿的幻术教授此甥。"他承诺道:"好。"吩咐甥儿道:"回去,到某时某刻来学习。"嗣后甥儿就遵照舅父所定的时刻来舅父的地方学习鹿的幻术。有一日,他在林中徘徊,落入阱网中,大声哀呼。鹿群逃到他母亲的地方报告道:"你的儿子落入阱网中了。"她到阿兄的地方去,问道:"兄啊,你的甥儿已学习了鹿的幻术吗?"菩萨道:"不用担忧你孩子的灾难。他已精通幻术,马上会回来叫你欢喜的。"接着唱出下面的偈语。

此鹿善三样卧❶,知许多幻术,

具有八蹄,饮于中夜,

能以一鼻孔在地上呼吸,

能以六种术❷瞒人。

菩萨如是安慰妹妹,告诉她甥儿已完全获得鹿的幻术。却说,那幼鹿落入陷网,没有跌倒,在地上侧身伸足而卧,用蹄子打着脚边,掘起尘草,放了粪尿,低垂了头,伸出舌子,用唾涎涂湿身体,吸入空气胀起了肚子,睁起眼睛,用下鼻孔呼吸,上鼻孔绝气,全身坚硬,装成已死的样子。连青蝇都在他身上围集起来,乌鸦停立在他的四周。猎人走来,用手敲敲他的肚子,说"大概是大清早落进的,有臭气了",便解开缚绳道:"好,当场把他剖开,割了肉回去吧。"毫不戒备,去掇拾树枝与叶。幼鹿便起来,立起四足,抖一抖身体,伸一伸颈子,像被大风吹散的云块一般,迅速逃到母亲的地方去了。

---

❶　三卧样,是以两胁横卧、直身仰卧与牛般伏卧。

❷　六种术,即:一、伸四足横卧,二、以蹄掘草尘,三、伸舌,四、胀肚,五、放大小便,六、绝气。

结 分

佛又道："比丘们啊，罗睺罗的爱好戒学，并非始于今日，即在前生亦然。"作此法话后，取得联络，把本生的今昔联结起来道："当时甥儿幼鹿，是罗睺罗，其母是莲华色，那为舅父的鹿则就是我。"

一七　风本生因缘 ［菩萨＝道士］

序 分

此本生因缘，是佛在祇园精舍时，就两位年老出家人而说的。他们二人住在拘萨罗国的某森林中，一人名曰黑大德，一人名曰白大德。有一次白问黑道："尊者啊，何时寒冷呢？"黑道："黑月的时候。"有一次，黑问白道："尊者啊，何时寒冷呢？"白道："白月的时候。"二人都不能解决自己的疑惑，到佛的地方，向师礼拜，问道："世尊啊，何时寒冷呢？"佛听了他们的话，说道："比丘们啊，我在前生也回答过你们这个问题，但你们是不明白过去世代的事情的。"便讲过去的事。

主 分

从前，在某山之麓有一狮一虎为友，住在一个洞窟中。那时菩萨在仙人处出家，也住在这个山麓。有一次，这两位朋友对寒冷问题发生了争论，虎说"黑月的时候寒冷"，狮子说"白月的时候寒冷"。他们不能解决自己的疑惑，向菩萨请问。菩萨唱了下面的偈语。

风吹之时，
黑月与白月都寒。

风吹则寒，

双方都不错。

菩萨如是安慰了两个朋友。

结　分

佛又道："比丘们，从前我曾答过你们这个问题。"作此法话后，又说明四谛。说毕四谛，二位大德证得预流果。佛取得联络，把本生的今昔联结起来道："那时的虎是黑，狮子是白，解决疑惑的道士，则就是我。"

一八　死者供物本生因缘　［菩萨＝树神］

序　分

此本生因缘，是佛在祇园精舍时，就"死者的供物"说的。那时候，人们为亲族的死者杀许多山羊绵羊供养，称为"死者的供物"。比丘众见人们如此行事，向佛问道："世尊啊，人们剥夺许多生物的生命，供作'死者的供物'，会有甚么功德吗？"佛说："比丘们啊，虽为了作'死者的供物'而杀生，并没有何等功德。从前贤者们曾坐在虚空中说法，说杀生的罪障。使全阎浮提的人们废止此事。现在是过去世的事情再现了。"接着便讲过去的事。

主　分

从前，梵与王在波罗奈治国时，有一个精通三吠陀举世闻名的婆罗门的阿阇梨，要供"死者的供物"，捕了一只羊，吩咐弟子们道："把这羊带到河里去洗浴，颈上套了华鬘，与以五指量的食物，打扮好了带回来。"弟子们说"是",奉命带了羊到河里去洗浴,把他打扮好了立在河边上。此羊见到自己的宿业,想道"今日可以脱离诸苦",欢喜起来,发出破瓮似的声音,高声大笑。但一念到那婆罗门杀死了自己,将受到自己所遭的苦,不觉对婆罗门发生怜愍之心,大声地号哭了。于是婆罗门童子们对羊问道:"羊啊,你一会儿大笑,一会儿大哭。为何要笑,为何又要哭呢?"羊答道:"请当了你们师父的面,问我这个原因。"他们便带羊回去,将此事告诉阿阇梨。阿阇梨听了这话,对羊问道:"你何故笑,又何故哭呢?"羊以追忆前生的智力,想起自己的宿业,回答婆罗门道:"婆罗门啊,我从前也与你一样是一个诵读圣典的婆罗门,要供'死者的供物',杀了一只羊作供。我因杀了一只羊,在四百九十九生之中受断头之报。现在是我最后的第五百生,我今日可以脱离如此诸苦,便生欢喜之心而笑了。我所以又哭者,因我杀了一只羊,五百生中受断头之难,今日虽可脱此苦厄,但念婆罗门因为杀了我,就得像我一样,在五百生中受断头之苦,故对尊师发怜愍之心而哭了。"婆罗门道:"羊啊,你不要害怕,我不杀你。"羊道:"婆罗门啊,你说甚么话呀,不论尊师杀我或不杀我,我今日总免不掉一死。"婆罗门道:"羊啊,不要怕,我保护你,与你同行。"羊道:"婆罗门啊,你的保护力很弱,我所作的恶业却很强大。"

婆罗门将羊放了,叫任何人不许杀他,带着弟子们与羊同行。羊得了解放,跑进岩顶附近的丛林中,伸起项颈去吃叶子,正在这一刹那间,岩顶上落下一声响雷,岩石的一角碎裂了,落在羊伸着的项颈上,羊便被断头而死了。许多人都围聚拢来。

那时,菩萨生为彼处的树神。观看大众,以威神力端坐虚空中,以为"此等众生,知道了如此恶业的果报,大概不会再杀生了",遂用甘露一般的声音说法,唱出下面的偈语。

此生存是苦,
如有情能如是觉悟,
则生类不可杀生类,
杀生者必遭悲哀。

大萨埵如是以地狱的恐怖令人警怖而为说法。人们听了这个说法,震惊于堕狱的恐怖,从此禁止杀生了。菩萨又说法使大众受持戒行,后来依其业报而逝去。大众也遵守菩萨的教训,积聚布施等善行,投生于天上之都。

结　分

佛作此法话后,复取得联络,把本生的今昔联结起来道:"那时的树神就是我。"

一九　祈愿供养本生因缘　[菩萨＝树神]

序　分

此本生因缘,是佛在祇园精舍时,就了为祈愿诸天神奉献供养之事说的。那时人们要出门经商的时候,杀生物奉献诸天神为供物,许愿道:"我们来日成就了目的时,当再来奉献供物。"然后出去经商。待后来成就了目的回来,以为"赖诸神的威德得了如此成功",复为解愿故,杀许多生物来作供养。比丘众见到这情形,向佛问道:"世尊啊,此事有何利益?"佛为讲过去的事。

主　分

从前,迦尸国某村有一长者,曾对立在村口的一株无花果树的树神,立下供养的誓愿,后来回来,杀了许多生物,到树下来"解此祈愿"。树神立在树桠杈上,唱出下面的偈语。

如要解愿,来世再解,

现在求解,反被束缚。

贤者不如是解愿,

此种解法,束缚愚人。

从此以后,人们就废止这种杀生之业,修习正法,死后升腾到天都去了。

结　分

佛作此法话后,复取得联络,把本生的今昔联结起来道:"那时的树神就是我。"

二〇　芦饮本生因缘　[菩萨＝猿]

序　分

此本生因缘,是佛在拘萨罗国游行中到达芦饮村,在芦饮莲池附近凯多迦园,就芦茎而说的。那时比丘众在芦饮莲池沐浴,沙弥们为制作针筒❶,采取芦茎,看见这些芦茎内部都是空的,走到佛处,问道:"世尊啊,我们制作针筒,采取芦茎,看见这些芦茎,从根到顶,全部中空。这是甚么原因呢?"佛道:"比丘们啊,这是我昔日的命令。"于是便讲过去的事。

主　分

相传,从前这座丛林是一个森林。那莲池水中,住着罗刹,下水去的人,都被吞噬。那时菩萨生为猿王,大如小赤鹿,受八万猿猴的拥戴,率领

------

❶　比丘八物之一。

猿群,居住在这森林中。他教训猿群道:"这林中有毒树与非人[鬼]管领的莲池,大家如要吃未曾吃过的果实,或是喝没有喝过的水时,须先来告诉我。"群猿答应道:"是。"有一次,他们走到一处未曾到过的地方,在那儿巡游了数日,要找水喝,见到一个莲池,大家不就去喝,坐着等待菩萨来。菩萨走来说道:"你们为何不喝水。"他们回答道:"我们正伸着头颈等你来哩。"菩萨道:"这很对。"便察看在莲池边留下的脚迹,见只有下去的脚迹,没有上来的脚迹。知道这一定是非人所管领的,便道:"你们没有喝这水,真是大幸。这是非人所管领的。"水中的罗刹知道他们不下水来,显着青腹、白脸、红手红脚,很可怕的形相,将水分开,走出来道:"你们为何坐着,下来喝水呀。"那时菩萨问他道:"你是住在这水中的罗刹吗?"罗刹道:"是的。"菩萨道:"你捉捕下莲池去的东西吗?"罗刹道:"是的,我捉捕,凡下此处来的,就是一只鸟,也捉住不放。让我把你们都吃了吧。"菩萨道:"我们不把这身子让你吃。"罗刹道:"但你们要喝水吧。"菩萨道:"水是要喝的,但不使你自由如意。"罗刹道:"那么,怎样喝水呢?"菩萨道:"你以为我们下池来喝水,但我们不下来,八万只猿猴各取一条芦茎,如用青莲华茎喝水一般,喝你莲池的水。所以你不能吃我们。"知道这意义的佛,成正觉后,唱了下偈的前二句:

> 不见上来的足迹,
>
> 只有下去的足迹。
>
> 我们以芦吸水而饮,
>
> 你即不能杀我们。

菩萨如此说后,便取一条芦茎来,心中念着波罗蜜,发了誓言,用口去吹。芦内遂不留一点结节,全部变成空虚了。又用同样方法,叫别的猿猴一一取芦茎来,吹空了授给他们,如果只是这样,事情将不能终结,所以不能如此解释。菩萨绕行莲池,发命令道:"所有在这里的芦,要都变成中空无节。"原来菩萨利行广大,命令立奏功效,以后绕生这莲池的芦,都中空了。在此劫中,有四种神变持续了一劫。何谓四种神变,一是月中的兔相,在此劫间完全存在。二是鹑本生因缘[第三五]中火灭之处,在此劫间完全不会燃火。三是陶器师的住所,在此劫间完全不会降雨。四是绕生在这莲池的芦,在此劫间完全中空。这便是持续于此劫间的四种神变。

菩萨如是发着命令,取一条芦茎而坐,八万猿猴各取一茎,围坐莲池。菩萨用芦茎喝水时,他们都坐在岸上喝水。因他们如此喝水,水中的罗刹捉不到他们,便怀着不平回到自己住处去了。菩萨也与从者同回森林。

结　分

佛道:"比丘们啊,这些芦茎变成中空,是因为我过去的命令。"作此法话后,又取得联络,把本生的今昔联结起来道:"那时水中的罗刹是提婆达多,八万猿猴是佛弟子,那个想出妙策的猿王,则就是我。"

第三章　羚羊品

二一　羚羊本生因缘　[菩萨＝羚羊]

序　分

此本生因缘,是佛在竹林精舍时,就提婆达多说的。某时,比丘众集合法堂,坐着诽谤提婆达多道:"法友们啊,提婆为欲杀害如来,或雇弓师投石,或把叫做护富者的狂象放出。用尽种种的手段企图杀害十力哩。"这时佛来了,就坐于所设的座上,问道:"比丘们啊,你们方才集在这里谈论甚么?"比丘众道:"世尊,我们坐在这里谈着提婆的不德,说他企图杀害世尊的事。"佛道:"比丘们啊,提婆的企图杀我,并非始于今日,在前生也曾如此,可是未曾能杀我。"接着便讲过去的事。

主　分

从前,梵与王在波罗奈治国时,菩萨生为羚羊,在森林中吃着果实住在那里。有一时,他到那果实丰富的吉祥叶树去吃果实。林中有一个高台猎师,来自村中,在果树下见到鹿类的足迹,就于树上结起高台,坐候来吃果实的鹿类,以枪射杀,将鹿肉卖给人以为活。一日,那猎师在吉祥叶树下见到菩萨的足迹,便于树上结起高台,清晨吃过早餐,即携枪走入林中,攀登树上,坐在高台中。菩萨也于天明前从住处出来,打算"吃那吉祥叶树的果实"。可是并不急急向树下跑,自想:"这林中有一个高台猎师常来在树上结高台,不要受其灾祸。"便在远处立定。猎师知菩萨不会过来,便从高台上把吉祥叶树的果实投下,落在菩萨的面前。菩萨想:"这些果实落到我的面前来,树上不是有猎师吗?"好几次向树上查看,果然见有猎师。故意装作未曾看见的样子,自语道:"树啊,以前,你的果实是像吊着的东西一般,一直落下来的,今日却破了这老规矩了。你既然如是破了老规矩,我只好到别的树那里去求食了。"接着唱出下面的偈语。

> 羚羊很明白,
> 你卧在吉祥叶树上。
> 我不喜你的果实,
> 会走向别的吉祥叶树去。

这时,猎师坐在高台上掷下枪来,说道:"这回被逃脱了。"菩萨立定回转头去告诉猎师道:"人啊,你这回虽被我逃脱,但八大地狱、十六增地狱、五种桎梏与业力,你是逃不脱的。"便奔驰向别处了。猎师也从树上爬下来自去。

结　分

佛道:"比丘们啊,提婆达多的企图杀我,不从今日始,前生也曾有此企图,可是未能杀我。"作此法话后,又取了联络,把本生的今昔联结起来道:"那时的高台猎师是提婆达多,羚羊则就是我。"

二二　犬本生因缘　［菩萨＝犬］

序　分

此本生因缘,是佛在祇园精舍时,就给予亲族以福利之行为说的。

其事当见于第十二编跋陀娑罗树神本生因缘[第四六五]中。佛为欲一并成立此因缘谈,故说过去之事。

主 分

从前,梵与王在波罗奈城治国时。菩萨因其宿业,从犬之胎内出生,被几百只犬围绕着,居于大墓地中。一日,国王用信度地方产的白马,驾着盛饰的车子,出去游园,游至日落后才返城中来。侍从者就将国王所乘的车放在宫中庭间,连那车上的皮带也未曾除去。夜来有雨,皮带受湿,宫中贵种的犬从阶上下来,把车上的皮连同皮带都吃光了。次日,人们向王报告,说:"大王,犬从阴沟孔进来,把车上的皮与皮带吃去了。"王听了大怒,说:"见到有犬就给我一一杀死。"于是犬的大虐杀开始了。群犬因见同类到处被害,便纷纷向菩萨住的墓地逃来。菩萨问道:"你们大队到这里来,怎么了?"群犬道:"因为有犬在宫中吃了马车上的皮与皮带,国王大怒,下令杀犬,许多犬都被杀了,正在起大恐怖呢。"菩萨心想:"外面的犬是无法到有守卫的宫中去的,这一定是王宫中贵种犬所为。现在做贼者平安无事,而不做贼的反被杀哩。让我来将真贼指出给王看,对亲族者作生命之布施吧。"便安慰同族道:"你们不必害怕,我使你们平安吧。我见国王去了,你们可在此等着。"于是心中念着波罗蜜,把慈悲行作了第一,坚立"石与槌等不要落到我头上来"的意愿,独自入城去。那时城中的人见了他,竟没有一个对他怒目而视的。

王从发过杀犬的命令以后,就去坐在法庭上。菩萨走到那里,便跳上庭去,爬入王的座下。侍从们要去拉他。王禁止他们。菩萨振足了勇气从座下爬出来向王作礼,问道:"大王命人杀犬吗?"王道:"是的。"菩萨道:"人主啊,他们有何罪呢?"王道:"因为吃了马车的包皮与皮带。"菩萨道:"你知道是谁吃的吗?"王道:"那不知道。"菩萨道:"不管曾吃皮与否,而说见到就杀,大王啊,这不是公正的办法。"王道:"因为马车上的皮是被犬吃去了的,所以我就下令杀犬,叫人见犬即杀。"菩萨道:"那么,把所有的犬都杀呢,还是也有不杀的呢?"王道:"那是有的,我宫中的贵种犬就不杀。"菩萨道："大王,方才大王说因为犬吃了马车上的皮,下令杀犬,叫人见犬即杀。现在又说宫中的贵种犬不杀,那么大王不是在为了自己的乐欲行无理之事吗?行无理之事是不正,也非为王之道。大王应该公平地查究原因才是,今不杀贵种犬,只杀弱犬,这不是杀所有的犬,是只杀弱犬了。"大萨埵如是向王陈诉后,复以甘露般的声音示王以正义道:"大王,你所行的不是正义。"唱出下面的偈语来。

> 不杀宫中所畜的美而有力的贵种犬,
>
> 却杀我等,
>
> 这不是杀所有的犬,
>
> 是在专杀弱者。

王听了菩萨的话,便道："贤者啊,你知道吃马车皮的犬吗?"菩萨道:"知道。"王道:"是谁吃的?"菩萨道:"是大王宫中的贵种犬。"王道:"何以知道是他们吃的?"菩萨道:"我可证明给你看。"王道:"贤者啊,那么请证明。"菩萨道:"请把宫中的贵种犬唤拢来,给我一些酪浆与吉祥草。"王依言照办了。这时,大萨埵对王说道："请将此草混入酪浆中给这些犬饮下。"王依言令犬饮下了。那些犬饮了以后,就吐出皮来。王大喜道:"真是一切知者,佛陀的化身。"便在白伞❶下供养菩萨。菩萨用那以"父母都是刹帝利族的大王啊,请行正义"为开端的十首偈语,对王宣说正义,复叮嘱王道:"大王啊,嗣后望你努力。"授王以五戒,把白伞奉还给王。王听了大萨埵的法话,就对一切有情作无畏施,从菩萨起,对所有的犬,每日叫人用与他自己所吃同样的食物来供养。遵守菩萨的教诫,终身多积布施等善行,死后转生于天界。这"犬的教训"继续至一万年,菩萨也定命完毕,依其业报,从此世逝去了。

结　分

佛道："比丘们啊,如来给与亲族以福利,不自今日始,前生也曾如

---

❶　白伞,为国王五种服饰之一。

此。"作此法话后,复取了联络,把本生的今昔联结起来道:"那时的国王是阿难,其他是佛的弟子,那犬则就是我。"

二三 骏马本生因缘 [菩萨=马]

序 分

此本生因缘,是佛在祇园精舍时,就一个废弃精进的比丘说的。佛对那比丘道:"比丘啊,在前生,贤者曾在敌患之中励行精进,虽负伤而精进不废。"接着就讲过去之事。

主 分

从前,梵与王在波罗奈城治国时,菩萨生而为信度产的骏马,被施着无上的装饰,作为波罗奈王的宝马❶。他所吃的是三年陈的米饭,加调种种美味,用价值万金的食器来盛贮。所立的地方是用四种香料涂过的。厩中以赤色毡毯为幔,上施镂有金星的天盖,常用芳香的华鬘装饰,夜间点燃香油的灯火。

他国的王都想获得波罗奈的王位,有一次,七国的王一齐来把波罗奈城包围住,送通牒给波罗奈王道:"把王位让给我们,否则开战。"王召集诸大臣,告说此事,问:"如何是好?"诸大臣道:"大王,陛下不必首先就亲临战场,叫骑士去应战吧。他如战得不好,然后我们再想办法。"王便召那骑士来问道:"你能与七王战吗?"骑士道:"大王,若能把那匹骏马给我,别说七个王了,连与全阎浮提的国王开战也可以。"王道:"那么,不论那骏马或是别的甚么你所要的东西都给你,你去战吧。"骑士道:"是,大

---

❶ 大典等时所用之马。

王。"便对王作礼,从台阁走下,叫把那骏马牵来,配上马具,自己也全身武装,佩好大刀,上马冲出城去,奔驰如电,攻入对方第一阵营,把一个国王活擒了回来,交与城中的后卫军,返身再出阵去,攻入第二阵营,如是接连攻战,活擒了五个国王,及攻入第六阵营,擒住第六个国王时,骏马受伤了。马身迸出鲜血,苦痛剧烈。骑士知道骏马已负伤,于是把他横倒在宫门口,解下马具来,打算改配在别的马上。菩萨长长地横躺卧着张开两眼来看骑士,忖道:"他在把马具配到别的马上去,但那匹马是不能破入第七阵营活擒第七个国王的。我的努力,将付诸流水吧。这位无双的骑士将殒殁吧。王也将陷入敌人之手吧。除我以外,不会有能破第七阵营活擒第七个国王的马了。"于是卧着呼骑士道:"骑士啊,除我以外,不会有能破第七阵营,活擒第七个国王的马了。我不愿把我的功绩付诸流水。扶起我来配上马具吧。"接着唱出下面的偈语来。

> 纵使倒卧在地,
> 身被箭所射中,
> 骏马究比驽马好。
> 骑士啊,武装还应加在我身上。

骑士扶起菩萨,替他裹好了创伤以后,配上马具,骑在他的背上,破入第七阵营,把第七个国王活擒了来交与王军。人们把菩萨带到了王宫门前,王亲自出宫来观看。大萨埵向王说道:"大王啊,不要杀那七个国王。请立誓赦放他们。所有应赐给我与骑士的荣誉,请全给了骑士。蔑视擒获七王的勇士是不应该的。陛下自己也要行布施、守戒,以正义与公平施行政治。"

菩萨如是训诫国王之后,人们来解除马具。菩萨于马具解除中就逝去了。王为菩萨举行葬仪,给大荣誉与骑士,又叫七个国王宣了无二心的誓言,各遣送至本国,嗣后以正义与公平治理政事,命终后依其业报,从这世逝去。

结　分

佛道:"比丘啊,在前生,贤者在敌患之中励行精进,虽负伤而精进不废。你现在归向了导入涅槃的教而出家，为何怠废于精进呢?"接着为说明四谛，说毕四谛，那个怠于精进的比丘即证得阿罗汉果。佛作此法话后，复取了联络，把本生的今昔联结起来道:"那时的国王是阿难，骑士是舍利弗，骏马则就是我。"

二四　良马本生因缘　[菩萨＝马]

序　分

此本生因缘，是佛在祇园精舍时，就一个废弃精进的比丘说的。佛对那比丘道:"比丘啊，在前生，贤者在敌患之中负了伤尚不废精进呢。"接着便讲过去的事。

主　分

从前，梵与王在波罗奈治国时，与上回所讲的情形一样，有七个国王来包围城市。那时，车军中有一勇士，用一对兄弟的骏马驾车出城应战，连破六个阵营，擒获了六个国王。这时那为兄的一匹良马负伤了。勇士驾车回到了宫门口，从车上解下兄马，把他横卧在地上，除去马具，打算去配在别的马上。菩萨见了这情形，像上回所讲的一样，心中思忖，呼告勇士，卧着唱出下面的偈语来。

不论在何时，

不论在何处，

良马总是努力，

驽马常消耗意气。

勇士扶起菩萨，驾系车上，去破了第七个阵营，擒获了第七个国王，然后把车驶回王宫门口，解下负伤的良马。菩萨如上回所讲一样，卧着向王施了一番训诫而逝。王为菩萨举行葬仪,给勇士以光荣,以正义施政,后来依其业报从这世逝去。

结 分

佛作此法话毕,说明四谛,说毕四谛,那比丘证得阿罗汉果。佛复把本生的今昔联结起来道:"那时的国王是阿难大德,良马则就是我。"

二五 浴场本生因缘 [菩萨＝贤臣]

序 分

此本生因缘,是佛在祇园精舍时,就法将[舍利弗]的弟子,出家前曾为黄金匠的某比丘说的。原来知他意向的他心知通,唯佛有之,其余的人是没有的。法将未具他心知通,不知那弟子的意向,只对他说不净业处[不净观法]。但这与那弟子却不相应。那弟子在五百生间老是生在黄金匠的家里,长期间来眼所见到的只是纯金,心中也受薰染,所谓不净,与他不相适合,所以经过了四个月犹未起相[不净的观念]。法将不能授与阿罗汉果给自己的弟子,心想:"他似乎只有依了佛力可以教养的了,带他到如来那里去吧。"便于天明以前领他到了佛的地方。佛问道:"舍利弗啊,为何你领了一个比丘来?"舍利弗道:"世尊,我授业处于这人,经过了四个月,连相[观念]都不起。我想这人只有依了佛力可以教养的了,所以领他到世尊这里来的。"佛道:"舍利弗,你以甚么业授与弟子?"舍利弗道:"不净业处,世尊。"佛道:"舍利弗,你没有知道众生心的通力。且去,傍晚再来带回你的弟子吧。"

佛打发走了长老舍利弗,叫人给那比丘以相称的上衣与下衣,带他同去乞食,叫人给与以美味的嚼食[硬食]与啖食[软食],由大比丘众围绕着回到精舍以后,在佛的香室过了昼间,向晚便带了那比丘出去游行,到了庵罗果园,用神通力现出一个莲池,于莲丛内现出一大大的莲华。吩咐那比丘道:"向那莲华凝视而坐。"叫那比丘坐下以后,便自回香室去了。比丘只管凝视那莲华。佛使华凋萎,正凋萎时,色褪了。华瓣从边缘处开始谢落,一忽儿落尽了。既而雄蕊也脱落了,只剩果皮。比丘见这光景,不禁这样想道:"这莲华方才原是颜色鲜美,看去很悦目的。现在已色褪瓣谢,连雄蕊都脱尽,只剩果皮了。像这样的莲华也会碰到老,这老也会落在我身上来吧。"于是便获得了诸行无常的正观。佛察知他的心已达正观,坐在香室中放出光明,唱下面的偈语。

　　把自爱心断了啊,
　　像用手折秋日的黄莲华似地。
　　专向寂定之道迈进啊,
　　涅槃为善逝所诏示。❶

佛唱毕此偈,那比丘即证得阿罗汉果,觉得自己真从一切的有[生存]解脱了,便以下面偈语发出感兴:

　　生涯过毕,其心圆熟,
　　心身垢[漏]尽,只留最后的肉身。
　　守清净之戒,诸根稳得寂定。
　　遍在的愚痴大黑暗与一切心垢,
　　我已完全排除。
　　犹如月自罗睺❷口中脱出,
　　又如光明万丈的太阳,
　　在虚空中普照周空。

比丘如是唱偈后,再去礼佛。时长老舍利弗亦来佛处,向佛礼拜毕,便领了弟子回去了。

这件事被比丘众知道了,他们集合在法堂里,坐着赞叹十力的威德道:"法友啊,舍利弗没有知道他人意向之明,不知自己弟子的意向。佛

---

❶　法句经二八五偈。
❷　乃阿修罗,日月入其口即蚀。

知道了,就于一日之间,授给那弟子以无碍辩与阿罗汉果。佛的威德真是广大啊。"这时佛来了,在所设的座上坐下,问道:"比丘们啊,你们集合在此,谈论何事?"比丘众答道:"不是别的,在说世尊善知舍利弗弟子的意向。"佛道:"比丘们啊,这非不可思议之事。我现在是佛陀,固然知道他的意向。可是在前生,也已曾知道他的意业了的。"接着就讲过去的事。

主　分

从前,梵与王在波罗奈城治国。那时菩萨为王作指导,不论是关于物质上的事或是关于精神上的事。有一次,人们在王的宝马的浴场里,放下卑贱的驽马去洗浴。后来马丁叫宝马下那浴场中去时,宝马就不肯下去了。马丁来报告国王道:"大王,宝马不肯下浴场去。"王派遣菩萨道:"贤者啊,为甚么马不肯下浴场去呢?请给我去看看。"菩萨答应道:"是,大王。"便来到河畔,将马检视,知道并无毛病,详查不肯下水的原因,以为"也许先有别的马在这里洗过浴,所以嫌憎了不肯下去的吧"。于是问马丁道:"有谁在这里洗过浴没有?"马丁道:"洗过别的驽马。"菩萨知道那马为了自尊心之故不喜在此就浴,不如改换洗浴的地方,便对马丁道:"马丁啊,用蜜糖与酪酥调制的乳粥虽好,老吃了也会生厌。这马老在这里洗浴,也许厌了,把他带到别处去洗浴饮水吧。"接着唱出下面的偈语。

马丁啊,

带马到别的浴场去饮水吧。

乳糜味虽好,

吃腻了便觉得苦。

人们听了菩萨的话,把马带到别的浴场去洗浴饮水。在马正洗浴饮水时,菩萨回到国王那里去了。王问菩萨道:"怎么样,马洗浴饮水了吗?"菩萨道:"是的,洗浴饮水了。"王道:"方才为甚么不肯下水去呢?"菩萨就"如此这般"地把详情禀告。王道:"居然连这种畜生的意向都知道,真是贤者了。"即以大荣誉授与菩萨,后来命尽,依其业报从此世逝去。菩萨也依业报离去了此世。

结　分

佛道:"比丘们啊,我的知道那比丘的心意,不自今日始,前生也已知道了的。"作此法话后,复取了联络,把本生的今昔联结起来道:"那时的宝马是那比丘,国王是阿难,那贤臣则就是我。"

二六　女颜象本生因缘　[菩萨＝贤臣]

序　分

此本生因缘,是佛在竹林精舍时,就提婆达多说的,提婆使阿阇世太子信仰自己而受他的供养。阿阇世太子为提婆建立精舍于伽耶斯舍,日日用五百个大银盘盛贮了用美味调制的三年陈的香米饭去作供。因此供养,提婆的徒众大增。提婆与其徒众只是住在精舍里。

那时,王舍城中有甲乙二友,甲依佛出家,乙则在提婆处出家。一日,乙向甲道:"朋友啊,你日日流了汗去行乞,而提婆则安坐在伽耶斯舍的精舍中吃着用种种美味调制的好饭食。你所行的不是良策。你为甚么要自己讨苦呢? 怎么样,明日一早到伽耶斯舍精舍来,吃那附有好菜的粥,十八种的嚼食与种种加味的啖食如何?"甲因乙再三劝诱,果然想去了,从此以后,就每日到伽耶斯舍精舍去饱餐,时刻一到,仍回到竹林来。可是事情不能永久秘密,甲到伽耶斯舍去吃提婆那里的供物,不久就被许多人知道了。友人之中有人问他道:"听说你在吃别人供给提婆的食物,真的吗?"甲道:"谁说的?"友人道:"某人与某人。"甲道:"我确曾在伽耶斯舍吃东西,但我所吃的东西不是提婆给我的,是别的人给我

的。"友人道："朋友啊,提婆是佛的怨敌。他以破戒之身令阿阇世信仰,
非法地受着供养。你奉佛的教说出了家,竟去吃那提婆达多非法所得的
食物。喂,带你去见佛吧。"便把他带到法堂来。佛见了问道："为甚么带
了这可厌的比丘来?"那友人道："世尊啊,这比丘在世尊的地方出了家,
却在吃那提婆非法所得的食物哩。"佛道："比丘啊,据说你常吃提婆非法
所得的食物,真的吗?"甲道："世尊啊,我所吃的食物不是提婆给我,是别
人给我的。"佛道："比丘啊,在这里不该说遁辞。提婆是作恶行的破戒
者,你在我这里出家,奉着我的教说,为甚么去受提婆的食物呢? 你一向
易于轻信,见了甚么也会相信的。"接着便讲过去的事。

主　分

从前,梵与王在波罗奈城治国时,菩萨是一个大臣。那时王有一只
宝象,名叫女颜,德高行端,从不伤害他物。一日,群盗于夜半在象舍附
近坐着集议,说道："这样干,就可打破水沟进去了,这样干,就可打破窗
户了。把水沟、窗户如数打破以后,就空洞无碍,便于搬运东西了。去抢
劫时,要杀人都不怕。能这样,就任何人不敢来抵抗了。做盗贼者不应
被道义心所束缚,非残忍、凶恶、暴虐不可。"如是互相约诫而去。一连几
夜,群盗都在这里作如是的集议。那象饱听了他们所说的话,还以为他
们在对自己讲说,便想："那么我也非残忍、凶恶、暴虐不可。"次日清晨,
见管象者到象舍来,便用鼻把他攫来掷杀在地上。嗣后,凡遇有来的东
西,都一一弄杀。

人们奔到王那里去告诉,说"女颜象疯狂了,见到甚么都弄杀"。王
派菩萨去,说道："贤者啊,你去看看,象为甚么激怒的?"菩萨过去察看,
见象身体无病,推究其所以激怒之故,以为"也许有谁在他的近处讲了甚
么话,他听了认为在对自己说,就激怒起来了吧?"便问那管象者道："以
前有人于夜间在象舍近处讲论过吗?"管象者道："有的,盗贼们曾到这里
来作会议过。"菩萨回去告诉王道："象身体无病. 是因为听到了盗贼们的
话激怒的。"王道："那么,现在要怎样才好?"菩萨道："请有高德的沙门或

婆罗门去坐在象舍里作道德的谈话，就有效验吧。"王道："尊者，那么就请这样去办。"菩萨请有高德的沙门、婆罗门等去坐在象舍里，请求说道："尊师啊，请为作道德的谈话。"他们便集在一处谈论道德道："不应打人杀人。人要有德行，能慈悲、忍辱。"象听了以为这是在教他，以后要行道德，便驯顺了。王问菩萨道："怎样，象驯服了吗？"菩萨道："是的。那样激怒了的象，因了诸位贤者的力，居然驯服如前了。"接着唱出下面的偈语来。

　　先时听了盗贼的话，

　　女颜逢人便掷杀。

　　后来听了智者的话，

　　最上之象便安住于诸德了。

王道："居然连畜生的心意都能知道。"以大荣誉授与菩萨。后来王于定命终了时，与菩萨各依其业报从此世逝去。

结　分

佛道："比丘啊，你在前生也见到任何人便归依他，听了盗贼的话便归依盗贼，听了有德者的话，便归依有德者。"作此法话后，复取了联络，把本生的今昔联结起来道："那时的女颜象是尊奉背教者的比丘，王是阿难，那大臣则就是我。"

二七　常习本生因缘　[菩萨＝大臣]

序　分

此本生因缘，是佛在祇园精舍时，就一个优婆塞与某老大德说的。却说，舍卫城有朋友甲乙二人，甲出家后，每日必访乙家。乙给与甲以食物,自己则于食后伴甲到精舍来,坐谈至日落才回入市去。甲送乙回去,直到市门口才自归精舍,如是习以为常。二人的交谊遍传于比丘众间。一日,比丘等集合法堂,坐着谈论这二人的交谊。佛来了,问道:"比丘们啊,你们方才大家在这里谈论着甚么?"比丘等如实禀告。佛道:"比丘们啊,这二人的交谊不自今日始,他们在前生,交谊也是亲密的。"接着便讲过去的事。

主　分

从前,梵与王在波罗奈城治国时,菩萨是一个大臣。那时,有一只狗到宝象所居的厩舍中,吃那宝象食时所狼藉的饭粒。狗在如是觅食之中,就与宝象亲昵起来,靠近象的身旁去吃,后来两者竟亲昵到非在一处不吃,狗常抓住了象鼻左右摇动为戏。一日,有一个自乡村来的人给管象者以若干金钱,把狗讨去了。象不见了狗,就从此不吃东西,也不饮水,也不洗浴。人们把此事来向王报告。王派菩萨去调查道:"贤者啊,象为何如此,给我去调查一下。"菩萨到了象舍,见象沉在悲哀里,身体上却看不出有甚么疾病。以为也许他曾有所亲,因为那所亲者不见了,所以如是忧郁的。便问管象者道:"曾有甚么东西与象亲昵的吗?"管象者道:"是的,他曾与一只狗很亲昵。"菩萨道:"那么,这狗在那里呢?"管象者道:"被一个人讨去了。"菩萨道:"这人的住址,你知道吗?"管象者道:"我不知道。"于是菩萨到王那里去回报道:"大王,象没有甚么疾病。他曾与一只狗非常亲昵,大概现在因为那狗不见了,所以不肯吃东西呢。"接着便唱出下面的偈语。

　　粗饭、抟饭、吉祥草都不吃,
　　就浴也不肯擦洗身体。
　　象本日日与狗相见,
　　似在恋慕狗友。

王听了菩萨的话,问道:"那么,将怎样呢?"菩萨道:"可叫人鸣鼓到各处去叫喊,说有人把与我们宝象为友的一只狗带走了,如果藏在家里不交出来，查得了便要罚他。"王依言照办。那个讨狗去的人听到了这话，就把狗放出了。狗急急跑回象舍。象用鼻把狗卷住放在自己头上，哭叫了一阵，重又从头上放下来，让狗吃过后，自己才吃。王道："居然连畜生的心意都能知道。"便授菩萨以大荣誉。

结　分

佛道："比丘们啊，这二人的交谊亲密，不自今日始，前生也已亲密的了。"作此法话后，说明四谛，[这所谓说明四谛的事，原是每一个本生因缘中都有的，我们以后当于其功德明显可认时特为提及。]取了联络，把本生的今昔联结起来道："那时的狗是优婆塞，象是老大德，贤明的大臣则就是我。"

二八　欢喜满牛本生因缘　[菩萨＝牛]

序　分

此本生因缘，是佛在祇园精舍时，就六群比丘的辱骂说的。那时，六群的比丘吵起相骂来，举出十种条目，嘲骂那正直的比丘们。比丘们以此事告诉佛知道。佛命召集六群比丘，问道："比丘们啊，果有其事吗？"他们回答道："果有其事。"佛呵责他们一番，说道："恶言即畜生也不欢喜。在前生，有一畜生曾因主人发恶言之故，叫主人损失千金呢。"接着就讲过去的事。

主　分

从前，健驮逻王在健驮逻的得叉尸罗城治国时，菩萨投生在牛胎里。在他为小牛时，有一婆罗门从养牛者家里把他讨去，命名曰欢喜满，放在儿女所居之处,用乳粥或饭喂养,很宝爱他。菩萨长大以后,以为:"这婆罗门曾费了许多心血养我。我现在是全阎浮提牵引力最大的牛,让我来显一次本领,偿付养育的代价吧。"一日,牛对婆罗门说道:"喂,婆罗门啊,到养牛的某长者那里去,说'我所养的雄牛能拖一百辆货车',与他以千金为赌啊。"婆罗门到了某长者的地方,先问:"在这城中谁所养的牛最有力?"长者先举某家某家的牛回答,结果说道:"全城中没有一只牛能及我所养的。"婆罗门道:"我也有一只牛,能拖一百辆货车呢。"长者道:"那里会有这样的牛。"婆罗门道:"我家里就有。"长者道:"那么打赌吧。"婆罗门道:"好,就打赌。"便相约以千金为赌。于是婆罗门在百辆的车中装满了砂石等,顺次排列起来,用绳从车轴上前后结住,叫欢喜满洗了浴,喂以和香料的饭,肩部饰以华鬘,把他驾在第一辆车的车辕上,然后自己爬上车去坐着,举起鞭来叱道:"前进呀,欺瞒者啊,拉呀,欺瞒者啊。"牛自觉非欺瞒者,今受此称呼,不知所谓,四只脚如柱子般,立着不动。长者立刻叫婆罗门交出千金。婆罗门损失了千金,把牛解下,回到家里。忧郁地卧着,欢喜满牛走来,见婆罗门忧郁地卧在那里,便走近前去问道:"婆罗门啊,你为甚么卧着?"婆罗门道:"怎么能入睡啊,千金输去了。"牛道:"婆罗门啊,我在你这里这么久,曾把钵打碎或是踏破没有,曾在他处撒过粪尿没有?"婆罗门道:"那是没有的事。"牛道:"那么你为甚么呼我为欺瞒者呢? 你这样称呼我,这是你的错,不是我的错。喂,且与那人去赌二千金吧,但不要再呼我为欺瞒者呀。"婆罗门听了牛的话,便去与长者相约,以二千金作赌,依照上回的方法,把百辆货车前后连系起来,把欢喜满牛装饰了驾系在第一辆车子的前面。先在车的前面牢牢地系住了轭,一端驾着牛,一端吊在车上,轭与车轴之间,贯以一支光滑的棒棍。如是坚实驾系,使轭不致左右摇动,单牛也可拖拉。婆罗门坐在车上,用手拍着牛背叫道:"贤者啊,前进呀,贤者啊,拉呀。"菩萨果然一口气把连系着的百辆货车拉着前行,最后的一辆达到了原来第一辆的地方了。于是那以牛为财产的长者拿出二千金来,其他的人对于菩萨也拿出许多彩金,这些都到了婆罗门的手里。如是,他因了菩萨的帮助,获得许多财物。

结　分

佛道："比丘们啊,恶语是谁也不喜欢的。"叱责六群比丘以后,即制定学处[戒],唱出下面的偈语:

应说爱语,

勿作恶语,

牛为说爱语者驾重车,

使获财宝而欢喜。

佛作此法话,教人说爱语,复取了联络,把本生的今昔联结起来道:"那时的婆罗门是阿难,欢喜满牛则就是我。"

二九　黑牛本生因缘 [菩萨＝牛]

序　分

此本生因缘,是佛在祇园精舍时,就二重神变说的。其故事与天人降临之事同见于第十三编舍罗婆鹿本生因缘[第四八三]中。等正觉者演二重神变后,住居天界,于雨季终了之节日,下降僧羯奢城,与许多从者共入祇园精舍。比丘众集坐在法堂里,谈论佛的威德道:"法友啊,如来真不可及,他所运的东西,是谁也不能运的。有六位师父曾说:'我们将给你们显出神变。'说了好几次,可是一个神变都没有显出。究竟是佛好。"佛来了,问道:"比丘们啊,你们方才在这里谈论何事?"比丘众道:"世尊,我们不谈别的,在如此这般说着世尊的威德。"佛道:"比丘们啊,我这次所运的东西,有谁能运呢？在前生,我投胎为畜生时,也曾能负担与自己力量不相称的担负。"接着便讲过去的事。

主　分

　　从前,梵与王在波罗奈城治国时,菩萨投生于牛的胎内。当他还小时,他的主人寄宿在某老妇人的家里,后来结算了房饭费,就把小牛留作抵偿而去。那老妇人用乳粥与饭等来喂养小牛,犹如自己的儿女。这小牛被定名曰"祖母的黑痣",长大以后,毛色纯黑,如安膳那药[石眼药],与村中的牛一处游行,行动端正。村中的儿童们时与他为戏,有的攫住了角、耳或项部来缒荡身体,有的捏了尾巴摇摆,有的去骑在背上。一日,牛想:"我母亲贫困着。她辛辛苦苦像儿女般养育了我,让我去赚钱来救她的苦境吧。"从此以后,他便在各处行走,找寻赚钱的机会。一日,一个队商主的儿子带了五百辆货车,来到凹凸不平的过渡处停下。原来拉车的牛,都不能把车拉到对岸。五百辆车子系在一处,就停在渡头,无法过去。菩萨[牛]与村中之牛正在渡头游步着。那位队商主的儿子是一位牛的鉴别家,正在就许多牛中,找寻能把这许多车拉过渡去的良种。见到菩萨,以为"这是一只良牛,会把我们的车子拉过去吧。不知这只牛的主人是谁"。便问牧牛者道:"这只牛的主人是谁? 我豫备出钱,叫这只牛把这许多车子拉到对岸去。"牧牛者道:"那么你把他拉去系在车上吧。主人不在这里。"队商主的儿子用绳穿牢牛鼻,可是不能使牛拖了车前进。牛好像要讲好了工钱才肯拖的样子。队商主的儿子懂得牛的意思,便对牛说道:"如果你把这五百辆车子都拖到对岸,每辆车子给你二迦利沙波拿,总共给你一千迦利沙波拿吧。"于是牛便自动走近车前。人们把他系在车上,他就一口气拖了车子到达对岸。所有的车子都这样地拖过渡了。队商主的儿子以每辆一迦利沙波拿计算,包了五百迦利沙波拏给他吊在项颈上。牛以为"那人不依约给我工钱,不能放他走",便赶到车子的前面立着,把路拦住。人们费了许多力去赶,也赶他不走。队商主的儿子心里想道:"大概这畜生知道工钱不足吧。"于是用布包了一千迦利沙波拿,给他吊在项颈上道:"喏,这是拖车子的工钱。"牛带了一千迦利沙波拿的包回到他母亲那里去。村中的儿童们嚷道:"黑牛的项颈上挂着的是甚么?"大家向牛跑来。牛逐散群童,避至远处,然后回到母亲的地方。老妇人见牛的项颈上吊有钱包,问道:"你从何处得来的?"及向牧牛者探问,知道了详细情形,便道:"我何曾想靠你赚钱来度日啊。你为甚么去作这样的苦事呢?"于是便以温汤浴牛,用油涂抹他的全身,喂以上好的饮料与食料。后来老妇人命终,与菩萨各依其业报而逝去。

结 分

佛道:"比丘们啊,如来的无可比伦,不自今日始,在前生也已如此。"既作此法话,复把本生的今昔联结了,唱出下面的偈语来。

纵使在任何泥泞的道上,

有笨重的货物,

只要牢系在黑牛身上,

他也能搬运。

佛道:"比丘们啊,当时黑牛曾搬运这货物哩。"说毕复取了联络,把本生的今昔联结起来道:"那时的老妇人是莲华色,黑牛祖母的黑痣则就是我。"

三〇 谟尼迦豚本生因缘 [菩萨＝牛]

序 分

此本生因缘,是佛在祇园精舍时,就处女的诱惑说的。其事当详见于第十二编小那罗陀苦行者本生因缘[第四七七]中。佛问那比丘道:"据说你心中烦闷着,真的吗?"比丘道:"尊者,是的。"佛道:"为了甚么?"比丘道:"世尊,为了处女的诱惑。"佛道:"这女子于你有害。在前生,当她结婚之日,你也曾丧命被作为请客的食品哩。"接着便讲过去的事。

主　分

　　从前，梵与王在波罗奈城治国时，菩萨生而为某村长者家中的牛，名曰大赤。他的弟弟之中，有一只名曰小赤。所有那家的搬运工作，全靠这兄弟二牛担任。那家有一个女儿，已被同村某长者聘为儿媳。女儿的父母以乳粥喂养一猪，名曰谟尼迦，豫备为吉日请客之用。小赤见猪吃乳粥，对他哥哥说道："一家的搬运工作，全靠我们兄弟来做，而主人给我们吃的只是糠麸或蒿草，却把乳粥去喂猪。为甚么猪该吃这样好东西？"哥哥大赤道："喂，小赤啊，不要羡慕。那猪正在吃着死亡的食物呀。主人的女儿将结婚，养猪是豫备请客。再过几日，客人就要来了。你看吧，那时猪将被缚住了四脚，从猪栏中拉去杀却，烹调了给客人吃哩。"接着又唱出下面的偈语来。

　　不要羡慕谟尼迦，

　　他正吃着死亡的食物。

　　去了贪欲，吃糠麸吧，

　　那是长命的根源。

　　不久，客人就来了，于是把谟尼迦杀死烹调作种种的肴馔。菩萨问小赤道："你看见谟尼迦吗？"小赤回答道："哥哥，我见到谟尼迦吃美食的报应了。我们的蒿草或糠麸，吃了无罪，且可长命，比之那种食物，真要胜过百倍千倍呢。"

结　分

　　佛道："你在前生也曾因这女子丧命，作许多来客的食品呢。"作了此法话，又说四谛，说毕四谛，那烦闷的比丘就证得预流果。佛于是取了联络，把本生的今昔联结起来道："那时的谟尼迦是烦闷的比丘，长者之女儿即现在的处女，小赤是阿难，大赤则就是我。"

第四章　雏鸟品

三一　雏鸟本生因缘　[菩萨＝帝释天]

序　分

此本生因缘，是佛在祇园精舍时，就一个饮用未经滤过的水的比丘说的。据说，那时有甲乙两个青年比丘，彼此为友。他们从舍卫城到乡间去，安适地住在所欢喜的地方，因为想参见正等觉者，又从该地方出发向祇园精舍来。

甲持有滤水囊，乙则没有。两人共同滤水而饮。有一次，两人之间起了争吵了，于是那有滤水囊的甲不肯以滤水囊借给乙使用，自己滤水而饮。乙没有滤水囊，又口渴难耐，就饮那未经滤过的水。

两人如是继续旅行，到了祇园精舍，向佛礼拜毕，就座而坐。佛问道："你们从何处来？"两人答道："尊师啊，我们向住在拘萨罗的乡间某村，为了想参见你，所以到这里来的。"佛问道："那么，你们两人一路同行，彼此一定很亲昵吧？"不带滤水囊的乙比丘道："尊师啊，中途这位朋友与我发生了争吵，就不肯把滤水囊借给我使用了。"甲比丘道："尊师啊，对了，这位朋友明知水中有生物，却不滤就饮了。"佛问乙比丘道："比丘，据说，你明知水中有生物而饮下，真的吗？"乙比丘回答道："真不应该。尊师啊,我确曾饮未滤过的水。"

于是佛对两比丘说道:"比丘啊,在前生,有一贤人在天都治国,战争败北,曾从崎岖的山径逃出。贤人为了想恢复王位,立下了'不杀害有生命者'的誓愿,在战争胜利获得非常的荣誉时,曾为救小金翅鸟的命而把车子回转哩。"

主　分

从前,一位国王在摩揭陀国的王舍城治国时,菩萨与现在的帝释天前生生在摩揭陀国的摩契罗村一样,也诞生在摩契罗村,家门非常高贵。命名之日,取名曰摩揭童子。过了几年,童子就以婆罗门的青年摩揭得名。父母替他娶同族之女为妻。后来儿女繁殖,摩揭就成了一家之主,富于慈悲心,严守着五戒。

那村中共有三十家居户。有一回,三十家的人们集在村之中央场地,治理村务,菩萨摩揭用脚把他所立的地面整治好了立在那里。就有一人立到他的地方来了。菩萨摩揭便到别处把地面整理好了立着,又有一人立到他的地方来了。菩萨摩揭再去整治他处,如是把地面整治好了让人,让了人再整治他处,结果把全个场地都整治好了。那块场地上本来是张天幕的,后来菩萨摩揭改建会堂,且在堂中安放了坐椅与水瓮。在这期间,与菩萨摩揭同志者已有三十人。菩萨摩揭叫村人坚守五戒,自己誓与村人行着善事过日。村人也跟了菩萨摩揭同行善事,每日清晨就起身,拿了刀斧与槌巡行村中,见通路上有石块,便用槌打起移去,见树木有碍于车辆行走的,就用斧砍掉,平整地面,修筑堤防。一方面又行布施,守戒律。如是,全村的人逐渐依从了菩萨摩揭的教导,守起戒来了。

这时,村中的首领却不高兴起来了,以为"从前村民有的饮酒,有的杀人,在那时,售酒钱咧,罚金咧,还有税金咧,我的收入很多。现在婆罗门的青年摩揭这家伙,劝人守戒,叫村民不作杀人等等的恶事,弄得村民也都说要守五戒了"。便到国王的地方去告诉道:"大王,有许多盗贼在村中掠夺横行。"王听了首领的话，说道："去把他们捉来。"于是首领回到村中，把全村的人捕捉了缚着解到国王面前来道："大王，盗贼都捉来了。"王并不查讯村民的行为，即下令道："用象把这些村民都杀死。"于是全村的人们都被送到法庭，行刑的象也被牵出来了。

菩萨摩揭告诫村人道："你们要念持五戒啊。对于诬告者，对于国王，对于象，都要爱他们，与爱自己的身体一样。"村人都谨守教诫。行刑的时候，象被牵近到村人所在的地方。可是任凭怎样牵曳，象总是不肯走近前去，发出大声咆哮了逃开。叫别的象来，也是这样。王以为"这些村民的手中也许有甚么魔药吧"。命人一一检查。检查者毫无所得，去回报王道："大王，甚么都没有。"王道："那么大概在念甚么咒语吧。去问他们有咒语没有。"侍臣来问村人们。菩萨摩揭道："有的。"侍臣去向王回报道："据说有的，大王。"于是王把村人全部召唤到自己面前，问道："说出你们的咒语来。"菩萨摩揭禀白道："大王，我们的咒语不是别的，只是我三十个人不杀生，不取非所给与的东西，不作邪行，不说伪语，不饮酒。还有，行慈悲，作布施，平道路，掘莲池，守戒律。这些就是我们的咒语，我们的保障，我们的特权。"王对村人们大加称许，罚办那诬告者，把他的财产全部没收了给与村人们，罚他的奴隶替村人们去服役，又把象也赠给了村人们。

村人们嗣后一心为善。某时，想在十字路口建设一个大会堂，就雇用木匠来营造。因为村人们对于女人已毫无欲念，便禁止女人入大会堂。这时，村中有四个妇人，一个名曰善法，一个名曰思惟，一个名曰欢喜，还有一个名曰善生。其中的善法以贿赂给与工头，与他商量道："老哥，请以我为这会堂的长老。"工头答应道："可以。"于是，他把那豫备作会堂的尖塔用的木材弄干燥，截好，穿了孔，雕成尖塔，用布包扎起来藏在别处。

等到会堂完成，将上尖塔时，工头对村人们说道："不对了，主人，我们疏忽了一件事了。"村人们道："这是甚么？"工头道："非加尖塔不可吧。"村人们道："当然，应该要加的。"工头道："可是这不能用新斫的木材来造。要找那质料陈宿，截好穿了孔的现成尖塔才行。"村人们道："那么该怎样办呢?"工头道:"如果村中人有造好的尖塔肯出卖,最好去搜求呀。"村人们搜求的结果,在村中妇人善法的地方找到了一个,可是不能用钱买得。

善法道:"如容许我入会堂,那么就捐助吧。"村人们道:"我们不能给利益与女人。"于是工头对村人们道:"主人,你们在说甚么话?除了梵天界,不是任何世界都不排斥女人的吗?请接受尖塔啊。上了尖塔,我们的工程便完成了。"

村人们赞成这话,接受了尖塔,把会堂完成。在会堂中安好坐椅,配置水瓮,连日常的饮食都预备好。又在四周筑墙造门,墙内铺沙,墙外排植棕榈。

思惟也在该处经营乐园,她觉得花与果实太多的树木与环境不适,就不种这些树木,欢喜也在该处凿掘莲池,以五种莲华❶覆盖池面,很可悦目。唯有善生一人不曾作过甚么。

菩萨摩揭既完成了在家事母、事父、敬长、作真实语、不作粗暴语、不在背后说人非、不吝啬等七种誓言,唱出下面的偈语。

在家孝父母、敬师长,

出言柔和、爱语而不讥,

不贪、真实而遏怒,

如是之人,三十三天称为有信者。

菩萨摩揭作如是行,受人褒赞,命尽后转生于三十三天,为天国之王,名曰帝释。其余村人也与国王同生于三十三天。

却说,那时三十三天中有魔神阿修罗住着。天王帝释觉得与魔神共治不好,于是把天神之酒给魔神们饮了,乘其醉时,捉住他们的两足,从须弥山的绝壁掷下。魔神们落到魔宫里去了。所谓魔宫,在须弥山的最低部,广阔与三十三天界相等。天国有珊瑚树,魔国则有一种树名曰灰彩色华,生存久至一劫。这时魔神们见灰彩色华开放,知道这里已不是自己从前所管领的天国,因为天国是有花开在珊瑚树上的。便道:"老耄

---

❶　即白莲、青莲、红莲、黄莲与杂色莲五种。

的帝释等家伙,叫我们饮醉了酒,把我们投入大海中,占领了我们的天国了。"又宣言道:"我们要与他战争,夺回天的城郭来。"于是魔众便像蚂蚁爬柱一般,攀登上须弥山去。

帝释闻知魔神来攻打,便降至海面。两军交战后,帝释为魔军所败,乘了名曰超胜的车,从南海的这面逃到距离一百五十由旬的对面去。帝释天的车子在海上急驶,当到达绵树林时,那绵树就与当路的棕榈被斩伐一般,被伐拔了落在海中。海面上有许多小金翅鸟高声叫着飞翔。帝释问御者摩多利道:"摩多利,方才是甚么的叫声,那声音真是惊心动魄哩。"摩多利道:"天主啊,你的车子不顾一切,疾驰而行,过绵树林时把绵树冲毁了,那些在树上的小金翅鸟怕丧失生命,在悲鸣逃生呢。"大萨埵[帝释]道:"摩多利啊,我们连小鸟都不忍累及。我们不应自恃有力量而杀生。我们为了这些小鸟,不妨牺牲自己生命,去给与魔族。把车子回转吧。"接着便唱出下面的偈语来。

摩多利啊,别把车去冲犯绵树上的巢居者。

为了保全鸟巢,

我们愿在魔神之前,

喜舍我们的生命。

御者摩多利遵命回转兵车,改从他路向神的世界进发。魔神们闻知帝释又回转来,想道:"据说帝释又从别处到这里来了。这一定是他获得了援军来反攻的。"便怕丧失生命,逃入魔国去了。帝释重至神都,有两个天界[梵天、帝释天]的神军为之防卫,居于都邑之中央。一瞬间地面分裂,显现出高一千由旬的宫殿来。这宫殿是在胜利时显现的,所以就名曰战捷宫殿。

帝释为欲使魔神们不再近来,特设五种防备,关于此,有下面的颂。

在难攻的二城[神族与魔族]之间,

所谓五种防备者,

就是龙、金翅鸟、瓮形夜叉、荒醉夜叉、

与四天王五者。

当帝释设了这五种防备,身为王者,享着天的荣耀时,善法去世转生为王后。她在前生曾贡献过尖塔，作为果报，显现出了一座广五百由旬的玉堂，那堂就名曰善法堂。堂中纯白的天盖之下有广一由旬的玉座，帝释就以诸天之王的资格，坐在座上处理天国的政务。思惟也去世而转生为王后，她在前生曾造过乐园，作为果报，有一个乐园出现，名曰心萝园。欢喜也去世转生为王后，她依曾凿莲池的果报，有一个莲池出现，那莲池名曰欢喜。

只有善生未曾在前生作过善业，死后转生为鹤，居于某处树林的洞穴中。帝释想："善生不曾见到，究竟她生在何处呢？"查察的结果，知道她的所在，于是便亲身到那里去将她领到天界来，使她观看快乐的天都与善法堂、心萝园、欢喜莲池。帝释对善生道："她们因为曾行善事，所以转生为我们的后。你因为未行善事，所以转生为畜生。以后要守戒啊。"如是对鹤训诫，授以五戒，然后送至原处，把她放了。

从此以后，善生便守戒了。过了二三日，帝释要试探她是否真能守戒，化为一条鱼，侧转了背去横卧在她面前。善生见了还以为是死鱼，用嘴去衔鱼头时，见鱼尾动了，于是说道："这好像还活着呢。"即把鱼放去。帝释道："好，好，能守戒哩。"便自去了。

善生后来从那里逝去，转生在波罗奈的一陶工家里。帝释查究着了她的所在，便化作一老人，用车满载金色的胡瓜，入其村中而坐，喊道："胡瓜要吗，胡瓜要吗？"村人们走近前去说道："老伯伯，请给我吧。"老人道："我要给守戒的人。你是守戒的吗？"村人们道："我们全不知戒。那么卖给我们吧。"老人道："我不卖钱，要送给守戒的人。"村人们道："这是个痴子。"各自散去了。善生闻知这消息，以为也许是送给她的，便走到老人的面前来道："老伯伯，请给我吧。"老人道："姑娘，你守戒吗？"善生回答道："我确守着戒哩。"老人道："我专为了你送来的。"便连车拉到她的家门口放着，自己去了。

善生一生守戒，死后转生为魔王毗婆契耶之女。因为前生守戒的果报，生下来就是一个美人。到了妙龄时，魔王把魔神召集拢来，叫女儿自己择偶道："女儿啊，你可自选一个合意的做丈夫。"却说，帝释找寻善生的生处，知道生在那里，想道："善生正在选择合意的丈夫，我定会当选吧。"便化作魔神,也到了那里。魔王叫善生妆扮好了,领她到魔神集合之处,说道:"你就自己选择合意的丈夫吧。"善生回眼四顾,瞥见了帝释,因为向来有过朋友之谊,便去拉住他的手道:"这人是我的丈夫。"帝释于是带领善生回到天国,封为女王,由二千五百万个舞姬护侍着,后来定命完尽,依其业报,离去此世。

结　分

佛作此法话毕,斥责那比丘道:"比丘啊,古时贤人在治理天国时,虽弃舍自己的生命,也不杀生。你既归依了这教而出家,为何把那中有生物的水不滤就饮呢?"复取了联络,把本生的今昔联结起来道:"那时的御者摩多利是阿难,帝释则就是我。"

三二　舞踊本生因缘　[菩萨＝白鸟]

序　分

此本生因缘,是佛在祇园精舍时,就一个持有许多财物的比丘说的。他的故事与天法本生因缘[第六]中所说者相同。

佛问那比丘道:"比丘,据说你持有许多财物,真的吗?"比丘道:"真的。"佛又问道:"你为何要持有这许多的财物呢?"那比丘听了这话,就激起怒来,脱去了所著的衣服道:"那么我就这样吧。"在佛前把身体裸露起来。在旁的人们嘲他是痴子。那比丘就遁走,为大众所不齿。

比丘众集在法堂里谈论那比丘的不德道:"在师尊之前可作这种行动的吗?"佛来了,问道:"比丘们啊,你们在这里谈论着甚么呢?"比丘众道:"尊师啊,那比丘在世尊之前,对着四众,不顾羞耻与过失,做出放荡儿样的行径,结果为大家所嫌憎,并且违背了尊教。我们正在谈论他的不德哩。"佛道:"比丘们啊,那比丘的不顾羞耻与过失,背弃圣教,不自今日始,在前生,他也曾因了这样的行为,把美女失掉了。"接着就讲过去的事。

主　分

　　从前,在始有世界时,四足兽以狮子为王,鱼类以名曰欢喜的鱼为王,鸟类以金之白鸟为王。那金之白鸟的鸟王有一个女儿,是一只美丽的白鸟。王问女儿要甚么,女儿说要一个合意的丈夫。

　　鸟王允许了女儿的希望,召集群鸟到雪山来,各种各类的白鸟、孔雀等都到,群集在一块宽广平坦的岩石上,鸟王叫女儿来,对她说道:"你可选择合意的丈夫。"女儿遍观群鸟,把眼睛钉住在那头如宝珠羽毛美丽的孔雀身上,说道:"这是我的丈夫。"集在那里的群鸟,走近孔雀前面去说道:"喂,孔雀君,这位鸟王之女在许多鸟中选择丈夫,你当选了。"孔雀道:"一向没有人知道我的本领哩。"他非常高兴,不暇顾及羞耻与错失,在众鸟环视之中,张开翼翅舞蹈起来,把遮蔽身体的东西都脱卸了。鸟王见了很难为情,说道:"他内心毫不知耻,所表现的行动也不计过失。我不能把女儿给这样不知羞耻、不计过失的人。"接着便在群鸟之间唱出下面的偈语来。

　　你鸣声悦耳,身躯美观,

　　头颈作琉璃色,翼翅长及一寻,

　　可是行动乱暴,

　　不能将女儿给你。

　　鸟王于是在群鸟环视之中,将女儿改给与自己甥辈的小白鸟。孔雀因不能得雌白鸟为妻,当场遁走。白鸟之王也回到自己的地方去了。

结　分

　　佛道:"比丘们啊,那比丘的不知羞耻,不计过失,违失大教,并不始于今日。在前生也曾因此失去了美丽的妻。"既作此法话,又取了联络,把本生的今昔联结起来道:"那时的孔雀即那持有许多财物的比丘,白鸟之王则就是我。"

三三 和合本生因缘 ［菩萨＝鹑］

序 分

此本生因缘,是佛在迦毗罗城附近的榕树园时,就了关于圆布垫❶的争论说的。其事当详于鸠那罗本生因缘[第五三六]中。那时佛对亲族们说道:"大王们啊,亲族间不可有争执,在前生,有某种动物已把敌征服,因争执之故陷于大破灭中。"接着便因了王的亲族的询问,讲出过去的事来。

主 分

从前,梵与王在波罗奈城治国时,菩萨生而为鹑,与数千只鹑居于林间。那时,有一个捕鸟的,假装着鹑叫,窥探鹑之所在,等到窥探着了以后,就投网于上空,将网索逐渐绞紧,放入笼内负到家中,把其中的鹑卖与别人,以所得的金钱过活。一日,菩萨[鹑]对群鹑道:"这捕鸟者要使我们的亲族灭亡。我有一个方法,可以防止他来捕捉我们。此后,他如投网到你们头上来,你们可各自把头顶入网眼,大家顶住了网飞到他处,将网丢在荆棘丛中。这么一来,我们就可逃出他的网罗吧。"他们都赞成道:"是。"次日,网落到他们的头上时,他们就依了菩萨的指教。大家把网顶住,运到荆棘丛中去丢弃,自己从网下逃出。捕鸟者费了许多麻烦

---

❶ 圆布垫(cunbata)是以头载物时,用以垫在顶上者,由布若干重卷叠制成。

到荆棘丛中去取网,待取到时天色已晚,只好一无所得,空手回去。从此以后,群鹑就以如是方法,对付捕鸟者,捕鸟者日日化了气力到荆棘丛中去取网,取了网徒然空手回家。于是他的妻子不快了,说道:"你每日老是空手回来。我想,你一定在甚么地方寻开心哩。"捕鸟者道:"我寻甚么开心啊,那些鹑真是刁滑,居然会大家结团体哩。我把网投到他们的头上时,他们就协力顶住了网飞到荆棘丛中去,把网丢在那里。可是他们这种和合的精神大概是不会长久的。你别怕,总有一日,他们自会争闹,那时我将把他们全部捕捉了来,叫你快乐啊。"接着就唱出下面的偈语。

群鸟互相和合,

故能戴网飞去。

一旦互相争闹,

他们就会落到我的掌中。

过了几日,甲鹑于降下地面去求食时,不小心踏著了乙鹑的头部。乙发怒道:"谁呀,踏著我的头了。"甲道:"这是我不留心之故,请勿动气。"可是乙仍怒恨不止。甲乙二鹑便开始争吵,甲道:"你以为你能顶网吗?"乙也道:"你以为你能顶网吗?"他们正争吵时,菩萨想道:"喜争吵者之间,决不会有幸福的。他们在不能协力顶网时,将陷于灭亡,给捕鸟者以机会吧。我不能再住在这里了。"于是就领了自己的弟子们到别处去。过了几日,捕鸟者到林中来,假作鹑叫,向着众鹑聚处把网投上。这时一只鹑道:"我在顶网时伤了头毛了,你去顶吧。"别一只鹑道:"我在顶网时失了两翼的毛了,你去顶吧。"在他们如是互相推委,说"你去顶吧"的时候,捕鸟者就把网索收紧,将他们置入笼中,带回家去讨妻子的欢喜了。

结　分

佛道:"大王,如是,亲族间不可有任何的争执,争执真是灭亡的根源。"作此法话毕,又取了联络,把本生的今昔联结起来道:"那时愚笨的鹑是提婆达多,那贤明的鹑则就是我。"

三四　鱼本生因缘　[菩萨＝司祭]

序　分

此本生因缘，是佛在祇园精舍时，就前妻的诱惑说的。那时，佛问那比丘道："比丘啊，据说你正在烦恼，真的吗？"比丘道："世尊啊，真的。"佛道："为谁烦恼呢？"比丘道："世尊啊，我原来的妻很美，舍她不得。"佛便道："比丘啊，此妇人于你足以为害，在前生，你曾将因她而死，幸被救出呢。"接着就讲过去的事。

主　分

从前，梵与王在波罗奈城治国时，菩萨为王的司祭。一日，渔夫们在河中投网捕鱼，有一条大鱼，为爱欲所驱，与其妻[雌鱼]嬉戏着游来。雌鱼游在前面，嗅到网的气息，便在网之周围绕了过去。可是那迷惑于情爱的雄鱼却陷入网中了。渔夫们知鱼已入网，便把网牵起，捕住那鱼，不即杀死，投在沙滩上，打算在炭火上炙了来吃。一边发起火来，一边削竹木为炙扦。那鱼觉得"用火炙、用扦子刺与其他种种苦痛，都没有甚么，只是妻不见了我，还以为我另有所爱，将独自难堪，这倒是足烦恼的。"于是悲哀地唱出下面的偈语。

受冷、受热、落在网中，

我都不以为苦恼。

所觉得[不安者]，

只是妻失夫后的怨慕。

这时，司祭恰好带领了侍从者到河上来洗浴。他是能辨别一切的音声的，听到那鱼在如是悲叹，便想道："这鱼正为情爱的悲哀所苦，他若带了这心痛而死去,结果会转生到地狱去的,让我来救他吧。"便走到渔夫们那里去,对他们说道:"喂,不能将鱼来供养我吗,只要够一日吃就好。我们不要别的,请把这一条作了供养吧。"渔夫们道:"好,主人,就请拿去吧"。菩萨[司祭]用双手捧去那鱼,走下河边,对鱼作训诫道:"喂,鱼啊,今日如果不遇见我,你将丧命了吧。去,以后不要再为情爱所缚啊。"把鱼放入水里,自回城中去了。

结　分

佛作此法话毕,说明四谛,说毕四谛,那可怜的比丘就安住于预流果。佛复取了联络,把本生的今昔联结起来道:"那时的雌鱼是那比丘出家以前的妻,雄鱼是那可怜的比丘,司祭则就是我。"

三五　鹑本生因缘　[菩萨＝鹑]

序　分

此本生因缘,是佛在摩揭陀国巡游时,就森林火灾消灭之事说的。某时,佛巡游摩揭陀国,往某部落去托钵行乞,食毕,由许多比丘众围绕着归来,中途遇森林起火,有些比丘众在佛之前,有些比丘众随在佛后,那火越烧越猛,全森林满是烟与焰。于是有些下根的比丘们,为死之恐怖所袭,说道:"我们索性来放火吧,烧去了这一块地方,别处的火就不会延过来了。"便在所拾集的木材上点起火来。别的同伴道:"法友们,你们在干甚么?你们好像有眼不见中天光亮的日月,立在须弥山下,不见高大的须弥山哩。你们正在追随着天人界无比的佛,不诚实地去对佛作忆念,却在喊'放火'。你们真不知道佛的力量。喂,到佛那里去啊。"在佛前后的比丘众集为一团来到佛的跟前。佛率领了比丘众走向他处。森林的火越烧越有劲,达到离如来所立处十六迦利沙❶的地方,就像把火炬投到水中去一般,立刻熄灭,不能延烧到直径三十二迦利沙的范围里来。

于是,比丘众就称赞佛的功德道:"啊,佛的功德啊。火没有心,居然也不向佛的坐处延烧过来,像入水的火炬一般立刻消熄了哩。啊,佛的神通力啊。"佛听到他们的话,说道:"比丘们啊,火到这里就熄灭,绝不是我的力。不过,是我从前的真实力。因为这里是永劫不至于著火的。这就是所谓劫持续的奇迹。"这时,长老阿难陀取衣四折,以供佛坐。佛就端坐其上。比丘众敬礼如来毕,围绕坐下,一同请求道:"世尊啊,我们只知道现在,过去的事是隐秘的,请说给我们听听。"佛便说过去的事。

主 分

从前,就在摩揭陀王国的这里,菩萨投生在鹑的胎内,生而为鹑。从卵孵化出来的时候,是一只丰满如月亮的小鹑。他的父母把他卧在巢内,觅食用嘴来喂他。他有了翼,还不能在空中飞翔,有了脚,还不能在地上步行。每年森林起火要延烧到这里来。某时,那火发着猛烈的爆声蔓延过来了,群鸟怕被烧死,各自从巢中飞出逃散。菩萨[鹑]的父母也抛弃了菩萨自去逃生。菩萨卧在巢中抬起头来望着逼近来的火焰想道:"如果我能振翼而飞,就要飞到别处去。如果我能用足行走,就要走到别处去。我父母尚且怕死,为了要保全自己,把我抛下在这里,管自逃开了。我在这里,别无保护者,也无救济者,现在如何是好呢?"这时,就有一个念头在他心中浮起:"在此世间,有所谓戒律的美德,有所谓真理的美德。从前,实现波罗蜜❷在菩提树下即身成正觉的佛,依戒律、禅定、智慧而解脱,依解脱智而完成知见、保持真理、慈悲、愍念、忍辱、对一切众生平等爱护,所以名为一切知者。佛所体验者名曰法德。我也有着一个的真实[谛],又信奉着一个的自性法。所以我应思惟从前诸佛与其成

---

❶ 印度的里程名。
❷ 波罗蜜,是究竟到彼岸之意,用以称菩萨之大行。

佛之德,证得自性法,行真实行,藉此来消退今日的火,救援自己与其他残留着的众鸟。"便自己唱道。

世间如有戒德、有真实、有清净的慈悲,

我依此真实来作无上的誓言。

思念法的力、忆念往昔胜者、知见真实的力,

我如是誓言。

菩萨既如是思惟往昔曾得涅槃的诸佛之功德,依自己所存的真实性发了誓言,复唱出下面的偈语。

虽有翼而不能飞,

虽有足而不能行,

父母又不在这里,

火啊,快给我退去。

火随了誓言立刻后退十六迦利沙。那退去时的样子,并非是因为那里已没有东西可烧而把火焰移到他处,乃是像投入火炬于水中一般,立时消熄的。于是菩萨又这样唱道。

炎炎的大火,

也随了我的誓言,

消失在十六迦利沙之外,

宛如遇到了水的样子。

自此以后,那地方永劫间不会再遭遇火患,因此之故,名曰劫持续的奇迹。菩萨如是体得誓言,命尽时依其业报,由此世逝去。

结　分

佛道:"比丘们啊,这森林里火不蔓延,非我现在之力,是从前那鹑尚幼时,我所实现,是依其实力而来的东西。"作了此法话后,说明四谛。说

毕四谛,比丘众或得预流[果],或成一来,或得不还,或达应供[阿罗汉]❶。佛乃取了联络,把本生的今昔联结起来道:"那时的父母,即今日的父母,那鹑王则就是我。"

三六 鸟本生因缘 [菩萨＝鸟]

序 分

此本生因缘,是佛在祇园精舍时,就一个庵居遭火的比丘说的。据说,有一比丘,从佛受得了禅定之法,离开祇园精舍到拘萨罗国,在边鄙某村附近林间之庵中居住。在最初之一月❷中,那庵居便遭焚毁了。

那比丘向村人呼告道:"我因庵居被毁,很苦。"村人道:"现在天旱,我们的田地干燥,且待我们把田地灌溉好了,再说吧。"灌溉完毕以后,说"要下种"。下了种以后,又说"要作篱","要除草","要收割"。收割了以后,又说"且待把谷物打下了再说",如是这样那样地把三个月的期间过去了。这三个月间那比丘在原野中露宿,虽修行禅定,毫无所得。自恣❸完毕后,到佛处来,向佛礼拜,退坐一旁。佛丁宁地招呼他,然后问道:"比丘啊,雨安居❹曾安乐地度过吗?已达到真正的禅定了吗?"那比丘说明遭遇经过,回答说道:"因为没有适宜的僧房,所以未曾达到禅定的极地。"佛道:"比丘啊,在前生,动物尚能知居处的适与不适,你为何倒

---

❶ 预流、一来、不还、阿罗汉,指入圣位之四果。即在圣道的法流中进修,断见思二惑之功德果报。已断见惑者曰预流;已断思惑中之前三品,只一度来生欲界者曰一来;已断思惑中之后三品,不再来生欲界者曰不来;一切见思惑全断,达于极地,永入涅槃者曰阿罗汉。

❷ 最初之月,即雨安居之第一个月。

❸ 自恣(pavāraṇā),乃佛教中雨安居完毕时所举行之仪式。在此仪式中,彼此之间就戒律之持犯与其他,互请作批评,故名自恣,又名随意。

❹ 雨安居,指雨期安住学修之期间,雨期(旧历四月十六日至七月十五日或五月十六日至八月十五日)三个月中为万物生成之时节,外出恐践杀虫豸,故安居不出,静自学修。

不知道?"接着便讲过去的事。

主 分

从前,梵与王在波罗奈治国时,菩萨生而为鸟,由群鸟围绕着住在森林中的巢内。那森林附近,有一株枝叶繁茂的大树。一日,大树的树枝互相磨擦,尘屑落下,树枝冒出烟气来。菩萨[鸟]见这情形,想道:"这二树枝如是互相磨擦,结果会坠落火花,把地上的枯叶燃着,延烧到我们的树上来吧。此地已不能再住,非迁到别处去不可了。"便对群鸟唱出偈语来。

> 群鸟所栖的树,
> 不久将遭火。
> 鸟啊,快到别处去避难,
> 在那里不会有危险。

凡是遵从菩萨吩咐的鸟都跟随着菩萨飞到别处去了。那些不知学习的愚笨的鸟,还以为"这等于在滴水见鳄鱼哩",对于菩萨的话不相信,仍留在原处不避。不多几时,果然不出菩萨所料,森林被火延烧,把树木都烧尽。当烟焰直冒的时候,群鸟的眼睛被烟蒙蔽成盲,不能飞逃,一一落入火中烧毙了。

结 分

佛道:"比丘啊,如是,在前生,动物栖宿于树上尚知道那地方对自己适与不适,你为何倒不知道呢?"作此法话后,说明四谛,说毕四谛,那比丘就安住于预流果。佛复取了联络,把本生的今昔联结起来道:"那时遵从菩萨之教的群鸟是佛的侍从者,那只聪明的鸟则就是我。"

三七　鹧鸪本生因缘　［菩萨＝鹧鸪］

序　分

　　此本生因缘，是佛赴舍卫城时，就舍利弗长老得不到床座之事说的。却说，给孤独长者建立好了精舍，派遣使者到佛的地方来，佛便从王舍城出发，到吠舍离逗留了一会，然后向舍卫城进行。

　　这时，六个弟子先行，他们在长老们未就床座之前，各自处分说道："这床座留给我们的师父吧，这给先辈［指导者］吧，这由我们自用吧。"后到的长老们便取不到床座。舍利弗长老的弟子们替长者找床座也找不到。长老没有床座，便在佛的床座近处一株树下，或坐或徘徊，过了一晚。到黎明起身出发时，佛咳嗽一声，长老也咳嗽一声。佛道："在这里的是谁？"舍利弗道："世尊啊，是舍利弗。"佛道："舍利弗啊，你此刻时分在此何事？"舍利弗将情形禀白。佛听了长老所说，想道："呀，在我生存时，比丘们已失了相互间的尊敬，缺着从顺了。那么我死之后，他们将怎样啊？"不禁为法忧虑起来。天一明，佛就召集比丘教团，向比丘众问道："比丘们啊，据说有六个人先到这里，占去了长老比丘的床座。真的吗？"比丘众答道："世尊啊，真的。"于是佛斥责了那六个比丘，对比丘众作法话，复问道："究竟谁有资格享受最好的床座、最好的水、最好的食物呢？"有些比丘回答道："出身于刹帝利族❶而出家者。"有的道："出身于婆罗门族❷、居士族❸而出家者。"有的道："持戒者、布教师、初禅❹得达者、二

---

❶　刹帝利族，在印度四姓中为武士阶级，即王族。
❷　婆罗门族，是四姓中之祭司阶级。
❸　居士族，乃在家之家长，营宗教生活者。
❹　初、二、三、四禅，亦称四静虑。乃生于色界四禅天之四等禅定法。

禅三禅四禅得达者。"有的道:"预流、一来、不来、阿罗汉、得三明六通❶者。"比丘众如是各依自己的意向说出配享受最好床座的人物之后,佛道:"比丘们啊,在我的教团里,得享受最好的床座者,其资格非刹帝利族而出家者,非婆罗门族、居士族而出家者,也非律师、非经家、非论师,也非初禅等的得达者以及预流等等。比丘们啊,在这教团里对年长者该行恭敬的招呼,作合掌之礼,真诚地服侍,年长者该奉以最好的床座、最好的水、最好的食物。这才是资格,唯年长的比丘适合于这资格。比丘们啊,这里的舍利弗是我的高弟,曾转法轮,理应得比我次一等的床座。可是他昨夜得不到床座,就在树根畔过夜。你们在目前已如是失却尊敬,不知从顺了,那么将来你们的行为究将怎样呢?"为了教训他们,又道:"比丘们啊,在前生,动物尚且知道:'依此不互相尊敬、从顺,违背了一般的生活法则而行动,与我们决不相宜。我们之中,谁最年长,就对谁致敬吧。'他们查考出年长者来,对他行敬礼,后来便生于天道。"接着便讲过去的事。

主 分

从前,喜马拉雅山中腰地方有一株大榕树,树的附近住着鹧鸪、猿与象三个朋友。他们彼此不互相尊敬、从顺,至于违背普通的生活法则了。于是他们想道:"这样地生活,于我们殊不适当,我们颇想把年长者加以尊敬,对他行敬礼而度日。"但三者谁是最年长者,却不知道。一日,他们想得了一个方法,三位朋友同去坐在榕树的根上,鹧鸪与猿对象问道:"象君啊,你知道这株榕树已有多久了?"象道:"朋友们啊,在我还是小孩的时候,这榕树犹是一株灌木,我常常跨过了行走。有时也在灌木丛中通过,最高的灌木,顶梢也只碰到我的肚脐。所以,这株榕树,我在他灌木时代已知道了的。"鹧鸪与象又以同样的话去问猿。猿道:"朋友们啊,当我为小猿时曾坐在这里,昂首去咬食这榕树梢头的新芽,所以我在很

---

❶ 三明六通,乃阿罗汉所具有之德,三明:一、宿命明,二、天眼明,三、漏尽明。六通,即六神通:一、神境智证通,二、天眼智证通,三、天耳智证通,四、他心智证通,五、宿命智证通,六、漏尽智证通。

小的时候,已知道这株榕树了。"于是便轮到鹧鸪讲话了。鹧鸪道:"朋友
们啊,从前某处有一株大榕树。我吃了那树的果实,把粪撒在这里,于是
这里便生出榕树来了。我知道这株榕树,尚在他未萌芽以前,所以我比
你们都年长。"象与猿便对聪明的鹧鸪道:"朋友啊,你比我们年长。以后
我们就对你恭敬、尊崇、承侍、敬礼、合掌、供养、敬白、奉请、礼拜、和南
吧。我们将遵奉你的训诫,请你以后施训诫给我们啊。"从此以后,鹧鸪
就施训诫给他们,教他们保持戒律,自己也保持戒律。三动物坚守五戒,
尊敬随顺,对普通的生活法则不复违犯,命尽时往生于天国之安住所。

结　分

　　此三动物所受持者,名曰鹧鸪系之梵行。佛道:"比丘们啊,他们是
动物,尚能互相尊敬从顺着过活,你们身为出家人,且受有经律之教,为
何倒不能互相尊敬从顺呢。比丘们啊,我现在作一决定如下:嗣后,你们
须对年长者行敬礼、合掌、供养。年长者该得最好的床座、最好的水、最
好的食物。嗣后,年少者不得夺占年长者床座。不论是谁,凡夺占器物
者犯恶作[突吉罗]罪❶。"佛作此法话后,以正等觉者的资格唱出下面的
偈语。
　　尊敬耆宿者,
　　通晓真理[法]。
　　现世于法为圣者[可赞叹之罗汉]者,
　　来世生于善处。
　　佛既如是宣示尊敬耆宿之功德,复取了联络,把本生的今昔联结起
来道:"那时的象是目犍连,猿是舍利弗,鹧鸪则就是我。"

---

❶　恶作[突吉罗 dukkata]谓对僧侣恶作之罪。

三八　青鹭本生因缘　[菩萨=树神]

序　分

此本生因缘,是佛在祇园精舍时,就一个做裁缝师的比丘说的。据说,在祇园居住的比丘之中,有比丘甲对于衣服的裁翦缝纫等事很熟练,运用其熟练的技巧制作衣服,就以裁缝师出名。他的本领真不小,搜集了旧布片拼合起来,先用染料著色,再用贝壳磨砑,使成非常柔滑适体的衣料,然后再加工裁制成衣服,著在身上。不知道底细的比丘们到他那里去说道:"我们不懂衣服的做法,请替我们做一下。"甲道:"法友们啊,做衣服要费许多时候,我这里有现成的,你们把这衣服用布掉换了去吧。"说着就取出所制的衣服来给他们看。比丘们但见色彩美观,毫不知其中实情,以为一定是坚牢耐久的,就以新的布料给与裁缝师,向他掉取衣服而去。后来衣服龌龊了,用热水洗濯,现出真相来,发觉是用旧布片凑成的,才懊悔不止。

如是,甲比丘凑集旧布片改制衣服以欺人,其事普为各处所知。却说,这时他村也有一个比丘乙,干着与祇园中比丘甲同样的欺骗行为。与乙友好的比丘们对乙说道:"尊师啊,你能欺骗世间,听说祇园住者中,也有一个与你一样的裁缝师哩。"乙便想:"那么,我倒去欺骗欺骗那比丘呢。"于是以旧布片制成了很好看的衣服,染得鲜红,著了到祇园中去。甲比丘见了,艳羡之至,问道:"尊师,这衣服是你做的吗?"乙比丘道:"是的,法友。"甲道:"尊师啊,请把这衣服给我,你可以改著别的吧?"乙道:"法友啊,我们住在乡村里不易得到衣服,我如果把这给了你,自己著甚么呢?"甲道:"我这里有新的布料,你拿去再做新的吧。"乙道:"法友啊,这衣服上表现着我的本领,但你既这样说,我也无可奈何,请取去吧。"于是便把旧布片凑集成的衣服交付了甲,换得新的布料,达到了欺骗的目的而去。住在祇园的甲比丘把衣服著在身上,过了数日,用温水洗濯,发见全是破布片拼凑成的,便羞愧不堪。于是"祇园住者被乡村来的裁缝师欺骗了"的消息,遍传于教团之间。一日,比丘众在法堂上坐着谈及此事。佛来了,问道:"比丘们啊,你们此刻在这里谈论何事?"比丘众向佛禀白此事。佛道:"比丘们啊,住在祇园的裁缝师欺骗他人,不自今日始,前生也曾这样欺骗过。他的受乡村裁缝师的欺骗,也不自今日始,前生也曾同样受过欺骗的。"接着便讲过去的事。

主　分

从前,菩萨生而为树神,那树植在某处莲池的附近。这莲池并不十分大,在夏季❶常干涸。池中住着许多的鱼。一只青鹭停在池的那一边岸上,见了这许多鱼,想道:"用一个方法把这些鱼骗来吃吧。"这时,鱼看见青鹭,问道:"主啊,你停在这里想甚么?"鹭道:"我在想着你们的事。"鱼道:"主啊,你在想我们的甚么?"鹭道:"这池中水少,缺乏食物,且热得难堪。鱼住在里面,将来怎样。所以我正停在这里替你们著想呀。"鱼道:"主啊,那么我们如何是好呢?"鹭道:"如果你们能听从我的话,我就用嘴把你们一条一条地从这里衔走,把你们放入那五色莲华覆盖着的大池中去。"鱼道:"主啊,自有世界以来,不曾有过替鱼著想的鹭。你不是在想把我们一条一条地衔去吃掉吗?"鹭道:"只要你们相信我,我就不会吃你们,如果你们不信有这样的大池,可派出一条鱼来做代表,跟我一同去察看。"鱼相信了鹭的话,挑选出一条认为无论入水上山都可不怕的独眼大鱼来,对鹭说道:"请带他去。"鹭把这鱼衔了带去投入莲池,叫他在莲池遍游了一会,仍带他来放入鱼所住的原地方。这鱼就对同类赞叹那池怎样好。群鱼听了他的报告,都想到那里去了,便对鹭道:"主啊,好,就请带我们去吧。"于是,鹭先把那独眼大鱼衔到池畔,叫他看了一会池的景色,带到生在池畔的波罗奈树上,将他嵌入桠杈中,用嘴啄杀,吃完

❶　夏季(midāgha)据《西域记》,乃入雨期前四个月。

了肉,把骨头丢在树根的窟洞里,回转来对鱼说道:"我已把那条鱼放入池中了。现在,别的鱼去吧。"鹭以如是的方法把鱼一条一条地吃完。待最后一次转来时,已不见有鱼,只剩了一只蟹。鹭想连蟹也吃掉,便对蟹说道:"喂,蟹啊,这里所有的鱼,我已带他们到大莲池去了。你来,我也把你带去吧。"蟹道:"你怎样带我去呢?"鹭道:"用嘴衔着带去。"蟹道:"你这样地带我,也许会丢我下来的。我不愿同你去。"鹭道:"别怕,我把你紧紧地衔着吧。"蟹想:"这家伙哪会把鱼带到池里去呢? 他如果真能带我入莲池去,当然再好没有。否则我就夹断他的喉头,使他丧命。"便对鹭说道:"喂,鹭啊,你恐怕不能把我紧紧衔住的。让我来紧紧挟住你,如果你可以让我用钳❶夹住你的喉头的话,那么我就抓住了你的头,与你一同去吧。"鹭不知道蟹在想欺骗他,表示同意。于是,蟹便像铁匠使用火钳的一般,把鹭的喉头用钳夹住道:"好,那么去吧。鹭带蟹去看了池,向波罗奈树进行。蟹道:"伯父,池在这里呀。你在带我到别的地方去哩。"鹭道:"我是你亲爱的伯父,你是我的侄儿。"又道:"你还以为鹭是衔着我走的奴隶呢。试看波罗奈树根下的骨山啊,那些鱼都被我吃掉了,现在把你来吃吧。"蟹道:"那些鱼因为太呆,才被你吃掉的。但我非但不给你吃,还要把你杀死。你实在太呆了,不知道已上了我的当。要死,大家同死。我将把你的头夹断,投掷在地上。"说着便如火钳似的用钳夹紧了鹭的喉头,叫他受苦。鹭张大了口,眼中流泪,战栗怕死道:"主啊,我不吃你,请饶我一条命。"蟹道:"那么,下去把我放在池里。"鹭回转身去,走到池岸,把蟹在泥滩上放下。蟹便如用快刀割莲茎一般,钳断了鹭的头,爬入水中去了。住在波罗奈树上的树神见这情形,大为赞叹,叫树林发出喜悦的呼声,以妙音唱下面的偈语。

　　长于奸诈者,

　　以奸诈之故,

　　不能永久繁荣。

　　如奸诈的鹭因蟹受到[恶报]。

---

❶　钳,原文作 alam,本为紧持之意,注释作 anala,此字原为火之意,今用之于蟹,故译为钳。

结　分

佛道："比丘们啊，这比丘为乡村的裁缝师所欺骗，并不始于今日，前生也曾同样受过欺骗的。"作此法话毕，复取了联络，把本生的今昔联结起来道："那时的鹭是住在祇园的裁缝师，蟹是住在乡村的裁缝师，那树神则就是我。"

三九　难陀本生因缘　［菩萨＝地主］

序　分

此本生因缘，是佛在祇园精舍时，就舍利弗长老之弟子某比丘说的。据说，那比丘一向谦逊从顺，对长老的侍奉很是努力。有一次，长老向佛乞假，往别处去托钵，到了南方的一个山村中。自从到了这里以后，那比丘就渐渐生出慢心来，不听从长老的话。即使长老对他说"法友啊，请这样做"的话，他也会起反抗。长老不懂那比丘的心理，于托钵完毕以后，仍回到祇园来。那比丘一回到祇园，对长老的态度又恢复到原来的样子了。长老向佛禀白此事道："世尊啊，我这里有一个比丘，在某处时，宛如用百钱买来的奴隶，到了别处，就慢心丛起，好好地叫他这样做，也会反抗哩。"佛道："舍利弗啊，这比丘行动如此，不自今日始，前生也是这样。在某处时像一个用百钱买来的奴隶，到了别处就要违背反抗的。"接着便因长老的质问，讲过去的事。

主　分

从前，梵与王在波罗奈城治国时，菩萨生在某地主的家里。有一个朋友,也是地主,自己年龄已老,而妻却还年青。夫妻之间生了一个儿子。那位地主自想:"这女人还年青,万一我死后有了别的男子,也许会不把财产传给我的儿子而荡尽的。还是安全地埋藏财产于地下吧。"于是率领家中的一个奴隶名叫难陀的同往森林中,在某处把财产埋下,然后吩咐说道:"难陀,我死之后,你可把这里的财产告诉我的儿子,并且还要告诉他,别将这个森林卖给他人。"以后那位地主就死去了。儿子不久就长大成人。母亲对儿子说道:"你父亲曾率领了奴隶的难陀去埋藏财产。你可去取来振兴家业。"一日,那儿子问难陀道:"伯伯,我父亲埋藏着若干的财产吗?"难陀道:"是的,主人。"那儿子道:"这财产埋藏在何处呢?"难陀道:"在森林中,主人。"那儿子道:"那么,我们同到那里去吧。"两人拿了锄头与畚箕到了森林中以后,那儿子问难陀道:"伯伯,财产埋藏在那一方面呢?"难陀走到埋藏财产的地点,对于财宝起了坏心了,立着骂道:"你这丫头生的小子,这里怎会有你的财产啊。"那儿子听到了难陀乱暴的言语,故意装作不曾听到,说道:"那么我们回去吧。"便同他回来了。过了二三日,再到那地方去,难陀又对他恶骂起来。那儿子不与争闹,自己回来,以为"这奴隶答应我'指出财产所在',而到了那里就口出恶言谩骂,不知是何理由。我有一个父执,也是地主,去向他请教吧"。便走到菩萨[地主]的地方,把经过情形详细报告一番,问道:"老伯啊,这是甚么缘故呢?"菩萨道:"难陀每次立着骂你的地方,就是你父亲埋藏着财产的所在。所以,你可于他骂你的时候,向他说:'喂,奴隶,来,你骂谁呀?'就叫他拿锄头掘土,取出你家的财产,运回家去。"接着唱出下面的偈语。

> 想来在那地方,
> 必有藏金与金的璎珞,
> 因为下贱的奴隶难陀,
> 老是立在那处口出恶言。

那儿子辞别菩萨回家,率领难陀同往埋藏财产的林中,依菩萨之言行事,取得财产,增益家财。后来又依菩萨之教诫,作布施等净业,命终时依其业报从此世逝去。

结　分

佛道："这人在前生也曾有同样的性质的。"作此法话后，又取了联络，把本生的今昔联结起来道："那时的难陀即舍利弗的弟子，那贤明的地主则就是我。"

四〇　迦台罗树炭火本生因缘　[菩萨＝富商]

序　分

此本生因缘，是佛在祇园精舍时，就给孤独长者说的。给孤独长者为了建设精舍，曾向佛教施财五亿四千万金。他认为世间可宝者就只是三宝，更没有别的了。佛居祇园以后，他每日去作三大服务，清晨一次，朝餐后一次，傍晚一次，除此以外，有时还有中间的服务。每次到精舍去的时候，又必顾到沙门或少年"他这回带了甚么来"的期待，从不徒然而往。在清晨叫人拿了粥去，在朝餐后带了熟酥、生酥、糖蜜等去，傍晚带了香料、花环、布类去。长者虽然如是日日消费着，资财上不受影响，有若干商人向他告贷，放出债款，总数达一亿八千万金，他也毫不介意。又，他的财产之中，有一亿八千万金用铜缸埋在河畔，有一次，洪水发生，堤防破坏，埋金之铜缸漂流开去，沉到大洋底下去了。说虽如此，他的家里还备着可供给五百个比丘的饭食。在比丘教团看来，他的邸宅，犹如位处十字通衢的莲池，他自己则犹如比丘众之父亲。所以，佛也住到他的邸宅去，八十个大长老也同去，其余比丘众出入者更不计其数。他的邸宅是由七层大厦与七个望楼合成的。

那第四个望楼中，本来住着一个异教徒的魔女神。当佛进去住时，那女神就不能留在那里，率领了孩子降到地上来，当八十个大长老或别的长老们在那里出入时，她也只好让出。她觉得沙门瞿昙与其弟子们常在邸宅出入，究不安心，时时要避到地上，不能留在那里，便想设法使他们不再进邸宅来。

有一日，总管者到这一带地方来，正休息着。她便到那里去光辉地现出姿态。总管者问道："在这里的是谁？"女神道："我是住在第四望楼的神。"总管者道："来此何事？"女神道："你不见主人的行动吗？他不顾自己的将来，见有钱财便去养沙门瞿昙之类的人。而自己则生意也不做，甚么事务也不管。你们要忠告主人，叫他做自己的事情，不要再令沙门瞿昙与其弟子常在邸宅进出啊。"总管者道："愚笨的魔神啊，主人不惜为了那救世的佛教耗财。纵使有一日，他要把我的头发割了去卖，我也决不会对他说甚么怨言的。你给我快走开吧。"女神又到主人的长子那里去作同样的劝告。那长子也以同样的话把她斥责。她终于未能与主人面谈。却说，长者虽豪富，因不绝地布施，不顾业务，结果就收入减少，财产快完了。他渐渐贫困，用的、著的、睡的、吃的已不如从前。可是对教团的布施还如从前一样。有一日，当长者礼佛毕坐下时，佛问道："居士啊，你的家境还能作布施吗？"他回答道："是的，世尊，还能供献些昨日❶残余下来的残粥。"这时佛对他说道："居士啊，别因所施的东西不好而觉得懊恼，只要心善，对佛或辟支佛❷所作的布施，决不会恶。因为这里面有大果报呀。"原来能净心者所布施的东西，决不会不净的。试看下面的话。

对等觉的如来或佛弟子，若能心净，

任何布施不菲薄，

任何奉侍不微小。

试看那毫无盐味的些许干乳糜之果报。❸

佛又对他说道："居士啊，你所施的东西虽不精美，却对体达八圣道

---

❶　昨日，原文为 dutiyaṁ，本为"第二次"之意，今以文意译作"昨日"。

❷　辟支佛，是以独力成佛者，不以救济之道教人，故亦名独觉。

❸　偈之首二行，见毗摩那［天宫事］。

了的人们作着布施哩。我为了想施七宝❶,曾把全世界捣掘到底。正在作一大布施,如把五大河合起来成为一条激流似的。可是要找归依三宝或守持五戒者竟不可得。值得受布施的人原是极难得的。所以你别自己懊恼,说'我的布施不精美'啊。"接着便为诵灭尽经。却说,那魔神在长者富有时未得与他面谈,以为现在他已是个穷人,一定会听她的话了,便于中夜时分入他的寝室去,立在空中,发出光辉来。长者问道:"你是谁?"魔神道:"主人啊,我就是住在第四望楼的女神。"长者道:"来此何事?"魔神道:"为了想劝告你。"长者道:"那么试讲。"魔神道:"主人啊,你不顾及将来,也不顾及儿女,信奉沙门瞿昙之教,把莫大的财产耗尽了。你浪费资财,不经营事业,与沙门瞿昙接近,因此陷入了贫困。可是还不想丢弃沙门瞿昙。这些沙门们现在不是尚在你家出入吗?你得知道,被他们取去了的东西是无法收回的了。从今以后,你自己不要再到沙门瞿昙那里去,也不要再让他的弟子们进你的家门。赶快与沙门瞿昙远离,自己经营事业、做买卖,振兴财产啊。"长者道:"这是你对于我的忠告吗?"魔神道:"是。"长者道:"像你这样的魔神,即使有一百个一千个甚至一百万个,我也不怕。我因为靠着十力的佛,所以能这样。我的信仰,安住不动如须弥山。我曾把财宝投在那救世的宝贵之佛教上。你所说的是邪恶之言,是不敬不逊的恶魔对宝贵的佛教所发的攻击。我不能与你同住在这个家里了,快给我从我家走出迁到别处去。"她因了预流者圣弟子所发的宣告,不能再停留在那里,只好回到自己的所住之处,携了孩子的手走出。走出以后,找不到住处,想去求那全市的守护神,叫他向长者说情,许她回到那里去住。便走到守护神面前,行了敬礼立着。守护神问道:"来此何事?"魔神道:"主啊,我对给孤独长者言语冒昧,他怒恼起来,把我从他家逐出了。请你领我到他那里去恳个情,仍给我住处。"守护神道:"但是,你对他说了些甚么话呢?"魔神道:"我说:'以后不要再对佛与其教团作奉侍,不要再许沙门瞿昙在你家里出入。'主啊。"守护神道:"你说的话不好,是对圣教的攻击。我不能带你到长者面前去。"她在

---

❶　七宝,谓金、银、琉璃、砗磲、玛瑙、真珠、玫瑰。

守护神那里得不到帮助,就去转求四天王❶。可是也同样地遭到拒绝,又到了帝释天❷的地方,把经过告诉一番,恳切请求道:"天啊,我没有住处,在牵着孩子徘徊。请你显威光,给我一个住所。"帝释天也对她说道:"你所行者是邪恶,是对于胜者的圣教的攻击。我也不能替你向长者说情。但是,教你一个可叫长者饶恕你的方法吧。"魔神道:"是,请讲来,天啊。"帝释天道:"有许多人出立了票据向长者借钱,总数是一亿八千万金。你可不被人知,暗暗地取出票据,扮作委托者,率领若干年青的夜叉,一只手拿了票据,一只手拿了账单,到各个欠户家里去,显出你自己的夜叉本领去威吓他们,说'这是你们的借票。我们长者在境况富裕的时候,从未曾向你启齿索取过。可是现在他穷了,请你们把借款还清'。这样说了,再运用你的魔力,把这一亿八千万的金币收集拢来藏到长者的财库中去补充空虚。又,他埋在阿契罗婆帝河❸畔的财产,曾因堤防毁坏流入海底去了。你可运用你的魔力,取回来放入他的财库去。还有,在某地方有无主的财货一亿八千万,你也可取来去填充他财库中的空隙。如是共计有五亿四千万金的财产,你将功赎罪,把这些如数贮藏在财库之后,再去向长者讨饶吧。"魔神道:"是,天啊。"就依照吩咐,把资财搜集起来,于夜深时分走入长者华丽的寝室,放出光辉,现身立在空中。长者问道:"你是谁?"魔神道:"长者啊,我是住在你家第四望楼的盲目的神。我太愚蠢,不知道佛的恩德,前回竟在你面前胡说一番。现在请你饶恕我。我依从了帝释天的吩咐,替你收回了一亿八千万的债款,捞起了那沉在海底的一亿八千万的藏金,又在某处地方取得了无主的金钱一亿八千万,总共把五亿四千万的钱财藏在你那已空虚的财库中,藉此赎罪,你为祇园所费的金钱,现已如数补充恢复了。我因找不到住所,很苦恼。请长者恕我愚昧,不咎既往之事啊。"长者听了她的话,想道:

---

❶ 四天王,为帝释天之外将,各守护一天下。居于须弥山腹部,由犍陀罗山之四高峰,为世界作外护,即东方持国天、南方增长天、西方广目天、北方多闻天是。

❷ 帝释天,为因陀罗之别名,本为婆罗门之神,后归佛教,为佛教之外护神,乃忉利天[三十三天]之主,居于须弥山顶善见城,诸天皆受其支配。

❸ 阿契罗婆帝[驶流]河,乃恒河北方一支流。

"她是魔神，现在来向我赎罪。这大概是佛在启诱她，使她知道佛的功德吧。我将到即身成正觉的佛的面前去开导她。"便对她说道："神啊，如果你要乞我饶恕，我到佛前去饶恕你吧。"魔神道："好，就请这样吧。那么请带我去见佛。"长者道："是。"天明以后就带她到了佛那里，把她的行事详细告诉如来。佛听毕以后，说道："居士啊，邪恶者在罪恶未熟时，看似善良，但其罪恶一经成熟就知见罪恶了。善良者亦然，在善事未熟时，看似邪恶，一旦善事成熟，便真正知见善良了。"接着便唱出下面的偈语来。

　　恶人在其罪恶未熟时，
　　其所做看似善良。
　　但一旦罪恶成熟，
　　恶人就知道这是邪恶了。
　　善人在善事未熟时，
　　其所作看似邪恶。
　　但一旦善行成熟，
　　善人便知道这是善良了。❶

　　佛唱毕此偈语，那魔神就安住于预流果。她向佛的轮成足❷敬礼着说道："世尊啊，我因被欲所染，沉溺罪恶，惑于邪念无明，竟不知世尊之美德，发为罪恶之言。请饶恕此罪。"当场便获得了佛的许可，又同时获得了长者的许可。于是长者在佛前宣说自己的功德道："世尊啊，这魔神虽想妨碍我，不许我供奉佛，但我仍作布施。世尊啊，这不是我的功德吗？"佛道："居士啊，你本是从佛的圣徒，又是坚信与净见的所有者。你的不被这无势力的神所妨碍，并不足奇。从前，佛未出世时，有一知识尚未成熟的贤者，遇到主持欲界的恶魔。恶魔以魔力现出一个深八十寻的火势炽盛的大炭炉给他看，说再作布施就要被掷入这炭火地狱中去受烤焙之苦，可是那贤者不顾恶魔的阻挠，仍立在莲华的果房中作他的布施。这才不可思议哩。"接着便应了长者的请求，讲过去的事。

————————————

❶　法句经一一九、一二〇偈。

❷　佛跖上有轮宝之征象，谓之千辐轮相，此为佛相好之一。

主 分

从前,梵与王在波罗奈城治国时,菩萨生于波罗奈某富翁之家,自幼安乐,养育犹如王子。发育顺利,智慧增长,到十六岁时已通晓一切技艺了。父亲故后,他承受了全部遗产。就设布施堂六所,城之四门各一所,中央一所,自己家门口一所,大行布施。并且持戒,作布萨行❶。一日,早餐时分,许多美味的食物正一一献呈在菩萨面前。适有一个辟支佛[缘觉]从七日间之法悦[灭谛]中起来,知托钵之时刻已到,心想:“今日到波罗奈城去访某富豪吧。”于是衔了刷牙的槟榔枝,就阿耨达湖❷畔用水漱口,升登雄黄山平原上去。结束好了衣带,执著神通力所现的土钵,就在菩萨将早餐时从空中飞到了菩萨的家门口。菩萨一见到他,即从座起立致敬,眼睛向侍者注视。侍者道:“主人,叫我做甚么事?”菩萨道:“快去接过世尊的钵来。”这时,有一罪恶深重的恶魔,震怒作势而起,以为“这个辟支佛七日不食,今日才得食物。如果今日不给食物与他,就会死的。我来设法禁止富商的布施,叫他丧命吧”。便急急来到菩萨家里,把屋内广八十寻的炭炉燃着。一瞬间,那满贮着迦台罗炭的炉中,炎炎发火,犹如阿鼻[无间]地狱。恶魔这样干了以后,自己立在空中。那出去接钵的侍者见了这变故,害怕了回转身来。菩萨问道:“你为何回转来了?”侍者道:“主人啊,那个大炭炉炎炎地发着火呢。”凡是到这里来的人,见了这火,都害怕起来急忙逃开。菩萨想:“这大概是那无上快乐之奴隶的恶魔,想妨碍我作布施,正在拼命吧。但他不知道我是即使有百个或千个恶魔也不怕的。今日我倒要与恶魔比一比,看谁力量大。”便取了自用的食钵走出门去,就在炎炎的炭火炉边立定,仰头向空一望,见到恶魔,问道:“你是谁?”恶魔道:“我是恶魔。”菩萨道:“这火是你放的吗?”

---

❶ 布萨行,为反省戒行,止恶向善之行事。在出家者,每月四次集僧众于一堂,诵读戒经,各自反省过去之所作,若违犯戒条,则当众自白,在在家者,于六斋日反省于八戒有无违犯,兼求积极努力行善。

❷ 喜马拉雅山中之无热恼池。

恶魔道："是的。"菩萨道："为甚么放火？"恶魔道："为了想妨碍你的布施，
又为了想断绝辟支佛的寿命。"菩萨道："我不许你妨碍我的布施，也不许
你危害辟支佛的生命。今日我与你比比力量吧，看谁的力量大。"便立到
炭炉的边缘上去，说道："世尊辟支佛啊，我纵使将葬身于这炭炉中，也不
退避。只请你接受我所献的食物。"接着唱出下面的偈语。

> 宁可全身翻倒，
>
> 堕入地狱之渊，
>
> 决不作卑下之事。
>
> 请接受此食物啊。

菩萨如是唱毕，以坚强的决心手持饭钵，沿了炭炉的外缘行进。一
瞬间，忽然有一朵高大微妙的莲华从那广八十寻的炭火炉底涌现出来，
向菩萨的足下顶礼。又把那如盛在瓶中般的许多花粉向菩萨的头上纷
纷降洒，洒得菩萨全身发光，犹如满沾金色的酵粉。他立在莲华的顶端，
把种种美味的食物，放入辟支佛的钵中去。辟支佛受了食物，表出满足
之意，将钵投掷上空，然后在大众环视之间，升到空中，拨开云雾，自回喜
马拉雅山去。恶魔败北了，意气销沈地也就回到原来的住处。菩萨则坐
在莲华顶端，对大众赞叹布施的功德，作法话毕，才由大众围绕着回去。
后来继续行布施等净业，于寿命尽时依其业报逝去此世。

结　分

佛道："居士啊，你有如是知见，对魔神能不怖畏，并不足奇。前生那
贤者所行的事，才不可思议哩。"作此法话毕，又取了联络，把本生的今昔
联结起来道："那时的辟支佛，已得了涅槃了。那征服恶魔，坐在莲华顶
端，以食物供养辟支佛的波罗奈富商，则就是我。"

第五章　利爱品

四一　娄沙迦长老本生因缘　[菩萨＝戒师]

序　分

　　此本生因缘,是佛在祇园精舍时,就长老娄沙迦·帝沙说的。娄沙迦·帝沙是拘萨罗国渔夫之子,是其家族最末一人,为比丘后,一无所有地生活着。据传说,他从最后转生的地方逝去后,在拘萨罗国一渔村中某妇人胎里获得了新生。那渔村为一千人家族所合居,在他受生的那日,一千个同族人拿了网到河里或池湖里去捕鱼,终日连一条小鱼都没有得到。自此以后,渔夫们就一日穷似一日了。在他住在胎里的十个月中,全村遭遇火灾七次,村人受过七次王刑,那结果当然很是悲惨。他们想道:"我们以前并不如是的。照现在的情形下去,我们会灭亡哩。我们之中一定有一个不幸者,把全家族分为两组吧。"于是便分为两组,每组各五百人。分开以后,他父母所属的一组仍衰微,其他一组则繁荣了。衰微的一组便再分为两组,如是几度分析,结果他的一家便到了孤立的地步,大家知道不幸者就在他的家里,就把他们驱逐了。他母亲艰难度日，怀胎期满，在某地生产了他。原来，得到了最后存在❶的人是不会灭亡的，因为在他心里燃着阿罗汉的运命，犹如瓶中的灯炷。他母亲养育他，到他能走能跑的时候，交给他一个钵道："向人家乞食去吧。"便把他逐出，自己也逃走了。从此以后，他成了一个无依靠的孤独的苦孩子，沿门行乞，没有一定的居处，身不沐浴，衣服褴褛污秽，犹如一个尘聚饿鬼，勉强地维持着生命。

　　他七岁的时候，有一日，他从某家门口的洗食器的水槽里，鸟啄食似地在拾取一粒粒的残饭。法将舍利弗正在舍卫城巡行托钵，见了他。觉得这孩子可怜，只不知道是甚么地方的人，便起怜悯之念，叫道："喂，你过来。"他来到长老面前，作了礼立着。长老问道："你是何村人？父母在那里？"他回答道："我是孤独者。我的父母对我说了一句'爷娘已累死'，便把我抛弃，自己走开了。"长老道："你不想出家吗？"他道："尊者啊，我想出家。但像我这种不成样子的人，谁肯给我出家呢？"长老道："我给你出家。"他道："谢谢你。请给我出家。"长老给他嚼食与啖食，带他到了寺中，亲手替他沐浴，给他出家。后来到年龄及格，便给他受具足戒。

　　他到老年时，被称为娄沙迦·帝沙长老。他虽然命薄❷，却能寡欲知足。即使所受到的施物远过于他人，也不吃饱，但求能维持生命就算。据说，在他的钵里，只要注入一瓢匙的粥去，那粥就会涨满起来，与钵沿相平的。施粥者见他的钵已满，便不再加给，按次去给其余的人。有些人甚至于这样说："施粥到他的时候，施主粥桶中所有的粥就光了。"不但粥如是，别的嚼食亦是这样。他虽后来知见成熟，成了最高果的阿罗汉，也以少许的享受自己满足着。

　　他年寿将尽，快入涅槃了。法将舍利弗在瞑想中知道他已将入涅槃，想道："那个娄沙迦·帝沙长老今日一定要入涅槃了，我今日该给他饱吃一顿才好。"便带了他入舍卫城去托钵。长老为了他之故，向舍卫城中许多人伸出手去，可是人们居然毫不表示敬意。于是长老向他说道："朋友，去坐在寺中吧。"长老打发他去了以后，把各处施送来的食物叫人

---

❶　最后存在，谓入涅槃前之状态。

❷　原语 nippañña，为"无智"之意，费解。依英译本、德译本解作 nippunna，而意译之如此。

拿去给他,说道:"把这拿给娄沙迦。"谁知拿去的人忘了娄沙迦长老,中途自己吃掉了。后来长老走到寺中去,娄沙迦长老迎上来行礼,长者当面问他道:"朋友,吃过东西了吗?"他回答道:"尊师,我们在后再吃吧。"长老为之不安起来,看看时间,已过了食时❶,便道:"朋友,请坐在这里。"自己走到拘萨罗国王宫中去。王叫人接过长老的钵,因为食时已过,命把四甘食❷满盛在钵中奉上。长老领受了回到寺中,拿了钵立着对他说道:"朋友帝沙啊,来吃这四甘食。"他对长老致敬,怕羞不吃。于是长老道:"朋友帝沙啊,我执钵立在这里呢。你就坐着吃吧。如果这钵一离了我的手,里面的东西就会没有哩。"尊者娄沙迦·帝沙长老就在最上主法将手执的钵里吃了四甘食。因了长老的神通力,食物未曾消失,所以娄沙迦·帝沙长老得以尽量吃了一个饱。果真,他那日就入无余涅槃了,等正觉者[佛]亲自莅临,命予以厚葬,拾骨造墓。

比丘众在法堂中集坐谈话,说道:"法友们啊,娄沙迦长老薄命,以寡欲自足。像那样薄命而寡欲的人,怎么会获得圣法呢。"佛进法堂来,问道:"比丘们啊,你们方才会集在此,谈着甚么?"比丘众答道:"尊师啊,在谈着如此这般的话。"佛道:"比丘们啊,那比丘的寡欲自足与获得圣法,都是自己干出来的事。在前生,他也曾谢绝他人的施与,寡欲自足的。世间无常,苦患无量,他因境遇适于明白这个知见,结果便获得圣法了。"接着便讲过去的事。

主　分

从前迦叶[饮光]住世时,有比丘甲赖某长者的供养在乡村中过活。他做比丘所应做的事,是一个德行家,所行合乎知见。另有一个长老乙,已得阿罗汉果,本与其同伴住在他处,偶然到了长者的村中。长者满意于那长老的态度,便接过钵来,延至家里,恭敬供养,倾听他的法话以后,便向他作礼说道:"尊师啊,请到我家附近的寺中去。我傍晚回来时再来

---

❶ 为比丘者,过正午而食,谓之非时食,乃非法行为之一。

❷ 四甘食为酥油、蜜、糖蜜、胡麻油,四者虽过正午亦准食之。

拜访你。"那长老走到寺中，对先住在那里的甲长老作礼，得其许可，坐在一旁。甲长老也表示欢迎，问道："法友啊，你受到施食没有？"乙长老回答道："受过了。"甲长老道："从那里受到的？"乙长老道："就在你附近村中某长者家。"乙长老如是回答以后，就选定自己的寮房，整顿一番，把衣钵安排好了，然后坐在那里享受禅定之乐与果乐。

到了傍晚，长者把香、华、灯、油等搬到寺中来，向先住着的甲长老致了敬礼，问道："尊师啊，有一位新来的长老，已到了这里了吗？"甲长老答道："是，到了这里了。"长者道："今在何处？"甲长老道："在某寮房中。"长者便过去作礼，坐在一旁，倾听法话。晚凉时分，长者对坟墓与菩提树献了供品，在灯龛点着了火，邀约两位长老明日去受供养，然后回去。

先住在那里的甲长老以为："长者似看不起我了。如果那比丘住在寺中，我不知将受到甚样待遇哩？"便不快起来，想设法使乙长老不住在寺中。所以，虽受了长者的邀约，也不与乙长老谈话。

那已得阿罗汉果的乙长老知道甲比丘的用意，以为"那长老不知道我不会妨碍及他呢"。便到自己的庵室，去安住于定乐与果乐之中。

次日，先住的甲长老用拳头敲锣，又用指爪去弹叩庵室的门，便自往长者家去。长者接过他的钵，请他在特设的座上坐下，问道："尊者啊，那新来的长老到那里去了呢？"他道："我不知道你的好友的情形。我来时曾经鸣过锣，叩过门，可是都不能扰醒他。大概昨日在府上吃了美味的东西，消化不了，此刻还睡着吧。请你放心。还是由他这样吧。"却说，那已得阿罗汉果的长老，觉得托钵的时刻已到，便整顿身畔，携了衣钵，乘空飞行到别处去了。

长者请先住的甲长老饮啜了用酥、蜜与糖调制的乳粥，再以香粉把钵研擦干净，满盛乳粥，说道："尊师啊，那位长老在旅途上一定很辛苦了。请你把这带去给他。"甲长老也不拒绝，拿了钵走出。在路上想道："如果把这乳粥给那比丘吃了，也许我想拉他出去，他也不肯走哩。可是如果把这给与别人，将来事情会被发觉的。倒入水中吧，油酥会浮到水面来，丢在地上吧，乌鸦会集拢来啄食，都可以被人知道。究竟弃在甚么处所好呢？"他如是想时，恰好见到有一个火堆正在燃烧发烟，便去拨开了面上的灰屑,把乳粥倒在火堆中央,用灰屑遮盖好,然后回到寺中去。及到了寺中,见那比丘已不在那里,想道:"那已得阿罗汉果比丘,确已察知了我的心意,离开了这里。啊,我为了肚腹之故,作了恶事了。"立时大大地悲悔起来。后来他曾入鬼道,又由鬼道转生到地狱。

他在地狱受了几百千年的苦之后,因其业果的余薰,在五百生中为夜叉。这五百生间,除了有一次饱吃排泄物外,一日都不曾得到可以吃饱的食物过。第二个五百生为狗,在这期间,也只有一日以催呕的东西果腹,此外就都未曾吃饱。免除狗身以后,生在迦尸国某村的穷人家里。他一出生,家境就更贫穷。从切断脐带以来,几乎并薄粥也难获得,他名叫弥多文达迦,父母因忍不住生活的苦痛❶便道:"去啊,你这不幸的东西。"把他殴打逐出了。

他失了依靠,漂泊到波罗奈城来。那时,菩萨是个城中有名的阿阇梨,对五百个婆罗门青年教授技艺。有些贫穷者则由城中居民施资求学。弥多文达迦也以此之故得跟菩萨学习高尚的技艺。他性情乱暴不驯,动辄打人。虽经菩萨说谕,也不顺从教诫。结果因他之故,菩萨的收入渐渐减少了。有一次,他与别一个青年打架,不听师教而逃,漂泊到某偏僻的乡村,受人佣雇为活。就在那当儿,他与一个不幸的女子同居,生了两个小孩。村人们道:"请教给我们以善的教训与恶的禁戒。"便供给他食料,留他住在村口的小舍里。那偏僻的乡村自从这个弥多文达迦来了以后,居民受到七次的王刑,村舍七次起火,池水七次干涸。村民觉得弥多文达迦未来时,从未有这样的祸事,今日的衰落,全是他之故,便把他殴打,驱逐他走。

他领了自己的孩子们离去此村,走到一个森林里。那森林有恶魔住着,把他的妻与孩子杀掉吃了。他一人逃出,随处漂泊,到了一个名曰犍毗罗的滨海村落。那时有船正将放帆,他被雇为船夫,乘入船中。船航行海上,至第七日就在海之中央遇变,宛如搁在礁上一般,驶不动了。同船的人们为了想找出灾难的责任者,大家投票。弥多文达迦接连被投着

---

❶　原语 jātadukkha,英译者与德译者都认为系 chataka−dukkha 之误,译作"饥饿之苦痛"。

七次。于是人们给他一张竹筏,把他拉出投在海中。他一经拉出,船就向前驶动了。

弥多文达迦横在竹筏上随水漂,他因了在迦叶佛住世时代守过戒的果报,得于海上水晶宫中遇到四个仙女,在她们那里幸福地过了七日。原来在水晶宫,精灵们的生活是七日幸福,七日不幸福的。她们暂避到别处去的时候,对他说道:"你在这里住着,等到我们回来。"她们去后,他乘了竹筏更向前进,到了有八个天女住着的银宫中。又从那里前进,到了有十六个天女住着的玉宫与有三十二个天女住着的金宫中。他不听她们的忠告,更向前进去,到了某岛的夜叉市。有一个女夜叉,化为山羊,在路上走着。他不知道这是女夜叉,心想"吃山羊肉",便去捉她的脚。女夜叉显出魔力把他攫起来一掷,掷到海边。他沿海而行,就到了波罗奈城濠背后的一个荆棘丛里,便伏着身子爬至岸上。

那时,国王所养的山羊,有些在濠边被盗贼杀掉了,牧羊者为了想捕盗贼,正躲在濠旁守候。弥多文达迦爬上岸来,见了山羊,想道:"我因为在海岛上去捉山羊的脚,被他一掷,掷到了这里,也许我把这只山羊的脚一捉,他会把我掷回到海上天女所住的宫殿附近去吧。"他抱了如是的愚见,去捉山羊的脚。正去捉时,山羊大声叫起来了。许多牧羊者从四方赶来,把他捕住道:"历来盗吃王家的山羊的就是此贼。"殴打了他一顿之后,绑起来押解到国王那里去。

恰好,这时菩萨率领五百个青年婆罗门出城来洗澡,见到了他,认得是弥多文达迦,便问那些人道:"诸位,这是我的弟子,你们为何捕捉他?"牧羊者回答道:"尊师啊,这个盗羊贼在捉山羊的脚,所以把他捕缚起来的。"菩萨道:"那么好,我叫他去做侍役,请把他交给我。我们救他一命吧。"人们道:"尊师,遵命。"就释放他而去。

菩萨问他道:"弥多文达迦啊,你这许多日子在何处呢?"于是他便把自己所做的一切详细叙述。菩萨道:"人若不听好意的忠告,就要受这样的苦。"接着唱出下面的偈语。

人若对爱己者的忠告,

不肯听受,

必至陷入可悲之境。

犹如那捉羊脚的弥多文达迦。

后来,戒师与弥多文达迦都各依其业报,转生于应生之处。

结　分

佛道:"比丘们啊,他是自己寡欲知足,自己获体得圣法的阿罗汉果的。"作毕此法话,复取了联络把本生的今昔联结起来道:"那时的弥多文达迦是娄沙迦·帝沙长老,那有名的戒师则就是我。"

四二　鸠本生因缘 ［菩萨＝鸠］

序　分

此本生因缘,是佛在祇园精舍时,就一个贪欲比丘说的。那比丘的贪欲行为,将见于第六编乌本生因缘［第三九五］中。这时,比丘众告诉佛道:"世尊啊,某比丘贪欲。"佛问那比丘道:"比丘啊,听说你贪欲,真的吗?"那比丘回答道:"世尊啊,不错。"佛道:"比丘啊,你在前生也曾贪欲。因贪欲之故,不但你丧失生命,连贤人也失去自己的住所哩。"接着便讲过去的事。

主　分

从前,梵与王在波罗奈城治国时,菩萨生而为鸠。当时波罗奈的住民行善事,在各处悬挂草笼,供鸟类栖止。波罗奈城中某长者家里的一个厨役,也在自己的厨房里挂着一个草笼。菩萨［鸠］就以此为住处,天明出去觅食,黄昏回来,习以为常。

一日，一只乌在厨房上空飞翔，嗅到了鱼与肉的香味，便起贪欲，想道："依靠谁去取得这些鱼与肉呢？"停在附近等候机会。到了傍晚时分，见有一只鸠飞入厨房中去歇宿，于是便想依靠了鸠去得鱼与肉。次日天明，鸠出去觅食时，乌就飞来，老是跟随在鸠的后面。鸠便问道："你为何老是跟着我？"乌道："你的样子很中我意，所以跟着你的。"鸠道："朋友啊，你的食料与我的不同，大家做起同伴来，于你很不舒服吧。"乌道："朋友啊，你出去觅食时，我也与你一同去。"鸠道："那么就这样吧。但你要有诚意才好。"鸠如是对乌教诫毕，便飞翔觅食，吃地上的草种等类。当鸠搜集食物时，乌也飞去，见到牛粪块，便啄开来，吃其中的蛆虫，肚子饱了以后，到菩萨那里来说道："朋友啊，你飞得太长久了。东西太多吃是不好的。"傍晚时分与鸠带了食物回到厨房中去。厨役道："我家的鸠带了别的鸟来了。"于是也给乌一只草笼。二鸟从此就一同寄宿在那里。

一日，有人送许多鱼与肉给长者。厨役把这些鱼肉挂在厨房中各处。乌见了就起贪欲之念，当晚睡着自语道："明日不到牧场去，就吃这个吧。"

次日，鸠将出去觅食，唤乌道："喂，乌啊，你来呀。"乌道："朋友啊，你尽去吧，我肚子痛呢。"鸠道："朋友啊，从没有听说乌会肚痛的话。你在想吃这屋子的鱼或肉吧。来呀，人的食物对你是不适合的。你不要如此，还是跟我一同出去吧。"乌道："朋友啊，我不能去了。"鸠道："你的意思我已明白。请你当心，不要被贪欲所败。"鸠如是对乌作了忠告，就觅食去了。

厨役依照了用途，把鱼与肉处分了放在盘桶里，为欲使之透风，上不加盖，用筛子遮罩好，走出厨房拭汗乘凉。乌从笼内探出头来东张西望，见厨役出去了，以为"现在正是满足欲望之时了。吃大块的肉呢，还是吃小粒的肉呢。小粒的肉吃了不饱，不如衔一块大肉回到笼中卧着来吃吧"。便从笼中飞去，停在筛子上面。筛子上立刻叽哩地发出声音来。厨役听到声音，奇怪起来，急忙跑进来看，见到了乌，想道："这可恶的乌，想吃我替长者预备着的肉哩。我为长者服务，不是为这家伙服务呀。要想法来处置这家伙。"便关紧门户,把乌捉住,拔去羽毛,然后把那在莳子❶汁中浸过的生姜捣烂,再以盐与酸的酪浆调和成卤,遍涂在乌的身上,把他丢入笼中。乌苦痛非常,呻吟倒卧着。

傍晚,菩萨归来,见乌正在苦恼,便道:"贪欲的乌啊,你不肯听我的话,所以为贪欲受到非常的苦痛而倒在这里了。"接着唱出下面的偈语。

人若对爱己的忠告,

不肯听受,

必至落在敌的手中。

犹如那不听鸠之教诫的乌。

菩萨唱毕此偈,又道:"我也不能再留在这里了。"便向他方飞去。乌死了。厨役把他从笼中取出,丢在垃圾箱里。

结　分

佛道:"比丘啊,你不但今生贪欲,前生也贪欲的。因你之故,贤者曾失去自己的住处呢。"作此法话毕,说明四谛,说毕四谛,那比丘就得阿那含果。佛复取了联络,把本生的今昔联结起来道:"那时的乌是这贪欲的比丘,鸠则就是我。"

四三　竹蛇本生因缘　[菩萨＝师]

序　分

此本生因缘,是佛在祇园精舍时,就一个任性的比丘说的。佛问那比丘道:"比丘啊,听说你任性,真的吗?"比丘回答道:"世尊啊,真的。"佛

---

❶　莳萝子,原语 jiraka,汉译只兰伽,英译 cumin-seed。

道："你不但今生任性，前生也是任性的。在前生，你曾不听博士的忠告，因任性而丧命哩。"接着便讲过去的事。

主　分

从前，梵与王在波罗奈城治国时，菩萨生于迦尸国的某富者之家。到了通达事理的年龄，知道因欲望而生的苦痛与由无欲而得的幸福，便舍了欲望，出家入喜马拉雅山［雪山］修仙人道，行一切入❶豫修法，得五神通❷八成就❸，安住于禅定乐之中。后来被五百个大行脚僧［波利婆罗］的行者围绕，为众团之师。

一日，一条小蛇无端爬进了某行者的室中，行者珍爱这小蛇犹如自己的儿子，给他睡在竹筒里。这条蛇是因为住在竹筒里的，大家就叫他"竹"，又因为行者爱蛇如儿子，大家就称他为"竹的父亲"。

一日，菩萨闻知某行者爱饲着蛇的事，叫人去问他道："听说你把蛇郑重饲养着，真的吗？"据回答果有其事，便道："蛇不堪信任，不该宝爱。"行者道："蛇与我谊同师弟，我无蛇就活不下去。"菩萨告诉他道："你会因蛇丧命吧。"行者违背菩萨的教诫，不能把蛇舍去。

过了若干时候，行者们出去采集野生的果实，因所往之处是果实不易得的地方，须在那里耽搁二三日。"竹的父亲"也把养蛇的竹筒加了盖，随众前往，在那里过了二三日，然后大家回来。就以食物去饲蛇，揭开盖子伸过手去道："喂，孩子，你饿了吧。"蛇因不食已二三日，发怒去咬那伸来的手，立时咬死了行者，逃到森林中去了。

行者们见到这事，来告知菩萨。菩萨厚葬那行者，坐在隐者团中央，唱出下面的偈语，教诫他们。

---

❶　遍处或一切入（kasina），乃一即一切之观法，即将宇宙万有观为一色或一大，不杂他想之观法。十遍处定，谓观于青、黄、赤、白、地、水、火、风、空、识十种。

❷　五神通，谓识神通（或神境通）、天耳通、识他心通（或他心知通）、宿命念处（或宿命知通）、天眼通。

❸　八成就，谓初禅成就、二禅成就、三禅成就、四禅成就、空无边成就、识无边成就、无所有成就、非想非非想成就。

人若对爱己的忠告，

不肯听受，

必至死灭，

犹如那"竹的父亲"。

菩萨如是教诫隐者团，自己得四梵住❶，死后生于梵天界。

结 分

佛道："比丘啊，你不但今生任性，前生也是任性的。以此之故，曾为蛇所咬，至于灭亡。"作此法话毕，复取了联络，把本生的今昔联结起来道："那时的竹的父亲是任性的比丘，其余的众团，是我的众团，众团之师则就是我。"

四四　蚊本生因缘　[菩萨＝商人]

序 分

此本生因缘，是佛在摩揭陀国行脚时，就某村愚昧的村人说的。某时，如来从舍卫国至摩揭陀国行脚。到了某村。那村中住着许多明盲❷。一日，这些明盲会集在一处商议道："诸位，我们入森林中去工作，有蚊来叮，工作为所妨害。大家拿了弓刀等武器去与蚊战，见蚊就射就斩，把他除尽吧。"于是走进林中，自以为在杀蚊，互相射击斩斫，负伤归来，倒卧在村中或村口等处。

佛被比丘众团围绕着入村托钵。村中聪明的人们见世尊来到，便在

---

❶　四梵天，谓四无色界。二十梵界之中，十六梵界为色界，四梵界为无色界。依理，不能顿时超越色界而生于无色界，故此处当为泛指四禅天之意。

❷　原语 andha，为盲者之意。此处不指真正的盲者，故以意译之。

村口布置会场,对佛所领导的比丘众团布施许多物资,向佛礼拜毕,坐在一旁。佛见了许多的受伤者,向居士们道:"病人很多呢,他们怎么了?"居士们回答道:"世尊啊,他们说去与蚊交战,结果同伙互相战斗,便负伤了。"佛道:"愚昧的明盲者想加害于蚊,转致伤及自己,不但今生如此,在前生,也因打蚊而伤害了自己的人。"接着便因居士们的请求,讲过去的事。

主　分

从前,梵与王在波罗奈城治国时,菩萨是一个商人,以经商为生。那时,迦尸国某乡村中,住着许多的木工。一日,一个白发的老木工正在斫截木材,蚊飞来停在他那光秃秃的头上,像刀刺一般把他痛叮一口。老木工对坐在近旁的儿子说道:"有蚊叮在我的头上,痛如刀刺,快替我赶走他。"儿子道:"父亲,别动,让我来一下子把他击死。"

这时,菩萨适入村来征求商品,坐在老木工家中。老木工催儿子道:"喂,把这蚊赶走呀。"儿子道:"来了,父亲。"便提起大斧,立在父亲的背后,想击杀那蚊,结果把父亲的头劈成两块。老木工当场就死了。

菩萨见这光景,想道:"纵使是仇敌,也是聪明的好。因为聪明者怕刑罚,结果便不至杀人了。"接着便唱出下面的偈语。

　　无智的同伴,

　　比有智慧的仇敌还坏。

　　聋哑性❶的呆儿子,

　　为杀一蚊,劈开了父亲的头。

菩萨唱毕此偈,就立起身来去干自己的业务。木工则由亲属们跑来给他厚葬。

---

❶　原语 elamūga,为聋哑之意。此处用以喻愚骏。

结　分

　　佛道："信士啊，如是，他们在前生，也曾自以为除蚊，结果反把人伤害呢。"作此法话毕，复取了联络，把本生的今昔联结起来道："那时唱偈而去的聪明的商人就是我。"

四五　赤牛女本生因缘 ［菩萨＝长者］

序　分

　　此本生因缘，是佛在祇园精舍时，就给孤独长者的婢女说的。据说，给孤独长者那里有一个婢女，名叫赤牛。一日，她在捣米，她的老母坐在旁边。一只蝇飞来，如针刺一般叮着老母。老母道："女儿啊，蝇在叮我，给我赶走他。"那婢女道："妈，我给你赶。"便举起杵来，想去击杀老母身上的蝇，结果把老母击杀，于是就喊着"妈呀"，哭起来了。

　　长者知道了，就厚葬老母，到精舍去把这事经过，详细向佛禀告。佛道："家长啊，那女儿想击杀老母身上的蝇，举杵把老母击杀，不但今生如此，前生也曾如是击杀过母亲呢。"接着便因长者的请求，讲过去之事。

主　分

　　从前，梵与王在波罗奈城治国时，菩萨生于某长者之家，父亲死后，继承长者之地位。他也有一个名叫赤牛的婢女。她正在捣米，偃卧在旁的老母唤她道："女儿啊，给我赶去身上的蝇。"她也与上面所讲的情形一样，用杵把老母击杀，自己号哭起来。

　　菩萨闻知此事，想道："在这世间，仇敌也是聪明的好。"接着唱出下面的偈语。

> 愚笨的同伴，
>
> 比聪明的仇敌还坏。
>
> 试看那粗鲁的赤牛女，
>
> 杀了老母悲泣着。

菩萨如是赞赏聪明者，以偈说法。

结　分

佛道："家长啊，她想杀蝇而把母亲杀死，不但今生如此，前生也曾如是杀过母亲的。"作此法话毕，复取了联络，把本生的今昔联结起来道："那时的母亲是现在的母亲，那时的女儿是现在的女儿，那大长者则就是我。"

四六　毁园本生因缘　[菩萨＝博士]

序　分

此本生因缘，是佛在拘萨罗国某村时，就一个毁坏园林的人说的。相传，一时佛在拘萨罗国游行，到了某村。村中有一长者招待如来，在自己的园林中设座，对以佛为首的教团作过供养后，说道："尊师啊，请随意在园林中散步。"比丘众从座起立，随园丁在园林中巡游，见中间有一块隙地，便问园丁道："信士啊，此园林到处都是树木，这里则乔木灌木都没有，是甚么缘故呢？"园丁回答道："尊师啊，当初这园林植树时，浇水的村童，拔起树根来看，依根之大小而行灌溉，许多苗木就枯萎了，结果，这里就成了一大块空地。"比丘众来把此事禀告佛。佛道："比丘们啊，那村童不但今世毁坏园林，前生也曾这样。"接着便讲过去之事。

主　分

　　从前,梵与王在波罗奈城治国时,城中举行祭典。祭典的鼓声一响,与祭事有关系的市民都出去在街上行走。这时,御苑的林间住着许多的猿。园丁想道:"街上已在举行祭典了。我也把浇水的事情吩咐了这些猿,自己出去游玩吧。"便走到猿王那里,托付说道:"喂,猿王啊,这园林于你们很有益处,你们可在这里吃花芽或果实。街上有祭典,我要出去游玩,在我回来以前,你们能把这些苗木灌溉吗?"猿王道:"好,我来灌溉吧。"园丁道:"那么给我当心些。"便把浇水用的皮囊与木桶交代给猿王,自己出去了。

　　群猿拿了皮囊与木桶去向苗木浇水。猿王对他们说道:"喂,猿儿们,不可把水浪费。你们浇水于苗木的时候,要一一拔起来看,根深的就多给些水,根浅的就少给些水。因为水在我们是不容易取得的东西。"

　　群猿道:"知道了。"就依言而行。

　　这时,有一个博士到了御苑之中,见群猿如是情形,便道:"喂,猿儿们,你们为甚么把苗木一一拔起来看,依了根的长短给水呢?"群猿回答道:"我们的王吩咐我们这样做。"博士听了这话,想道:"啊,无智的愚昧者,即使想做有利益的事情,做来也是不利益的。"便唱出了下面的偈语。

　　唯有理的行为可生幸福,

　　无理的恶行不然。

　　愚昧者失却利益,

　　犹如代替园丁的猿。

　　博士如是用偈语斥责了猿王,自己就率领从者,离开御苑而去了。

结　分

　　佛道:"这村童毁坏园林不自今日始,前生也曾如此的。"作此法话毕,复取了联络,把本生的今昔联结起来道:"那时的猿王是这毁坏园林的村童,那博士则就是我。"

四七　酒本生因缘　[菩萨＝长者]

序　分

　　此本生因缘,是佛在祇园精舍时,就一个糟蹋了酒的人说的。相传,给孤独长者有一个知友,开设酒店,以浓醇的酒出卖,上门沽饮之客甚多。有一日,他吩咐小僮道:"喂,有人来沽酒,用现金卖给他。"自己便去洗澡。小僮就依照吩咐,把酒卖给许多沽客,见有些客人带了盐或椰子糖来饮酒,想道:"这酒毫无盐味,加些盐进去吧。"便在酒瓶中加入了一那利的盐,卖给客人。客人把酒饮到口里,立刻吐出问道:"你怎么弄的。"小僮回答道:"我见你们饮酒时要用盐,所以就把盐放了些在酒里。"客人们责备说道:"小家伙,你把很好的酒弄坏了。"便离座而去。

　　主人回来,见店中一个座客都没有,问道:"客人都到那里去了?"小僮便将经过说明。主人斥责道:"小家伙,这样的好酒被你弄坏了。"于是把此事去告诉给孤独长者。给孤独长者觉得"这是一个可传的故事",便到祇园精舍去礼拜佛,禀告此事。佛道:"家长啊,这人不但今世把酒糟蹋,前生也曾这样的。"接着又因长者的请求,讲过去的事。

主　分

　　从前,梵与王在波罗奈城治国时,菩萨是波罗奈城中的一个长者。菩萨的附近有一个开酒店的,他藏着浓醇的酒,交付小僮售卖,自己洗浴去了。小僮于主人不在时,把盐放入酒中,酒被弄坏,一切情形与上面的故事相同。主人回来,闻知详情,便来告诉长者。长者对主人道:"愚昧者不顾道理,想做有利之事,结果反致不利。"接着唱出下面的偈语。

　　唯有理的行为可生幸福,

无理的恶行不然。

愚昧者失却利益，

犹如把酒弄坏的憍陈如❶。

菩萨如是以偈语来把法宣明。

结　分

佛道："家长啊，这小僮不但今世把酒糟蹋，前生也曾这样的。"又取了联络，把本生的今昔联结起来道："那时的酒商即是现在的酒商，那波罗奈的长者则就是我。"

四八　智云咒文本生因缘　[菩萨＝弟子]

序　分

此本生因缘，是佛在祇园精舍时，就一个顽固的比丘说的。佛对那比丘说道："比丘啊，你不但今世顽固，前生也曾这样。在前生，你因不听贤者的忠告，被利刃劈成两爿倒死在路上，同时又使一千人丧失了性命呢。"接着便讲过去之事。

主　分

从前，梵与王在波罗奈城治国时，某村有一个婆罗门，懂得智云咒文。相传，这咒文非常有价值，在月与月宿会合时，只要对着天空把这咒文反复念诵，就会从空中降下七宝❷的雨来的。

---

❶　憍陈如为小僮之名。
❷　七宝谓金、银、真珠、摩尼珠、琉璃、金刚、珊瑚。

这时,菩萨随那婆罗门学习技艺。一日,婆罗门因为有事,率领菩萨离开乡村,到契帝耶国去。中途经过某森林,有五百个"派遣盗贼"正作路劫❶,把菩萨与智云婆罗门架去了。所谓"派遣盗贼"者,据说,他们把二人捕住后,把其中一人放回,叫他取了财物来赎其他一人,所以称为"派遣盗贼"。他们捕得父子时,就把做父亲的放回,命令他道:"你去取财宝来领儿子回去。"同样,捕得母女,则放回母亲,捕得兄弟,则放回其兄,捕得师弟,则放回弟子。

这时,盗贼留住智云婆罗门,派遣菩萨回去。菩萨向师作礼道:"我过二三日就来。切勿恐怖。请听我的话。今日那降宝雨的月与月宿会相合吧,万不可因熬不住苦痛之故,诵起咒文降下财宝来啊。如果宝雨一下,不但你无救,连这五百个盗贼也将死灭吧。"他如是向师忠告后,自己便取财物去了。

到了傍晚时分,盗贼就把婆罗门捆绑起来。这时,满轮明月从东方升上。婆罗门望着月宿,自想:"月与月宿正相合,可降宝雨呢。我为何要如此受苦?把咒文反复念诵起来,降下了宝雨,将财宝给与盗贼,自己脱身而去吧。"便向盗贼们说道:"诸位,你们为何将我捆绑在这里?"盗贼们答道:"为了想得财宝呀。"婆罗门道:"如果你们所想得的是财宝,快把我的束缚解除,让我洗了头面,穿上新衣,用香华把身体修饰起来。"盗贼们听了他的话,一一照办。婆罗门于月与月宿正相合时,反复诵念咒文,向空凝望。突然间,财宝如雨一般从空中降下。盗贼们收拾财宝,用衣服包裹了出发。婆罗门也跟在他们后面行走。

这时,另有一群盗贼五百人,把这班盗贼们捕住了。甲盗群道:"你们为何捕捉我们?"乙盗群道:"为了想得财宝。"甲盗群道:"如果你们想得财宝,那么捉这个婆罗门呀。他会凝视天空,叫天上降落财宝的雨来。我们的财宝也都是由他得来的。"于是乙盗群把甲盗群释放,来捉婆罗门道:"也请给我们财宝呀。"婆罗门道:"我也原想把财宝给你们,但财宝的雨要月与月宿相合时才会降下,从现在正好要等一年。你们想得财

---

❶ 原语 panthaghāta,为街头强盗之义,今从意译。

宝,请忍耐了等待,到那时,我给你们降财宝的雨吧。"

盗贼们道:"你这乖刁的婆罗门,给别人降了贵重的财宝的雨,对我们却说要再等一年。"就把他斩成两段,丢在路旁。接着赶上前方去与甲盗群交战,把他们一一杀却,夺下财宝。这些盗贼们得了财产以后,内部就分成两派,二百五十人与其他二百五十人互相争战,剩了一派的二百五十人。如是继续分派自相争杀,结果一千个盗贼之中只剩了两个。这两个盗贼把财宝搬到某村附近的森林中藏起来。一个执刀在林中把守,另一个则入村去买米做饭。

贪欲真是灭亡之源。那坐着看守财宝的盗贼心想:"如果那人回来,这财宝将被分去一半吧。当他来时,我一定要用刀把他刺死。"便执刀坐着豫备,只待那人回来。

另一个盗贼也想:"这财宝将两人对分,各取一半吧。我要把毒放在饭中,毒杀了他,独占财宝。"于是待饭熟时,自己先吃了一个饱。加毒在剩下的饭中拿着回来。才走进林间把饭放下,那在林间的盗贼就用刀把他斩成两段,丢在人所看不见的地方,后来因吃了有毒的饭,自己也倒毙在林中。如是,为了财宝之故,所有的人全部灭亡了。

菩萨[弟子]于二三日后携了财宝回到原处来,不见师父,却见财宝零落地散在那里,想道:"大概是师父不听我的忠告,召唤了财宝的雨,因而所有的人都丧命了吧。"便向大路前进。正前进时,见师父被斩成两段丢在路旁,想道:"果然不听我的忠告而死了。"便拾集木柴,把尸体火葬,取野花作供。再向前走,见到五百个死人,后来又见到二百五十个死人,如是直至最后,见到两个死人。想道:"有九百九十八人都死了。一定还有两个最后活着的人。他们也不会不自相斗争的,但不知在何处。"继续向前进去,发见搬运财宝到林中去的通路,再往前就见到用索捆着的财宝,一个人丢了饭碗死在近旁。这才明白他所行的大略情形,但还有一人不知在何处,到处找寻,结果发见尸体被丢在隐僻之处。菩萨心想:"我们的师父不听我的忠告,不但因顽固毁灭了自己,连带使其余的一千人也死亡。凡是想用不正的手段谋自己的利益者,结果都会招致死亡,与我们的师父一样。"接着便唱出下面的偈语。

想用错误的手段谋利益者，

都不免灭亡。

契帝耶国的盗贼，

杀了咒师而自己也终于破灭。

菩萨似欲使森林也同时发音，说此教训，高声唱道："我们的师父因在不正之场所努力降下宝雨，结果自己死亡，他人也都破灭了。同样，凡以不正之手段谋自己的利益者，自己破灭不消说，连带会使他人破灭呢。"他在森林的诸神赞赏之间，以偈作此法话毕，就收集财宝，安全返家，终生作布施等善行，命尽后生于天界。

结　分

佛道："比丘啊，你不但今生顽固，前生也已如此。你曾因顽固之故，招致了大破灭哩。"作此法话毕，复把本生的今昔联结起来道："那时的智云婆罗门即顽固的比丘，其弟子则就是我。"

四九　星宿本生因缘　［菩萨＝博士］

序　分

此本生因缘，是佛在祇园精舍时，就某邪命外道说的。相传，舍卫城有一良家之女，经乡村某良家聘为其子之配偶，迎娶的日期已定。到了吉期，那家族向自己所信奉的邪命外道者问道："先生，今日想做喜事，星宿好吗？"邪命外道者想道："早不来请教，自己决定了日期，到现在才来问吉凶。好，让我来给他一个教训吧。"便不高兴地回答道："今日星宿不好。不可做喜事。否则将遭大不幸。"家人听信了他的话，就不举行喜事。住在城中的人们，于这日作好了喜庆的种种准备，而不见有人从乡村来迎娶,以为"他们约定了今日来而不来,使我们受到许多的损失。他们打算怎样对付我们啊"。便乘这一切准备完整的当儿,把姑娘改给了别人。

次日,乡村的人们进城来说道:"请把姑娘交给我们。"城里的人们责备说道:"你们住在乡村的家主等是坏人。约定好了日期,看不起我们而违约不来。大概你们是在中途回转的吧。姑娘已给了别人了。"互相争吵一番之后,乡村的人们便由原路回去。

这因邪命外道而害及喜庆的消息,就传到于比丘众之间。比丘众在法堂坐着谈论道:"法友们啊,因邪命外道之故,某家的喜事受到障碍了呢。"佛过来问道:"比丘们啊,你们坐在这里谈论何事?"比丘众回答道:"在谈论这样的事。"佛道:"比丘们啊,邪命外道妨害人家的喜事,不但今世如此。在前生,他们也因怒而妨害人家的喜事的。"接着便讲过去之事。

主　分

从前,梵与王在波罗奈治国时,城中有一分人家聘定乡村某家之女为媳妇。决定了吉期以后,再去询问自己所信奉的邪命外道者道:"先生,今日我们有喜事,星宿好吗?"邪命外道者以为他自己早决定下了日期,临事方来询问,动气起来,便想妨害他们的喜事,回答道:"今日星宿不好。如果举行喜事,将遭遇大不幸。"他们信了这话,不下乡去迎娶。乡村的人们,久候着不见城中有人来,便道:"他们约定好了日期而不来,在把我们当作甚么啊!"于是就把姑娘改给了别人。

次日,城中的人们来迎娶姑娘,乡村的人们回答道:"你们城中的家长们太不知耻。约定了日期而不来迎娶。因为你们不来,已将姑娘配给别人了。"城中的人们恳求道:"我们去问邪命外道,据说星宿不好,所以没有来。请把姑娘交给我们吧。"乡村的人们道:"因为你们不来,所以将姑娘配给别人了。嫁出了的姑娘,现在怎么能收得回来呢?"双方正争闹时,有一位博士正因事从城中下乡来,听到了城中人们"我们去问邪命外道,据说星宿不好,所以没有来"的话,便道:"靠星有甚么幸福呢？迎娶姑娘这件事本身,不就是很好的星吗?"接着唱出下面的偈语。

> 望星而占吉凶的愚者,
>
> 幸福不会降临及他。
>
> 幸福的事即是幸福的星,
>
> 星能作些甚么。

城中的人们虽争闹了许久,终于得不到姑娘而回去了。

结　分

佛道:"那邪命外道不但今世妨害人家的喜庆,前生也曾如此。"作此法话毕,复取了联络,把本生的今昔联结起来道:"那时的邪命外道,即现在的邪命外道,双方家族即现在的家族,那当场唱偈语的博士则就是我。"

五〇　无智本生因缘　[菩萨＝王]

序　分

此本生因缘,是佛在祇园精舍时,就饶益世间的行为说的。关于此行为之事将在第十二编大黑本生因缘❶中说述。

主　分

从前,梵与王在波罗奈城治国时,菩萨受生于王后胎中。出生以后,

---

❶　本生因缘第四六九。

命名之日，取名曰梵与王子。至十六岁，在得叉尸罗修习学艺，精通三吠陀，把十八科的学问完全修得。父王于是给他以副王之位。

那时，波罗奈的市民们对神奉祀归依，杀许多山羊、绵羊、鸡、豚等牲畜，以种种的香、华或血、肉供祭。菩萨想道："近来人民因祭神而杀许多的禽兽。大家都有着非法的倾向。将来父亲去世，我若得即王位，要想出一个好的方案，使全国无一杀害生物之人。"

一日，他乘车从城市外出，见有一大群人集在大菩提树下，对树神作着祈祷，或求男儿，或求女儿，或求名誉、财富，各想获得自己所希求的一切。他从车下来，走近树旁，供上香华，撒洒清水，就树右绕，对神作了祀奉归依，然后上车回去。从此以后，遇有机会，便与别的崇奉神者一样，到树下来以同样方法作祭。

后来，父亲去世，他就得了王位。他想废止四非道❶，施行十王法❷，依法治国，实行自己的愿望。以为自己已登王位，正是实现理想之时，便召集大臣、婆罗门、家长等来，对他们说道："臣下们啊，你们知道我为何能登王位？"大臣等道："大王啊，我们不知道。"王道："诸位，你们曾见我立在那菩提树下，献香合掌而表归依吗？"大臣等道："大王啊，我们曾见到过。"王道："那时我曾发过誓愿，说我得登王位后，当来献供物于树神。现在我因了神的神通力获得王位了，要去献供物。你们赶快替我豫备这献神的供物啊。"大臣等道："大王啊，那么豫备甚么呢？"王道："臣下们啊，我曾对神立誓，说'在我为王时，如有犯杀生等五种不法或十种不善者，不论是谁，一一杀却，把他臭腐的尸肉与血来作牺牲'。现在你们可沿途击鼓通告全国，说'我们的国王在副王时代曾对神发誓，在位时如有犯不法行为者，把他杀了来作供物。现在要杀犯五种或十种的不法行为者一千人，取其心脏或血肉去供神。为此通告全国，叫大家知悉'。以后如有作不法行为者，不论是谁，杀一千个，作为供物，完成我的誓愿。"王为欲阐明此意，又唱出下面的偈语。

献奉愚者一千人，

---

❶ 四非道，谓欲望、嗔恚、愚痴、恐畏。
❷ 十王法，谓施与、持戒、大施、不忿、不害、忍辱、方正、柔和、修道、不争。

这是我的誓愿。

现今多不法之人，

我将用以作牺牲。

大臣等听了菩萨的命令，说道："大王啊，知道了。"于是在波罗奈城十二由旬❶间鸣起鼓来。国民自听了这鼓声以后，一个都不敢犯任何不法行为。在菩萨在位时，竟无一人犯五不法或十不法者❷。如是，菩萨不诛一人，使全体人民守戒，自己又作布施等善行，死后与其伴侣生于天界。

结　分

佛道："比丘们啊，如来不但在此世作饶益行，前生也曾如此。"作此法话毕，复取了联络，把本生的今昔联结起来道："那时的群臣是佛的弟子，波罗奈王则就是我。"

---

❶　一由旬约十二哩。
❷　五不法谓五戒，十不善谓十戒。

第六章　愿望品

五一　大具戒王本生因缘　［菩萨＝王］

序　分

　　此本生因缘，是佛在祇园精舍时，就一个放弃努力的比丘说的。佛问那比丘："比丘啊，听说你放弃努力了，真的吗?"那比丘回答道："真的。"佛道："比丘啊，你为何在解脱道上，忽然停止努力呢？古时有一贤人，虽失了王国也不放弃努力，因此终于把已失的名声恢复过来了。"便讲过去的事。

主　分

　　从前，梵与王在波罗奈城治理国家的时候，菩萨从王妃的胎里出生。命名那一天，取名为具戒太子。后来父王去世，继承王位，号称大具戒王，乃是一位虔诚公正的国王。王设立大施舍场，在波罗奈城四门各设一所，中心区一所，宫门一所，共计六所，舍施财物给贫苦的行人。自己又能守戒律，举行说戒的仪式，具备忍辱、慈悲、爱愍之德，爱一切有生之辈，如怀中赤子，以正法治理国政。

　　当时有一个大臣，在宫中发动阴谋，终于败露。别的大臣向王告发。国王亲自查究，知道果是事实，便叫那大臣来，说道："愚人，你作了恶事，不能让你再留在国中。你携带自己的财产，率领妻子，到别国去吧。"将他驱逐出国去了。

　　那大臣逃出迦尸国，到拘萨罗国，向该国国王投诚，后来逐渐在那宫中得到信任。一日，他对拘萨罗王道："波罗奈国犹如一座未被蝇蚋侵过的蜂房，那国王又极懦弱。只要发动少许兵力，立刻可并吞波罗奈国。"拘萨罗王听了他的话，心里想道："波罗奈是一个大国，而此人却说只消少许兵力，即可并吞，他一定是受他们雇用的间谍。"便对他道："你定是得了他们的金钱，受他们雇用的。"他道："不，王啊，我绝不是受雇的。我所说的话没有虚假，假使你不相信的话，你可试派一些人马到他们边界村中杀掠一下，当那些人被俘到波罗奈国王面前的时候，定会送他们财物，放他们回来的。"

　　拘萨罗国王想："此人说得好大胆，姑且试试。"便派几个臣下，命他们去杀掠边界的村民。波罗奈人捉住这班强盗，解到国王面前。国王见了他们问道："你们为何杀掠村民？"他们答道："王啊，我们因为无法生活。"国王道："既然如此，为何不早到我处来？以后不准作这种事。"便给他们财物，放了他们。他们回来将此事告知拘萨罗王。王以为仅仅由此一点，还不能贸然出兵，又派遣臣下到波罗奈腹地去施行杀掠。他们被捕时，又与上次一般，从国王处得了财物回来。但拘萨罗王仍不想即出兵，又派遣臣下，这回叫他们到波罗奈街市去打劫。那时候，波罗奈国王仍将财物送给这些强盗，把他们释放回来。于是拘萨罗王知道"波罗奈国王是个良善的君主"，便决心"并吞波罗奈国"，带领军队与象等出征了。

　　是时，波罗奈国王有千名光景的大勇士，一个个都是常胜超群之辈，具有非常气概，即使狂象怒奔冲来，也能毫无畏怖地加以抵抗，即使帝释天的雷电落到头上，也丝毫不会摇动，只须大具戒王一声令下，便整个阎浮洲也可以征服。他们听到"拘萨罗王入寇"，便谒见国王奏道："王啊，听说拘萨罗王想来'侵占波罗奈国哩'。我们立刻出阵，在拘萨罗王还未踏入我王国一步之前，就战败了他，将他俘虏来吧。"国王斥道："你们不可因我去难为他人，有人要夺取我的王国，就让他取去吧，你们不准出动。"拘萨罗王越过边疆，进兵深入腹地。群臣又谒见国王，作同样请求，但国王仍与以前一般，不肯许诺。拘萨罗王驻军波罗奈城下，遣使到大具戒王处提出战书，说"让与王国，否则开战"。大王派使者去答复道："我不愿战争，将王国取去吧。"于是群臣又进谒波罗奈国王奏道："王啊，我们不让拘萨罗王进城，即在城下将他击溃，把他俘虏起来吧。"但国王始终如一，拒绝奏请，命人大开京城四门，自己坐在大大的王座中，率领着一千个大臣。

拘萨罗王率领大军，涌进波罗奈城。他在路中没有遇见一个敌人，由许多大臣簇拥着，走到宫城门口。只见城门大开，那清净无垢的大具戒王，坐在庄严大宝座上。拘萨罗王立即下令，逮捕大具戒王与其一千名臣子，说道："将这国王与大臣反缚起来，送往寒林尸场，掘下深及颈项的土坑，用泥土紧紧埋住，不许使有一人的手足得以活动，让夜间狼来，将他们适当处置吧。"臣子们一听这寇王的命令，便将国王与群臣紧紧反缚了带走。此时大具戒王仍不对寇王起任何愤怒之心，而群臣平日深受熏陶，故虽被紧缚押走，仍无一人违反国王之命的。

寇王的臣下们就将大具戒王与其大臣带到寒林，掘好深及颈项的土坑，将大具戒王位在中央，群臣分列两边，一一直埋入坑，盖上泥土，牢牢筑实，然后回去。大具戒王对寇王仍无愤怒之心，训诫大臣道："你们不可忘却慈悲之心啊。"

夜半，狼群跑来，满心想"享受人肉之宴"。国王与群臣见狼群近来，一齐大声叫嚷，狼群受惊逃去，再回头一看，见无人追逐，便又重新回来。国王与群臣又照样大叫，狼又逃走。如此逃了三次之后，再向四周望望，发觉此群人中，无一人前来追逐，便想"这些人大概是死刑囚徒"，胆子壮了，又跑回来。现在不管人们如何叫嚷，再也不逃了。

于是狼的首领走向国王旁边，别的狼走向其他诸人。善作方便的国王，见狼过来，便故意伸起脖子，让狼来咬。狼正要咬国王时，国王突然张口，如铁钳似地用齿紧紧将狼咬住不放。狼被国王大力咬住，咽喉受扼,无法脱身,畏怖死亡,大声悲号。他狼闻此悲声,以为"一定是我们首领被人捉住了",不但不敢走近群臣,反而没命地逃得一只也不剩。

狼的首领因被国王用牙齿紧咬不放,痛苦不堪,身子前后挣扎,泥土自然松了起来。加之狼畏死恐惧,以四足搔扒掩在国王身上的泥土。国王知泥土已松,便将狼放走,使出大象般的伟力,摆动身体,渐渐脱出两手。于是攀住坑沿,如风吹轻云一般,纵身一跃,跳出土坑,便到地上。然后鼓励群臣,挖去泥土,将各人从坑里搀扶出来。如是,国王与诸大臣重得自由,离去寒林了。

正当此时,有一死尸被弃置在寒林,死尸横躺着的地方,恰是两个夜叉所管领的区域。夜叉无法分割这具尸体,互相商议道:"我们不能分割。大具戒王是正直的明君,定能给我们分割,我们去找他吧。"便拖起尸体的腿,找到国王请求着说道:"王啊,请你将这具尸体割开分给我们两人吧。"国王道:"可以,我割开来分给你们吧。但我身体龌龊,先须洗一次浴。"

两夜叉便运用魔力,把那供寇王用的有香气的水摄来,供国王洗浴。国王洗完浴时,他们又把那为寇王折叠着的衣服,摄来献给国王。国王穿好衣服时,又把那装有四种香料的香匣,摄来献给国王。国王涂好香料时,又把那装在黄金小盒中、安放在嵌宝扇子上的各种鲜花,摄来献给国王。国王将鲜花在身上佩好时,他们又问国王:"还需要别的东西吗?"那时国王告诉他们肚子饥饿,夜叉立刻便去把那原为寇王烹调好的许多香味佳美的食物,摄来献给国王。

如是,国王洗完浴,涂上香料,打扮好身子,享用了许多香味佳美的食物。两夜叉又摄得那为寇王所设的芳香饮料,装在黄金器皿中,另附黄金的杯子。国王喝了这饮料,漱了口,洗了手。那时夜叉又摄得寇王所用的涂有五种贵重香料的担步罗叶,献给国王。国王嚼毕此叶后,他们又问:"还需要甚么东西吗?"国王命令道:"你们将寇王枕上那把宝剑取来。"夜叉马上摄来了,国王举起剑来,竖起尸体,从顶心向下直劈为二,不偏不倚,分做两爿,乃将两爿尸体,公平分给两个夜叉。然后,将剑拭净,纳入鞘中,佩挂腰间。

两夜叉吃了人肉,十分高兴,问国王道:"大王啊,还有甚么差使吗?"国王命令道:"你们运用魔力,领我往寇王卧室,再带这班臣子,各回自己家中去。"夜叉应道:"是,大王。"就一一遵命而行。

那时,寇王正住在华丽的卧室内,熟睡在国王的寝床上。国王用剑鞘在他肚上打了一下。寇王惊醒过来,在灯光中认得是大具戒王,忙从床上跳下,鼓勇站立起来,向国王问道:"大王啊,在如此深夜,宫城又警卫森严,门户紧闭,任何人都不能擅入,你居然腰佩利剑,身御华服,走近我的床边来,这究竟是甚么道理呢?"国王便将自己到此的经过情形,一五一十讲给他听。寇王听了大为感动道:"大王啊,我虽生而为人,却不知道大王的德行。那吃人肉、吸人血的残暴夜叉,倒深知道你的品德。从今以后,对你这样戒德具足的人,决不敢再生阴谋了。"于是对剑设誓,乞求国王原恕。请国王睡在大床上,自己则睡在一张小的床上。

如是等到天明、太阳出来的时候,寇王擂鼓集合全军与众大臣、婆罗门、户主。等他们齐集了,寇王便如于天空中托出满月一般,对众人盛称大具戒王一切德行,再当众人之面,乞国王宽恕,并将王国交还。说道:"从今以后,贵国如发生寇患,一切由我负责。请你好好治理自己的王国,把警卫之责交给我吧。"寇王又将进谗者判处死刑,然后率领自己的军队与象,回拘萨罗国去。

当时,大具戒王全身华服,在纯白色王伞之下,坐在四脚成鹿爪形的黄金宝座上,观察自己之光荣。心里想道:"假如我不能忍耐努力,即不会有如此的光荣,一千名臣子的生命也不能救出吧。今以耐心努力之功,恢复已经丧失的名誉,使一千名臣子,得到生命的赏赐。故凡人不可丧失希望,常须努力。因努力的果报,是如是光荣。"他如是想时,满心感激,唱出下面的偈语。

> 人须常生于希望,
> 贤者不可屈其心。
> 我过去所愿望者,
> 今乃亲见其实现。

菩萨[大具戒王]既唱了这感激的偈语,复道:"你们看啊,在戒行具足的人,努力的果报,必定是光荣的。"大具戒王于一生行善之后,依其业报,投生于应生之处。

结　分

佛作此法话后,解释四谛。释毕四谛,那放弃努力的比丘,遂得阿罗汉果。佛乃把本生的今昔联结起来道:"当时处心不正的大臣是提婆达多,千名臣子是佛的僧团,大具戒王则就是我。"

五二　小伽那迦王本生因缘 [菩萨＝王]

序　分

此本生因缘,是佛在祇园精舍时,就一个放弃努力的比丘说的。此处所述全部故事,将重见于大伽那迦王本生因缘[第五三九]中。

主　分

却说,王坐在白伞之下唱下面的偈语。
人应努力奋发,
贤者不疲不倦。
我亲见渡[生死之]海,
到达彼岸。

结　分

此时,那放弃努力的比丘,遂得阿罗汉位。这小迦那迦王就是等正觉者。

五三　满瓶本生因缘 ［菩萨＝财务官］

序　分

　　此本生因缘，是佛在祇园精舍时，就毒酒而说的。某时，舍卫城有一群无赖聚会商议："我们没有酒钱了，到何处去想法呢？"其中一人说道："不必担心，有一个方法在此。"大家问道："有何方法？"那人道："那给孤独长者，手戴印戒，身穿华美的外褂，常到宫城去办公。我们可设一酒肆，在勺上暗放麻药，大家坐守在那里，见给孤独走过，便请他进来道：'财务官大人，请进来坐坐啊。'请他喝酒，等他受了麻醉，便把他的戒指与外褂抢来充当酒钱。"大家都赞成，说"好啊"，便照他的话去布置。

　　等到那大财务官走过门前，他们迎上去邀请道："大人，请里面坐坐，我们有上好的酒，请喝点儿再走吧。"长者心里想道："我乃得了预流果的佛门弟子，如何可以喝酒？我本不想喝，但不妨戳穿这班无赖汉的诡计。"主意既定，便步入他们的酒肆。留心探察他们的行动，知道"他们用如此这般方法放上毒药"，心想"我当场赶散他们吧"。便唬吓着说道："你们这班黑心的家伙，酒壶里放了毒药满想叫别人喝了酒麻倒，好偷盗人家的东西。故意开设酒肆大家坐在一处，只是称赞酒好。你们之中，怕没有谁能够喝这酒的。假如这酒里没有放药，你们就自己喝给我看看。"他们受了唬吓，便都逃散了。财务官也就回去，想"将恶人此种诡计，禀告如来"，便到祇园精舍告诉佛。佛道："家长啊，那些恶徒，今世想谋害你，前生也曾想欺骗过贤人。"接着应了财务官的请求，讲出过去的事来。

主　分

　　从前，梵与王在波罗奈城治理国家的时候，菩萨是波罗奈的财务官。

那些无赖当时也同现在一般，商议之后，在酒中放上毒药，等波罗奈财务官走来时，迎接上去，用与现在一般的话对他说。财务官不想喝酒，但心想揭破他们的诡计，便走进酒肆中去。留心他们的行动，知道"他们果然想如此这般"，打算"将他们赶散"。便对他们说道："诸位，喝酒之后，上宫城服务，不大方便。让我先去朝见王上，回来再喝，请你们坐在这里等我吧。"说着就往宫城服务去了。

　　财务官从宫城回来。那些人道："好，请进来吧。"将他邀进去了。他走进酒肆，见了放有麻药的酒瓶，便对他们说道："诸位，你们这种行为，实难叫人佩服。这酒瓶与刚才一般，并未减少一滴。你们口头称道此酒，自己却一点不喝，既然如此好酒，你们就该喝点，一定此酒中放有毒药。"便粉碎了他们的希望，唱出下面的偈语。

　　酒瓶依然满着，

　　［自己不喝］却声声劝人。

　　由此我知道，

　　这定非好酒。

　　后来，他一生积聚布施等善行，依照业报，投生于应生之处。

结　分

　　佛作此法话后，又取了联络，把本生之今昔联结起来道："当时的恶人即现在的恶人，当时的财务官则就是我。"

五四　果子本生因缘　［菩萨＝队商主人］

序　分

　　此本生因缘，是佛在祇园精舍时，就一位精通果木的优婆塞说的。

当时,舍卫城有一大地主,招待佛所率领之僧团。他设席在自己庭园里,请佛师徒吃白米粥与其他点心。后来,主人命令园丁:"带领诸位高徒到园中四处走走,送一点庵罗果与别的果子给他们。"园丁回声"是",带领僧团往园中游玩去了。那园丁每见一株树木,立刻就能分辨"这果子还没有熟,这个快要熟了,这个已经熟透了",他说得句句都对。弟子们跑来告知如来道:"如来啊,那位园丁对果木真精通极了,站在地上,只消略略抬头向树上一望,立刻知道'这果子还没有熟,这个快要熟了,这个已经熟透了',而且说得一点不错。"于是佛道:"精通果木的不单是这位园丁,古时贤人也深通果木呢。"接着,便讲过去的事。

主 分

从前,梵与王在波罗奈城治理国家的时候,菩萨出生于一豪商的家中。待他年纪逐渐长大时,赶了五百辆车子,出外经商。有一次,走到了一座大路边的森林,便停歇在林子入口,召集全队商人,对他们说道:"此林中有毒树,你们遇见向未吃过的果子,不论一叶、一花、一果,没有问过我,千万不可上嘴。"他们答应道"是",便走进林中去了。走进林中不远,见有一个村庄,村庄入口,有一株不知名的果树。此树枝干花叶与所结的果子,完全与庵罗果一般无二。而且不但外表,连香味、生熟的区别,也完全与庵罗果一般。但若吃了此果,那人就会如中了诃罗诃罗毒一样,立地丧生。

先到那里的人之中,有几个嘴馋的,以为"这是庵罗果树",便将果子摘来吃了。另有几个,想"问了队主再吃",拿了果子站在那里。队主来了。他们问道:"队主啊,我们可以吃此庵罗果否?"菩萨知"此非庵罗果树",阻止着道:"此庵罗果树是一种不知名的毒树,万不可吃他的果子。"便叫已吃的人呕吐出来,再给他们吞四甜剂❶,使他们复原。

原来,过路的队商,一向惯在这树下休息,他们都以为这是庵罗果

---

❶ 四甜剂是牛酪、糖、蜜、酥油四者。

树,吃了毒果,便都死亡。到了第二日,村人走出来见商人们都已死了,便提了死人的脚,把尸体拉到隐秘处所弃掉,然后将他们的车子与货物全部掠去。

那日天明时候,村人们也就嘴里嚷着"牛是我的,车是我的",急忙跑到树下来。见众队商在树下平安无恙,便问道:"你们如何知道这并非庵罗果树?"众队商道:"我们本来不知,是我们队主认出的。"村众便问菩萨:"贤人啊,你如何认得此非庵罗果树?"菩萨说道:"我因两个原因知道的",便说出下面的偈语来。

> 此树不难攀登,
>
> 离村亦不远。
>
> ［树上有佳果,圆熟累累无人摘。］
>
> 由此我知道,
>
> 这定非好果树。

他又对众人说法,然后平安地完成了行旅。

结　分

佛道:"比丘们啊,昔时贤人也是如此精通果木的。"说毕此法话,便把本生之今昔联结起来道:"当时的众队商是佛弟子,队商主人则就是我。"

五五　五武器太子本生因缘 ［菩萨＝王子］

序　分

此本生因缘,是佛在祇园精舍时,就一个放弃努力的比丘说的。佛问那比丘:"比丘啊,听说你放弃努力了,真的吗?"那比丘回答道:"世尊啊,真的。"佛道:"比丘啊,古时贤人在应努力的时候努力,终于获得王位。"于是便讲出过去的事来。

主　分

　　从前,梵与王在波罗奈城治理国家的时候,菩萨从王妃的胎里出生。在命名的那一日,父母招待八百婆罗门,将他们喜爱之物,逐一赠送他们之后,便问这位太子的相好。善于观占相好的众婆罗门,见太子相好圆满,便预言道:"大王啊,太子有善相好,他将在大王百年之后,继承王位,善于使用五种武器,因此得名,成为此阎浮提[全世界]第一人。"父母因了婆罗门的话,便给太子命名为五武器太子。

　　这太子知识渐开,到了十六岁的时候,王对太子说:"太子啊,现在你应该修练学艺了。"太子问道:"父王啊,我跟何人去学呢?"王说:"太子啊,健驮罗国得叉尸罗地方,有一位著名的阿阇梨,你跟他去学吧。这是送给老师的束脩。"说着便把千金交给太子,打发他动身。

　　太子到那师父处学习各种学艺。师父教会太子五种武器。太子即携带五种武器,辞别师父,从得叉尸罗城出发,身佩五种武器,回波罗奈来了。中途走到住着黏毛夜叉的森林。有人在森林入口遇见太子,告诉他道:"青年啊,千万不可走进这座森林,林中有一黏毛夜叉,凡是遇见他的人,无不被他杀死的。"太子具有十分自信,以狮子一般不畏一切的气概,走进林中去。到了森林中心,夜叉出现了。他的身子高如多罗树,头大如圆塔楼,碗口大的眼睛,一对芜菁般的牙齿露出在外,嘴好似苍鹰一般,腹有杂色,手足作暗褐色。夜叉出现在菩萨面前,说道:"往那里走,站住,你是我的点心了。"菩萨便恫吓他道:"夜叉啊,我有十分自信,才到此处来。你须留意,不得碰我,要不,毒箭贯穿你的胸膛,你将立刻倒毙呢。"说着,扯起弓来,射出那浸过诃罗诃罗毒汁的箭去。但那箭不过黏在夜叉毛上,没有一点效果,他接连一枝枝射了五十枝箭,都黏在夜叉毛上。

　　夜叉一边将那些箭一一拂落地上,一边向菩萨冲过来。菩萨对他大喝一声，拔出宝剑便击过去，可是三十三把宝剑，又把把黏在夜叉的毛上。于是用枪刺去，枪仍是黏在夜叉的毛上。太子见枪又黏在毛上了，便用棍棒打去，棍棒也黏在毛上了。菩萨见棍棒又黏住了，便施大决心，大声叫道："夜叉啊，我乃五武器太子，难道你没有听过我的名字吗？我走进你林中来时，所依赖的并非弓剑之类的武器，乃是我自己，现在让我将你打成粉碎吧。"叫着便举起右手，向夜叉打去。右手又黏在夜叉的毛上了。再用左手打去，左手也黏住了。于是用右腿踢去，右腿也黏住了。再用左腿踢去，左腿也黏住了。后来又用头撞去，想将他"撞个粉碎"，头也在毛上黏住了。

如是，菩萨一身五处落入陷阱，五个部分好像被绳缚住，凭空悬挂了起来，但他依然不慌不忙，毫不示弱。夜叉心里想道："此人真是人中之狮，居然如此了得，绝非普通之人。被我这样夜叉捕住了，还是毫不害怕。自我在这条路上杀人以来，倒还不曾遇见过这样的人，他如何竟不怕死呢？"夜叉不能立刻将菩萨吃掉，便向菩萨问道："青年啊，你为何不怕死？"菩萨答道："夜叉啊，我为何要怕你？有生必有死，是一定的。何况我肚子里有金刚利剑，你即使吃了我，也无法把这利剑消化。这利剑定会将你的心肝五脏细细割碎，使你死亡。这样，我们两个结果无非一同死而已，所以我不怕你。"菩萨这话，是指他身中智慧之利剑说的。

夜叉听了菩萨的话，心里想道："这青年所说的是真理。这人中狮子的肉，即使切成豆粒一般的小块，在我肚子里一定也无法消化，倒不如放了他吧。"夜叉因为畏死，便放了菩萨，告诉他道："青年啊，你是人中之狮，我不吃你的肉。你现在好比月亮逃出罗睺的口，脱出了我的手掌了。快回故乡去安慰你的亲友吧。"菩萨便教训夜叉道："夜叉啊，现在我走了。你因前生也曾作恶，今世投生为残忍凶恶的夜叉，吃人血肉。如果你今世再继续为恶，你便将从黑暗再走进黑暗，一直迷下去。今天遇我之后，你不可再作恶事。犯杀生罪者，投生地狱、畜生界、饿鬼界或修罗族，即使得投人身，也必短命夭死。"菩萨以如是方法，为夜叉说五恶的恶报，五戒的善果，又以种种方法，警戒夜叉，而为说法。叫夜叉回心转意，克己守分，受持五戒后，便任为森林之神，给以享受供养的权利，热心地教诫一番才离开森林而去。他在森林入口,告诉众人,说夜叉已经改悔,自己则携带五种武器,回到波罗奈城,重见他的父母。后来他继任王位,以正法治理国家,于积聚布施等善行之后,乃依其业报,投生于应生之处。

已成等正觉的佛作此说法之后,复唱出下面的偈语。

舍弃爱著心,

能成无爱著者。

为求涅槃而修善法,

终会灭尽一切结。

结　分

如是,佛以阿罗汉位为目标,将此法话讲到最后,又解释四谛。释毕四谛,那比丘遂得阿罗汉位。佛乃取了联络,把本生之今昔联结起来道:"当时的夜叉是指鬘,五武器太子则就是我。"

五六　金块本生因缘　[菩萨=农夫]

序　分

此本生因缘,是佛在舍卫城时,就一个比丘说的。相传舍卫城有一良家子弟,听了佛的说法,便归依三宝[佛、法、僧]之教,出家修行。当时他的阿阇梨或和尚们为他解释戒律道:"法友啊,这个名为一种戒,这个名为二种戒、三种戒、九种戒、十种戒、多种戒。这个名为小戒,这个名为中戒,这个名为大戒,这个名波罗提木叉[戒本]的制戒,这个名为根[五官]的制戒,这个名为行为的净戒,这个名为常品使用戒。"他想:"戒的数目实在不少,我要受这样多的戒,究竟难能吧。不能完全守戒,出家还有甚么意义，倒不如将来成一个家长，做些布施等善行，养育妻子的好。"于是他道："师父啊，我不能守这许多的戒，不能守戒，出家又有何益？我还是还俗过活，将这衣钵奉还吧。"师父们说："既然如此，向十力告辞去吧。"便带他上法堂来见佛。

佛见他们，问道："比丘们啊，你们为何无端将这比丘带来？"他们答道："世尊啊，这位比丘说'我不能守戒'，交还衣钵，所以我们将他带来了。"佛道："比丘们啊，你们何故对这比丘说许多的戒？他只能随力遵守。你们以后不该如此说法。现在将这比丘交给我吧。"便对那比丘道："比丘啊，你毋须守许多戒，有三种戒，你一定会遵守吧。"比丘道："世尊啊，三种戒是可以守的。"佛便嘱咐道："好，以后你只须守身、口、意三门，便是谨防身、口、意的恶业。现在你可以去了。不可还俗，要谨守此三戒。"于是比丘心意满足，说道："是，世尊啊，我必守此三戒。"便向佛礼拜，随了阿阇梨、和尚等走了。

此比丘守着三戒，心里想道："诸位师父用各种名目对我说戒，因他们不是佛，所以不能使我领悟。等正觉者真个是佛，真个是无上法王，将那么名目繁多的戒，归为三门来授给我。佛真是我的拥护者。"从此顿增慧见，过了几日，遂得阿罗汉位。

聚集在法堂的比丘众闻此消息，互相谈论道："法友啊，佛对那位说'自己不能守多种戒律'准备还俗的比丘，将一切戒律，归为三门授给他，使他得阿罗汉位。佛真了不得啊。"大家正这样团坐着赞叹佛的诸德。这时佛升登法堂，问道："比丘们啊，你们会集在一处谈些甚么？"他们答道："是如此这般的话。"佛道："比丘们啊，沉重的包裹，分做几个，背起来就轻了，从前有一贤人得到一块大金子，无法提举，把他分为数块，然后运回去。"接着便讲出过去的事来。

主　分

从前，梵与王在波罗奈城治理国家的时候，菩萨是乡村中的一个农夫。有一日，他在田地上耕作。那块田地是村落的遗址，村中有一富翁，去世前曾把一个大金块埋在地下,粗如大腿,长约四肱。那日菩萨在地上耕作,他的锄头忽然触着那金块,掘不下去了。他以为"大概是有树根子吧",把泥土挖开来看,原来是一个大金块,他悄悄地将泥土依然盖上,这日改在别的地方耕作。

太阳下山时,他将牛轭锄头放过一边,心想:"将金块挖出来吧。"试用手去扳,却一动也不动。便在一旁坐下,心里计算道:"我将一部分支持生计,一部分仍旧埋起来,一部分作资本做买卖,一部分做布施等善行。"即将金块敲成四开。如此分开之后,金块也就轻了。提出来运回家去,作四股放好。后来他做布施等善行,依其业报,投生于应生之处。

结 分

已成等正觉者的佛,作此说法后,复唱出下面的偈语。

> 持豫悦之心,
>
> 能成为豫悦者。
>
> 为得涅槃而修善法,
>
> 终会灭尽一切结。

如是佛以阿罗汉位的顶端为目标,作此法话后,又取了联络,把本生之今昔联结起来道:"当时得金块的农夫就是我。"

五七 猴王本生因缘 [菩萨=猴王]

序 分

此本生因缘,是佛在竹林精舍时,就徘徊着想杀佛的提婆达多说的。其时佛听到"提婆达多徘徊着想杀佛",便道:"比丘们啊,提婆达多徘徊附近,企图杀我,不但今日如此,即在前生,他也想杀过我,结果是杀不了我。"接着便讲过去的事。

主　分

从前，梵与王在波罗奈城治理国家的时候，菩萨从猴胎里出生。发育完全，成长后大如小马，具有大力，独居河岸。那河中有一座岛，繁生着庵罗果、波罗蜜等种种果树。河岸与岛的中间，水面上露有石礁。菩萨力大如象，从河边跳到礁石上，再从礁石跳到岛上，去饱吃种种果子。待到天色晚了，又用同样方法回来，宿在自己窝里。第二日依然照样出去，照样回来，习以为常。

那时河中住有一对鳄鱼夫妇。雌鳄鱼正在怀孕，看见菩萨时常来去，便想吃菩萨的心脏，对公鳄鱼说道："夫啊，我想吃这猴王的心脏。"公鳄鱼答道："好，我去取来给你。"又道："今日傍晚乘猴王从岛上回来，就将他捕来吧。"他便出去，卧在礁石上，仅仅露出着头。菩萨奔跑了一日，天色晚了，站在岛上眺望礁石，心里想道："今天这礁石为何比平时高了一点？"原来菩萨对于水量与礁石的高度，知道得很正确的。所以他忽然发生一个念头："今天这河水并未增减一点，为何礁石比平时高了？一定是鳄鱼卧在礁上想捉我了。"于是他想"试探一下子"，站在那里，假装对礁石说话的样子，喊道："喂，礁石啊。"没有回答。他连喊了三次"礁石啊"，礁石仍不回答，猴王又向礁石喊道："喂，礁石啊，为何今天你不回答我了？"鳄鱼想："平时礁石一定回答猴王的。"便道："猴王啊，你有何事？"猴王道："你是谁？"鳄鱼道："我是鳄鱼。"猴王道："你为何卧在这里？"鳄鱼道："我要你的心脏。"菩萨想道："我别无归路，现在必须欺骗鳄鱼了。"便向鳄鱼道："喂，鳄鱼啊，我舍身给你吧。你张开口来，等我过来，你就将我捕去吧。"

原来鳄鱼将口张开时，眼睛就会闭住的。鳄鱼想不到这一点，张开口，眼睛自然地闭住了。如此，鳄鱼张着口，闭着眼，卧着等待。菩萨看好形势，从岛上纵身一跳，跳到鳄鱼的头顶，接着又是一跳，敏捷得像闪电一般，跳到对面的河岸上了。鳄鱼见了这奇异的动作，心想："这猴王多乖啦。"便道:"唉,猴王啊,在此世间具备四法[四德]的,能征服敌者,你似乎已全具四法了。"便唱出下面的偈语。

猴王啊,

正语、明智、刚毅与牺牲,

具足此四法像你样的人,

能征服敌者。

鳄鱼如是称赞菩萨之后,便回自己窝里去了。

结　分

佛道:"比丘们呀,提婆达多徘徊附近,企图杀我,并非始于今日,即在前生,亦已如此。"作此法话后,又取了联络,联结本生之今昔道:"当时的鳄鱼是提婆达多,雌鳄鱼是婆罗门女栴阇,猴王则就是我。"

五八　三法本生因缘　[菩萨＝猴]

序　分

此本生因缘,是佛在祇园精舍时,就一个徘徊着想杀佛的人说的。

主　分

从前,梵与王在波罗奈城治理国家的时候,提婆达多从猴胎出生,在雪山地方,统治着自己所生的一群小猴。他担忧这些小猴长大起来,会从他手里夺去猴群的统治权,便用牙齿将小猴去势。其时菩萨亦投生为一小猴,在他出世以前,母猴自知怀孕的时候,因保护自己的胎儿,逃入山麓的森林中去,待到月份满足,生下了菩萨。这小猴长大起来,到达懂事的年龄，气力很大。

有一日，他问母亲道："妈啊，我的父亲在何处呢？"母猴道："儿啊，你的父亲住在某山之麓，治理猴群。"菩萨道："妈啊，你带我见父亲去吧。"母猴道："儿啊，你不能去见父亲，因你的父亲恐他的儿子会夺去他的统治权，他要用牙齿将你去势呢。"母亲虽如此告诉了他，他依然道："妈啊，你还是带我见他去，一切我自己小心就是了。"母猴便带儿子去见父亲。父亲一见自己的儿子，心里想道："这孩子长大起来，一定不让我再统治猴群了，非就结果他不可。"便打算"假装去抱他，将他一把挟死？"便道："儿啊，这许久你在何处呢？"说着便用力一把将菩萨抱紧。但菩萨力大如象，他也将父亲挟住，几乎将父亲的骨头都挟碎了。

于是父亲心里想道："这孩子大起来会杀我的，现在我用甚么方法将他杀死呢？"忽然想到"近处有一个湖，湖中住有罗刹［鬼］，将他送到湖里叫罗刹吃了他吧"。他便对儿子道："儿啊，我年纪已经老了，将这猴群让给你吧。今日我就叫你为王。在如此这般的地方有一个湖，那里开着两支黄莲华，三支青莲华，五支红莲华，你去将他采来。"儿子道："是，我去采来。"说着就出去了。他到了湖边，并不急忙下湖，先看看四边的脚迹，却只见下湖的脚迹，没有上来的脚迹。他心里便明白了，"这湖一定是罗刹的住所。父亲自己无力杀我，便叫罗刹吃我，我还是不下湖去，设法把花采取吧"。他走到无水的地方，很快地纵身一跃，采了露出水面的两支花，又跳到对岸。以后又从那边岸上跳回来，用同样方法，把花又采了两支。如此来回采着，在湖的两岸堆了一大堆花，却没有落进罗刹管领区的水里去。

他想，"再多也不好带了"，便拿起采好的花，放在一处束起来。这时候，那罗刹想道："我在此处居住这许多时候，倒没见过如此聪明惊人的行为。他如心如意采了这许多花，却不跳进我的管领区来。"便将水分成两股，从水中现身到陆上，走到菩萨面前说道："猴王啊，在此世间，具有三法［三德］的人，便能征服敌者，你似乎正具此三德呢。"他这样称赞菩萨，复唱出下面的偈语。

猴王啊，

熟练、勇气与智慧，

具足此三德像你样的人，

能征服敌者。

那居住水中的罗刹，这样用偈语称赞菩萨之后，便问："你采了这花，作何用处？"菩萨道："父亲叫我继承王位，因此我采了花去。"罗刹道："如你这种优胜的人，决无亲自拿花之理，我给你送回去吧。"说着便拿起花来，跟在菩萨后面走。其时父亲远远望见，心里想道："我差他去，是要罗刹将他吃了，现在他反而命罗刹送花回来，一切都完了。"吓得心房碎成七瓣，当场死去。于是群猴集合，便推菩萨为王。

结　分

佛说毕此法话，乃取了联络，把本生之今昔联结起来道："当时猴群之王是提婆达多，猴王之子则就是我。"

五九　打鼓本生因缘　［菩萨＝鼓手］

序　分

此本生因缘，是佛在祇园精舍时，就一个粗暴的比丘说的。佛问那比丘道："听说你性情粗暴，真的吗？"他回答道："真的，世尊。"佛道："比丘啊，你的粗暴并非始于今日，前生也就如此。"接着便讲过去的事。

主　分

从前，梵与王在波罗奈城治理国家的时候，菩萨出生在鼓手的家里，住在某处村中。他听说波罗奈举行祭礼，打算"到人众聚集处打鼓挣一点钱"。便带了儿子到波罗奈去了。他在那里打鼓,挣得很多的钱,与儿子一同回去。中途走过一座森林,林中素有强盗。当时,父亲阻止正在不歇地打鼓的儿子道:"儿啊,别这样不歇地打,须打一会,停一会,像王侯过境时的鼓声一般。"儿子虽受了父亲如此吩咐,一心想用"鼓声吓退强盗",依然不歇地打。强盗刚听到大鼓声,以为"是王侯的大鼓",连忙躲避。后来听鼓声接连不断,知道"不是王侯的大鼓",又回来了。经过仔细探查,知道只有父子二人,便立刻将他们打倒地上,把钱抢去了。菩萨道:"你接连不歇地打鼓,将我们辛苦挣得的钱全部丢失了。"便唱出下面的偈语。

> 打鼓打鼓莫过度,
> 打过度了就不好。
> 打鼓得到了百金,
> 因打过度又失了。

结　分

佛说此法话后,又取了联络,把本生之今昔联结起来道:"当时的儿子是粗暴的比丘,那父亲则就是我。"

六〇　吹螺本生因缘　[菩萨＝吹螺者之子]

序　分

此本生因缘,是佛在祇园精舍时,就一个粗暴的比丘说的。

主　分

从前,梵与王在波罗奈城治理国家的时候,菩萨生在吹螺者的家里。

他在波罗奈举行祭礼的时候,跟父亲到城里去吹螺,挣得许多钱,归途经过有强盗的森林,他阻止不停地吹螺的父亲。父亲想"用螺声吓退强盗",依旧不停地吹。强盗跟上面故事中所讲一般地跑来,将他们的钱抢走了。菩萨与上述故事一般地,唱出下面的偈语。

> 吹螺吹螺莫过度,
> 吹过度了就不好。
> 吹螺得到了财宝,
> 因吹过度又失了。

结　分

佛说毕此法话,复取了联络,把本生之今昔联结起来道:"当时的父亲是粗暴的比丘,儿子则就是我。"

第七章　妇女品

六一　厌恶圣典本生因缘　[菩萨＝阿阇梨]

序　分

此本生因缘,是佛在祇园精舍时,就一个烦恼的比丘说的。此事又重见于蕴摩檀蒂女本生因缘[第五二七]中。佛对那比丘道:"比丘啊,女人是淫荡、放恣、鄙陋、卑劣的。你为何因如是鄙劣的女人烦恼呢?"接着便讲过去的事。

主　分

从前,梵与王在波罗奈城治理国家的时候,菩萨出生在健驮罗国得叉尸罗城婆罗门的家里。他在懂人事的年龄,对三吠陀与各种学艺已具高深的造诣,是当时著名的阿阇梨。

其时波罗奈某婆罗门族生了一个男孩。父母在此孩出生之日,焚烧火炬,其后使火继续不绝。到那男孩十六岁时,父母吩咐他道:"儿啊,在你出生的时候,我们焚了火炬,其后仍使火继续燃烧,永不熄灭。如你将来真愿去梵天世界,便带这火炬往森林中去,供养火神,努力修行,升入梵天。如你希望居家度日,你可往得叉尸罗去,跟那位著名的阿阇梨求学,然后回来治理家务。"年青的婆罗门答道:"我不愿往森林奉侍火神,还是治理家务吧。"于是拜别父母,带了千金束脩,到得叉尸罗去了。在那里修毕学业,就回到家中来。

父母原不愿儿子度在家的生活,实在希望他到森林去奉侍火神。母亲便想使儿子明了女人的罪恶,以便将他送往森林,她以为,"那位聪明博学的阿阇梨,定会对我的儿子讲述女人的罪恶吧",就问:"儿啊,你将学问全部修毕了吗?"儿子道:"修毕了,妈妈。"母亲道:"那么,你学过厌恶圣典了?"儿子道:"还没有学过。"母亲道:"你没有学过厌恶圣典,如何可说修毕全部学问呢?再去学吧。"儿子说道"是",就重新向得叉尸罗出发去了。

却说,那师父也有一位母亲,年纪一百二十岁了。师父亲自服侍老母洗浴、饮食等事。人家见他如是,大家都讥笑他。师父想道:"我还是搬到森林里去,在那边服侍我的老母吧。"于是便到一个寂寞的森林中,在有溪流处拣了一块好地方,造起一所仙人隐居的茅舍,将熟酥、硬米等一一运入,带老母同去居住。从此以后,他住在那边服侍自己的母亲。

那青年到得叉尸罗,师父已不在那里了。探问"师父往那里去了",闻到上面的消息,便找到森林中去,向师父顶礼之后,恭立一旁。师父问他道:"你为何回来得如此快速?"青年道:"我好似还没有在先生跟前学过厌恶圣典呢。"师父道:"谁对你说,必须学厌恶圣典呢?"青年道:"师父啊,是我母亲说的。"菩萨想道:"并无所谓厌恶圣典,大概他母亲要他知道女人的罪恶吧。"便道:"好吧,我教你厌恶圣典。从今天起,你代我服侍母亲,亲手给她洗浴、饮食。你不可忘了,你一边揩拭母亲的手足头背,一边要称赞她:'老太太,你年纪虽然这样大了,身体却还长得这样美,年青的时候,更不知怎样美呢。'你给母亲洗手洒香水的时候,你须称赞她手足的美。如是,我母亲有甚么话对你说,你须不怕羞耻,毫不隐瞒地告诉我,那你就会学得厌恶圣典了。不然,你是学不到的。"

他说:"师父啊,我知道了。"便遵守师父的吩咐,去依言行事。却说,那老母因被青年一再赞赏,心里想道:"这青年一定愿意与我欢乐度日了。"这盲目衰老的妇人，居然发生了爱欲之念。一日，当青年赞赏她身体美丽的时候，老母问道："你愿与我欢乐度日吗？"青年道："老太太，这是我的心愿，可是师父很严厉呢。"老母道："如你愿意〔与我一起欢乐度日〕，就将我儿子杀了吧。"青年道："我受师父种种教育之恩，如何可以单为爱欲杀他啊？"老母便道："如果你不抛弃我，我就自己杀他吧。"女人原来就是如是淫荡、鄙陋而卑劣的。连这样老的女人，一有爱欲之念，受烦恼的驱使，便会想杀如此孝顺的儿子。

他将此事毫不隐瞒地告诉菩萨。菩萨道："青年啊，你告诉得好。"便测算母亲的寿命，知道"这日正是母亲的死期"，便道："好，青年啊，现在我就试试母亲吧。"师父便砍了一株优昙婆罗树，照自己身体大小，雕了一个木像，用布蒙头包住，仰放在自己的床上，再用一条线牵住了。布置既定，对他弟子说道："你拿一柄斧头去，将这条引路的线交给母亲。"他去了，说道："老太太，师父正在屋子里，睡在自己的床上，我结好一条引路的线。你拿这柄斧头去，假如你能够，就将师父杀了。"老母道："你不会抛弃我吗？"青年道："我如何会抛弃你呢。"老母拿起斧头，颤着手站起身来，扶着引路的线走去。终于用手摸一摸床上，心想："不错，这是我的儿子。"便揭去木像头上的布，举起斧来，满望"一下就砍死他"，望咽喉边砍了下去。这时候，只听得訇然一声，才知道原来是一个木偶。菩萨便问道："母亲，你做甚么呢？"老母喊了声"我上当了"，当场倒地而死。原来运命注定，老母须在这屋子里突然昏倒而死的。

师父见老母已死，便送去火葬。火葬场的火焰熄灭之后，便手指着森林的花，然后伴青年坐在自己茅舍的门口，对他说道："青年啊，并无别的厌恶圣典。原来女人就是可厌恶的东西。你母亲叫你'学习厌恶圣典'，送你到我这里来，就是要你明了女人的罪恶。现在你已明明白白看见我母亲的罪恶，从此你可以知道女人是淫荡而鄙陋的。"训诲之后，送他回去了。

青年别了师父，回到父母家中，那时母亲问他道："你学了厌恶圣典了吗？"青年道："是，学了，妈妈。"母亲道："那你现在如何打算，还是离了俗世去奉侍火神，还是度家庭生活呢。"青年道："我已明白看见女人的罪恶,再不愿过家庭生活,出家去吧。"他宣布了自己的意向,唱出下面的偈语。

> 世间妇女实淫荡,
> 彼等不知自制。
> 犹如烈火能烧尽一切,
> 烦恼之焰炽盛而无知。
> 吾当弃彼等而出家,
> 修行隐仙之道。

他如是痛斥女人之后,就辞别两亲出家,委身于刚才所说的隐遁生活,死后生于梵天界中。

结　分

佛道:"如是,女人淫荡鄙陋,实为痛苦之源。"于是解释四谛。释毕四谛,那比丘遂得预流果。佛乃取了联络,把本生之今昔联结起来道:"当时的母亲是迦毗罗尼,父亲是大迦叶,婆罗门弟子是阿难,那师父则就是我。"

六二　产卵本生因缘 ［菩萨＝国王］

序　分

此本生因缘,是佛在祇园精舍时,就一个烦恼的比丘说的。佛问那比丘:"听说你正在烦恼,真的吗?"比丘答道:"真的。"佛道:"比丘啊,女人最难管束。昔时有一贤人,在一个女人出胎以后,始终加以管束,结果还是管束不了。"接着便讲过去的事。

主　分

　　从前，梵与王在波罗奈城治理国家的时候，菩萨从王妃的胎里出生，待到成人，博通一切学艺。国王去世后，继承王位，以正义治理国家。他常与司祭同作骰子之戏，掷骰子的时候，每次唱着这样的赌歌。

　　一切河水都弯流，

　　一切森林由木成。

　　一切女人得到机会，

　　便要做恶事。

　　一边唱，一边在银盘里掷黄金的骰子。这样唱着掷着，国王便一定赢钱，司祭一定输。因此司祭眼看得要将房子财产都输光了。

　　于是他心里想："长此以往，我的财产要全部输光了。我必须找一个从未见过男人的女子，幽禁在自己的家里。"又想："要找一个从未见过男人的女子来管束是不可能的。"便决定"找一个刚出世的女孩到自己家里管束起来。待到长大了，幽禁在自己家里，使她受严格的管教，坚守贞操。如此掷胜骰子，便可赢王家的钱了"。原来他有先知之术。他找到一个怀孕的贫妇，预知她"一定生女孩子"，便叫那妇人来，给她钱，叫她住在自己家中。待那孕妇生产之后，又给钱叫她回去。将刚刚出世的女孩，不使一切男人见她，立刻交给妇人养育。待这女孩长大了，带领回来，养在自己的家中。

　　在这女孩长大以前，司祭从不与国王掷过一次骰子。直到将女孩领回自己家中以后，才说："大王啊，再作骰子之戏吧。"王说："好吧。"就与以前一般掷起骰子来了。当国王照例一边唱赌歌一边掷骰子的时候，司祭马上接上来加添一句道："但我家的姑娘却是例外。"从此以后，国王连续输钱，司祭总是赢的。国王想道："司祭家里一定藏着一个贞淑的女子。"便差人去探听。他的臆测果然不错。便想："既然如此，便设法破坏那女子的戒行[贞操]吧。"于是招一个无赖汉来，问道："你能不能破坏司祭家那女子的戒行？"那人答道："能。"国王给那人钱，说道："那么快给我去办吧。"

那人得了国王的钱,采办香料、薰香、樟脑之类,在离司祭家不远地方,开了一家香料店。司祭家的房子是七层楼,有七扇楼门,每扇楼门设有女门冈,除那位婆罗门[司祭]以外,一切男子都禁止入内,连倾倒垃圾的篓子,也须得经过检查方得拿进去。所以司祭以外的男子,没有一个人能会见那姑娘。

却说,那姑娘有一个侍女。这侍女出外替姑娘购买香料与鲜花,常在无赖的店铺一带地方行走。无赖不久就知道"她是姑娘的侍女"。一日,见那侍女来了,便从铺子里跑出来,跪在侍女脚下,两手抱住她的腿,一边哭泣,一边问道:"妈啊,这许久你在甚么地方呢?"还有一批跟无赖勾通的人,站在旁边,故意附和着道:"看那手足、面相与身上的衣服,母子两人几乎完全相同。"侍女见旁人都如此说,也被闹糊涂了,以为"这真是我的儿子",自己也哭了起来。于是两人便流泪拥抱在一处。

这时候那人问侍女道:"妈啊,你住在甚么地方呢?"侍女道:"儿啊,我在司祭家服侍青年小姐,那是一位受着紧那罗[歌神]的深恩的绝世美人。"那人道:"妈啊,你现在到甚么地方去呢?"侍女道:"我给小姐去买香料与鲜花。"那人道:"妈啊,你何必上别家铺子里去。从今以后,随便多少,请到我的铺子里来拿好了。"说着,不受她的钱,给她担步罗[药果]、多拘罗迦[香]与别的许多鲜花。侍女回到家中,那姑娘见了这许多香料与鲜花,说道:"我的婆罗门[司祭]今日为何如此高兴。"侍女道:"你为甚么这样说?"姑娘道:"买了这许多香料与鲜花。"侍女便解释道:"并非今日主人给我特别多的钱,这是从我儿子的铺中拿来的。"从此以后,侍女将婆罗门给他的钱,自己收起,专从儿子的铺子去拿香料与鲜花。

过了两三日以后,那人铺起病榻来睡了。侍女到铺子门口来,不见儿子,便问:"我儿子到何处去了?"有人告诉她:"你儿子病了。"便立刻跑进那人寝室,坐在病床边抚着他的背,问道:"儿啊,你如何病了?"那人不作声。侍女道:"儿啊,你如何不说话?"那人道:"妈啊,我即使要死,不能对你直说的。"侍女道:"儿啊,你不对我说还对谁说呢?"那人道:"那么,我说吧,我的病不是别的,因听说那小姐长得非常美丽,心中起了爱念,只要得到那位小姐，我的性命便得救了。如得不到，我只好死了。"侍女道："儿啊，这件事你不必担心，凭我吧。"这样鼓励了他一番，便拿了许多香料与鲜花回去，告诉姑娘道："小姐啊，我儿子从我口里听到小姐长得美丽，对你爱得要死了。如何是好呢？"姑娘道："如果你能带他进来，也好吧。"

侍女听姑娘如此说，便在司祭家中到处打扫，扫拢了许多垃圾，装在一只盛花的大篓子里，搬出到外边去。守门的婢女来检查篓子时，便将垃圾撒在她的身上，守门的婢女只好连忙逃开。如是，遇到有人查问，侍女立刻将垃圾投撒。从此以后，侍女在篓子里装了东西进出，守门的婢女都不敢再来检查了。侍女知道时机成熟，便将那人装在篓子里，运到姑娘的地方。那人便破坏了姑娘的戒行，在屋子里逗留了一两日。乘司祭出去，两人寻欢作乐。司祭一回家，那人便躲藏起来。

又过了一两日，姑娘对那人说："现在你必须离开这里了。"那人道："让我打过了婆罗门再走吧。"姑娘道："那你就打他好了。"又将那人藏了起来。婆罗门回家时，姑娘对他说道："今日我想跳舞，你给我吹笛吧。"司祭道："好啊，姑娘，你就跳舞吧。"于是便吹起笛来。姑娘道："你望着我，我怕难为情。将你美丽的脸遮没了，我来跳舞吧。"司祭道："你既然怕羞，就这样办吧。"姑娘用一条厚布将他的眼睛、脸孔包住。婆罗门被包好了脸，吹起笛来。姑娘跳了一会，说道："我很想在你的头上打一下。"婆罗门被姑娘弄迷昏了，也不问甚么理由，答应道："好，你打吧。"姑娘便向那人作一暗号，那人跑出来立在婆罗门身后，在他头上打了一下。婆罗门几乎被打得眼珠迸出，头上长起一个老大的块，觉得很痛，说道："你将手拿来。"姑娘伸出手去，放在他的手上。婆罗门道："手倒是很软的，打起来却这么厉害。"

那人打了婆罗门，立刻又躲起来。姑娘将那人藏好，解去婆罗门脸上的布，拿油抹了他头上的伤处。等婆罗门出外，侍女再将那人放进篓子里带出去。那人立刻到国王跟前，将经过情形，一一禀告。于是，国王对上朝来的婆罗门道："婆罗门，我们来掷骰子吧。"他答道："是，大王，我们来玩玩吧。"国王叫人搬出骰子台，照以前一般，一边唱着赌歌，一边掷骰子。婆罗门不知道那姑娘已经破了戒行,接唱着道:"但我家的姑娘却是例外。"但他虽这样唱,还是接连地输钱。

国王明白一切,说道:"婆罗门啊,有甚么例外?你那姑娘已经破戒了。你从那姑娘出世以后,始终管束,设了七道门冈,以为'管得周到了',可是女人这东西,即使你一天到晚藏在怀里带着走,也是管不住的。忠于一个男子的女人,世间不会找得出一个。你那姑娘告诉你,她'要跳舞',叫你吹笛,用布包住你的脸孔,叫自己情夫打你的头,放他偷偷逃走,怎么你现在把那姑娘作为例外呢?"接着,唱出下面的偈语。

婆罗门在那姑娘面前,

掩蔽了面目吹笛。

妻子只好当作产卵者来饲养,

贤者谁肯信任女人。

菩萨向婆罗门如是说法,婆罗门闻菩萨说法之后,回家责问那姑娘道:"你犯了如此如此的罪行么?"姑娘道:"夫啊,谁对你说那样的话,我决没有这种事情。打你的是我,不是别人。假如你不信,我可以发誓说:'我在你之外,从没碰过别个男子的手。'不信,我可跳入火中,[行试罪法]去。"婆罗门道:"好吧。"便堆起许多木柴,将火燃着,命姑娘走过去,说道:"你有自信,便跳进火中去吧。"

姑娘于事前曾私下嘱咐侍女:"到你儿子处去,叫他'先到那地方,当我将跳入火中的时候,拉住我的手'。"侍女走到那人处,照样告诉他。那人便预先走来,杂在观众中。姑娘想欺骗婆罗门,站在人众前说道:"婆罗门呀,我除你之外,从未碰过别的男子的手。我的誓言是诚实的,这火决不会烧我。"说着,便要跳进火中去。这时,那人突然跑出来说道:"大家看司祭婆罗门的行为啊,他将如此美貌的女子投入火中。"说着,拉住了姑娘的手。姑娘摔开他的手,对司祭说道:"我的誓言被破坏了,我不能再投入火中。"司祭问道:"这是为何?"姑娘答道:"我发过誓,除了我夫之外,我不曾碰过别人的手,但现在我的手被这男子拉过了。"婆罗门悟到:"我受了这女人的骗了。"便鞭打姑娘,将她赶走。原来女人是这样万恶的。她们犯下任何深重罪恶,为了欺哄自己的丈夫,也会白昼公然地发誓说："我决没有这种事情。"她们不贞如此，所以有一首这样的歌。

　　女人好比刁滑的贼，
　　真理在她们极其难得。
　　好比水中游鱼的径路，
　　那性情不可窥测。
　　虚伪在她们犹如真理，
　　真理在她们犹如虚伪。
　　牛入丰草的牧场，
　　多多益善地寻求美草，
　　她们不绝地寻求丈夫亦如是。
　　女人好似残暴的强盗与蛇，
　　又好似容易崩塌的沙堆。
　　凡是人所说的她们无不知晓。

结　分

　　佛道："女人是如此难以管束的。"说毕此法话后，又解释四谛。释毕四谛，那烦恼的比丘遂得预流果。佛复取了联络，把本生之今昔联结起来道："当时的波罗奈王就是我。"

六三　枣椰子本生因缘　[菩萨＝仙人]

序　分

　　此本生因缘，是佛在祇园精舍时，就一个烦恼的比丘说的。佛问那比丘道："比丘啊，闻说你正在烦恼，真的吗？"比丘答道："真的。"佛道："女人是忘恩负义的叛徒，你何故为女人烦恼。"接着便讲过去的事。

主　分

　　从前,梵与王在波罗奈城治理国家的时候,菩萨正过着仙人的生活。他在恒河边上造了一所小小的仙居,获得了定力与神通力,在禅定的悦乐中安居着。那时波罗奈财务官有一个女儿。这位姑娘性情残暴,人家都称她"恶女",她常常打骂奴婢。一日,奴婢们说:"往恒河游玩去吧。"陪姑娘出去。她们玩到天色晚时,忽然起了风暴,众人见风暴骤至,连忙四散逃走。随从财务官姑娘的奴婢们商量道:"这正是我们丢弃姑娘的机会。"便将姑娘推落水中,自行逃走了。大雨如注。天已快暗。奴婢们丢了姑娘回家,主人问道:"姑娘在何处呢?"答道:"是在恒河游玩的,后来不知往何处去了。"家人四出搜觅,终于不知下落。

　　却说,那姑娘曾大声呼救,被潮水所冲,半夜时候,飘流到菩萨仙居的近处。菩萨听到那呼救声,想道:"这是女子的声音,去救她吧。"便携着草制的火炬到河边去找到了那位姑娘,安慰她道:"不要害怕,不要害怕。"原来菩萨力大如象,立刻下水拉起了姑娘,带到自己茅屋里,给她装起火来。姑娘烤着火忘了寒冷时,仙人又拿许多美味果子给她吃。姑娘吃毕果子,他问姑娘道:"你家住何处? 为何落入河中?"姑娘将经过情形告诉他。他便说道:"既然如此,暂时住在此处吧。"就请姑娘住在屋内,自己退到屋外去住。这样过了几日,终于对姑娘道:"现在你可以离开这里了吧。"但姑娘想:"叫这位仙人破了戒,陪我一同走。"不肯离开那小屋。

　　时间一日一日过去,姑娘使出女人的魔力与娇态,终于使仙人破戒,失掉禅定的功夫。于是仙人伴姑娘移住到森林中。姑娘劝仙人道:"我们住在森林中没有好处,还是到有人烟的地方去吧。"仙人便陪姑娘到边界的村中,在那里贩卖枣椰子果谋生,来养女人。因他靠贩枣椰子度日,人家就称他做枣椰子贤人。村人送钱给他说道:"住在此处,把事情的善与恶教我们吧。"请他住在村口一所小屋里。

　　这时候,强盗下山来洗劫边界,一日,洗劫到这个村子,强拉村人替他们搬运劫来的赃物，回头来又掳去了财务官的女儿。强盗到了自己窝里，就释放众人回来，盗魁看中了那姑娘的美貌，便留作押寨夫人。菩萨四处探听："如此这般的一个女子到何处去了？"及听到"被强盗掳去，做了押寨夫人"时，他想："她不能离我过活，一定会逃回来吧。"便痴等着女人回来。可是财务官的女儿心里却在想："我住在此处原幸福，不过那枣椰子贤人，必有一天会跑来将我带回去。现在我假装想念他，叫他来，将他杀了吧。免得他再来带我回去。"便派了一个人送信给贤人道："我在此十分苦恼，请贤人亲自来带我出去。"

贤人得了音讯，十分相信，亲自出发，到盗村口外，然后又差人去报信。女人出来会他道："夫啊，假如我现在逃走，盗魁马上会追上来，将我们两人杀死。还是等到晚上再逃吧。"便将贤人带进强盗家里，请他吃饭，叫他坐在一间屋子里。等到傍晚盗魁回家，饮了些酒，正有些醉意。她便问他道："假如你现在在眼前看见你的仇敌，你将如何处置呢？"盗魁道："我如此如此处置。"女人便告诉他道："你的仇敌离此不远，就坐在隔壁的屋子里。"

盗魁带着火炬到那屋子看时，贤人正坐在那里。盗魁便将他捕住，放在屋子正中，向他头上、手上，随意乱打。贤人身受拷打，也不说甚么，只是口里喃喃念道："薄情忘恩的家伙，负义的叛徒。"盗魁打他以后，又将他用绳捆翻在地，自己吃完晚饭，睡觉去了。次日朝晨，隔夜酒醒，张开眼睛，又将贤人拷打起来。贤人依然说昨夜同样的话。盗魁心里奇怪："此人挨了毒打，还是不说别的，只念着同样的话，倒要问他一问。"乘女的还没起来，便问贤人道："喂，你受了如此拷打，为何只说那一句话？"贤人道："让我来告诉你吧。"便从头说明道："我本是一个仙人，住在森林间，已经得到禅定。有一日，恒河中飘来这个女人，我将她救起，看护她。不料后来她诱惑我，使我失掉禅定。于是我离开森林，住在边界村中去养她。她被强盗掳到了这里，差人送信给我说：'我过得很苦，你来带我出去吧。'结果使我现在落在你的手中。所以我这样说。"

盗魁想道："这女人对这样一位有德的恩人，尚且如此，何况对我，将来更不知会做出甚么行为来，必须将她杀死才好。"于是盗魁如此决心，安慰过贤人,将睡着的女人叫醒,带了剑走到她面前,对她道:"我要把这人带到村外去杀。"与女人一同到了村外,吩咐女人道:"你将这人捉住。"于是举起剑来,假作要杀贤人的模样,转将女人劈成两爿,把她弃舍在那里。然后叫贤人沐浴,从头到脚都洗净,请他吃美味的食物。过了几日,向贤人问道:"此后你将往何处去?"贤人道:"我对世间的生活,一无愿望,想回森林中居住,重新再度仙人的生活。"盗魁道:"那么,我也出家吧。"二人便抛弃尘世,到森林中茅舍里去了。就在那里获得五神通、八等至,死后生于梵天世界。

结　分

已成等正觉的佛,说此二故事后,又取了联络唱出下面的偈语。

女人容易激动,

是忘恩者,是叛徒,又是离间者,

汝比丘勤于梵行,

必能住于安乐。

佛说此法话后,解释四谛。释毕四谛,那烦恼的比丘遂得预流果。佛把本生之今昔联结起来道:"当时的盗魁是阿难,枣椰子贤人则就是我。"

六四　难知本生因缘　[菩萨＝阿阇梨]

序　分

此本生因缘,是佛在祇园精舍时,就一个优婆塞说的。据传说,舍卫城有一位优婆塞,曾住三宝、五戒,已归依佛、归依法、归依僧了。但他的妻子却破戒擅行恶事。在她作恶的日子,柔和得像百金购来的女奴,不作恶的日子,便像残暴的贵妇人。他无法了解妻的性格,为妻所恼,弄得对佛的侍奉也疏起来了。

一日,他带了香料与鲜花来敬礼佛。就坐时,佛问他道:"优婆塞啊,七八日不见你来了,为甚么?"他禀告道:"世尊啊,我的妻有时柔顺得像百金购来的女奴,有时像残暴的贵妇人。我不明了妻的性格,为妻所恼,因此少来佛前侍奉。"佛闻此语,说道:"优婆塞啊,女人的性格是难知的,古时贤人也曾说过。"又道:"生业重重,不易知晓。"于是应优婆塞的请求,说出过去的事来。

主　分

从前,梵与王在波罗奈城治理国家的时候,菩萨是著名的阿阇梨,教授学问与五百个青年婆罗门。那时有一个他国的婆罗门弟子,到菩萨处来求学。他爱上一个女子,娶以为妻。住居在波罗奈城。从此有几次没有来侍奉师父。原来做他妻子的那个女人,破戒犯罪。在作恶的日子,则柔顺得犹如女奴,在不作恶的日子,则像残暴的贵妇人。他不明了妻的性格,被妻恼得心烦意乱,懒到师父处侍候。

过了七八日,他来谒见师父时,师父问他:"年青的婆罗门啊,你为何久不来?"他回答道:"师父啊,我的妻有时爱我,则如女奴一般,有时则如贵妇人一般,残忍凶暴。我不解妻的性格,因此心乱烦恼,不来师父处侍候。"师父道:"如你所说,年青的婆罗门啊,女人作恶之日顺从丈夫,柔顺如女奴一般,在不作恶之日,傲慢顽固,视丈夫如无物。女人是如此邪曲不德的东西,其性难测。故女人的爱你或不爱你,大可不必挂在心头。"便唱出下面的偈语,教训那弟子婆罗门。

女人爱我不必喜,

女人不爱亦莫悲。

犹如水底游鱼之路一般,

女人的性格是难测的。

菩萨如此教训了弟子婆罗门,此后那弟子即不为妻所恼。那为妻的知道"自己的恶性已入师父之耳",从此也不再作恶了。

结　分

佛说此法话后,解释四谛。释毕四谛,此优婆塞遂得预流果。佛乃取了联络把本生之今昔联结起来道:"当时的夫妇即是今日的夫妇,当时的师父则就是我。"

六五　懊恼本生因缘　[菩萨＝阿阇梨]

序　分

此本生因缘,是佛在祇园精舍时,与上回同样,也是就一个优婆塞说的。那优婆塞经过仔细调查,知道自己的妻有不守妇道的行为。便与妻口角,心中有烦恼,有七八日不到佛前来侍奉。

一日,那优婆塞到精舍来,向如来敬礼毕,坐在一旁。佛问:"你为何七八日没有来了?"他答道:"世尊,我因妻有不守妇道的行为,心中烦恼,所以疏怠了没有来侍候。"佛道:"优婆塞啊,女人有此种恶行,不必烦恼,必须保守心境的冷静。这话古时贤人曾说过。你因不知隔生之事,故不知其中因缘。"接着就应优婆塞之请,讲过去的事。

主　分

从前,梵与王在波罗奈城治理国家的时候,菩萨也与上回故事中所讲的一样,是著名的阿阇梨。有一个弟子见妻子存心不良,心生烦恼,好几日不到师父那里来。一日,师父问他,他便说出原因。于是师父说道:"弟子啊,女子原是万人共有的。贤人虽知'女子有此种不良行为',亦不动怒。"便唱出下面的偈语,教训弟子。

世间诸妇女,

犹如江河、道路与酒肆,

又如会堂与水厂,

贤者知此故不怒。

菩萨如是教训弟子,弟子闻教之后,即不再为妻的行为所恼。他的妻听到"已被师父知道",从此也不再作恶事了。

结 分

佛说此法话后,解释四谛,释毕四谛,那优婆塞遂得预流果。佛乃取了联络,把本生之今昔联结起来道:"当时的夫妇即是今日的夫妇,师父婆罗门则就是我。"

六六 优相本生因缘 [菩萨=仙人]

序 分

此本生因缘,是佛在祇园精舍时,就爱欲而说的。据传说,舍卫城有一良家子,闻佛说法,即归依三宝之教,出家行道,修行禅定,坚守业处。一日,他在舍卫城托钵行走,见一艳装妇人,他因贪图欢乐,破坏了根[五官]的自制,对她注视,心中发生爱欲之念,犹如幼木被斧斤砍倒。从此陷入烦恼,心身的感觉衰退,如狂奔的野兽一般,不爱[佛的]教理,留长爪发,穿着污秽的衣服。

他的法友比丘众,见了他的烦恼形相,问他道:"法友啊,你的根[五官]与以前完全变过,是甚么缘故呢?"他答道:"法友啊,我心中毫无欢乐。"比丘众便带他到佛前去。佛问道:"比丘们啊,你们为何强将这个比丘带来?"他们禀白道:"世尊啊,这比丘正在烦恼。"佛问那比丘:"比丘啊,这是真的吗?"比丘答道:"世尊啊,真的。"佛又问:"谁使你烦恼?"比丘道:"世尊啊,我在托钵外出的时候,破坏了根的自制,注视一妇人,因此心中发生烦恼,大感痛苦。"

佛便对比丘说:"你破坏了根的自制,贪图欢乐,目视美色,因此扰乱心神,也不足怪。从前净心的菩萨已得五神通、八等至,由禅定之力绝灭烦恼,飞行空中,也曾因破坏了根的自制,目视美色,失去禅定,心烦意乱,得大苦恼。原来吹得倒须弥山的飓风,对白象般大小的童山是没有影响的。拔得起大阎浮树的飓风,对断崖上的灌木是没有影响的。吸得干大海的飓风,对小小的池沼是没有影响的。与这情形一样,得无上智慧而具有净心的诸菩萨,烦恼也自然地会生出无明来,所以你不必怕羞。心神清净的人,有时也会为烦恼所惑,博得无上声名的人,有时也会遭逢耻辱。"接着便讲过去的事。

主　分

从前,梵与王在波罗奈城治理国家的时候,菩萨出生于迦尸国一位大富翁婆罗门的家里。他到了懂事的年龄,就精通一切学艺,舍弃爱欲,去过禅定的生活,完成十遍处的净业,获得神通力与定力,享受着禅定的悦乐,居住于雪山地方。有一次,他下雪山到波罗奈城来购买盐、醋等,在国王御苑中宿了一夜。次日,收拾好携带的东西,披上树皮制的红色衣服,一边肩头披上黑羚羊皮,将头发束起结成轮形,挑上一迦梨❶重量的行李,拿起行杖,在波罗奈街市上托钵,走到宫城门口。国王爱他那行路的态度,便迎他进去,请他坐在华丽的椅席上,又请他饱食许多软硬不同的美味食物。当他道谢的时候,国王留他在御苑居住,他应允了。此后十六年中,他就住在御苑中,每天往宫中进食,专心从事于国王一族的教化。

---

❶　迦梨(Khāri)约合六斗余。

　　某时，因边界发生叛乱，国王要出发去平定。临走时候，吩咐一位名叫优相的王妃，叫她"悉心侍候仙人"，自己便上征途去了。国王出征以后，菩萨高兴的时候，便到宫中服务。有一天，王妃替菩萨治好餐食，心想："他今日来得迟了。"便以洒上名香的浴汤，洗了一个浴，穿上美丽的服装，搬一张小榻到厅堂里，躺着等候菩萨。

　　菩萨知时候已经不早，从禅定中起身，驾升空际向宫城而来。王妃听见树皮衣褶之声，知道"仙人来了"，连忙跳起身来。当王妃匆忙起身的时候，她的华美的外衣滑落了。这时候，仙人正从窗口进来，破坏了根的自制，贪图欢乐，出神地去注视王妃美好的肌体。这时他心中忽生爱欲之念，犹如被砍倒的幼木。于是，禅定立时消灭，像割去翅膀的鸟儿一般。他木然站着，手里拿着食物，丝毫不想下咽。他因烦恼而战栗，退出宫城回到御苑中去，走进自己的小屋子，将食物放置床下。从此他爱慕那美好的肌体，被烦恼之火燃烧着，不食不饮，整整地在床上卧了七日。

　　第七日，国王平定了叛乱回来，先在都城四周，严肃巡视了一周，然后回到宫城。其时国王想"见见那位仙人"，走进御苑，跑到小屋子内，只见仙人奄卧床上。国王想："他定是害了甚么病了。"叫人打扫小屋之后，走到仙人床边，问道："仙人啊，你害甚么病呢？"仙人道："大王啊，我病非别，实为烦恼而生了爱著心了。"国王道："你对谁起了爱著？"仙人道："大王啊，是对了王妃。"国王道："仙人啊，好，那么便将王妃送给你吧。"说着，便陪仙人走进宫城，命王妃打扮起来，送给仙人。当送给他的时候，国王私下教诫王妃道："你须尽你的力，拯救这位仙人。"王妃答道："大王啊，是，我救他就是了。"于是仙人便带着王妃，离开宫城去了。

　　走出宫门的时候，王妃对仙人道："仙人啊，我们需要一所住宅，你向国王请求，求他给一所住宅吧。"仙人走到国王面前请求道："给我一所住宅吧。"国王便给他一所构造草率的屋，是人家造了作不净处用的。仙人陪王妃走到那里，她不肯进去。仙人道："你为何不进去？"王妃道："太肮脏了。"仙人道："那我如何办呢？"王妃道："你先将房子打扫一番吧。"又吩咐道："去讨锄头和篮子来。"将仙人使到国王处去了。仙人带了锄头篮子来时，王妃叫他扫清粪尿与尘秽，又叫他取牛粪涂粉墙壁。随后又命令道：“去拿床来，拿茶几来，拿绒毯来，拿水壶来，拿碗来。”一一拿来之后，又叫他拿水与其他种种东西来。仙人拿来了碗，又在水壶里装满了水以后，倒好浴汤，铺好床。两人同坐在床上时，王妃伸手抓住仙人的胡子道：“你忘记自己是一位仙人，一位婆罗门了吗？”说着，便将仙人的脸，拉近自己身边。

这时候，他的心清爽起来了。在此以前，完全是在无明的状态中。“如是，爱欲之障，以无明为因，故名烦恼，尔比丘众，一切盲动，皆以无明为本。”这些经文，就是应该在这里称引的。仙人心灵清醒后，想道：“此爱欲逐渐增长，将使我堕入四道❶，永不得抬头。现在我应将这妇人送还国王，入雪山去。”于是带了王妃谒见国王道：“大王啊，我已不要王妃，我的爱欲，因这位王妃而增长了。”接着唱出下面的偈语。

从前未得优相，

只有一种爱欲最旺盛。

自从那明眸归我以后，

爱欲更生出别的爱欲来了。

这时，仙人重得失去的禅定，跌坐空中，向国王说法授教，然后飞行空中，到达雪山，从此不再回到尘世来。如是奋勉梵行，不失禅定，遂生梵天世界。

结　分

佛说此法话后，解释四谛。释毕四谛，那比丘得阿罗汉位。佛乃取了联络，把本生之今昔联结起来道：“当时的国王是阿难，王妃优相是莲华色，那仙人则就是我。”

---

❶　四道为地狱、饿鬼、畜生、修罗。

六七 膝本生因缘 ［菩萨＝国王］

序 分

此本生因缘,是佛在祇园精舍时,就一个乡妇说的。某时,拘萨罗国有三个人在森林旁耕作。适有强盗在那座森林中劫掠了人家的财物逃走。人们追赶强盗,到了这三个人跟前,错认"那三个人就是强盗"。对那三个人说道:"你们是在森林中打了劫,假装农夫的吧。"便将他们逮捕了,送到拘萨罗王的地方。

这时候,来了一个妇人,哭喊着道:"给我一块遮身的东西,给我一块遮身的东西。"以后她又几次到宫城里来。国王听到她的喊声,便命人"给她遮身的东西"。随从者拿了一块布给她。妇人看了一看说道:"我所要的遮身之物并非这个。"随从者到国王面前禀告:"那妇人说遮身之物并不是布。"国王叫妇人来,问道:"你要遮身之物,是不是丈夫呢?"妇人道:"王啊,正是丈夫。对于妇人,丈夫就是遮身的东西,即使穿了千金的衣服,如果没有丈夫,还是等于裸体。"下面的经文,便可引来解释这个意义。

　　无水之河等于裸,

　　无王之国等于裸,

　　无夫之女也等于裸,

　　纵使有十位弟兄。

国王听了妇人的话,大为首肯,便问:"此三人与你是甚么关系?"妇人道:"王啊,一个是丈夫,一个是兄弟,一个是儿子。"国王道:"我同情你的话,在此三人中交一个给你带去,你要那一个呢?"妇人道:"王啊,小妇人活在世上,总可以找得丈夫,而且儿子还可以生的。但父母已死,不能再得兄弟。王啊,请将兄弟交给我吧。"国王听她的话,十分赞许,便将三个人一起释放了。如是,因一妇人的话,免除了三个男子的痛苦。

不久,僧团中知道此事。一日,比丘众聚在法堂中谈论起来:"法友啊,一个妇人免除了三个男子的痛苦哩。"围坐着赞叹那妇人的功德。这时候佛来了,问道:"比丘们啊,你们聚集此处,谈论何事?"比丘众答道:"是如此这般的事。"佛道:"比丘们啊,此妇人拯救三男子,已非初次,即在前生,她也救过他们的。"接着便讲过去的事。

主　分

从前,梵与王在波罗奈城治理国家的时候,有三个男子在森林边耕作。以下就与上面的故事相同。那时国王问道:"三个人中,你要哪一个呢?"妇人道:"可否将三个都交给我。"国王道:"不,这不可以。"妇人道:"如果不可以三个一起交给我,便请将兄弟交给我吧。"国王道:"你带儿子或丈夫去吧,兄弟对你有何用处呢?"妇人道:"儿子与丈夫是容易得到的,但兄弟却难得。"于是唱出下面的偈语。

国王啊,我得儿容易,

犹如放在膝头的青菜。

我得丈夫亦容易,

路上行人尽多着。

可是世间何处

可得同胞之兄弟。

国王赞许"这妇人说的是实话",便将三人从狱中放出,交给妇人,妇人便领了三个男子回去了。

结　分

佛道:"比丘们啊,不但现在如此,那妇人在前生也曾救三个男子脱离痛苦。"佛说毕此法话,乃取了联络,把本生之今昔联结起来道:"从前的四个人就是现在的四个人,当时的国王则就是我。"

六八　娑祇多城本生因缘　［菩萨＝婆罗门子］

序　分

此本生因缘，是佛在娑祇多城近处安阇那林时，就一个婆罗门说的。相传，佛率领着一团比丘，正要入娑祇多城时，有一位住居娑祇多城的老婆罗门从城中出来，在内城口遇见十力。那婆罗门跪在佛的脚前，抱住两脚说道："儿啊，双亲年老，应受儿的供养，为何你如此久远，不到我们这里来。今日我终于见到你了，你也去见见母亲吧。"便领佛到他家中去。佛到了他家中，同一团比丘，共在设好的座席就坐。婆罗门女也走出来跪在佛的面前，哭道："儿啊，你如此久远，到何处去了？衰老的双亲，不是应受儿子的供养吗？"又叫自己儿女道："到这里来与你们兄长相见。"叫他们向佛作招呼。于是父母大喜，喜舍了许多施物。佛餐食毕，为两人演说《老经》❶。说毕此经，两人得不还果。于是佛从座中起立，回安阇那林去了。

比丘众坐在法堂上互相谈论道："法友啊，此婆罗门明明知道'如来的父是净饭王，母是摩诃摩耶妃'，却同他的妻皆呼如来为'儿'。而且佛也自认了，这究竟是何道理呢？"佛听见了比丘众的话，说道："他们两人是称自己的儿子为'儿'的。"接着便讲过去的事。

主　分

佛说道："比丘们啊，此婆罗门在过去五百生之间，接连是我的父亲，五百生之间，是我的叔父，又五百生之间，是我的祖父。那婆罗门女也在

---

❶　老经（Jarāsutta），小经集经第四品第六经。

五百生之间接连是我的母亲,五百生之间是我的叔母,又五百生之间是我的祖母。如是,我一千五百生之间,曾蒙这婆罗门亲手抚养,一千五百生之间,曾蒙这婆罗门女亲手养育哩。"等正觉者讲毕三千生的故事,就唱出下面的偈语。

念其人而心悦,

虽未经见而生爱。

若有这样的人,

你当信他。

结 分

佛说此法话后,乃取了联络,把本生之今昔联结起来道:"当时的婆罗门夫妇是今日的婆罗门夫妇,儿子则就是我。"

六九 吐毒本生因缘 [菩萨＝医师]

序 分

此本生因缘,是佛在祇园精舍时,就法将舍利弗说的。相传,长老在进食[嚼食]的时候,众人为僧团送许多食物到精舍里来。全团比丘吃过之后,还剩下很多,众人道:"长老啊,放着留给进村托钵的人吃吧。"恰巧与长老同住精舍的一位青年僧进村去未回,便替他留下食物。但青年僧并未回来,众人说:"快到正午了。"于是就将留下的食物请长老吃。长老刚刚吃完,青年僧便回来了。于是长老告诉青年僧道:"法友啊,大家给你留下的一分,被我吃掉了。"因为青年僧有"长老啊,美味的东西,人人皆适口的呢"的话,大长老听了心中烦乱,便下决心:"从此以后,不进嚼食。"据说,舍利弗后来果然不进嚼食。全僧团知道舍利弗不进嚼食了,大家坐在法堂上谈论此事。那时佛问:"比丘们啊,你们聚集此处,谈论何事?"比丘众答道:"是如此这般的事。"佛道:"比丘们啊,舍利弗对于已经舍弃之物,即使丧失生命,也不肯再取的。"接着便讲过去的事。

主　分

从前,梵与王在波罗奈城治理国家的时候,菩萨出生在专治蛇咬的医师家里,行医谋生。当时有一乡人被蛇咬了,家人立刻请了这位医师去。医师问道:"还是涂药治毒呢? 还是找那条咬他的蛇来,叫他从伤口吸去毒汁呢?"他们道:"找蛇来吸去毒汁吧。"医师便带了蛇来,问道:"咬他的是你么?"蛇答道:"是我。"医师便命蛇道:"在你咬过的地方,用你的口将毒汁吸去。"蛇道:"凡我既已吐出的毒,向不重新吸取,以后我还是不吸取。"医师拿木柴燃起一堆火,对蛇命令道:"你如不吸取毒汁,便投身到火中去吧。"蛇道:"我宁投身火中,决不吸取自己所吐的毒汁。"接着便唱出下面的偈语。

　　我吐出之毒当咒诅,
　　岂可吸取。
　　与其为了怕死吸之而苟延生命,
　　宁愿不吸而丧生。

蛇如是唱着,便向火中投去。于是医师将蛇拦住,用药与咒语治愈了那人的毒。医师向蛇授戒,训诲他道:"以后不可伤人。"就放他走了。

结　分

佛道:"比丘们,舍利弗虽抛弃生命,也不采纳既已舍弃之物。"说法话毕,乃取了联络,把本生之今昔联结起来道:"当时的蛇是舍利弗,医师则就是我。"

七〇　贤人本生因缘　[菩萨＝园丁之子]

序　分

　　此本生因缘,是佛在祇园精舍时,就一位名叫质多罗象舍利弗的长老而说的。据传说,他是舍卫城的良家子。一日,耕作完毕回来,顺便走到精舍里,从一个上座僧人的碗中,分享到了油润的美味食物。他心里想:"我们日夜用手劳动,做了许多工,却从没有吃到这样好的东西。我还是出家为僧吧。"于是他出家了,经过一个半月的努力,未得开悟,为烦恼所苦,又还俗了。但因生计困难,又回来为僧,学习阿毗达磨[论]。如是六次离开精舍,又立刻回来。到第七次出家时,已通晓七部论典,读过许多比丘法,增添慧识,得阿罗汉位。与他为法友的比丘众便讥笑他道:"法友啊,现在你的心,为何不像以前一般烦恼呢?"他道:"我以后再不能过在家的生活了。"

　　他如是得了阿罗汉位,法堂里就有这样的谈论:"法友啊,长老质多罗象舍利弗,具有如是到达阿罗汉位的能力,却曾经六度还俗,在家生活真是有害得很。"这时佛来了,问道:"比丘们啊,你们聚集此处,谈论何事?"他们禀告道:"是如此这般的话。"佛便说道:"比丘们啊,凡夫的心,易浮难制,每对事物生执著之念,一经执著,便不能骤然抛弃。制御如是之心,乃是善事。一旦心可制御,便生幸福与悦乐。

　　　心轻浮而难制,
　　　随处思逞欲。
　　　制心诚是善业,
　　　能制心则生悦乐。❶
　　古时有一贤人,因执著于一柄锄头,不忍弃去,生贪欲心,六次还俗。

------

　　❶　《法句经》第三五偈。

及第七次出家,始得禅定,克服贪念。这就是此心难制之故。"接着便讲过去的事。

主　分

从前梵与王在波罗奈城治理国家的时候,菩萨生在园丁家中,长大以后,名叫"锄头贤人"。他用锄头耕作土地,种植青菜、南瓜、蒲卢、胡瓜等物,出卖与人,藉以糊口。他除了这柄锄头,再无其他财产。一日,他想:"有家毫无用处,还是弃之出家吧。"将锄头藏起,弃家去作出家人了。但是惦念那柄锄头,不能抑制贪欲之念,便因那柄钝锄头,停止了出家生活。如是二次、三次以至六次,藏起了锄头出家,又为了锄头还俗。

在第七次的时候,他想:"我为这柄钝锄头,几次还了俗,现在将他抛在大江里出家去吧。"于是跑到江边。他想:"要是看见这锄头沉落的地方,一定又会起回来捞他的心念的。"便抓起锄柄,使出巨象般大力,在头上挥了三圈,闭紧眼睛,向江心扔去。发出狮子吼声,大叫三遍道:"我得胜了,我得胜了。"

恰巧,波罗奈王平定边界叛乱回来,在江水里洗了头发,全身盛装,骑着象经过那里。忽然听到菩萨的叫声,便说:"这个人大叫'我得胜了',究竟他战胜了谁呢? 叫他过来。"就把他叫了过去。问道:"喂汉子,现在我是战胜者,我正得了胜回来,你战胜了谁呢?"菩萨道:"大王啊,纵使你得了一千个胜仗,一万个胜仗,要是战不胜烦恼,还不能算真正的胜利。而我却抑制了心中的贪念,战胜了烦恼。"他注视大江,入水遍处定,得大自在力,趺坐空际,向国王说法,唱出下面的偈语。

　可被征服的胜利,
　不是真胜利。
　不能征服的胜利,
　方是真胜利。

国王闻此说法,顿离妄见,绝灭烦恼。遂倾心于出家生活,同时也绝灭了对王权的烦恼。国王问道:"现在你将到何处去?"菩萨道:"大王啊,我想入雪山去过出家生活。"国王道:"那么,我也出家吧。"便与菩萨一同离开那里。军人、婆罗门、家长、一切庶民,凡是在那里的人,都跟国王一起去了,走得一个也不剩。

波罗奈的居民互相商谈道:"我们的王听了锄头贤人的说法,带领军队同去出家了。我们留在这里还做甚么呢?"周围十二由旬的波罗奈居民都出家去,那队伍长到十二由旬。菩萨率领了这许多人向雪山进行。

这时帝释天座上顿生温味,帝释天探究之下,知道"锄头贤人带领大批人众来集体出家了"。想道:"来了这大批人众,必须添造房子。"便告毗首羯磨道:"喂,锄头贤人带领大批人众,集体出家来了,必须添造房子。你到雪山地方去,在平正地区,造一处大隐栖所,要三十由旬长,十五由旬宽。"他应声道:"是,天王。"便遵命造屋去了。

此故事仅为简要的记述,详情在护象本生因缘[第五〇九]中。内容彼此完全相同。

毗首羯磨造了许多茅舍作隐栖所,把那些作怪声的野兽、禽鸟、鬼怪驱除,四周开辟了宽度一步的通路,然后回自己居处去。

锄头贤人率领徒众,走进雪山地方,到达帝释天拨赠的隐栖所,又得到毗首羯磨所造的出家资具。自己先做了僧人,然后逐一剃度众徒,分拨茅舍。放弃了可以与帝释天界的主权相比的一切的主权。将三十由旬的隐栖所住得满满的。

锄头贤人完成了其他遍处的净业,住于梵位,对徒众教授修行的要点。凡得定者,皆至梵天界,凡敬奉此种人者,亦得至梵天界。

结　分

佛道:"比丘们啊,如是,心之为物,一旦因烦恼之力而生执著,即难脱去。欲免发生贪念,实甚困难。他实能使贤人成为无知。"佛说此法话后,解释四谛。释毕四谛,有人得预流果,有人得一来果,有人得不还果,也有人得阿罗汉果。佛乃取了联络,把本生之今昔联结起来道:"当时的王是阿难,徒众是佛弟子,锄头贤人则就是我。"

第八章　婆那树品

七一　婆那树本生因缘　[菩萨＝阿阇梨]

序　分

　　此本生因缘，是佛在祇园精舍时，就长者出身的帝沙大德说的。某日，有互相友善的舍卫城居民善男子三十人，携带香华被服，率领大批随从到祇园精舍来，想"听佛的说法"，坐在赤铁树与沙罗树的林垣中。傍晚时候，佛自佳香薰过的香室中出来到法堂上，升登庄严佛座。他们便率领随从步上法堂，以香华供奉佛前，向佛的如印有轮辐而开放着的吉祥莲华一般的双足顶礼，退坐一旁，恭听说法。是时他们发愿"听懂佛的说法，我们就出家吧。"于是当如来要离开法堂的时候，便上前向如来顶礼，请求许他们出家。佛允许了。他们便从阿阇梨与和尚受具足戒。五年之中，住在阿阇梨与和尚处，熟习两种本典要目，深知应为与不应为之事，心悦三明而获得之，缝衣染色，思"行沙门之法"，向阿阇梨与和尚告辞，到佛前敬礼毕退坐一隅，恳求道："世尊啊，我们觉得有[存在]是可忧、畏怖、生、老、病、死，意欲正确解脱此种流转轮回之境界，请为我们说行处[业处]的法。"佛从三十八行处中，拣择了利益最多的行处，说给他们听。他们既从佛获得行处，向佛行了偏袒右肩的敬礼，回到庵室谒见阿阇梨与和尚,取了衣钵,出去"行沙门法"了。

其时,他们中间有一个比丘,名叫长者出身帝沙大德,疏懒无志,贪欲深重。他想:"我不能住在闲寂之处,又不能坐禅,也不能作托钵生活。我去了有何用处?还是回去吧。"便放弃精进努力,虽跟比丘众走了一阵,不久就回转了。那比丘众游方在拘萨罗人之间,走到一个荒村,在附近幽静处安居下来,整整三个月间,苦练修行,极观察的奥义,在大地叫喊声中,得阿罗汉果。安居完毕以后,又举行自恣仪式,离开此处,欲"将修行所得的功德,向佛禀告",一路行来,到达祇园精舍。先见了阿阇梨与和尚,然后到佛前谒见如来,顶礼就座。佛向他们打了招呼。他们应对以后,便将自己修行所得的功德,告知如来,佛深为嘉许。长者出身帝沙大德见他们表白功德,也发念谈谈沙门之法。比丘众向佛告辞道:"世尊啊,我们想找幽静处去住。"佛道:"好。"比丘众便向佛作礼,退回庵室去。

那长者出身帝沙大德,夜间努力做功课,忽然修起沙门法来,中夜时分,站在床边打瞌睡,忽然跌倒地上,折了腿骨,疼痛难熬。比丘众因看护他之故,不能起程。佛前奉侍的时刻一到,众比丘又到佛前去奉侍佛。佛向他们问道:"比丘们啊,昨日你们向我告辞,不是说'明日起程'的吗?"比丘众答道:"世尊啊,今日本来要起程的,只因法友长者出身帝沙大德,夜间忽然修起沙门法来,瞌睡失足,跌折腿骨,因此我们不能起行了。"佛道:"比丘们啊,平时不精进努力,在不适当的时分,忽然用起功来,因此耽误你们的行期,如是之事,并非始于今日,即在前生,那比丘也曾耽误过你们的行期。"接着复应比丘众之请,讲过去的事。

主　分

从前,在健驮罗国得叉尸罗地方,菩萨是一位著名的阿阇梨,对五百名婆罗门青年教授学艺。一日,弟子们到林中去采取木柴。其中有一个疏懒的青年,看见一株大婆那树,以为是枯木。心里想"先睡一觉,然后上树去折些枯枝拿回去就是了",便将上衣铺在地上,呼呼入睡了。别的青年婆罗门将柴束好要回去的时候,用脚踢那青年的背,将他唤醒,便自己回去了。那懒青年爬起身来,擦擦眼睛,神志还未清醒,便爬上树去,将树枝拉近身来,要想加以折断,不料直立的梢头,弹伤了他的眼睛,他一手掩住眼睛,一手折断未枯的枝条,跳下树来,将枝条束好,匆匆带了回去,放在重叠着的柴堆上。恰巧这日某村有一富家,因准备"明日举行婆罗门会"招待师父。师父吩咐弟子们道:"明日要到某村去,你们吃了东西动身,早晨早些煮好乳粥,将你们自己的与我的都端出来。"于是他们很早地唤醒婢女,叫她煮粥,告诉她"快点给我们煮粥"。婢女拿柴去时,拿了搁在上边的青柴,吹了好一会,老是吹不旺,太阳却已升起来了。弟子们看看天色已经不早,不能动身了,走到师父跟前。师父问道:"为甚么还不动身呢?"弟子道:"师父,我们不去了。"师父道:"为甚么?"弟子道:"有一位懒青年,同我们一起去采柴,在婆那树下睡了一觉,后来匆忙爬树,伤了眼睛,将青柴采来,放在我们采来的柴上面。煮粥的婢女,以为是干柴拿来发火,直到太阳出来,还是发不旺,所以耽误了我们的出发。"师父听了那青年的行为,说道:"因一个愚人的行为,发生了这样的阻碍。"便唱出下面的偈语。

　　将当前应做之事,

　　留待以后去做者,

　　犹如那采婆那树的,

　　把痛苦留与后来。

　　菩萨这样地向诸弟子讲了原因,行布施等善行,死后依照业报,投生于应生之处。

结　分

　　佛道:"比丘们啊,此等人之成为你们的阻碍,并非始于今日,即在前生,亦已如此。"佛作此法话后,又取了联络,把本生之今昔联结起来道:"当时伤目的青年,是这个折断腿骨的比丘,其他青年是今日的佛弟子,婆罗门的师父则就是我。"

七二　有德象王本生因缘　［菩萨＝象王］

序　分

此本生因缘,是佛在竹林精舍时,就提婆达多说的。比丘众集合法堂,互相谈论道:"法友啊,提婆达多是忘恩之徒,不知如来的威德。"佛走来问道:"比丘们啊,你们集合此处,谈论何事?"他们答道:"是如此这般的事。"佛道:"比丘们啊,提婆达多之忘恩,并非始于今日,即在前生,也是一个忘恩之徒,从不知道我的威德。"接着便应他们的要求,讲过去的事。

主　分

从前,梵与王在波罗奈城治理国家的时候,菩萨投生在雪山地方一只母象的胎中。他从象胎出生,全身洁白,犹如银子,目似宝石,发五色光,口深红如赤绒毡,鼻如银环作黄金斑,四足光亮如加鬃漆,如是为十波罗蜜所严饰,状貌无比。及至知识成熟,山中群猴都聚会一起,给他服役,追随着他。如是,他在八万猴群围绕之中,居于雪山,后来见到群居生活中有罪恶,便离开群众,独自移居于森林中。因为他有德的缘故,被称为有德象王。

有一次,有一住居波罗奈的林中人,到雪山上寻求生活之资,走错方向,迷失道路,心里畏死,张着两手悲哀彷徨。菩萨听见他高声叹息,发生慈悲心,想"将此人从苦难中搭救出来",便走近他去。他见象来,惊慌逃避。菩萨见他逃跑,马上站住。那人见菩萨站住,自己也站住,及见菩萨走近来,就又逃了。后来象又站住,他也又站住。这时他心里想道:"那象见我逃时便停下来,见我停了又走过来,大概没有害我的意思,或者是要救我出苦吧。"便鼓起勇气站住不动。菩萨走过来问道:"你为何一边走路一边叹气呢?"林中人答道:"主啊,因为我走错方向,迷失道路,怕丧失生命。"

于是，菩萨便带他到自己住处，住了几日，给他饱吃各种果子。说道："不要害怕，我带你到上人间之路吧。"便叫他坐在自己的背上，向人间之路走去。不料这个心怀欺友之念的汉子，想道："要是有人问我，我一定要告诉他"，坐在菩萨的背上，把树林或山作为目标而前进。一会儿，菩萨带他走出森林，到了通波罗奈城的大路，说道："好，你走这条路吧。不管有没有人问你，你可千万别将我的住处告诉人家。"安慰了他一番，回到自己的住处去了。

那人到了波罗奈，走过开设象牙商店的街上，见象牙工人正在用象牙雕刻器物，便问道："如果有活象的牙齿，值钱吗？"工人答道："甚么话。活象的牙齿，比死象的贵得多呢。"那人便想："我去弄活象牙来吧。"就带了粮食与利锯，走到菩萨的住处来。

菩萨见了他，问道："有甚么事吗？"那人道："主啊，我为贫穷所累，实在活不下去了。想问你讨一点牙齿的断片，你如肯给我，我拿去卖了，便可靠这点钱过活，所以特地跑来的。"菩萨道："好吧，我就给你牙齿，你带了锯牙的家伙来吗？"那人道："我把锯带来了。"菩萨道："那你就锯了带去吧。"菩萨屈了腿，牛也似地卧在地上。那人锯了两边的牙尖，菩萨用鼻子卷起那两块牙片说道："我将这牙齿给你，并非因我不爱他，这牙齿具有一切智的资格，能解一切法。他对我是比千种功德、十万种功德更为可贵。我送你这牙齿，是为了获得一切智。"便将得一切智种子的一对牙片，送给他了。

他拿回去卖掉，将钱化光，又到菩萨处来了。说道："主啊，我卖掉你的牙齿，所得的钱都还债了，请你将剩下的牙齿再给我吧。"菩萨应允道"好的"，又同上次一般伏倒身体，将剩下的残牙给他了。他卖掉了又跑来道："我不能生活了，将牙根也给了我吧。"菩萨说"好的"，又同以前一般坐倒，这恶人从大萨埵[菩萨]的银环一般的鼻子，爬上那像开罗沙峰的头顶，用脚跟踏住两边的牙根，将牙肉扳开，用锯子锯取牙根而去。

这恶人的影子一离开，四那由陀二十万由旬厚度的大地，虽然负得起须弥山与犹刚达拉山等巨大的重量，受得起臭秽的粪尿，却似乎容不得那恶德的肉块[林中人]，忽然迸裂开来，从阿鼻地狱立刻射出火焰，像一条毯子一般将此欺友之人包围缠绕住了。当此恶人这样地沉沦于地狱时,住居林中的树神说道:"这忘恩欺友的人即使将转轮圣王的全部领土都送了给他,也永不会满足的。"就叫林木出声说法,唱出下面的偈语。

　　忘恩之徒,

　　常遇地崩。

　　纵使与以全国的土地,

　　亦不能使他喜足。

　　如是,天神叫森林说法。菩萨活到世寿终尽,依其业报,投生于应生之处。

结　分

　　佛道:"比丘们啊,提婆达多之忘恩,并非始于今日,即在前生亦然。"佛作此法话后,把本生之今昔联结起来道:"当时欺友者是提婆达多,树神是舍利弗,有德象王则就是我。"

七三　真实语本生因缘　[菩萨＝仙人]

序　分

　　此本生因缘,是佛在竹林精舍时,就提婆达多徘徊着图谋杀佛之事说的。某时,比丘众会集法堂,谈论道:"法友啊,提婆达多不知佛之威德,想加以杀害而徘徊着哩。"佛走来问道:"比丘们啊,此刻会集于此,谈论何事?"比丘众答道:"是如此这般的事。"佛道:"比丘们啊,提婆达多想伺机杀我,并不始于今日,前生他也有过如此企图。"于是就讲出过去的事来。

主　分

　　从前，梵与王在波罗奈城治国时，有恶逆王子者，暴戾恶逆，如被击之蛇，与人交谈，必至骂詈殴打而后已。因此宫廷内外的人都嫌憎他，畏惧他，视同入眼的尘埃，噬人的毒蛇。一日，他想游水去，率领许多从者走到河岸。在那一刹那，黑云蔽空，四方晦暗。他命令侍者们道："带我到河之中流去洗澡，然后陪我回去。"侍者们陪王子到了那里，心想："不管国王如何处治我们，我们还是把这恶人杀死了吧"，于是说道："请下去吧，恶徒啊"，将他沉入水中，自己则从水中起来，回到了岸上。人问："王子在何处？"他们回答道："我们并没有看见王子。他见云起就潜入水中，比我们先回来了吧。"大臣们到王那里去，王问："我王子今在何处"。大臣们答道："陛下啊，我们不知道。我们以为他见乌云四起，已经先回来，故我们也就回来了。"王叫人开了城门，自己来到河岸，命人寻觅。可是各处寻遍，终于没有见到王子的踪影。

　　话说，王子于云起天黑、倾盆大雨之时，被冲至河之中流，找到一根木头，就坐在那上面随流漂去，他因畏死而恸哭着。却说，波罗奈有一位长者，死前曾在河岸埋有四亿金的钱财，由于对那注钱财的爱著心，投生为岸上的蛇。另有一人也于死前在那里埋了三亿金，由于对于那注钱财的贪欲心，投生为岸边的鼠。因为水向他们的住处浸入，他们乃从水所浸入之道出去，横断了水流前进，漂到了王子所坐的木头旁，便一在此端，一在彼端，停在木头上。这河岸上有一株棉树，树上有小鹦鹉栖息着。树因根被水冲击，倒在水面上。小鹦鹉在大雨中不能飞翔，也去停在那木头的一端之侧。于是四者便一同漂流而去。

　　那时，菩萨生在迦尸国西北某婆罗门家里，长大后出家修仙，在河湾上结了草庵住着。菩萨在夜半游步时，听到那王子的痛哭声，心想："如我这样有慈悲心的仙人，不该坐视他人淹死，把他拉上岸来，救救他的命吧。"于是安慰那王子道："不要害怕，不要害怕。"他就分开水流前进，把那木头的一端拖住了向上拉。因为他力大如象，而又用力甚猛，所以一口气就拉到河岸，搀起王子，叫他立在岸上。菩萨又见到蛇等，也把他们拉起,带回庵室,生起火来。菩萨觉得蛇等受难较重,所以先使蛇等取暖,然后轮及王子,使他们一一都恢复了体力。给予食物时,也先给蛇等以各种果实,而后给与王子。王子以为"这个脾气古怪的仙人,不敬我王子,却对畜生们表示敬意",遂对菩萨起了憎恶之念。

数日后,大家的体力都已恢复。河水退时,蛇向仙人致敬礼道:"尊师啊,靠了尊师的救助,我得保全生命。我非贫乏者,在彼处埋有四亿金。如于尊师有用,我可把那注钱全部奉献。倘若到了那里,请唤一声'蛇啊'就是。"说毕走了。鼠也同样地招待仙人,说道:"请立在某处唤一声'鼠啊'好了。"说毕即去。鹦鹉也向仙人行了敬礼,说道:"尊师啊,我虽无金,但有丰富的粟。如于尊师有用的话,则那边就是我的住处,请到那儿来,唤一声'鹦鹉',我可告诉亲族们,叫他们将粟满载在许多车上送来。"他说了这话也走了。最后的一个就是王子了。他当然不把恩将仇报的意思吐露,心里虽有"他如到我的地方来,我就把他杀掉"的意思,口上却说:"尊师啊,请于我即王位时来,我当供给四种资粮。"说后去了。他归去以后,不久就即了王位。

菩萨打算"试他们一下"。先到蛇那里去,站在相距甚近之处唤起蛇来。蛇即时应声而出,向菩萨致敬礼道:"尊师啊,此处有四亿金,我把他都取出来,请你拿去吧。"菩萨道:"让他仍放着,必要时再取出来吧。"于是转身到鼠那里去,一喊之后,鼠也立即出来了。菩萨又来到鹦鹉的地方,唤声"鹦鹉",鹦鹉一听到喊声,就从树梢上下来,向菩萨作了敬礼,问道:"尊师啊,告诉我的亲族们,叫他们从雪山地方为尊师拿天然的糙米来如何?"菩萨道:"必要时再拿来吧。"更从那里转身,说"去见国王吧"。到那里后,就宿在王的御苑中,次日整衣行乞,而入城市。恰好,那忘恩的国王,骑在有彩饰的象背上,率领大批群臣向城市行右肩仪式。王自远处瞧见菩萨,心想:"那个乖僻的仙人,行乞着向我走近来了。在他未及对大众宣布于我有恩的话以前,就把他的头斩掉吧。"就去回顾从者。从者道:"大王,有甚么事?"王吩咐道:"那个乖僻的仙人,大概是对我有所求吧。正向我走近来,别让我看见这样不祥的仙人,将他捕起来,缚住手臂,游街殴打后,赶至城外,在刑场斩首,曝尸示众。"从者们答应说"是",就去将无罪的大萨埵[菩萨]绑了起来,游街殴打,押赴刑场。菩萨于被殴击时，不哭呼"妈呀，爸呀"，亦不怨尤，唱出下面的偈语来。

　　贤人曾说过，

　　枯朽之木材，

　　其性情尚较某种人为胜，

　　此语诚不虚。

　　每被殴击一下，菩萨就唱此偈一回。附近贤良的人们听了这偈语，问道："出家人啊，我们大王曾受过你的恩惠吗？"菩萨把搭救王子的经过讲了一遍之后，说道："我那样地从洪水中把那国王救出，但我反而招得了这样的苦难。追悔从前不把古圣贤的话放在心上，所以如此唱着。"听了这话，刹帝利族、婆罗门族等城市住民都非常愤激道："这个忘恩的国王，对于这样有德，虽牺牲自己生命亦所不惜的人，竟不感恩。如是恶徒，拥戴了有何利益，把他捉起来啊。"群众从四方集来，用箭、枪、石、槌等武器，将骑着象而来的王杀死，拖了他的两足掷入沟中，然后请菩萨行即位之灌顶礼，使登王位。菩萨依正义施行政治，一日，因欲优遇那蛇等，便带了许多臣下赴蛇居处，唤声"蛇啊"。蛇出来作礼，说道："主啊，这是你的财产，请取去吧。"王将四亿金授与大臣们。又到鼠那里，唤一声"鼠啊"。鼠也出来作礼，将三亿金交给他。王将金授与大臣们，再到鹦鹉的栖所去，唤一声"鹦鹉"。鹦鹉也出来，将头伏在王的两足上作礼，说道："主啊，将米拿来呈上吧。"王道："米待必要时再拿来，喂，一淘去吧。"说后就带了七亿的财货与三者，升至市中壮丽的楼阁高台上，叫他们看守财物。替蛇造了黄金之筒，替鼠造了水晶之窟，替鹦鹉造了黄金之笼，作为居处。每日以黄金板上所炒的美味谷粒为蛇与鹦鹉之饵食，以有香味的米作鼠之饵食，复作其他施与等善行。于是四者[王、蛇、鼠、鹦鹉]毕生互相和爱地过着日子，死后各依其业报，投生于应生之处。

结　分

　　佛道："比丘们啊，提婆达多的图谋杀我，并不始于今日，在前生也是如此。"佛作此法话后，又取了联络，把本生的今昔联结起来道："那时的恶王是提婆达多，蛇是舍利弗，鼠是目犍连，鹦鹉是阿难，后来即位的正义之王则就是我。"

七四　树法本生因缘　[菩萨＝树神]

序　分

此本生因缘，是佛在祇园精舍时，就关于水之争议说的。当时因知自身的亲族[释迦族]有难，乃腾空趺坐于罗希尼河的上空，放出深青色的光明，使亲族惊奇，然后从上空降下，坐在河岸上，就争议而作法话。此处只述其要点，详情当阅鸠那罗本生因缘[第五三六]。

那时，佛向亲族说道："大王啊，你们亲族不可不互相和合一致，若亲族和合一致，则不致为敌所乘。人类固然如是，即无心之树木亦不可不和合。"又说："从前雪山地方，暴风来袭沙罗树林，那沙罗树林中，有乔木，有灌木，有丛木，互相依傍着。所以一株树亦未被吹倒，风来只是吹过树梢而已。同时在广场上，有一株枝叶繁茂的大树，因他不与别的树木联合，遂连根倒在地上。所以你们也不可不和合一致。"接着就答应了他们的请求，讲出过去的事来。

主　分

从前，当梵与王在波罗奈城治国时，最初的毗沙门大王已死，帝释天立另一毘沙门为王。当这毘沙门接任时，送书信给乔木、灌木与丛林之神，叫他们所管领的树木各自卜居在所希望的地方。那时菩萨在雪山地方一沙罗树林中为树神，告诉亲族道："当你们定居的时候，不可定居在广场上的树木中间，请定居于此沙罗树林，围绕在我所定居的四周。"于是聪明的树神们，听从菩萨的忠告，围绕着菩萨，各自定下了住处。但有些愚昧的树神却说："我们若定居于森林中，是毫无意义的。不如卜居于行人众多的村落与都市的入口吧。因为村落、都市附近的树神，收入、名誉都较好。"遂定居于一株立在通衢旁的大树旁边。一日，暴风雨起来了，风雨停止后，那株根深柢固的最老的大树，也枝折根断而倒了。这暴风雨曾向那毗连立着的沙罗林袭来，四面八方地吹打，但竟不能吹倒一树。那些住处被破毁了的树神们，因为失了依靠，便拉着孩子们的手到雪山来，将自己的灾难告诉沙罗中的诸树神。诸树神把他们到来之事告诉菩萨。菩萨道："因为不听贤者之言，住到不可靠的地方去，致有此结果。"作了法话，唱出下面的偈语。

> 树木在森林中，
> 也要亲族多才好。
> 大树如独立，
> 风来也会被吹倒。

菩萨讲述此由来，命终后，依其业报，投生于应生之处。

结　分

佛道："大王啊，如此，亲族是应该和合的。要和合一致，亲爱过日才好。"佛作此法话毕，又取了联络，把本生的今昔联结起来道："那时的诸树神是佛的弟子们，那贤明的树神则就是我。"

七五　鱼族本生因缘　[菩萨＝鱼王]

序　分

此本生因缘，是佛在祇园精舍时，就自己所唤之雨说的。一时，拘萨罗国天旱不雨，谷物枯槁，各处湖沼都已干涸。那祇园精舍门房近处之祇园莲池，水也干了。乌鸦与鸥等用枪尖般的嘴将泥中的鱼、龟啄来啖食，佛见鱼与龟的灾难，动了大慈悲心，心想："今日我用神通使天下雨吧。"乃束装等待天明，待托钵的时刻一到，就由大群比丘教团簇拥着，放着佛的威光,入舍卫城去托钵。食事毕,停止托钵,从舍卫城回到精舍来。即立在祇园莲池的阶上,对长老阿难道:"阿难,取浴衣来,我要在祇园莲池洗一个澡。"阿难答道:"世尊啊,祇园莲池中已没有水,只剩泥土了。"佛道:"阿难啊,佛的威力是广大无边的,你拿浴衣过来。"于是阿难将浴衣拿来交给了佛。佛以浴衣的一端遮盖下体,以一端裹住全身,打算"在祇园莲池洗澡",立在池阶上。

一刹那间,那帝释天的铺着淡黄色毡子的石座,发生温味了。帝释天心想"是何缘故"。后来被他知道了,乃唤司雨云的神来,吩咐道:"喂,佛要在祇园莲池洗澡,现在立在阶上。赶快使拘萨罗国全境都下大雨。"他奉命说"是",就以一云为内衣,一云为外衣,著在身上,唱着云之歌,向东方世界飞去。在东方起了一团油糟形的云,不久就化成十万片云,于是雷声隆隆,电光闪闪,降下倾盆大雨来。拘萨罗国全部都满溢着水了,好像洪水泛滥似的。雨不停地降下,顷刻间降满了祇园莲池,水溢到阶端。

佛在祇园莲池沐浴毕,将二件赤衣著在里面,束紧腰带,披上佛所常用的大上衣,露出一方的肩膀,由比丘教团围绕着,来到香室中所设的佛座上坐下,万事经比丘教团准备好后,从座而起,立于宝石的阶上,对比丘教团施训。然后步入芳香馥郁的房中,垂下右胁,如狮子般而卧。到了夕暮,比丘众集合法堂,谈论道:"诸师啊,请看十力成就了忍辱〔堪忍〕、慈悲之行。正当五谷枯萎,各处池沼干涸。鱼、龟陷于大苦恼中,佛起了慈悲之念,为欲把许多有情从苦恼中拯救出来,遂著了浴衣立在祇园莲池的阶端,立刻使拘萨罗全国下起雨来,使如浸在大洪水中,替许多有情解除了身心的苦恼,然后步入精舍。"正谈论间,佛从香室走到法堂来,问道:"比丘们啊,你们此刻会集于此,谈论何事?"比丘们答道:"谈论如此这般之事。"佛道:"如来于许多有情困厄之时使天下雨,并不始于今日,前生投生于畜生胎中,为鱼族之王时,也有过这样的事。"说着就讲起过去之事来。

主　分

从前,就在这拘萨罗国舍卫城之祇园莲池附近,有一个四周生着蔓草的池。菩萨投生为鱼,被鱼群围绕着住在这里。那时国中也久不下雨,谷物枯槁,池沼干涸,鱼与龟皆潜入泥土中。此池中之鱼亦入泥中,随处潜匿,但乌等用嘴将他们啄出来了。大鱼[菩萨]见同族遭此灾难,心想:"除我以外,无有能拯救他们的苦恼者。立誓使天下雨,使一族解脱死的痛苦吧。"于是破土而出,把那色如呈漆黑树的坚器、光如琢磨过的红宝石的眼睛张开,仰望着虚空对波丛奈天王高声说道:"波丛奈啊,我正为着一族而苦恼。当德高的我苦恼时,你何以不下雨呢?我虽受生于同类相食的境界,但丝毫未曾吞食过鱼,或其他生类。也未尝有剥夺任何生类的生命之事。望因此真实之言,为我下雨,将我同族从苦恼中解救出来。"他好像命令侍者、仆役似地呼唤着天神之王波丛奈,唱出下面的偈语来。

波丛奈啊,使雷响啊。

使乌鸦之宝❶消逝啊。

使乌陷入忧闷啊。

使我脱去悲戚啊。

如是,菩萨像命令侍者、仆役般呼唤波丛奈,叫他在拘萨罗全国降下大雨,替许多有情解除了死之苦痛。命终后依其业报,投生于应生之处。

结　分

佛道:"比丘们啊,如来唤雨并不始于今日,前生受生为鱼时,也有过唤雨的事。"作此法话后,又取了联络,把本生的今昔联结起来道:"那时的鱼群是佛的弟子们,波丛奈天王是阿难,而鱼族之王则就是我。"

---

❶　乌鸦之宝指鱼,使消逝即使鱼得水不现踪影之意。

七六 无忧本生因缘 ［菩萨＝道士］

序 分

此本生因缘,是佛在祇园精舍时,就一个住在舍卫城的优婆塞说的。那优婆塞原是一个证得了预流果的圣弟子,因事与队商一同乘车赶路。当在一森林中解开了车子张天幕时,他在一株离队商不远的树下散步。五百山贼计算着时刻,想"劫掠野营",携了弓、槌等武器,将那场所包围。优婆塞仍然漫步着,山贼们看见了他,心想:"他一定是野营的卫士。且等他睡熟后再动手劫掠吧。"因没有机会下手,只好在四周立了等着。自夜之初刻起直至中刻、后刻,那优婆塞老在那里漫步。天明了,山贼们知已失去机会,就抛弃手中的石子与槌等等逃走。

优婆塞把自己的事办好后,回到舍卫城,到佛的地方来参诣,问道:"世尊,护卫自己,也就是护卫别人吗?"佛答道:"是的,优婆塞啊,护己即是护人,护人即是护己。"优婆塞道:"世尊啊,我觉得确是如此。我曾与一队队商一同赶路,在树下漫步着,以图警护自己,可是结果竟守护了全体队商了。"佛道:"优婆塞啊,在前生,贤人们也因守护自己结果守护了他人。"说后应众人的请求,讲起过去之事来。

主 分

从前,当梵与王住在波罗奈城治国时,菩萨生在婆罗门的家里。及长,知诸欲都是罪恶,遂从仙人出家为道士,住于雪山地方。有一次,为求盐与醋,到有人烟的地方来。在托钵而行的途中,与一队队商同行。当到了某森林,队商扎野营歇宿,他在距队商不远的树下,徘徊逍遥,享受禅定之乐。那时有山贼五百人,吃完了夜饭,打算"劫掠那车队商",便前来包围。见了那道士,忖道:"如果他看到我们,就会报告队商的,且等他睡着后劫掠吧。"遂在那里停住。道士通宵漫步着。山贼们因无隙可乘,就弃了各自所携带的槌与石子等物,向车队商叫说道:"队商们啊,假使今日没有在那树下漫步的道士,你们将遭遇大抢劫了吧。你们明日应该向那道士作大供养才是。"说毕就走了。天明以后,队商们见了山贼所丢弃的槌与石子等物,心里非常害怕,来到菩萨[道士]的地方,作了敬礼,问道:"尊师,你曾见到山贼吗?"菩萨道:"是,见到的。"队商问:"尊师啊,见了那许多山贼,不恐怖吗?"菩萨道:"诸位,见山贼而害怕的,是有钱财的人。我是没有钱财的,怕谁呢?无论住在聚落或住在森林,在我都是不会起恐惧畏怯之心的。"说着就为他们说法,唱出下面的偈语来。

我靠了慈与悲,

走上了平直的大道。

在聚落亦无忧,

在森林亦无畏。

菩萨借此偈语示法。大众皆起欢喜之心,崇仰菩萨。菩萨一生修习四梵住,后来转生于梵天界。

结 分

佛作此法话后,复取了联络,把本生的今昔联结起来道:"那时的队商是佛的弟子们,道士则就是我。"

七七 大梦本生因缘 [菩萨=婆罗门]

序 分

此本生因缘,是佛在祇园精舍时,就十六个大梦说的。一日,拘萨罗国大王夜间入睡,于天将明时做了十六个大梦,惊醒过来,心想:"做了这样的梦,怕会发生甚么吧?"于是怀着死的恐怖,在床沿上,坐以待旦。天

明以后,婆罗门祭司等到王的地方来问安说:"大王睡得安适吗?"王道:
"阿阇梨们啊,怎能睡得安适呢?天将明的时候,我做了十六个大梦,做
了这些梦以后,觉得害怕。阿阇梨们啊,请把缘由讲给我听听。"祭司等
道:"若大王把梦情告诉我们,我们便能解得。"王就向婆罗门祭司讲述所
做之梦,并且问道:"做了这样的梦,吉凶如何?"众婆罗门摇摇手。王问
道:"为甚么摇手?"婆罗门道:"大王,那是大恶梦啦。"王道:"其结果如
何?"婆罗门道:"总不出三障吧,或是王国之障,或是生命之障,或者是财
产之障。"王道:"不能解除的吗?"婆罗门道:"那梦实在太凶,难以解除。
但我们总得解除他。如果不能解除的话,我们的修行有甚么用处呢?"王
道:"怎样给我解除呢?"婆罗门道:"大王,我们在每条十字街口举行供
养。"王为恐惧所袭,说道:"阿阇梨们啊,那么,我的性命宛如全在诸位尊
师手中了。赶快给我以幸福。"

婆罗门等想:"赚他一注大钱吧,叫他拿许多嚼食与啖食来吧。"心中
暗自欢喜,于是说道:"大王勿忧。"他们这样把王安慰,就出了宫殿,在城
外设起供养的祭坛,收集了许多四足[兽]之群与鸟群以后,心想"有可取
的该乘机多取",便屡次到王那里来。这时,王妃摩梨迦觉察了他们的诡
计,便来到王的地方,问道:"大王啊,婆罗门何以常到这里来?"王道:"你
虽使我欢悦,但你不知道耳朵里有毒蛇在爬呢。"王妃道:"大王,那是甚
么话呢?"王道:"我做了那样的恶梦。婆罗门们说三障中必有一障发生,
要消除之,须行供养,所以常到这里来的。"王妃道:"大王啊,试到那人天
两界最第一的婆罗门那里去问问梦的意义怎样。"王道:"你所说的人天
两界最第一的婆罗门是谁呀?"王妃道:"大王不晓得那位人天两界的第
一人、通晓一切、纯净无垢的大婆罗门吗?那是世尊。世尊是懂得梦的
意义的吧。愿大王前去询问一下。"王道:"那么就去吧。"说了就到精舍
来,向佛作了敬礼,然后坐下。

佛发出和雅的声音,问道:"大王为甚么来得这样早?"王道:"世尊
啊,我于天将明时做了十六个大梦,非常不安,婆罗门们对我说:'大王,
那是极恶的梦,为消除灾祸起见,须在各十字路口举行供养。'所以我作
了供养的准备,因此有许多生类为了死的恐怖战栗着。世尊是人天两界
中的第一人者,无论属于过去、现在或未来,没有一个教导之法不映现于

世尊的智眼中。请世尊为我一说这些梦的结果。"佛道："大王啊，你说得不错，人天两界除我以外，没有一人能知晓这些梦的意义与结果。我解释给你听吧。但你试把所见的梦告诉我。"王道："是，世尊。"便依了下面的项目，讲述所见的梦境。

　　牡牛、树木、牝牛、小牛与马，

　　铁钵、牝豺、水瓶与莲池，

　　生米与栴檀木，

　　瓢沉、岩浮、蛙吞毒蛇，

　　好鸟随乌行，

　　狼怕山羊。

　　王道："世尊以为如何？我最先做了这样一个梦。有四只安阗那色的黑牡牛从四方到宫庭来，作着互相搏斗的姿势。但当许许多多人聚拢来看斗牛时，牛在表面上虽吼着叫着，欲搏斗的样子，却不斗而去了。最初所做的梦就是如此。这梦将产生甚样的结果呢？"佛道："大王啊，这结果，在王与我的时代，是不会显现的。将来有一个时代，国王不顾正义而贪婪，人民没有正义感，世间入了邪路，善衰恶昌。那是世界将破灭的时代，雨将不及时而降，云绝稻枯，发生饥馑。在那时，忽然云从四方生起，好像要降雨了。女人怕晒在太阳下的谷物被淋湿，急忙去搬入屋内。男人急忙拿了锄头与畚箕，出去修理堤防。天像要下雨了，雷声隆隆，电光闪闪，但结果恰如那牡牛欲斗未斗一样，云散天清。那梦的结果，就是如此，于你是甚么障也不会有的。梦所示的是未来之事。婆罗门们为想骗取自己的生活之资，所以那样说罢了。"佛这样地把梦的结果讲了以后，说道："大王，请把第二个梦讲来。"

　　王道："世尊，其次我做了一个这样的梦。小树与灌木破土伸长，长到一臂、半臂的高度，就开花结实了。这是我所做的第二个梦。这将产生甚样的结果呢？"佛道："大王啊，这结果，将在世界毁灭、人类寿命缩短之时代显现吧。将来众生爱欲炽盛，女子还未到青春期就出入男子之间，有月经而怀孕，产儿育女。那些幼女有月经，好像幼树开花一般，那些幼女产儿育女，有如幼树结实一样。这梦的意义如此，所以你不必怕。大王，请讲第三个梦。"

王道:"世尊,我梦见一只牡牛吮吸当日所生之犊的乳汁。这是第三个梦。其结果如何呢?"佛道:"这结果会在将来世人不敬老时代产生吧。将来有一时代,众生对于父母或舅姑不肯孝养,自理财产,乃至对老人供给衣食与否,全凭自己高兴。老人孤独无依,仰儿子的鼻息而过日子。那情景,恰如那老牛吮吸当日所生的犊的乳汁一般。所以你不必害怕。请讲第四个梦。"

王道:"世尊,我梦见司车者驾轭于牛,顺次不将轭加在身材高大的大牛身上,却将不驯的小牛系在轭上。这些小牛不会拉车,便弃了轭站着,车子毫不能向前驶行。这是第四个梦。这将产生甚样的结果呢?"佛道:"这结果将在将来没有正义的国王的时代产生吧。将来有一时代,为国王者没有正义而贪婪,不给有学识、通典故、能成就事业的大人物以荣誉,无论在法堂、在裁判所,都不录用有学识、通法律的老大臣,却把荣誉给与年幼无能之辈,使他们在法庭任职。他们不懂政治上的情形,不能博得政誉,遂行政事,毫无能力,结果将抛弃事务之轭吧。老大臣们既得不到荣誉,纵使能处理政务,也将说:'此事与我们无关,我们是门外汉,内部的年轻人总该知道吧。'而不肯着手那待理的事务。这样万事都会使为国王的蒙受不利。那情形宛如将无力拉车的小牛系之于轭,而顺次将能曳轭的大牛舍弃一样。因此你不必害怕,请讲第五个梦吧。"

王道:"世尊,我梦见两侧有口的马。人从两侧与以秣草,马用两张嘴啖食。这是我的第五个梦。这会有甚样的结果呢?"佛道:"这也要到将来无正义之念的王的时代,才会显其结果。将来有一时代,无正义的、愚昧的国王们,任用不公正的、贪婪的人们为裁判官。他们是恶人,对于善事漠不介意,而且生性愚钝,当在法庭上审判时,从原告与被告两造受取贿赂,以肥私囊。那情形正与马用两方的嘴吃秣相似,以此理由,你不必怕得。请讲第六个梦吧。"

王道:"世尊,我梦见人们洗清了价值十万金的黄金器皿,拿去放在一匹豺的面前道:'撒尿于此啊。'于是那豺就撒尿在里面。这是我的第六个梦。其结果将甚样?"佛道:"这结果当在将来显现。将来有一时代,为国王者没有信仰,对于系统纯正的良家子弟怀抱疑念,不与以荣誉,而重用卑贱之人。于是良家衰微,卑贱之家取得权力,良家的人们困于生活，因想'依赖彼等为生'，便将女儿嫁给卑贱者。良家之女与卑贱的男子同居起来，那情形恰与老豺在黄金器皿中撒尿相同，因此你不必害怕。请讲第七个梦吧。"

王道："世尊，我梦见一个男子在搓绳，每搓好一支就掷于脚旁。有一只雌豺，卧在他所坐的椅子下，觉得饿了，便偷偷地把绳吃了。这是第七个梦。其结果将如何呢？"佛道："这结果也当在将来显现。将来有一时代，妇人热恋男子，爱装饰身体，喜逛市街，耽于嗜好品，品行不端，把那与丈夫从耕作、牧牛等业辛苦得来的钱财去与情夫饮酒，或以华蔓、薰香、涂香等物饰身。抛弃了要紧的事务，从墙穴中凝视着情夫，捣碎了次日应播的种子，作成乳粥或饭与情夫共食，浪费丈夫财产。那情形，恰与那卧在椅下的饥饿的牝豺，吃搓好了掷在脚下的绳相同。因此你不必害怕。请讲第八个梦吧。"

王道："世尊，我梦见王宫入口，有一只满贮着水的大瓶，被许多空瓶围着。四姓❶几次从四方给水瓶运了水来，每当注入那已贮满了水的瓶子时，水就溢出进散。这样地把水注了好几次，但对于空瓶却并没有顾到。这是第八个梦。这梦将产生甚样的结果呢？"佛道："这梦的结果也当在将来显现。将来有一时代，这世界灭亡，国土瘦瘠，国王们穷困得陷于悲惨状态，连王中之王，其宝库中也只有十万迦诃婆那。到了这样穷乏的境地，国王们便将一切土地作为自己所有的耕作地，苦恼的人民抛弃了自己的职业，替王播种、耕耘、收割、贮藏五谷与蔬菜，替王在甘蔗地中种作，造制糖的机器，搬运机器来制糖，替王开辟花园与果园，替王将各处所产的谷类取来，储满于王之库藏，对于自己家中的仓库只好听其空着。这情形正与不顾空水瓶，只将水注入满贮着水的瓶子的情形相同，所以你不必害怕，请讲第九个梦吧。"

王道："世尊，我梦见一个深的莲池，被五种莲花覆蔽着，诸方皆有进口。二足［人］与四足［兽］从诸方下去，到池中去饮水。那中央深处之水混浊，岸边二足与四足步入处之水反澄清。这是第九个梦。其结果将甚样呢？"佛道："这结果也将在未来显现。将来有一时代，为国王者毫无正

---

❶　四姓，指刹帝利、婆罗门、毗舍、首陀四种阶级。

义之感,因贪欲等故,以邪道执行政治,审判不公正,心念贿赂而贪财,对于人民无忍辱、慈悲之心,待遇苛酷,视人民如草芥,横加压迫,借各种名义横征赋税以入私囊。人民为租税所苦,无力完纳,乃离村市,迁居边鄙地方,以致中部地方人口稀疏,边鄙地方人口稠密,恰与莲池中央之水混浊,四周之水澄清一般。所以你不必害怕。请讲第十个梦吧。"

王道:"世尊,我梦见一个锅子里饭没有煮化。所谓没有煮化者,是米分做三部,一部分过于柔软,一部分是生米,还有一部分是煮得很好。这是第十个梦。这将产生甚样的结果呢?"佛道:"这结果也将在未来显现。将来有一时代,为国王者没有正义感,在这些不正的国王们所统治的国中,婆罗门、家主[居士]、市民、乡人乃至沙门婆罗门,一切人们皆陷于不义,还有他们的守护神、受供养之神、树神、虚空之神,连这些神祇也陷于不义了。在这些不正的国王们的国土,风不均匀地狂吹着,使虚空的神殿为之动摇,因此动摇,诸神震怒,而不下雨,即使降雨也不普及全国领土,也无益于耕作与播种。与这领土上一样,在其他人间的居处、聚落、池沼,也不普遍下雨,若池之前方降则后方不降,后方降则前方不降。在某些地方雨降得过多,致谷类不结实。在某些地方不降雨,致谷物枯槁。在某些地方及时而降,致有收获。这样在同一王国生长的谷类,也将如一个锅中之饭,各不相同,因此你不必害怕。请讲第十一个梦吧。"

王道:"世尊,我梦见一贩卖者,以值十万金的栴檀树的良材换取酸腐的酪浆。这是第十一个梦。这将产生甚样的结果呢?"佛道:"这结果当在将来我圣教将灭亡之时代发生。将来有一时代,贪资具的无耻的比丘增多了,他们之中,有些人会把我诃责贪恋资具而说之法,为了获得衣服等四种资具而向人去说,为着资具而远离正法,成为外道[异教徒],他们的说法,目的不是导人倾向涅槃,只是'听了我修辞完备的如蜜的声音,也许肯施与高价的衣服等物,或生施舍之心'的打算。有些人会坐在街头、十字路口或王宫的门前,为了一迦诃婆那❶、半婆陀❷、一摩沙迦❸

---

❶ 迦诃婆那(Kahāpana)等于二十摩沙迦。

❷ 婆陀(pāda)等于五摩沙迦。

❸ 摩沙迦(māsaka)系一种低值的货币,价值八十贝齿。

而说法。如是,将我有涅槃之价值的正法,为了四种资具,或为了换取一迦诃婆那、半迦诃婆那的金钱去说,那情形正如以价值十万金的栴檀树的良材换取酸腐的酪浆。因此你不必害怕。请讲第十二个梦吧。"

王道:"世尊,我梦见空虚的葫芦沈下水中。这将产生甚样的结果呢?"佛道:"这结果也要在将来国王无正义的时代,世界逆转时才显现。那时国王们不与出身高贵的名门之子以名誉,却给出身卑贱之辈以名誉。出身卑贱者得了权力,名门的子弟则陷于贫穷。不论在王面前、在宫门前、在大臣面前、在裁判所中,出身卑贱者的言说,将确立不动,有如那空虚的葫芦下沈,而竖立于水中。又在教团集合时,在教团的作法上,或衣、钵、庵室等的处分上,破戒恶德的人物的言说,会被认为济度世人的教言,而有惭愧心的比丘的言说却没有人作如是想。诸如此类,凡事颠倒,那情形恰如空虚的葫芦下沈。以此理由,你不必害怕。请讲第十三个梦吧。"

王道:"世尊,我梦见一块高塔似的大坚岩,如船一般浮在水上。这将产生甚样的结果呢?"佛道:"这结果也要在上面所讲那样的时代显现。那时,无正义的国王,给出身卑贱之辈以名誉,使之掌握权力,而名门之人则反任其陷于穷困,丝毫不表敬意。不论在国王面前、大臣面前或裁判所中,善于判断的良家子弟的言说,不被接受,如坚岩之不能下沉而竖立在水底。他们一开口,就被卑贱之辈嘲笑说:'你说甚么话呀。'即在比丘会集之所,值得尊重的比丘所发的言说,也不被容纳,那情形恰与岩石浮在水面,不竖立到水底去一般。因此之故,你不必害怕。请讲第十四个梦吧。"

王道:"世尊,我梦见有一只小得如甘草花的蛙,很快地向大毒蛇扑去,如啮水莲之茎一般地啮裂其肉,然后把他吞下。这将产生甚样的结果呢?"佛道:"这结果也要在将来世界快破灭的时代显现。那时,人们贪欲炽烈,受烦恼的驱使,听凭年轻妻子之意,在家中凡仆从、佣人、牛、水牛、金、银等等,一切皆成为她们的所有物。当他们询问'那金钱与衣服等在甚么地方'时,她们就说:'总在甚么地方吧,你要做甚么用。自己家里有没有,你似乎知道的。'如是用种种言语来冲撞,把他们压制得如仆役一般,力争自己的权利。那情形恰如甘草花似的小蛙吞食毒蛇一样。

因此你不必害怕。请讲第十五个梦吧。"

王道:"世尊,我梦见一只十恶的乌,在村落中盘旋,而羽毛金黄,名叫'黄金色'的大鹄,却附随在后。这将产生甚样的结果呢?"佛道:"这结果也要到将来国王昏庸无能的时代才显现。将来有一时代,国王们拙于御象术等等,而却勇于战争。国王们怕丧失国土,不把权力给与出身相同的贵公子,而给与替王取鞋、澡浴或理发的仆役。门第与出身高贵的贵公子,在王室得不到地位,困于生活,只好随从那些掌握权力的出身卑贱之辈。那情形恰与黄金色的大鹄随侍着乌鸦一样。因此你不必害怕。请讲第十六个梦吧。"

王道:"向来是豹吃山羊的,而我却梦见山羊向豹扑去,将其吞啮。那时,狼从远处见了山羊,就战抖着逃入草丛隐匿。我做了这样的梦。这将产生甚样的结果呢?"佛道:"这结果也要在将来国王无正义的时代才显现。那时门第卑微之辈,因被王所宠爱而获得权力,门第高贵的人们,则无声名而困穷。得王宠爱之辈,能使王采纳自己的意见,在裁判所中也极占势力。假使良家子弟关于自己有承继权的田地等说:'这是我们所有的。'他们就提出抗议说:'不是你们的,是我们的。'就到法庭之类的地方去争讼,使他们受鞭挞等刑罚,并且威吓他们道:'你们不知安分,倘要与我们争呢,请争就是。我们要将你们的事告诉国王,把你们的手脚切断。'良家子弟听得胆寒了,就会说:'这东西是你的,请拿去吧。'于是将自己的所有物交出,然后回到自己家中,怀着惊怖而躺在床上。恶比丘任意使善良的比丘受苦,而善良的比丘们却得不到庇护,逃入森林,卧于草丛中。这样良家的贵公子与善良的比丘,受出身卑贱之辈与恶比丘的迫害,那情形恰如狼因畏惧山羊而逃走一般。因此你不必害怕。这梦要在未来才会应到。婆罗门们的话,并非出于正直之心,亦非出于对于你的好意。他们只是打算'获得多金',着眼于物质上的利益。为了生计,才说这样的话的。"

佛这样地讲述了十六个大梦的结果,又道:"大王啊,你做这些梦并不始于今日,从前的国王们也做过这样的梦。婆罗门也如现在一样,为供养而利用了那些梦。后来依了贤者们的指示,到菩萨那里去询问。古时的贤人,也曾用了与我同样的方法,为国王们解过梦。"接着就答应了王的请求,讲起过去之事来。

主　分

从前,当梵与王在波罗奈城治国时,菩萨生在北部地方的婆罗门的家里,长大后从仙人出家,体得了神通与等至的修行,在雪山地方享受着禅定之乐度日。那时,波罗奈梵与王做了这样的梦,询问婆罗门等,婆罗门等因了现在同样的缘由,去作生贽供养之祭。在他们之中,有一司祭的弟子,是个贤明而有学识的年青婆罗门,他对他师父道:"师父,我们从师父学习过三部吠陀圣典,其中有'决无杀此可以福彼之事'的话。"师父道:"弟子,我们不是用此方法可以弄到许多钱吗? 难道你要保护国王的财产吗?"年青的婆罗门道:"那么,师父,你做你的吧。我在你的地方已无事可为了。"就游步到王的御苑去。

那日,菩萨晓得了这原委,心想:"今日我若到人间去,许多生类得脱系缚吧。"乃腾空飞行,降下御苑,坐在吉祥的盘石上,宛如黄金之像。年青的婆罗门走近菩萨,施了敬礼,然后坐在一隅,攀谈起来。菩萨也与他作了恳切的招呼,然后问道:"青年,国王依正义行政治吗?"青年道:"尊师,国王实在是个正直之人,但婆罗门们使他无信仰。国王做了十六个梦,把梦情告诉婆罗门们。婆罗门们说:'举行生贽供养祭吧。'于是举行祭典。尊师啊,设法使王明白'这是那些梦的结果',中止了祭祀,使许多生类脱离恐怖,如何?"菩萨道:"青年啊,我们不认识王,王也不认识我们,倘若王来询问,我们就向他说明。"青年道:"尊师,我去陪他来吧。请暂时坐在这里,等我回来。"青年得到菩萨的许可,跑到王那里,说道:"大王啊,有一个在空中飞行的道士,降落在大王的御苑中,邀大王前去,说可以把大王所做之梦的结果说明给大王听。"王听了他的话,马上带了许多从者到御苑来,向菩萨作了敬礼,坐在一边,问道:"尊师,你知道我所做之梦的结果吗?"菩萨道:"大王,那是知道的。"王道:"那么请讲给我听听。"菩萨道:"大王,我当讲给你听,请把所做的梦告诉我。"王道:"是,尊师。"于是就先提出梦的项目。

牡牛、树木、牝牛、小牛与马，

铁钵、牝豺、水瓶与莲池，

生米与栴檀木，

瓢沉、岩浮、蛙吞毒蛇，

好鸟随乌而行，

狼怕山羊。

然后，如波斯匿王那样把梦情讲了一遍。菩萨也为王详述梦之结果，一如佛所讲述。"因此之故，你不必害怕。"大萨埵这样安慰了王，使许多生类脱了系缚，然后再升至空中，对王施教诫，授以五戒，复作法话道："大王啊，嗣后切勿再跟婆罗门们屠杀家畜，行生赘之供养。"就腾空而起，飞到自己的居处去了。王依遵了他的教诫，施行施舍等善事，后来依其业报，投生于应生之处。

结　分

佛作此法话后，说道："因为是梦，你不必怕。不要再举行生赘之祭了啊。"佛如是使王停止生赘之祭，为许多生类保全了性命。又取了联络，把本生的今昔联结起来道："那时的王是阿难，青年是舍利弗，仙人则就是我。"

七八 依里沙长者本生因缘 ［菩萨＝理发师］

序 分

此本生因缘，是佛在祇园精舍时，就一个贪欲的豪商说的。距王舍城不远，有一个市镇名叫糖镇，那里住着一位长者，绰号"贪欲豪商"，有八亿财产。他是连草尖上的一滴油也不肯施与人的，自己也不使用，也不想把自己所积的财产用于孩子、沙门、婆罗门身上，恰如罗刹［鬼］所管领的莲池一样，置之不用。

一日，佛在黎明从大慈悲的等至起来，观察全世界能成菩提的众生，见住在相离四十由旬之处的长者与其妻，已到得预流果的时机。那长者在前一日，曾为供国王使役而进宫，在归途中见一饥饿的乡人在吃馅子酸了的馒头，自己也觉得饿了。一壁走回家去，一壁这样想："假使我说要吃馒头，许多人也想与我同吃吧，这样我便非化费许多米、酥与糖不可。所以这话对谁都讲不得。"他忍了饿走着。他在行走中渐渐憔悴起来，肢体显露出血管来了。他因耐不住饥饿，便跑入卧室，倒到床上睡下。虽然饿到如此地步，他还是怕化费钱财，不对任何人说。

这时他的妻来了，抚着他的背问道："你精神不舒服吗？"长者道："没有甚么不舒服。"妻道："莫非国王动怒了吗？"长者道："国王一点也不动怒。"妻道："那么，莫非孩子们或者女婢、男仆、有甚么事不称你的心吗？"长者道："这样的事也没有。"妻道："你有甚么切望的物事吗？"妻虽这样问他，他却因怕化钱，只是卧着不答。于是妻道："你有甚么愿望，请说吧。"他吞吞吐吐地道："实在我有一个愿望。"妻道："你愿望甚么？"长者道："我想吃馒头。"妻道："那么你为甚么不说呢？难道你是贫穷之人吗？现在我就去做足供全镇人民吃的馒头是了。"长者道："为甚么做这样的事呢？他们是自食其力的吧。"妻道："那么做足供本街住民吃的馒头

吧。"长者道:"你真有钱。"妻道:"那么做足供全家吃的馒头吧。"长者道:
"你的度量真大。"妻道:"那么做足供家中孩子们吃的馒头吧。"长者道:
"为甚么这样顾到孩子们呢?"妻道:"那么做足供你我二人吃饱的馒头甚
样。"长者道:"你也想吃吗?"妻道:"那么做只供你一个人吃的吧。"长者
道:"倘使在这里做,许多人会张着眼睛看见的吧。不要用精米,请你拿
了碎米、灶与锅子,再带一点极少的乳酥、蜜与糖,到七层楼阁上的大高
台去做。让我到那里来独自坐着吃吧。"

妻答应说"是",就叫人拿了应用的东西,登到高阁,叫婢女来请主人
去。主人先把房门关上,又将所有门户上了锁,登到第七层的高台,复将
入口堵塞好,然后坐下。于是妻就架起锅子,在灶下燃着了火,做起馒
头来。

却说,佛在黎明对大德大目犍连道:"目犍连啊,在距王舍城不远的
糖镇,有一个贪欲的长者,他想吃馒头,因怕被人看见,在第七层的高阁
上叫妻做着馒头,你可到那里去,引导那长者离了我欲,叫他们夫妇拿了
馒头与乳、酥、蜜糖,用你的威力把他们带到祇园精舍来。今日我与五百
比丘一同用馒头当饭吧。"大德道:"是,世尊。"他奉佛之命,立即用神通
力,前往该镇,在正对高阁的窗口的空中,整衣而立,如一尊宝珠之像。
长者见了大德,就心惊肉跳起来了。"我因怕这种家伙,所以到这里来
的,而这家伙却来站在窗口。"他忘了一切,就如投入火中的盐与糖一般,
沸然大怒道:"沙门啊,你立在空中想得到甚么呢?虽然在无路的空中徘
徊着表示有道,但你是甚么也得不到的。"大德仍在那里徘徊着。长者
道:"你虽然在徘徊,但能得到甚么呢?即使趺坐在空中,也是甚么都得
不到的。"大德果然趺坐在空中。长者道:"你虽然坐着,但能得到甚么
呢?即使过来站在窗槛上,也是甚么都得不到的。"大德果然站在窗槛
上。长者道:"你站在窗槛上,能得到甚么呢?即使放出烟来,也是甚么
都得不到的。"大德果然从身上放出烟来,楼阁上满是烟了。长者的两眼
好像被人用针刺了一下。因为他怕房子烧起来,所以不敢说"即使迸出
焰来也是甚么都得不到"的话。心想:"这沙门真是固执,不得到一点东
西是不会走的,给他一个馒头吧。"于是对妻说道:"喂,烧一个小馒头给

那沙门，把他赶出去吧。"

妻将少许熟粉投入锅中。但立刻成了大馒头，膨胀至占满了锅子的地位。长者见了，以为"大概她把熟粉放得太多了"，因而亲自在匙的尖端盛了些许的熟粉投入，可是馒头胀得比前更大。这样每烧一次，总是愈来愈大。他无可奈何，对妻说道："喂，请给他一个馒头吧。"她从篮中去拿一个馒头，不料所有的馒头都黏成一个了。她向长者道："你看，馒头黏成一个，分不开了。"长者道："让我来分分看吧。"可是他也不能把馒头一一分开。二人握住了一边拉，也拉不开。长者为取那馒头使尽气力，弄得汗流浃背，饥饿也忘了。他对妻道："喂，我不要吃馒头了，请把这篮馒头全给了这比丘吧。"她执着篮走近了大德。大德对他们说法，把三宝的功德说给他们听。告以"有所谓施与，有所谓供养"，像天空之月那样，明朗地宣示供养与施与的功德结果。

长者听后，起了信仰心，便道："尊师，请进来，坐在这里吃馒头。"大德道："长者啊，等正觉者［佛］想吃馒头，与五百比丘都在精舍。假使你愿意的话，请叫夫人拿了馒头与牛乳等来，一同到佛的地方去吧。"长者道："尊师，佛此刻在甚么地方呢？"大德道："长者啊，佛在离此约四十由旬的祇园精舍。"长者道："尊师啊，不化许多时间，怎能走这么多的路呢？"大德道："长者啊，如果你愿去，我会用神通力带你去。好像这楼梯的顶上是你的居处，楼梯的下端就是祇园精舍的大门一般，只化走一次楼梯的工夫，带你到祇园精舍吧。"长者答应道："尊师，那么去吧。"大德把楼梯的顶端仍作为顶端，口中念道："给我把这楼梯的下端作为祇园精舍的大门啊。"这样一念，其事就立即实现了。于是大德使长者与他的妻到了祇园精舍。所化的时间，不到走一次楼梯的工夫。

他们二人到了佛的地方，报告进餐的时刻已到。佛走入食堂，带着比丘众坐在特设的高座上。长者向以佛为首的教团献奉供养之水，夫人则将馒头放入如来的钵中。佛取了足以支持自己生命的一些水与馒头，五百比丘也照样地取了。长者施舍了牛乳、酪、酥与糖便离去。佛与五百比丘食毕，又叫长者夫妻吃了一个饱，但馒头还没有完。再普遍分给精舍中的全体比丘与吃残食的伙伴，仍然没有完。于是长者告诉佛道：

"世尊,馒头一点也没有减少哩。"佛道:"那么把他倒弃在祇园精舍大门那里吧。"他们便把他丢在门屋相近的洞窟里。这场所称为"锅烧馒头",至今犹存。大长者与其妻回到佛的地方来,站在一旁,佛表示了谢意以后,二人就都成预流果,向佛致敬。他们回去时,一踏上门房的阶梯,说也奇怪,就站在自己的楼阁上了。从此大长者把八亿财产完全用在佛的教说上。

第二日,等正觉者往舍卫城托钵,回到祇园精舍后,对比丘众与以善逝[佛]的训诫,便进香室入定。薄暮时,比丘众会集法堂,坐着谈论大德的威德道:"法友啊,你们看到大目犍连大德的威神力吗? 他不是立刻使贪欲长者成为无欲之人,使他拿了馒头到祇园精舍来拜佛,证得预流果吗? 大德真有大威神力啊。"这时,佛走来问道:"比丘们啊,此刻你们会集于此,谈论何事?"比丘众答道:"是如此这般之事。"佛道:"比丘们啊,比丘若欲教导在家人,不可损害他们的家或使之苦恼,应该如采花粉的蜜蜂那样,与他们的家接近,使他们晓得佛的威德。"接着,就称赞大德,唱出法句经中的偈语[第四九偈]来。

蜜蜂不损花之色香,

将花粉采之而去。

牟尼游行聚落间,

情形亦复如此。

佛为说明大德的威德起见,又道:"比丘们啊,目犍连的诱导贪欲长者,并不始于今日,前生也曾诱导他,使他晓得业与报的关系。"接着就讲起过去之事来。

主 分

从前,当梵与王在波罗奈城治国时,波罗奈有一个叫做依里沙的长者,他拥有八亿财产,凡人所有的缺陷,他无不具备。跛足、驼背、独眼、悭吝、有邪见、贪婪。对人固一毛不拔,自己也不肯化用,他的家屋,好像罗刹[鬼]所管领的莲池。祖先七代都是慈善家,但从他做了主人以后,即背弃家法，将慈善堂烧掉，穷苦的乞丐来求乞，就拳足交加，而后把他拖出去。他只是牢牢地保守着财产。

有一日，他在国王处服役完毕返家，途中，有一个行路疲乏的乡下人，拿了酒瓶坐在椅上，将酸酒满倒杯中，取腐败的鱼为肴而饮。他见了也想饮酒了，但他觉得："如果我饮酒的话，其余许多人也都会想饮吧，这样我的财产就要减少了。"便把欲望压抑着。在摇摇摆摆行走间，终于抑制不住了，肢体疲乏无力得有如棉花一般，而且现出血管来了。一入住室就倒下卧榻而睡，妻走过去，抚着他的背问他，[一切都如上面所述。]"那么只造供你一个人喝的酒吧。"妻结果这样说。长者想道："若在家造酒，许多人会都想喝吧。即使叫酒店送来，也不能坐在这里喝的。"于是出一摩沙迦叫酒店送来了一瓶酒，交家仆拿着，出城到河岸来，走进离大路不远的丛林中，叫家仆放下了酒瓶离得远远地，然后斟满杯中，饮起酒来。

他父亲是曾行过施与等慈善事业的人，今在天上界为帝释天。那时，这位帝释天正在想："自己的慈善事业有没有被施行。"结果知道未被实行。他儿子破坏了家规，焚毁慈善堂，驱逐穷人，固执贪欲心，怕施物于人，自己在隐秘处窃自饮酒。就打算"去说服他，使他明白业与报的关系，而行施舍，获得转生天界的资格"。于是下降人间，现作跛足、驼背、独眼的人相，与依里沙长者一般无二，然后进了王舍城，站在宫殿门口，叫人通报自己已到，通报者回说"请进去"，就入宫站着向王作礼，王问道："大长者啊，在这规定外的时间到此，为了何事？"帝释天道："王啊，不为别的。我家里有八亿财产，请大王叫人去取来，收藏在你的宝库中。"王道："不，我已够了。我家里的财产比你的财产还多。"帝释天道："假使你没有用处，就取来施给甚么人吧。"王道："长者，请施舍吧。"长者道："是，大王。"说着就向王作礼而出，到依里沙长者的家里去。侍从的人们围绕着他，但能认出这非依里沙本人的却一个也没有。

他走进家中，站在大门的门限上呼司门者来，吩咐道："如果有与我状貌相像的人来，说'这是我的家'而想进来者，就把他拖出去。"说着登上高阁，坐在华美的席上，唤长者之妻过来，浮着微笑道："喂，来行施舍如何?"听了他的话,长者的夫人、孩子与家仆等互相谈讲道:"长久没有起施舍之念了,大概今日饮了些酒,所以心地柔和,便有施舍之意了吧。"于是夫人道:"请你任意施舍就是了。"长者嘱咐道:"那么请唤鼓手来,叫他击鼓通知全市,'有人要金、银、宝石、珍珠等物,请到依里沙长者家里去'。"于是夫人差人照他的意思去做了。许许多多的人执了篮子与袋等等,聚集到长者的门口来。

帝释天叫人开了贮满着七宝的库藏,说道:"把这奉送各位,请大家随意拿去吧。"许许多多的人将财宝取出,山一般地堆积在地上,然后装满在带来的容器中而去。有一个乡人,把依里沙长者的牛系在自己的车上,满载了七宝,出城向大路前进,一面在那丛林附近曳车而行,一面独自赞扬着长者的功德道:"我主依里沙长者啊,仗你的恩惠,如今我即使毕生不营生计,也可以过日子了。我的财产,就是你的车、你的牛、你家中的七宝,既非我母亲所给与,也不是我父亲传授给我的。仗你的恩惠,我得到了如许财产。主啊。"

长者本人听到了这话,大惊,心里忖道:"那人呼着我的名字说如此这般的话,但国王是不会把我的财产施与世人的。"急忙从林中出来,认得是自己的牛与车,便抓住牛绳,说道:"你这家伙,这牛是我的,车子也是我的。"那乡下人走下车来道:"恶棍,依里沙长者对全市作了施舍,你是何等样人?"说着就冲上前去,雷打似地在他肩膀上痛殴一顿,便曳着车子走了,他战抖着爬起身来,拂去灰尘,急速跑上去追拦。乡下人跳下车来抓住他的头发,把他抑住,对他的脑顶殴打,又捉住他的咽喉,把他朝来的方向掷去,自己便驾车前进。这时,长老酒醒了。

他战抖着慌忙跑到自己的家门口,向那些取他财产的人们道:"喂,这究是甚么一回事呀?国王叫你们来掠夺我的财产吗?"说着就不顾一切,上前去捉。人们集起来把他殴打,将他投掷在脚下。他痛得疯狂了,想走进家中去时,守门者道:"你这不良的乡下人,往那里去?"说着就用竹棒殴击,捉住他的项颈把他拉出。他想:"除国王外,我已没有可以依恃的了。"于是走到国王的地方,问道:"大王,你叫人抢劫我家吗?"王道:"长者啊,我并没有下令抢劫。你不是前来说'假使你不取的话,我将施舍我的财产'，命人在市中击鼓，以行施舍吗？"长者道："不，大王，我不曾到你的地方来过。你不知道我生来就是爱财如命的吗？虽然仅仅附在叶子尖端的油滴，我也不曾施与过谁的。请大王唤那行施舍的人来查问一下。"

王差人去请帝释天来。王与大臣们都辨不出二人有何不同。那吝啬长者道："大王觉得如何？他是长者呢，还是我是长者？"王道："我们不晓得。有晓得的人吗？"吝啬长者说道："大王，我的妻晓得的。"说着就叫人唤了妻来，大家问她道："哪一个是你的丈夫呢？"她道："是这一个。"就去站在帝释天身边。唤了孩子与家仆等来询问，也都站在帝释天身边。吝啬长者更思忖道："我头上有一个瘤，被头发掩住，理发师应该知道，去唤他来吧。"于是向王说道："大王，理发师知道我甚深，请差人去叫他来吧。"那时菩萨为理发师。王差人唤了他来，问道："你能认出谁是依里沙长者吗？"理发师道："大王，看了头就可明白。"王道："那么，你看一看两人的头吧。"在这一刹那间，帝释天在自己头上造了瘤。菩萨检查二人的头，见都有瘤，便道："大王啊，两人头上都有瘤。我分辨不出这两人中，谁是依里沙长者。"接着就唱出下面的偈语来。

> 两人都跛脚，都伛偻，
>
> 都是独眼，
>
> 头上都有瘤，
>
> 我不知谁是依里沙。

长者听了菩萨的话，就战栗起来，因耽心财产，昏晕过去，当场仆倒于地。在这一刹那，帝释天道："大王啊，我非依里沙，我是帝释天。"说着就示大慈爱心，立在空中。众人替依里沙揩了面孔，注以冷水。他爬起来向诸天之王的帝释天作着敬礼站着。帝释天向他说道："依里沙啊，这财产是我所有，不是你的。我是你的父亲，你是我的儿子。我积了施舍等善行，故得生为帝释天。但你破坏了我的家规，成为吝啬之人，贪婪无厌，烧毁慈善堂，驱逐乞丐，一味保守着财产，自己既不用，也不施与他人，恰如罗刹管领了东西，置之不用。你如果能将我的慈善堂重建，施行慈善就好。否则我就要使你的财产化为乌有，而且要用这金刚杵割断你的头,使你丧命。"

依里沙长者因怕死发起抖来,立誓道:"嗣后当行慈善。"帝释天听他如此发誓,便坐在虚空中说法,使他坚守五戒,然后向自己的住处而去。依里沙亦因行了施舍等的慈善事业,后来得生于天界。

结　分

佛道:"比丘们啊,目犍连调御贪欲长者,并不始于今日,前生也曾调御过。"佛作此法话后,复取了联络,把本生的今昔联结起来道:"那时的依里沙就是那个贪欲长者,帝释天是目犍连,王是阿难,理发师则就是我。"

七九　嘈音本生因缘 ［菩萨＝商人］

序　分

此本生因缘,是佛在祇园精舍时,就某大臣说的。拘萨罗国有一大臣,欺蒙国王,往边境的村落中征收了国税以后,与盗贼同谋,对他们道:"我带领人们入森林去,你们就在村中抢劫,把抢得的财物分一半给我。"于是在清晨就召集众人,到了森林之中,盗贼们随即入村,杀牛食肉,在村中扰乱一番而去。到了薄暮,大臣由许多人围绕着归来了。不久,他这勾当被人知道,向国王告发。王命人唤那大臣来,究其罪状,处以重刑,另派别人为村司,然后到祇园精舍,以此事来告诉佛。佛道:"大王,他这种行为并不始于今日,前生也曾做过。"接着就因了王的请求,讲起过去的事来。

主 分

从前，当梵与王在波罗奈城治国时，将边境的村落赐给一个大臣。一切都如前面所述。那时，菩萨为一商人，在边境巡行做买卖，到那村中住下。当那村司于傍晚由许多人围着，敲着鼓近来时，他想："那恶吏串通了盗贼抢劫村落，盗贼逃入森林以后，就装出从容自若的样子，敲着鼓走过来了。"于是唱出了下面的偈语。

那不知惭愧的汉子，

曾将人诱出，

劫牛杀食，且焚其庐舍，

今正发出嘈音击鼓而来。

菩萨这样地用偈责备他。不久，他的勾当无人不知了，王遂处以应得之罪。

结 分

佛道："大王啊，他干这种勾当并不始于今日，前生也已如此。"佛作此法话后，又把本生的今昔联结起来道："那时的大臣便是今日的大臣，那个唱偈的贤人则就是我。"

八○ 残忍军本生因缘 ［菩萨＝弓术士］

序 分

此本生因缘，是佛在祇园精舍时，就一个口出大言的比丘说的。某时，有一比丘在长老、中年及年青的比丘间，到处夸耀出身，妄言道："朋友,世上没有与我相同之族,也没有与我相同的姓。我生于这样的大刹帝利族,姓氏无有与我同等者。我有金银等无限的财货,即连我的家仆也吃米饭,著迦尸国所产的衣服,涂迦尸国所产的香料。我因现在做了出家人,才吃这种粗恶的饭,穿这种粗劣的衣裳的。"但有一个比丘探出了他的出生地,告诉别的比丘们,说他所说的是妄语。比丘众集合法堂,谈论他的不德道:"法友啊,那比丘信奉了导人解脱的教法而出家,却到处妄作夸语,自命不凡。"佛走来问道:"比丘们啊,你们现在会集于此,谈论何事?"他们答道:"是如此这般的事。"佛道:"比丘们啊,那比丘口出大言,并不始于今日,前生也曾到处口出大言的。"接着就讲起过去之事来。

主　分

从前,当梵与王在波罗奈城治国时,菩萨生在某市西北部婆罗门的家里,长大后在得叉尸罗地方,从有名的阿阇梨修习三部吠陀与十八种学艺,娴熟一切技艺,被人称为小弓博士。他从得叉尸罗出来,为求可以表显自己一切技术的职位,到了弥沙塞地方。

菩萨生来身矮而背屈。自忖道:"如果我到任何一国的国王那里去,王会说:'这样的矮子,能代我们做些甚么呢?'还不如举一个身材适度、外表俊伟的汉子为代表,靠他谋生吧。"于是菩萨就物色这样的人才,在一所纺织工场中,找到一个职工名叫残忍军的。与他攀谈道:"你叫甚么名字?"职工道:"我叫残忍军。"菩萨道:"你体格这样美好,为何操这种贱业呢?"职工道:"因为不能糊口呀。"菩萨道:"请勿再干这种行业了。我是今世第一流的弓术家,可是我若投到某国国王那里去,王见了也许要不快,说'这样的矮子能替我们作些甚么'的。你若代表了我去见王说'我是弓术士',那王就会给你俸钱,你的生计就可比现在好得多了。我就从事于你所做的行业,在背后靠你过活吧。这样,我们两人都会幸福吧。依我的话办啊。"那人答应道:"是。"

于是菩萨带了他到波罗奈去,自己做了弓术士的随从者,叫那职工在前,站在王宫门口,叫守门者前去通报。当守门者回告他们"进去"时,二人就进去向王作了礼,站在一旁。王问:"你们来此何事?"残忍军道:"我是弓术士,遍天下没有一个弓术士及得上我的。"王道:"你在我这里供职要多少俸钱呢?"残忍军道:"大王,半个月给我一千金,我就在大王这里供职吧。"王道:"站在那边的是谁?"残忍军道:"大王,是我的弟子。"王道:"好,你就在这里供职好了。"从此以后,残忍军即在国王的地方供职,有甚么事务时,都由菩萨代为处理。

那时,迦尸国某森林中,有一只虎,出扰行人往来的要道,吃了不少的人。众人将这事告诉国王。王唤残忍军来,问道:"你能捕虎吗?"残忍军答道:"大王,假使我不会捕虎,怎称为弓术士呢?"于是王特给津贴以为奖励。他回到家中,将此事告知菩萨。菩萨道:"好,去得。"残忍军道:"你不去吗?"菩萨道:"我不去,教你一种方法就是。"残忍军道:"请你教我。"菩萨教他道:"你不可慌张地独自到虎穴去。你得纠集地方上的居民们,叫他们拿一千或二千张弓前去,如果见虎纵起来,你就逃入草丛中,俯伏而卧。当居民们射捕老虎,把他擒住时,你用齿咬取一根藤,然后执藤之端,走到死虎旁边,说:'这虎是谁杀死的?我因想用藤把此虎像牡牛一般缚住了,带到国王那里去,所以跑入草丛中去取藤的。我还没有把藤取来,谁就把他杀死了。'这样,居民们会恐惧起来,对你说:'老爷,请勿告诉大王。'并给你许多钱吧。而且虎算是你捕住的,从国王的地方也可得到许多赏金吧。"

残忍军说声"晓得"而去。他用菩萨告诉他的方法捕虎,除了森林的害物,被许多人围着,回到波罗奈来谒国王,禀告道:"大王,我已将虎擒住,森林已安全了。"于是国王大悦,赐了他许多钱财。

又有一日,众人告诉国王道:"有野牛扰害某条道路。"王立刻叫残忍军前去,他用菩萨所教的方法,与捕虎一样地捕了那野牛回来了。于是又从王受了许多钱,获得了极大的权势。他因醉心于权势,就对菩萨轻蔑起来,不听从菩萨的话了,甚至说出这样无礼的话来:"我并非靠你过活的。你不是我的随从吗?"

过了几日,某敌国之王来围波罗奈城,送通牒给王道:"请把王国交出,否则开战。"王主张"战",派残忍军前往。他全身武装起来,穿了军服,乘在武装的象背上。菩萨怕他阵亡,也全身武装了,坐在残忍军背后。象由许多人围着,出城向战场而去。残忍军听到战鼓声,就战抖起来了。菩萨心想:"他也许会从象背上堕下而死。"便用轭绳绕住残忍军,使他不会从象背上坠下。残忍军到了战场,就因死的恐怖战栗得泄出溲便来,污及象背。菩萨道:"残忍军,你前后判若两人。以前像个战士,现在却连溲便都吓出了。"接着就唱出下面的偈语来。

> 残忍军啊,你先作壮语,
>
> 后来吓得泄出溲便。
>
> 先后判若两人,
>
> 说欲奋战而今忽挫折。

菩萨这样地把他讥斥了一顿之后,说道:"你不必怕。有我在此,你为甚么要萎缩呢?"说着就扶残忍军下了象背,鼓励他道:"你洗个澡回家去吧。"菩萨想:"今日正是我显扬名声的时候了。"遂驰入战场,呐喊着击破了敌人的阵营,把敌王俘获,回到波罗奈王的地方来。王大悦,赐以极大的荣誉。从此小弓博士的名字,在全世界是无人不知了。他给生活之资与残忍军,叫他回去。自己积了许多施与等善行,后来依其业报,投生于应生之处。

结　分

佛道:"比丘们啊,那比丘的夸口,并不始于今日,前生也已如此。"佛作此法话后,复把本生的今昔联结起来道:"那时的残忍军就是口出大言的比丘,小弓博士则就是我。"

第九章　饮酒品

八一　饮酒本生因缘　[菩萨＝仙人]

序　分

此本生因缘,是佛在憍赏弥城附近瞿师罗园时,就娑竭陀[善来]长老说的。世尊在舍卫城过了雨安居期以后,游行各处。当抵跋陀越市镇时,牧牛者、农夫、旅人等前来参拜世尊,并向世尊说道:"尊师世尊啊,请勿到庵婆津去。庵婆津有结发外道的道院,里面有一条极毒的毒龙,名曰庵婆津守者的栖居着。这毒龙或许要危害世尊也未可知。"如是劝阻世尊前往。世尊装作没有听到他们的话的样子,虽然众人阻止了他三次,但终于到庵婆津去了。

却说,当世尊在跋陀越附近某森林时,有一随侍佛的长老,名曰娑竭陀,具有民众神通的妙力,他到这道院来,走入龙王的栖所,铺了草蓐,跏趺而坐。龙怒不可遏,放出烟来,长老也放出烟来。龙扬起火焰,长老也扬起火焰来。龙的火不曾使长老感到苦恼,而长老的火却给龙以苦恼。那长老于顷刻之间,折服了龙王,使受三归与五戒,然后回到佛的地方来。

佛安适地住在跋陀越,然后再回到憍赏弥城来。娑竭陀长老降服龙王的消息，传遍了全国。侨赏弥城的居民出来迎接世尊，向世尊致敬。更趋至娑竭陀长老的地方，敬礼了长老，然后退而立在一隅，这样说道："尊师啊，如果尊师有想要而得不到的东西，尽管告诉我们，可以归我们来办的。"长老默然不语。于是有些人说："朋友，鸠羽色的酒，出家人不易得到，而且也是他们所想要的东西。你们如将清澄的鸠羽色酒献给长老，也许是对的。"市民们答应称"是"。次日，招待佛去受供，到了市中，市民们想"各人在自己家中供养长老吧"，于是置备了鸠羽色的清酒，招待长老，每家将清酒进献。长老饮得大醉，欲到市外去，却在关口倒下了，说着呓语躺在地上。

　　佛进食毕，想出市而去时，见长老这样倒卧着，就道："比丘们，陪娑竭陀回去吧。"叫比丘众陪他回到园内。比丘众使长老卧下，把他的头向着如来的脚。长老一转身，他的脚对着世尊了。佛问比丘众道："比丘们啊，你们觉得怎样？娑竭陀从来对我所表示的敬意，如今还有吗？"比丘众道："没有了，尊师。"佛道："降伏庵婆津的守者龙王的是谁呢？"比丘众道："尊师啊，那是娑竭陀。"佛道："但若是现在，他能降伏栖居水中的蜥蜴吗？"比丘众道："尊师，那是不能的。"佛道："比丘们啊，像这种饮了会不省人事的东西，饮得的吗？"比丘众道："饮不得的。"于是世尊把长老斥责了一顿，唤比丘众过来，说道："饮含有酒精的烈酒，犯波逸提之过失。"这样制定了戒条，便从座而起，步入香室中去了。

　　比丘众聚集在法堂上，论饮酒之过道："法友们啊，饮酒不是大罪恶吗？那娑竭陀既有智慧，又有神通，只因饮了酒的缘故，便做出那种连世尊的大德也不知道的人的举动来了。"世尊走到那边来，问道："比丘们，你们现在会集于此，有何谈话？"大家都回答道："是如此这般的事。"佛道："比丘们啊，出家人因饮酒以致丧失意识，并不始于今日。在前生也是如此。"说着就讲起过去的事来。

主　分

　　从前，当梵与王在波罗奈城治国时，菩萨生在迦尸国西北部婆罗门的家里，长大后出家修仙，获得神通力与禅定，享受着禅定之乐，与弟子五百人同住在雪山地方。不久雨期近了，弟子们就向师父说道："师父啊，我们到村邑去吃点咸与酸的食物，然后回来。"师父道："我留在这里吧。你们可到村邑去休养身体，过了雨期再回来。"大家说声"是"，对师父行了敬礼，就赴波罗奈，住在国王的御苑中。次日，出城到某村落去托钵，得到充分的食物，至第三日回进城来，人们欢喜地迎接他们，施以食物。不久，又去将此事告知国王道："大王，有五百仙人从雪山地方来，住在御苑中。都是勤修无欲的高德之士。"王闻知他们的德行，就赴御苑，向他们礼拜致敬，留他们在雨季四个月间住在这里，且邀入宫中受供。嗣后这班出家人便日日在王宫中进餐，住于御苑。

后来有一日，城内举行酒祭。国王觉得"酒在出家人是不易得之物"，便施了他们许多好酒。行者们饮了酒回到御苑，泥醉的结果，有的跳，有的唱，有的且唱且跳，将家具与其他器物乱丢一阵而卧。等到酒醒睁开眼睛来，见到或听到自伙间如此荒唐的丑态，悲泣着说："我们做了与出家人不相应的事了。我们离开了师父，致犯此罪。"于是立刻离了御苑，回到雪山来，先把用具整顿完毕，然后礼拜了师父坐下。师父问道："你们怎样？在村邑中能获得充分的食物，安乐过日吗？大家都能和睦相处吗？"弟子们道："师父啊，我们生活过得很舒服。但我们饮了不应饮的东西，因此失了本性，不能守持正念，大家竟至唱起来、跳起来了。"他们这样地把情形申述了一遍以后，唱出下面的偈语来。

我们饮了酒，

或跳、或歌且泣。

饮了这使人昏迷的东西，

不变猿猴尚算万幸。

菩萨责备他们道："不想认真地过共同生活者原是如此。"又道："从今以后，不准再做这样的事。"菩萨如是对他们施训，自己则不退转地修禅定，后生于梵天界。

结　分

佛作此法话后，把本生的今昔联结起来道："那时的仙人群即现在佛的从者，那仙人群之长则就是我。"

八二　知友本生因缘　[菩萨＝天王]

序　分

此本生因缘，是佛在祇园精舍时，就一个不从顺的比丘说的。这本生因缘是迦叶佛时代的故事，详第十编四门本生因缘[第四三九]中。

主　分

那时，菩萨唱出下面的偈语来。

你远避了琉璃与银，

又远避了摩尼。

而固执于石，

终生不能脱离。

菩萨唱毕此偈，便到天上界的住处去了。弥多文达迦举起了铁轮❶受大苦恼，他的罪消了以后，随其业报，投生于应生之处。

---

❶　铁轮（uracakka）亦译作胸轮，是地狱中用以使罪人受苦的一种刑具，系用石或铁制成。用以在头上旋转时，受者感到非常的苦痛。

结　分

佛作此法话后，把本生的今昔联结起来道："那时的弥多文达迦是这个不从顺的比丘，天王则就是我。"

八三　不幸者本生因缘　[菩萨＝长者]

序　分

此本生因缘，是佛在祇园精舍时，就给孤独长者的一个朋友说的。这人与给孤独长者是幼年朋友，曾从同一的教师修习学艺，他的名字叫不幸者。他后来陷入不幸，不能维持生活，遂到长者的地方来。长者安慰他，与以薪给，叫他整顿家事，他遂做了长者的帮手，处理一切事务。当他来到长者旁边时，人们对他说"坐呀，不幸者"，"立呀，不幸者"，"食呀，不幸者"等等的恶语。

一日，长者的知友熟人们到长者处来，告诉长者道："大长者啊，别把那人留在身边了，要是听到了'立呀，不幸者，坐呀，不幸者，食呀，不幸者'的声音，就是夜叉也会遁走的。他与你身分不同，他是贫穷不幸的人，于你有甚么用呢？"给孤独长者答道："名字不过是名目而已，贤人决不以名字定人价值。不可只闻声音而判断吉凶。我不能徒为了名字之故，遗弃儿时的竹马之交。"长者这样地驳斥了知友熟人们的话。有一日，他要到自己的庄园去了，便将家事托付了不幸者。

盗贼们说："长者下乡去了，到他家去抢吧。"于是手里拿了各种武器，乘着黑夜，前来把长者家围住。却说，那个不幸者防有盗来，坐着未睡。及知道确有盗贼来了，就呼唤家人道："你去吹螺贝，你去击大鼓。"如是独自在家中奔走大声呼唤，像在纠集人众的样子。盗贼们心想："家中无人的话是误传,大长者仍在家里哩。"便当场弃了石、槌等物逃走了。次日,众人见了那些遗弃在四处的石、槌等物,吓得发抖,互相谈论道:"昨夜倘没有这样聪明的管家人,盗贼将任意进来,把家中抢劫一空了吧。靠了这位聪明的友人之助,长者之家才安然无恙啦。"大家这样称赞他,待长者从村庄回来,就把经过报告给长者听。长者告诉他们道:"你们曾叫我辞退这位管家事的朋友。如果那时我听了你们的话,将他辞去,那么今日我的家里将一物不剩了吧。名字并非价值的标准,有才能的心才是标准呀。"于是给他以更多的薪给。长者觉得"现在我有'故事的供养品'了",便到佛的地方来参诣,将此事从头细述一遍。佛道:"居士啊,那不幸的朋友,为了自己而作家事的监督,并不始于今日,前生也是如此。"接着就因了长者的请求,讲出过去之事来。

主　分

从前,当梵与王在波罗奈城治国时,菩萨是一位声誉极隆的长者。在他朋友之中,有个名叫"不幸者"的,其经过全如前面所述。菩萨从庄园回来,听了经过情形,便道:"假使我听从了你们的话,将这样的朋友遗弃,那么今天我家里将一物不剩了吧。"说毕,就唱出下面的偈语来。

同行七步者是朋友,
同行十二步者是知友。
同居一月或半月者是亲族,
同居一月以上者就等于自己。
我怎能因自己的利益,
遗弃旧交的不幸之友。

结　分

佛作此法话后,把本生的今昔联结起来道:"那时的不幸者是阿难,波罗奈长者则就是我。"

八四　利益门本生因缘　［菩萨＝长者］

序　分

　　此本生因缘，是佛在祇园精舍时，就一个敏于洞察利益的少年说的。舍卫城有一个富有的长者，那长者有个聪慧的儿子，虽还只有七岁，却善于洞察利益。一日，他走到父亲面前，向父亲提出了关于利益之门的质问。父亲回答不出，心中忖道："这是极微妙的问题，在这个广大的世界之中，上自有顶天，下至无间地狱，除一切知者的佛以外，无人能解答这个问题。"于是他陪了儿子，叫他拿了许多花环、香与涂香之类到祇园来，呈献于佛，向佛礼拜，然后退而坐在一隅，对佛说道："世尊啊，此子天性颖悟，极善于洞察利益，曾就利益之门向我提出质问。我不知道，所以到世尊这里来的。世尊啊，请为解答这个问题。"佛道："信士啊，我在前生也曾为此子解答过问题。那时他原已懂得。只因他已转生了好几回，所以记不起来了。"说着就答应了长者的请求，讲起过去之事来。

主　分

　　从前，当梵与王在波罗奈城治国时，菩萨是一位很有钱的长者。他有一个年方七龄的儿子，生来颖悟，敏于洞察利益。一日，他走到父亲那里，问道："父亲，甚么是利益之门呢？"他父亲就唱出下面的偈语，来解答这个问题。

　　　　最上第一之利是无病、
　　　　德、贤者所是认者、学问、
　　　　依法而行及舍离执著，
　　　　这六者是利之最良的门。

　　菩萨这样为此子解答了关于利益之门的质问。后来他就坚持这六法，永不舍离。菩萨自己行了施舍与其他善行，依其业报，投生于应生之处。

结　分

　　佛作此法话后，把本生的今昔联结起来道："那时的孩子即今日之孩子，大长者则就是我。"

八五　有毒果本生因缘　［菩萨＝队商主］

序　分

　　此本生因缘，是佛在祇园精舍时，就一个厌弃出家的比丘说的。相传有一良家子弟，以纯正的归依之心入了佛道。有一日，他在舍卫城托钵行走，注目于一个装饰华丽的妇人，因此起了厌弃出家之念。他的阿阇梨与和尚，陪他到佛的地方来。佛问道："比丘啊，听说你厌弃出家了，真的吗？"及听到了"真的"的回答，便道："比丘啊，沉湎五欲时虽然快乐，但纵欲是受生于地狱等处的根源，譬如吃有毒果。有毒果色、香、味俱极佳美，但吃的都因此碎了内脏而死。前生也有许许多多的人，不知此果之有毒，为其色、香、味所迷，吃了此果，以致丧生。"接着就讲起过去之事来。

主　分

　　从前，当梵与王在波罗奈城治国时，菩萨是队商之主，率领着五百辆车子，从东国往西国。到了森林边界以后，他召集了从者们，训诫说道：

"这森林中有些树是有毒的。遇到向来未吃过的果实,须先问过我然后再吃。"从者们通过了那座森林,来到尽头时,见有一株树,树枝因果实而下垂着。其干、枝、叶、果以及形、色、香、味等等,都与庵罗果相像。有些人为其佳美的色、香、味所惑,误以为是庵罗果,把果实摘来吃了。有的说:"须问了队主然后再吃。"把果实拿在手中站着。菩萨来到他们的地方,叫手持果实者立刻丢去,已经吃下的则叫他们呕吐出来,给予药品。其中有若干人得了救,但第一个吃的却丧了命。菩萨平安地到达了目的地,得了赢利,然后回到自己的故乡,施行施舍等善事,随其业报,投生于应生之处。

结　分

等正觉者的佛,既讲此过去之事,复唱出下面的偈语来。

不知将来的灾祸,

恣纵诸欲者,

等于为熟果所诱惑,

而去吃有毒果。

佛道:"诸欲当享受时虽觉快乐,但到了其所结的果成熟时就会害人。"又把这与教义联络起来,说明四谛。于是那厌弃出家的比丘遂达初果,其他比丘,则有的达初果,有的达第二果,有的达第三果,又有达阿罗汉果的。佛作此法话后,把本生的今昔联结起来道:"那时的群众即今佛的诸弟子,队商主则就是我。"

八六　验德本生因缘　[菩萨＝祭司]

序　分

此本生因缘,是佛在祇园精舍时,就一个作道德的试验的婆罗门说的。相传,他曾事拘萨罗王,受三归,守五戒,通达三吠陀之精义。王说"他是有德之士",故对他特别尊敬。他想:"这位国王对我表示敬意,远在别的婆罗门以上,过分地尊敬着我。我要试探一下,究竟国王表示这样的敬意,是为了我的出身、姓、族、地位、学艺、事业优越呢,还是因为我有德呢?"一日,他在国王处服务完毕,回到家里去,途中从一个司藏官的室中擅自拿取了一个迦诃婆那的货币,司藏官为了尊敬婆罗门的缘故,默坐不做声。第二日又擅自拿取了两个迦诃婆那的货币,司藏官仍默忍着。到了第三日,他抓了一握的迦诃婆那货币。这时司藏官对他说道:"你连这一次已三次偷取大王的财宝。"于是大声喊道:"我把偷大王财宝的贼捉住了。"如是喊了三次。就有许多人从各处赶到,对他说道:"在今日以前你一向装着有德者的样子呢。"把他殴打了二三下,然后将他绑了,拖到国王面前来。王悔恨地说道:"婆罗门,你为甚么要干这种不道德的勾当呢?"遂下令"将他处刑"。婆罗门道:"大王,我并非盗贼。"国王道:"那么为甚么从司藏官室中盗取迦诃婆那货币呢?"婆罗门道:"大王之所以尊敬我,是为了我的出身等等呢,还是由于我的德行呢? 我为了要试探此事,所以这样做的。不过,现在我已明白大王的对我表示敬意是为了我的德行,并非为了我的出身等等。请大王依照刑法治我以应得之罪。我以此理由,已断定德行是世间最可贵的东西。但欲作与德行相应之事,在家沉湎于欲,是不成的。我想今日就到祇园去,在佛的地方出家。请大王准我出家吧。"结果得了王的许可,便向祇园而去。那时他的亲族、朋友、熟人们齐来阻止他,但都没有结果而回去了。

他到佛的地方请求出家,得了出家与受戒的许可,修行不怠,精修观行,于达阿罗汉果时,便来到佛前告诉佛道:"尊师啊,我的出家已达究极。"向佛说明了得果之事。不久,这事就遍传于比丘众之间。

一日,比丘众集合法堂,称赞他的德行道:"法友们啊,随侍国王的婆罗门某,试验自己的德行,得了王的准许出了家,今已达阿罗汉果。"这时佛走来问道:"比丘们啊,你们在这里会谈着甚么?"他们禀告道:"是如此这般的事。"佛道:"比丘们啊,因试自己之德出家救了自己的,不止这个婆罗门,贤人们在前生也曾因试自己之德出家,而救了自己。"接着就讲起过去之事来。

主　分

　　从前,梵与王在波罗奈城治国时,菩萨任职为王之祭司,他不烦心于酬施多寡,只是专念于德行,坚守五戒。至于王对他较其他婆罗门更为尊敬等事,都与前面所述的故事相同。当菩萨被绑缚了拉到国王的地方去时,途中有几个玩蛇者正在玩蛇为戏。有的执了蛇尾,有的执了蛇头,把尾卷在项上。菩萨见了,对他们道:"你们不可执蛇尾,或执蛇头把蛇尾卷在项上。蛇会来咬你们,使你们丧命的。"玩蛇者道:"婆罗门啊,蛇是有德的,品行端正,并不是那样不道德的东西。而你却因了自身的不道德与品行不端,作了盗取国王财宝的贼,被捆绑了拉去见王哩。"于是他想:"蛇不咬人、害人,尚可得有德者的名声。何况人呢?在这世界上道德真是至高无上,没有比这更高的东西了。"

　　后来他被拉到王的面前来了。王问:"这人是谁?"臣下道:"大王,这是盗取大王财宝的贼。"王道:"那么依王法处罚他。"婆罗门道:"大王啊,我并非盗贼。"王道:"那么你为甚么盗取迦诃婆那货币呢?"婆罗门作了如前面故事中所述那样的申辩以后,又道:"我因这理由,断定在这世界上道德是最可贵的东西。"接着又引蛇为证,赞美道德道:"别的且不说,那毒蛇因不咬人、不伤害人,尚博得了有德者之名,那么就可知道德是至高无上的东西。"他说这话后,唱出了下面的偈语。

　　德真是可贵,

　　世间唯德至高无上。

　　试看那毒蛇,

　　成了有德者便不伤人。

　　菩萨这样地用此偈为王说法后,舍离五欲成为神圣的出家之人,入雪山地方,修得五种神通力与八种禅定,后生于梵天界。

结　分

　　世尊作此法话后,把本生的今昔联结起来道:"那时王的从者即今佛之从者,祭司则就是我。"

八七　吉凶本生因缘　[菩萨＝仙人]

序　分

　　此本生因缘,是佛在竹林精舍时,就一个占观衣服之相的婆罗门说的。相传,王舍城中有一个婆罗门,他极迷信,不信三宝,心怀邪见,家中富有资财,生活穷奢极侈。他藏在衣箱中的一袭衣服被鼠咬啮。一日,他洗了发,唤道:"拿衣服来。"仆役们告以衣服已被鼠咬啮。他想:"倘将这一袭被鼠咬过的衣裳放在家里,会因此发生大灾难吧。这衣服是不吉之物,与厄神相同。我不可将他给与孩子们、仆役或田夫们。因为凡触此衣服者,是会遭灾难的。还是叫人丢到墓场去吧。但交给仆役们去丢是不行的,因为他们也许会对这衣服引起欲念,占有了去,以致遭逢灾祸。还是交给儿子吧。"于是唤自己的儿子来,吩咐他道:"儿啊,你不可用手去接触,把他挂在杖上去丢在墓场,然后把身子连头洗过,再回家来。"

　　这日,佛在清晨遍观应予济度的亲族,知道这父子二人有入初果的机根,便如那沿着鹿所往来之道而行的狩鹿师一般前进,放出六道金色佛光,站在墓场的入口。青年奉父亲之命,把那一袭衣服像蛇似地挂在杖端,向墓场的入口走来。佛问道:"青年,你干甚?"青年道:"你瞿昙啊❶，这一袭衣服已被鼠咬啮过，与厄神相同，有如有毒之物。我父亲怕'叫别人来丢掉，也许会引起欲念而占为己有'，所以特差我来。我答应父亲'丢掉后当连头洗过'，才到这里来的。你瞿昙啊。"佛道："那么请丢掉吧。"青年把衣服丢了。佛道："这已成了我们可用的东西了。"说着就当着他的面，拾取那不吉物，他虽阻止道："你瞿昙啊，那与厄神相同，不可拾取，不可拾取。"但佛却把这拿着自回竹林精舍去了。

青年急急地回来，告诉他父亲道："父亲，沙门瞿昙将我丢在墓场的一袭衣服拾起，说是'这个我们可用的'，不顾我的阻止，把他拿了到竹林精舍去了。"婆罗门想道："那一袭衣服是不吉物，与厄神同。若著此服，沙门瞿昙会遭灾难吧。结果将埋怨我们吧。还是另用许多衣服供养沙门瞿昙，叫他把那袭衣服丢弃了吧。"于是他叫人拿了许多衣服，与儿子同到竹林精舍，会见了佛，站在旁边。婆罗门道："你瞿昙啊，听说你在墓场拾取了那袭衣服，真的吗？"佛道："真的，婆罗门。"婆罗门道："你瞿昙啊，那袭衣服是不吉之物，你著了会遭灾祸吧。精舍中人也会全体遭灾吧。如果你们的内衣或是外衣已不堪了，请用这些衣服来替换，叫人把那袭丢了吧。"佛对他道："婆罗门啊，我们是出家人。被遗弃于墓地、街头、垃圾堆、浴场、大路等处的衣类，于我们正是相应的东西。你不但在今世，即在前生也抱着这种见解。"接着就答应了他的请求，讲起过去之事来。

主　分

从前，摩揭陀国王舍城中，有一公正的王，名曰摩揭陀王。那时，菩萨出生在西北部某一婆罗门之家，到了能辨别事理的年龄，出家修仙，获得神通力与禅定，居住于雪山地方。某时，他离了雪山地方，来到王舍城国王的御苑，就在那里住下。第二日进城托钵。王一见到他，就请到宫中，供养食物，并请他长住御苑，不再他往。菩萨就在宫中进食，住在

---

❶　你瞿昙啊（bho Gotama）是婆罗门族人用以呼佛之语，多少含有侮蔑之意。因此婆罗门族人被称为 bhovādin（以"你"称呼佛者）。

御苑。

那时,王舍城中有一"占观衣服之相的婆罗门"住着。他在衣箱中藏置一袭衣服等事,一如前面所述。青年前往墓场时,菩萨已先他而往,在墓场的入口等着。后来拿了他所弃的一袭衣服回御苑去。青年把这事告知他的父亲。父亲以为"那出入于王宫的行者或将遭祸",便走来告诉菩萨道:"行者,请你丢了你所拾得的衣服,以免遭祸。"行者道:"被弃于墓场的衣服,正与我们相应,吉凶我们并不介意。介意于吉凶,在佛、独觉、声闻们不认为好事。所以贤人是不应介意吉凶的。"他如是为婆罗门说教。婆罗门闻教,就打消自己的意见,归依了菩萨。菩萨不退转地精修禅定,转生于梵天界。

结　分

等正觉者佛述此故事,为婆罗门说法,复唱出下面的偈语。

脱离迷信、吉凶之兆、梦、相之念者,

已超越迷信之过,

折伏双双的烦恼❶,

不再受生于轮回界。

这样,佛既以偈为婆罗门说法,更说明四谛之理。说毕四谛,婆罗门与其子都入了初果。佛把本生的今昔联结起来道:"那时的父子即现在的父子,行者则就是我。"

八八　沙兰巴牛本生因缘　[菩萨＝牛]

---

❶　所谓双双的烦恼,即成双而起的烦恼。如忿与恨,覆与恼是。

序　分

　　此本生因缘,是佛在舍卫城时,就恶骂之诫说的。这事出于前面欢喜满牛本生因缘[第二八]。在此本生因缘中,菩萨是健驮逻国得叉尸罗某婆罗门的牛,名叫做沙兰巴。

主　分

　　佛讲述前生之事毕,复唱出下面的偈语。
　　只说善言,
　　不说恶语。
　　说善言得福,
　　说恶语有祸。

结　分

　　佛作此法话后,把本生的今昔联结起来道:"那时的婆罗门是阿难,婆罗门之妇是莲华色,沙兰巴牛则就是我。"

八九　诈欺本生因缘　[菩萨＝商人]

序　分

　　此本生因缘,是佛在祇园精舍时,就一个诈欺汉说的。诈欺汉的故事,见郁陀罗迦苦行者本生因缘[第四八七]中。

主 分

　　从前,梵与王在波罗奈城治国时,在某村附近有一个虚伪的结发道人住着,他是欺骗的修行者。某家主在自己的林中筑了草舍,请那行者住在里面,从自己家中备了美味的饮食供养他。他误信那个骗人的行者是有德之人,因为怕遭盗劫,便把黄金首饰百件搬入草舍,埋在地下,说道:"尊者啊,请你照顾一下。"行者对他说道:"朋友,对于出家人不可说这样的话,我们对于别人的东西是不起欲念的。"家主道:"尊者,你说得有理。"相信了他的话走了。邪恶的行者心想:"只要有了这点东西,终生就可过活了。"两三日以后就取金改放在路旁某处,仍来住在草舍中。次日,他在家主宅中吃完了饭以后,说出这样的话来。"朋友啊,我已麻烦了你好多日子。与人久住一处,势必亲狎。亲狎在我们出家人是过失。因此我想离开这里了。"家主虽几次恳留,也不答应再耽搁下去。于是家主道:"既如此说,那么请便吧。"送他至村口而返。

　　行者走不多远,心里想道:"非哄骗一下那家主不可。"遂在结发中放了草,重新回来。家主问道:"尊者,为甚么又回来了?"行者道:"朋友啊,有一片草叶,从你家的屋顶落在我的头发中。不与而取,在我们出家人是不相应的,所以把他拿来了。"家主道:"尊者,那么请把他丢了就去吧。"家主觉得"他人之物,一芥不取,我的师父真是有德之士",向他作礼而别。

　　时菩萨正为作买卖而赴边境,中途寄宿在那分人家。听了行者的话,以为"这邪恶的行者的地方,家主一定藏着甚么东西哩",遂向家主询问道:"喂,家主,你没有东西寄存在这行者的地方吗?"家主道:"有的,有黄金首饰百件。"菩萨道:"那么请去点查一下。"家主跑到草舍去,见所藏之物已不在,急忙回来告诉说道:"已没有了。"菩萨道:"那黄金不是别人取去的,一定是那个骗人的行者取去的。喂,赶快去追捕他吧。"于是火急地捉住了那虚伪的行者,用手打他,用脚踢他,逼他交出黄金来留下。菩萨见了黄金,责备他道:"你取一百件首饰时于心无愧,而对于一片草叶倒难为情呢。"接着就唱出下面的偈语。

人称赞你说,

言语柔和而亲切。

你为一芥而心不安,

却不为百件首饰而羞惭。

菩萨这样非难他,又训诫他道:"伪善者啊,从此以后,不可再干这种勾当了。"后来菩萨依其业报,投生于应生之处。

结　分

佛作此法话后,又道:"比丘们啊,那比丘不但现在在此处诈骗他人,即在前生也做过骗人的事。"并把本生的今昔联结起来道:"那时的伪行者是这个诈骗的比丘,那贤人则就是我。"

九〇　忘恩本生因缘　[菩萨＝长者]

序　分

此本生因缘,是佛在祇园精舍时,就给孤独长者说的。长者有一个未曾会过一面的朋友,是住在边地的长者。某时,那友人将边地所产的物品,装载在五百辆车上,吩咐佣人们道:"喂,你们把这些货物运到舍卫城去,当着我朋友给孤独长者的面全部卖出,装了所换得的货物回来。"他们答应说"是",依照长者的嘱咐,到舍卫城会晤大长者,进呈礼物,并详告一切。

大长者道:"诸位来得很好。"一面替他们料理宿处,并给以金钱,一面问朋友长者安否。及卖掉了货物,就给以所换的物品。他们回到边地,将此行经过报告主人的长者。

后来,给孤独长者也照样将五百车货物运至彼处。长者的使者们到那地方去,拿了礼物,去会晤住在边地的长者。那长者问道:"你们从甚么地方来?"使者们答道:"从舍卫城你的朋友给孤独长者那里来。"长者戏弄他们道:"给孤独长者是谁?"收下礼物,说:"你们回去吧。"便送他们出门,不留他们住宿,也不给金钱。他们自己卖掉了货物,换得别的物品,回到舍卫城,将此行经过报告长者。

那个住在边地的长者,如前回一样,再派五百辆货车到舍卫城来。使者们拿了礼物,来会见大长者。给孤独长者的佣人们道:"主人,他们的宿处、仓库与零用钱都由我们去料理吧。"于是叫他们将车子放在城外适当的地方,对他们道:"诸位,请在这里住宿,由我们家中供给粥、饭与零用钱。"就纠集仆役们,于夜间夺取那装载在五百辆车上的货物,撕破他们的外衣与内衣,将牛赶走,脱去车轮,把车弃置于地,把车轮拿去。从边地来的人们,因自己所有之物连内衣都没有了,便慌张向边地逃走。

大长者的佣人们,将此事报告大长者。给孤独长者觉得"这正是极好谈话的资料",便到佛的地方来,把此事的始末详述了一遍。佛道:"居士啊,那住在边地的长者作这样的行为,并不始于今日,在前生也已如此。"接着就答应了大长者的请求,讲起过去之事来。

主　分

从前,当梵与王在波罗奈城治国时,菩萨是波罗奈的长者,富有资财。他在边地有一个未曾见过一面的长者朋友等事,与前面故事中所说的完全相同。当佣人们报告了"今日我们做了这样的事"以后,菩萨道:"不念旧情的人,到了后来当逢这样的结果。"接着就为当场在那里的人们说法,唱出下面的偈语来。

> 受人帮助与利益,
>
> 而忘记旧情,
>
> 日后有事,
>
> 便无人为他处理。

菩萨这样地唱偈说法后,施行施舍及其他善业,依其业报,投生于应生之处。

结　分

佛作此法话后,把本生的今昔联结起来道:"那时边地的住者,即今边地的住者,波罗奈城的长者则就是我。"

第十章　涂毒品

九一　涂毒本生因缘　［菩萨＝赌徒］

序　分

此本生因缘，是佛在祇园精舍时，就漫不经心而受用资具之事说的。相传，那时的比丘得了衣服等物，常漫不经心地去受用。因漫然受用生活的四要物，不加思索，以致堕生于地狱、畜生的很多。佛知道这原因，所以用种种方法对比丘众说法，讲述漫然受用物质之祸。说道："比丘们啊，获得比丘生活的四要物之后，不加思索，漫然享用是不行的。所以，从今以后，非考虑了去受用不可。"又指示反省的规则，如"比丘们啊，比丘须思索着去受用衣服，衣服是御寒之具"，如斯把文句一一定好。又道："比丘们啊，［比丘生活的］四要物，非这样经过思索而受用不可。不加思索而受用等于服毒。从前曾有人毫不经心，不知过错而服毒，等到结果显现，遂受大苦。"接着就讲起过去之事来。

主　分

从前，当梵与王在波罗奈城治国时，菩萨生在一个大富翁的家里，成年后为大赌徒。时另有一个邪曲的大赌徒,他与菩萨争胜负,自己胜时不破坏赌场的秩序,觉得自己要负时,就将骰子投入口中,说:"骰子没有了。"把赌场秩序破坏而去。菩萨知道了这情形,说道:"好,那么我也有办法。"于是取了骰子回到自己家中,在骰子上涂了毒,干后再涂,几次弄干了,拿到他的地方,说道:"喂,来赌胜负吧。"他说声"好",摆了赌场,与菩萨争胜负,因见自己要负了,便取了一粒骰子,投到嘴里去。菩萨见他这样做,便道:"你把他咽下,才会明白这是甚么东西吧。"为了责备他,唱出下面的偈语来。

你咽下涂有剧毒的骰子,

不曾自知。

咽吧,咽吧,你这万恶的赌徒,

到后来你将受苦。

菩萨正这样唱着的时候,那个赌徒因毒发已气力渐弱,眼睛发眩,仆身倒地。菩萨觉得"现在非救他的性命不可了",遂给以采自药草的吐剂,叫他把毒吐出,又给他吃醍醐、蜜、糖等物,使他复原,然后训诫他道:"以后不可再干这样的事。"自己则施行施舍等善业,依其业报,投生于应生之处。

结 分

佛作此法话后,又道:"比丘们啊,不加思索而享用资具,正与不思索而服毒相同。"然后把本生的今昔联结起来道:"那时的聪明的赌徒就是我。"

九二　大精❶本生因缘　［菩萨＝大臣］

序　分

　　此本生因缘，是佛在祇园精舍时，就长老阿难说的。某时，拘萨罗国王的宫女心里这样想道："佛的出世是难得的，生而为人与六根［身心］完具，也极难得。我们虽生逢这个难得的好时机，却不能如愿前往精舍闻法、作供养、行布施。我们过着笼中之鸟般的生活。禀告国王，请他招待一位可以为我们说法的比丘，我们就从他那里倾听法门吧。我们从他那里学习一切我们所能学习之事，并且施行布施等等善事吧。这样，我们便不致辜负这个好时机了吧。"于是她们一齐去见国王，将这个意思告知。王答应说"好"。

　　一日，王想去游御苑，唤司苑者来，命他扫除御苑。司苑者正在扫除的时候，见佛在一株树下坐着，遂去禀告国王道："大王，我已把御苑扫除干净了。佛正坐在苑中树下呢。"国王道："那么我们到佛那里去拜听法门吧。"于是就乘了严饰之车，入苑来参诣佛。时有一个不还果的信士，名叫伞掌的，正坐在那里听佛说法。王见了有些怀疑，暂时站着，既而这样忖道："他若是恶人，不会坐在佛的旁边听法的，大概不是恶人吧。"便走近佛去，礼拜后坐在一旁。信士为了尊敬佛之故，见了王既不迎拜，亦不行敬礼。因此王对他感觉不快。佛知王不快，便称赞信士的德行道："大王啊，这位信士，博学而通晓圣典，已舍离诸欲。"国王觉得"佛既如斯称赏他的德行，他当非下贱之徒"，便道："信士啊，你要甚么东西？请告诉我就是。"信士应了声"是"。王在佛的地方听了法门，作右绕之礼而去。一日，王见这位信士吃完朝餐后，拿了伞正欲向祇园精舍去，便唤他

---

　　❶　大精（mahāsara）之"精"，即树心之意。

近来道："信士，听说你很博学，我的宫女们想听习法门，可否请你诵法门给她们听呢？"信士道："大王，在家之人在大王的内殿中说诵法门，是不适宜的。倘是尊者，那就相宜了。"王觉得"这人所说的话有理"，送他出门以后，就唤了宫女们来，问道："宫女们，我到佛那里去请一个比丘来，为大家说法门、诵法门吧。但在八十个大弟子中去请谁来呢？"她们大家经过商议以后，说是去请法之宝库的阿难长老。王来到佛那里，礼拜后，坐在一旁，说道："尊者啊，我宫中的宫女们说要从阿难长老听习法门，请叫长老到我宫中去说诵法门。"佛答应说"好"，随即传命令给长老。从此王的宫女们，便从长老听习法门了。

　　后来有一日，国王冠上的宝珠失落了。王听到宝珠失去便命令大臣们道："将宫中所雇的人一一捉起来搜查，叫他们把宝珠拿来。"大臣们从宫女起，搜查王冠上的珠子，但搜查不出，许许多多的人都受了嫌疑。是日，阿难长老到王宫里来。平时宫女们见了长老总是非常高兴，听习法门的，这日大家都闷闷不乐。因此长老问道："诸位，为甚么今日这样呢？"宫女们答道："尊师啊，大臣们说是要搜查王冠上的宝珠，自宫女们起，凡是宫中所雇的人都被疑到，说不定谁会遭甚样的祸呢，因此我们闷闷不乐。"长老安慰她们"不要耽忧"，随即去见国王，在特设的座上坐下，对王说道："大王，听说大王的宝珠不见了。"王道："尊师，是的。"阿难道："不能使盗取者缴出来吗？"王道："把宫中所有的人如数拿住了审问过，但不能使他们缴出来。"阿难道："我有一个法子，可以使大家不受嫌疑，而使盗取者把宝珠缴还。"王道："甚么方法呢？"阿难道："大王，分草把。"王道："尊师，甚么草把呢？"阿难道："大王，请按照嫌疑者的人数造具草把，每人给以一个草把与一块泥土，令他们"清早把他拿来放在如此这般的地方"。盗宝珠者便会将宝珠裹在里面缴来吧。如果第一日就缴来，那就行了。若是不缴来呢，第二日、第三日仍照这样做去。如是，可使大家不受嫌疑，而将宝珠取回吧。"长老说毕自去。

　　国王依照长老的话，备了三日草把，但宝珠却没有回来。到第三日长老来了，问道："大王，宝珠回来了吗？"王道："不，尊师，还没有。"阿难道："那么，大王啊，请在宽大的庭中低洼处摆一只大缸，满贮以水，四方张幕遮蔽起来,命'所有宫中所雇的人与宫女们,都著了外衣,各自走进幕内,洗了手然后出来'。"长老说了这个方法自去。国王依计而行。那盗取宝珠者自己想道:"听说那被称为法之宝库的阿难师,承担了此事,宝珠不出现是不罢休的。我还是把他放在大家所意想不到的地方吧。"于是暗自带了宝珠,跑入幕内,丢在缸中而去。

在大家从幕内出来之后,把缸中之水倒掉,宝珠就被发现了。国王非常欢喜,说道:"靠了长老的帮助,我不使大家受嫌疑,而得将宝珠取回。"那些宫中所雇的人们,说是"靠了长老的威德,我们能脱离大苦恼",也十分高兴。于是"靠了长老的威德,国王冠上的宝珠回来了"这话就传遍于全城的人民与比丘众之间。

比丘众集合法堂,赞颂长老的功德道:"法友们啊,阿难长老靠着自身的博识、贤才与善巧的方便力,使大家不受嫌疑,用方便搜出了国王的宝珠了。"佛来到那里,问道:"比丘们,现在你们会集于此作何谈论?"比丘众答道:"是如此这般的话。"佛道:"比丘们啊,阿难取回已入他人之手的物品,并不始于今日,在前生,贤人们也曾使大家不受嫌疑,用方便把落入畜生之手的物品取回。"接着就讲起过去之事来。

主　分

从前,当梵与王在波罗奈城治国时,菩萨精通一切技术,为王之大臣。一日,王妃带领了许多从者到御苑去,在园林中遨游后,因想作水中游戏,跑入苑内的莲池,并唤宫女们过去。宫女们卸除了头上的首饰,用外衣包裹着放在筐里,叫婢女们看管,自己便跑入莲池中去了。

那时,一只栖在苑中的雌猿,正在树枝间坐着,见王妃卸除了首饰,包在外衣中,然后放在筐里,便想把王妃的珍珠的首饰戴在自己的头上,等待婢女目光他移。婢女目不转睛地看管着宝珠,东张西望,忽而打起盹来了。猿知婢女不曾留意到,就疾风似地降下来,将大珍珠的首饰戴在自己头上,又疾风似地跳上树枝间,因怕别的雌猿看到,便把他藏匿在树洞中,装出若无其事的样子看守着。

婢女醒来,发见珍珠已失,惊怖得发抖,不知如何是好,就大声叫喊起来道:"一个男子把王妃的珍珠拿了逃走了。"守卫者从各处赶到,听取婢女的话,奏闻于王。王命"捕贼"。许多人走出御苑来喊着"捕贼",到处巡查着。

那时路上有一个村夫,捧着供物,将去献神,听到这叫嚷之声,便惊骇而逃。人们见了他,心想:"他是盗贼吧。"遂追上去把他捉住,殴打他,并且骂道:"呸,你这万恶的盗贼,你想盗取这样贵重的首饰吗?"他想:"如果我说'我没有取',今日恐怕便要没有命了。他们会把我殴毙吧。倒不如承认了吧。"于是他说道:"是,老爷,是我盗取的。"他们把他绑了来见国王。国王问道:"你盗取了那贵重的首饰吗?"村夫道:"是,大王。"王道:"现在放在何处?"村夫道:"大王,说到贵重的东西,我以前连卧榻与椅子都不曾见过。实在是长者叫我来盗取那贵重的首饰的。我盗取后就交给他了。他总知道吧。"于是王召唤长者来,问道:"你从这人接受了贵重的首饰吗?"长者道:"是,大王。"王道:"那么放在甚么地方呢?"长者道:"我呈献给祭司了。"于是又召唤祭司来,作同样的讯问。他又承认道:"我给与音乐师了。"王又召唤音乐师来,问道:"你从祭司受到了贵重的首饰吗?"音乐师道:"是,大王。"王道:"放在甚么地方?"音乐师道:"由于爱欲之情,我送给了妓女了。"又唤了妓女来问,答说:"并没有收受。"审问到第五个人,天夜下来了。王道:"时候已经不早,明日再审问吧。"就将五人交给大臣〔菩萨〕,自己进城去了。

菩萨想道:"这首饰是在御苑中失掉的,而这位村夫却在苑外。苑门口又有精悍的守卫者看守着,所以苑内之人,也决不能取了首饰遁走。这样看来,无论苑内之人、苑外之人,当无盗取的方法。这不幸者虽说'我交给长者了',但这恐怕是为想自己得赦,才这样说的吧。长者说'我呈献给祭司了',恐怕是想与祭司一同得脱罪,才这样说的吧。祭司说'我给与音乐师了',怕是因为想托音乐师之福,在牢狱中愉快过日,才这样说的吧。音乐师说'已送给妓女了',想是情愿自去寻访,才这样说的吧。这五个人都不是盗贼。苑中栖着许多的猿,那首饰一定是入于某雌猿之手了。"他走到国王那里,说道:"大王,请把盗贼交给我。这案件由我去审问明白吧。"国王道："好,你去把这事弄明白。"就把五个人交给了他。

菩萨叫家中的奴仆来,吩咐他们道："把这五个人留在一处,好好看住他们,留心听他们互相说些甚么话,听了就来报告我。"奴仆们依照着吩咐去做。当那五个人会齐时,长者向村夫道："喂,你这恶徒,我与你在甚么地方会见过呢? 甚么时候你把首饰交给我的?"村夫道："老板,大长者,说到贵重的物品,我是连用树心作脚的卧榻与椅子都不曾见过。实在是因为想靠了你脱罪,才这样说的。请老板不要动怒。"祭司也对长者说道："大长者,你自己没有得到的东西怎么会给与我呢?"长者道："我们二人在国内算是有地位者,因此我觉得我们二人倘在一处,事件就可早日解决。所以这样说的。"音乐师也向祭司说道："婆罗门,你甚么时候把首饰交给我的?"祭司道："我觉得与你住在一起,可以愉快过日,所以这样说的。"妓女也对音乐师说道："你这音乐师真坏,我甚么时候到你那里去来? 还是你甚么时候到我的地方来过? 你甚么时候把首饰交给我的?"音乐师道："你这女人,何必动怒呢。我们五人这样住在一起,那就是家族生活。我想不厌倦地愉快过活,所以这样说的。"

菩萨从仆人们听到了这些话,知道他们确非盗贼,心想："用方便叫雌猿把盗去的首饰落下。"便叫人用假珠子造了许多首饰,将苑内的雌猿捕来,把假珠子的首饰系在她们的手足与头上,仍放她们回去。还有一只雌猿,因重视首饰,尽躲在苑内不出来。菩萨吩咐仆人们道："你们去把苑内所有的猿都调查一遍。假使看到戴有那首饰的,就恫吓她,把首饰夺回来。"

那些雌猿们说是"得到首饰了",非常高兴,在苑内跳来跳去,然后来到那只雌猿的地方来,说道："请你看看我们的首饰。"那雌猿终于隐忍不住,说道："这假珠造的首饰有甚么用呢?"便把珍珠首饰戴在头上出来了。仆人们见了,就使她放下首饰,取回来交给菩萨。菩萨拿去给王看,禀奏道："大王,这就是你的首饰。那五个人都不是盗贼。这是那栖在苑中的雌猿盗去的。"王问道："你何以知道首饰在雌猿的手中? 你又怎样把他夺回来的呢?"于是菩萨把经过详情述了一遍。国王大喜道："战争之时希望有勇士，在别的时候则希望别一种人才。"他褒扬菩萨，唱出下面的偈语来。

战争时希求勇士。

谈话时希求口齿清晰者。

饮食时希求知友。

有变故时希求智人。

王既如斯称赞菩萨，复以七宝供养，厚重犹如雨前密云。听从菩萨的教诫，作施舍等善行，后来依其业报，投生于应生之处。

结　分

佛作此法话后，称长老之德，又把本生的今昔联结起来道："那时的王是阿难，贤明的大臣则就是我。"

九三　信食本生因缘　[菩萨＝长者]

序　分

此本生因缘，是佛在祇园精舍时，就漫然受用资具之事说的。相传，那时比丘众常藉口："这是母亲给与的，那是父亲给与的，这是兄弟、姊妹、舅母、舅父、从父、从母给与的。我们如若在家，这当然也是可以收受的。"把亲族们所赠的生活四要物，漫然使用，视为当然。佛晓得了这事，觉得"非为比丘们说法不可"，遂召集比丘众，告诫他们道："比丘们，比丘受了亲族与他人们所施与的生活四要物，使用时非经过一番思索不可。漫然使用者，死后就不免为夜叉、饿鬼。不加思索而使用这些物品，与服毒同。因为毒之为物，不论是可靠之人给与的，或是不可靠之人给与的，都可杀人。在前生，曾有漠不经心，服了自己得来的毒而丧生的。"接着就讲起过去之事来。

主　分

从前，当梵与王在波罗奈城治国时，菩萨是一个极富的长者。他手下有一个牧牛的，当谷物成熟之时，那人就带牛入森林，在那里造了牛栏，住着管牛，时常拿了牛酪来给长者。后来，有一只狮子在那牛栏近处，建了栖所。雌牛因畏惧狮子，身体瘦损起来，乳也少了。一日，他拿了牛酪回来时，长者问道："牧牛的啊，怎么牛酪这样少了？"他就告以原由。长者道："那狮子没有甚么喜爱的吗？"牧牛的道："主人，有的。那狮子与一只雌鹿要好。"长者道："能把她捕住吗？"牧牛的道："主人，能够的。"长者道："那么把那雌鹿捕住，从额角起把毒涂在全身的毛里，涂了弄干，涂了弄干，经过两三日后，把她放掉。这样狮子由于爱慕之情，会舐着雌鹿的身体，以致丧命吧。然后你拿了他的爪、牙、脂肪回来。"于是给以毒药，叫他回去。牧牛的张了网，用计捕住那雌鹿，依长者之计行事。狮子见了雌鹿，因强烈的爱情舐着她的身体而死。牧牛的拿了狮皮等物，回到菩萨的地方来。菩萨闻得了经过情形，说道："不可对他人起爱欲之情。狮子虽是勇猛的百兽之王，却也因爱欲去舐亲昵的雌鹿的身体，以致中毒而亡。"接着就为在座的人们说法，唱出了下面的偈语。

勿信不可信之人，
亦勿妄信所信之人。
信陷人于灾难，
犹雌鹿之于狮子。

菩萨这样为在座之人说法，自己则作施与等善行，后来依其业报，投生于应生之处。

结　分

佛作此法话后把本生的今昔联结起来道："那时的长者就是我。"

九四　畏怖本生因缘　［菩萨＝活命师］

序　分

　　此本生因缘,是佛在毗舍离城附近波蒂迦园时,就善星说的。一时善星曾为佛的侍者,拿着衣钵在各处游行,因倾心于拘罗刹帝利所教之法,交还了十力［佛］的衣钵,去投靠拘罗刹帝利了。当他生为迦罗犍伽迦阿修罗时,善星以在家之身,往来于毗舍离城的三城垣间,谤毁佛道:"沙门瞿昙不曾获得堪称上智见的人间以上之法。沙门瞿昙所说之法,是由推理的思惟得来的,而且是由自己的理解得到的。纵使为某人说此种法,亦不能导行者至苦恼断绝的境界。"

　　是时尊者舍利弗为托钵故往来各地,听到他在谤佛,就回来将此事向佛报告。佛道:"舍利弗啊,愚人善星正在动怒,因怒所以这样说的。因动了怒,所以他又说:'即使有人实行此法,亦不能被导至苦恼断绝之境。'他又因为无智而谤我。他不知道我的德。舍利弗啊,我有六神通❶。这是我所有的人间以上之法。我有十力❷,有四无所畏❸,有破四生智❹,有破五趣智❺。这是我的人间以上之法。我虽有人间以上之法,

---

　　❶　六神通,系指神变不可思议无碍自在的智慧。共有六种,(一)神足通或神境通,即能将一身化成多身,将多身化成一身,虽有铜墙铁壁、崇山峻岭之障碍,亦能自在通行之智慧。(二)天眼通。(三)他心通。(四)宿命通,即能知自己及一切众生前生之事的智慧。(五)天耳通,即能闻一切众生语言与世间种种音声之智慧。(六)漏尽通,即能断绝一切烦恼之智慧。

　　❷　十力系如来独有的十种智力之谓。(一)知觉处非处智力,(二)知三世业报智力,(三)知诸禅解脱三昧智力,(四)知诸根胜劣智力,(五)知种种解智力,(六)知种种界智力,(七)知一切至处道智力,(八)知天眼无碍智力,(九)知宿命无漏智力,(十)知永断习气智力,详阅大智度论第二十五卷。

　　❸　四无所畏是佛化他上的无畏的自信。(一)一切智。(二)漏尽。(三)说障道,即障害的认识。(四)说尽苦道,即救济道之认识说示。

　　❹　破四生智,即不受卵、胎、湿、化四生。

　　❺　破五趣智,即指不再受生地狱、饿鬼、畜生、人、天五道而入涅槃之智慧。

而他却说'沙门瞿昙没有人间以上之法'。倘若他不放弃此语、放弃此
心、放弃此见,那他就将如拿来放置之物一样,会堕入地狱去吧。"佛这样
地称赞他所有的人间以上之法,接着又说:"舍利弗啊,听说善星信着拘
罗刹帝利的难行道的邪说。信邪说的人,是不会信我的。距今九十一劫
以前,'这里有真理吗?'我曾这样地穷究过外道的邪说,修习四分完备的
梵行。论到苦行,我是极度的苦行者。论到粗食,我是极度的粗食者。
论到厌俗,我是极度的厌俗者。论到遁世,我又是极度的遁世者。"接着
答应了长者的请求,讲起过去之事来。

主　分

　　从前,距今九十一劫以前,菩萨因想"穷究外道之教",作了活命派的
出家人,赤身裸体,以尘土涂身,避世独处。见了人,就像鹿一般地远避。
食不洁之物,食犊之粪。他为使心不松懈起见,住在深林中可怕之处。
他住在那里,在下雪的时期,有八日,晚上出了深林睡于原野,太阳出来
之后,再回到深林中去。夜里在原野如浸在雪水中,白昼在深林中水滴
落湿了他的身子,他这样不分昼夜地忍耐着寒苦。在暑夏的最后一月,
白昼住于原野,晚上跑入深林。他白昼在原野为暑热所苦,晚间在无风
的深林中熬受大苦。汗从全身涌出来,那时他就想起未曾听到过的下面
的偈语来。

　　　　牟尼受渴又受冻,

　　　　独自赤身裸体,

　　　　坐在可怖的林中而不向火,

　　　　专心于己之所志。

　　菩萨这样地修着四分完备的梵行,当自己临终时,见地狱之相显现,
知道"坚执此种修行乃无益之事,"在那一刹那,就舍弃旧见,得了正见而
生于天上界。

结　分

佛作此法话后,把本生的今昔联结起来道:"我就是那时的活命师。"

九五　大善见王本生因缘　[菩萨＝王]

序　分

此本生因缘,是佛卧在般涅槃床上,就阿难长老"世尊,请勿在此小城入涅槃"这一句话说的。佛说:"生于那罗村的舍利弗长老于如来在祇园精舍时,在迦底迦月团圆之日,在婆罗迦入灭。还有大目犍连于迦底迦月黑分之半时入灭。则我也非在拘尸那揭罗城入灭不可。"于是顺次游行各处,来到这个地方,在沙罗双树间朝南而卧,不再起身。这时阿难长老恳求道:"尊师世尊啊,请勿在这凹凸不平的小城、森林中之城、枝叶之城入灭。请世尊在王舍城或其他大城市入寂吧。"佛道:"阿难啊,不可把这里称作小城、森林中之城、枝叶之城。我在前生为善见轮王时,曾住在此城。那时,这里是用宽十二由旬的宝珠墙围绕的大都城哩。"说着应长者的请求,讲过去之事,说《大善见经》。

主　分

那时大善见王出了正法王宫,来到贴近的多罗树林中,垂了右胁,卧在以七种宝珠制成的精美的卧榻上,似乎将不起了。须跋陀妃见了,说道:"大王,请自王都拘舍婆提起,在八万四千个王都之中任选一处吧。"大善见王道:"妃子,不要这样说,请教我说'不要选取、抛弃你的愿望呀'。"妃又问道:"大王,这是甚么缘故呢?"王答道:"我今日恐怕要死了。"当时妃呜咽而泣,揩着两眼,好容易才说出这几句话来。其他八万四千个侍女也悲泣起来。诸大臣中也都忍不住悲伤,大家都哭了。

菩萨制止他们说:"不要再哭,大家别再出声。"又唤着王妃教诫她道:"妃子,不要悲泣。有为之法,虽微细如一粟,也不是常住的东西。一切都是无常而有坏灭性的。"接着,就唱出了下面的偈语。

诸行实无常,

是生灭之法。

有生必有灭,

生灭息止才是乐。

如是,大善见王由无死的大涅槃,得至上之教,教人"行施与、守戒、守布萨"等等,自己则生于天上界。

结　分

佛作此法话后,把本生的今昔联结起来道:"那时的须跋陀妃是罗睺罗的母亲,国宝的王子是罗睺罗,其余的人们是今日佛之从者,大善见王则就是我。"

九六　油钵本生因缘　[菩萨＝王子]

序　分

此本生因缘,是佛在宋婆国提沙迦村附近的深林中时,就《国美经》说的。佛在此处说道:"比丘们啊,假如有一大群人喊着'国美国美'聚集到这里来。假如那位著名的国美唱起歌来,就有更多的群众喊着'国美在歌舞了',聚集拢来。时有一人走来。那是好生恶死、好逸恶劳的人。假定有人告诉他说:'喂,你拿了这满盛着油的钵,从许多人与国美之间穿过去，一个人拔刀跟着你走。'比丘们啊，你们将作何感想呢？那人会毫不经意地拿着走吗？"比丘众道："不，尊师，不会的。"佛道："我之所以提出这个譬喻来，是为了要使你们懂得他的寓意。这譬喻的寓意是这样的，所谓'满盛着油的钵'，是关于身的想念之意。因此之故，比丘们啊，你们非如是修养不可，'我们得修习身想念，完成身想念'。比丘们啊，你们不可不如是修养。"佛如是以意义与文句说《国美经》。

世尊引证此经开示说："欲作身想念之修养者，应不舍想念，努力修养，如手持满而将溢之油钵的人。"比丘众听到了此经与其意义，这样说道："尊师啊，要如那人的样子，持油钵而行，目不顾视国美，是困难的。"佛道："那人没有做难事，这是很容易的。何以呢？因为他是受着拔刀之人的恫吓，捧持油钵而行着。古时贤者由于精进努力，不舍想念，克制诸根，目不视化现的天人，到达后终于获得王位。这才困难哩。"接着就讲起过去之事来。

主　分

从前，当梵与王在波罗奈城治国时，菩萨是他的王子，为一百个王子中之最幼者。及年渐长，他有了辨别事理的能力。那时辟支佛等在国王宫中受着食物的供养，菩萨做了他们的侍者。一日，他心中忖道："我有许多兄长，我在这都城中，能否得到王家的领土呢？"他又忖道："把这去问问辟支佛等吧。"次日，辟支佛等来了，以净水瓶漉水、洗脚、涂油，吃了嚼食而坐。菩萨向他们礼拜，然后坐在一边，以这事相询。他们告诉菩萨道："王子啊，你在这都城中是得不到领土的。离此一百二十由旬的健驮逻国，有一名叫得叉尸罗的地方。你如能到那里去，则第七日就可得到领土吧。但途中的大森林中有邪魔。绕森林而行，路程一百由旬，其中须穿过林间者计有五十由旬。这叫做非人道路。有女夜叉们在路上建了村庄与家屋，上悬装有金星的花样的天盖，设着华贵的卧榻，张着各种颜色的帐幕，她们以天女的装饰品装饰身体，住在屋内，见有男人来了，就用蜜一般的言语引诱他们说：'你好像很辛苦了，请进来休息一下，喝些水，请进来。'于是为来客设座，用她们美貌的魔力迷住他们，使他们成为烦恼的俘虏，与她们一同犯罪，然后当场吞吃他们，使之丧生。对好色者，用姿色去擒他，对好声者，用如蜜之歌与音乐之声去擒他，对好香者用天界之香去擒他，对好味者用天界的各种美食去擒他，对好触者用两头置有红色枕头的天界的卧榻去擒他。如果你能克制诸根，不去看她们，不舍想念而去，则第七日就可在那里取得领土吧。"

　　菩萨道："诸位尊师，好，承诸位尊师指教，我怎会去看女夜叉呢？"说着，就请辟支佛们作守护的祈念，带了守护之砂与丝，拜别辟支佛们与双亲，回到家中告诉仆役们道："我要到得叉尸罗去接受王位。你们仍在这里好了。"五个仆人道："我们也去。"王子道："你们去不得。听说路上有女夜叉，会将为姿色等等所迷的人，随其所好，一一迷住，使之成为她们的俘虏。这是大邪魔。而我是怀着戒心去的。"五人道："王子，我们跟你同去，怎会去看那可爱的美色呢？我们也要到那里去。"王子道："那么要当心啊。"就带领五人出发。女夜叉们造了村庄等等待着。

　　在这一行中，有一个是好色者。见了这些女夜叉，他的心给她们的姿色勾引去了，较别人稍落后。王子道："你为甚么落了后呢？"那人道："王子，我因脚痛，在路上一家人家休息了片刻才来的。"王子道："喂，不要对这些女夜叉发生欲念啊。"那人道："这个，王子，我确是不能去了。"王子道："那么你以后会明白吧。"说着带领其他四人而去。那个好色的人到女夜叉的地方去了，她们一同使他犯了罪，当场结果了他的性命，然后赶上前面去，又造了一家人家，提了各种乐器，坐着唱歌。在这里，一个好声者走得慢起来了。女夜叉们把他吃了，再赶到前面去，将香盛入各式各样的香箱中，开了店等着。在这里，一个好香者走得慢起来了。女夜叉们把他吃了，再赶到前面去将各种美味的天界的饮食品盛在器皿中，开设了饮食店等着。在这里，一个好味者走得慢起来了。女夜叉们把他吃了，再赶到前面去，设了天界的卧榻等着。在这里，一个好触者走得慢起来了，也被吃掉了。

　　菩萨只剩得一个人了。一个女夜叉道："这真是意志坚决的人。我若不吃此人，誓不回去。"紧紧地跟着菩萨而行。到了森林的对面，樵夫与其他路人们见了这女夜叉，问道："在你前面走着的是甚么人呢？"女夜叉道："诸位，他是我的情夫。"人们道："喂，喂，这般美丽得像花环一般的黄金色的妙龄女子，弃了自己的家，为爱慕你而追随着你，你为甚么要与她为难，不与她同行呢？"菩萨道："诸位，这不是我的配偶者，是女夜叉。我有随从者五人，全被她吃掉了。"女夜叉道："诸位，男人这东西，动起怒来，就会把自己的配偶者称作夜叉、称作饿鬼的。"女夜叉复向前行，装出怀孕的样子，后来又装出一度生过儿子的样子，腰里抱着孩子，随在菩萨之后而来。每当有人见到，必作如前的询问。菩萨也如前地回答。最后到了得叉尸罗了。女夜叉藏过了孩子，独自随之而行。菩萨到了都门，在一家人家中坐下。女夜叉因了菩萨的威光，不能走进那家去，化成天女，站在门口。

这时，得叉尸罗的国王正到御苑去，中途见到她，就动了心，差人前去探听这女子有没有丈夫。那人走近了她，问道："你有丈夫吗？"女夜叉道："有的，老爷，那个坐在屋中的就是。"菩萨道："这不是我的配偶者，这是女夜叉，我有五个伴侣，全被她吃掉了。"女夜叉道："老爷，男人这东西，动怒时就会随便胡说的。"那人把双方所说告诉国王。王道："无主之物，是属于王的。"遂唤那女夜叉来，同骑在象背上，在城中右绕巡游一周，回到宫中，立此女为第一个王妃。国王洗澡、涂油、吃完了晚餐，就上床去睡。那女夜叉也吃了些自己所爱吃的食物，化妆之后，上床与国王同眠。王满足了欲望睡去时，女的转身背着王哭起来了。王问她道："你为甚么哭泣？"女夜叉道："大王，我是你在路旁看到带来的。你宫中女人很多。我恰如住在敌人之间。将来谈话时，她们如果说：'你的双亲、姓氏、出身有谁知道？你是路旁被人拾来的。'我将羞得不能抬头。假如你把全国的主权与命令权交付给我，那就谁也不敢对我说我所不愿听的话了。"王道："妃子啊，国中的人民与我并无何种关系。我不是人民之主。只在有人背叛国王，作不轨之事时，我才是他们之主。以此理由，我不能把全国的主权与命令权让给你。"女夜叉道："那么，大王，倘不能将全国与都中的命令权交给我，至少可将宫中的命令权交给我，使我对宫中所有的人行使权威吧，大王。"王因与天女似的她相接触，弄得神魂颠倒了，不能拒绝她的要求,便说:"妃子啊,好的,把对宫内之人的命令权让给你吧。你对他们行使你的权威就是了。"她答应道:"是。"

当王入了睡乡时,那女夜叉偷偷地回到夜叉之城,唤了夜叉们来,亲自结果了王的性命,把筋、皮、肉、血等都吃得干干净净,只剩了一点骨头。其余的夜叉们也在大门口,自鸡犬起,把宫内的东西统统吃掉,只剩骨头。第二日,人们见宫门尽是关着,便用斧破门而入,只见宫中遍地都是骨头,便道:"那人说'这不是我的配偶者,是女夜叉'确实不错。然而大王毫不晓得,把她带到宫中来,立为王妃。一定是那女夜叉唤了夜叉们来,把所有的人统统吃去了。"

却说那日,菩萨在那人家,头上顶了守护之砂,身上系了守护之丝,执着刀,正在等待日出。人民将宫殿角角落落都扫除过,在地上铺了绿叶,涂香于叶,又撒了花,解开了花环,薰香后再编成花鬘。他们一面做着这些工作,一面互相商议道:"竟有这样的人,虽那女夜叉化成天女,紧紧跟在后面,诸根不为所搅乱,甚至对她不看一眼,真是有勇气、智慧的伟大人物。如由这样的人执政,则国内将和平而治吧。我们愿拥戴这样的人做国王。"于是,大臣与市民齐心一致去见菩萨,说道:"大王,请为本国执政。"遂迎入城中,使乘在堆着宝玉的东西上,举行灌顶仪式,任作得叉尸罗之王。王不作国王所不应做的四事,不破十种王法,依正义治国,行施与等善事,后来依其业报,生于应生之处。

结　分

等正觉者的佛既述此本生因缘,又唱出下面的偈语。

未曾到过的地方,

人若要去,

须谨护着自己的心,

犹如手捧满盈的油钵。

如是,佛以涅槃为目的,把法话说到了顶点,又将本生的今昔联结起来道:"那时国王的从者即今佛之从者,登王位的王子则就是我。"

九七　因名得福本生因缘　[菩萨＝阿阇梨]

序　分

　　此本生因缘，是佛在祇园精舍时，就一个相信可因名得福的比丘说的。相传，某门第之家有一子，取名"恶者"，他衷心归依此教，就出了家。他因比丘众向他说："法友恶者，来呀。法友恶者，给我站住。"心里忖道："在这世间，说到'恶'，总是指可厌的、不幸的事。请改取一个吉祥的名字吧。"于是到阿阇梨与和尚那里去，说道："尊师们啊，我的名字不吉，请给我改取一个别的名字。"他们告诉他道："法友啊，名字不过是符号罢了。只靠名字，是甚么利益也得不到的。所以请你仍满足于自己的名字吧。"他再三恳求不已。他想因名得福的事，在僧团中是无人不知了。一日，比丘众会集法堂，互相谈论道："法友们，比丘某想靠名字获得福运，他似乎以为吉祥是随意可得的。"佛走进法堂来，问道："比丘们啊，你们此刻会集于此，有何谈话？"比丘众道："是如此这般的事。"佛道："那并不自今日始，在前生他也是一个认福运可因名而招得的人。"接着就讲起过去之事来。

主　分

　　从前，菩萨在得叉尸罗是个有名的阿阇梨，对五百个弟子教授吠陀，在弟子中有个名曰"恶者"的少年，他对别人说"恶者来呀、恶者去呀"等类的话，心里忖道："我的名字不吉，请人改取一个名字吧。"于是到师傅的地方来，说道："师父，我的名字不吉，请为我换一个别的名字？"师傅告诉他道："你去巡历全城，调查合乎自己心意的吉利名字，回来以后，就改变名字，另用新名吧。"他答说："是。"就带了盘费出发，从这一村走到那一村,最后到了某城。那城中有一个人死了,那人名曰"有命",他[恶者]见亲族与其他人们正在把那人扛到墓地去,便问道:"这人叫甚么名字。"人们道:"他的名字叫做'有命'。"恶者道:"名曰有命之人,也会死的吗?"人们道:"不论曰有命或曰无命,人都不免一死。名字只不过是符号罢了,你像是个不懂事的人哩。"他听了这话,就弃了对于名字的偏见,入都城去了。

这时,有一个婢女因借了钱不还,她的主人等使她坐在门口,用绳抽打她。那婢女名曰"守宝",他在街上走着,见这女人正被人殴打着,便问:"为甚么殴打此人?"人们道:"因为这女人借了钱不还。"恶者道:"她叫甚么名字?"人们道:"她曰'守宝'。"恶者道:"名字既曰'守宝',为甚么连所借之款都不偿还呢?"人们道:"不论名曰守宝或曰无宝,她总是一个穷人。名字只不过是符号罢了,你像是个不懂事的人哩。"

他更进一层弃了对于名字的偏见了。出了都城在大路上行走,途中见一迷路者,问道:"你走来走去干甚么?"那人道:"实在是因为迷了路。"恶者道:"你叫甚么名字?"那人道:"我曰'善旅'。"恶者道:"善旅也会迷路吗?"那人道:"不论名字是否曰善旅者,都会迷路的。名字只不过是符号罢了,你像是个不懂事的人哩。"

他完全弃了对于名字的偏见,回到菩萨的地方来了。菩萨问道:"如何,你已找到称心的名字了吗?"他回答道:"师父啊,不论名曰有命或名曰无命都要死的。不论名曰守宝或曰无宝都是贫乏的。不论名曰善旅或不曰善旅都会迷路的。名字只不过是符号罢了。福运不能靠了名字招致,是靠行事才得到的。不改名字也罢了。"菩萨将他所见之事与所为之事联结起来,唱出了下面的偈语。

有命的死去,
守宝的贫穷。
善旅者迷路,
恶者见了这些便回来了。

结　分

佛既述此本生因缘，又道："比丘们，不但今日，即在前生，这人也以福运是靠名字而得的。"最后把本生的今昔联结起来道："那时的男子即今日这个男子，师傅之从者即佛之从者，师傅则就是我。"

九八　邪商本生因缘　［菩萨＝商人］

序　分

此本生因缘，是佛在祇园精舍时，就一个不正商人说的。舍卫城有甲乙二人合做生意。他们把货物装载在车上，下乡销售，获利而返。不正商人思忖道："他已多时吃粗恶的食物，睡在不舒服的地方，很是疲乏着。回到自己家中以后，会任性吃各种美味的饮食，因消化不良而死吧。那时我就把这货物分作三分，把其中的一分给他的儿子们，我取其余二分吧。"因此之故，他嘴上虽说"今天分吧，明天分吧"，却始终没有分货物的意思。

他虽不愿分，那个好商人却强迫他把货物分开了。好商人分了货物以后，到精舍去，礼拜世尊。寒暄毕，佛道："很迟呢。从前你总是一到此处，就来访我的。"他就把迟来的原因禀告世尊。佛道："信士啊，那人为不正商人，并不始于今日，在前生，他也是个不正商人。现在他想骗你，在前生他也曾想欺骗过贤人们。"接着就应好商人的请求，讲起过去之事来。

主　分

从前，当梵与王在波罗奈城治国时，菩萨生在波罗奈商人的家里。

命名之日,取名"贤人"。成年后,他与另一商人合做生意。那商人的名字曰"大贤"。他们将货物装在五百辆车子上,从波罗奈出发,到乡间去卖,赚了钱,再回到波罗奈来。当他们分货物时,大贤道:"我非得三分之二不可。"贤人道:"那是甚么理由呢?"大贤道:"你是贤人,而我是大贤人。贤人得一分,大贤人得二分,这是理所当然的。"贤人道:"我们二人所出贩货的钱与牛等物不是完全一样的吗?你得二分何以是理所当然的呢。"大贤道:"因为我是大贤人呀。"二人这样互相争论着,终于吵闹起来了。

后来,大贤心想"我有妙计",叫自己的父亲跑进了一株蚀空了的树中,说道:"父亲,我们来时,请你说一句'大贤人得二分是理所当然'。"便到菩萨的地方来,对菩萨道:"朋友,我应否得二分,那树神是知道的,那么去求示于神吧。"说着就祈求道:"树神啊,请你裁判我们的诉讼。"于是他的父亲变换了声音,说道:"那么试把事由供上。"大贤道:"神啊,这人是贤人,而我是大贤人。我们合资经商。这样谁应得多少呢?"树神道:"贤人应得一分,大贤人应得二分。"菩萨听到如此裁判诉讼,心想:"现在须得试验一下,他究竟是不是神。"于是拿了稻草来,塞住树洞,对他燃起火来。火燃起来以后,大贤人的父亲半身被烧,就爬上去抓住树枝,从树上堕地,唱出下面的偈语来。

　　贤人实好,

　　大贤实不好。

　　我为儿子大贤故,

　　身体被灼伤。

他们把货物分做二分,各自取得应得之分,后来依其业报,各自投生于应生之处。

结　分

佛道:"他在前生也是个不正商人。"佛既说此过去之事,又把本生的今昔联结起来道:"那时的不正商人即今之不正商人,好商人则就是我。"

九九 超千本生因缘 ［菩萨＝阿阇梨］

序 分

此本生因缘，是佛在祇园精舍时，就凡人会提出来的质问说的。这故事见沙罗槃伽仙本生因缘［第五二二］中。某时，比丘众会集法堂，说道："法友们，法将舍利弗曾把十力说得很简单的事详细加以说明哩。"于是便谈起长老的功德来。佛来到那里，问道："比丘们啊，你们现在会集于此，作何谈论？"比丘众道："是如此这般的事。"佛道："比丘们啊，舍利弗把我所简单讲述的事详细说明，并不始于今日，在前生也曾如此。"接着就讲起过去之事来。

主 分

从前，当梵与王在波罗奈城治国时，菩萨生在西北方婆罗门的家里，在得叉尸罗修习一切学术。后弃诸欲出家修仙，获得五神通与八禅定，住在雪山地方。他有五百个行者的弟子，后来在雨季时，他率领了行者的半数，到有人烟的乡里去摄取咸味与酸味的食物。

时菩萨死期已至。弟子们询问菩萨所成就的造诣道："你得到了甚么美德呢？"菩萨说了一句"一无所成"，就生到光音天、梵天的世界去了。凡是菩萨，纵使修得色界定的，也不会因不可能的理由，生于无色界的。弟子们觉得"我们师父一无所成"，故不曾向他的墓场致敬。

那些弟子回来，留守的弟子们问道："师父在何处？"及闻知"师父已死"，上弟子就问："问过师父所成就的造诣吗？"弟子们道："是，问过了。"上弟子道："怎么说？"弟子们道："说是一无所成，所以我们不曾向师父致敬。"上弟子道："你们没有理解师父所说的意思。师父已得到了无所有处定了。"他虽反复地说,他们却不相信。菩萨晓得了此事,觉得:"愚鲁之辈,不信我上弟子的话。我把这缘由显给他们看看吧。"遂从梵天界到来,在道院上显示大威神力。立在空中,称赞着上弟子的智慧力,唱出下面的偈语来。

> 超过千数的无智者集在一处,
>
> 悲泣至一百年,
>
> 不及一智慧者,
>
> 领悟所说的意义。

大士这样立在空中说法,使行者们心折后,就回到梵天界去了。那些行者们寿终后,亦生于梵天界。

结　分

佛作此法话后,把本生的今昔联结起来道:"那时的上弟子是舍利弗,大梵天则就是我。"

一〇〇　嫌恶色本生因缘　[菩萨＝王]

序　分

此本生因缘,是佛在孔地耶村附近孔达陀那林时,就拘利耶王的公主须波婆沙说的。她是一个信心深厚的妇人,那时怀孕已七年之久,忽起阵痛,七日间感到剧痛。

她虽为此剧痛所苦,心里仍这样想念:"那世尊为使人脱离此种痛苦而说法,所以为等正觉者。世尊的弟子们为欲脱离此种痛苦而修行,所以是真正的修行者。涅槃没有此种痛苦,所以是大安乐之所。"她靠这三个念头,忍受着苦痛,叫丈夫到佛的地方去,传达自己的消息与致敬之语。佛听了致敬的传言，说道："拘利耶王的公主须波婆沙啊，愿你安泰，愿你平安产下壮健的儿子。"世尊这样一说，公主果然平安产下了壮健的儿子。丈夫回到家中，见已生一子，便说"真不可思议"，对于如来的威力，心中充满了不可思议稀有之念。

须波婆沙产后，想对佛与其弟子们作七日供养，复叫丈夫去邀请。时佛与其弟子们，同在大目犍连长老的信者之家受供。佛为了要给与须波婆沙以供养的机会，差人至长老的地方，请他答应，七日间与比丘众一同去受她的供养。到了第七日，须波婆沙把儿子悉婆利王子打扮了，使他礼拜佛与比丘众。顺次礼拜后，复带儿子到舍利弗长老的地方来。长老向他点点头，说道："悉婆利啊，你好吗？"他道："尊师，我怎么能好呢？我住在血壶之中有七年之久哩。"便继续与长老交谈。须波婆沙听了他的话，觉得"我儿生后不过七天，竟能与坐在佛之次席的法将［舍利弗］讲话了"。心中充满了欢喜之情。佛问道："须波婆沙啊，你还想再有个这样的孩儿吗？"公主答道："尊师，如能再得七个这样的儿子，则于愿已足。"佛致祝贺之辞，表示了随喜之意而去。悉婆利王子到了七岁，就归依佛教。满二十岁后，受具足戒，为善业者，为所得第一人者，使大地发声，升至阿罗汉位。在善业者中，处最上之地位。

一日，比丘众集合法堂，互相谈论道："各位法友，悉婆利长老是那样的大善行者，久立誓愿，已得入涅槃之身，然却住在血壶之中至七年之久，七日间受生产之苦，母子都受尽了大苦恼，这是由于甚么业呢？"佛来到那里，问道："比丘们啊，你们此刻会集于此，谈论何事？"比丘众禀告道："谈着如此这般的事。"佛道："比丘们啊，大善行者悉婆利住在血壶中至七年之久，在七日间受生产之苦，都是由于他的夙业。须波婆沙受怀胎之苦至七年之久，在七日间受生产之苦，也是由于自己的夙业。"接着就讲起过去之事来。

主　分

从前，当梵与王在波罗奈城治国时，菩萨投生于波罗奈国王元妃的胎里,生后达成年时,在得叉尸罗修习一切学术。父死以后,继承王位,公正治国。时拘萨罗国王率大军来攻波罗奈城,杀害其王,强占其元妃为自己的元妃。当时波罗奈王的王子于父死时,从阴沟中逃出,纠集兵马回到波罗奈城,驻在城的附近,送信给国王说:"把王位让还,否则请战。"国王送回信去说:"战吧。"王子的母亲听到了这个消息,送信给王子说:"用不着交战,可围住波罗奈城,将四方交通截断,绝其柴、水与粮食,待人民疲困时,可不战而把城取得。"他听了母教,在七日间断其交通,将城封锁起来。城中的人因交通断绝,于第七日取了国王的首级,献给王子。王子入城即了王位,后来依其业报,投生于应生之处。

结　分

他在七日之间断绝了交通,将都城封锁而占领之。其业报是住在血壶中七年,七日间受生产之苦。但他曾伏在最胜白莲[佛]的足下,说:"我要成为所得第一人者。"行大施,作祈愿,在毗婆尸佛时,与都城住民们一同供养价值千两的酪丸,而作祈愿。因此功德之力,得成为所得第一人者。须波婆沙因送信去说:"儿啊,可封锁都城而取之。"致胎内怀了七年的身孕,受七日间的生产之苦。佛述此过去之事毕,以等正觉者的地位唱出了下面的偈语。

现不快为快,

现不可爱为可爱,

现苦为乐,

以克服不注意之徒。

佛作此法话后,又把本生的今昔联结起来道:"那时,封锁都城而得王位的王是悉婆利,其母即须波要沙,父亲波罗奈王则就是我。"

第十一章 超百品

一〇一 超百本生因缘 [菩萨＝婆罗门]

瞑想百年而尚愚昧者，
纵使多至一百人以上，
远不及一度听闻，
即能领悟真相的一个智者。
此本生因缘,其故事、文章、结构皆与超千本生因缘[第九九]完全一样。所不同的,只是上面的偈语而已。

一〇二 蔬菜商本生因缘 [菩萨＝树神]

序 分

此本生因缘,是佛在祇园精舍时,就一个卖蔬菜的优婆塞说的。他住在舍卫城,以卖蔬菜与瓟瓜等为生。有一个女儿,是个可爱的美人,德行兼备,纯洁无暇,只有一个缺点,就是始终露着笑容。那时有门当户对的人家前来说亲,要想娶她。父亲心里忖道:"这孩子已非出嫁不可,但她始终作着笑容。若是女儿品行不端而嫁了人,则势必玷污父母的面子。且一试这孩子品行是否端正吧。"

一日,他叫女儿拿了篮子,带她到森林中去摘野菜。他为了试女儿的心,故意装出欲火中烧的样子,低声说着甘言蜜语,用手臂去把女儿抱住。女儿急得大声哭泣起来,说道:"爸爸,这真是意想不到的事,如水中起火一般使人惊奇。请不要这样。"父亲道:"女儿啊,我用手将你搂抱,只不过想试试你看。喂,你快告诉我,你究竟是不是品行端正的孩子。"女儿道:"爸爸,当然端正。我见了男人,为爱欲所燃的事,一次都不曾有过呢。"

于是父亲对女儿安慰一番,陪她回家料理喜事,把她嫁到丈夫家里去。然后拿了香水、华鬘等物到祇园精舍来礼佛,向佛拜毕,献上赠物,坐在一旁。佛道:"长久不见了。"他即向佛讲述前面的情形。佛道:"优婆塞啊,你女儿在好久以前已德行兼备了。你试探她并不始于今日,前生也曾如此。"接着就应他的请求,讲起过去之事来。

主　分

从前,当梵与王在波罗奈城治国时,菩萨生为森林中的树神。那时波罗奈有一个卖蔬菜的优婆塞住着,发生了与刚才所述同样的事件。他试用臂将女儿抱住。女儿哭着唱出了下面的偈语。

我父亲为我作救苦之盾,
却在森林中作狎行。
我为何在林中哭泣,
就为了那应为我作盾的人施加暴行。

于是父亲安慰着她,问道:"女儿啊,你是处女吗?"女儿道:"爸爸,我确实是处女啊。"父亲遂伴她回家,设了喜宴,把她嫁至夫家。

结　分

佛作此法话后,说明四谛。说毕四谛,这优婆塞得了预流果。佛乃把本生的今昔联结起来道："那时的父女二人即今之父女，那目睹此事的树神则就是我。"

一〇三　仇敌本生因缘　［菩萨＝商人］

序　分

此本生因缘，是佛在祇园精舍时，就给孤独长者说的。长者到他所管领的村落去，归途中遇到盗贼。他想："不可在路上停留，非立刻回舍卫城去不可。"于是便火急地驱牛回到了舍卫城。次日，他到寺中来，以此事告佛。佛道："居士啊，在前生贤人也曾在途中遇盗，于路上不停片刻，终于回到了自己家中。"接着就应他的请求，讲起过去之事来。

主　分

从前，当梵与王在波罗奈城治国时，菩萨是个富有资财的商人。他因应人之招往某村赴宴，归途遇见了盗贼。他在路上毫不耽搁，火急地赶回自己家中，吃了种种的美肴，躺下精美的卧床去，叫道："我居然从盗贼手中脱出，回到了安乐的家中了。"感激之余，唱出下面的偈语来。

贤者见有敌人，

不在彼处停留。

若一夜或两夜与敌同在，

则必将受苦。

菩萨感激地这样唱了以后，积布施等善行，依其业报，投生于应生之处。

结　分

佛作此法话后,把本生的今昔联结起来道:"那时的波罗奈商人就是我。"

一〇四　知友比丘本生因缘　[菩萨＝天子]

序　分

此本生因缘,是佛在祇园精舍时,就一个堕落的比丘说的。这已见于前面知友本生因缘❶[第八二]中。唯此处所述者,是迦叶佛时代的事。

主　分

那时,有一堕落地狱的男子,顶着铁的车轮❷受刑。他向菩萨问道:"尊师啊,我究犯了甚么罪?"于是菩萨答道:"你犯如此这般之罪。"接着,就唱出下面的偈语来。

欲由四增至八,

由八增至十六、三十二。

铁轮压逼贪欲无厌之人,

对断欲者却只在头上空转。

菩萨后来自往天界去了。那个堕落地狱的人也于恶尽时,依其业报,投生于应生之处。

---

❶　弥多文达迦的事,在娄沙迦长老本生因缘[第四一]中亦有述及。

❷　地狱的刑具。受此刑具者,其身触及车轮,即碎为微尘。

结　分

佛作此法话后，把本生的今昔联结起来道："那时堕落的比丘即弥多文达迦，天子则就是我。"

一〇五　弱树本生因缘　[菩萨＝树神]

序　分

此本生因缘，是佛在祇园精舍时，就一个怯懦的比丘说的。相传，他是舍卫城某家之子，曾闻佛说法而出家，可是非常怕死。不论在日间或是夜间，只要听到风声、鸟兽声、或是见到枯木的摇颤，就会感到死的威胁，发出大声四处奔逃。原来，他不曾想到自己也总有一日非死不可的。假使他知道自己不久也会死，就不该怕死，正因他还未曾仔细对死作过瞑想，所以怕死而无可如何。他怕死的事，不久即为别的比丘们所知。一日，他们在法堂上谈论道："法友啊，比丘某为死所胁，十分怕死。做比丘的人不是都应确信自己非死不可，仔细瞑想死之一事的吗？"那时佛出来问道："比丘们啊，此刻会集于此，作何谈论？"比丘众答以："是在作如此的谈论。"佛就把那比丘唤出来，问道："听说你很怕死，真的吗？"他回答道："世尊啊，那是真的。"于是佛道："比丘们啊，不可对这比丘动怒。他之非常怕死并不始于今日。在前生也是如此。"接着就讲起过去之事来。

主　分

从前，当梵与王在波罗奈城治国时，菩萨生而为雪山的树神。时波罗奈王将御用的宝象交给饲象者,叫他施以不动术的训练。于是人们将象吊在木桩上,使之不能动弹,然后持枪将四周围绕起来,开始不动术的训练。象忍不了受训练的苦,毁了木桩,冲开了人们,奔入雪山去。人们捕他不住只好回来了。象到了山中,就怕死起来,听了风声也会战栗着怕死,拼命地逃来逃去,好像仍被缚在木桩上,受不动术的训练似的。他这样地失了身心之乐,老是战栗着在徘徊。树神见了他那情形,就在树丛中唱出下面的偈语来。

　　　弱树在林中被风吹折,

　　　亦非稀有之事。

　　　象啊,你若对此恐惧,

　　　无疑会瘦损而死。

　　树神这样地与以激励之语,因此他后来也不恐惧了。

结　分

　　佛作此法话后,说明四谛。说毕四谛,那比丘就证得预流果。佛又把本生的今昔联结起来道:"那时的象就是这个比丘,树神则就是我。"

一〇六　汲桶女本生因缘　[菩萨＝仙人]

序　分

　　此本生因缘,是佛在祇园精舍时,就一个肥胖姑娘的诱惑说的。这事件在第十三编小那罗陀苦行者本生因缘[第四七七]中亦将讲到。佛向那比丘问道:"比丘,你真的害着相思吗?"比丘答道:"世尊,真的。"佛问:"牵引你的心的是谁呢?"比丘禀告说:"是一个肥胖的姑娘。"于是佛道:"比丘啊,那是使你入迷的恶姑娘。前生你也曾为她之故而破戒,怯怯地在四处彷徨,后来幸而遇到贤人,得入幸福的生活。"接着就讲起过去之事来。

主　分

　　这事件发生于梵与王在波罗奈城治国之时,在小那罗陀苦行者本生因缘中也要讲到。那时菩萨于黄昏时拿了果子回到仙居,推开了门以后,就对儿子小苦行者说道:"爱子啊,你平常总是给我搬柴、取饮食物、燃火,然而今日却一事不作,只坐在这里叹息,究竟是为了甚么缘故呢?"儿子道:"爸爸,当你出去拾果子时,有一个女子走来,诱我与她同去。但我想向你拜别后再走,所以不曾去,只叫她在如此这般的地方等着我。待你来后再去。"菩萨知道无法使儿子断念,就许其离家,说道:"爱子啊,那么你就到那里去吧。但那女人如果想吃鱼肉,想要牛油、盐、米等物,她就会说'把这拿来''把那拿来',使你疲于奔命吧。那时你可想起我的住处,逃回到这里来。"于是他与那女人一同出发到村里去了。可是当那女人到自己的家宅时,却说"拿肉来""拿鱼来",凡有所欲,不论何物,都叫他拿给她。他觉得那女子竟把自己当作奴隶、仆人而役使,于是逃回父亲的地方,与父亲招呼毕,就站着唱起下面的偈语来。

　　我本幸福度日,
　　那汲桶般的女子使我受苦。
　　她是以妻的美名作掩护的窃贼,
　　向我要油、要盐求索不休。

　　菩萨安慰他道:"爱子啊,在这里修习慈、修习悲吧。"于是就为他说四梵住,又为他说遍处定。他不久就获得了神通与等至,修习梵住,与父同生于梵天界。

结　分

　　佛作此法话后,说明四谛。说毕四谛,那比丘就证得预流果。佛乃把本生的今昔联结起来道:"那时的肥胖姑娘即今之肥胖姑娘,小苦行者即那烦恼的比丘,其父亲则就是我。"

一〇七 投掷术本生因缘 ［菩萨＝大臣］

序 分

此本生因缘,是佛在祇园精舍时,就一个击落白鸟的比丘说的。他是舍卫城的良家之子,精于投弹术。某日,听佛说法,遂归依了佛教,出家受具足戒。然而他不好学问,品行也不好。一日,他带了一个年青的比丘,到阿契罗婆底河去洗浴,当站在堤岸时,有两只白鸟正在空中翱翔。他就对年青的比丘道:"用石子投击那后面的一只白鸟的眼睛,使他堕在脚下吧。"年青比丘道:"怎样击落他呢? 能够把他击落吗?"比丘道:"且慢,试从这一只眼睛击穿另一只眼睛,使他堕下吧。"年青的比丘道:"甚么? 你在说痴话哩。"比丘道:"怎么? 那么你看着就是。"说着就拾起一块三角形的石子,撮在指上,向那白鸟掷去。那石子发出声音,白鸟心想一定有甚么灾祸了,就停住了耸耳倾听。在这间不容发之际,他又拾起一块圆石,巧妙地击中了那停住着向四周环顾的白鸟的眼睛。石子从另外一只眼睛穿过,白鸟发出惨叫声,恰好落在他们的脚下。比丘众于他归来后,责备他道:"你实在做了不德之事了。"就把他带到佛的地方来,禀告说:"世尊,他做了这样的事。"于是佛把那比丘谴责了一顿,说道:"比丘们啊,他擅长此术,并不始于今日,在前生他也很擅长的。"接着就讲起过去之事来。

主 分

从前,梵与王在波罗奈城治国时,菩萨是他的大臣。那时王的祭司是大饶舌家，常好辩论。他一饶舌起来，别人就无插嘴的余地。王心里疑惑着，不知有没有这么一日，有人出来使他减短冗长的话语，以后王就巡行各处，秘密寻访这样的人才。

这时，波罗奈城有一个跛者，工投弹术。街上群儿把他载在车里，拉到波罗奈城门口一株苍郁的大榕树下，围绕着他，给以小钱，叫他在树叶上造出象形，造出马形。于是他连续投砾，在榕树的叶上现出各种形状来。所有树叶都破碎，满是洞了。那时王在赴御苑的途中，经过那里，群儿因恐惧故，一齐逃走了，只有跛者留在那里。王到了榕树的根边，坐在车上，见树影已比平常稀疏，再一仰视，但见所有树叶都已破碎，便问："这是谁做的事？"从者道："大王，是跛足的人。"王想："如果靠了这人的力量，或能减缩婆罗门冗长的话吧。"于是问道："那跛者在甚么地方呢？"从者探出他在树间，禀告说："大王，他在这里。"于是王召唤他出来，屏退左右，问道："我身边有一个饶舌的婆罗门，你能使他沉默吗？"跛者道："大王，有一那利山羊粪就能成功。"

于是王带跛者入宫，叫他坐在幕后，在幕上穿一孔，又设了婆罗门的坐席与那孔相对，在跛者旁边放置一那利的干山羊粪。侍候之时一到，婆罗门来了，王叫他坐在坐席上开始谈话。婆罗门与王讲起话来，不容他人有插嘴的机会。这时跛者从幕孔中将山羊粪连续掷入他口中去，宛如蝇飞一般。那羊粪一入他口中，便从喉头下去了。每当羊粪飞掷过来之时，婆罗门就囫囵地吞下去，好像饮油似地。一那利的山羊粪如数入了他的胃里，其量约半阿拉加。

王晓得羊粪已完了，说道："师啊，你因饶舌之故，吞食了一那利的山羊粪，而毫不自知。要消化他当然不容易。快回去吞点稗与水，把羊粪清除了使健康恢复吧。"

嗣后，婆罗门就守口如瓶，即使有人与之谈话，也紧守不言。王以为"我得耳朵清静，全是跛者的功劳"，遂将有十万金收入的四方的四村赐给跛者。菩萨来到王的旁边，说道："大王，贤人在世非修得学艺不可，跛者只赖投掷之术，赢得如此的成功。"接着便唱出下面的偈语来。

技艺实可赞，

试看那跛者，
只因有投弹术，
也居然获得四方的村邑。

结　分

佛作此法话后，把本生的今昔联结起来道："那时的跛者即那比丘，王即是阿难，贤大臣则就是我。"

一〇八　村女本生因缘　[菩萨＝大臣]

序　分

此本生因缘，是佛在毗舍离附近大林中重阁讲堂时，就一个离车族的王说的。这离车王虔敬而富有信心，邀请以佛为首领的比丘团至自己的邸宅，行大布施会。他的夫人身体非常肥胖，看去好像肿胀似的，服装亦极肮脏。佛食毕道了谢，回到寺中，向比丘众赐训戒后，退入香室去了。比丘众在法堂上互相谈论道："法友啊，那位离车王的夫人真丑得无话可说，身体那样臃肿，衣服那样龌龊。王居然能与她同居而感到满足哩。"这时佛出来问道："比丘们啊，你们会集于此，有何谈话？"比丘众道："在作如此的谈话。"佛道："比丘们啊，这事并不始于今日。在前生王也曾与肥胖的女人同居而满足。"接着就应他们的请求，讲起过去之事来。

主　分

从前，当梵与王在波罗奈城治国时，菩萨是他的大臣。那时有一个身体肥胖、衣服粗恶的村女，因事被差到御苑附近来，不巧要出恭了，遂用所著的衬衣掩蔽了身子，坐着大便，完毕后立即站起。那时王恰从窗口眺望御苑，见了这女子，想道："那女子虽在御苑内出恭，亦顾虑到羞耻与危险，用衬衣掩住身子，事毕马上站起。那女子一定是健康的，若娶了她，家里也会清洁吧。生在那洁净人家的孩子，也会成纯洁、有德的人吧，我就以她为正夫人吧。"于是他先去调查，及确知她非有夫之妇以后，便娶为正夫人。她颇得王的宠爱，不久就生下一子。这儿子后来成为转轮圣王。菩萨目击她的荣达，把下面的话禀告国王："大王啊，凡是值得学习的技术，不可学的理由是绝对没有的。试看那有大福运的女人，只因出恭时顾虑到羞耻与危险，用衬衣蔽身，遂获得了这样的显达。"又说及值得学习的事物的性质，唱出下面的偈语来。

应该学习的当努力学习，
纵使那是顽固的。
不见那生于乡村的女子，
因出恭的巧技博得王的宠爱吗？
大萨埵[菩萨]如是说学习价值的功德。

结　分

佛作此法话后，把本生的今昔联结起来道："那时的夫妇即今日的夫妇，那贤大臣则就是我。"

一〇九　粉糕本生因缘 ［菩萨＝树神］

序　分

此本生因缘，是佛在舍卫城时，就一个穷人说的。在舍卫城，供养对以佛为首的僧团，有时由一家举行，有时则由三四家联合举行，有时由若

干人会集举行,有时由全街举行,有时由全城举行。那时正是由全街供
养,人们在街上走着谈论"对以佛为首的僧团施与米饭或献呈糕饼"的
事。那条街上住着一个做短工的、非常贫穷的人。他想,我不能献呈米
饭,只好献些糕饼吧,于是他把柔滑的赤粉搓成圆形,加了水,用挨加草
的叶包好,在热灰中烤熟,拿了站在佛前,预备进呈给佛。一听到"将糕
饼献上来",他就第一个上去,把他的粉糕放入佛的钵中。佛不取食别人
所进的糕饼,而独吃他的粉糕。立时,"等正觉者[佛]吃着穷人所献粗恶
的糕,毫无嫌恶之色"的话,传遍了全城。自国王、大王以至门卫,都来
了,向佛礼拜,然后走近穷人面前,说道:"喂,给你食物吧,奉送二百金
吧,给你五百金吧。请将功德❶分给我们。"他觉得此事须问过佛才行,
即走到佛的旁边,禀告此事。佛道:"可领受施物,把功德回向一切众
生。"因此他把人们的施物都收受了。他想:"也许有人会出两倍于前数
的财物吧。"结果却有人出了四倍的财物,甚至有出八倍的财物的。一转
瞬间,他就得了九千万金。佛对他们道谢,回寺,就比丘应禁与应为之事
授了善逝之教,就退入香室去了。到了傍晚,王召那个穷人入宫,授以宫
庭出纳官之职。比丘众在法堂上互相谈论道"法友啊,佛取那穷人所进
呈的粗糕来吃,如饮甘露,毫无嫌恶之色。那个穷人也领受了许多施物,
并且得了出纳官的职位,飞黄腾达了呢"等等的话。这时佛出来问道:
"比丘们啊,你们此刻会集于此,作何谈论?"比丘众答道:"在谈着如此的
话。"佛道:"比丘们啊,我不厌他的糕粗而取来吃,并不始于今日。当前
生为树神时也曾吃过。那时他也因我做了出纳官。"接着便讲起过去之
事来。

主　分

从前,当梵与王在波罗奈城治国时,菩萨生为蓖麻树的树神。某时,

---

❶　所谓功德(Patti),即指对于善行所获的果报。而此果报可依作善行者的意志归向他人(即
所谓回向)。在前述故事中,穷人供养佛的果报是广大的,所以大家为欲得其果报之一分,而施金恳
求穷人。

村人正在祭神,一时迎神的行列来了,村人对于各自所奉的树神,供献祭品。那时有一个穷人,见人们在礼拜树神,也就向一株蓖麻树拜了起来。别人都替各自所奉的神带来了各种华鬘、薰香、涂香与嚼食、啖食等物,而他只带来了粗糕与盛在椰子器皿中的一杯水,因此他站在蓖麻树旁边,想道:"神一晌吃天界的嚼食的,恐怕我的神也不会吃这种粗糕吧。徒然损失粉糕有甚么意思呢? 还是由我自己吃吧。"他正将回去。那时菩萨在树干的繁茂处站起来道:"啊,你这个人啊,如果你是富人,就会把如蜜的嚼食献呈给我吧。然而你是贫穷之人,若连你那糕都不领受,那么另外还能受点甚么来吃呢? 别将供物拿回去。"说着,就唱出下面的偈语来。

> 人的食物,
> 也就是神的食物。
> 把那粉糕拿来,
> 别将我的一分取去。

他回头来,见了菩萨,就供呈供物。菩萨吃毕,问道:"你拜我有何目的?"他道:"我很穷困,想靠你的助力脱离贫困的境遇,所以对你礼拜的。"菩萨道:"啊,你不要忧虑。你对知恩施惠者作了供养了。在这蓖麻树的四周,接连都是宝瓶。所以你可告诉国王,用车运去,堆积在御苑中。这样,国王一定非常欢喜,当任你为出纳官。"说毕,菩萨就不见了。那穷人遵命而行,王遂授以出纳官之职。他因菩萨之助而荣达,后来依其业报,投生于应生之处。

结　分

佛作此法话后,把本生的今昔联结起来道:"那时的穷人即今之穷人,蓖麻树的树神则就是我。"

一一〇 全总括问

此全总括问,全部当在大隧道本生因缘[第五四六]中叙述。

第十二章 设问品

一一一 驴马问

此驴马问,也当在大隧道本生因缘[第五四六]中叙述。

一一二 不死皇后问

此不死皇后问,也当在上述本生因缘中叙述。

一一三 豺本生因缘 [菩萨＝树神]

序 分

此本生因缘,是佛在竹林精舍时,就提婆达多说的。那时,比丘众会集法堂,坐着谈论提婆达多的不德道:"各位法友,提婆达多率领五百比丘,到了迦耶西沙地方,说是'沙门瞿昙所为的不是法,我所为的才是法',把比丘引入自己的异端邪说,并谎言已被委任,破坏僧团的和合,在一期中举行二次布萨。"这时佛出来问道:"比丘们啊,你们现在会集于此,作何谈论?"比丘众答道:"谈着如此这般的话。"佛道:"比丘们啊,提婆达多的撒谎,并不始于今日,在前生他也曾撒过谎的。"接着就讲起过去之事来。

主　分

从前,梵与王在波罗奈城治国时,菩萨生为墓地林的树神。某时,波罗奈举行祭典,人们打算"对夜叉供祭品",在广场或街道上遍撒鱼肉,又在钵中盛了多量的酒放置着。有一只豺于夜半从阴沟钻入城内,吃了鱼、肉,饮了酒,爬进蓬奈格草丛中,一直睡到天亮。一觉醒来,见了阳光,心想:"现在已逃不出了。"遂走到路旁隐匿起来,以免被人看见。他见了别的人们,沉默着一声也不响,及见一个婆罗门僧走近来洗面,便这样忖道:"婆罗门是利令智昏的。我撒个谎,用金来诱惑他,叫他让我入他怀中,匿在外衣下端,带出城外去吧。"于是作人语呼唤道:"婆罗门啊。"婆罗门道:"叫我的是谁?"豺道:"是我,婆罗门。"婆罗门道:"有甚么事?"豺道:"婆罗门啊,我有二百金,如果你能把我放在怀中,用外衣遮隐起来,带出城外,不给任何人看见,那我就把那二百金送给你。"婆罗门因贪金故,答应说"好",就依所说的样子把豺带出城外。行不多远,豺就向他问道:"婆罗门啊,此地是甚么地方?"婆罗门道:"是某地。"豺道:"请再往前些。"如斯再三央请,及行到了大墓地,他道:"就请在这里让我下来。"婆罗门把他放下。豺道:"婆罗门啊,请把你的外衣摊开。"婆罗门因贪金故,便把外衣摊开了。豺又道:"请向这树根掘下去。"婆罗门专心致志去掘穴。豺就蹲在婆罗门的外衣上,在四隅与中央五处撒粪撒尿,把外衣弄污之后,跑入墓地林去了。

这时,菩萨站在树木繁茂之处,唱出下面的偈语来。

婆罗门,你居然会相信

那偷饮酒的豺,

他连一百个贝壳也没有,

何处会有二百金呢。

菩萨唱此偈毕,说道:"婆罗门啊,你去把你的外衣洗涤一下,洗个澡去作自己的业务吧。"说完就不见了。婆罗门道:"我确实上了当了。"快快而去。

结 分

佛作此法话后,把本生的今昔联结起来道:"那时的豺是提婆达多,树神则就是我。"

一一四 中思鱼本生因缘 [菩萨=鱼]

序 分

此本生因缘,是佛在祇园精舍时,就两个年老的长老说的。他们在乡村的森林中过了雨期,说是"要去会佛",预备好了旅行的食粮。可是在说着"今天动身吧,明天动身吧"的中间,一个月过去了,于是重复准备食粮,在同样的情形下,一个月又过去,两个月也过去了。因了他们的懈惰与对于住处的依恋,遂虚度了三个月的时日。好容易才从那里出发,来到祇园精舍,入公用之室,放好了衣、钵,来参见佛。这时比丘众问道:"法友啊,你们两位已好久不来见佛了,怎么这样迟延呢?"两人就将原由说明。于是这两人的懈怠懒惰的情形,在比丘僧团中已无人不知了,大家正在法堂上谈论着。这时佛出来了,问道:"比丘们,你们现在会集于此,谈论何事?"比丘众答道:"在谈论如此的事。"佛唤那两人来,问道:"比丘们,听说你们因懈惰而来得迟慢,真的吗?"两人答道:"世尊,真的。"佛道:"比丘们啊,他们懈惰并不始于今日,前生也曾懈惰过,有过对于住所恋恋的事。"接着,就讲起过去之事来。

主　分

　　从前,梵与王在波罗奈城治国时,波罗奈河中有三条鱼,一条名叫过多思,一条名叫过少思,还有一条名叫中思。他们从森林中出来到了人境,中思对其他两条鱼道:"这人境多危险,实在可怕。渔夫投各种网或鱼笼来捕鱼,所以我们还是到森林里去吧。"然而其他两条因了懈惰与对于食物的爱著,只是说着"明天去吧,明天去吧",因循复因循,终于三个月过去了。那时渔夫在河中投下网来了,过多思与过少思先去求饵,因眼睛迟钝,不见有网,便钻入网内去了。中思随后到来,见有网,知其同伴二鱼已入网内,想"救那懈惰而眼光迟钝的二鱼性命",遂从外边绕行到网内,作出破网从前面逃出的模样给他们看,搅乱着水,行至网的前面,再向网内游去,作出破网从后方逃出的模样给他们看,搅混了水,躲在后方。这时渔夫觉得"鱼破网逃去了",遂执住网的一端拉将起来。那两条鱼也从网的破洞里漏脱,落在水中了。如是,他们因中思鱼的救助,保全了性命。

结　分

　　等正觉者的佛述此过去之事毕,唱出了下面的偈语。

　　过多思与过少思两鱼,

　　已被捕在网中。

　　因中思鱼的拯救,

　　再在彼处相会。

　　佛作此法话后,说明四谛。说毕四谛,二长老即证得预流果。佛又把本生的今昔联结起来道:"那时的过多思与过少思即现在的二长老,中思鱼则就是我。"

一一五 警告者本生因缘 ［菩萨＝鸟王］

序 分

此本生因缘，是佛在祇园精舍时，就一个发警告的比丘尼说的。她原是舍卫城良家之女，出家得具足戒后，蔑视沙门之法，贪嗜食物。入城乞食时，选择别的比丘尼所不到的一角，受精美的供养。她为味觉之欲所因，心想：“假若别的比丘尼也到那里去乞食，我将得不到甚么了吧，我必得想法使她们不到那里去。”于是来到比丘尼的居所，对比丘尼警告道：“长老尼啊，在如此如此的地方，有可怕的象、可怕的马、可怕的犬徘徊着，是非常危险的所在。不要到那边去乞食吧。“比丘尼众听了她的话，没有一人到那方去探看。一日，她在那里行乞，正欲急忙跑入一家人家去，忽然一只可怕的羊袭来，把她的脚骨折断了。人们急忙过来，把她折断的脚骨裹扎好，载在床上，扛到比丘尼的居所去。比丘尼众嘲笑她道：“她对别人发警告，自己却在那方行走，折断了脚骨回来了。”这事不久就遍传于比丘僧团之间，无人不知。一日，比丘众在法堂上谈论她的不德道：“法友们，听说那个发警告的比丘尼，对别人发出了警告，而自己却在那方巡行，因可怕的羊而折断了脚骨哩。”那时佛进来，问道：“比丘们啊，你们现在会集于此，谈论何事？”比丘众答道：“在谈论如此这般的事。”佛道：“她的发警告并不始于今日，前生也曾发过警告，但自己却并不实行，以致常常受苦。”接着就讲起过去之事来。

主 分

从前，梵与王在波罗奈城治国时，菩萨在森林中投生在鸟的胎里，成年后为鸟的首领，率领数十万只鸟赴雪山。他们滞留在那里时，有一只暴乱的雌鸟向大路出发去寻食,得到车上落下来的米、豆、果物之类。心想:"现在不要让别的鸟到这方面来。"于是警告鸟群道:"大路实在是危险之处,有象、有马、还有可畏的牛拉着车等在通行。我们不能急速起飞,所以不可到那边去。"因此,鸟群给那雌鸟取名叫"警告者"。一日,雌鸟向大路出发时,听到从大路疾驰而来的车声,回头一看,以为"相离很远",依然四处走着,车以风也似的速度,驶近雌鸟,她来不及飞起,车轮在她身上碾过了。鸟王呼集群鸟时,见雌鸟不在,说道:"警告者呢,去把她找来。"搜寻者见雌鸟在大路上已被裂成两段,即来报告鸟王。鸟王道:"雌鸟禁止他鸟到那里去,而自己却在那里走,以致裂成两段。"接着,就唱出下面的偈语来。

> 那鸟警告他鸟,
>
> 自己却为欲所动,
>
> 被车碾轹,
>
> 失了羽毛而倒毙。

结　分

佛作此法话后,把本生的今昔联结起来道:"那时的警告者即今发警告的比丘尼,鸟的首领则就是我。"

一一六　背教者本生因缘　[菩萨＝演艺者]

序　分

此本生因缘,是佛在祇园精舍时,就一个不受教的比丘说的。关于那比丘的事迹,当于第九编鹰本生因缘[第四二七]中详述。佛唤那比丘来,说道:"比丘啊,你这样地不听教言,并不始于今日。在前生也有过不受教的事。那时他因不听贤者之教而行,遂至触枪而死。"接着,就讲起过去之事来。

主 分

从前,梵与王在波罗奈城治国时,菩萨生在演艺者的家里,成年时既有智慧,艺亦高超。他从一个演艺者学跳枪的技艺,与师父一同在四处巡行献技。这位师父有跳过四支枪的本领,却不能跳越五支枪。一时,他在某村演艺时,因为喝醉了酒,竟将五支枪排成一列,说是"要跳过去给人看"。菩萨对他说道:"师父,你没有跳五支枪的技艺。请将一支枪取去。假使跳过去,第五支枪会刺着你,使你丧命的啊。"但师父已完全醉了,说道:"你怎知道我的本领?"不听劝告去跳,四支枪都跳过,但跳到第五支枪时,被枪刺穿,发出惨叫,倒在那里了。菩萨向他说道:"你不听贤者之言,致招不幸。"接着就唱出下面的偈语来。

师父,你做了极难之事,

这是连我也不敢希望的。

虽跳过了四支枪,

却被第五支枪所刺穿。

这样唱毕,他从师父的身上拔去了枪❶,执行了应该执行之事❷。

结 分

佛作此法话后,把本生的今昔联结起来道:"那时为师父的即今之背教者,弟子则就是我。"

---

❶ 直译当为"使师父离开枪"。

❷ 指荼毗。

一一七 鹧鸪本生因缘 ［菩萨＝仙人］

序 分

此本生因缘，是佛在祇园精舍时，就拘迦利❶说的。关于他的事情，当在第十三编中达迦利耶青年本生因缘［第四八一］中详述。佛道："比丘们啊，拘迦利因自己的言语而丧命，并不始于今日。前生也曾因此丧命。"接着就讲起过去之事来。

主 分

从前，梵与王在波罗奈城治国时，菩萨生于西北婆罗门的家里，成年后在得叉尸罗城修习一切学艺，舍离诸欲，出家度仙人生活，获得五智八果。雪山地方的仙人之群，齐来奉他为师，他遂做了五百仙人之师，享受着禅定之乐，住在雪山地方。某时，一个患黄疸病的苦行者，正在持斧劈柴，另有一饶舌的苦行者来到那里，坐在他的旁边，说"这样劈啊，那样劈啊"，弄得那个苦行者不快起来，发怒说道："你又不是教我劈柴术的先生。"便挥起锐利的斧头，向他一击，结果了他的性命。菩萨收拾了他的尸体。那时在离仙居不远的蚁塔之下，有一只鹧鸪栖着，不问朝夕，老是立在蚁塔之顶，大声鸣啭。一个猎师听到了鸣声，知道必有鹧鸪栖着无疑，遂循声而往，把他杀了，持之而归。菩萨不再听见鹧鸪的声音了，因问苦行者们道："这里向来有鹧鸪，为何近来不听见他的叫声呢？"他们以事由告知。菩萨把这两件事联结起来，在仙人之群的中间唱出下面的偈语来。

---

❶ 拘迦利是跟从提婆达多的背教者之一。

所说的话过于高声，

或过于强烈、过于冗长。

愚者因此被杀。

太会叫的鹧鸪亦如此。

菩萨修习四梵住，后来生于梵天界。

结　分

　　佛又道："比丘们，拘迦利因自己的言语而丧命，并不始于今日，在前生也曾如此。"作此法话毕，把本生的今昔联结起来道："那时背教的苦行者即拘迦利，仙人之群是佛的僧众，仙人之师则就是我。"

一一八　鹑本生因缘 ［菩萨＝鹑］

序　分

　　此本生因缘，是佛在祇园精舍时，就优多罗舍蒂的儿子说的。优多罗舍蒂是舍卫城的大富豪。有一个智者离了梵天界，投生在他妻子的胎里，达成年后，面目端正，具有梵天的风貌。一日，舍卫城举行迦底加祭❶的夜祭，全城的人都热衷于祭典。他的朋友［别的豪商之子］都已有了妻子，只有他因居住梵天界已久，不曾纷心于烦恼。因此他的朋友商议道："给优多罗舍蒂的儿子带一个女人来，一同参与祭典吧。"于是来到他的旁边，对他说道："朋友，城中有迦底加祭的夜祭，你也带一个女人来，一同举行庆祝吧。"虽然那小豪商说："我不要女人。"他们却再三强迫他答应，给一个妓女全身装扮了，带她到他家里来，说："到这位哥儿身边

---

　　❶　原文 kattika 系月分之名，在今历十月与十一月之间。此月的满月与迦底加星（二十八宿中的昴宿，即牡牛星座）接近，故有此名。所谓迦底加祭，即是月所举行之祭祀。

去。"领那女人入了寝室,他们便回去了。然而小豪商对那走进寝室来的女人不瞧一眼,也不说一句话。那女人心里想道:"我虽有这样美好的姿容,引人的魅力,而这位男人却不愿见我,也不愿对我说话。好,那么向他现得意的娇态,使他瞧我吧。"于是显出女人的娇态,装出不胜愉快的样子,露着皓齿微笑。小豪商见了,就领悟了齿骨之相〔观念〕,心中起骨锁想❶,又悟知她的全身如一骨锁,便给了她一点钱,说声:"出去吧。"把她送了出去。她从他屋中出来,路上为一个贵族所见,拿钱给她,把她带到自己的邸宅去了。七日以后,祭礼完毕了。妓女的母亲因女儿不曾回来,便到豪商们的地方去,问道:"我的女儿在何处?"他们同到优多罗舍蒂的儿子家里去,问道:"那女人在甚么地方?"小豪商道:"那时我就给了她一点钱打发她回去了。"妓女的母亲道:"女儿失踪了。请给我去找来。"说着就拉了小豪商到国王面前来申诉,王便开始审理这桩案件。王问:"那些豪商的儿子们把他女儿带到了你的地方以后就回去的吗?"小豪商道:"大王,是的。"王道:"现在在甚么地方呢?"小豪商道:"我不知道。当晚我就马上叫她回去了的。"王道:"现在不能把她带来吗?"小豪商道:"大王,这是办不到的。"王道:"假如不能把她带来,给我用王刑❷处治他。"警吏就把他反绑起来,捉去,将执行王刑了。于是"某豪商的儿子因寻不到妓女,将受王刑"的风声,传遍了全城。大众都将手按在胸部,站住了说:"这究竟是怎么一回事?你蒙了冤罪。"悲叹着跟随着小豪商而去。那时小豪商想道:"我所以受此种苦,是由于度在家生活的缘故。倘从此得到允许,我还不如去到大瞿昙、等正觉者那里出了家吧。"却说,那妓女听到了这风声,就问:"究竟为何如此嘈杂?"及知道了事情的原委以后,便火急地奔入群众之间,叫道:"诸位请让路、请让路,使国王的警吏得看见我。"说着就把自己指点给他们看。警吏见到了她,就将她交给她母亲,然后解了小豪商的缚,把他释放了。他由朋友围绕着到河边洗了头,回到家中,朝餐毕,从父母处得到了出家的许可,携带衣类,

---

❶ 十种不净业处之一。以为人体无非是骨锁之观法。

❷ rājānā 本系王的敕令之意,但此处系 rājadaṇḍa(王亲自所科之刑罚)的意思,故译为"王刑"。

由众人围绕着来参见佛，致了敬礼，请求出家，蒙佛许可出家入团。他由不倦的业处，增长智见，不久就达到了阿罗汉位。一日，比丘众会集法堂，谈论他的德行道："法友们啊，优多罗舍蒂的儿子于发生死的恐怖时，觉悟佛教的功德，决心于脱离此苦后即出家。一被释放，他就照这见解立时出家，终于得到最上果。"这时佛出来问道："比丘们啊，你们此刻会集于此，谈论何事？"他们答道："在谈论如此之事。"佛道："比丘们啊，于发生死的恐怖时，想'靠此方便以脱此苦'而脱离死的恐怖者，不止优多罗舍蒂的儿子一人。古时的贤者，也曾于发生死的恐怖时，想'靠此方便以脱此苦'，而得脱离死的恐怖之苦。"接着，就讲起过去之事来。

主　分

从前，梵与王在波罗奈城治国时，菩萨生死流转，投身于鹑的胎中。当时有一个捕鹑者到森林中来，捕了许多鹑，放在家里饲养，卖给拿金来买者以营生计。一日，他又捕了许多鹑，菩萨也给捕去了。菩萨[鹑]想道："如果饮食这给我的饵食，他会将我捉住，交给来买的人吧，若是不食而瘦弱，则人们见我如此瘦弱，便不会把我带走吧。这样我就可以幸福，所以我还是用这方法吧。"他依计实行，瘦得只剩皮与骨了。人们见了，便不将他买走。当别的鹑都没有了的时候，猎师把菩萨从笼中取出，放在门口，又把他放在手掌上，查验"这鹑究竟怎样了"，那时菩萨乘他不备，就振翼飞回森林去了。众鹑见了问道："为何好久不见你？你到何处去来？"菩萨答道："我被猎师捕去了。"众鹑道："你怎么逃回来的？"菩萨道："我想出一计，不吃所喂的饵，也不喝饮料，遂得逃出。"接着，就唱出下面的偈语来。

无思虑的人，
不会有好结果。
请看思虑深远者的结果啊，
我得免于死与束缚。
菩萨如是把自己所行之事的原由告诉他们。

结　分

佛作此法话后,把本生的今昔联结起来道:"那时得免于死的鹑就是我。"

一一九　非时叫唤者本生因缘　[菩萨＝阿阇梨]

序　分

此本生因缘,是佛在祇园精舍时,就一个非时叫唤的比丘说的。据说,那比丘本是舍卫城良家之子,后来归依佛教,遂出了家。但他不曾学习出家人的义务与学问。关于"何时应该尽义务、何时应该出席、何时应该暗诵经典"等规则,一点也不知道。无论在初夜、在中夜或在后夜,一醒转来就发出大声,弄得别的比丘众连想微睡都不成。比丘众集合法堂,谈论他的不德道:"法友啊,这比丘因这尊贵的教出了家,而于义务、学习、时或非时却都不晓。"这时佛出来问道:"比丘们,你们此刻会集于此,谈论何事?"比丘众答道:"在谈论如此之事。"佛道:"比丘们啊,他非时发出叫声,并不始于今日。在前生也曾非时发出叫声。因不知时与非时之故,结果被扭断头颈而丧生。"接着就讲起过去之事来。

主　分

从前,梵与王在波罗奈城治国时,菩萨生在西北婆罗门的家里。成长以后,穷究一切学艺的蕴奥,成了名闻全城的阿阇梨,以学艺教五百年青弟子。那些年青的婆罗门们,养着一只报时的雄鸡,每晚一听到啼声,就起身修习学艺。后来这雄鸡死了,他们出去寻求别的雄鸡。一日,有一个婆罗门在墓地林中拾薪，发见一只雄鸡，遂带回关入笼中饲养。但那雄鸡因生长于墓地之故，不知应该啼叫的时刻，或在夜半啼叫，或在黎明啼叫。当在夜半啼叫时，他们起身修习学艺，及太阳升起，已不能再用功，疲倦欲睡，竟至对于自己的工作连看也不能看了。在白昼啼叫时，他们连暗诵的余暇也得不到，因此他们说："这家伙在夜半或白昼啼叫，因了此故，我们不能成就学艺。"将其捕住，扭其颈，结果了他的性命，然后告诉阿阇梨说："我们把非时啼叫的雄鸡杀死了。"阿阇梨作教诫道："他因未受教育而死。"接着，就唱出下面的偈语来。

> 此鸡未受父母的养育，
>
> 亦未曾住过师傅家里，
>
> 时与非时，
>
> 俱不知道。

说此事后，菩萨终了天年，依其业报，投生于应生之处。

结　分

佛作此法话后，把本生的今昔联结起来道："那时非时啼叫的雄鸡就是这个比丘，门弟子是佛的侍众，阿阇梨则就是我。"

一二〇　解缚本生因缘 ［菩萨＝司祭官］

序　分

此本生因缘，是佛在祇园精舍时，就年青的婆罗门女栴阇说的。关于她的事情，当在第十二编大莲华王子本生因缘［第四七二］以下详述。此时佛道："年青的婆罗门女栴阇以毫无根据之事谤我，并不始于今日，前生也曾谤毁过我。"接着就讲起过去之事来。

主 分

从前,梵与王在波罗奈城治国时,菩萨生于祭司之家,成年时遭父丧,自为司祭官。那时,王为满足妃的愿望,说道:"妃子啊,你愿望甚么,不论何事都无妨,试说看。"妃答道:"我的愿望是极难达到的,我只有一个愿望,就是请你今后不要见了别的女人而起烦恼。"王最初不允,经她再三强他答应,没奈何只好答应下来,嗣后在一万六千个舞妓之中,不对任何一人送秋波了。那时王国的边境发生叛乱。边境的警备军与盗贼交战了二三回,终于送信来说:"今后我们无法镇压了。"王集合大军准备亲自出征,唤妃过来道:"妃子,我要到边境去,在边境当有各种战事。胜败之数未定。在这种地方要保护妇人很不容易,你一个人留在这里吧。"妃道:"大王,我不能留在这里。"经王拒绝再三,乃请求道:"那么你每行一由旬,为知道我安否起见,务请差一人来。"王答应说:"好。"叫菩萨留守城中,自己统率了大军出发。每行一由旬,必差一人到妃那里来,命他"报告我平安无恙,问了王妃安否回来"。妃向差来的使者问道:"王差你来此为了何事?"使者答以"为欲知道王妃是否安好"。妃道:"那么你到这里来。"就与他邪淫。王前进了三十二由旬的路程,差了三十二个使者来,妃与他们都作了同样的勾当。王镇抚边境、激励住民毕,便上了归途,又同样地差了三十二个使者来,她又与他们作了与前同样的勾当。王回来后,留在凯旋军的阵营中,送信给菩萨,叫他"全城做准备"。菩萨令全城作了准备,把王的休息之所也准备好,然后到妃的地方来。妃见菩萨容姿俊美,情不自禁,便道:"婆罗门,请上床来。"菩萨道:"请别说这样的话。国王有尊严,我也怕为不端之事,所以这种事在我到底是办不到的。"妃道:"六十四个臣下都不敬重王,也不怕作不端之事。只有你尊敬王,只有你怕做不端之事吗?"菩萨道:"王妃啊,要是他们也这样想,那就不会做那样的事了吧。然而我知道这是做不得的,所以不作此种乱行。"妃道:"你啰啰嗦嗦地讲甚么。假使不听从我的话,斩你的头。"菩萨道:"请便。即使此生被斩首,百千生亦被斩首,我也不能干此种勾当。"

于是妃威吓菩萨道:"好,你记着。"便走入自己的卧室,身上造出爪痕,手脚上涂了油,穿着污浊的衣服,装出卧病的样子,唤了婢女来,吩咐道:"如国王问起妃在何处,只说'有病'好了。"菩萨出去迎接国王去了。王整了行列入城,进宫不见王妃,便问:"妃子在何处?"婢女答道:"大王,王妃有病。"王立即赶至寝殿,抚摩着妃的背部,问道:"妃子,你的病况如何?"妃最初默然不语,后来三次注视国王,说道:"大王啊,你实际上并没有死。不知像我这样的女人是否尚算有丈夫的呢?"王道:"妃子,这话是甚么意思呢?"妃道:"奉大王之命留着守城的司祭,因巡阅居室来到这里,我不从他,就殴打我,满足了自己的欲望而去。"这时王怒火中烧,嘴里咄咄作声,出了寝殿,命令门卫与侍从道:"快去把司祭反绑起来,当作死刑犯拖出城外,赴刑场斩首。"于是他们急忙去把菩萨反绑起来。行刑的鼓响了,菩萨心想:"国王确被那狠毒的妃下了先手了。我今日靠自己的力量拯救自己的性命吧。"乃对那些人们道:"你们杀我也好,但请让我见过了大王再杀。"人们道:"为甚么?"菩萨道:"我是大王的侍者,做过许多事,因而晓得许多大宝物的所在。大王的财产是我管理的,所以倘使我不能与王一见,许多财富就将丧失了。待我将财产交代国王以后,再尽你们的职务吧。"于是他们使他与王相会,王看见了他,就道:"喂,婆罗门,你在我面前不觉得羞耻吗? 你为甚么干那样的恶事呢?"菩萨道:"大王,我生于婆罗门族,未尝杀害一小虫,虽一片草叶,不与亦决不取,未尝因爱欲之故张眼看他人之妻,在戏笑时亦未尝说过谎语,亦未尝喝过一滴的酒。在你们之中我才是个无罪的人。那愚昧的女人因爱欲而拉我的手,经我拒绝,就恫吓我,发表了自己所作的恶事,归罪于我,然后入室去。我是无罪的。那带信来的六十四人倒都有罪。请大王唤他们来问:'你们曾否依从妃的话吧?'"国王将他们六十四个人捕获了,唤妃出来,然后问道:"这女人与你们干过恶事吗?"及听到了"大王,干过"的口供,王就下令把妃反绑起来,命"将六十四人斩首"。这时菩萨对王说道:"大王,他们是无罪的。这是妃为满足自己的欲望叫他们干的,所以他们是无罪的,请饶恕他们吧。又,妃也是无罪的,女人这东西,对于淫欲原不知厌足。这是一种天性,必然地附着她们,无法摆脱,所以也请饶恕了她。"菩萨用种种理由向王为他们说项,将六十四人与愚昧的女人释放,并各给以相当的住处。如是把他们释放安顿好了以后,复走近国王身旁说道:"大王,因盲目的愚者的谣言,本无受缚之理的贤者竟被反缚起来,因贤者的合乎真理之言,已被缚者得到解放。如是,愚者使不应受缚者受缚,贤者则使被缚者得解放。"接着,就唱出下面的偈语来。

> 愚者一言,
>
> 不应缚者也会被缚。
>
> 贤人开口时,
>
> 连被缚者也得到解放。

大萨埵[菩萨]既如是用偈为王说法,又道:"我受此苦,是因我过着在家生活之故。从今以后不再作家事了,大王,请许我出家吧。"他得了出家的许可,将许多资产送给了眼中含着泪的亲戚们,出家去度仙人生活,住于雪山,证得神通与解脱的圣果,生于梵天界。

结　分

佛作此法话后,把本生的今昔联结起来道:"那时品性不良的王妃是年青的婆罗门女栴阇,王是阿难,司祭则就是我。"

第十三章　吉祥草品

一二一　吉祥草本生因缘　[菩萨＝草神]

序　分

　　此本生因缘，是佛在祇园精舍时，就给孤独长者的知友说的。给孤独的朋友、伙伴、亲族、亲戚等几次反复地谏劝他说："大长者啊，他[长者的知友]在出身、种族、财产、谷物各方面都不及你，你怎么与他相亲近呢？请停止了吧。"然而给孤独以为"友谊的结合，应该不问对方是否不及己、胜于己、或等于己的"。不听他们的忠告。当赴自己所管领的村庄时，曾任这位知友为资产管理者。此等情事，已详不幸者本生因缘[第八三]中。却说，给孤独将自己家中之事禀告佛时，佛道："长者啊，朋友决无不好的。保护朋友的技俩才是真正的尺度吧。有可称作朋友之人，则不论其与己相等者、或较己低劣者，应认为统是好的。何以故？因为他们都能使你免除降在自己肩上的重担。你现在靠你知友成了家财之主，前生亦赖知友成为天宫之主哩。"接着就应他的请求，讲起过去之事来。

主　分

　　从前，梵与王在波罗奈城治国时，菩萨生而为宫庭的吉祥草丛中之神。在这宫庭中,离王座不远之处,有一株树干挺直、枝向四方伸展的幸树。王的近侍常加尊崇,名之为摩迦迦树[王树]。这树有一个具大威力的神王,菩萨与他非常亲昵。

某时,梵与王住在一座独柱殿中,那柱子动摇了,有人把这事告知国王。王唤木匠来,对他们说道:"木匠,我的独柱殿的柱子动摇了。去拿一根材木来,装装牢稳。"他们答应道"是"。可是找不到相当的木材,既而在宫庭中发见了那株王树。当他们到国王那里去时,王问道:"怎样,找到适当的木材了吗?"他们禀告道:"大王,找到了。但我们不能砍他。"王道:"为甚么?"他们道:"我们别处找不到木材,只在宫庭中找到了那株王树,所以我们不能砍那王树。"王道:"不,去把他砍来将殿装牢稳吧,我再种别的王树就是了。"他们答应道"是"。就取了供物走进宫庭,说声"明天来砍吧",向王树作了供养,然后回去。树的女神得知了这事,心想:"明天我们的天宫要没有了。领孩子们到何处去呢?"因不晓得到甚么地方去好,只抱着孩子的头颈淌泪。她的朋友森林诸神走来,问"这是甚么一回事",等到闻知了此事,因为自家也想不出阻止木匠砍伐的方法,便抱住那位树神哭泣起来了。

这时,菩萨因"要拜访树之女神",也到了那里,闻知这事,就安慰女神道:"不,不要忧虑。我不会坐视树被砍伐的,明日木匠来时,请看我的办法。"次日木匠来时,菩萨化作一只鼷役,先木匠而行,爬入王树的根中,使树身显出许多洞孔,爬到树枝顶上,摇摇头,停在那里。木匠的头目见了那鼷役,用手叩树,咒诅那参天的大树说道:"是一株满是洞孔的树,这是不中用的。昨日居然一点没有注意到,还作了供养。"于是便离那里而去。

树之女神靠菩萨的扶助,成了天宫的女主。许多友好的神祇齐来向她道贺。树之女神觉得"天宫已归自己之手",心里非常满足,对这些神祇讲述菩萨的功德。"各位尊神啊,我们虽有威力,却愚昧而不懂得这个方便。然而吉祥草神智慧具足,给我作了天宫之主。实在,不论是与己相等者、胜于己者、或不及己者,都可以做朋友的。因为凡是友人,都能依各自的能力,免除他朋友所遭到的苦难,使之住于安乐。"她如是把朋友赞叹了一回以后，唱出下面的偈语来。

把与己相等者认为胜于己者，

不及己者亦然，

他们在你危难时将给予最上之利，

犹如我在幸树中获吉祥草神之助。

幸树之神用这偈向诸神说法道："因此，为脱离苦恼起见，勿只求与己相等者、胜于己者，虽不及己的学徒亦当与之为友。"她一生与吉祥草神相交，后来依其业报，投生于应生之处。

结　分

佛作此法话后，把本生的今昔联结起来道："那时的幸树之神是阿难，吉祥草神则就是我。"

一二二　愚者本生因缘　［菩萨＝象］

序　分

此本生因缘，是佛在竹园精舍时，就提婆达多说的。比丘众在法堂上对提婆达多下恶评道："法友啊，如来面孔光耀如满月，具有八十随好相，三十二大人相❶，身被一寻的圆光所围绕，大光明两两成对放射出来，成就了至妙的荣光。提婆达多见了这庄严的容姿，心中不生净信，转生嫉妒，若有人说：'诸佛具足如是戒、定、慧、解脱、解脱智见。'他听了，忍耐不住那名声，便起嫉妒之心。"这时佛过来问道："比丘们，此刻会集于此，谈论何事？"比丘众答道："在谈论如此这般的事。"佛道："比丘们

---

❶　三十二相、八十随好相，是佛陀及转轮圣王的特相。

啊,提婆达多因人对我的崇赞之辞,而生嫉妒心,并不始于今日。前生也有过这事。"接着,就讲起过去之事来。

主　分

从前,当某摩揭陀王在摩揭陀国的王舍城治国时,菩萨生而为象。他全身白色,具足了上述的色身之美。王说:"他容相圆满。"遂以他为王象。一日,适逢祭典,全市整饰得庄严如天都,王跨在打扮得十分美丽的王象上,率了许多行列,巡视城内。群众伫立观看,见王象美到无可批评,众口一致褒赞道:"哦,他的美啊,哦,他的步态,哦,他的嬉戏之态,哦,他的容相的圆满,这样漂亮的皙白的象,实在配做转轮圣王[之象]哩。"

王听到王象这样受人褒赞,不能忍耐,起了嫉妒之心,打算"今日使他从山的悬崖绝顶坠下而死",便唤了驯象师来,问道:"那象训练得怎样?"驯象师道:"训练得很好。"王道:"不,未曾训练得好。"驯象师道:"大王,训练得很好的。"王道:"若是训练得很好,那么能够从那座毗富罗山的崖顶下来吗?"驯象师道:"大王,可以的。"王道:"那么到那边去。"

王自己下了象,叫驯象师骑象上崖顶去。驯象师坐在象背上,当他骑着象登到崖上时,王自己被一群宫臣围绕着攀登上山崖,使象向着悬崖,对驯象师说道:"你说我的象已训练得很好,如果如此,试叫他用三只脚站立。"驯象师坐在象背上,用钩❶向象作暗号,说道:"朋友[象]啊,用三只脚站立啊。"既而王道:"叫他用两只前脚站立。"大萨埵[象]就提起两只后脚,用前脚站立了。再叫他"同样地用后脚站立",他就高举起两只前脚,用后脚站立了。再叫他"用一只脚站立",他就高举起三只脚,用一只脚站立了。王见象不曾坠落,便道:"如果能够的话,试叫他悬空而立。"驯象师思忖道:"在全阎浮提,没有一只象训练得能与他比肩。王一定在希望他堕崖而死。"他附着象的耳朵说道:"朋友啊,那国王指望你坠

---

❶ 原文 pannika,据斯戴特的辞典中所说,系 Sannikā＝sk. Srni 之误。今依斯戴特氏译出。

死。你与这位国王是不相应的。倘使你有行空之力,那么,就让我坐着,带我升上空中,到波罗奈去吧。"

这具足了福德的神通的象,立刻升上空中了。驯象师道:"王啊,这象具足了福德的神通,与这样不德的愚者不相应,要福德具足的贤王才相应。这样不德的人,纵使得到了这样的名骑,也不会明白他的功德,别的骑乘物纵使得了荣命,也会同样地归于乌有的。"他坐在象背上,唱出下面的偈语来。

> 愚者因象赢得了名声,
>
> 却做不利于己之事。
>
> 导自己与他人
>
> 至伤害之境地。

他如是用偈向王说法后,便说声:"再会❶。"腾空自到波罗奈去,在波罗奈王宫庭上空停住。全城人民惊叫说:"龙象为我们国王腾空而来,停在王宫的上空哩。"

王也立刻听到了。出来说道:"你若为使我欢喜而来,请降到这地上来。"菩萨[象]降到地上来了,驯象师从象背上下来,向王致敬。王问:"从何处来?"他回答说:"从王舍城来。"并将一切经过情形告知。王道:"你到这里来,很是难得。"心中十分欢喜,将全城严饰起来,令象入了王象舍,又将全国分成三分,以一分献给菩萨,一分赠给驯象师,其余一分则归为己有。

自从菩萨到来后,全阎浮提洲的领土,都归入王的掌中了。他成了阎浮提洲第一个国王,积布施等福德,依其业报,投生于应生之处。

结　分

佛作此法话后,把本生的今昔联结起来道:"那时的摩揭陀王是提婆达多,波罗奈王是舍利弗,驯象师是阿难,而象则就是我。"

---

❶　再会,原文作 tiṭṭha dāniṭvaṃ 直译为"请你站在那里",故引申其义,译为"再会"。

一二三　锹柄本生因缘　［菩萨＝阿阇梨］

序　分

此本生因缘,是佛在祇园精舍时,就罗卢陀维长老说的。相传,他谈法之际,不知道言语的适当不适当,如"在此种情形下应说这种话,在那种情形下不应说这种话"之类,所以在有喜庆之时却说不吉利的话,致不受人欢迎的祝词道:"他们正站在墙外,乃至在街上十字路口行刺。"反之,在有凶事时却说祝贺之词,说"许多人、天想举行庆典""这种庆典可行一百回、一千回"等话。

一日,比丘众在法堂上谈论道:"法友啊,罗卢陀维不知道适当不适当,到处说各种不应说的话。"那时佛走到那里来,问道:"比丘们,你们此刻会集于此,谈论何事?"比丘众答道:"在议论如此这般的事。"佛道:"比丘们啊,罗卢陀维说话时,愚钝而不知适当与否,并不始于今日,前生也是如此。他实在是个永恒的愚人。"接着就讲起过去之事来。

主　分

从前,梵与王在波罗奈城治国时,菩萨生在婆罗门族富豪的家里,长大后在得叉尸罗修习一切学艺,成为波罗奈城名闻遐迩的阿阇梨,为五百个梵志讲授学艺。那时在这些梵志们里面,有一个十分愚钝的梵志,他虽作了法弟子修习学艺,但因天性愚昧,不能领会,遂为菩萨的侍者,奴隶般地操作着一切劳役。

一日,菩萨吃毕晚饭,躺在床上,那梵志替菩萨洗净了手足与背,并涂了香。将离去时,菩萨吩咐说:"你在床脚里垫些甚么再去吧。"梵志在一只脚里垫好了,但在另一只脚里找不到适当的东西,便用自己的腿支撑着过了一夜。

　　早上菩萨醒来,见到他,问道:"你为甚么坐着?"梵志道:"阿阇梨啊,因为找不到垫床脚的东西,所以用腿支撑了坐着。"菩萨吃了一惊,想道:"那个特殊的我的近侍弟子,在许多梵志们之中,真是愚昧,决不能成就学艺的。我要怎样才能使他成为学者呢?"这时心里便浮出一个念头来。"有一个方便。我待那梵志采了柴与树叶归来时,试问问他看:'今天你看见了甚么东西? 又做了甚么事情?'这样,他会告诉我'今天看见了这个,做了如此这般的事'吧。那时我就问他:'那么你所见的是甚样的东西? 你所做的是甚样的事呢?'那他就会用出譬喻或来历,说'如此这样'吧。这样使他逐渐用譬喻与来历讲说,以此方便,或能使他成为学者吧。"于是唤了他来,吩咐道:"梵志啊,从今日起,你如去采柴与树叶,归来后,就把你所看见的,所享受的,所饮的,所食的,统统照实告诉我。"他答应道:"是。"一日,他与梵志们一同到森林里去采柴与树叶,见蛇而回,报告道:"阿阇梨,我看见了蛇。"阿阇梨问道:"蛇是怎样的?"梵志道:"拿比方来说,恰如锹的柄。"阿阇梨道:"妙,妙,你所举的譬喻好极了,蛇的确如锹的柄。"那时菩萨心想:"梵志说了妙喻,大概可以成为学者吧。"又有一日,梵志在林中见到了象,报告说:"阿阇梨,我见到了象。"阿阇梨问道:"象是甚样的?"梵志道:"打个比方,恰如锹柄。"菩萨心想:"象的鼻子有如锹柄,牙的形状也是这样。他因愚昧,不能正确、精细地说得完全吻合,所以是就牙而说的吧。"默然不语。可是又有一日,他被人邀请了去吃冰糖,遂报告道:"阿阇梨啊,今日我们吃过冰糖了。"阿阇梨问道:"冰糖的形状是甚样的?"他回答道:"比方说,恰如锹柄。"阿阇梨心想:"说得有几分近似。"默然不语。又有一日,被人邀去吃酪与乳。他回来后说道:"阿阇梨啊,今日我们吃了酪与乳了。"问他"酪与乳的形状甚样",他就回答说:"用譬喻来说,恰如锹柄。"

　　阿阇梨想:"那梵志说'蛇的形状恰如锹柄',这是极恰当的。说'象的形状恰如锹柄',这就象牙来说也有几分适当。说'冰糖的形状恰如锹柄',这只有一点儿相当。至于酪与乳始终是白色的,其形状是依容器而定的,这譬喻全然不对。这愚人确是无法教导的了。"于是就唱出下面的偈语来。

> 愚者在一切处，
> 说不适当的话语。
> 他连酪与锹柄也不能辨别，
> 将酪误认作锹柄。

结　分

佛作此法话后，将本生的今昔联结起来道："那时愚昧的梵志是罗卢陀维，名闻遐迩的阿阇梨则就是我。"

一二四　庵罗果本生因缘　[菩萨＝仙人]

序　分

此本生因缘，是佛在祇园精舍时，就一个励精于任务的婆罗门说的。相传，他是舍卫城的良家之子，归依佛教出了家，勤于职务。他周到地履行对于阿阇梨与和尚的服役，担任饮食、布萨室、事火室等的任务，在十四种大行、八十种分行上，也无不尽其职责。他扫除精舍、僧房、中庭以及通至精舍的路，与众人以饮料，众人也因他勤于职务，感到欢喜，定时以五百量的食物相供养。于是得到了极大的供物与尊敬，许多人靠他得安乐度日。

一日，比丘众在法堂上谈论道："法友啊，幸而有那样一个比丘，勤于任务，因之得到许多供物与尊敬。靠他一个人之力，大家的生活过得很安乐。"那时佛走来问道："比丘们，你们此刻会集于此，谈论何事？"他们答道："在谈论如此这般的事。"佛道："比丘们啊，那比丘的励精于任务，并不始于今日。在前生，有五百仙人去觅果实，也靠他一人所采的果实，得以延续生命。"接着，就讲起过去之事来。

主　分

从前,梵与王在波罗奈城治国时,菩萨生在西北的一个婆罗门的家里,长大后在仙人的地方出家,被五百个从者伴随着,住于山麓。那时雪山大旱,到处水干,畜类因得不到水,都有将要渴死之势。

此时在这些道士里面,有一道士见了他们的干渴之苦,便砍了一株树作成管子,绞了水盛在里面,以供畜类饮用。许多畜类成群来饮,弄得道士竟连摘果实的时间都没有。他不进食,只是施水。

群畜想道:"那人施水给我们,自己连摘果实的工夫部没有,人已饿得非常困倦,我们赶快想法子吧。"他们互相商量:"今日来饮水者,依自己的力量去摘些果子回来吧。"于是各畜类依自己之力,摘了蜜甜的芒果、野蔷薇果、面包树之果回来,给他一个人摘来的果子,几乎足以载满两辆半的车子。五百道士吃过后,还有许多可以贮藏起来。菩萨见了说道:"靠了一个人的励精于任务,使这许多道士都得到了果子,得以维持生活,人确不可不精进。"接着就唱出下面的偈语来。

凡人应该精进,
贤者不知疲倦。❶
试看精进之结果吧,
不求而得到庵罗果。
大萨埵[菩萨]这样地教诫仙人之群。

结　分

佛作此法话后,把本生的今昔联结起来道:"那时励精于任务的道士是那比丘,仙群之师则就是我。"

---

❶　最初二句参阅第五十二小迦奈格王本生因缘。

一二五 迦多诃迦奴隶本生因缘 ［菩萨＝长者］

序 分

此本生因缘,是佛在祇园精舍时,就一个夸口的比丘说的。他的事迹,与上面所述者相同。

主 分

从前,梵与王在波罗奈城治国时,菩萨是个富裕的长者。他的妻生了一子。是日,女奴也产生一子。两儿在一处长大,长者之子学文字时,奴子作为侍僮而随行,共同学习,兼做若干件工作。他渐渐地擅长读书了,并且长得眉清目秀,取名迦多诃迦。他以管理长者家中的财宝为业,自己思量道:"我决不能老以管理财宝为业。如果稍有过失,就会绑缚了受责,把奴隶的食物配给我。恰好附近另有一位长者,是我家长者的朋友。现在我佯作奉我家长者之命,带信给他,哄骗那长者说'我是长者之子',娶他女儿为妻,安乐度日吧。"于是自己摘取了贝叶写道:"我是某人,今差小儿到府上来见你。我们联姻为亲戚,是相应的。请你将令媛嫁与小儿,叫他们二人住在那里。我有暇就来。"信尾盖了长者的印,然后任意取了用款、颜料、衣服等物,到附近的那位长者家去,向长者拜揖而立。那长者问道:"你从何处来?"奴子道:"从波罗奈来。"长者道:"你是何人之子?"奴子道:"波罗奈长者之子。"长者道:"来此何事?"这时迦多诃迦就将贝树叶呈上道:"请看这个。"长者读了贝叶上所写的话,非常欢喜道:"现在我的生活才算有意义了。"便把女儿嫁他,叫他住在那里。那住宅甚大。当粥、嚼食与衣类、香料等拿出来时,他轻蔑地说道:"这样的粥、嚼食与饭,是乡下烹调。"又轻蔑缝制衣类的人等说:"他们是乡下人，所以不晓得制外衣，也不晓得制香料，嗅花上的香气。"

却说，菩萨因为不见了奴子，就说："迦多诃迦不见了。到甚么地方去了吧？去把他寻回来。"就差人到各处去寻访。其中有一个使者恰到那里去，见到了他，认明是他无误，便避免为他所觉，归来告诉菩萨。菩萨听了这情形，心想："做了不好的事了，去捉他回来吧。"乃求国王允其所请，率领了许多从者出发。"听说长者到邻村去了"的风声传遍了四方。迦多诃迦听到"长者来了"的消息，心里忖道："他一定不是为别的事情来的，定为了我的事而来。假使我现在逃走，不再回来怎样。不，这里自有乐趣。还是跑到主人来的路上去，执奴隶之役，请他饶恕吧。"从此以后，他就在公众之前这样说："别的愚人，因自己愚鲁之故，不知父母的恩德。当父母用饭时，不行敬礼而与父母同吃，但我当双亲用饭时，必捧壶、或拿唾器、拿盘、拿水瓶与扇而坐。"并说明奴隶对于主人所应做的一切事情，如在休息之时，也拿了水瓶到有遮阴的处所去之类。

他这样地教诲众人毕，于菩萨已到近处时对岳父说："岳父，听说我的父亲来会你。请你预备软硬两种食物。我拿了礼物，到途中去迎接他。"岳父答应说"好"。迦多诃迦拿了许多礼物，带着许多从者前往。到后向菩萨致敬礼，并献呈礼物。菩萨接受了礼物，与他互作寒暄。朝餐时张了天幕，入荫处休息。迦多诃迦叫从者回去，自己拿了水瓶，走近菩萨面前，完毕了水的所作以后，拜跪着说道："主人，我可把你所要的财宝献给你。只请你不要毁损我的名誉。"菩萨因他很能精励，心软了下来，便安慰他道："别怕，我不会来阻碍你的。"于是进入邻村了。

主人的款待，很是隆重。但迦多诃迦只管以奴隶的资格为其所应为之事。菩萨安坐以后，邻村的长者说道："大长者啊，我读了你的贝叶书，已把女儿嫁给令郎了。"菩萨把迦多诃迦认作儿子，说些相当亲爱的话，使长者满意。可是从此以后，就厌见迦多诃迦了。

一日，菩萨唤长者的女儿过来道："媳妇，请看我的头上有蚤吗？"她走近去，站着捉蚤。菩萨用温语问道："怎样，我儿子对于你苦时、乐时都亲切吗？你们二人相爱着和平过活吗？"媳妇道："令郎别的没有缺点，只是对于食物要出怨言，叫我为难。"长者道："媳妇啊，不论在甚么时候，这是恶习惯。让我来教你一个使他闭口的方法。你要好好记住,我儿子如果在吃饭时口出怨言,你就照我所教的样子,当面说说看吧。"他教她一首偈语,过了几日,自回波罗奈去了。迦多诃迦拿着许多软硬食物随行,并献呈许多财物,礼拜而归。从菩萨回去那一日起,他又极度傲慢起来了。一日,长者的女儿搬出各种美味的啖食,拿着匙进呈时,他就向她对食物发出怨言。长者的女儿依菩萨所教,唱出下面的偈语来。

> 到了别处,
> 若作种种夸语,
> 他归来将遭破灭。
> 进食吧,迦多诃迦啊。

迦多诃迦心想:"一定是长者把我的名氏告诉了她,一切事情都讲给她听了吧。"从此便不再怨食物不好,随所给与而吃,后来依其业报,投生于应生之处。

结　分

佛作此法话后,把本生的今昔联结起来道:"那时的迦多诃迦是口出大言的比丘,波罗奈的长者则就是我。"

一二六　剑相师本生因缘　[菩萨＝国王之甥]

序　分

此本生因缘,是佛在祇园精舍时,就那替拘萨罗国王观察剑相的婆罗门说的。相传,他每于剑工拿剑来向国王进呈时,用鼻嗅剑,观察剑相。有人送赠物给他,他就对那人说:"剑相具足,适于国王之用。"若不送赠物给他,则他就侮蔑那人的剑,说是"缺相"。

却说,有一个剑工制成一剑,剑鞘中放入了微细的胡椒,拿到国王的地方来。王唤那婆罗门来,叫他"相剑"。婆罗门拔出剑来一嗅,胡椒吸入鼻中,打起喷嚏来了。因了那喷嚏,鼻子撞着了剑锋,就被割成两段。他鼻子被割的事,遍传到比丘教团中了。一日,比丘众在法堂上就这事互相谈论道:"法友啊,听说国王御用的剑相师因占观剑相,割断了鼻子了。"这时佛走来问道:"比丘们啊,你们会集于此,谈论何事?"比丘众答道:"在谈论如此这般之事。"佛道:"比丘们啊,那婆罗门因嗅剑割断鼻子,并不始于今日,前生也有过同样的事。"接着就讲起过去之事来。

主　分

从前,梵与王在波罗奈城治国时,有一个替王占观剑相的婆罗门。一切情形与前面所述者完全一样。那时王遣医生到他那里去,治疗鼻尖,给他用蜡做了一个假鼻镶上,仍使他充任近侍。

波罗奈王没有王子,只有一个王女与外甥。他把二人在自己身旁养育。二人长大以后,成了互相恋慕的伴侣。因此国王召集诸大臣,告诉他们道:"我的外甥是这王位的继承者,把女儿嫁了他给他灌顶吧。"说后又思量道:"我的外甥究是血族,所以还是给他娶个别个国王之女而灌顶,女儿则嫁给别的国王吧。这样我的血族就可繁殖,我的王统可以有二支了。"于是与诸大臣协议,说是"非给他们隔离不可",便使外甥住在一处,王女住在他处。他们已十六岁了,深相爱慕,王子心想:"用甚么方法把舅父的女儿从王宫里带出来吧?"于是唤了女大相师来,赠以千金。相师道:"如何报谢?"王子道:"你所尝试的事没有一件不成功的。请用甚么理由,把我舅父的女儿从王宫里带出来。"相师道:"主啊,晓得了。我到大王那里去,这样禀告他吧:'大王啊,王女有厄运之神附身。但他离开王女,不加监视,已好久了。我乘这时机使王女坐在车中,率领许多武装之人,排成大队到墓场去,在圆坛后方,把死人卧在榻下,上置王女,溅以一百零八壶的香水,洗涤厄运之神使之流去吧。'这样禀告后,我便带领王女到墓场去。你在我去之日,拿胡椒少许,叫武装的人们围绕了乘车先我到墓场去,将车停在墓场之门的一边,命武装的人们到墓地的林中去,你自己去到墓场圆坛的后方,佯装死人卧在那里。我到那里后将卧榻置在你上面,叫王女坐在榻上吧。你在那瞬间可将胡椒粉放入鼻孔,打二三次喷嚏。打到第三次喷嚏,我就弃了王女而逃。那时你可走近去,向王女的头灌顶,并向你自己头上灌顶,带领王女回到你自己那里去。"王子赞成道:"确是妙计。"

相师乃到国王那里去,将这事禀告国王。王答应了。又向王女告以实情。王女自然也承诺了。出发的那日,相师通知王子,各率大队向墓地而去。为使伴随的人们畏惧起见,更道:"我将王女置于榻上以后,死人会在榻下打嚏,打嚏以后,就会从榻下出来,将所见到的第一个人抓住哩。大家要小心啊。"

王子先到,依吩咐卧在那里,大相师捧着王女,走到圆坛的后方,说声"不要害怕",给她坐在榻上。那时王子将胡椒粉放入鼻孔,打起嚏来。他打嚏完毕,大相师立即弃了王女,大声叫喊,第一个先逃走了。相师一逃走,没有一个人再能停留,大家都弃了所拿的武器而逃。于是王子按照预定的计划行事,领了王女回到自己的地方去了。

大相师来到王的地方,把一切经过情形禀告国王。王觉得"当初我养育他们原想把她嫁给他,他们原是水乳交融地在一处成长的",遂答应下来,后来将王位让给外甥,以王女为正妃。

剑相师又做了新王的近侍。一日,他来侍候国王,向了太阳站立着,他的蜡鼻酥了,落在地上,他觉得羞耻,便伏下头去。王笑着对他说道:"师啊,不要耽忧。喷嚏在有些人是善的,在有些人是恶的吧。你因喷嚏断了鼻子,而我却因此娶了王女而获得王位。"

王这样说了,又唱出下面的偈语来。

同一件事对于有些人是善的,

对于有些人却是恶的。

所以没有一切都善的东西,

也没有一切都恶的东西。

王用此偈叙述了这段因缘。后来施行布施等善事,依其业报,投生于应生之处。

结　分

佛由此说法，说明世人所谓善恶的不一律，又把本生的今昔联结起来道："那时的剑相师即今之剑相师，王的外甥则就是我。"

一二七　迦蓝都迦奴隶本生因缘　[菩萨＝长者]

序　分

此本生因缘，是佛在祇园精舍时，就一个口出大言的比丘说的。其中两桩事件[序分与主分]与迦多诃迦奴隶本生因缘[第一二五]完全相同。

主　分

在这里，那个波罗奈长者的奴隶，名叫迦蓝都迦。他逃出去，娶了近地某长者的女儿，与许多从者同住在那里。波罗奈长者叫人寻访，不知他的下落，便派珍爱如子的小鹦鹉，叫他"去寻迦蓝都迦"。小鹦鹉这里那里地走着，到了那村子。那时迦蓝都迦为欲作河上之游，叫人拿了花鬘、薰香、涂香与软硬两种食物来到河边，正与长者的女儿坐在船上游河。

在这里，作河上之游的上流社会人士，都饮和有烈性之药的牛乳，使整日在水上嬉游，不致感到寒冷。迦蓝都迦满衔着这种牛乳，用以嗽口，嗽后将那牛乳吐出。吐时不吐在水上，却吐到了长者女儿的头上。

小鹦鹉走到河边，停在无花果树的枝上张望着，认出了迦蓝都迦，并见他将牛乳吐在长者女儿的头上,便道:"喂,奴隶迦蓝都迦啊,请你想想自己的出身与世间的地位。满衔着牛乳嗽口,吐在出身高贵、幸福而有信仰的长者女儿的头上,是不行的。你得知道身份啊。"接着便唱出下面的偈语来。

> 到处为家,
> 我是住在森林中的。
> 你若被人找到,就将捉住,
> 迦蓝都迦啊,饮牛乳吧。

迦蓝都迦认得是小鹦鹉,恐怕"事情败露",便道:"喂,主人,你何时来的?"鹦鹉知道"他并不是因欢迎而喊我的。他想绞我的头颈,杀死我哩"。便道:"我对你没有甚么事。"就从那里飞到波罗奈来,将所见情形详细告诉长者。长者道:"那家伙做了不当的事了。"便去对他发出命令,带到波罗奈来,使受奴隶之食。

结　分

佛作此法话后,将本生的今昔联结起来道:"那时的迦蓝都迦是那比丘,波罗奈的长者则就是我。"

一二八　猫＊本生因缘 ［菩萨＝鼠王］

序　分

此本生因缘,是佛在祇园精舍时,就一个欺诈的比丘说的。那时佛

＊ "汉译者注":本章一二八猫本生因缘,猫本为貓之俗字,但查原译本所附原名为 Biḷārajātaka,而次章一三七猫本生因缘,其原名为 Babbujātaka,则猫似非貓之俗字,另有所指矣。又,本节中所见之主原名,则猫又非豺之误字,未见原典,无从抉择,姑仍之。

就那比丘的欺诈说道:"比丘们啊,这并不始于今日。在前生他也是个欺诈者。"接着就讲起过去之事来。

主　分

从前,梵与王在波罗奈城治国时,菩萨受生于鼠族,具有觉智,身大如小猪,率领数百只鼠的从者住在林中。那时有一只豺,在各处彷徨着,见了这一群鼠,心想:"欺骗这些老鼠,把他们吃了吧。"在鼠的住处附近,面向太阳,吸着风,以一只脚站着。

菩萨[鼠]从住处出去觅食,见到了这豺,心想:"是有德者吧。"遂走近旁边,问道:"你叫甚么名字?"豺道:"名曰有法。"鼠道:"你本是四足着地的,为甚么用一脚站着呢?"豺道:"我若用四只脚着地,大地就将不能支持,因此用一只脚站着。"鼠道:"为甚么张开了嘴站着呢?"豺道:"我是甚么东西都不吃的,只吃风而已。"鼠道:"那么为甚么朝着太阳站着呢?"豺道:"因想礼拜太阳。"菩萨听了这话,心想:"定是有德者。"从此以后,便与群鼠朝夕奉侍他,但当他们奉侍完毕而回去时,豺攫住列在最后的一鼠,咬其肉,吃完以后,揩揩嘴,仍自站着。

一群的鼠渐渐地减少了。老鼠们想道:"以前我们住处是不够的,住着很是拥挤,现在却有余地而很宽敞了,这是甚么缘故呢?"乃将此事告知菩萨。菩萨一面想:"何以鼠少下去了呢?"一面对豺起了怀疑,打算"试他一下",便于敬礼之时,使群鼠先行,自己走在后面。豺向他扑来时,菩萨见那家伙飞扑过来,想捕捉自己,便说道:"哦,豺啊,你这样修行律法不是背叛律法吗? 你为了欺骗他人,所以挂着法律的招牌而行走。"接着,唱出下面的偈语来。

> 以法为招牌,
> 暗中作恶,
> 使人信用,
> 故人名之为猫。

鼠王这样唱着,飞扑过去袭击豺的头部,咬住颚下的颈动脉,将脉管咬破,结果了他的性命。群鼠回转身来吃完了豺而去。据说,实际上先来的吃得着肉,后到的并未吃着呢。从此以后,群鼠就毫无忧虑了。

结　分

佛作此法话后,把本生的今昔联结起来道:"那时的豺是现在的欺诈的比丘,鼠王则就是我。"

一二九　火种本生因缘　[菩萨＝鼠王]

序　分

此本生因缘,是佛在祇园精舍时,就一个欺诈的比丘说的。

主　分

从前,梵与王在波罗奈城治国时,菩萨是群鼠之王,住在林中。那时有一只豺,当森林中火灾勃发之时,不能逃脱,乃将头靠着一树站着。他全身的毛统烧掉了,只有头上靠着树的一部分尚留有如髻的小小一丛毛。一日,他在岩上的蓄水池中饮水,顾影见髻,说道:"我有了经商的资本了。"遂在森林中彷徨,发见了鼠穴,说:"欺骗这些老鼠们,把他们吞食了吧。"就如前[参阅第一二八]所述,站在近处。

那时菩萨出去觅食见到了他,觉得"是有德者",走近前去,问道:"你叫甚么名字?"豺道:"我名曰火种。"菩萨道:"为甚么来到此地?"豺道:"为保护你们。"菩萨道:"打算怎样保护我们?"豺道:"我知道用拇指计数的法术。你们明朝出外觅食时我来计数,归来时再来计数。这样朝夕念着数保护你们。"菩萨道:"那么请保护吧,伯父。"他答应说:"好。"出去时数"一、二、三"，归来时也照样数着，把列在最后的一只鼠捉来吃。以下与前面一样。只是在这里，鼠王回转来突立着道："喂，火种啊，你头上的髻，不是因法而生着，是为了要想肥胃而生着的。"接着唱出下面的偈语来。

> 那髻不以德为因，
>
> 那髻以食为因。
>
> 用拇指数是无用的，
>
> 火种啊，你须知足。

结　分

佛作此法话后，把本生的今昔联结起来道："那时的豺是那比丘，鼠王则就是我。"

一三〇　拘悉耶女本生因缘　[菩萨＝阿阇梨]

序　分

此本生因缘，是佛在祇园精舍时，就舍卫城某女子说的。相传那女子系某信心甚深的优婆塞婆罗门之妻，无有信心，罪业深重，夜间耽于邪淫，日间不做一事，装出卧病模样，躺在床上呻吟。那婆罗门问道："妻啊，你有甚么不舒服吗？"妻道："因为风邪身体作痛。"婆罗门道："那么你要些甚么呢？"妻道："请给我拿甘蜜、极好的粥、米饭、油等来。"婆罗门将妻所求的东西统统拿来给她，替她做一切事，好像奴隶一样。

妻于婆罗门回家时卧在床上，不在家时就与情夫二人过光阴。婆罗门因"妻所患的风邪一点不见痊可"，一日，拿了薰香、花鬘等物，到祇园精舍来，向佛礼拜，然后坐在一隅。佛问道："婆罗门，发生了甚么事情了吗?"婆罗门答道:"世尊,妻说身患风邪。我替她搜求好的酪、油与最上的食物。妻的身体已健了,肤色也好。只有风邪没有痊愈。我看护着她,连到这里来参诣的工夫都没有。"佛知道婆罗门的妻邪恶,便道:"婆罗门啊,前生贤人曾说过:'如果妻这样地卧床不起,疾病不好,就以如此这般为药。'只因轮回了几回,所以你不晓得了。"接着就应他的请求,讲起过去之事来。

主　分

从前,梵与王在波罗奈城治国时,菩萨生于婆罗门的大豪族之家,在得叉尸罗修习一切学艺,成为波罗奈闻名遐迩的阿阇梨。王城的刹帝利与婆罗门族的儿童多数来跟他修习学艺。

那时,有一个住在乡下的婆罗门,从菩萨学三吠陀与十八学处,定居于波罗奈,每日分二三次来参访菩萨。婆罗门的妻是个无信仰心、罪业深重的女人。一切与上面所述的情形一样。

菩萨听了"因此原由,竟连受教诫的闲暇都没有"的话,晓得"女主人[妻]是骗他而卧着的",心想"把适于治她的病的药教他吧",便对他道:"你嗣后不可给她以酪、牛乳与饮料等物。将五种果子投入牛的粪尿之中,盛在新的铜器里面,使带点铜臭。然后拿着绳、索子或树藤说:'这是于你的病有效的药,吃了此药便去服务,或作与你所吃的食物相当的工作吧。'说毕你且唱下面的偈语。

你若不服药,

就以绳索、树藤抽打。

抽打了几千下以后,

抓住你的头发,

将你在地上滚转,

再用手殴打。

这样一来,她从那瞬间起会立刻做事了吧。"婆罗门表示同意地说"不错。"便如所教地制了药,说道:"妻啊,请服此药。"妻道:"这是谁教你的?"婆罗门道："妻啊,是阿阇梨。"妻道："请丢了。我不要服。"梵志取出绳子等来道："你若要不服,那就服这足以治你病的药吧。否则就给我做与所吃的粥、米饭相当的工作。"说着,就唱出下面的偈语来。

当应言语而食,

应食而言语。

你拘悉耶啊,

言语与食在你是两不相应。

婆罗门女拘悉耶听了此偈感到惊怖,于是受阿阇梨的教诫,开始做事,知道"欺瞒阿阇梨非自己的能力所及",奋发地着手做事了。悟到"阿阇梨知我罪深,从此以后不宜再有此种举动"。由于对于阿阇梨尊敬之念,从此以后就慎于作恶,保守德操。

结　分

那婆罗门之妻听了这话,也觉得"正觉者[佛]知道了我的事情",由于对佛的尊敬之念,不再为恶行了。

佛作此法话后,把本生的今昔联结起来道："那时的婆罗门夫妇即今之婆罗门夫妇,阿阇梨则就是我。"

第十四章　不与品

一三一　不与本生因缘　[菩萨=长者]

序　分

此本生因缘,是佛在竹林精舍时,就提婆达多说的。恰巧那时,比丘众集合法堂,谈论道:"法友啊,提婆达多不知感恩,不知如来之德。佛走进法堂来,问道:"比丘们,你们此刻会集于此,谈论何事?"比丘众答道:"在谈论如此这般的事。"佛道:"比丘们啊,提婆达多不知恩德,并不始于今日,他在前生也曾不知恩义。"接着,就讲起过去之事来。

主　分

从前,摩揭陀王在摩揭陀国的王舍城治国时,菩萨是拥有八亿金财产的长者,名曰螺长者。当时波罗奈也有个有八亿金财产的辟利耶长者。这两位长者非常莫逆。可是因了某种事情,波罗奈的辟利耶长者遭了不幸,全部财产都丧失光了。他因陷于穷困,无处投靠,便带了妻去投靠螺长者。从波罗奈出发,徒步走到王舍城,来访螺长者的住宅。螺长者道:"好友来了。"拥抱相迎,殷勤地加以款待。过了几日,螺长者问道:

"哦，朋友，你来此何事？"他回答道："我遭了不幸，全部财产都丧失了，没有可以投靠的地方。"螺长者道："原来如此。你不必焦忧。"说着便叫人开了自己的宝库，取了四亿金给他，此外，财产、从者，甚至家畜与物品也全部分作二分，将一半给他。辟利耶带了财产回到波罗奈，就重兴家门了。

后来，同样的不幸降临到螺长者身上了。那时螺长者想道："我以前曾大大地扶助过朋友，将财产平分了给他，如今那友人见了我当不致拒绝，去投靠吧。"于是带了妻，步行到波罗奈，向妻说道："妻啊，跟我在街市上一同行走，于你是不相称的。我雇马车来接你，你乘着马车，率同许多从者随后来吧。在我打发马车来以前，请暂在这里等候。"乃将妻留在城门口的一家人家的屋里。

于是自己进了波罗奈城来访问长者之家，告以"友人螺长者从王舍城来了"。辟利耶迎接他说："请进来。"可是见了他的服装，不站起身来，也不向他寒暄，只问："你来此为了何事？"螺长者答道："为拜望你而来。"他又问道："你耽搁在何处？"螺长者道："宿处还没有定。我把妻留在城门口的一家人家的屋里而来。"他道："我这里没有地方留你们住宿，现在我将食物送给你，请你拿了到甚么地方去烹调来吃吧。"就吩咐仆人道："用布片包一顿婆❶粉糠给他。"据说那日，他曾叫人筛净了装在一千辆左右车子上的糙米，贮藏在仓库里。他以前曾从螺长者处得四亿金而归的，这忘恩的大恶徒，只以一顿婆的粉糠赠给恩友。仆人将一顿婆的粉糠盛入篮中，拿到菩萨的地方来。菩萨心中想道："这恶徒以前曾受过我四亿金，而现在他只给我一顿婆粉糠。我收不收呢？"一种念头随即浮现在脑中了："这不可信赖的忘恩者，因我零落之故，弃绝了与我的友情。若说他所给的粉糠是粗恶之食而不收受，那我也弃绝了友情了。世间愚人以所给之物微薄而拒绝收受，因此常破坏友情。我把他所给的粉糠收下，用自己之力建立友情吧。"便将那粉糠包在布片中，走向街头，回到妻所停留的家里来了。

---

❶　顿婆（tumba）与一阿尔诃迦（ālhaka）相差无几，约二升左右。

　　妻向他问道:"你得到了甚么?"他回答道:"妻啊,我的朋友辟利耶长者给了我一顿婆粉糠,叫我走出。"妻道:"你为何领受了呢?这样的东西怎能报谢四亿金呢。"说着,就呜咽起来。菩萨道:"妻啊,你不要哭。我因怕断绝了与他的友情,想用自己的力来建立友情,所以把那东西收下了。你为甚么悲伤呢?"接着就唱出下面的偈语来。

　　吝惜而不与,

　　愚人彼此的友情便断绝。

　　所以虽只半摩那糠,

　　我也并不辞谢。

　　如是则友谊不断,

　　必能永久。

　　长者之妻听了此偈,仍然哭泣不止。恰巧那时,有一个螺长者送给辟利耶长者的农仆,从门口进来。这农仆听到了长者之妻的泣声,便走了进来,遇见昔日的主人夫妇。这时农仆俯伏在主人的脚下,哭着问道:"主人,你因何事来此?"长者将经过情形全盘坦白地告诉了他。农仆安慰他道:"主人,我知道了。请你不必忧虑。"说后就伴送到自己家中,叫夫妻二人洗了澡,劝他们用饭。又去关照别的人们。说:"旧主人来了。"过了几日以后,所有的农仆,喧扰着到宫庭去控诉。

　　国王唤他们近前,问道:"究竟是甚么一回事呢?"他们将事件毫无遗漏地禀告国王。国王听了他们的话,便唤两长者来,先向螺长者问道:"大长者,听说你曾将四亿金给予辟利耶长者,这话是真的吗?"他回答道:"大王啊,我的朋友为求助于我到王舍城来时,四亿金自不消说了,且曾不问生物与无生物,将所有的财产平分了,以一半给与他。"国王又问辟利耶长者道:"那是事实吗?"他回答道:"大王,是的。"于是国王又问:"此次螺长者来访你时,你可曾好好款待他呢?"他默然不答。国王复对他道:"那时你不是叫人用布片包了一顿婆粉糠给与他的吗?"他听了这话,依然不答。国王与各大臣商议"应如何处置"后,命令臣下道:"你们去到辟利耶家中,将他家中的全部财产给与螺长者。"菩萨禀道:"大王啊,我不要别人的财产。只将从前我所给他的交还我就好了。"于是国王命将属于菩萨的财产交还。

菩萨复得了从前给予辟利耶长者的财产,与许多农仆回王舍城,重兴家业,作布施等善行。依其业报,投生于应生之处。

结　分

佛作此法话后,把本生的今昔联结起来道:"那时的辟利耶长者是提婆达多,螺长者则就是我。"

一三二　五师本生因缘　[菩萨＝王子]

序　分

此本生因缘,是佛在祇园精舍时,就阿阇波刺榕树下三魔女诱惑之经说的。佛引用了以下面的句子开始的经。

爱、嫌恶与染的三女,

艳冶夺目而出现。

然而如风吹飘落的绵毛一般,

佛将她们屏退了。

佛这样地将此经说至最后时,比丘众集合法堂,谈论起来道:"法友啊,三魔女现出美若天女的几百种姿态,走近佛去诱惑他。但佛竟连眼睛也不曾张开。佛的威力不是惊人吗?"这时佛来到法堂,问道:"比丘们,你们此刻会集于此,谈论何事?"比丘众答道:"在谈论如此这般之事。"佛道:"比丘们啊,我已灭尽一切漏,获得一切智了。不看魔女,毫不足怪。前生我烦恼未尽,希求菩提时,也未尝因烦恼而破了根之自制去看天女般美容,以是遂获得了大王国。"接着就讲起过去之事来。

主 分

从前,梵与王在波罗奈城治国时,菩萨是一百个兄弟中之最年少者。详情与前面得叉尸罗本生因缘❶中所说相同。那时得叉尸罗的市民,来访住在市外的菩萨,要求献呈王权,行了灌顶礼。后来他们以天都般的饰物装饰得叉尸罗,以帝释宫的庄严装饰宫城。菩萨进了得叉尸罗市,在宫城的楼阁上揭起纯白的天盖,升至镶着宝石的玉座,以天王般的尊严仪容就位。又有大臣、婆罗门、居士、刹帝利的王子等,身上著了种种华美的服装,侍立在国王的周围。一万六千个美若天女的舞妓,都是跳舞、歌谣、音乐的名手,熟练最上的游艺,她们一齐跳舞、唱歌、奏乐,宫城充满了歌谣、音乐的声响,宛如海上雷鸣。

菩萨见自己的荣光如是之盛,心想:"我若瞧这些夜叉的天女般的美姿,则是自招灭亡,这旺盛的荣光便看不到了吧。我因遵守辟支佛的训诫,得到了这荣光。"不觉因感激唱出下面的偈语来。

> 守持辟支佛的良训,
> 刚毅不动,不怀怖畏,
> 不落夜叉的诱惑之网,
> 大怖畏消灭,而得到安稳。

大萨埵[菩萨]如是以偈说法。后以正法治国,作布施等善行,依其业报,投生于应生之处。

结 分

佛作此法话后,把本生的今昔联结起来道:"那时赴得叉尸罗获得王权的天子就是我。"

---

❶ 得叉尸罗本生因缘,系指油钵本生因缘[第九六]。

一三三　火焰本生因缘　[菩萨＝鸟王]

序　分

此本生因缘，是佛在祇园精舍时，就某比丘说的。那比丘从佛受了业处，前往边境，在某村附近的森林地方定住下来，那时适逢雨期。在雨期的第一个月，他出外托钵时，所住的小舍烧毁了。他因失了住家，非常困苦，遂与信徒们商量。他们说："晓得了，立刻建造小屋吧。"可是并未着手，三个月便过去了。他因没有适当的住家，遂不能获得业处。雨期终了以后，他未曾得到一分业处，便赴祇园来到佛的地方，恭敬地作礼，而后坐在一隅。佛亲切地打了招呼，问道："比丘啊，你顺利地得到业处了吗？"他将经过情形，不论吉凶，从头细述一遍。佛道："比丘啊，在前生，畜生也能辨别于自己利或不利，利时就居住下来，不利时就弃了住所迁移至他处。你怎么不知道那住所对自己利或不利呢？"接着就应他的请求，讲起过去之事来。

主　分

从前，梵与王在波罗奈城治国时，菩萨生而为鸟。他年长后交了好运，成为百鸟之王。那时，在某森林地方的湖边，有一株枝叶繁茂的大树，他在那树的附近，率领一群鸟类栖居着。因那大树的枝叶伸展到湖的水面，许多鸟栖在枝头上，常将粪落到水面上去。

那湖中有一个叫犍陀的龙王居住着。龙王心想："这些鸟常将粪落在我所住的湖中。现在从水面上生起火来，烧了那树，把这些鸟赶走了吧。"他这样地发了怒，于众鸟栖宿在树枝上的夜半，先使湖水如汤般沸腾起来，其次使冒出烟来，最后使发出火焰，高如多罗树。菩萨见火焰从湖面上冲起,便告大家道:"哦,朋友啊,火能烧物,而水能灭火。然而如今水已燃烧起来,我们不能再留在此地了。非迁到别处去不可。"说着就唱出下面的偈语来。

安稳之地似已有了敌人。

水中冒着烟火,

此大树上如今已无我们的住所,

走吧,湖已为我们所畏怖。

菩萨如是唱了偈后,便带领了听从警告的鸟飞到别的场所去了。而那些不听菩萨的话,留在那树上的鸟,终于被焚死了。

结　分

佛作此法话后,说明四谛。说毕四谛,那比丘证得阿罗汉位。佛又把本生的今昔联结起来道:"那时听从菩萨之言的鸟就是佛的从者,鸟王则就是我。"

一三四　禅定清净本生因缘　[菩萨＝大梵天]

序　分

此本生因缘,是佛在祇园精舍时,就法将舍利弗敷衍佛自己在僧迦舍城门所提出的简单问题之事说的❶。下面的过去的故事便是。

主　分

从前,梵与王在波罗奈城治国时,菩萨在森林地方临终之际,说道

----

❶　参阅本生因缘第"五二二"。

"非想,非无想",[中略]然而仙人们不信菩萨的高足弟子的说明。因此菩萨从光音天降下,站在空中,唱出下面的偈语来。

　　有想者常苦,

　　无想者亦常苦。

　　舍离有想、无想的两端啊,

　　等至之乐才真清净。

　　菩萨如是说法,讲述高足弟子之德,然后回梵天界。于是仙人们始信高足弟子之言。

结　分

　　佛作此法话后,将本生的今昔联结起来道:"那时的高足弟子即是今之舍利弗,那大梵天则就是我。"

一三五　月光本生因缘　[菩萨＝大梵天]

序　分

　　此本生因缘,是佛在祇园精舍时,就长老舍利弗在僧迦舍城门敷衍问题之事说的。

主　分

　　从前,梵与王在波罗奈城治国时,菩萨在森林地方,临终之际,应弟子们的质问,答说"月光,日光"后,生于光音天。然而仙人们不信长老的解释。因此菩萨从光音天降下,站在空中,唱出下面的偈语来。

　　如在此世以智慧

修无念定，

思惟月色、日光，

未来当生光音天。

菩萨如是教示弟子的仙人们，讲说高足弟子之德，复返于梵天界。

结　分

佛作此法话后，将本生的今昔联结起来道："那时的高足弟子是舍利弗，大梵天则就是我。"

一三六　金色鹅本生因缘　[菩萨＝鹅鸟王]

序　分

此本生因缘，是佛在祇园精舍时，就偷罗难陀比丘尼说的。舍卫城有一个优婆塞，以大蒜赠给比丘尼团。并且吩咐司农园的园丁道："若有比丘尼来，每人赠二把或三把。"后来比丘尼众常为取大蒜到他家中或农园里去。却说，一日，适逢休息日，他家里已没有大蒜了。偷罗难陀比丘尼与其伙伴一同到他家里去，声言"为取大蒜而来"。他家说："这里已没有大蒜了，请到农园去取。"她便转赴农园，与其伙伴拿了许多大蒜回去。农园的园丁发了怒，告诉人们说："这些比丘尼怎么无限制地拿了许多大蒜回去呢？"少欲的比丘尼众听了这话，也动了气。比丘尼众更诉诸比丘众。他们也生了气，将此事禀告佛世尊。

佛将那比丘尼谴责了一顿以后，向比丘众随机说法道："比丘们啊，贪欲之人对于生身的母亲，也是不亲切、不顺从的。要这样的人去教化无信心者，使信者的信仰加深，希图得到未得的施物，既得的施物源源不绝，凡此种种，没有一件会成功。反之，少欲的人能教化无信心者，能使

信者愈加深信,能得到未得的施物,能使既得的施物源源不绝。"又道:
"偷罗难陀比丘尼的贪欲,并不始于今日,前生也是贪婪的。"接着就讲起
过去之事来。

主 分

从前,梵与王在波罗奈城治国时,菩萨生在某婆罗门的家里。到了
能辨别事理的年龄,娶婆罗门之女为妻。生了三个女儿,名叫南陀、南陀
婆蒂、升达利南陀。菩萨死后,妻与三个女儿投靠在别人家里。

菩萨那时生而为鹅,具宿命智。成长后,羽毛金色,很是美丽。他看
着自己的雄大的形姿,心想:"我是死于何处而生在这里的呢?"立刻了解
"是在人类的世界"。其次观察"我妻婆罗门与女儿们怎样生活着"时,知
道"替别人做事,度着困苦的生活"。因此他心里想道:"遮蔽我身体的黄
金羽毛,具有可以拉长的性质。今后给她们每人一把羽毛吧。我妻与女
儿们由此得以安乐过活了吧。"于是他到她们的住处,停在栋梁上。女儿
们与妻见了,问道:"喂,你是从甚么地方来的?"他道:"我是你们的父亲。
在这世间死后,投身为金色鹅。现在我来与你们相会。嗣后你们毋须再
被雇于人,过困苦的生活了。我给你们每人一把羽毛吧。将这毛卖了,
安乐度日就是。"说后就给以羽毛而飞去。于是那为妻的婆罗门女就富
裕而幸福了。

却说有一日,那婆罗门女对女儿们说道:"女儿啊,畜生的心是不可
靠的。你们的父亲总会有一日不到这里来吧。这次他来时,将他的羽毛
一概拔掉,收归我们所有吧。"女儿们道:"倘如此做,父亲会觉得痛吧。"
表示不赞成。婆罗门女性本贪婪,一日,金色鹅来时,便招呼道:"请到这
边来。"等他到了她手边,就用双手将他捉住,把羽毛统统拔了下来。因
她违反菩萨的意志,用暴力拔取之故,所拔下的羽毛都变成了鹤的羽毛,
一根不剩。于是菩萨虽鼓起翅膀,也飞不得了。婆罗门女便将他放入大
壶中,给以饵食。可是后来所生的羽毛都是白色。羽翼生成以后,他飞
往自己的栖所,不再来了。

结　分

佛讲述此过去的故事毕,说道:"比丘们啊,偷罗难陀比丘尼的贪欲,并不始于今日。前生也是贪得无厌的。那时她因贪欲失去黄金,现在又因自己贪婪之故,得不到大蒜。今后她将吃不到大蒜了吧。别的比丘尼也因偷罗难陀比丘尼之故,同样地吃不到大蒜了。所以,即使可以多得,也非知适量不可。又,所得不多时,也非如所得甚多一样地满足不可。决不可作过分的希望。"接着,就唱出下面的偈语来。

> 须知足于所得,
> 贪欲是恶事。
> 因捕住鹅鸟王,
> 黄金遂从她们手中失去。

佛说此事,从种种方面加以谴责,然后规定了"凡食大蒜的比丘尼皆非忏悔不可"的学处。又把本生的今昔联结起来道:"那时的婆罗门的妻即今之偷罗难陀比丘尼,三个女儿即今之三个比丘尼,而那金色的鹅王则就是我。"

一三七　猫本生因缘　[菩萨＝石匠]

序　分

此本生因缘,是佛在祇园精舍时,就"迦那之母"的教诫说的。当时舍卫城有一个优婆夷,叫做"迦那之母",她因女儿的名字得名,优婆夷是已得预流果的圣声闻。她把女儿迦那嫁给某村的同族男子。某时,迦那因事回娘家来。住了二三日后,丈夫遣使者来说:"迦那速归,务望即叫迦那回来。"迦那听了使者的话,对母亲道:"母亲,那么我得回去了。"母亲道:"你在这里滞留如此长久,须得带点土产回去。"就做起糕来。

恰巧那时有一个托钵僧,站在她家的门口,这位优婆夷叫那僧就了座,给他在钵中盛满了那糕。这比丘回去后,把这事告知别的比丘,别一比丘也来取糕。那比丘又将此事告知别一比丘,别一比丘也来取糕。这样把糕给了四个比丘。所做的全数糕施完,迦那仍不能回去。迦那的丈夫两三次地差使者来。第三次差使者来时,叫他传言道:"如迦那不回来,我就要迎娶他女为妻了。"然而因了这缘由,迦那到第三次催促后依然不归,迦那的丈夫便另行迎娶了。迦那接到报告悲伤哭泣。

佛知道了这事,于清晨著衣持钵,到迦那之母的住处来,就了所设之座坐下,向迦那的母亲问道:"迦那因何哭泣?"其母答道:"因如此这般之故。"佛乃安慰迦那的母亲,说法后离座而起,回到精舍去了。

却说,因三次做好的糕给那四个比丘拿去,以致迦那不能回至夫家的事,给僧团中知道了。有一日,比丘众集合法堂,开始谈论道:"法友啊,四个比丘三次吃了迦那之母所做的糕,致迦那不能回去。大优婆夷因女儿迦那为夫所遗弃,听说非常伤悲呢。"这时佛进来问道:"比丘们,你们此刻会集于此,谈论何事?"比丘众答道:"在谈论如此之事。"佛道:"这四个比丘吃了迦那之母的食物,使她陷于悲叹,并不始于今日。前生也曾使迦那之母苦恼过。"接着,就讲起过去之事来。

主　分

从前,梵与王在波罗奈城治国时,菩萨生在石工的家里,成长后,巧于凿石之技。迦尸国某市镇上,有一个大富豪。他在库中藏有四亿金财产。他的妻亡故后,因对于金钱的爱著之心很深的缘故,转生为鼠,栖居在宝物库之上。后来,那富豪的家族都陆续死去,富豪自己也死去,连那村子也消灭了。

那时,菩萨在从前有村子的废墟,凿开了石头雕刻着。那鼠每次出来求食时,见到菩萨,便对他起了爱著心,心里忖道:"我虽有许多财产,但因没法使用,这财产也许会丧失的。不如与这人在一处,靠这财产来过活吧。"因此,有一日,鼠用嘴衔了一个金币,到菩萨那里来。菩萨见了,用温柔的言语说道:"哦,鼠啊,你为甚么衔了金币来呢?"鼠道:"我以此金币给你使用,也请你给我买肉。"菩萨答应说:"好。"便拿了金币回家,以别的些少的钱买了肉给鼠。鼠得了肉回到自己的栖所,把肉吃了个饱。以后鼠便每日给菩萨以金币,菩萨也每日买了肉来给鼠。

却说,有一日,那鼠被猫捕住了。鼠向猫道:"猫啊,杀我是不行的。"猫道:"为甚么不行呢?我肚子饥饿,要想吃肉,非把你杀掉不可。"鼠问道:"你的想吃肉,只是一日的事呢,还是每日都如此?"猫答道:"那当然是随时要吃肉的。"鼠道:"那么我随时将肉送上吧,请你放了我。"于是猫对鼠说了一声"那么你得小心",便把鼠放走了。从此以后,鼠将自己所得的肉分作二分,以一分给猫,其余一分则留作自己享用。

可是,一日,鼠被别的一只猫捕住了,那时鼠也如以前一样地对猫说,求猫把他放了,从此鼠便将肉分作三分来吃。既而鼠又被别的一只猫捕住了,也以同样的条件而得释放。从此鼠便将肉分成四分来吃。后来又有另一只猫将鼠捕住了,鼠也以同样的条件而获救,从此鼠便将肉分作五分来吃。自从将肉分作五分来吃之后,鼠因食物不足,身体衰弱,肉瘦血减了。菩萨见了鼠,问道:"鼠啊,你怎么瘦弱了?"鼠回答道:"因为这个缘故。"菩萨安慰鼠道:"那么,你怎么不早告诉我呢?我来救你吧。"

于是菩萨凿好了一块透明的晶石,把中间挖空了,拿来吩咐鼠道:"你走入这里面好了。倘猫来了,不论任何一只,你用强硬的话骂他吧。"鼠便走进那水晶石中躺着。不久,一只猫来了,说道:"不给我肉吗?"鼠对猫骂道:"哦,恶猫啊,为甚么要给你肉呢?你去吃自己孩子的肉吧。"猫不知鼠躺在水晶石中,怒不可遏,便叫"捕住你",猛扑过去,胸膛撞着水晶石,立时心脏破裂,眼珠几乎逬出,当场毙命,倒在一旁。其他几只猫,以同样的经过,也都死了。从此以后,鼠就毫无恐惧,每日给菩萨两个或三个金币。彼此和洽度日,毕生不破友情。依其业报,各投生于应生之处。

结　分

等正觉者佛述此过去之事毕，复唱出下面的偈语来。

一只猫得食以后，

忽然第二只猫出现了，

第三、第四也跟着而来，

但他们都因水晶石碎身而倒毙。

佛作此法话后，把本生的今昔联结起来道："那时的四只猫即今之四个比丘，鼠是迦那之母，凿制晶石的石匠则就是我。"

一三八　蜥蜴本生因缘　[菩萨＝蜥蜴]

序　分

此本生因缘，是佛在祇园精舍时，就一个伪善者说的。其故事与前面猫本生因缘［第一二八］相同。

主　分

从前，梵与王在波罗奈城治国时，菩萨生为蜥蜴，那时在国境以内的村子附近的森林地方，有一个证得五通的仙人作着非常的苦行，住在一小舍中。村人对那仙人都极尊敬。在仙人不时往来的道路之旁，有一个蚁冢。菩萨［蜥蜴］便住在那丘中。他住在此处，常一日两三回到那仙人的地方去，倾听富有教训、意义深长的话，然后恭敬地向仙人作礼，回到自己的住所。后来那仙人向村人辞行，离开该地而他去了。自那有德的仙人去后，另有一伪善的仙人来，住在那小舍中，菩萨以为"这次来的仙人大概也是有德的",便到他那里去。

却说,有一日,时当暑季,起了不合时季的风暴,蚁从蚁冢中爬出。蜥蜴想吃那蚁,四处匍匐着。村人们出去,捉了许多蜥蜴,用那适于烹调油肥之物的酸醋与砂糖把蜥蜴肉加味烹调了送给仙人。仙人吃着蜥蜴肉,因其味美,生了味觉欲,寻思:"此肉味道极好,究竟是甚么肉呢?"及知道是"蜥蜴肉",便想:"我这里不时有大蜥蜴来的,杀而吃其肉吧。"于是仙人把锅子、酥油与盐等物放在一边,又手执木槌藏在黄衣的袖内,坐在小舍的门口,等候菩萨到来,表面上则装着非常冷静的样子。

菩萨打算"今晚去访问仙人",便离住处而去,到了将近仙人的居处,见仙人神情十分兴奋,心里忖道:"仙人的神情不若平日坐着时的平稳,他对我,眼色凶险。好生看着吧。"那时菩萨适在仙人的下风之处,闻到蜥蜴肉的气味了。想道:"这伪仙人现在一定已吃过蜥蜴肉了,一定是因为此肉味美起了味觉欲,想乘我到他的地方来时用槌将我击毙,把我的肉烹调来吃。"因此之故,他不走近那仙人去,就转身回去了。仙人知菩萨不近前来,心想:"这蜥蜴一定晓得我有杀心,所以不来。他现在虽不到我这里来而想回去,我却不让他如此。"遂拿出槌来投掷过去。那槌碰着了菩萨的尾尖。菩萨很快地逃入蚁冢,从另一端的洞口探出头来斥责他道:"你这伪仙人啊,我之所以到你的地方来,是因了以你为有德的缘故。现在我已明白你是虚伪的东西。像你这样的大恶贼,实不配著此种仙人的服装。"接着就唱出下面的偈语来。

愚人啊,结鬘于你何用,

皮衣于你何用,

你不是只饰外观,

心中充满了贪欲吗?❶

菩萨这样地把那伪仙人遣责了一顿以后,便爬入蚁冢去了。伪仙人也就离那场所而去。

---

❶ 《法句经》第三九四偈。

结　分

佛作此法话后，把本生的今昔联结起来道："那时的伪仙人即今之伪善者，以前那位有德的仙人是舍利弗，蜥蜴则就是我。"

一三九　二重失败本生因缘　［菩萨＝树神］

序　分

此本生因缘，是佛在竹林精舍时，就提婆达多说的。相传，那时比丘众在法堂上谈论道："法友啊，如果火葬用之薪，两端都燃烧了，而中央部分受了沾污，那么不论在森林中或在村子里都不能再作柴薪用了。提婆达多亦然，他因此解脱之教出家，两方失败而遭排斥，其结果远离了在家的享乐，而于沙门的所作也不能成就。"这时佛来到法堂，问道："比丘们啊，你们此刻会集于此，谈论何事？"比丘众答道："在谈论如此之事。"佛道："比丘们啊，提婆达多的二重失败，并不始于今日。前生也有过同样的失败。"接着便讲起过去之事来。

主　分

从前，梵与王在波罗奈城治国时，菩萨生为树神，那时某村中有渔夫等住着。却说，某时有一渔夫，带了年青的儿子，手执钓钩出去，走到平日他们大家钓鱼的池边，投下钓钩，钓钩将沈在水中的一段树根钩住了，渔夫拉不起来，心想："一定是一条大鱼。差儿子到妻那里去，叫妻与邻人吵闹吧，这样就没人会来希冀分配获物了。"于是对儿子道："你从这里回家去，告诉你母亲说，已钓到了大鱼。叫她与邻人吵闹。"吩咐儿子前往。却说他因拉不起钓钩,担心钓钩折断,便将外衣脱了丢在岸上,跃入水中去,他由于得鱼的贪欲心,这里那里地搜索鱼儿,撞着树根,撞坏了两只眼睛。丢置在岸上的外衣,被贼偷去了。他痛得心神颠倒了,一只手掩着眼睛从水中爬起,发着抖去寻摸外衣。

却说,渔夫之妻在家里开始去寻是非,她打算"做些出人意料之外的事",便在一只耳朵上挂了多罗树叶,一只眼皮用锅煤涂黑了,抱着犬出去访问邻右。有一女友见了,便道:"你一只耳朵上挂了多罗树叶,一只眼皮涂得墨黑,如抱爱儿似的抱着犬,从这家走到那家。唉,你疯了。"渔夫之妻道:"我没有发疯。你毫无理由,用恶语侮辱我。喂,拉你到村长那儿去,叫你付八迦诃婆那的罚金。"于是口角起来,二人同到村长那儿去了。然而裁判的结果,罚金却科在渔夫之妻这方面。人们将她绑了起来,说:"快付罚金。"用答鞭挞她。

树神见到渔夫之妻在村中所行的事与渔夫在森林中所遇的灾难,站在树叉间说道:"哦,渔夫啊,你在水中与在陆上所做的事,都是恶事,两方都归失败了。"接着,便唱出下面的偈语来。

> 眼睛失明,衣服被夺,
> 妻在友家受答刑,
> 不论在水中、陆上,
> 你所做的事都错了。

结　分

佛作此法话后,把本生的今昔联结起来道:"那时的渔夫是提婆达多,树神则就是我。"

一四〇　乌本生因缘　[菩萨＝乌王]

序　分

此本生因缘,是佛在祇园精舍时,就一个有名的慈善家说的。其事件出在第十二编跋陀婆罗树神本生因缘[第四六五]中。

主　分

从前,梵与王在波罗奈城治国时,菩萨生而为乌。一日,国王的司祭官在郊外沐浴,身上涂了香,着了花鬘,穿了上好衣服,回到城市中来。城门的拱门上,有甲乙两乌栖止着。甲乌向乙乌说道:"朋友,我来将粪撒在这婆罗门的头上吧。"乙乌道:"莫作此种恶事。这婆罗门是个伟人,使伟人动气是不行的。他如恼怒起来,会将乌统统杀死吧。"可是甲乌却说:"无论如何我非这样做不可。"乙乌道:"那么你一定就会被发觉的。"说着径自逃走了。当婆罗门在那城门的拱门下通过时,那乌就如抛花彩般将粪撒在婆罗门的头上。婆罗门非常愤怒,以致憎恨所有的乌了。

那时有一个管米仓的婢女,在仓门前将米摊开了晒在日光中,在旁看守着,既而睡去了。一只山羊见婢女睡着了,便跑过来吃米。婢女醒来见到山羊,立刻将他赶走。婢女再睡熟以后,第二只、第三只山羊跑到那里来吃米,婢女三回将羊赶走,心里想道:"这山羊再三来吃米。晒着的米已被吃去一半,损失自然极重。须使山羊不再来才是。"于是在火把上点着了火,拿在手里假装睡熟而坐着,一只山羊来吃米了。婢女立即跳起来,用火把去打,于是火烧着山羊毛了。山羊因身上烧起来,心想"灭火"而奔跑,跃入接近象厩的有枯草的小屋,去擦身子。火延及枯草,烧了起来,延烧至象厩,象身也烧着了,有许多象负了伤。兽医无法医治,乃去禀告国王。

国王向司祭官问道:"师啊,兽医说不会治疗象,你可知道有甚么良药吗?"司祭官道:"大王,知道的。"国王道:"求甚么好呢?"司祭官道:"大王啊,乌的血精是好的。"于是国王命令臣下道:"那么杀乌去采血精。"从此以后,乌相继被杀,但并不能得到血精。乌的尸体到处累积,所有的乌都大起恐怖了。

当时,菩萨[乌]率领了八万只乌,住在火葬场的森林中。有一只乌来,将这次乌族发生大恐怖的事件告知菩萨。菩萨心想:"欲除我同族所遭遇的恐怖,只此一法。我就试行此法吧。"乃行十波罗蜜,由慈波罗蜜引导着,一跃而抵宫城,从开着的大窗子里飞入,到了玉座之下。时有一男子想将那乌捕住。国王就了玉座,制止说:"捕捉不得。"菩萨凝神行着慈波罗蜜,好一会,然后从玉座下出来,向国王说道:"大王啊,国王应不为乐欲等所因而行政治。又,应为之事应注意熟虑而后为之。又,现在所行之事,有成就之望者则行,无成就之望者则不可行。倘若国王所行之事本无成就之望,而强要施行,则人民为大恐怖所袭,遂起死的恐怖。司祭官因心中怀恨在说谎语。乌是并没有血精的。"

国王听了乌的话大悦,将黄金的精致的椅子赐与菩萨,叫他坐下。等待着菩萨就席,以百千次精制的油涂在羽毛上,进献那用金器盛贮的国王自用的美食,又使他饮了饮料。菩萨充了饥而无苦痛时,国王向菩萨问道:"智者啊,你说:'乌是没有血精的。'为何乌没有血精呢?"菩萨道:"因此缘由。"乃用了响彻天宫的声音说法,唱出下面的偈语来。

> 心脏不绝地因恐怖而颤抖,
>
> 身为一切世间而痛楚,
>
> 乌安有血精,
>
> 这是我同族的常态。

菩萨这样地宣说了理由,又教诫国王道:"大王啊,国王不应不加思虑而行事。"国王大悦,将王权授给菩萨。菩萨再交还给国王,复授国王以五戒,恳求对于一切有情加以保护。国王听了法话,即允许保护一切有情,并常与乌以食物,于是每天煮米数十斤,加和各种佳味,捣碎以饲群乌,对于菩萨则特别给以国王的常食。

结 分

佛作此法话后,将本生的今昔联结起来道:"那时的波罗奈国王是阿难,乌之王则就是我。"

第十五章　避役品

一四一　蜥蜴本生因缘　[菩萨＝蜥蜴王]

序　分

此本生因缘,是佛在竹林精舍时,就一个背叛佛的比丘说的。其故事的内容,与女颜象本生因缘[第二六]中所述者相同。

主　分

从前,梵与王在波罗奈城治国时,菩萨受生于蜥蜴的胎里,长大后,率领许多蜥蜴的眷属,住在某河畔的大洞穴中。他的孩子的小蜥蜴,与一只避役非常亲密,遂成了游伴。说"我来抱你吧",就将避役搂抱起来。有将他与避役亲近之事秘密告知蜥蜴之王者,蜥蜴之王立刻唤儿子来,告诉他道:"唉,你竟在与恶者交际。避役乃贱种,与那样东西为友是不行的。你如继续与他交际,则所有蜥蜴的种族,都将被那避役所污辱吧。此后不可再与他交际了。"但那小蜥蜴依然与那避役作着亲密的交际。菩萨[蜥蜴之王]虽再三劝告他,他仍不能与避役断绝往来。菩萨觉得"在不远的将来,因那避役之故,也许会有灾祸临到我们身上。为预防起见,实有豫造遁路的必要",因令部下在一方造了非常通风的出路。

这时,他的孩子小蜥蜴身体渐渐发育起来了。但那避役却与以前一样大小,毫无甚么变化。他屡次地说"搂抱吧",而爬到避役身上来。这与以前完全不同了,在避役觉得宛如一座小山压在身上。他开始感到苦恼,心想:"如果他数日间尽是这样地来搂抱,则我的生命危险了。不如串通猎师,将这蜥蜴一族完全除灭了吧。"

在一个大雨停止后的暑日,蚁穴的羽蚁❶从穴中飞出来,蜥蜴到那里来捉羽蚁来吃。那时有一个捉蜥蜴的猎师,为了想破坏蜥蜴的洞穴,一手拿了锄,一手牵着犬,到那森林中来。避役见了那猎师,心想"今天我要达到自己的愿望",便走近猎师旁边,在他面前坐下,问道:"喂,你究为甚么在森林中行走的?"猎师答道:"为捉蜥蜴而来。"避役道:"我知道许多蜥蜴所居的洞穴。你有火与稻草吗?"说着就领猎师到那里去了。他对猎师说道:"喂,请将稻草放在这里,点了火使冒出烟来。在这四周叫你的犬看守着,你自己则拿着大棍棒将那接连出来的家伙尽行击毙,使尸骸堆积如山。"他如是教唆毕,心想:"现在让我来看仇人的结局吧。"于是躲在隐处,只将头露出了看着。猎师把稻草一薰,蜥蜴被烟所困,从穴中接连飞出来了。猎师将飞出来的尽行击毙。有从他手边逃出的,则被犬所捉。于是蜥蜴一族的大灭亡便到临了。

菩萨觉到"果因避役而生祸患了,恶人诚不可与之交际,幸福决不依恶而生。徒因一只恶的避役之故,致许多蜥蜴陷于灭亡"。便从遁路里脱出,唱出下面的偈语来。

　　与恶人亲昵,
　　不会有真的乐。
　　反足使自己受灾祸,
　　如蜥蜴族之与避役。

------

❶　在印度地方,据说在雨期开始时,蚁生羽而从巢中飞出的。

结 分

佛作此法话后,把本生的今昔联结起来道:"那时的避役是提婆达多,菩萨之子即不听告诫的蜥蜴之子,是背叛的比丘,蜥蜴之王则就是我。"

一四二 豺本生因缘 [菩萨＝豺王]

序 分

此本生因缘,是佛在竹林精舍时,就提婆达多图谋杀佛之事而说的。某时,有许多比丘集合法堂就此事纷纷谈论。佛听了说道:"比丘们啊,提婆达多企图杀我,并不始于今日。前生也曾有此企图。但他不仅不能杀害我,反而自陷苦境。"接着,就讲起过去之事来。

主 分

从前,梵与王在波罗奈城治国时,菩萨投生在豺的胎里,后为豺王,被许多豺群围绕着,住在墓地的林中。某时,王舍城举行热闹的祭典。那简直可说是酒祭,人们任性饮酒。有许多无赖汉带了许多酒肉来参加,一面叫艳装的妓女唱歌,一面饮酒吃肉。到了深夜,肉已吃尽,而酒则尚有不少余剩。那时他们中的一人喊道:"拿肉来。"有人应道:"肉已吃尽了。"那人道:"我在时非有肉不可。既然如此,我就到那墓地去,把来吃新的死人肉的豺杀死,拿豺肉来吃吧。"说着就执了大棍棒,走出街道,从间道来到墓地,手持棍棒,假装死人,仰卧在地上。

时菩萨与豺群一同来到那里,见到了他,心想:"这不是死人。"打算

"试探一下"，便向下风走去，试嗅他身体的气味，知道不是死人的气味，心想："调戏他一下将他赶走。"遂来到他旁边，咬住了棍棒之端而强拉。那人不但不放开棍棒，却连菩萨近来都不知道，所以把那棍棒握得更紧了。菩萨稍向后退，说道："你这人啊，如果你是死人，则我拉棍棒时，你不会握得更紧。你以为你这样做，我就辨不出你是活的还是死的吗？"

接着，就唱出下面的偈语来。

你虽假装死人而躺着，

可是拉你的棍棒时，

你牢执不放，

你以为这样就能瞒过去了吗？

菩萨如是高声唱着，那无赖汉觉得"他已发觉我没有死"，便站起身来，将棍棒掷过去。可是没有掷中。无赖汉叫喊道："糟糕，这回我失察了。"菩萨回过头去，说道："啊，你用棍棒掷我，你一定要堕入八大地狱❶、十六小地狱了❷。"说了便去。无赖汉毫无所得，空手离开墓地，沿着水沟回到街上来。

结　分

佛作此法话后，把本生的今昔联结起来道："那时的无赖汉是提婆达多啊，豺王则就是我。"

---

❶　八大地狱，一、等活地狱，二、黑绳地狱，三、众合地狱，四、号叫地狱，五、大叫地狱，六、炎热地狱，七、大热地狱，八、无间地狱，在赡部州地下五百由旬之处。

❷　十六小地狱，系附属于八大地狱之地狱，即八寒冰、八炎火地狱。所谓八寒冰者，一、颊部陀，二、尼剌部陀，三、颏哳吒，四、臛臛婆，五、虎虎婆，六、嗢钵罗，七、钵特摩，八、摩诃钵特摩。所谓八炎火者，一、炭坑，二、沸尿，三、烧林，四、剑林，五、刀道，六、铁刺林，七、碱河，八、铜橛。

一四三 威光本生因缘 ［菩萨＝狮子］

序 分

此本生因缘,是佛在竹林精舍时,就提婆达多在象头山自许为佛之事而说的。提婆达多早失禅力,声名堕地。他自以为"还有恢复的方法",向佛提出了五项请愿。但这些请愿全被拒绝了,于是他在佛弟子二长老所率领的教团沙门中,把尚未熟达律法的比丘五百人,带引到恒河之畔,另组了一个教团,在该地营其独立自主的教团生活。佛察知那些比丘们的知识已达圆熟的时机,便遣二长老前往。提婆达多见二位长老来访,非常欢喜,打算"今夜要向他们说法,显示我佛陀的威仪"。遂自正威仪,显现如来似的相好,告诉他们道:"尊者舍利弗啊,比丘们尚未疲劳,也不感倦怠,你若欲作法的问答,请与比丘们为之。我因略患背痛,想去伸了手脚休息一下。"就躺下入睡。于是二长老就向比丘众说法,使他们领悟了沙门的道果,率引他们全体上竹林精舍去了。

拘迦利发见那精舍已空无一人,便到提婆达多那里,说道:"提婆达多,那二长老说服了你的弟子,把他们带走,只留了一个空精舍了。你为甚么眠着的呢。"说着就剥去他的衣服,用脚踢他的胸部,如踢瓦砾一般。他口中吐出血来,苦痛得昏晕过去,倒在地上。

佛向长老问道:"舍利弗啊,你去时,提婆达多如何?"舍利弗答道:"世尊,提婆达多见了我们很高兴。他为了要显示佛陀的威相,现作如来般的相好,却招致了大祸。"佛听了他的回答,说道:"舍利弗啊,提婆达多模拟我的相好而招祸,并不始于今日。在前生也曾招过祸的。"接着答应了长老的请求,讲起过去之事来。

主 分

从前,梵与王在波罗奈城治国时,菩萨生而为长鬣狮子,住在雪山的黄金窟中。一日,他离开那洞窟,悠然而起,睥睨四方,一声咆哮,跑向远处觅食去了。不久,咬死了一只大水牛,只将其肥美部分的肉吃了,便下山来,行至某湖之畔,饱饮了清鲜之水。然后回到自己的洞窟去。

那时,有一只豺正在觅食,突然遇见了这狮子,无法逃避,不得已俯伏在狮子的脚下。狮子问道:"豺啊,你怎么了?"豺回答道:"我愿做你的奴仆。"狮子道:"好,你服侍我吧。我给你好的肉吃。"说着,就带那豺回到黄金窟来,从此以后,豺老是取狮子王的残食过日。不消数日,渐渐地肥大起来了。

一日,狮子王躺在洞窟中向豺吩咐道:"豺,你试出去,站在山顶上,如果见到在山麓游玩的象、马、牛或其他任何动物,只要是你所想吃的,你就说:'我要吃他的肉。'向我行一个敬礼,说'请你显威光',如此我就杀而吃其肉,将吃剩的分给你吧。"豺站在山顶上,一经发现他所想吃的各种动物,就回到黄金窟来报告,俯伏在狮子王的脚下,说道:"请你显威光。"于是狮子便迅雷似地扑过去,纵使是精气饱满的象,也结果了他的性命,吃其肥美之肉,然后将吃剩的分给豺吃。豺吃饱了肉,回到自己的栖所来愉快地睡眠。

随着时日的经过,豺的心渐渐傲慢起来了。他想:"我也有很好的四足,何必每日依人过活呢? 从今以后,我也要自己杀了象与其他动物,而吃其肉了。百兽之王的狮子,靠了'请你显威光'这一句话,竟能杀死精气饱满的象。如果我也使狮子对我喊'豺啊,请显威光',则我也能将精气饱满的象杀死,而吃其肉吧。"于是来到狮子王的地方,说道:"我领受你所杀的象肉,日子已很长久,现在我想自己杀死一只象,而吃其肉。请让我坐在你所坐的黄金窟中。你如发见到在山麓徘徊的象,可否请到我这里来,说一句'豺啊,请显威光'呢。我别无其他愿望,这是我对于你唯一的恳求。"

那时狮子王对豺说道:"豺啊,能杀象的只有狮子族。我敢说,能杀象而吃其肉的豺,这世间是一只也不会有的。你还是将这样大的野心打消,吃着我所杀的象肉过活吧。"豺虽经狮子王这样告诫,却仍不能放弃他的希望,再三恳求。狮子王因不能拒绝他的要求,遂答应下来。说:"那么请进我的住家去坐着。"叫豺坐在黄金窟中。

狮子在山麓发见了一只精气饱满的象,便跑到洞窟的入口来告诉道:"豺啊,请显你的威光。"豺从黄金窟中悠然站起来,睥睨着四方,咆哮了三次,说道:"好,那么让我咬住象的面额的性征❶吧。"便扑了过去,可是误摔落在象的脚下了。象举起了右脚踏住他的头,头盖骨碎为微尘。象乃用脚将他的死骸凑集成一块,把粪尿撒在上面,然后一声高叫,逃入森林深处去。菩萨见这光景,说道:"豺啊,快显你的威光。"接着唱出下面的偈语来。

你的头盖碎了,

头破裂了,

你的胸骨都已成粉了。

现在正是显你威灵之时了。

菩萨如是唱偈,于天年终后依其业报,投生于应生之处。

结　分

佛作此法话后,把本生的今昔联结起来道:"那时的豺是提婆达多,狮子则就是我。"

---

❶　所谓面额的性征(Kumbha)是象到了交尾期,其额的一部分现出某种突起,渐渐膨胀而流出一种臭液来,这是一种性的征象。

一四四　象尾本生因缘 * ［菩萨＝仙人］

序　分

　　此本生因缘,是佛在祇园精舍时,就邪命外道说的。从前有许多邪命外道住在祇园精舍的后院,作着种种的苦行。许多比丘们见这些苦行者,或蹲踞以支持身体,或如蝙蝠般从树枝上挂下,或坐在荆棘上,或以五火❶焦身,作着种种错误的苦行,便来到佛的地方,问道:"世尊,靠着这些苦行,会有甚么利益呢?"那时佛答道:"比丘啊,这种苦行决不能产生善果。据说前生曾有贤人,以为这种苦行可以产生善果,带了圣火到林中去。然而靠了那圣火供养等等的力,并没有甚么功德利益显现出来,因而终于以水浇火,把火熄灭。终于因凝思而获得神通力与禅定力,生于梵天界哩。"接着就讲起过去之事来。

主　分

　　从前,梵与王在波罗奈城治国时,菩萨生在西北部某婆罗门的家里。当他诞生之日,他的父母点了圣火,盛作供养。到了十六岁时,父母唤他近前,对他说道:"儿啊,我们曾在你诞生日,点了圣火而供养。如果你欲过在家生活的话,那么你得学习三吠陀。若欲赴梵天界,那么就拿了圣火到林中去,点燃圣火不绝,供养大梵天,以祈求功德,将来能生于梵天界吧。"他答说:"不愿在家。"便拿着圣火前往林中,结了小庵,燃点圣火,

---

　　* (汉译者注)本章一四四象尾本生因缘,日译本所附原名为 Naṅgnṭṭhajātaka,但全节中有牛尾语,不见有象尾语,疑象尾当作牛尾,因未见原典,不敢擅决,姑仍之。

　　❶ 五火系婆罗门所祀的圣火。一、祭坛火,祭坛南面所祀之圣火。二、传统火,由祖父世代传至子孙之圣火。三、供养火,祭坛东面所祀之圣火。四、世间火。五、家庭火。

住在那里。

有一日,他在某村尽端受了牛的供养,便牵着那牛回庵来了。那时他想:"若以此牛供圣火之神,那是很好的吧。"既而转念一想:"唉唉,刚巧没有盐了。没有盐,圣火之神怕不会吃的吧。到村中去讨点盐来,用盐腌过了供祀圣火之神吧。"他将牛系在那里,到村中讨盐去了。

他去后,有一群猎师到那里来。他们看见了那只牛,就扑杀、烹调,吃了个饱,然后将牛的尾巴、脚爪与皮撒散在一边,把吃剩的肉统统收集起来拿走了。那婆罗门回来,见了牛尾等残物,便倾侧着头想道:"这个圣火之神,连属于自己的东西也不能充分守护,何能守护我呢。尊敬、供养这圣火之神,并无利益功德可得,自是无益之事。"

他已失去了尊敬圣火之神的心思了,自语道:"啊,圣火之神啊,你连自己之物也守不住,怎能守护你以外的我呢?肉已失去了,这些残余的东西,请你忍耐受用吧。"说着就将牛尾等残物掷向火神,唱出下面的偈语来。

> 没有威力的圣火之神啊,
> 这里虽有几多供物,
> 那不过是牛尾之类罢了。
> 肉被吃去,
> 而今已空无所有,
> 快将牛尾等吃了吧。

菩萨这样唱毕,浇水将火灭了。后出家为仙人隐士,获得神通力与禅定力,死后生于梵天界。

结　分

佛作此法话后,把本生的今昔联结起来道:"那时灭火的仙人就是我。"

一四五 罗陀鹦鹉本生因缘 ［菩萨＝鹦鹉］

序 分

此本生因缘,是佛在祇园精舍时,就前妻的爱著说的。其故事也见于根本生因缘［第四二三］中。佛对那比丘说道:"比丘啊,女人是难以守护的东西。即使能够守护而守护之,但欲继续守护却也困难。你在前生能守护女人而曾守护过,但并不能继续守护下去。现在如何能够守护呢。"接着就讲起过去之事来。

主 分

从前,梵与王在波罗奈城治国时,菩萨生为鹦鹉。迦尸国有一个婆罗门,饲养菩萨与其弟弟,恰如父亲一般。并替菩萨起名为褒多婆达,把他的弟弟唤作罗陀。

那婆罗门之妻品行不端。某时,婆罗门因商事须往远方旅行,招了菩萨兄弟来,吩咐道:"我不在家时,如果你们的母亲有不端的行为,你们须加以阻止。"菩萨答道:"是,父亲,如果我们有这能力,自当加以阻止,但若为我们的能力所不及,则除沉默旁观之外别无他法。"婆罗门委托鹦鹉监督其妻,自己便作长途旅行去了。

从他出发之日起,他的妻的乱行日甚一日。出入全无限制。弟弟罗陀不忍见母亲的行为,向菩萨劝告道:"兄啊,父亲出发之前,曾吩咐我们说,若母亲有不端的行为,叫我们加以阻止。然而现在母亲的乱行,只是一日比一日加甚。我们不可不加以阻止。"菩萨道:"你智慧浅,经验也没有,所以说出这样的话来。实际上,纵使抓住了母亲的身子,把她带了来,也是管不住她的。我们能力所不及的事,怎么能够做呢?"接着就唱出下面的偈语来。

> 罗陀啊，
>
> 你连夜半来访者有几多也不知道。
>
> 力所不及的事莫去想，
>
> 拘悉耶女情火炽燃，其欲难遏。

他如是制止罗陀向母亲进忠告。于是她于丈夫不在家的期间，任意妄为。婆罗门回来后，唤褒多婆达去，问道："母亲如何?"菩萨据实详细告知婆罗门，又改了话头道："父亲啊，你为何要与这样的女人同居呢?我们现已将母亲的恶行完全说出，所以已没有住在这里的必要了。"说毕，丁宁地在那婆罗门的脚下行了敬礼，与其弟罗陀同向森林方面飞去了。

结　分

佛作此法话后，说明四谛。说毕四谛，那不幸的比丘证得须陀洹果。又说："那时的婆罗门夫妇即今之二人，罗陀是阿难，褒多婆达则就是我。"

一四六　乌本生因缘 ［菩萨＝海神］

序　分

此本生因缘，是佛在祇园精舍时，就几个老比丘说的。他们出家以前，住在舍卫城，都是富豪的家长，互相作着友谊的交际。大家在励行善事的期间，倾听了佛的说法，这样想道："我们对于家庭生活还有甚么期望呢?假如随侍在佛左右，加入美的佛的教团而出家，舍离此世的忧患劳苦，多好啊。"于是将一切财产给与子女，抛弃了咽着眼泪的家族，加入佛的教团而出家了。然而他们虽出了家，却不能遵守与出家人相应的沙门法，因为年老的缘故，也不能如实地修行佛法。虽出了家，却与在家一样，在精舍中造了小屋，独自居住着。不出外乞食，也不到别的地方去，只往来于自己的妻子之家，暗中行乐。

在这些长老之中，某长老有一个旧妻，她照顾所有的长老们。因此他们也将自己所得的食物拿了来，会集于她家中，一同恣意作乐。她也将贮藏着的酱、酱油等物取出来，给与他们。可是她突然患病而死了。因此这些长老们回到精舍来，互相抱住了头颈，在精舍附近大声叫唤着说道："那个优良而亲切的优婆夷亡故了。"有许多比丘听见他们的泣声，从这里那里集拢来，问道："你们究为甚么这样哭泣？"他们答道："有一个朋友，也就是以前的妻，她是个优良、亲切的人，而今死了。她一晌照拂我们，真是很好。从此以后我们怎能再得这样的人呢？因此悲泣着啊。"

比丘众见了他们的狂态，便集合法堂谈论起来。"法友啊，长老们互相搂抱着头颈，在精舍附近叫唤的，原来为了这理由。"那时佛来到那里，问道："比丘们，你们此刻会集于此，谈论何事？"比丘众说明理由道："在谈论如此之事。"佛道："比丘们啊，他们因她之死而悲泣、呼唤，并不始于今日。前生她投生为雌乌，当她坠海溺死之际，友伴的群乌，也说'我们要汲干了海水将她救出'，而作无益的努力。那时他们的生命因贤者而得救。"接着，就讲起过去之事来。

主　分

从前，梵与王在波罗奈城治国时，菩萨生为海神。那时有一只乌与其妻一同到某海岸去觅食。该地方适值举行龙神祭，众人在海岸设了祭坛，以乳酪、米饭、鱼肉、火酒等物供祀龙神，祭事完毕，便各自回家去了。乌来到那祭场，见到了乳酪等祭品，便一同将这些乳酪、米饭、鱼肉等大嚼起来，并且痛饮了酒。他们夫妇都喝得酩酊大醉，说是"我们要下海去逛逛"，来到沙汀开始洗澡。一个大浪忽然袭来，将雌乌卷入海中深处。有一条大鱼过来啄住她的身体，把她吞食了。雄乌扬声悲泣道："唉，糟了,我的妻死了。"许多乌听到了他的悲泣声,聚集拢来,齐声问道:"你究竟为了甚么而哭泣?"他道:"诸位,我妻在这沙汀上洗澡,被大浪卷去了。"他们听了这话,便也异口同声地号啕大哭起来。那时他们之中有作这样想的:"我们把这海水来处置吧。将水汲出,使海空了,救出我友之妻如何?"这样一说,他们立即表示赞成,各自用口去满含海水,汲出于外。可是海水是咸的,他们的咽喉渐渐地感到渴了,遂站起身来,走到干燥的陆地上去休息。这时腮部感到疲乏了,口干渴了,眼睛合拢来倦颓欲睡了。于是他们互相齐声说道:"唉,只要我们能力所及,自必将海水汲来,排出于外。然而一面汲出一面海水却满起来。我们终究不能使海空虚的。"接着,就唱出下面的偈语来。

　　我们的腮疲了。

　　我们的嘴干了。

　　可是海水并不减少,

　　而且愈益增多。

　　那些乌这样唱后,仍齐声说道:"那雌乌实有美好的嘴,有可爱的眼睛,容姿绝美。又有悦耳的声音。然而被这盗贼般的海所杀了。"浩叹不已。他们这样悲叹着时,海神出来,现出可怕的形姿,将他们逐走。于是他们才得幸福。

结　分

　　佛作此法话后,把本生的今昔联结起来道:"那时的雌乌是他的旧妻,雄乌是那长老,其他的乌是长老们,而海神则就是我。"

一四七　花祭本生因缘　［菩萨＝虚空神］

序　分

此本生因缘，是佛在祇园精舍时，就一个起不净之念的比丘说的。佛向他问道："比丘啊，听说你心怀不净之念，真的吗？"他回答道："是，真的。"佛追问道："你究对谁起了这种不净之念呢？"他回答道："对于原来的妻。世尊啊，她实在是个美丽而温柔的女人。我没有她，是一刻也不能安住的。"那时佛对他说："她于你是个一无好处的女人。前生你曾因她而受磔刑之苦。而你常为她神魂颠倒，因而命终后堕入地狱。现在你何以还这般爱着她呢？"接着就讲起过去之事来。

主　分

从前，梵与王在波罗奈城治国时，菩萨生而为虚空神。那时恰值波罗奈城举行迦底加祭的夜祭。各街道装饰得如美丽的天国，全城人们兴高采烈，作着各种余兴。时有一个穷汉，他只有一袭粗劣的衣服，因屡经洗濯着用，到处都满了折皱。

然而他的妻却带执拗向他说道："喂，我想穿了浓染的红蓝华服，再披上外衣，与你一同出去看迦底加祭的夜祭。"男的听了很窘，说道："你怎么说出这样的话来？我们穷人能穿了浓染的红蓝华服，悠闲地散步吗？"那女的嗔怒道："没有红蓝的华服，我不出去看夜祭了，请你带别的女子同去吧。"男的问道："你怎么说出这样无理的话来与我为难？究竟要怎样做才能得到红蓝的华服呢？"女的教他道："男子汉有志气，甚么事做不来？哪，国王的红蓝园里就有许多红蓝草啦。"男的道："啊，你这个人啊。那地方好比鬼神所管领的莲池。而且监视极严，无论怎样也不能走近去的。你不要起这种无理的妄想。还是满足于现在所有的吧。"女的强劝道："现在是夜半,黑暗无光。一个男子单身总可去得吧。"他被她如是再三地劝唆,遂为爱情所缚,终于答应下来了。"安心吧,你勿焦忧。"他安慰了她一番,就在那夜抱着牺牲性命的决心,离了那街,来到国王的红蓝园中,破了篱笆潜入内苑,守卫听到了破篱的声音,说"有贼",将他围住,捉住了他的手足,打骂一顿,然后将他绑起来。

天亮以后,他被拉到国王的面前来了。国王命令道："拉去游街,并处以磔刑,将他刺死。"于是把他反绑起来,鸣钟击鼓,押着游街示众,然后用锐利的枪刺他。那苦痛真是难熬。又有一只乌停在他的头上,用尖锐如刺的嘴去啄他的眼珠。然而他对于这种苦痛毫不介意,只是一味想着他妻子的事,自想"我不能使你穿了红蓝的浓染华服,两手搭在肩上,一同去看迦底加祭的夜景,非常觉得可惜"。唱出下面的偈语来。

乌虽来啄我眼,
我却不觉得怎么痛。
不能与穿浓染的红蓝服的妻,
互携着手,
去看迦底加的星祭,
真是恨事。
他临终如是悲痛着妻子的事,死后堕入地狱。

结　分

佛作此法话后,把本生的今昔联结起来道："那时的夫妻二人即今之夫妻二人,而在虚空中明见此事的虚空神则就是我。"

一四八　豺本生因缘 ［菩萨＝豺］

序　分

此本生因缘，是佛在祇园精舍时，就离欲说的。舍卫城有巨商之子弟五百人，听了佛的说法，专心归向佛教，都出了家，住在给孤独长者在祇园中所筑造的精舍里修行。可是有一日晚上，他们的心中萌起可厌的烦恼之念来了。他们懊悔自己不该出家希求远离诸欲烦恼，想再使欲念得到满足。

那夜，佛即以神通力，放出不可思议的光明，观察祇园精舍中的比丘众内心究为何种妄念所因，看破了他们心中正在萌动的贪爱妄念。佛守护自己的弟子，宛如母亲之守护其独子，独眼者之珍护其一目。他们朝夕生起欲念时，就立即使之消灭，不使那欲念滋长。因此，佛自己想道："我像那转轮圣王❶驰驱，遍历其国土那样来干吧。我今向他们说法，使他们舍离欲念而证得阿罗汉位吧。"

佛从香室中出来，用了甘露似的声音，呼唤具寿的法宝长老阿难道："阿难啊。"长老阿难走来向佛礼拜，恭敬待命问道："世尊，有甚么事？"佛命令道："阿难，叫那些住在给孤独长者所建造的精舍中的比丘们，全体在这香室前集合。"阿难心中暗想："如果现在我只召集他们五百个比丘，他们会想到'佛已知道烦恼的妄念在我们的内心萌动'，心里抱着畏惧之念，对于佛的说法不能发问了吧。所以还是叫他们'一人不剩地去参集'吧。"于是答道："世尊，遵命。"便拿了钥匙，来访各庵室。当所有的比丘众参集于香室之前时，佛的宝座业已预备好了。佛结跏趺坐其上，端正其身，如耸峙于大磐石上的须弥山。六色的佛的大光明两两成对、环绕

---

❶ 所谓转轮圣王，身具三十二相，即位时自天感得轮宝，旋转那轮宝而征服四方，故称转轮圣王。这是古代印度人所理想的人格。

周围,那光明普遍放散,其大或如大钵,或如天盖,或如圆塔,终至到处透彻,如天际闪耀的电光,如动荡大海水底而上升的朝阳。比丘众向佛稽首礼拜,围坐四周。佛居其中,如被绯红的布衣围绕着一般。

于是佛发出梵音,为比丘众说妙法道:"比丘们啊,为比丘者切勿起欲觉、嗔觉、害觉,是谓三不善觉。切莫以为内心所起的烦恼无足轻重。烦恼实是大敌。敌虽渺小,却不可轻视。只要有隙可乘,常至产生破灭之患。所以小小的烦恼萌芽,如果滋长起来,终会产生大破灭吧。烦恼实如毒药,如搔痛痒,如毒蛇,如雷电,不应执著而应畏惧。瞬间所起的烦恼,也须借思惟观念之力,不使在心内停留,要立刻打破他,使如莲叶上的露珠立即消碎。从前许多贤人,虽极微细的烦恼也必忏悔,不令其在内心再生,全然断尽。"接着就讲过去的事。

主　分

从前,梵与王在波罗奈城治国时,菩萨生而为豺,住在某河畔的森林中。那时有一只老象,倒毙在恒河岸边。那豺于觅食时,发见了那老象的尸体。他非常欢喜,说是"了不得的食物",来到他的旁边,先将他的鼻子咬住。但咬去恰如啃锄头一般。他唧咕道:"这部分无论如何也不能吃的。"一面去咬他的牙齿,但咬去也如啃硬骨头一般。其次试去咬耳朵,但咬去如啃淘箩一般。再其次试去咬腹部,但咬去如啃谷仓一般。再其次试去咬足部,但咬去如啃石臼一般。再其次试去咬尾巴,但咬去如啃木杵般。他唧咕道:"这里也吃不得。"一壁这里那里地寻找,但并没有可吃的地方。结果找到了那象的肛门,这里全是柔软得如糕饼一样可吃的,而且味极甘美。于是他说:"好容易才找到这身体中最柔软、最美味的部分了。"便从那里慢慢地吃进去,终于爬入肚腹,吃到肾脏与肺肝了。当咽喉渴时,就吸他的血,疲惫而想休息时,就将身子躺在象腹中休息。他沉思道:"这象的肚腹,于我实在是舒服的住家,想吃的时候,任意有肉可吃。还有比这更好的事吗?"他不到别的地方去了,就在象腹内吃着肉过日子。

时间一日一日过去，那尸体被热风所吹，被灼热的日光所晒而干燥起来，皮渐渐地收缩了。豺所爬入的入口，也逐渐收小，腹的内部渐渐黑暗起来，与外界全然隔绝了。尸体干燥，肉也干了，血液也完全干涸了。他失了出口，就恐怖起来，这里那里地奔走、冲撞着，疯狂地寻求出口。他在腹中上下狂奔着，宛如饭米在釜中沸腾一般。

未几，大雨下降，那尸体受着湿气而膨胀，回复原状了。肛门张开，现出星一般的光来了。豺认出了那孔穴，说："好容易保全了性命。"便从象头方面回转来，以猛烈之势撞突肛门，用头穿破孔穴，遂得走出到外面。因为屡进屡出之故，他身上的毛都于通过肛门之际脱落了。他一面因多罗树般无毛的身体感到恐惧，一面继续进出着。当他停住了坐下来环顾自己的身体时，痛切地后悔起来。觉得"自己的这个苦痛，并不是任何人所给与的。全是由于贪欲的因缘，才产生这样的结果的。从此以后决不起贪欲之念了，也不再爬进象的体内去了"。他心中深有所感，唱出下面的偈语来。

不再，

再也不，

爬入象的腹中，

因为因果之报可畏。

唱毕便从那里离去，不再回顾象的尸体。从此以后，贪欲之心就丝毫不生了。

结　分

佛作此法话后，说道："比丘们啊，切勿增进心中所起的烦恼，要时常制御自己的心。"接着说明四谛。说毕四谛，那五百个比丘证得阿罗汉果，其余或证得预流果，或证得一来果，或证得不还果。佛又把本生的今昔联结起来道："那时的豺就是我。"

一四九　一叶本生因缘　［菩萨＝仙人］

序　分

此本生因缘，是佛在毗舍离近郊大林的重阁讲堂时，就恶太子离车说的。当时毗舍离是非常繁华的都市。城壁三重，绵亘数里，三面有崇峻的城楼耸峙着，城中常有七千七百零七个国王统治国家。又有同数的太子、将军、富豪住着。

在这许多太子里面，有个名曰离车的恶太子。他的性质，真是凶悍、残忍、粗暴。忿怒残害之情，常如毒蛇般发作着。他一发怒，谁也不敢向他进忠告，无论他的父母、亲戚、朋友，没有一人能训诫他的。因此他的父母等以为"这位太子的性情实在凶悍、乱暴，除佛以外，无人能引导他了"，乃带他到佛的地方来，禀告道："世尊啊，这太子确实脾气粗暴，很易激怒，非常为难。请说好的教训给这太子听听。"佛对那太子说道："太子啊，人在心中不可有忿怒、粗暴、憎恶之念。不亲切的言语，足使血肉之亲的父母、儿女、兄弟姊妹、妻子、亲戚与朋友抱憎恶与不快之感。身心动摇，像扑过来要咬人的毒蛇，又像躲在森林中的盗贼，又像要吞人的恶魔。来世受生时，将堕入地狱。在现世，易怒的人，纵使他身上装扮得非常华美，而他的容姿是丑陋的。纵使他的面孔美如满月，也如太阳所晒焦的莲华，又如蒙着尘埃的黄金的皿钵，是丑陋的。世人因丑恶的忿怒之故，或以白刃自戕，或服毒，或自缚，或从绝壁跳下，而死后则堕地狱。有残害心的人，在现世则被人唾骂，死后也必堕地狱。纵使受生于人界，生后也会生许多疾病。如眼疾、耳疾等，将一一接连而起。倘若去了嗔恚之念，就不觉得苦了。所以，对于一切有情非有慈心、爱心不可。这样的人，方可脱地狱等类之苦。"

那太子听了这个说法，当下就起深切的悔恨之念，并生了慈爱之心与柔顺之心了。他满胸惭愧感激,不能抬起头来。那情形有如去了毒牙的毒蛇,斩掉了铗螯的蟹,又如折了角的水牛。

许多比丘们目击了太子的这种情形,集合在法堂中,专就此事发起议论来,说道:"离车太子的父母、亲戚、朋友,在长期间不能忠告训谕这位恶太子,怎么佛一言之下便说服了他,使他自己忏悔了呢? 这宛如驯象师尽六术制住了醉狂象一样。佛曾说过一种妙法:'比丘啊,经过驯象师调御的象,是善驰驱的。或在一方,或前或后,或右或左,能自由使之行走。驯马师、驯牛师之于牛马也如是。比丘啊,为如来、应供、等正觉者所调御的人,是很易引导的,能向导至八方面。他见色为色,乃至如实见色。这叫做瑜伽行无上的人法真实义。'此次对太子所说,不就是等正觉者所说的人法真实义吗?"

那时佛恰巧走到那里来,便问道:"比丘们啊,此刻会集于此,谈论何事?"比丘众回答道:"在谈论如此这般之事。"佛道:"比丘们啊,我的以一言使他驯伏,并不始于今日。前生也曾有过这样的事。"接着,便讲起过去之事来。

主　分

从前,梵与王在波罗奈城治国时,菩萨生在西北某婆罗门的家里。长大后游学得叉尸罗,修习三吠陀与其他一切学艺,卒业后回乡,暂时过着在家生活。既而因丧了父亲,便怀着出家修道之志,终于出家修行,获得神通力与定力,隐遁于雪山的庵里。在那里暂住了一些时候,因为缺乏盐与其他日用品的缘故,再回到人境,来到波罗奈市街,在御苑中住宿。

次日,他整顿衣裳,正肃威仪,穿上仙人的服装,入城行乞,遂到了王城的门前。时国王正在高楼凭窗远眺,见到了他,便很为他的正肃的态度与崇高的威仪所感动,暂时看得呆了。心里想道:"唉,那仙人实在真是威仪正肃,心意和谐。行时威相殊妙,步步如散布一千黄金,又如狮子王举步生威。若是世间有领悟正法的人,必就是这种人了。"便回头去呼唤侍臣。侍臣问道："大王,有甚么事吗?"国王命令道："去唤那仙人来。"
侍臣道："是。"即走到菩萨[仙人]身边,恭敬作礼,不料把手放在他手中
所持的铁钵中了。菩萨吃了一惊,叱责道："怎么?"侍臣答道："圣者啊,
国王召你去。"菩萨拒绝道："我住在雪山中。国王怎会知道我呢?"侍臣
听了此言,便回去向国王报告。国王觉得自己左右没有可以谈心的伴
侣,便命令道："务须把他请来。"侍臣便再去向菩萨致了敬礼,强陪他到
王城来。

国王恭敬地向菩萨行了敬礼,然后张了天盖,请他在黄金的玉座上
坐下,亲自执箸供养各种珍味。问道："圣者啊,你现住何处?"菩萨答道:
"大王,我的住处在雪山中。"国王又问道："圣者啊,此后将到甚么地方去
呢?"菩萨道："大王,我正在找寻雨期安居的地方啊。"国王恳请道："那
么,圣者啊,就请住在我们御苑中吧。"菩萨也就愉快地答应了。国王立
即亲备食物供应菩萨,复赴御苑准备香室,建造夜间用室与日间用室,置
备沙门需用的器物,吩咐园丁招呼服侍,然后回王城去。从此,菩萨便暂
住在国王的御苑里。国王每日必来访问两三次。

然而这大国中有个叫作恶太子的王子,性极粗暴凶悍,连国王对他
也无可奈何,亲近之人更不消说了。大臣、婆罗门、市民虽都劝告说："王
子啊,这样的事是做不得的,那样的事是不应该做的。"但那些忠告,只愈
增加他的忿怒而已,并不能使之听从。国王心中暗自思量道："除这位苦
行有德的圣者之外,谁也不能劝诱这太子吧。他一定能好好地训诫太子
的。"于是陪着太子来访菩萨,说道："圣者啊,这太子性情实在粗暴易怒。
我们无论怎样也训诫不得。请以善巧方便教导他。"就将太子留在菩萨
的地方,自己回去了。

菩萨偕太子在御苑中四处逍遥着。菩萨偶然发见了一株纤婆树的
嫩芽,便问太子道："太子,现在你试嚼嚼这树的嫩叶看,其味如何?"太子
即取一叶来嚼,试尝滋味。说声"啊呀",便将他唾弃在地上。菩萨问道:
"太子,味道如何?"太子答道："圣者啊,此树如烈性的毒草,现在已经如
此。如果将来成长起来,会有许多人丧命吧。"菩萨迅速地摘取了那纤婆
树的叶子,在手掌里揉碎了,唱出下面的偈语来。

此树尚是一叶嫩芽，

地上还未添增四叶，

那叶已有剧毒，

倘若成了大树则将如何。

那时菩萨劝诫太子道："太子啊，你现在嚼着这纴婆树的叶子，说是'目前连这样的小叶，已有这种烈性的毒。长成以后不知将如何'，而将那叶揉碎丢弃了。人们对你，不是抱着与你对此树的同样感想吗？人们将说：'这太子在年青时已如此残忍易怒，若长大而为国王，真不知会干出怎样的事来。不知我们在他之下将怎样呢？'夺去你国王的荣位，像纴婆树一般连根拔起，把你驱逐出国吧。所以不可如纴婆树那样，此后要存心宽大、富于慈爱才是。"从此以后，太子就非常谦逊、慈爱而和蔼了。他很能体会菩萨的训诫，父死之后即位为王，作了布施等善行，依其业报，投生于应生之处。

结　分

佛作此法话后，又道："比丘们啊，那恶太子离车听从我的训诫，并不始于今日。前生我也曾训诫过他。"复把本生的今昔联结起来道："那时的恶太子即离车，国王是阿难，那施教训的仙人则就是我。"

一五〇　等活本生因缘　［菩萨＝阿阇梨］

序　分

此本生因缘，是佛在竹林精舍时，就交恶友的阿阇世王说的。阿阇世王对佛是怨敌，自与不法破戒的提婆达多结了亲交，遂致过信了他的虚伪不实的人格。说是"我非恢复他那行将失坠的声名不可"，费了许多国币,在象头山建造庄严的精舍,不但如此,且听从了他的诬言,弑逆那为法王、已得须陀洹初学圣者之位、入声闻圣众之列了的父王,自己消灭了须陀洹道之因,而招到了大祸恨。但他听到了"因此罪孽,大地把提婆达多吞噬了"的事,却想"现在大地不会吞噬我吗",不绝地为恐怖之念所袭,虽然身为王者,却连王者的安慰也得不到。他不能安眠,如那受巨鞭抽打的小象一般,尽是恐惧战栗着,似乎大地崩裂,自己堕入阿鼻地狱去了。又似乎大地来把自己吞噬了,又似乎自己倒堕至热铁地狱,正为铁的刀枪所刺。他真像受伤之鸡,恐惧得没有一刻的安宁。也曾想去参谒等正觉者[佛],忏悔己罪,亲受指教。但终因自愧罪业过重,不易与佛接近。

那时,适值王舍城内举行迦底加祭的夜祭。各街道都以灿烂的灯炬庄严,恰如天国在地上出现一般。国王被几多的朝臣、祭司围绕着,坐在黄金的玉座上。王见了那侍坐在玉座旁边的耆婆拘摩罗婆契,心中暗忖道:"我与耆婆同到佛那里去谒佛吧。然而我不便说:'耆婆,我自己不能去,你领我到佛面前去吧。'好,现有一个方便。我假如问:'当此清夜,我们所最应尊崇的沙门、婆罗门是谁呢?谁能使我们起崇敬归仰之念,慰藉我们苦恼的心呢?'许多朝臣听了,自会赞颂自己的师父之名,因此耆婆也定必赞颂佛的名字。如此就可与他同到佛那里去了。"于是就唱出五句诗来,赞美夜景。

　　真是美的清夜啊,
　　真是妙的清夜啊,
　　真是明的清夜啊,
　　真是愉快的清夜啊,
　　真是欢娱的清夜啊。

"喂,当此清明之夜,使我们尊敬而给我们以心的平和的沙门、婆罗门是谁呢?"于是朝臣之中,有的赞称不兰迦叶之名,有的赞称末迦梨瞿舍利,又有的赞称阿耆多翅舍钦婆罗之名,有的赞称婆浮陀伽旃那之名,有的赞称散若夷毗罗梨沸之名,又有人赞称尼乾子之名。

国王听了这些答语,只是默不作声。原来他心里暗自期待着耆婆大臣的回答。然而耆婆因"想知道国王究竟是否期待着自己的答语",仍暂时默然无语地坐着。国王忍耐不住了,便问道:"耆婆啊,你何故这样默不作声呢?"于是耆婆恭敬地离座而起,向佛所在的方向叉手合掌,遥致敬礼,然后说道:"大王啊,那应供等正觉者[佛]与其弟子一千三百五十人俱在我庵摩罗树林中,唯有那佛,才有这样殊妙的名声哩。"他为王说阿罗汉的九种功德,又进而讲有生以来未曾有过的超越一切豫言的佛的威相,然后劝请道:"大王啊,请尊崇那佛,倾听其法,而质疑念吧。"国王大悦,命令道:"那么,耆婆啊,你去预备象车。"象车立刻预备好了。国王显出大王的威相,向耆婆的庵摩罗树林而去。时佛正在充满清香的僧庵中被许多比丘围绕着,王向之遥拜,又随处见到静如大海的比丘众,自语道:"我还未曾见过有这种威相的人哩。"为那庄严的威仪所感动,便合掌向僧伽致敬,加以赞美,然后向佛作礼,坐在一隅,就沙门果提出质问。

于是佛举行二拜读诵的仪式,为说沙门果经。王因此经说,欢喜之念不能抑制,求佛宽恕,离座恭敬作礼,而后退去。国王去不多时,佛向比丘众说道:"比丘啊,那国王善果之根已绝。比丘啊,若他不为了夺王位之故,剥夺戕害那正直的亲父法王的寿命,则他能立时断欲,舍离诸恶,而得法眼吧。然而他与提婆达多亲近,身犯大罪,所以终至失却了须陀洹果。"

次日,比丘众集合法堂,开始谈论道:"法友啊,阿阇世王身犯大罪,与非戒恶业的提婆达多亲近,杀害父王,遂致失了须陀洹。他是给提婆达多破灭的。"那时佛过来问道:"比丘们,你们此刻会集于此,谈论何事?"比丘众答道:"在谈论如此之事。"佛道:"比丘们啊,阿阇世王身犯大罪,自陷于大破灭,并不始于今日,前生也曾犯了大罪,自招破灭。"接着,就讲起过去之事来。

主　分

从前,梵与王在波罗奈城治国时,菩萨生在婆罗门族大富豪的家里。长大后游学于得叉尸罗,修习一切学艺,成为波罗奈城有名的阿阇梨,教

授五百个青年。在这些青年之中,有一个名曰等活。菩萨将起死回生的
法术传授给他。他虽受了回生法的传授,却还未曾得到解咒之法。一
日,他对其他的青年夸耀着自己的法力,深深地走进某森林中,发见了一
匹死虎。他遂向其他青年夸口道:"诸位,看我使这死虎复活。"其他青年
道:"这怎么可能呢?"他道:"请诸位好好看着。我一定要使他复活给你
们看。"其他青年作告别之辞道:"如果能够的话,请一试吧。"说着,便一
齐爬到树上去了。等活念着咒语,取砂砾猛向那死虎掷去。那虎忽然活
了转来。以猛烈之势扑来,咬住等活的咽喉,将他咬死,倒在那里。等活
也倒在地上。二者一同并着倒毙了。青年们从森林中逃回来,走到那阿
阇梨的地方,将情形详细报告。阿阇梨教训年青的弟子们道:"作恶业,
犯禁戒,恬不知耻的人,常会受此种祸患。"接着就唱出下面的偈语来。

　　人若与恶人亲昵,

　　给恶人以帮助,

　　则必致害己,

　　犹如等活之于死虎。

　　菩萨以此偈向青年们说法,作布施等善行,后来依其业报,投生于应
生之处。

结　分

　　佛作此法话后,把本生的今昔联结起来道:"那时使死虎复活的青年
是阿阇世王,有名的阿阇梨则就是我。"

书信

目　录

（依姓名笔画为序）

致广洽法师

广洽法师座右:

　　惠书并音公❶画像照片早收到,题跋准当写寄。近因故乡沦陷,家人皆避难来沪,挤居一室,甚为不宁,乞稍待为幸。音公近在泉州结夏安居,旬日前由性常师转来一函,耿耿于护生画三四五六四集之筹备,谓体力日衰,亟思豫为办妥,以完夙愿,嘱登报征绘画题材,俾得速成。鄙人正与李圆净居士等计议此事,征求题材之启事,准于八月一日出版之《佛学半月刊》上先行登出,乞留意斯事,恐不能仅恃来稿。吾师如有高见,亦乞不吝赐教也。此复,即颂 道安。

夏丏尊
(一九四一年)❷七月卅日

　　全体篇幅甚多,第三集须七十幅,第四集八十幅,第五集九十幅,第六集一百幅。

---

❶ 即弘一法师,法名演音。
❷ 年份为编者所加。下同。

致丰子恺

一

子恺：

去秋屡承寄画相慰，及后闻石湾恶消息，辄为怅惘，无可为君慰者。唯取"几人相忆在江楼"横幅，张之寓壁，日夕观览，聊寄遐想，默祷平安而已。仆丧魄落胆者数月，近已略转平静。一切都无从说起，凡事以"度死日"之态度处之。弘一师过沪时曾留一影。检寄一纸，藉资供养（师最近通讯处，泉州承天寺）。斯影摄于大场陷落前后，当时上海四郊空爆最亟，师面上犹留笑影，然须发已较前白矣。不一，祝安吉。

丏尊
（一九三八年）三月十日

二

子恺：

十月廿六日发航空函，收到已一星期，牵于校课，今日始写复信，劳盼望矣。关于绘画拙见，蕴藏已久，前函乘兴漫谈，蒙采纳，甚快。委购画帖，便当至坊间一走，购得即寄，乞稍待。鄙意：中国人物画有两种，一是以人物为主的(如仕女、如钟进士、佛像等),一是以人物为副的(如山水画中之人物)。前者须有画题,少见有漫然作一人物者;后者只是点缀。其实二者之外尚可有第三种方式,就是背景与人物并重。此种人物,比第一种可潦草些(不必过于讲究面貌与衣褶),比第二种须工整些(眼睛不能只是一点)。第一种人物画,工夫不易,出路亦少(除仕女外,佛像三星而已)。第二种是山水画。为君计,似以从第三种入手为宜。第三种人物画,是有背景之人物,人物与背景工力相等,背景情形颇复杂,山水、竹石、房屋、树木,因了画题一切都有。大致以自然风景为最主要。由此出发,则背景与人物双方并重,将来发展为山水、为人物,都极便当。君于漫画已有素养,(改成国画风)作风稍变,即可成像样之作品。暂时试以此种画为目标,如何? 闻画家言,"枯木竹石"为山水画之初步,亦最难工,人物背景,似宜以"枯木竹石"为学习入手也。将来代选画帖,拟顾到此点。由漫画初改国画,纯粹人物和纯粹山水,一时恐难成就(大幅更甚),如作人物背景并重之画,虽大幅当亦不难。且出路亦大,可悬诸富人之厅堂,不比漫画之仅能小幅,十九以锌版印在书报中也。画佛千幅,志愿殊胜。募缘启事,当代为宣传。仆愿得一地藏像。今夏读《地藏本愿经》,有感于此菩萨之慈悲,故愿设像供养。尺许小幅,迟早不妨。《续护生画集》已付印。月底可出书。沪地尚可安居,惟物价仍高昂不已。米每石七十余元、青菜一角五至二角、肉二元余。舍下五人,每月开销须三百元以上。娘姨已不用。薪水本来无几,凑以版税,不足则借贷支撑。浙东不通如故,欲归不得,在上海也恐活不下去,只好不去想他,得过且过再说矣。烟、酒、瓶花,结习未除,三者每日约耗一元。酒每餐饮一玻璃杯,烟已吸至平常不吸之劣牌子,花瓶无一存者,以瓦茶壶插花供案头。菊花已过,水仙新起,此信即在水仙花下写者。率复祝好。

丏尊
(一九四〇年)十一月十五日夜半

致叶至善、夏满子

一

至善、满子：

　　你们的信收到了，我们都已安心，望勿再牵挂我们。白马湖那里，今天将你们的来信并阿满日记寄去，叫秋云❶放心。阿满病后应好好调养，切勿大意。照相固然希望寄来，迟些不妨，切勿冒险上街。上海物价虽贵，大家还是照旧活着，香烟照样抽，老酒照样喝，用不着替我们担忧。沪寓大小平安；白马湖方面，据秋云来信，也好，不过小孩们常发疟病而已。此复，祝好。

　　　　　　　　　　　　　　　　　　　　　　丏尊
　　　　　　　　　　　　　　　　（一九三九年）十月廿五日

---

❶　即金秋云，夏丏尊长子夏采文之妻。

二

阿满：

　　附来一纸收到。已与杜克明先生谈过，据说未便漫然开方给药，因渠未知你患的是什么病，为何开刀故也。乐山给你开刀的医生，当明白你的病症和一切经过，最好请他开方，如乐山买不出药，则寄方到上海来买可也。据杜医生说，你的病患大概是子宫尚未收缩复元之故，但子宫为何不收缩，原因不明，所以无法代拟药方。他的话说得很对，还是就近去请教给你开刀的医生吧。在你这封信来到以前，我们总以为你已可复元了，不料还有余波，真讨厌。病既未曾全好，只望好好调养，随时写信来，免得我们记挂。四叔❶家国文，结婚前就患胃病（胃溃疡），一年以来医药费花了好几千元了，仍旧不愈。据说也要开刀（剖肚子），平常只是耳朵里听听的，现在居然接连地在自家人身上碰到，可叹可叹。沪寓安好。勿念。祝好。

父

（一九三九年）十二月七日

---

❶　即夏质均，夏丏尊之弟，在上海从事银行业工作。

三

阿满：

文❶已于本月十四日（旧历六月十日）上午七时三刻去世。当日成殓。秋云辛苦冒暑赶来，因有飓风，轮船停开，在宁波多担阁了二夜，赶到上海，已是文成殓之次日。亲友都倍增难堪。秋云自己之酸心，不必说了。她因路上劳苦，到沪后即病，发热两天，现已能进粥。可是浙东又忽吃紧，镇海被封锁，今日且有不稳消息，她不放心小孩及老母，为之寝食不甘。我只能好言相慰，但望其能自己譬解而已。自文病以来，差不多已经半年，最近一个月中，全家愁苦尤甚。至今总算告了一个段落。此次丧费共用去五百余元，连医药费已将千元。五七尚要做佛事一场，此外想不再点缀矣。母亲作了好几个月的看护，人已瘦了许多，这次秋云赶到，又增加伤感不少。我虽烦恼，尚能自持，你可放心。文逝世时，我曾在床边为他念佛，近日亦每晨念经，藉作回向。你得此报道，当然难过，但切不可粘着不散。去的已经去了，活着的还是非活着不可。只管难过，毫无用处。至嘱至嘱。祝好。

丏

（一九四〇年）七月十九日下午

文逝世时尚安宁，天明后母亲去看他，他尚举手叫母亲扶他坐起。洗面后，吸香烟一支。喝茶，自言吃力，仍叫母亲扶他睡下，再吸香烟一支，吸剩的烟蒂，还能自己掷入痰盂中。不过手已震得很厉害了。母亲坐在旁边看他，忽然觉得呼吸有些异样，叫我去看，我去时已在抽大气了。不一刻就断气。

---

❶ 即夏采文。

四

阿满、至善：

　　阿文明日六七了。我每日在替他念经，母亲也在念佛（头七《弥陀》，二七《观音普门品》，三七《金刚》，四七《药师》，五七《地藏》，六七《遗教》，七七《普贤行愿》）。五七曾在静安寺做佛事一次，总算带开吊。客人倒也有六桌，计费二百元。送来份子已够开销。江红蕉先生也来亲吊。重庆每日被炸，但愿你们那里平安。上海生活昂贵如故，据各处来的人说，还算上海物价最廉。秋云亦说白马湖比上海物价贵。如此看来，暂时只好住在上海了。但不知住到何日始了。此复，祝好。

　　　　　　　　　　　　　　　　　　　丏
　　　　　　　　　　　　（一九四〇年八月）廿二日晨

五

至善、满子：

八月廿二发附函，及廿八发函，均收到。你们已都以生活艰难为忧，足见时势真艰难了。我有一句老话告诉你们，叫做"知难不难"。知写字之难者，是会写字的人；知弹琴之难者，是会弹琴的人；知吃饭难者，是能吃饭的人。少爷、小姐不能稼穑，也就不知稼穑之艰难了。你们知"难"，是好的，但望能再多知道些。至善想贩卖奎宁，这恐防不甚可靠。前次的赚钱，是因为有武大校医要受，否则就不能成交。你们不开药铺，奎宁又不能沿门叫卖，货色怎么销售呢？生意上也有种种的"难"，要真会做生意的才能知道。外行人因为不知道，结果必致吃亏。这话你们以为如何？沪寓安好，一切详秋云复信中。合家照相，准照一张寄给你们，下次信内可附入。此复，祝好。

丏

（一九四○年）九月十四日

阿满有救国公债二百元（四叔送礼），今年上海（中中交）银行不理付息（共八元），川中银行发付否？如在川可收息，下次信中当将息票附寄。

六

阿满:

你所要之衣料,十日前托士信❶带港,依照来信托华先生转交杨先生带川。昨接士信自港来函,谓航空公司不肯收受,正找寻华君本人云。不知此次又会中途遗失否? 衣料只三件:绨二件,布一件。绨为四妈所赠。

我新近曾生过一次小病,发热四日,已好。病为上海流行之热症,一名"上海热"。不延医吃药,睡了几日就复元了。

照相尚未照好,本星期中一定去照。沪甬路仍不通,秋云在沪甚心焦。后海有私路可通,但我们不放心让她走此险路。只好暂住在上海再说。

家中都好,勿念。

丏尊

(一九四○年十月) 廿五日

---

❶ 即章士信,章锡琛之侄,原立达学园学生。

七

阿满：

照相寄给你，照得不好，我尤像一浮尸。秋云仍被阻在沪，居顾震昌舅父处，她给你的信，还是□□□信的。阿龙❶失业至今，无事可做。章宅秋帆、娣妹❷仍读书。我家已不用娘姨了，因刘妈讨了媳妇，要去管家。米粮太贵，所以刘妈走后一直未雇人。现在已两个月了。沪寓开销只少要每月三百元。房租要七十元(□□□间，一小间)，下月又加房租，须八十元。米倒省，六七斗已够。菜蔬总非两元不可。母亲与玉严❸□□□，阿龙当男厨房，尚能对付过去。四叔仍在做生意，据说不甚得利。今日做生意的亏本者多，情形不比去年。你说想做生意，还是不做为妙。最近绍兴一带有战事，现闻已安定，白马湖虽有信来，都是一月前的事，现在不知怎样了。前带香港之衣料(三件)，不知有否带到乐山，甚念。最怕又像前次一样，中途不见，损失□□□。祝好。

丏尊
(一九四〇年)十一月二日

---

❶ 即夏龙文，夏丏尊次子。
❷ 即章秋帆、章秋萍，夏丏尊外甥女。
❸ 即韩玉严，夏龙文之妻。

八

小墨、阿满：

　　小墨一月十四日的信，阿满前次附来的信都收到了。家暂时不搬，也好。我觉得乐山比成都要安全些。小墨就职问题，只好胡乱决定，不必过于打算周到。现在当已决定了。我觉得将来的事，不能用现在的眼光来判断，甚么全靠自己的努力和机缘。本身的不堕落，求进取，是成功的基本条件，此外用不着太认真。未来有甚么变化，甚么机会，是目前不能豫言的。上海生活有涨无退。本年过年不办年夜饭，十六日为我们老夫妇结婚纪念（卅八年）倒费了数十元吃过一顿，就算年夜饭了。阿满生日往年都吃面的，今年居然忘记，没有吃。母亲明年六十岁，生日是旧历六月十二。你们送什么礼，可豫为打算。由香港转的包裹，似乎尚未收到，以后怕带东西了。故乡交通仍断，信来要一二个月。闻物价比上海还贵，米也要百元光景。秋云久居在此，要回去非冒险走海路不可，只好再看情形。昨日整理东西，发见"善满居"横额一幅（弘一师书，曾有同样二纸，一纸在苏州）。俟你们迁居与否决定了，再揭下来寄给你们（已裱好，故寄时须揭下）。沪寓大小均安好，生活虽昂，但并不过于节省刻苦，每月开销要三百元以上。如是生涯，能再过多少时日，实是问题。上海今年不冷，往常我喜装火钵，今木炭贵至每篓十余元，已废弃此习惯。因天气温和也不觉难过。昨和母亲在四叔处吃年夜饭，他们一切照旧。章家爹❶近来在外国人的工厂办事，颇得意。秋帆生过白喉已愈，育武❷之孤女倒因此

---

❶　即章育文，字守宪，夏丏尊妹夫，浙江上虞人。1919 年毕业于南京高等师范学校工艺专修科。历任厦门集美学校教员、上虞春晖中学代理校长、上海同济工程公司经理、江苏省立上海中学教员、上海英商华懋工业制造厂厂长等职。

❷　即章育武，章育文之弟，原立达学园学生。

夭折(四岁),白喉血清要五六十元卖一针,他家此次费了二三百元。今日是年廿七,此信到你们手里,当在元宵。祝好。

丏

(一九四一年)一月廿四日

九

阿满:

年内得本埠转寄一信,曾作复寄乐山,不料你们已迁成都了。我今年仍教书,薪水加二成,得一百廿元,另外又收了三个学生,每周上门来二次,得卅元。每个月共百五十元,这数目虽小,在战后要算破纪录了。上海生活费用越高,大家在束紧了裤带过日子,故乡米价据阿弘❶来信已涨至百四十元一石,真是惊恐,饿死者不知将有多少人。阿龙在市场上学做"抢帽子"生意,经验未足,无大把握。据说零用可以出产的。我也管不得许多,只好让他去瞎碰。秋云仍被阻在此,有机会时想冒险飘海回去,也只好再看情形。母亲今年六十岁了,天气好时,当出去拍一照相(生日是六月十二),将来一定给你一张。她操作如常,尚能自解。四川米价,传说不一,究竟合市斗每石要多少?上海洋米价八十五、六元,本国米百余元。川中闻要二百多元,确否?前回由香港转之包裹,想尚未收到,如果真失去了,又是一件懊恼的事。小墨想已就职,但愿人地相合,工作有兴趣。便时叫他把就职后的情况写来告诉我们。沪寓大小均安好,勿念。祝好。

丏尊

(一九四一年)二月廿一日夜

---

❶　即夏弘宁,夏丏尊长孙。

十

阿满、小墨：

　　你们来信都收到。成都前日遭空袭,办事处无电报来,想城内安然无恙也。满来信要我代查开明账目,今嘱开明抄上。除战后版税划到叶先生折上外,旧账"善满居"户下存贰千四百余元。如要支些用用,最好由成都办事处划支。已托范先生❶关照章雪舟兄❷,请其照付。成都支百十元,上海付百元,十元算是贴水。成都物价如此之昂,生活当然困苦,小墨既有职,当可补助一臂。凡事只好得过且过,但愿大家身体好。上海开销亦大,我教书所得,不到用途之一半。所幸五月一日有版税可发,可以救济暂时。寓中大小均好,勿念。祝好。

丏

(一九四一年)三月十七日下午

　　这次附去所剩的最后一包奎宁粉,现在除了第二次替你买的书跟不能寄的揿钮以外,已没东西存着了。至美的照片待去添印,以后还要些什么,请来信通知。以前,你们要买的,我们寄出的跟你们收到的东西都没有记录,我们真不知道你们是否已全数收到我们寄出的东西,以后我以为不妨将你们要买的跟我们寄出的东西,开列清单编号留底,我们办齐一张单子的东西,就单告诉你们一个号码,你们收到了第几号单子的东西时,也请告诉我们几号单子的东西已经收到,这样比较易查考点,你以为好不好? 香港存着的一包书至今未送出,也无法送出。你们可否请林机师托托华机师,到"香港皇后大道中八十八号时代书店章涤生先生"那里去一取呢? 这里存着的一点书已搁了很久,也得跟你们设法了,但在现在的情形下,真很少路可通呢。纸又满

---

❶　即范洗人,开明书店经理。

❷　即章锡洲,字雪舟,章锡琛之弟,开明书店成都分店经理。

了,只得打住,即颂 俪福!

三十年三月二十日下午

满子至美处不另

十一

阿满:

母亲的照片,因修过,似乎太年青了些。但大致差不多。你们送了一笔大礼,应该吃寿酒,至少也应该吃一顿寿面。就托你做主人,在成都代办吧。六月十二那天,多买些菜全家吃一次面,用多少钱,写信来向我要就是(或者向成都办事处取,付我账,由上海划还亦可)。大家都苦闷,借此题目作作乐,也好。阿龙每日跑市场"抢帽子"(做金子一条,或绵纱五包),当日了结,蚀与赚都有,数目不大,约几十元上落。统扯起来,还算不错,他每月(二月份起)贴补家用 120 元,连自己开销,约须 200 元一月,跑了三个月市场,尚能过得去。如果能够这样下去,未始不好。玉严下月又要生产了,这几天已用娘姨帮忙,因此开销又要大些。沪寓已须每月用 400 元以上了。白马湖方面消息不通,秋云焦急得要命,想赶回去,听说海道又危险,只好听天由命而已。家中大小都安健,防疫针不打,因百物昂贵(出外小吃须五元才可)。吃饭都在家里,饮食上自能小心也。手帕前次不寄,因航信只能重十公分(以前是二十公分),此次能否附入,也要再看。小墨服务情形如何,很记念。我们一辈都年纪大了,年青的要能站得住才好。夏天已到,当心身体,在这时势,生病更要不得。祝你们好。

丏

(一九四一年)六月四日夜半

手帕封入又取出,不但超过重量,且恐被查出连信不到。又及。

十二

阿满：

　　前复一信，想已收到。昨得附来信，知包裹已到达，快慰。白马湖方面据故乡逃难来沪者言，尚安。×❶兵到时曾在大同医院住过，至百官后，就可出入。……因离百官近，人家又少，觅给养不易也。×兵进来，如入无人之境，亦无枪炮声(宁波、绍兴失时亦然)，百官为要道，当然被占据了，但战场却未曾做过，可叹可叹。外婆与小孩们闻不逃(其实也不及逃)，仍在平屋。以上所说，是半个月前的事，来人如此讲，弘宁也有字条带到，情形亦同。正式函电不通，传闻倒日日可以听到。近来消息不一，秋云因不放心，已冒险回去，今夜动身，有熟人伴往飘海，豫计二三天后可达崧下。飘海本来危险，近来进出只此一路(来去的人不少)，也寻常了。她上岸后将逐步探听情形，如不能返平屋，就在崧下小住，必不得已，就带孩子们来沪。且再等消息吧。小墨工厂情形如不好，还是别想方法，资本太小，究竟难办。千元不入股，也好，每月可得利息廿元，似乎太重，不知可靠否？四川利息向来比上海重，近来汇水甚大，据说上海750元可抵四川一千元，如果放账可靠，倒也是一笔生意(将上海之款汇存四川)。上海银行都减息，活期至多四厘而已。母亲生日吃面，前信已有办法告诉你过，想已见到。如便，最好邀朱佩弦先生来吃，他是白马湖的老邻舍，大家话话旧事，是有意义的。阿龙前几个月有开销，本月不大好，不过也不曾亏。

　　内地盗坟之风大盛，女坟被盗者更多。秋凡(你姑母)之母的坟，也被盗了。她殓时并无金饰，真是冤枉。匆匆。祝好。

钊
(一九四一年)六月十八日夜

---

❶　信中的×指日本，下同。

十三

小墨、满子：

你们寄来的信早已看到。秋云率儿女三人来沪,已三星期,同来的还有内侄女荣庄。白马湖但留外婆看守。她们动身以前,白马湖未见×兵,只是谣言时起,很不安心,又因下半年无书可读,所以冒险出来。家中突添五人,晚上睡地板,且别说他,米的消费大增,实不得了。孩子们在乡间惯了,言语不懂,学业成绩也与上海不相衔接,入学颇是一件难事。阿弘十六岁了,人比我还长,在春晖据说是三年级,可是程度实差,算学英文两门都不及上海学生。反正再读下去,也无把握,由四叔介绍入钱庄学业,已于今日进店去了。荣庄亦入某药房为包装女工,每日可得工资一元余。中饭在药房吃,贴五角一日,早晚仍由我供食,夜间仍在地板上睡。现正在替弘奕、弘琰想入学的法子。玉严生一女,产前即入医院,明日拟出院。这一月来,我的负担奇重,生活也大不舒服。母亲生日曾吃过一顿面,你们费去了多少？上海略请几个前江客人(如晓霞等)费了四十元。本月是闰六月,母亲说是难得的,仍要吃一次面。苦中作乐而已。小墨服务不因无望而即他去,态度可嘉。近来工作有改进否？前途如真无希望,亦只好改变方向。但不知已有可取之方向否？便中来信提及。祝好。

丏

(一九四一年)七月廿六日

十四

小墨、满：

　　前日收到六月十八日发一函，还是满子母子未拍照片时写的。今日又接到九月六日发之信，此信要算最快的一封。孩子发育得如此好，外婆听了很喜欢。范先生把上海各家情形描绘得很清楚，你们可以知道我们在沪的概况。我家现状和一年前范先生在沪时差不多，生活虽昂贵，大家都没有十分吃苦，一切仍照旧过活着。香烟贵了，抽坏的，老酒维持一顿，水果糖果，可不大买了。瓶花一个月难得买几次。佛香每晨必点一支。衣服多年不做，新近才买了些布重做。裁缝匠不好请教，衬衫裤之类都是自己动手。母亲去年秋冬及今春多小病，近来很康健，精神快活，一如往昔。总之，我们都安好，你们可不必记念。阿龙在甬任事，今已三月，据来信谓尚能过去（月入三百元，八折计算，闻不久可加些）。如果情形好些，我想叫他把妻儿带去，上海方面可以清静些。大伯父❶在崧厦卧病多日，已于中秋前三日逝去，享年六十有四。他后妻生的子女三人都很幼，身后萧条不堪，一切丧费都由四叔负担，据说须老币近万呢。四叔又在做钱庄经理，店号叫益中，不久就可开张。章家姑夫近来事业也颇发达，有几个工厂都拉他去，成了红人了。我给你们入股的药厂，已开过股东年会，你们有官红利新币四十余元，股本一千元，变成二千元，合新币还只是一千元。以后当隔一星期寄信。祝好。

丏尊

（一九四二年）十月三日

　　前次由成都开明划款六百元收到否？

---

❶　即夏乃溥，夏丏尊长兄。

十五

阿满：

十五日来信昨日收到，知你已复元，全家快慰。

照片已交阿龙去晒，成后即寄。

上海这十日来，物价暴腾。黄金已至一千九百元一两，每日要涨一百数十元。因之米煤等日用品均被带起，过日子将更困难了。家中大小均安，佣人不雇。秋云工作得最辛苦。白马湖方面只留外婆一人，消息不常有。闻上虞境内近日很不安静，颇记挂她。小墨改业以后，工作情形如何，便中叫他写封信来。前汇五百元（上海钞），连第一次五百元，想都收到了。祝好。

丏尊
（一九四一年）十月廿五日

圣翁均此致候

十六

小墨、满子：

小墨来信昨日收到。满已大体复原，甚慰。

此间物价狂涨，金价曾高至 2300 元一两。满子有一双订婚镯子存在我处，我已替她换了钱了。计重九成金八钱余，合纯金七钱光景，卖了一千五百四十六元。恰好，有一家药厂在招股（人和药厂，经理为黄素封，章志青任技师，资本四十万元），我替她投入了一千元（用善满居名义），其零数 546 元交开明汇蓉（下周汇出），可备不时之需。据我记得，当年订婚时，此镯子连同戒指一只，只化了百元光景，现在有股票千元，还有现款 546 元可用，太值得了。悔不当时多买些金子。人和药厂开办不久，生意才做起，据说原料很赚钱，前途颇有希望。这千元股票就作你们结亲的记念罢。

生活压迫日重，母亲近来时有小病，入夏以后伤风多次，最近半月中又患风湿痛，脚上觉酸，至晚浮肿。病名"留麻揭斯"，是老年常见的。现经志青诊治，觉稍好。大致无甚重要，不必挂念。

圣翁身体不好，甚以为念。最好能加些营养，少劳苦些。

祝好。

丏尊

（一九四一年）十一月八日

十七

小墨：

五月五日发信，前日收到，所云四月二十日一信，迄未到达。满子生产平安，为之快慰。此间得知此消息，已在小孩双满月之后，小孩将会笑矣。(已命名否?)母亲自五月初即等你们来信，久候至今，始释系念。(十日前雪舟兄有信给老板，曾附告满子生产平安事。)渠谓此次满子生产，未曾办催生满月之礼节，嘱汇些钱给你们。现在汇兑，因上海已改中储币(旧法币二元作一元)，计算方法不同，颇有困难。只好将来再看情形。沪寓大小尚安，唯生活愈感困难。旧币两元换新币一元，而物价比用旧币时加一倍，结果本来一千元，只作二百五十元用矣。米价旧币八百余，洋米五百余，洋米须排队挤轧，寻常人家决买不到。下周起计口授粮，每人每星期二升，即不中断，亦不够吃。余家一饭二粥，已数月矣。你们生活状况如何，甚以为念。信件须两个月会到，望时时写寄。现在收到内地一封信，已算难得之事。圣翁闻已到桂林，但尚未见他直接来信。不知已回成都否? 此复，祝好。满子均此。

丏尊
(一九四二年)七月四日

十八

小墨、满子：

　　满子生产后，曾接小墨两信，我也复过两信，自后即无信寄到。我那两次复信，不知你们见到否？前日江宅来送面，据云为记念叶师母五十生辰，我们才知道叶师母今年五十岁了。今由开明汇寄国币六百元(上海交入者为储钞三百元)，其中二百元，算是叶师母的寿礼，请她自己买些欢喜的东西。尚有四百元，算是给阿满与小孩的(代催生满月等礼物)。此款本早想汇出，因当时上海新改币制，汇兑计算方法不定，故至今才补。……❶到桂林，据桂林近信(两个月前发)，谓时乘飞机……❷到期，不知已回来否？半年以来，信件阻滞，最是□□圣翁到桂林后，当必有信给我们，可是我们竟不见一字。此信我写是在写，不知你们能见到否？深以为虑。家中大小均安。阿龙在宁波谋到一个小事情，已往宁波去了。大概自己一人可以敷衍过去。我下学期不教书，在开明做字典，天热工作进行不快。上海自改用新币后，物价又被抬高，蛋八九角一只、卷心菜两毛一两(合旧币要六元四角一斤)，每日吃蔬菜，也非十元新币不可。最怕的是红白两事，前几天我的堂弟(乃治)死了(他去年来沪在一家铺子当伙计)，一口起码的杉木棺材费去新币二千一百元。一共用去三千元多。如果在十年前，可以大吹大擂，出丧用开路神了。成都情形如何？你们想来都好罢。

　　　　　　　　　　　　　　　　　　　　　　　丏尊
　　　　　　　　　　　　　　　　　　(一九四二年)八月廿六日

---

❶　原信字迹不清。

❷　原信字迹不清。

十九

满子：

　　小墨来信早收到，章家爹之款，你们替他处置就是，切不要汇到上海来。因为汇来太不合算（二元掉一元）。他家近来境况颇好，不等钱用。前次因我懒，未将你们寄来的信转给他，所以有误会，你们不必介意。秋凡前月出嫁，夫家姓陈，宁波人，妆奁品箱子四只，据说要花十多万。若在战前，不过千金而已。马桶一只，脚盆一只，就要千元以上，其它可想而知了。你近来身体如何？三午❶已能走，照理可比以前舒服些。我们在高物价之下挣扎着，母亲无恙，我烟照常抽，酒也仍喝一顿，每月仅这两项，费将近千。以后如何，简直无从想像。六年多已过去了，以后的一二年，想来也一定过得去的，听天由命就是。秋云近日在上海，据云故乡情形可虑，春晖学生不满百人，阿琰在校附读。有暇望常寄信。祝好。

丏尊

（一九四三年）十二月十三日

---

❶　即叶三午，夏丏尊外孙。

致庄殊

庄殊:

晓翁❶墓碑,已托弘一师写就,交义弟❷带上。字似乎太小,但出家人不备大字笔,也是无法写大字的。如果可用就用,否则或用照相放大,亦无不可。又,弘一师不署名,如果要署名,也可另外加上。

弘一师来信说,"附寄旧写佛号,乞付晓亭居士之子,并劝其为亡父躬亲诵经念佛,以尽孝亲之道,因自己诵念,较请他人大为得力也。附写发愿文句,希转交。"他的劝人修行,可谓无微不至了。

佛号及发愿文句一并附上,请转告守宪,或竟将此信寄给他也可。

我明日赴杭,约二星期后再来白马湖。

丏尊
(一九二二年)　即日

---

❶　即章育文之父章晓亭,在上海从事银行业工作。

❷　指夏丏尊妹夫章育文。

致陈无我、陈海量

法香、海量二居士慧鉴：

　　启者，鄙人比以宿障，遭逢厄运，幸佛力冥加，得逢凶化吉，恢复故常。在困厄时，备蒙各方道友关念，如法藏寺兴慈老法师、亦幻法师，静安寺德悟法师、密迦法师，及陶希泉居士、李圣悦居士。且存问舍下，各以资财惠施，总数为六千元，盛情高谊，真足感激涕零。唯是鄙人此次遭厄，除身体暂失自由，精神曾受刺激外，资财则无耗损，自不应受此巨大之补助。欲分别璧返，又觉却之不恭，再四思维，唯有以此净财移充善举，代为造福之一法。今将斯款送达尊处，愿以半数三千元为《觉有情》月刊经费，以半数三千元为放生会放生之用，伏希接受，并盼将此信登入下期《觉有情》中为荷。专布敬叩道安。

弟夏丏尊合十

（一九四四年）一月廿一日

致陈仁慧

仁慧君：

在开明晤谈以后杳不得消息。新年过，汝白君来访，知已成行，怅惘之至。日前接自鼓浪屿来书，欣悉已安抵该处，不久即可与久别之尊长团聚，系念为之一释。仆在此颓唐犹昔，生活虽窘，晚酌犹未能废，目前别无理想，但得字典成稿（白报纸每令一千余，出版当然无望），即算心愿完毕。唯此工作亦不简单，豫计非再经一年半不可，夜长梦多，颇不安心也。相片与弘一师遗墨当寄赠，恐邮递遗失，俟试通数信以后，再挂号寄上。先附拙作一首，以慰存注。率复，即颂，近好。

夏丏尊

（一九四三年）四月八日夜

到内地后将续学抑将就业，望便中见告。又及。

致李芳远

一

芳远先生：

接连两书，知已任职闽清，忻快忻快。晚晴周忌纪念会于九月十日在玉佛寺设供一日。纪念集亦出版，名曰《弘一大师永怀录》，募缘为之，三百八十面，用报纸印，俨然巨册。计印一千册，费工料共约三万元许，幸有某书店附印五百册，故工料通扯得廉，计实费二万四千余元。募缘成绩颇佳，不用缘簿，只私人分头接洽，最初以三万元为目标，而结果得四万余，故尚余半数，老人缘法之好，可谓难得。此款用以刊行《尺牍》（拟名曰《晚晴山房书简》第一辑）不愁不敷，《文录》亦拟同时进行也。如此逐步将遗著流通，事实上无异全集，只是分期分类出版而已。目下资财无忧，因各书以实价发售，成本可以收回运用，所忧者材料四散耳。尊编各种材料，当然可作为中心部份，如续有可搜之处，望多方留意，钞录寄沪。录后须精校一过，恐有错字也。并请以此意告知与老人有交谊者为盼。协和大学❶教职，自惭无学，兼以行旅困难，无法往就，望为婉谢。弘公遗墨及演讲录永怀录等，各书曾托苏慧纯居士觅便人带数十份至厦门，再由厦设法分布泉漳等处，迟早当能分别到达。如先生能向弘公生

---

❶　指福建协和大学。

前有关各寺刹探询,当可见到也。率复。

夏丐尊
(一九四三年)十一月十五日

二

芳远先生:

两书先后收到。仆被困旬日,幸无恙。唯生活压迫日甚,殊感苦疼耳。迩来为人翻译佛籍,赖稿费补助米盐,老年力作,手眼俱疲矣。尊怀抑郁,万望有以自宽。前寄来《晚晴老人谢世辞达恉》,无处可以发表,尚存箧中,知念并闻印刷工料愈昂(纸每令六七千元,排工二百元千字),思编老人书简集,苦于无法进行,如何如何。率复,即颂,撰安。

夏丐尊顿
(一九四四年)五月十五日

致性常法师

一

性常法师座下：

　　昨得惠书，并晚晴老人诀别遗墨，为之零涕，从此法界少一龙象，而仆亦失一挚友，言念及此，怅惘莫名，纪念文遵当写作，此间诸佛学刊物，亦将为老人出一专号，文稿成后，当录副寄上，老人与闽中有缘，其晚年弘法事业，多在闽地施行，整理遗稿，实为生者之责，且为目前第一要着，不知曾有妥人主持其事否，甚为遥念。关于此端及老人身后情形，便中望择要有以见告也，先此 率复。

（一九四二年）九月廿四日❶

---

❶　此处日期为阴历。

二

性常法师座右：

　　三日前复一函,想已达览,兹奉挽联两副,如闽中有追悼会,乞为购纸代书,献之灵前,或在报上发露亦可,此间正为老人纂刊专号,续稿当再寄上,率布,敬颂道安。

(一九四二年)九月廿七日❶

---

❶　此处日期为阴历。

致郑蔚文

一

蔚文足下:

　　别来想安善。世界股事已为询诸陆经理,据云并无此例。小病数日,今日始能作复,想劳久待矣。弘一大师纪念集已作排校中,工料昂贵,需费约数万元,亟盼有人喜舍助缘。乞为转告堵先生❶及明远同人❷。专布,即颂　筹祉。

夏丏尊

(一九四三年)九月十一日

---

　　❶　即堵申甫,夏丏尊在浙江两级师范学堂的同事。
　　❷　即明远学社同人,由浙江省立第一师范学校毕业生及教职员组成。

二

蔚文老棣：

惠书快悉。弘一师记念集募缘并无缘簿，因不想广募，所以纯以私人接洽。将来书成后（赠施资者一册），当于卷末附载功德人姓氏及施资数目也。明远旧友如有意施助，可随力为之，数目现定百元以上（兄自出五百元），因赠书一册须四十元许，出百元以下便无沾光之处矣。严瞿二君处乞代为以此情转告，并望以此标准，即为奔走征集，先将功德人姓氏及数目抄示（月末寄到），因书已将排好，须登入也。此布，颂　筹祉。

夏丏尊
（一九四三年）九月廿三日

致赵景深

景深先生：

奉上稿子一篇，可否在《现代文艺》❶上登载登载？

稿子是毛含戈的，他半月前患猩血热死了。听说连棺木费都还欠着哩。

万一不合用，请退还。但我总希望你能推爱加以采用。

匆上，即颂撰安。

夏丏尊

（一九三〇）年十月十八日

---

❶　此处为笔误，当为《现代文学》，由北新书局编辑发行。

致夏龙文

一

阿龙：

大前日接到来信，知已安抵甬地为慰。你初就公务员，一切须留心学习，不可偷惰，交友用钱，亦应注意，天气炎旱，饮食尤要谨慎。家中安好，可勿念。挂名校长事，我不想做，张先生等好意可感，但此事于公于私，似都有未便，不如打消为妙。我虽困苦，只要你能站得住脚，自己顾得小家庭负担，就可轻松不少。便中可将此情告知张先生，请其暂释顾虑也。有暇要常来信。祝好。

丏

（一九四二年）八月三日

二

阿龙：

　　前复一函，当已收到。昨又接第二信，知已自炊，甚放心。沪上疫势加厉，进出两租界须验防疫证书，无者或过时者不准通行。家中饮食大家小心，现均平安，可勿念。闻新宁绍将于明日起开宁波班，嗣后交通当可加便。张君患痢已痊否？近来疫痢固然可忧，蚊子也要当心，晚上少乘凉，早入帐睡，亦是一法。你一时只好顾自己吃用，也无法，且到秋凉些，再看情形。香烟昂贵，万一不能全戒，也应减吸。此复，祝好。

钊

（一九四二年）八月十一日下午

三

阿龙：

　　你给玉严信，早看见了。牙痛当已好。母亲前几天也患牙痛，现已痊愈，家中均好，勿念。治弟在一大管栈房，忽患痢疾，他是吸烟的，大概是烟漏，已于前夜去世。后事由遐龄弟（他是保人）料理，起码的杉木棺材，要二千一百元（二千以内是松木的），非用三千元不可。此款只好大家帮忙了（叫一大也出些）。处今之世，活固不易，死也为难，可叹。益中已顶好房子，在盆汤弄，本系一鞋店，临街，二开间，计顶费四万多，装成钱庄式样还须花万余元。正式开张，大概在重阳以后。世厚里房子，已售去。计价十八万，钊记户计派贰万贰千五，钱无用处，据四叔之意，拟买纱，也只好如此。你近来如何？自己烧饭，霍乱可以放心，疟疾仍要严防。公事能胜任否？署中上下相得否？殊以为念。祝好。

父字

（一九四二年）八月廿三日

四

阿龙：

八月卅一日发信昨日收到，张君接连患病，可谓不幸。便中代为致意道候。天气尚热，你饮食务须小心。前星期顾震昌舅舅嫁女，我家除玉严外都去吃酒，阿琰不小心，回家后第三日就患痢疾（虫痢），药特灵外国货绝迹，中国货要二元一粒，而且要买一瓶二十五粒，不肯拆卖。志青教试服脓毒清，小孩服二粒一天。连服四片，居然好了。脓毒清可治痢疾，也算初次知道（据志青说，试验尚未确实）。嗣后如有人患痢，倒可介绍试试。益中今日开创立会，须登记后始可营业，至于正式开店，恐须初冬，因房子尚未出清，未能动工修理也。你的事，不知当时四叔如何答应你，若无把握，不说也罢。或者写封信去，试探一下也可。上海因取缔投机，市面呆滞，钱庄将来出路也狭，如原处可以马虎将就，姑且安心工作，横竖赚薪水过日，总是一样的。你以为如何，试自考虑。闻由沪至甬，须验大便，而大便证书之有效期限，只三日。手续非常麻烦，不知由甬来沪，是否亦须如此。家中大小均安，可以勿念。世厚里屋款，现由四叔作主，做押款给刘蕴磻，押品为外国股票，约期二月，且到收回再看情形。家中生活费，现须新币千元以上，吃用最大，若再放松，益将不堪。你在甬务须格外自爱，力求自立。你能自立，我负担就能轻起来了。此复，祝好。

父

（一九四二年）九月五日下午

五

阿龙：

收到你八月卅一日发之信后，即回你一信，迄今已逾半月，没有信来，家中甚为记念。别的没有甚么，最怕的是生病，你自己烧饭，传染病应不至于惹着。但久没音信，便不放心。见信速复，为要。家中大小均好，可勿念。张君病当已痊愈，甬地情形如何？你做事顺利否？益中已开过创立会，资本百万元，一总经理，一经理，一协理，三襄理，当局已有六人之多，你曾否写过信给四叔？人和、大中华都将开会，大概都有一半之利，唯也无非将旧币改为新币，实际则百元仍是百元耳。祝好。

钊

（一九四二年）九月十七日下午

六

阿龙：

六日前寄一信，想已收到。连接两信，知你在甬安好，甚慰。炳荣尚未来过，且待他来了再讲。薪水四百元，不能说小，一切全在自己搏节。我想，你一人在外，也许反不经济，不如把家小带去。如有连家具借用之房屋，可留心。以四百元过一小家庭，当可勉强过去，即不足为数亦不多矣。弘福已能扶墙摸壁学步，弘正读书，由我督教，但不上心，最好能由你自己去管。上海小学学费须 120 元，甬地当必便宜些，如迁甬，下学期就叫他在甬入学可也。皮鞋如便宜，给我买一双，脚寸大约和你的差不多。大中华开股东会，情形甚好，每千元加股一千元（老币），再派余利一千元（新币）。差不多等于四倍了。祝好。

钊
（一九四二年）九月廿五日

七

阿龙：

　　函悉，汇款今日收到。炳荣已来过，说将于卅号或一号动身，但我未见到他。他来时当托他将衣服、药品带甬。工作既忙，比闲空究好，应诚实做事。闻张君不久将来沪（据送钱来者说），愿得一见。前信带眷居甬事，当考虑。关键在家具，如无处可借，色色须自备，费就可观了。祝好。

父

（一九四二年）九月廿九日

八

龙儿：

今托车先生带去热水瓶手巾袜子等零物，又弘一大师遗墨二十份，每份内装四件，计直幅横幅各一，小联一，影片一，合售洋五元。甬地当有人需要，可流通。如不够，当再寄。款收齐保存，将来缴还可也。

谷斯范❶、朱鸿遇❷等决办春晖❸，渠于昨日由杭返虞，你年关如无事，不必归沪，可往白马湖看看外婆。如果学校能办成，情形还好，一部分家眷或可回去居住。但此事必须先去察看一下，方能决定。由甬赴驿亭，来回须川资若干？亦当计算计算。

沪寓大小均安，勿念。益中尚未正式开张，正在领执照。阿奕之店年内收歇（改大钱庄，已租好房子），闻有后局，生意或无问题云。

祝好。

丏
（一九四三年）一月廿一日

---

❶ 谷斯范，浙江上虞人，1931 年毕业于春晖中学。
❷ 即朱鸿愚，浙江上虞人，1931 年毕业于春晖中学。
❸ 指春晖中学在白马湖原址复校一事。

九

阿龙：

　　来信收到。宁署撤消之说早在报上见到，长官联任与否，现在想已决定。公务员原无大出息（薪水阶级皆如此），混饭而已。如果你自己别无出路，只好暂时将就，失业是严重的威胁。一切望自己打算，我也顾不得许多。秋云本想由甬返白马湖，船票已定，接你致弘宁函，说故乡不甚太平，于是中止。现拟由杭州前往，闻钱江须过江证，一时难得妥伴，犹未成行。一俟有机会即去，因外婆年老，一个人在彼，颇不放心也。你病想已好，何以如此多病，是否不摄生之故。弘福离乳已数日，经过顺利。此信到后，即复，以免悬念。

　　　　　　　　　　　　　　　　　　　　父字
　　　　　　　　　　　　　　　　（一九四三年）三月卅晨

＋

龙儿：

抵甬时发一信早收到，寓中安好，唯生活威胁日重，米价已涨至千四百元矣。甬地如何？日昨有倪椿如先生（周淦卿之岳父，甬人）来告，渠在甬有住宅一所（地址和栈街九号），因避乱居沪，留人看管，宅中尚有书籍及家具等。近据报道，谓甬公安局（警察局）思征用此屋，且拟将前进改造成衙署式样。倪君本思迁眷返甬，闻此消息，甚为狼狈。嘱为设法向当局疏通，免予征用。本拟直接致书沈先生，以恐冒昧中止。甬地警局是否直属于专员公署，如有法可想，望代为说项，或先与江辅义君（江为淦卿之同学）商之，盼复，祝好。

丏尊

（一九四三年）六月廿四日

弘一大师纪念会需款甚亟，携去之件，速为销售，将款汇沪，又及。

十一

阿龙：

　　来信收到，倪宅不久将派人来甬（持我信访你），如有问题，可与面谈，一方面望先与前途商妥，免予征租。薪水打折，当然不够开销，至于借款营商，究竟有无把握，望以计划相告。四叔与普舅处我也不便开口，有钱者大家囤货，岂肯借人。现正在别处（在沪杭方面）替你谋事，成否未可必，且忍苦任职再说。如薪水有增加之希望（据说一般官俸将增加一半）最好，否则只要有稳妥的卖买可做，小资本当另为设法。凡事有命，身体好，人不坏，就总有办法，天无绝人之路，饿死者必咎由自取也。沪寓开支浩大，薪水所入不够半数，现已戒酒，又接得翻译（佛经）生意，夜间工作至十二时就寝。豫计如此苦干，当能过去，你可不必为我忧虑。弘一师的书最好能即为销去，可与张言如先生商量办法，托他尽些力。祝好。

丏

（一九四三年）七月三日

十二

阿龙：

　　来信收到，据楼建南君自余姚来函，文川❶不在余姚，回故乡任乡长，难怪久无复音。带去之书与稿纸，如未带出，可暂缓。或交便人带"余姚东门外后街楼葆纯收"亦可。如已带出，也无妨，因我已函告楼君，嘱其往文川家探询也。近日想已任新职，待遇较前职如何？经商目标定否？甚念。附致张君书，即转交。沪寓平安。

钊
（一九四三年）中秋前一日

---

　　❶　即王文川，名执中，浙江上虞人，春晖中学、立达中学第一届学生。1926 年由夏丏尊等资助进入日本高等师范学校学习。

十三

阿龙：

　　来信早悉，公务员生活原无保障可言，此后须别寻头路。我正在替你谋事，成否未可必。（此间新开联合出版公司，资本千万元，已托人去说，谋一位置，或许可能。）你如自有出路，更佳。集资行商，也是一法，但可做之生意极少，如能一边做伙友，一边做些卖买，自更妥当。文川股票已售去，文川户下可得利贰千五百元光景（对分，除去原本利息）。连代收开明股息，拟赠与 2700 元。你可写信给他，说有 2700 在我处，要用时可来取去。张君交卸后将何往，颇思知道，望一问询。前次携去之资金，离甬前应悉数收回。有利可图否？甚念。即来信为要。祝好。

钊

（一九四三年）十一月八日

十四

阿龙：

两次来信都悉，致玉严函也到。你失业多时，闲散惯了，能遇到忙的机会，也好。一切要好好学习，不可厌烦。家中安好，母亲日来复元不少，已能作轻便生活，胃口每顿一碗半，总算照常了。可勿念。家中新买米一批。煤球也添购好半吨。暂时已无恐慌。阿弘尚未返申，甚以为念。此复，祝好。

钊字
（一九四五年）五月七日下午

十五

阿龙：

两信，并款二十五万元，都收到。我病已稍好，热度高时半度，低时二分。胃口能吃一碗半饭。只是气力仍差，又物价日日暴腾，不知如何生活得下去。昨日上海有空袭，大为惊恐，闻东北区（虹口）遭灾者有数处云。阿弘在钱库薪水廿四万，只好勉强对付白马湖。阿奕收入只六万，也要靠他补助，仍是不了。玉严零用，由母亲给她三万元。家中安好勿念。企文忽有信给你，谓将随其内兄赴闽，已启程，据信上所说，也很苦恼也，祝好。

钊
（一九四五年）七月十八日午

十六

阿龙：

　　朱子如交来现钞拾万元早收到，今日又由八仙桥大中华号送到拾万元并信，已收到，可勿念。我病已稍好，每餐可吃饭一碗半，只是气力未恢复，多行动些便觉吃力耳。上海最近四日来无轰炸，以后如何，不知道。人心甚乱，疏散者纷纷，我家唯有镇定，因迁避不易，开明同人中尚无迁动者，四叔家亦未动。吉苏家已将小孩二人随同太昌至镇江乡下，每一人化百万元云。荣庄仍在柴店做事，闻尚好。工资十五万元，足够自己零用。此复。祝好。

钊

（一九四五年）七月廿九日下午

十七

阿龙：

　　来信收到。一星期前曾复一信，当可到达矣。现钞五十五万元，已于昨日由朱子如君领取交来，勿念。我体气逐渐恢复，再休养若干日，当可出去走走。沪地旬日来无空袭事，迁地究竟麻烦，暂时只好静观。厂中营业发达，闻之快慰。近来有停工事否？利涉❶于去年返里，近接其夫人来信，谓已于五月十五日病故，为之叹息。汝临行时向四叔借来之十万元，已还讫。此复，祝好。

钊

（一九四五年）八月七日晨

---

❶　即经利涉，经亨颐长子。

十八

阿龙：

　　来信早悉，和平消息证实后，市面初则暴涨，继而暴跌，唯小菜及一般零星杂物，价仍昂贵。米价由二百万跌至八十万，你的薪水依米计算，实用品价值若不下降，生活将益窘矣。我病如故，体气仍未能恢复元状。家中每日买小菜费万余元，每餐我吃一蛋，又肉一块，总算已经不坏。厂中营业兴隆，可喜。但时局转变，也许就会受到影响，不知目下实销情形如何。家中安好，勿念。现钞升水已取消，嗣后寄钱可用汇划。祝好。

钊

（一九四五年）八月廿二日下午

十九

阿龙：

　　现钞四十万已由朱子如处取到。厂中营业情形如何，有无受到影响，甚以为念。我病渐好，每星期已能出去一二次（至公司坐车或乘电车），虽觉吃力，尚能支持也。新旧票折合率未定，此间各商店已在以老法币售货，以储钞 200 元作一元，暗中售价已被提高矣。弘正已入学，但仍好嬉戏不肯用功。上海生活比和平前又加昂一倍以上，惟由重庆等内地来者都说便宜，他们所带来者为关金与老币，一元可作二百元用也。家中安好，勿念。祝好。

钊

（一九四五年）九月十六日

二十

阿龙：

　　昨日收到吕君带来信、钱与蹄子。水泥事今晨去问过四叔，据云，准定（各一半）合买。钱如何交付，即来信。上海米价二百万元以上。香烟抽不起，最好戒绝。母亲说也要戒了。弘宁弘奕都于前月底被遣散（各得解散费伪币数百万元），弘宁因开明需人，已有职务（收银柜员）。弘奕则于前日返里。我病体无大变化，每周出去（坐电车）二三次。胃口尚好，可勿念。弘福于你去后，仍发热不休，改服奎宁数日，已痊愈。其病非感冒，乃疟疾也。医生诊断，实不大可靠。祝好。

钊

（一九四五年）十一月三日午

二十一

阿龙：

　　今晨荣庄送到来信，一切均悉。水泥款廿万元已凑好，交卓然兄转托便人带去，收到后即复一信，以免记挂。栈单如邮寄不便，托妥人带沪，或暂由你保管可也。匆匆祝好。

钊

（一九四五年）十一月八日下午

二十二

阿龙：

　　邮信未到，莫君带来之信及单据于昨日傍晚收悉。单据既在上海，当然须在上海出货。厂方通知手续，不妨预先办好，免致临时麻烦。一星期来，弘正、弘福与玉严都生过病，现已均好。我体气如故，隔一二日出去一次。生活压迫越来越重，如何是好。卓然新厂事，守宪与四叔似不起劲，卓然也未曾为此来过，看去希望甚少。此复，祝好。

钊
（一九四五年）十一月十四日午

二十三

阿龙：

　　来信早悉，水泥已问过四叔，据云六千准定脱手可也。栈单在上海，是否可以暂时通融取货（或挂失）。如必须见单发货，只好挂号寄锡，即来信。家中安好，勿念。祝好。

钊
（一九四五年）十二月二日

二十四

阿龙：

数日前由卓然处送来法币七千伍百元，说是补助费，已收。你如去路可靠，辞去现职当然可以，否则尚以忍耐为是。寿康来沪招考教员，已将一月，日内回台。他在台任教育委员与图书馆长，水泥厂不在他管辖范围之中。杜君赴台是否担任厂长，若仅任职员，恐亦无用人之权也。（介绍当然也可以，但未必一定有成。）台湾工厂发达，技师皆专门家（台人日人都有，日人闻大概留用），国内去的人，除总管部分外，恐难安顿。台地人民皆说日语，与日本无异，国内去者皆等于哑子。你回来时菜蔬不必多带，鸡不要，蹄子买一二只来。此复，祝好。

钊

（一九四五年）十二月十日❶傍晚

由沪到台，飞机轮船都不售票，要台政府许可。

---

❶ 此处日期为阴历。

二十五

阿龙：

前复一信，想可收到。昨日赵继岳先生来访，谓你的待遇已增加，卓然兄亦曾一度来谈过（由我叫来），他也以为台湾可以不去。因他的白水泥已在进行矣。情形如此，似可安心。水泥栈单两纸，昨交赵君带给你，他定今晨动身，当已到达。水泥执货已二月余，如前途无大希望，年内脱手亦可，否则且摆至年外。栈单收到后即来一信，以免挂念。

钊

（一九四六年）一月十五日下午

致夏同寿^❶

一

寿弟：

端午你来，我因事外出，没有看见你。

我想在湖上寻一处地方，静养几月，你们东家的庄子，可想法否？盼复。

丏尊
六月十三日

二

同寿弟：

托息翁写扇已就，一时未得画友，乃由兄自写小诗应弟急需，奉呈希收。纺绸照弟昨日所说行情，希代买一匹，绸身须稍重，不可过轻，买就后，希为送至寓中，计洋若干，向寓中支取可也。

丏尊白
四月二十日

---

❶ 夏同寿，名乃殷，夏丏尊堂弟，时在杭州一绸庄做伙计。

致钱歌川

歌川先生：

蒋光慈氏昨来弟处，谓郁达夫曾将中华文学百种的事告诉他，叫他译俄国的作品。他愿担任，叫我说合。未知达夫曾向你们提起过此事没有？

蒋氏谙俄文，曾译过《爱的分野》与《一周期》。他愿以每千字五元（不除空行标点）替中华工作，至于作品，尽可双方协定。如何？乞与新城兄商之，即以结果见复为幸。

丏尊

(一九三一年)廿三日

致曹聚仁

聚仁老棣足下：

　　今介绍一师同学罗道进君（原名志洲，曾在图画手工术修科肄业）来访，希予延见面谈为幸。此致

夏丏尊白

十九日下午

致谢六逸

六逸先生：

承转示丁星君对于拙译《续爱的教育》的问题，略答如下：

白契和安利柯虽为书中之主人公，但"白契再记"却是只关于"第十七"，并非关于全书的。书中"第十七"一章，全录白契赠给安利柯的原稿，从"一序言"起"十医生"止，并无安利柯的名字，只于篇末署"父白契"。那末这本原稿，性质等于一部著作，和全书的故事，应该抽出来另眼相看的了。"白契再记"是白契对于自己原稿的附记，"关于军人，如果你要想知道，那么请把你读亚米契斯的《爱的教育》时的感想回忆起来……"这里面的所谓"你"当然是指一般读者，并非指安利柯的了。丁君似把"白契再记"看作全书的附注，所以有此怀疑，如果把书中的"第十七"一章当作一篇原稿另眼相看，想来就会冰释的。

夏丏尊

（原载《立报》1936 年 3 月 15 日）

致舒新城

一

新城兄：

　　据赵君说，该部对于艺术一门，并无专门人才，可以举得出姓名的，一为蒋息岑，一为梅女士。其余只是义务审查员而已。

　　茅盾君的工作，已承答允。请检寄该丛书目录一分（寄文学名著书目），以便转交，俾得认定（或由你们指定译何书），将来署名可以另行设法。

　　盼复。

丏尊
（一九三〇年）十月十日下午

二

新城兄：

　　闻已返国了，此行想必有许多珍闻，他日当倾耳而听。

　　有友人（沈端先）愿译高尔基的小说，附上原文（英译本）一本乞予审度。如可列入中华文学名著计划中,更妙。

又有关于教育的论文一篇,是湘一师旧学生周君赞襄的,请为试投《中华教育界》。

匆上即颂撰安。

夏丏尊

(一九三〇年)十月廿七日

三

新城先生:

挂号函138敬悉。《家》及《岚》愿担任翻译。至于方光焘君所担任者原为《田山花袋集》,日前由弟与其至友章克标君函致里昂,请其担任,并将《田山花袋集》寄去矣。来函似欲令方君改译芥川作品及佐籐作品,于接洽上颇感困难。可否仍照原约进行? 盼复。

丏尊

(一九三一年)三月十七日

年谱简编

1886 年　出生

6 月 15 日，出生于浙江省上虞县崧厦镇同人桥一个商人家庭，名乃钊，后更名铸，字勉旃。父亲夏寿恒为钱塘附贡生，广东候选县丞；母亲金氏出身本地望族。夏寿恒夫妇育子女七人，丏尊排行第三。

1892 年　6 岁

在家跟先生学习，读《四书》《左传》《诗经》《礼记》，学做八股文。

1902 年　16 岁

中秀才，名列附学生员。

1903 年　17 岁

1 月 14 日，与本县前江村晴川公之女金嘉成婚。

春，进入上海中西书院初等科学习，英文入甲班，学《华英初阶》；算学入乙班，学《笔算数学》；国文入甲班。一学期后，因无法筹措学费辍学返家，自学《华英进阶》《华英字典》《代数备旨》等书。

秋，参加乡试，无果。

1904 年　18 岁

进入绍兴府中学堂，学习伦理、经学、国文、英文、史学、舆地、算学、格致等课程。课余阅读《新民丛报》《浙江潮》等进步期刊，对留学、革命、自由等话题颇为关注。

1905 年　19 岁

辍学回家,替父坐馆,边授课边自修。兼任崧厦镇时术初级小学堂教习。

1906 年　20 岁

年初,赴日本东京留学,先补习日语语言课程。

4 月,插班进入东京宏文学院普通科学习。

本年,与范爱农合作翻译日本长泽龟之助著《几何学辞典》。

1907 年　21 岁

5 月,参加东京高等工业学校招生考试,被窑业科特别预科录取。

9 月入学,学习数学、物理、化学、日语、英语、体操等课程。

1908 年　22 岁

早春,因没有获得官费资助,辍学回国。

4 月,任浙江官立两级师范学堂通译助教。期间获日籍教员中桐确太郎所赠谢罪袋一只,开始与宗教结缘。

11 月,兼任浙江高等学堂图画科日籍教员吉加江宗二的助教。

1909 年　23 岁

9 月,在浙江官立两级师范学堂与鲁迅同事。

12 月,夏震武接任浙江两级师范学堂监督,到任后要求教员行"谒圣""庭参"等礼,并指责学校名誉甚坏,遭到全体教职员抵抗,"木瓜之役"发生。夏丏尊与鲁迅、钱家治、张宗祥等 25 人发表辞职声明,并上书浙江巡抚请为其辩诬。

1910 年　24 岁

1 月,省城各学校代表联名向浙江巡抚控告夏震武罪状。浙江官立两级师范学堂全体学生发表宣言,要求夏震武辞职。代理监督孙智敏邀请夏丏尊等返校上课,"木瓜之役"结束。

1912 年 26 岁

4 月,教授浙江两级师范学校优级公共科日语课程,每周上课八小时。与马叙伦、叶墨君、沈尹默等同事。

8 月,在浙江两级师范学校与李叔同同事。

秋,为避免地方选举中被推选,将字改为"丏尊",以期选举人误将"丏"写成"丐",造成废票。

本年,兼任浙江两级师范学校舍监。

1913 年 27 岁

4 月,译作《爱弥尔》在《教育周报》连载。

5 月 25 日,当选为浙江省教育会评议部职员。

本月,与李叔同策划出版《白阳》杂志。译作《写真帖》、诗作《湖上呈哀公》二首刊《白阳》诞生号。

夏,为浙江省立第一师范学校(以下简称浙江一师)校歌作词,李叔同作曲。

10 月 13 日,浙江一师校友会成立,任首届文艺部长。

本年,为浙江一师《校友会志》作序,矢志献身教育事业。

本年,兼任浙江一师图画手工科日籍教员本田利实的助教。

1914 年 28 岁

1 月 10 日,在浙江省教育会职员会上提议为"浙江教育之缺点及其改良方法"撰稿。

9 月 5 日,经李叔同介绍加入南社,编号 454 号。

11 月,与邱志贞、李叔同、经亨颐等组织成立浙江一师"乐石社",研究印学。

本年,寓杭州羊市街湾井弄 1 号。

1915 年　29 岁

年初,应浙江一师学生杨贤江、丰子恺等请求,业余教授日文。

4 月 17 日,在浙江一师校友会讲演会演讲《自我认识法》。

4 月 25 日,任浙江一师第六届校友会文艺部长,负责组织课外演讲。

5 月 30 日,当选为浙江省教育会评议部职员,提出"设立分科研究会"预案。

9 月,兼教国文、修身课程。

1916 年　30 岁

6 月,《严州游记》刊《校友会志》第 9 期。

本年,向李叔同介绍断食之法,为李叔同出家之因缘之一。

本年,在浙江一师校友会讲演会演讲《特殊之成绩》。

1917 年　31 岁

8 月,任浙江一师入学测验国文科主试。

本月,出席浙江一师明远学社第三次常年大会,与叶广梁、郦忱、蔡敦辛等任总务干事。

9 月,作浙江一师秋季《入学式训辞》,期望新生"能潜修奋勉,了解从事教育之真义"。

本月,任浙江一师第十三届校友会文艺部长。

本年,与内山完造相识。

本年,在浙江一师校友会讲演会演讲《天道是耶非耶论》。

1918 年　32 岁

5 月 22 日,参加浙江一师十周年纪念活动。

6 月,受李叔同所赠"前尘影事"卷轴,李叔同随后出家为僧,法号"弘一"。

本年,在浙江一师校友会讲演会演讲《有背景的教育》。

1919 年　33 岁

3 月 3 日，与戎昌骥任浙江省教育会日文讲习会教员，每周授课三次。

4 月，与胡祖同、袁新产、叶墨君等 13 人任浙江省教育会《教育潮》编辑。

5 月 12 日，在"五四运动"影响下，与杭城师生一道上街宣传，示威游行，振臂高呼"外抗强权，内除国贼"等口号。

8 月，译作《杜威哲学概要》刊《教育潮》第 1 卷第 3 期。

9 月，任浙江一师国文科主任，与陈望道、刘大白、李次九改革国文教育，提倡新思想、新文化，以及白话文教学等。

10 月，与学生创办《校友会十日刊》《双十》等，并捐助经费。《家族制度与都会》刊《校友会十日刊》第 3 号。

秋，与浙江一师国文教员陈望道制定《国文教授法大纲》。

11 月 7 日，审阅发表施存统《非孝》一文于《浙江新潮》第 2 期，被浙江省教育行政当局污蔑为"非孝""非孔"等罪名，引发轩然大波。

11 月 30 日，《"的"字的用法》刊《校友会十日刊》第 6 号。

12 月中旬，与陈望道、袁新产等组织注音字母普及会，并在浙江一师附属小学第三部设立讲习所。

12 月 30 日，《一九一九年的回顾》刊《校友会十日刊》第 9 号。

本年，与李次九、陈望道、刘大白合编教材《国语法》。

1920 年　34 岁

1 月 7 日，与浙江一师全体教员致电北京政府及教职员联合会，要求尊重教育界的趋向与选择，筹集教育基金等。

1 月 10 日，与浙江一师学生黄集成合译日本关宽之《儿童的游戏》在《校友会十日刊》连载。

本月，译作《爱》刊《教育潮》第 1 卷第 6 号。

2 月 9 日，浙江省教育厅为反对新文化运动，压制浙江一师教育改革，下令撤换校长经亨颐，并解除夏丏尊等教职，学生自动发起"挽经护校"运动,"一师风潮"发生。

2月25日,应上虞县教育会之邀,与经亨颐、陈鹤琴作会议演讲,指出教育的目的是养成做人,而非做官。

同日,任上虞县注音字母讲习所讲师,授课近一周。

3月初,与陈望道、刘大白辞职。

3月29日,杭州军警包围浙江一师校园,企图以武力解散学校,并欲将学生遣送回原籍,夏丏尊等与学生不畏强暴,与军警英勇斗争。在各界声援下,浙江省公署与学生代表重开谈判,并请蔡元培之弟蔡谷清居间调停。

4月17日,"一师风潮"结束,全校复课。虽经学生及新任校长姜琦再三挽留,夏丏尊等坚请去职。

7月6日,《学术上的良心——阅张东荪君创化论译本有感》刊《民国日报·觉悟》。

9月初,应校长易培基、教务主任熊梦飞之聘,任湖南省立第一师范学校(以下简称湖南一师)国文科教员,与孙俍工、舒新城、匡互生、毛泽东等同事。

9月18日,出席湖南一师开学式,与谭延闿、余家菊、陈启天等发表演讲。

9月30日,白话诗《时计》刊《民国日报·觉悟》。

秋,与沈仲九、匡互生、熊瑾玎等任湖南一师附小工人夜学及平民学校教员。

10月1日,白话诗《雷雨以后》刊《民国日报·觉悟》。

10月15日,与陈望道、邵力子、李汉俊等合著的《用字新例》刊《新妇女》第4卷第2号。

10月27日,《读存统底〈回头看二十二年来的我〉》刊《民国日报·觉悟》。

10月,罗素、杜威、蔡元培、章太炎等中外名人应湖南省教育会之邀,先后来校讲演。夏丏尊担任章太炎演讲的记录员。

11月9日,白话诗《登长沙白骨山》刊《民国日报·觉悟》。

11 月,与沈仲九、张文亮等商议组织青年团。

12 月,与湖南省城教职员联合会成员上书省长林支宇,要求发放欠薪。

1921 年　35 岁

1 月 6 日,辞去湖南一师教职。任教期间积极倡导白话文教学,鼓励学生写作白话文,创作白话新诗,要求言之有物,有新的思想。

3 月 10 日,与湖南一师学生李继桢合译日本高畠素之《社会主义与进化论》在《民国日报·觉悟》连载。

3 月 14 日,与匡互生、易培基、毛泽东等发起通过《互助社简章》,确定互助社宗旨为"联络韩中两国人民,敦修情谊,发展两国人民之事业",为朝鲜独立运动提供帮助和支持。

6 月,与李大钊、李汉俊、陈独秀等发起成立新时代丛书社,编辑发行"新时代丛书"。丛书以"增进国人普通知识"为宗旨,内容包括文艺、科学、哲学、社会问题及其他日常生活所不可缺的知识。

7 月 10 日,译作《缺陷的美》刊《民国日报·觉悟》。

7 月,《近代文学概说》在《美育》刊载。

夏,加入文学研究会,编号 55 号;加入《民国日报》妇女评论社。

8 月 3 日起,译作《女性中心说》在《民国日报·妇女评论》连载。

9 月,应经亨颐之邀,返回家乡上虞协助创办春晖中学。

9 月,译作《俄国的诗坛》《俄国的童话文学》《阿蒲罗摩夫主义》刊《小说月报》第 12 卷号外《俄国文学研究专号》。

10 月 16 日,与陈望道、邵力子等合著的《答龚登朝先生对于"用字新例""怀疑的所在"》刊《民国日报·觉悟》。

12 月 10 日,译作《女难》刊《小说月报》第 12 卷 12 号。

12 月,拟具《筹备春晖学校计划书》,对学校学级编制、男女同校、设备预算、经费扩充等项进行擘画。

1922 年　36 岁

1 月 10 日,译述日本岛村民藏《近代文学与儿童问题》在《东方杂志》连载。

2 月 25 日,译作《幸福的船》刊《东方杂志》第 19 卷第 4 号。

4 月 10 日,译作《恩宠的滥费》刊《东方杂志》第 19 卷第 7 号。

4 月 26 日,《生殖的节制——欢迎桑格夫人来华》刊《民国日报·妇女评论》第 38 期。

5 月 25 日,《误用的并存和折中》刊《东方杂志》第 19 卷第 10 号。

7 月 14 日,译作《贺川丰彦氏在中国的印象》刊《民国日报·觉悟》。

7 月,与李宗武、章锡琛、吴觉农等发起成立妇女问题研究会,发表宣言与简章。

8 月 2 日,译作《"女天下"底社会学的解说》刊《民国日报·妇女评论》第 52 期。

8 月 10 日,与刘薰宇、冯克书负责春晖中学招生事宜,命制国文科入学试题。

8 月 25 日,译作《月夜底美感》刊《东方杂志》第 19 卷第 16 号。

9 月 6 日,《男子对于女子的自由离婚》刊《民国日报·妇女评论》第 57 期。

9 月 10 日,春晖中学开学,夏丏尊担任国文科教员,兼任出版主任,与刘薰宇、赵益谦、丰子恺等创办《春晖》半月刊。

9 月 25 日,译作《夫妇》在《东方杂志》连载。

10 月 7 日,与春晖中学同人创立"土曜讲话"课外讲演活动。

10 月 31 日,《我们将使我们底学生成怎样的人》刊《春晖》第 1 期。

10 月,与赵益谦、戚怡轩、叶天底等担任农民夜校教师,义务教授西徐岙村民读、写、算、常识等课程。

11 月 17 日,任春晖中学消费合作社副经理。该社为方便同人生活,在校区出售日用品、文具、食物等,股份由学生及教职员自由担认。

12 月 1 日,与刘薰宇合著的《对于本校改进的一个提议》刊《春晖》第 3 期。

12月16日，作"土曜讲话"，题为《中国底实用主义》。

12月20日，《中国文字上所表现的女性底地位》刊《民国日报·妇女评论》第72期。

12月30日，作"土曜讲话"，题为《送一九二二年》。

12月，按照日本建筑风格自行设计建造的四间平房"平屋"在白马湖畔落成。

1923年　37岁

1月22日，与施存统、叶天底、郭静唐等在春晖中学举行共产主义者恳谈会，提出农村运动的必要性。

5月25日，译作《马尔萨斯的中国人口论》刊《东方杂志》第20卷第10号。

6月1日，春晖中学与鄞县、绍县、余姚、萧山、上虞五县教育会发起筹备白马湖夏期教育讲习会，夏丏尊积极邀请教育界人士莅校演讲。

6月16日，《作文教授上的一个尝试——教学小品文》刊《春晖》第14期。

8月1日起，白马湖夏期教育讲习会开办，应邀演讲者有黎锦晖、黄炎培、赵蔼吴、高铦、郭任远、沈玄庐、林本侨、李宗武、乐嗣炳等10余位。各县听讲者近200人。

夏，与陈望道赴海宁硖石暑期中小学教师进修班宣传新文化教育。

9月，主持改版《春晖》半月刊；原"土曜讲话"改为"五夜讲话"。

10月16日，《叫学生在课外读些甚么书？》刊《春晖》第17期。

10月25日，《日本的一灯园及其建设者西田天香氏》刊《东方杂志》第20卷第20号。

11月16日，《初中国语科兼教文言文的商榷》《答问》《王伦》刊《春晖》第19期。

12月2日，《春晖的使命》刊《春晖》第20期。

本年，共作演讲5次：《怎样过这寒假》《都市与近代人》《月夜底美感》《小别赠言》《观世音菩萨现身说法解》。

1924 年　38 岁

1 月 1 日,《一年间教育界的回顾和将来的希望》刊《春晖》第 22 期。

1 月 5 日,作"五夜讲话",题为《道德之意义》。

1 月 25 日,译作《爱的教育》在《东方杂志》连载。

1 月,邀请朱自清来春晖中学兼课。

2 月 14 日,赴上海邀请匡互生来春晖中学执教。

2 月 25 日,作"五夜讲话",题为《作文的基本的态度》。

3 月,应经亨颐之邀,兼任浙江省立第四中学(以下简称省立四中)中学部国文教员。

本月,为孙俍工小说集《海的渴慕者》作序。

4 月 15 日,作"五夜讲话",题为《阶级和学说》。

5 月,与朱自清指导省立四中学生成立"飞蛾社",并出版同名社刊。

6 月 1 日,《我在国文科教授上最近的一信念——传染语感于学生》刊《春晖》第 30 期。

9 月 17 日,与匡互生、章育文、徐子梁等组织成立春晖中学指导科。

9 月 25 日,作"五夜讲话",题为《趣味》。

10 月 10 日,作"双十节"演讲,题为《历史的命运与创造历史》。

11 月 6 日,赴上海邀请朱光潜来春晖中学教授英文。

11 月,春晖中学学生黄源因早操戴毡帽被学校处分,夏丏尊等多次调解无果。

1925 年　39 岁

1 月,辞去春晖中学教职,专任省立四中教务。

2 月 1 日,丰子恺、刘薰宇、沈仲九等在上海虹口区老靶子路俭德里租定校舍,筹建立达中学。

2 月 8 日,与刘薰宇、陶载良、练为章等以立达中学校务委员会名义,在各报登载招生广告。

3 月 12 日,发起成立"立达学会",与匡互生、刘薰宇、丰子恺等任常务委员。

3 月 16 日，出席省立四中孙中山先生追悼会，与华林、李琯卿、郑鹤春等发表演说。

4 月 10 日，译作《牛肉与马铃薯》刊《东方杂志》第 22 卷第 7 号。

6 月，立达中学拟在江湾模范工厂南建校舍，并更名为"立达学园"。夏丏尊通过四弟质均，以尚未建成的校舍在江南银行作抵押，借得 15000 元，解决了立达学园大部分建筑资金。到秋季开学，校舍基本建成。

6 月，与刘薰宇任立达学会《立达》季刊编辑主任。《论记叙文中作者的地位并评现今小说界的文字》刊《立达》第 1 卷第 1 期。

7 月 9 日，与陈抱一、丰子恺、钱梦渭等 8 人被选为立达学园导师。

9 月，兼任立达学园国文科教员。

10 月 28 日，在省立四中作《序子恺的漫画集》。

11 月，与范寿康、章育文、谢似颜等 50 余人发起，改上虞声社为上虞青年协进社。

12 月 15 日，妇女问题研究会主编的《新女性》杂志创刊。与鲁迅、赵景深、蒋径三等 30 余人为执笔人。

本年，辞去省立四中教职。

1926 年　40 岁

1 月 10 日，与章锡琛、郑振铎、叶圣陶等商议《新女性》杂志社添招股本、组织出版部诸事。

同日，译作《绵被》在《东方杂志》连载。

1 月 12 日，与周予同、周建人、朱云楼等 43 人签署《人权保障宣言》。

3 月，译著《爱的教育》作为"文学研究会丛书"之一，由商务印书馆出版。

4 月 10 日，译作《芥川龙之介氏的中国观》刊《小说月报》第 17 卷第 4 号。

5 月 10 日，《怯弱者》刊《小说月报》第 17 卷第 5 号。

5月，与李石岑、刘叔琴、叶圣陶等筹备添设立达学园文学专门部。

6月9日，出席立达园学导师会与立达学会常务委员会联席会，议决下学期招生事宜。立达学会出版《一般》杂志，夏丏尊担任总编辑。

6月12日，在上虞青年协进社上海社员聚会上发表演讲，指出家乡旧风俗种种缺点，号召社员逐项纠正革除。

7月1日，《闻歌有感》刊《新女性》第1卷第7号。

7月18日，社评《讼祸的防止法》刊《上虞声三日报》第26号。

7月25日，译作《秋》刊《东方杂志》第23卷第14号。

8月1日，译作《武者小路实笃氏的话》刊《文学周报》第236期。

同日，在《新女性》杂志社基础上，章锡琛、章锡珊在宝山路宝山里60号原址正式挂牌成立开明书店。

8月，与刘薰宇合著的《文章作法》由开明书店出版。

9月5日，《一般》创刊。《长闲》《张资平氏的恋爱小说》以及译作《中国的国家秩序与社会秩序》刊《一般》诞生号。

9月，应刘大白、陈望道之邀，兼任复旦大学中国文学科教授。

10月5日，《白采》、译作《疲劳》、书评《文章学初编》刊《一般》第1卷第2号。

11月5日，《猫》、书评《哲学辞典》刊《一般》第1卷第3号。

12月5日，书评《人生哲学》《读〈中国历史的上帝观〉》《两个美国留学生的两部天书》刊《一般》第1卷第4号。

1927年　41岁

1月5日，《艺术与现实》刊《一般》第2卷第1号。

1月，译著《爱的教育》转由开明书店出版，被列为"世界少年文学丛刊"之一。

4月1日，《"中"与"无"》刊《民铎杂志》第8卷第5号。

4月5日，译作《第三者》在《一般》连载。

4月，应刘叔琴之邀，兼任省立四中高中部国文教员。

8月5日，与易培基、李石曾、郑洪年等9人任立达学园董事。

8月24日,应校长郑洪年之聘,兼任国立暨南大学中国文学系主任,教授文选、国文法、修辞学等课程,与黄侃、黄建中、周传儒等同事。

8月,译著《国木田独步集》由文学周报社出版,开明书店发行。

9月10日,译作《湖南的扇子》刊《小说月报》第18卷第9号。

9月21日,与黄建中、汪奠基、徐中舒等16人当选为国立暨南大学南洋文化教育事业部委员,分任教育、调查、指导、宣传、编译五项事宜。

9月,制定国立暨南大学《中国文学系学程说明书》,阐述其宗旨有三:"指示研究国学之相当途径";"培养文艺创作及批评之技能与指示";"造成国文教师及文化宣传者"。

9月,兼教复旦大学中国哲学史、文选课程。

10月5日,译作《南京的基督》刊《一般》第3卷第2号。

10月,与叶公超、方光焘任国立暨南大学秋野社小说组导师,负责讲解文学思潮与小说的关系及中西小说史略。

10月,兼任国立暨南大学训育委员。

11月,《黄包车礼赞》刊《秋野》创刊号。

本年,与叶圣陶策划《开明活叶文选》编选出版事宜。

本年,寓上海闸北区宝山路宝山里64号。

1928年　42岁

1月5日,《文艺随笔》刊《一般》第4卷第1号。

1月,辞去所有教职,返上虞白马湖休养。

春,与穆藕初、刘质平、周承德等发起为弘一法师募款筑居。

5月5日,《知识阶级的运命》刊《一般》第5卷第1号。

6月5日,译作《关于济南事件日本论客的言论二则》刊《一般》第5卷第2号。

8月1日,《对了米莱的〈晚钟〉》刊《新女性》第3卷第8号。

9月1日,译作《新"恋爱道"——柯伦泰夫人的恋爱观》刊《新女性》第3卷第9号。

9月,论著《文艺论ABC》由上海ABC丛书社出版,世界书局印行。

译作《近代的恋爱观》作为"妇女问题研究会丛书"系列之一,由开明书店出版。

冬,与章锡琛、刘叔琴、杜海生、丰子恺、胡仲持、吴仲盐等发起招股,改组开明书店为有限公司,个人入股 1500 元。招股溢额用于创办美成印刷厂。

1929 年　43 岁

1 月 1 日,为朱光潜《给青年的十二封信》作序。

1 月 20 日,译作《续爱的教育》在《教育杂志》连载。

2 月,介绍丰子恺、弘一法师合作的《护生画集》在开明书店出版。

3 月,出席开明书店股份有限公司成立会,与叶圣陶、舒新城等 9 人当选开明书店董事。董事会推选冯寄裁为董事长,杜海生为总务主任兼经理,夏丏尊为编译所主任,章锡珊为发行所主任,章锡琛负责办印刷所。

5 月 28 日,在澄衷中学演讲《国文学习的方法》。

7 月,为钱畊莘审阅《劫后》,并作《校毕后记》。

8 月 2 日,与李宗武、陈柱尊、周予同等 14 人当选中华学艺社编辑部干事。

8 月,为叶圣陶长篇小说《倪焕之》作序。

9 月,发起成立晚晴护法会,襄助弘一法师从事佛学研究。

10 月 21 日,受上海市教育局聘请,与鲁继曾、廖世承等 11 人任中小学课程研究委员会中学组委员,调研教育部暂行课程标准在上海的实施状况。

10 月,在上海介绍弘一法师与内山完造相识,将弘一法师所著《四分律比丘戒相表记》三十余部赠送给内山完造。

12 月 1 日,译作《普洛恋爱学》刊《新女性》第 4 卷第 12 号。

12 月 7 日,在敬业中学出席中学课程分科讨论会。

本年,为《李息翁临古法书》题跋。

本年,迁居虹口区提篮桥人安里。

1930 年　44 岁

1 月 1 日,《中学生》杂志正式创刊。任《中学生》杂志主编,同时负责撰写社论及编辑后记。《"你须知道自己"》《谈吃》刊《中学生》创刊号。

同日,与章锡琛、刘大白、叶圣陶等任中学生劝学奖金委员会委员,发布《中学生劝学奖金章程》。

3 月,译著《续爱的教育》作为"世界少年文学丛刊"之一,由开明书店出版。

4 月 1 日,《受教育与受教材》刊《中学生》第 4 号。

5 月,与张资平、周昌寿、马宗荣计划进行中华学艺社百种名著编译工作,内容包括社会科学、自然科学、哲学、文学四类,由开明书店负责出版。

7 月 1 日,《列宁与未来主义》刊《中学生》第 6 号。

9 月 1 日,《悼一个自杀的中学生》刊《中学生》第 8 号。

9 月,加入中华儿童教育社,编号 299 号,与丰子恺、俞子夷、马静轩等 15 人任《儿童教育》常任编辑。

10 月 1 日,译作《妇女解放论的原理》刊《妇女杂志》第 16 卷第 10 号。

12 月 3 日,出席中华学艺社第四次年会。

1931 年　45 岁

1 月 1 日,《关于国文的学习》刊《中学生》第 11 号。《作了父亲》刊《妇女杂志》第 17 卷第 1 号。

1 月,与叶圣陶联名致信邵力子,请求营救被捕的左联作家胡也频、殷夫、柔石等。

1 月,为贾祖璋《鸟与文学》作序。

2 月 1 日,科学小品《动物界的无线电》刊《中学生》第 12 号。

同日,邀请叶圣陶入职开明书店。

3 月 15 日,书评日本铃木虎雄《中国文学论集》刊《当代文艺》第 1 卷第 3 期。

4月10日,书评《欧洲最近文艺思潮》刊《现代文学评论》第1卷第1期。

5月1日,《致文学青年》刊《中学生》第15号。

5月,与周予同、林语堂、章锡琛等任中学生劝学贷金委员会委员。贷金对象为无力修完最后一年学程之初高中学生,以订阅《中学生》杂志者为限。每年贷金数目视订阅人数而定,偿还期限为5年。

6月1日,《我的中学生时代》《关于职业》刊《中学生》第16号。

6月26日,受教育部中小学课程及设备标准编订委员会之聘,任中学组审查委员,与周予同、孙俍工、马涯民负责初级中学国文科。

9月1日,《怎样对付教训》刊《中学生》第17号。

9月28日,《其实何曾突然》刊《文艺新闻》第29号。

11月1日,《悼爱迪生》刊《中学生》第19号。

12月19日,在上海四川路青年会食堂出席谈话会,与周建人、胡愈之、方光焘等发起组织文化界反帝抗日联盟,并任执行委员。

12月28日,与郁达夫、叶圣陶等任文化界反帝抗日联盟机关报刊《文化通讯》出版负责人。

1932年　46岁

1月1日,译作《满洲事变与各国对华政策》刊《中学生》第21号。

1月28日,"一·二八"事变发生。立达学园遭受轰炸,校舍、农场等俱成灰烬。

1月,与叶圣陶、章锡琛等发起创办函授学校开明中学讲义社,同时制订《开明中学讲义社简章》。讲义社面向完全小学毕业同等程度"有志上进之失学者"。夏丏尊任社长。

2月,与鲁迅、胡愈之、巴金等129人签署《中国著作者为抗议日军进攻上海屠杀民众宣言》。

2月,与叶圣陶在《中学生》设立"文章病院"栏目,批评、指陈及纠正政府部门及报刊发表的宣言、通告、公文之语病。

3月1日,与谢六逸、林本侨、朱兆萃等10人任杭州《儿童时报》编辑顾问。

4月，开明中学讲义社开始招生。

6月1日，《甘地》刊《中学生》第25号。

6月，与章锡琛、张梓生、黄幼雄等编辑的《开明文学辞典》由开明书店出版。

7月1日，科学小品《人所能忍受的温度》刊《中学生》第26号。

7月22日，受教育部聘请，与周昌寿、余光烺、萧一山等37人正式任中学课程标准修订委员，同孙俍工、伍俶负责初级中学国文科。

8月1日，出席教育部中小学课程标准修订委员会会议，参与修订初级中学国文科课程标准，议决国文科文言、语体并重。

9月1日，译作《歌德的少年时代》刊《中学生》第27号。

9月19日，受教育部聘请，与顾均正、周予同、赵景深、顾树森任小学国语课程标准审查委员会委员。

9月26日，出席教育部小学国语课程标准修订会议，拟定读书教材分量支配表。

9月，为刘棨敬《肺痨病自己疗养法》作序。

11月1日，《国文科课外应读些什么》刊《中学生》第29号。

12月12日，与茅盾、鲁迅、郁达夫等57位著作界同人联名致电苏联，祝贺中苏复交。

1933年　47岁

1月1日，征文《新年的梦想》刊《东方杂志》第30卷第1号。科学小品《电子的话》刊《中学生》第31号"科学特辑"。

同日，与叶圣陶合作的《文心》在《中学生》连载。

2月5日，迁居虹口区熙华德路汾安坊3号。

3月27日，译作《萧的卖老》刊《申报·自由谈》。

4月，与沈起予、张天翼、陆侃如等48人任生活书店《文学》杂志特约撰稿员。

5月23日，与陈望道、柳亚子、施蛰存等上海文艺界同人联名致电国民政府行政院及司法行政部,要求查明并释放著作家丁玲、潘梓年。

6月1日,《关于后置介词"之""的"》刊《中学生》第36号。

6月2日,与鲁迅、傅斯年、郁达夫等上海文艺界同人签署《为林惠元惨案呼冤宣言》。

7月1日,《命相家》刊《文学》第1卷第1号。

同日,开明中学讲义社更名为"上海市私立开明函授学校"。夏丏尊任校长。

8月16日,应上海市教育局之邀,在大中华电台通过广播演讲《文学的力量》。

同日,与鲁迅、茅盾、叶圣陶等上海文艺界同人在《大美晚报》联合发表《中国著作家欢迎巴比塞代表团启事》。

8月20日,《"文化"与"文字"》刊开明函授学校《社员俱乐部》第5号。

9月1日,《原始的媒妁》刊《中学生》第37号。

9月15日,与鲁迅、叶圣陶、郑伯奇等35人被列入《中国普罗文学作家姓名表》,受到国民党上海市党部监视。

10月1日,《光复杂忆》、科学小品《蟋蟀之话》刊《中学生》第38号。

10月10日,《广泛的读书运动》刊《时事新报·国庆纪念特刊》。

11月1日,《我之于书》刊《中学生》第39号。

12月1日,《白马湖之冬》、科学小品《关于银》刊《中学生》第40号。

12月7日,受教育部聘请,与孙俍工、蒋伯潜、周予同负责起草师范学校国文科课程标准。

1934年　48岁

1月1日,《恭祝快乐》刊《中学生》第41号。《灶君与财神》刊《文学》第2卷第1号。

1月22日,与李石岑、李宗武、孙伏园等44人任中国新村建设社《时事新报·新村周刊》撰述人。

2月1日,《一个从四川来的青年》《紧张气分的回忆》刊《中学生》第

42 号。

2 月,与章锡琛致信蔡元培、邵力子,要求解除对进步书籍的禁令。不久,开明书店等 26 家书局联名提交呈文,请求重行审查,从轻处理。

3 月 22 日,出席教育部师范学校国文科课程标准起草会议。

3 月,为张光钊编著的《杭州市指南》作序。

4 月 1 日,《白屋杂忆》刊《文艺茶话》第 2 卷第 9 期。《春的欢悦与感伤》、科学小品《春日化学谈》刊《中学生》第 44 号。

6 月 1 日,《国文科的学力检验》刊《中学生》第 46 号。

6 月 25 日,与叶圣陶、顾均正、王伯祥等 7 人组成二十五史刊行委员会,着手计划刊行《二十五史》。

6 月,与胡愈之、黎锦晖、陈望道等发起"大众语运动",抨击当时文言复辟思潮,并在《申报·自由谈》发表《先使白话文成话》,呼吁"采取大众所使用的话语,在可能的范围以内尽量吸收方言"。

6 月,与叶圣陶合著的《文心》作为"开明青年丛书"之一,由开明书店出版。

9 月 1 日,《一个追忆》刊《中学生》第 47 号。

9 月 10 日,《谈二十五史兼答棱磨先生》刊《申报·自由谈》。

9 月 20 日,《幽默的叫卖声》刊《太白》第 1 卷第 1 期。

10 月 1 日,《良乡栗子》刊《中学生》第 48 号。

10 月 5 日,译作《新教师的第一堂课》刊《太白》第 1 卷第 2 期。

10 月 30 日,应杭州市政府之邀,在弘道女中演讲《小学教师国语进修问题》。

11 月 1 日,《中年人的寂寞》刊《中学生》第 49 号。

11 月,与叶圣陶、宋云彬、陈望道合编的《开明国文讲义》三册,由开明函授学校出版,开明书店印行。

12 月 1 日,《两个家》刊《中学生》第 50 号。

本年,迁居虹口区狄思威路麦加里 12 号。

1935 年　49 岁

1 月 1 日,《中国妇女应上那儿跑》刊《妇女旬刊》第 19 卷第 1 号。

2 月 1 日,《钢铁假山》刊《中学生》第 52 号。

2 月,与卞之琳、王以中、徐霞村等 120 余人任《世界文库》编译委员。

2 月,与陈望道、吴文祺、刘延陵等 200 位文化界同人联合《中学生》《现代》《世界知识》等 15 家杂志社,发表《推行手头字缘起》,附 300 个手头字字汇,主张将手头字用于印刷,更能够普及到大众。

3 月 1 日,《试炼》刊《中学生》第 53 号。

3 月 9 日,与舒新城、叶圣陶、陈望道等 20 人商酌推定手头字方案,并筹组中国语言学会。

3 月 20 日,《一种默契》刊《太白》第 2 卷第 1 期。

4 月 5 日,《阮玲玉的死》刊《太白》第 2 卷第 2 期。

4 月 24 日,参加中国文化建设协会浙江分会读书运动周活动,在浙江省立图书馆演讲《中学生之读书问题》。

5 月 1 日,《读诗偶感》刊《中学生》第 55 号。

6 月 1 日,《坪内逍遥》刊《中学生》第 56 号。

6 月 4 日,江南银行倒闭,夏丏尊亏损甚巨。

6 月 5 日,与周建人、郑振铎、郁达夫等 148 人,以及《文学》《文学季刊》《文艺画报》等 16 个文学社团联名发表《我们对于文化运动的意见》,对"中国本位文化"复古派予以反击。

6 月,与叶圣陶合编的《国文百八课》第一册由开明书店出版。

7 月,《怎样叫做世界文学的两大思潮?》入选生活书店出版的《文学百题》。

8 月 4 日,出席中国语言学会成立大会,与乐嗣炳、胡愈之、郑振铎等 11 人被选为学会理事。

本月,应穆藕初之请,任穆氏文社国文导师。

9 月 1 日,《句读和段落》刊《中学生》第 57 号。

本月,与叶圣陶合编的《国文百八课》第二册由开明书店出版。

10 月 1 日,《早老者的忏悔》刊《中学生》第 58 号。

本月,受教育部聘请,与许本震、廖世承、喻传鉴等 17 人任中小学课程标准讨论会委员,出席教育部中小学课程标准讨论会。

11 月 1 日,《文章中的会话》刊《中学生》第 59 号。

12 月 1 日,《整理好了的箱子》刊《中学生》第 60 号。

12 月 27 日,《阅读什么》在《申报》连载。

12 月,散文集《平屋杂文》由开明书店出版,内收小说、随笔、评论等 33 篇。

本年,在宁波效实中学演讲《中学国文的教习问题》。

1936 年　50 岁

1 月 1 日,任《中学生》杂志社社长。《怎样阅读》刊《中学生》第 61 号。

1 月 10 日,《新少年》半月刊创刊,任新少年社社长。

2 月 1 日,《文章的省略》刊《中学生》第 62 号。

2 月,与杨振声、周邦道等讨论修订中学国文课程标准。

3 月 2 日,《我的畏友弘一和尚》刊《越风》第 9 期。

3 月,与叶圣陶、茅盾、王任叔等文化界同人发起组织作家协会,后改称"中国文艺家协会"。

4 月,受浙江省教育厅之聘,与章锡琛、何炳松、姚虞琴等 37 人任浙江文献展览会设计委员会上海分会委员。

5 月 1 日,《句子的安排》刊《中学生》第 65 号。

5 月 24 日,出席浙江文献展览会设计委员会成立大会,展览会分设书籍、字画、金石拓片、古器物、画像图片、民族革命文献等六组。

本月,加入禹贡学会。

6 月 7 日,出席中国文艺家协会成立大会,担任执行主席,宣读《中国文艺家协会章程》及《中国文艺家协会宣言》,与茅盾、傅东华、洪深等 9 人当选为理事,通过组织国防文学研究会、发刊机关杂志等多项议题。

6 月 25 日,《青年与"老人"》刊《光明》第 1 卷第 2 号。

7月8日,与黄炎培、蒋维乔、沈恩孚等上海教育界同人联名致电蒋介石、冯焕章、陈伯南等,呼吁大敌当前,以民族利益为重,采取一致对外方针,团结御侮,抗击日本侵略者。

7月,为纪念开明书店创办十周年,编辑小说集刊《十年》,由开明书店出版。

8月1日,《开明书店创业十周年箴》刊《申报·开明书店创业十周纪念特刊》。

8月2日,译作《日本二二六事件——死刑者家属的血泪语》刊《申报每周增刊》第1卷第30期。

8月16日,《关于职业问题答青年某书》刊《申报每周增刊》第1卷第32期。

8月,与叶圣陶合编的《国文百八课》第三册由开明书店出版。

9月16日,《日本的障子》刊《宇宙风》第25期。

9月20日,与巴金、王统照、包天笑等21位文艺界同人签署《文艺界同人为团结御侮与言论自由宣言》。

10月1日,《学习国文的着眼点》刊《中学生》第68号。

10月17日,与穆藕初、褚辅成、黄炎培等215位上海教育实业界同人联名致电国民政府,要求回应北平教育界发表的对时局宣言。

10月19日,鲁迅逝世。夏丏尊闻讯后即与叶圣陶赶往鲁迅寓所吊唁,并在《中学生》和《新少年》发表悼文。

10月20日,与章锡不琛、徐调孚、王伯祥等赴胶州路万国殡仪馆吊唁鲁迅。

10月22日,与宋庆龄、蔡元培、沈钧儒等送鲁迅遗体至万国公墓,并与郁达夫等人为鲁迅灵柩执绋。

12月1日,《鲁迅翁杂忆》刊《文学》第7卷第6号。

12月11日,与潘文安、倪文宙等合著的《读大公报〈沈钧儒等六人案杂感〉后》刊《国讯》第149期,呼吁国民政府释放救国会"七君子",为御侮前敌增加人力。

12月,编辑《十年》续集,由开明书店出版。

1937 年 51 岁

1 月 1 日,《"自学"和"自己教育"》刊《中学生》第 71 号。

1 月 15 日,大型综合性文摘类杂志《月报》创刊,任月报社社长。

2 月 1 日,《文章的静境》刊《中学生》第 72 号。

5 月 1 日,《文章的动态》刊《中学生》第 75 号。

5 月 26 日,与谢六逸、叶圣陶、欧阳予倩等 400 余位上海文化界人士联名呈请国民政府恢复沈钧儒、邹韬奋、李公朴等自由身份,并请求撤销对陶行知等人通缉令。

6 月,与胡愈之、罗又玄、陈子展等 140 人发起成立宪政协进会,推动国家政治建设。

6 月,与叶圣陶合编的《初中国文教本》第一、二册由开明书店出版。

7 月 10 日,《"怎样过暑假"》刊《新少年》第 4 卷第 1 期。

7 月 18 日,鲁迅先生纪念委员会成立,与沈尹默、张邦华等 72 人任委员。

7 月 25 日,出席上海编辑人协会成立大会,与邵宗汉、欧阳予倩、金则人等 9 人任候补理事。

7 月 27 日,与王统照、郑振铎、傅东华等 101 位上海文艺界人士联合发表《文艺界为卢沟桥事件告全国同胞书》,呼吁全国民众团结起来,在政府统一指导下,积极从事抗战活动。

8 月 12 日,迁居法租界霞飞路霞飞坊 3 号。

8 月,开明书店编译所、管理处货房与美成印刷厂均遭日军炮火焚毁,《月报》《中学生》等停刊。

10 月 12 日,弘一法师来访。此为夏丏尊与弘一法师的最后晤面。

12 月初,第二批运往汉口的美成机械设备及开明各书籍、纸张在镇江白莲泾附近遭劫,公司在汉口重建编辑所计划失败。

1938 年 52 岁

4 月,与叶圣陶合著的《文章讲话》作为"开明青年丛书"之一,由开明书店出版。

5月,整理在教育播音电台与叶圣陶合作的国文科演讲稿及相关文章,取名为《阅读与写作》,由开明书店出版。

9月,与叶圣陶合编的《国文百八课》第四册由开明书店出版。

12月16日,《怀晚晴老人》刊《众生》第2卷第5号。

1939年 53岁

1月,与胡朴安、陈望道、张世禄等筹备并成立中国语文教育学会。

5月5日,《中学生》杂志改称《中学生战时半月刊》,在桂林复刊。

9月,担任南屏女子中学国文教师。

11月,为章士佼译著《十五小英雄》作序。

本年,为弘一法师募资创作《续护生画集》。

1940年 54岁

7月,与叶圣陶合编的《初中国文教本》第三册由开明书店出版。

9月,与叶圣陶合编的《初中国文教本》第四册由开明书店出版。

10月,《平屋随笔》由三通书局出版,收录散文、小说、译作等18篇。

10月,为《续护生画集》作序,并介绍其在开明书店出版。

1941年 55岁

3月,与蒋维乔、吕思勉等被聘为新加坡南洋书局《南侨小学教科书》国语科编审委员。

11月2日,《谈小品文》刊永安《中央日报·星期综合版》。

12月8日,日军入侵上海租界。

12月26日,开明书店遭日方查封,存书、出版印刷设施均被收走。

1942年 56岁

1月25日,开明书店恢复营业。

4月,与周振甫着手编纂《夏氏字典》。

夏,辞去南屏女中教职。

10 月 13 日,挚友弘一法师圆寂。

11 月,筹备弘一法师纪念会,起草宣言,制定简章。

12 月 1 日,《弘一大师的遗书》刊《觉有情》第 4 卷第 6—8 号。

12 月 22 日,为弘一法师写本《药师本愿功德经》题跋。

1943 年 57 岁

1 月 16 日,出席开明董事会,与章锡珊、叶圣陶、王伯祥等 6 人任公司襄理。

1 月 21 日,结婚四十周年,开明同人聚餐作诗相贺。

2 月 1 日,译作《弘一律师》刊《觉有情》第 4 卷第 11、12 号。

5 月,与叶圣陶合编的《初中国文教本》第五、六册由开明书店出版。

6 月 16 日,应盛幼盦之邀,与蒋维乔、吴蕴斋、范古农等任《普慧大藏经》刊行会理事,负责翻译南传大藏经《本生经》部分。

8 月 15 日,《中诗外形律详说·跋》刊《学术界》第 1 卷第 1 期。

9 月 5 日,译作《读〈缘缘堂随笔〉》刊《中学生》第 67 期。

10 月 10 日,《兴化方外诗征·序》刊《妙法轮》第 1 卷第 10 期。

10 月,召集弘一法师周年纪念会。

11 月,筹划刘大白遗著《中诗外形律详说》在中国联合出版公司出版。

12 月 15 日,遭日本宪兵队羁押,在狱中坚贞不屈,应对有度,体现了中华民族知识分子的气节。

1944 年 58 岁

4 月 1 日,与聂其杰、李思浩、吴蕴斋等合作的《法藏讲寺净土道场经始纪实》刊《觉有情》第 5 卷第 15—16 号。

6 月,与友松圆谛、内山完造在法藏寺会面,赠日本各大学、寺庙《华严经疏钞》十五部。

10 月,与李芳远合辑的《晚晴山房书简》由弘一大师纪念会印行。

11月,召集弘一法师二周年纪念会。

1945 年　59 岁

1月,为内山完造夫妇撰写碑文。

2月,与阮伯康等任法藏寺法藏学社语文讲师。

9月,与傅雷、马叙伦、周煦良等筹备复刊《大公报》,并创办《新语》杂志。

9月,全国文艺界抗敌协会致信慰问夏丏尊等困守在上海的文艺界同人。

10月1日,《读日本松方公爵遗札——日本对华政策史料》刊《新语》第1期。

10月7日,与周予同、吴文祺、陈西禾等39位上海文艺界人士联合发表《处置日在华军商人意见》,要求严惩日本战犯,赔偿文物、图籍与财产,以及土地损失。

10月,与郑振铎、许广平等受全国文艺界抗敌协会委托在上海筹设分会。

10月,召集弘一法师三周年纪念会。

11月2日,社评《台湾的国语运动》刊《新语》第3期。

11月17日,《中国古籍中的日本语》刊《新语》第4期。

11月21日,与上海文化界同人袁希洛、马叙伦、陈叔通等百余人联名发表宣言,呼吁政府废止新闻检查制度,禁止一切非法没收取缔书刊行为,恢复言论出版自由。

11月25日,星期专论《好话与符咒式的政治》刊《大晚报》。

12月17日,出席文协上海分会成立大会,与李健吾、张骏祥、郑振铎等当选理事。

12月27日,《中国书业的新途径》刊《大公报》。文章首次提出各书店出版与发行分立,消除书业积弊。

12月,与叶圣陶、郭绍虞、朱自清任《国文月刊》编辑。

1946 年　60 岁

1 月 5 日,《寄意》刊《中学生》第 171 期。

1 月 20 日,《读〈清明前后〉》刊《文坛月报》创刊号。

3 月 20 日,《双字词语的构成方式》刊《国文月刊》第 41 期。

3 月,译著《本生经》由民国增修大藏经会翻印出版。

4 月 23 日,夜九时三刻病逝。

4 月 27 日,重庆《新华日报》发表社论《悼夏丏尊先生》,称其为"民主文化战线上的老战士"。

图书在版编目(CIP)数据

夏丏尊全集 / 刘正伟，薛玉琴主编. —杭州：浙
江大学出版社，2021.12
ISBN 978-7-308-21896-2

Ⅰ.①夏… Ⅱ.①刘… ②薛… Ⅲ.①夏丏尊(
1886－1946)－全集 Ⅳ.①C52

中国版本图书馆 CIP 数据核字(2021)第 218121 号

夏丏尊全集

刘正伟　薛玉琴 **主编**

出 品 人	褚超孚
总 编 辑	袁亚春
策　　划	宋旭华　陈丽霞
责任编辑	牟琳琳　蔡　帆　吴伟伟
责任校对	吴 庆 吴 超
出版发行	浙江大学出版社
	（杭州天目山路 148 号　邮政编码 310007）
	（网址：http://www.zjupress.com）
排　　版	浙江时代出版服务有限公司
印　　刷	杭州宏雅印刷有限公司
开　　本	710mm×1000mm　1/16
印　　张	315.75
字　　数	4385 千
版 印 次	2021 年 12 月第 1 版　2021 年 12 月第 1 次印刷
书　　号	ISBN 978-7-308-21896-2
定　　价	1580.00 元